Für Simon,
weil du mich auf diesem Weg begleitet hast.

Für Kathrin,
weil du stets mit Motivation an meiner Seite warst.

Für Filippos,
weil ich den ›epic shit‹ erst wegen dir geschrieben habe.

Auf in die Rebellion!

Über Band 1

CALIFORNIA'S NEXT MAGICIAN

Wir schreiben das Jahr 2086. Ein Großteil der Landfläche der Erde ist durch das Abschmelzen der Gletscher im Meer versunken. Die Macht im neuen Kaiserreich Eterny – den früheren USA – und seinen fünfundzwanzig Ländern liegt in den Händen mächtiger Magier, den Magicians. Zwischen ihnen finden alle fünfundzwanzig Jahre in jedem der Länder Regentschaftswahlen statt.

Fünfundzwanzig Kandidaten erhalten einen silbernen Brief als Einladung zur Regentschaftswahl, der sie verpflichtet, ihre magischen Fähigkeiten bei gefährlichen Prüfungen auf die Probe zu stellen. Sie müssen sich unter ständiger Beobachtung und Kamerapräsenz gegen ihre Mitstreiter durchsetzen und vor allem eines – überleben!

Josephine stammt aus dem Land California. Sie durchlebt die Schrecken der fünf Aufgaben dort, wächst über sich hinaus und verliebt sich in den größten Bad Boy von Eterny. Dabei wird sie zum Volkssymbol für Emanzipation und Wandel. Josephines Mutter präsentiert sich als geniale Entwicklerin und Vorstandsvorsitzende von Tekre Industries. Doch wer ist sie eigentlich?

Die Zukunft, der Klimawandel, ein System, in dem Frauen weniger wert sind. Magie, Macht und Intrigen. Ein Kampf für Gleichberechtigung und Toleranz, um Loyalität und Vertrauen. Ein Phönix, eine Sphinx und viele weitere Spieler. Aber wer spielt am Ende richtig und wer pokert zu hoch?

Vorwort

California 2086

Lasst mich eines klarstellen:
I CAN and I WILL!

Ich bin Josephine Streisand.

Tochter von Lanahaa Streisand, der mächtigsten Rebellin dieses Kaiserreiches – vielleicht gar der verbliebenen Welt. Tochter von Leonardo Sinessa, dem ehemaligen Regenten Californias, seines Zeichens der größte Widerling dieser Welt, der es bisher nicht geschafft hat, mich umzubringen.

Freundin, oder auch nicht – wer weiß das schon? –, von Sullivan Tenakulis, dem Sexiest Man Alive, einer der größten Magicians unserer Zeit und der einzige leibliche Sohn des Kaisers!

Enkelin von Tekre Streisand – dem Gründer von Tekre Industries, dem bedeutendsten Nachrichtendienst und Hightechwaffen-Unternehmen von ganz Eterny. Und Nachfahrin von Rovenna, der mächtigsten Magicia, die je geboren worden war.

Ich bin die amtierende Regentin von California, rechtmäßig ernannt von seiner göttlichen Heiligkeit dem Kaiser von Eterny und ich werde ihnen beweisen, dass ich das Land besser regieren kann als sie alle zusammen!

Playlist

Guardians at the Gate – Kevin Rix
Lux Aeterna – Clint Mansell & Kronos Quartet
Lay My Body Down – Rag'n'Bone Man
Sanctuary – Welshly Arms
Heart of Courage – Two Steps From Hell
Everybody Wants To Rule the World – Lorde
Lose You to Love Me – Selena Gomez
9 crimes – Damien Rice
Let Me Down Slowly – Alec Benjamin
Back to Black – Amy Winehouse
7 rings – Ariana Grande
Changes (feat. Talent) – 2Pac
Yellow Flicker Beat – Lorde
A Girl Like You – Edwyn Collins
110 (Prolog) – LEA
The Diary of Jane – Breaking Benjamin
Alles brennt – Johannes Oerding
Archangel – Two Steps From Hell
In My Blood – Shawn Mendes
Love in the Dark – Adele

Die vier Gilden

des Kaiserreiches Eterny

Die Cuiny sind Gestaltwandler. Ihre Stärke bemisst sich an ihrem Wappentier. In dieses können sie sich verwandeln. Ist es magisch, sind sie äußerst stark. Ihre Gildenfarbe ist Grün.

Die Mensay sind Empathen und Heiler. Sie stammen von den Medizinmännern ab. Ihre Gildenfarbe ist Weiß.

Die Veritas sind Wahrheitsfinder und Illusionisten. Je nach Grad ihrer Kraft sind ihre Illusionen optisch, akustisch und sogar haptisch. Für sie steht die Farbe Gelb.

Die Gulets beherrschen die Magie der Elemente. Sie tragen die Farbe Blau und sind nun keine reine Männergilde mehr.

WELTKARTE

AMERICANISCHES KAISERREICH ETERNY
TEKRE
FRISCO
WASHINGTON
ACONCAGUA GEBIRGSKETTE
RIO DE BRASÍLIA

2086
FREISTAATEN VON
EUROPA
RÉPUBLIQUE
FRANÇAISE
REPUBBLICA
ITALIANA
NEUES CHINESISCHES
KAISERREICH MOSHU
NOORD-
AFRIKA
SUID-
AFRIKA

1

Die wahre Eiskönigin

Ich würde gern behaupten, die Welt stand jetzt und hier – in diesem unfassbaren Augenblick – für einen Moment still und ich hatte die Chance, das Chaos vor mir, das sich mein Leben nannte, aus der Perspektive einer Außenstehenden zu betrachten. Aber so was passiert nur in Filmen.

In der Realität erhob meine Mutter sich gerade von ihrem über unseren Köpfen schwebenden Thron aus Wolken. Sie trat auf die oberste Stufe der kleinen Nebeltreppe davor und hob die Hände in einer fast andächtigen Geste. Langsam, gefühlt in Zeitlupe, begann sie diese zusammenzuführen.

Ein Wind kam während der Bewegung auf. Er strich über mein blutbesudeltes rosafarbenes Kleid mit der abgerissenen Schleppe und kündete von nichts Gutem. Nahm zu, je mehr sich die Fingerkuppen ihrer rechten Hand denen ihrer linken näherten.

Sie setzte zum nächsten magischen Schlag an.

Kalte Schauer jagten über meinen erschöpften Körper. Die flachen Ballerinas, die ich am Morgen für ein bisschen gemogelten Komfort angezogen hatte, kamen mir jetzt zugute. Ich war wie erstarrt. Der Schock über ihre Offenbarungen, ihre Magie und meine Herkunft, lähmte mich noch immer. Das bittere Gefühl ihres Verrats an mir hatte sich tief in meinem Herzen, den Gliedern und Knochen festgesetzt. Meine Welt stand kopf.

Unverwandt musterte ich die Frau, die mir all die Jahre so wehrlos und zerstreut vorgekommen war; die für mich nur eines symbolisiert hatte: meine Mutter. Schmerzhaft zog sich mein Magen zusammen, als mein Gehirn begann, mir ungewollt Erinnerungen an all die gemeinsamen Momente zu zeigen. Es war ein *Best of Josephine and Lanahaa Streisand.* Meine Kindheit, meine Pubertät, meine Studienzeit bis zur Wahl zogen in einem verwischten Strom farbiger Schemen einst glücklicher Stunden an mir vorbei. Bis die Übelkeit in meinem Magen obsiegte und ich die Bilder im selben Bruchteil der Sekunde, in dem sie aufgeploppten, zusammen mit dem unguten Gefühl mental von mir schob.

Gebannt starrte ich nach oben, wartete nur darauf, dass sich die Fingerspitzen meiner Mutter berührten.

Immer näher und näher kamen sich die Hände.

Doch mit jeder weiteren Sekunde, die verstrich, wuchs in mir die Angst vor dem, was passieren würde. Meine Anspannung ließ den brennenden Wunsch entstehen, sie aufzuhalten. Mein Körper befand sich allerdings noch immer im Ausnahmezustand und reagierte nicht auf die Signale meines Geistes. *Warum tat denn kein anderer etwas?*

Meine Verzweiflung erreichte ein unerträgliches Maß. Gleichzeitig starrte ich gen Himmel.

Bunte Funken stoben auf, als Haut auf Haut traf. Gleißende Helligkeit hüllte den Platz einen Augenblick lang in eine Glocke aus purer Energie.

Es war Magie.

Reine Macht.

Sie erfüllte glitzernd die Luft – so wunderschön und tödlich.

Goldene Flecke färbten meine Netzhaut, verglimmten schwarz an den Rändern meiner Wahrnehmung und machten diese kurzzeitig unbrauchbar, als das Licht für meine Sehnerven zu viel wurde. Ich kniff die Augen reflexartig zusammen, nur um sie im nächsten Augenblick angstvoll aufzureißen und überrascht zu keuchen.

Die Helligkeit war gebündelt worden. Über Lanahaa schwebten vier unterschiedlich farbige Lichtkugeln: blau wie die Gulets. Weiß wie die Mensay. Gelb wie die Veritas. Grün wie die Cuiny.

Ich erkannte es sofort. Jeder wusste, welche Farben die vier magischen Gilden unseres Reiches repräsentierten, die zusammen mit dem

Kaiser herrschten, seitdem sich der Rat der Magicians vor etwas mehr als fünfzig Jahren erhoben hatte. Gegen die Politik, die damals nichts auszurichten vermocht hatte und zum angeblichen Wohl der Menschen, die vor dem größten Feind von allen beschützt werden sollten: der Natur, die sich immer mehr von unserem Lebensraum einverleibte. Durch Stürme, Fluten und Dürren – durch Katastrophen, die auch heute noch keiner vollständig verhindern konnte. Magie dämmte immerhin manches ein. Doch den meisten Menschen, die jetzt auf dem großen Platz vor der Bühne standen, ging es wohl wie mir. Sie waren eingeschüchtert, ängstlich und ratlos, was die Kugeln über Lanahaas Kopf zu bedeuten hatten, abgesehen vom Offensichtlichen: Gefahr! Und sicher auch ratlos, ob meine Mutter damit alle vier Richtungen der Magie beherrschte oder deren Färbung nur eine Illusion war, die sie geschaffen hatte, um den Gedanken in unseren Köpfen zu platzieren. Um Furcht zu säen. Trugbild oder Realität, ganz egal. Manipulation war eine fast so mächtige Waffe wie Magie selbst. Zumindest das wusste ich, seit Ivan mich bei der Wahl gecoacht hatte.

Plötzlich glimmten die Kugeln gefährlich auf.

Mein Herzschlag vervielfältigte sich sofort. Ich hätte gern begriffen, was sich vor meinen schockgeweiteten Pupillen ereignete. Hätte gern behauptet, dass ich stark war – bereit, alle zu retten. Dass meine Seele nicht aufgrund der Offenbarungen meiner Mutter in den letzten Minuten in Splitter zerbrochen war, die sich nun mit der Präzision von frisch geschliffenen Messern in meine Organe und die Lunge zu bohren schienen und mich immer mehr am Atmen hinderten. Hätte gern behauptet, dass das Ende der Wahl *nicht* alles zerstört hatte, wofür ich glaubte zu stehen, zu kämpfen. Woran ich mich in den dunklen Stunden festgehalten hatte.

Die Kugeln glimmten heller.

Keiner regte sich.

Tränen rannen mir aus den Augenwinkeln, zogen ihre Spur über meine dreckigen erhitzten Wangen hinunter bis zu meinem Kinn, von dem sie auf mein Schlüsselbein tropften. Ich wollte nicht schwach sein, doch war ich es.

Tausende Menschen verfolgten das Spektakel hier auf dem Platz, Abertausend auf ihren Bildschirmen zu Hause. Und sie alle sahen, wie *die Eiskönigin*, meine einzige und doch zum Schluss so wenig effektive Maske, dahinschmolz. Sahen, wie die Farce unserer heilen Welt aufgedeckt wurde, wie die Missstände in California das Zuckerbrot und die Peitsche überwogen, wie die Regeln des Rates, der Gilden und damit das Kaiserreich seit fünfzig Jahren das erste Mal ins Wanken geriet.

Ich zog die Nase hoch.

Meine Tränen hinterließen einen Film auf beiden Wangen, der sich wie ein unsichtbares Tattoo anfühlte. So, als sei ich gezeichnet worden – von mir selbst. Schlussendlich war ich das auch ein Stück weit, weil alles hier aufgezeichnet wurde. Für die Ewigkeit. Damit konservierten meine Taten ein unsterbliches Bild von mir. Auch wenn uns, der Spezies Mensch, ob nun magisch veranlagt oder nicht, diese von der Natur vermutlich gar nicht geschenkt werden würde. Kaiserreich *Eterny – Eternity ausgeschlossen.*

Wegen Sinessa – meinem Vater – und seinem widerwärtigen Streben nach Macht, das genau wie das des Kaisers alle ins Verderben gestürzt hatte. Und wegen meiner Mutter – der Inkarnation der Rebellion, obwohl ich keine Ahnung hatte, was ihre Show mit einer Rebellion gemein haben sollte. Bislang sah ich keine Auflehnung einer Gruppe, sondern eine Zurschaustellung ihrer selbst, die für keinen hier gut ausgehen konnte.

Wie hatte nur alles so aus dem Ruder laufen können?

Immer intensiver, regelrecht unangenehm glimmten die Kugeln über uns.

Alle starrten inzwischen – gefangen in der Unwirklichkeit dessen, was sich vor ihren Augen abspielte. Genau wie ich. Nicht einmal die kleine Robobotarmee, die die Umgrenzung der Bühne zum Publikum hin sicherte, regte sich.

Mit zitternder Hand wischte ich mir die Nässe vom Kinn – zog Spuren durch den Sand der Arena, der noch immer daran haftete.

Kalt, so kalt waren meine Finger im Gegensatz zur Haut.

Ich hätte gern behauptet, dass ich noch die Gleiche war wie Stunden zuvor. Doch manche Worte und Taten lassen sich nicht zurücknehmen. Die meiner Mutter gehörten unwiderruflich dazu. Sie betrafen mein Wesen auf eine elementare Weise, dass mir nicht klar war, wie ich mit ihnen umgehen sollte. *Ich wusste nicht mehr, wer ich war, wer sie war und was in den letzten einundzwanzig Jahren wirklich echt gewesen war.* Mein Herz und meine Seele trugen tiefe Wunden. Mein Körper war nicht gleichermaßen verwundet, doch schien es mir, als hatte ich plötzlich verlernt, ihn zu steuern.

Die Stille und die seltsame Reglosigkeit um mich waren so surreal wie die Situation. Keiner konnte wegschauen, keiner floh, obwohl alle genau wussten, dass im Bruchteil einer Sekunde etwas Schreckliches passieren würde; wir waren dazu verdammt, hinzuschauen, würden das Geschehen durch die Neugier der menschlichen Natur bis zum bitteren Ende verfolgen.

Wir alle gaben meiner Mutter damit die Bühne, die sie sich ausgewählt hatte. Und obwohl ich inzwischen wieder Schmerzen von meinem Kampf in der Arena in allen Gliedern spürte, verankerte sich mit jeder weiteren Sekunde, die ereignislos verstrich, die unterschwellige Vermutung in meinem Bewusstsein, dass dies – ihr Auftreten – der Anfang von etwas Großem war.

Was nicht hieß, dass es sich dabei um etwas Gutes handelte.

Gewiss war ich mir hier und jetzt nur einer Sache: Ich war nicht bereit, das Ende dieser Entwicklung zu erleben, wenn es aus den Menschen, die ich liebte, Monster machte. Oder vielmehr die Monster in ihnen enthüllte, sie ans Tageslicht brachte und vor aller Augen sichtbar werden ließ.

Die Frau auf ihrem Wolkenthron, sie war mir fremd. So fremd. Alle auf der Bühne, die sie wie in Stein gemeißelt verharrten – inklusive meiner selbst –, waren mir auf einen Schlag fremd. Ich blickte auf ein Geschehen, das die Menschen, die ich zu kennen geglaubt hatte, mitgestalteten. Doch erkannte ich sie nicht wieder; erkannte mich nicht wieder. Da war nur noch Leere – in mir, um mich.

Wo war mein Kampfgeist?

Wo war die starke Josi, die ich jetzt doch so sehr brauchte?

Ich konnte die innere Anspannung, die Zerrissenheit, die unzähligen Fragen und die Angst nicht länger ertragen. *Nicht, nachdem ich gerade erst Phillipe getötet hatte, um zu überleben. Nicht, nachdem ich die Schrecken der Arena gerade erst gegen diese Bühne eingetauscht hatte. Und nicht in Anbetracht der Tatsache, dass Ivan noch immer so weit entfernt von mir, neben dem Kaiser stand.*

Psychischer Schmerz verdrängte einen Schlag lang das Chaos in meinem Kopf. Wandelte es von schwarz-grauem Nichts in rote Glut. Dann war es wieder vorbei. Die Verwundung ließ nach und hinterließ nichts als die Qualen der physischen Wunden beim Ausatmen. Meine Kraftreserven waren erschöpft. Die letzte Aufgabe der Wahl hatte mich fast allem beraubt.

Ich setzte trotzdem ein gezwungenes Lächeln auf – für die Kameras.

Da flackerten die Kugeln hoch oben noch heller.

Meine Mutter hob wieder die Hände, dieses Mal ging es unglaublich schnell. Ihre Fingerspitzen berührten sich und eine hellgrüne Lichtkugel entstand, als sie sie wieder auseinanderzog.

Unsere Blicke verschmolzen, trotz der Distanz, für einen quälenden Herzschlag. Dann blinzelte sie und die Verbindung brach ab.

Sie holte mit einer Hand weit aus, warf die grüne Magie, die sie in dieser gehalten hatte und schloss die Augen. So als wollte sie den Einschlag nicht mitbekommen.

Das hellgrüne Licht raste wie ein Kugelblitz in meine Richtung, auf mich zu und durchdrang im nächsten Moment meine Brust.

Ich spürte ein kurzes Brennen und meine Lippen formten ein gleichermaßen überraschtes wie überrumpeltes O. Doch die begleitende Druckwelle, die mit voller Wucht meinen Magen gegen meine Wirbelsäule presste und meine Rippen zusammenquetschte, machte mir nur zu deutlich, dass die Magie mich voll erwischt hatte. *Dass meine Mutter mich voll erwischt hatte.*

Das stetige Brennen breitete sich aus. Alles in mir schmerzte, ächzte und rang binnen Kurzem um Aufmerksamkeit. Äußerlich zuckte ich mit keinem Muskel, schwankte nicht einmal. Mein Körper war von magischer Hand zur Salzsäule erstarrt.

Etwas stimmte ganz und gar nicht. Panik übertünchte sofort meinen inneren Kampf. *Was hatte sie mit mir gemacht? Was ging hier vor?*

Nach Hilfe und Antworten suchend starrte ich orientierungslos geradeaus.

Niemand schien verstanden zu haben, dass wirklich etwas geschehen war; dass das grüne Licht nicht von mir abgeprallt oder aufgehalten worden war, sondern mich irgendwie äußerlich versteinert und in eine Art lebendige Wachsfigur verwandelt hatte. Keiner rief nach mir oder kam herbei, alle waren auf meine Mutter konzentriert. Was auch daran liegen mochte, dass ich noch immer das verkrampfte Lächeln von eben zeigte, gerade stand und nicht um Hilfe rief – wie auch, es ging nicht.

Alles in mir revoltierte. Doch nach einigen Sekunden erkannte der Rest an klarem Verstand, den ich hatte, dass das nichts brachte. Dass es eine Kraftverschwendung war. Mir blieb nur eine Option: *Ich musste mir selbst helfen, der Magie zu entkommen.*

Ich startete eine möglichst rationale Bestandsaufnahme meines Zustands, um mehr über diesen herauszufinden.

Es war ernüchternd. Mein Brustkorb ließ sich nur noch ein klein wenig heben, das erschwerte das Atmen. Mein Mund und meine Kehle waren völlig starr wie meine Glieder. Ich konnte meine Arme und Beine nicht bewegen, war tatsächlich in meinem eigenen Körper gefangen.

Immerhin ließen sich meine Augäpfel hin- und herrollen. So erkannte ich, dass sich ein hauchzarter, kaum sichtbarer Grünschimmer wie ein engmaschiges Netz gebündelter Strahlen über das bisschen freie Haut zog, das ich aus meiner Perspektive – mit dem leicht gehobenen Kinn – erspähen konnte. *Die hellgrüne Kugel hatte eine Art magischen Käfig aus meiner Gestalt gemacht.*

So tief wie es mir möglich war, atmete ich ein. Die verringerte Sauerstoffzufuhr ließ bereits alles schwerfällig werden. Nicht nur mein Herz war müde. Ich war bereit aufzugeben, die Waffen zu strecken. Sie siegen zu lassen. Lanahaa, meine Mutter, Miss Terious – was immer sie bevorzugte –, wenn es nur aufhörte. Das Kämpfen. Das Töten. Das Quälen. Ich wollte ihr Mysterium nicht lösen, weder heute noch in Zukunft. *Wie gut ihr selbst gewählter Name doch zu all dem passte. Was tat sie mir nur an?*

Ihr blondes Haar wogte hoch oben im Wind der Energiewellen, die ihr Körper selbstbewusst bis hinunter auf die Menge und zu uns auf die Bühne verströmte. Sie sah so unberührt aus. So ungerührt. *Die wahre Eiskönigin.*

Ich war immer nur eine billige Kopie gewesen – die sie jetzt einfach ›eingefroren‹ hatte. Sie hingegen schien es in sich zu haben. Das

Eis. Wasser war eindeutig ihr Element. Daraus bestanden schließlich auch Wolken sowie ihr Thron.

Sie war die Beherrschte und dadurch die Beherrschende.

Ich trug das Feuer in mir. Ein Feuer, das mich einst, während der Wahl, zu verzehren gedroht hatte und nun anscheinend erloschen war. *Für immer?* Ich spürte kein Fünkchen mehr in mir, nur noch Resignation. Dämmerte vor mich hin, von ihrer grünen Magie in Schach gehalten. *Was ist das für eine mächtige Gestaltwandlerlichtkugel gewesen?*, fragte die Stimme meiner Neugier. Mein abdriftender Geist hing jedoch anderem nach.

So wie Lanahaa sich gab, wie sie stumm Hof hielt, hatte ich mir immer das Auftreten des ultimativen Superbösewichtes vorgestellt. Sinessas Auftreten im Endkampf gegen den Kaiser – so in der Art. Meiner Mutter dabei zuzusehen erschütterte mich, entzog mir das letzte elementare bisschen kindlicher Liebe, zerriss das natürliche Band zwischen Mutter und Kind – zwischen ihr und mir – unwiderruflich. Machte mich zu der Hülle, die ich dank ihr jetzt nicht nur physisch, sondern auch mental war.

»*Ergreift sie!*«, hatte der Kaiser vor einer gefühlten Ewigkeit gerufen. *Lanahaa? Mich? Und warum eigentlich nicht Sinessa, unseren alten Regenten? Ihn, den Anstoß des Ungemachs, durch seinen versuchten Mordanschlag auf mich! Wie lange würde es dauern, bis er sich besann und statt wie alle zum Wolkenthron zu gaffen, erneut zu etwas Hinterlistigem ansetzte?*

Könnte ein Angriff auf mich den magischen Käfig brechen? Oder war ich derart gefangen nur noch leichter zu töten?

Meiner Mutter wagte bisher keiner entgegenzutreten.

Ein halbwegs tiefer Atemzug entwich mir. Und als hätte ich unbewusst ein Zeichen gesetzt, kam plötzlich Regung in die Szenerie auf der Bühne.

2

Der Anfang von etwas Großem

Ivan bewegte sich von seiner Position am linken Rand der Marmorfläche, neben dem Kaiser, vor in Richtung Mitte. Mein Herz pochte sofort aufgeregt, als mein Verstand mir kurzzeitig vorgaukelte, er könnte mir zu Hilfe eilen. Doch er rannte weiter in Richtung des vorderen Randes der Bühne und die aufgekeimte Hoffnung in mir wandelte sich zu Enttäuschung.

Meine Rolle als stumme Beobachterin dauerte an.

Sein rötlicher Haarschopf, an dem sich mein Blick nun festsaugte, war mir allzu vertraut. Seine Gestalt, die elegante Art, sich zu bewegen, sein attraktives Gesicht mit den lieb gewonnenen Zügen und den Lippen, die am Morgen noch auf meinen gelegen hatten.

Allein darüber nachzudenken löste eine Welle der Traurigkeit in meinem Körper aus. *War das zwischen uns Liebe? Warum hatte alles von Anfang an so verdammt wehgetan? Und versuchte man sich nicht gegenseitig bei Gefahr zu schützen, statt an der Seite verhasster Personen zu verweilen, wie Ivan es bis jetzt getan hatte?* Andererseits hatte ich mich, als ich es noch gekonnt hatte, auch nicht vom Fleck bewegt. Und schlussendlich war ich mir keinesfalls sicher, ob er dieselbe Zuneigung spürte wie ich.

Die Enttäuschung in mir stieg.

Geistesgegenwärtig kanalisierte ich die resultierende Verzweiflung und versuchte, mentale Energie daraus zu schöpfen. Enttäuschung,

Verzweiflung, Wut – alles war mir recht, solange es meine Lebensgeister erweckte.

Meine Fingerspitzen vibrierten; das Netz aus gebündelten Strahlen, das sich wie eine zweite Haut an meine Gestalt schmiegte, begann daraufhin zu pulsieren. Vermutlich waren es erste Vorboten meines starken inneren Aufruhrs, den weder meine Pixiegene noch die grüne Magie eindämmen konnten.

Davon beflügelt, schürte ich die Emotion. Mir war rätselhaft, was Ivan plante. Ich malte mir das Schlimmste aus, zog mein Bewusstsein in einen Strudel aus Verletztheit und Besorgnis. Immer enger verknüpfte ich die überbordenden Gefühle mit meinem Geist, fokussierte diesen so gut es ging. Ließ die Energie meines Willens zusammenfließen und schleuderte sie dann gezielt als mächtige Kraft wie eine Speerspitze gegen den magischen Käfig, der mich gefangen hielt. Ich gab alles.

Es zeigte sich jedoch kein Loch, kein Riss – *nichts*.

Der mentale Schlag ließ mich schwach zurück. Einzig die grüne Magie hielt meine Gestalt aufrecht, dem magischen Netz hatte ich aber nicht einmal eine Schwachstelle abgerungen. Es war frustrierend.

Ermattet beobachtete ich nun wieder Ivans kraftvolle Bewegungen, die magisch verstärkt sein mussten, so schnell, wie er inzwischen vorwärtskam. Fast hatte er den Rand der Bühne erreicht.

Das rhythmische Aufstampfen von Robobots hinter mir lenkte mich ab. Es dauerte kurz, bis diese in mein Blickfeld rückten. Ein Dutzend der Maschinen bewegte sich seitlich, von dem LED-Bildschirm, der die Rückwand der Bühne bildete, kommend, über den Marmor auf uns zu.

Was hatten sie …?

Plötzlich fühlte ich *etwas* an meinem Handgelenk. Schnell blickte ich hinunter. Warme Haut: eine Hand. *Rayns Hand!* … von der ich wusste, dass der schwarze Stoff darüber zu einem perfekt sitzenden Anzug gehörte, der genauso blutbesudelt und sandig war wie mein Kleid. *Weil wir beide in der Arena gekämpft hatten.*

Erleichterung durchströmte mich. *Richtig, Rayn stand ja immer noch neben mir, weilte an meiner Seite.* Ich war so mit meinem Kampf gegen die grüne Magie beschäftigt und er so ruhig gewesen, ich hatte ihn ganz vergessen gehabt.

Bang hob ich den Blick, sah ihm ins Gesicht, suchte … Ich wusste selbst nicht so recht, was – *Beunruhigung? Beruhigung?* –, und registrierte doch nur seine von Furcht umwölkten Züge, die höchstwahrscheinlich die Miene der meisten hier spiegelten.

Er begriff nicht, in welcher Lage ich mich befand. Und das, obwohl ich nicht reagierte. Da fiel mir ein, dass er die Magie der Gulets und der Mensay in sich trug. *Vielleicht ließ sich seine doppelte Begabung zu meinem Vorteil nutzen. Besonders seine ausgeprägten Fähigkeiten, Gefühle wahrzunehmen.*

Ah!, schrie ich innerlich so laut los wie ich konnte. *Ah!* Und immer weiter: *Ah!*

Er zuckte jedoch mit keiner Wimper.

Damit war klar: *Wenn ein Empath den Aufruhr, den ich innerlich veranstaltet hatte, nicht wahrgenommen hatte, blockierte die grüne Magie selbst mentale Schwingungen.* In meiner Not startete ich einen neuen, verzweifelten Anlauf, um auf mein Elend aufmerksam zu machen und vollführte mit den Augen zuckende Bewegungen. *Vielleicht verstand er das. Immerhin sah ich so sicher irre aus – hoffentlich irre genug.*

Rechts – links.

Links – rechts.

Warum war mir das nicht gleich eingefallen?

Rechts – links.

Links – rechts.

Verdammt, war das anstrengend.

Rechts – links.

Links – rechts.

Verdammt hoch zwei! Er sah ja gar nicht her.

Ich hörte sofort auf, Energie zu verschwenden. Meine Frustration wuchs augenblicklich.

»Die sind ausschließlich für ihn hier«, flüsterte Rayn mir plötzlich, von meinem Drama unbehelligt, mit rauer Stimme zu und nickte mit dem Kinn an mir vorbei. Zu mir sah er noch immer nicht.

Ich blickte so gut es ging in die angedeutete Richtung.

Die Robobots waren bei ihrem Ziel angekommen. Sie ordneten sich und nahmen den Kaiser links von mir in ihre Mitte. Ihn umgab nun ein schillerndes blaues Licht, das ihm aus jeder Pore drang. *Magie.*

Die Elementmagie der Gulets. Doch so faszinierend das aussah, die entgleisten Gesichtszüge seiner göttlichen Heiligkeit offenbarten jedem hier, dass unserem ranghöchsten Magician die Selbstsicherheit abhanden gekommen war. *Na toll.*

Allgemeine Furcht lag in der Luft.

Ich konnte es nicht glauben. *War es nicht an ihm, tapfer zu sein? Sein Volk zu beschützen? Uns zu führen in der dunkelsten Stunde ... oder so ähnlich? Er war der Kaiser! Der mächtigste Mann Eternys – eines der beiden Kaiserreiche der noch existenten Welt! Das sollte ihm doch etwas bedeuten.*

Fassungslos sah ich zu, wie die Robobots die Zwischenräume um den anscheinend *doch nicht* größten Magician unserer Zeit mit einem weiteren, dieses Mal elektrischen Schild schlossen, der sich von ihren metallenen Hüllen aus bildete. Von Rumpf zu Rumpf, von Greifarm zu Greifarm, von Beinstumpf zu Beinstumpf. Einzig die Mündungen ihrer Hightechwaffen blieben außen vor und waren weiterhin schussbereit auf jeden gerichtet, der sich ihnen in den Weg stellen könnte.

Wo war die Blaue Garde?

Ich sah mich um.

Lanahaa war weiter oben gerade damit beschäftigt, ihre vier bunten Energiekugeln von ihrem Wolkenthron aus zu dirigieren. Nach einigen Sekunden meiner Beobachtung meinte ich ein System zu erkennen. Sie hatte die Kugeln geordnet und schickte nun jede schwebende Gildenfarbe nacheinander los, von ihr weg, in eine andere Richtung des Platzes.

Als der Pulk mit dem Kaiser unisono den ersten lautstarken Schritt nach hinten in Richtung der LED-Wand und damit in die Sicherheit des Gebäudes machte, hatte ich genug mitbekommen – alles, was ich wissen musste.

So war das also.

Der Kaiser war ein verdammter Feigling.

Aber hatte ich das nicht längst geahnt, seit mir gesagt worden war, dass er und *Lamentos* ein und dieselbe Person waren? Dass er meine Vorfahrin Rovenna hinterrücks und kaltblütig ermordet hatte, statt einen fairen Kampf gegen sie zu führen. *Was hatte ich von ihm erwartet?*

Stattdessen war es Ivan, der nun für uns kämpfen würde – für uns alle. Ich fokussierte meine Augen wieder auf den vor mir befindlichen Teil der Marmorfläche.

Ah. Da!

Der Kardinal der Blauen Garde verharrte reglos am vordersten Rand der Bühne, während sich langsam eine blaue Kugel, ähnlich einer gigantischen Seifenblase, um seine komplette Gestalt bildete. Sie hüllte ihn von Kopf bis Fuß ein. Der Vorgang ging immer schneller vonstatten, bis sich die durchscheinende Haut der Blase mit einem satten *Plopp!* völlig um ihn schloss. *Ein magischer Schutzschild,* begriff ich, indes sich die Blase mit Ivan darin zuerst behäbig in die Luft erhob, bevor sie beschleunigte.

Am Himmel zogen Lanahaas Kugeln stumm schnurgerade Bahnen, bis es schien, als hätten sie ihr Ziel erreicht. Sie stoppten an den vier äußersten Enden des Platzes und harrten bewegungslos aus, unzählige Meter über den Köpfen der Menschen.

Warum schwebten sie da? Welche Geheimwaffe würden sie beinhalten? Energieregen? Explosionen?! Feuerwerk?

Meine Mutter sah mit sich zufrieden aus. Sie blickte Ivan fast erwartungsvoll entgegen. Der Kampf würde jede Sekunde beginnen und sie freute sich offensichtlich darüber, denn ein feines Lächeln zeichnete sich auf ihrem Gesicht ab.

Der Wind frischte wieder auf. Einzelne Böen fegten über den Platz. Sie rissen an meinen wirren blonden Haaren.

Ich registrierte erst jetzt, dass das Getrappel der Robobots auf der Bühne verklungen war. Der Kaiser hatte sich endgültig verabschiedet, war geflohen. Mit den Maschinen und ihren Waffen.

Rovenna steh uns bei.

Innerhalb der Menschenmenge vor der Bühne wurde das Gemurmel immer lauter. Mit der Flucht des Kaisers fiel die Starre von den Zuschauern ab und die Angst nahm mit den stärker werdenden Windböen zu. Die Reaktion des anwesenden Publikums stand in krassem Gegensatz zu der noch immer vorherrschenden Starre aller auf der Bühne.

Der Drang, sich zu retten vor dem, was auch immer kommen mochte, breitete sich plötzlich wie ein Lauffeuer auf dem Platz aus. Die Menschen rissen sich an der Kleidung und den Schultern herum und packten einander, nur um den Nebenstehenden beiseitezuschieben; um einen Vorteil zu erringen, um sich vorzudrängen. Soweit ich sah, strömten die, die konnten, so schnell es ihnen möglich war, in die Gassen zwischen den Häusern, die vom Platz führten. Doch steckte der Hauptteil der Masse an Leibern noch immer inmitten der Panik fest.

Ivans blaue Blase bewegte sich derweil hoch oben auf Lanahaa zu, hatte sie fast erreicht …

Sie reagierte.

Blaue Lichtblitze prallten von Ivans Schild ab. Das Geräusch, welches das Aufeinandertreffen der Magie verursachte, war ohrenbetäubend. Wie das Donnergrollen eines starken Gewitters, kurz bevor der Blitz einschlägt. *Der Kampf hatte begonnen. Würde einer der beiden Magicians, die mir das Wichtigste im Leben waren, sterben, so wüsste ich nicht, um wen ich mehr trauern würde. Trotz allem, was passiert war.*

Mein Magen revoltierte. Meine Fingerspitzen vibrierten wieder, als der magische Käfig um meine Glieder noch stärker pulsierte. Das Herz klopfte schneller in meiner Brust und meine Lunge ächzte nach Sauerstoff. Mich überkam, als Reaktion auf meine hochkochenden Emotionen, das äußerst befremdliche Gefühl, langsam – Zelle für Zelle in der Hülle, die sich mein Körper nannte – zu ersticken.

Hier auf dieser Bühne hatte alles angefangen. Die Wahl, der Zerfall meines Lebens, mein Untergang. Damals, am ersten Tag der Wahl, hatte ich gedacht, es könnte nicht schlimmer kommen – wie sehr ich mich geirrt hatte. Hier würde es voraussichtlich nicht enden. Aber wenn ich ehrlich war, war unabhängig des Ausgangs des Kampfes heute, doch bereits eine der beiden Personen in der Luft für mich gestorben: meine Mutter. Die Frau, die mich aufgezogen hatte, hatte sich selbst in dem Augenblick ausgelöscht, in dem sie zu einer anderen geworden war.

Vertrauen konnte so schnell zerstört werden.

Man sagte, Ivan sei einer der größten Magicians unserer Zeit. Nun würde sich zeigen, wie mächtig er und wie überlegen meine Mutter sich tatsächlich präsentieren konnte. *Ich wünschte, ich könnte ihm helfen.*

Ängstlich verfolgte ich, wie Lanahaas Hände in kaum wahrnehmbarem Tempo immer weiter Lichtblitze auf ihn abfeuerten und sie dabei nicht im Geringsten angestrengt wirkte. Obwohl sie die elektrische Energie, die unter blauem Flackern von Ivans Schild absorbiert oder ab und zu auch zurückgeworfen wurde, unglaublich viel Kraft kosten musste.

Ivans Gesicht war mir abgewandt, während seine Blase Lanahaas Thron zu umkreisen begann. Mehr und mehr blaue Blitze zuckten von der Außenhaut seines Schildes zu ihr zurück, ganz so, als wollte es nun all die absorbierte Energie wieder loswerden. Dabei wurde die Blase so schnell, dass ich sie bald nur noch als verschwommenen Schemen wahrnahm. Dieser schuf optisch, infolge der Kreisbewegung, einen blauen Ring um den Wolkenthron.

Unruhe beschleunigte meine künstlich ruhig gehaltene Atmung weiter.

Durch die fortwährende Erhöhung der Geschwindigkeit wirkte es, als ob Ivan Lanahaa von allen Seiten bombardierte.

Ich stand kurz vor einer Ohnmacht. In meinem Gehirn verknotete sich das bisschen Hintergrundwissen über Physik, das ich von meiner Mutter aufgeschnappt hatte, mit dem Geschehen. *Wie lange würde Ivan der selbst geschaffenen Zentrifugalkraft standhalten, bis sie ihn aus seiner Umlaufbahn schleudern würde? Oder nutzte er die entstandene Energie und setzte sie irgendwie zu seinen Gunsten ein?*

Jede Synapse in mir stand in Flammen und der Flächenbrand weitete sich aus – von meinem Gehirn kroch er langsam in den Rest meines Körpers. Ich spürte zum dritten Mal ein Kribbeln in meinen Fingerspitzen, richtete meine Aufmerksamkeit jedoch ausschließlich auf das Spektakel in der Luft. Ich wollte keine Sekunde verpassen!

Lanahaa reagierte just auf Ivans Angriffe, indem sie ihre Taktik änderte. Für einen Wimpernschlag hatte ihr Thron noch im Mittelpunkt der energetischen Bombardierung geschwebt, im nächsten war er durch eine einzelne Aufwärtsbewegung an seiner jetzigen Position: zwei Meter weiter oben. *Damit hatte sie sich den Magiestößen geschickt entzogen.* Und deren Schicksal nahm unvermindert ihren Lauf …

Die von Ivans Blase noch Sekunden danach unermüdlich abgefeuerten Blitze prallten in der Luft zusammen, genau dort, wo einst der Wolkenthron gewesen war und kehrten ihre Bewegung von der Stelle ihres Aufeinandertreffens nach außen um. Wie die Zacken eines Sterns lenkte die Energieerhaltung sie zurück zu Ivans Umlaufbahn, aus der er anscheinend nicht so einfach ausbrechen konnte. Nun war es fast unausweichlich, dass ihn einer davon traf.

Das würde er doch nicht zulassen, oder? Geschlagen mit seinen eigenen Waffen, das wäre … zu einfach. Nicht wahr? Die Sorge, die meinen Brustkorb enger werden ließ, zeigte mir, dass das, was ich für Ivan fühlte, nichts war, was so schnell vorbeigehen würde. *Nein,* wollte ich schreien, wollte ihn vor etwas warnen, das er längst gesehen hatte, nur um irgendetwas zu tun, um nicht untätig zu sein, indes er da oben kämpfte.

Ich musste dem magischen Käfig entkommen! Musste die starke Josi in mir finden und die Macht der grünen Magie brechen. Doch wie?

Ich hielt die Luft an, um dem Stechen in meiner Lunge für einen Augenblick zu entkommen. Hatte das Gefühl, dass sich die Zeit verlangsamte. Ignorierte die Taubheit in Höhe meines Brustbeins, die einsetzte, als mir mein Körper zu verstehen gab, dass er eine offene, wenn auch begrenzte Sauerstoffzufuhr allemal bevorzugte und fixierte stattdessen starr die noch immer rasanten Bewegungen in der Luft.

Ich blendete alles um mich aus, mobilisierte den letzten Rest Magie in mir. Ein mentaler Funkenregen brachte mich näher an die Grenze zur Bewusstlosigkeit, dann traf schillernde Magie in mir auf grüne Magie.

Es zerriss mich fast, als die Kräfte gewaltige Spannungen in meinem Körper erzeugten. Diese rasten durch meine Zellen, bevor sie von dem Grünschimmer auf meiner Haut absorbiert wurden.

Der Käfig war stärker denn je.

Was für ein Fehlschlag, dachte ich resigniert – der schwache Abklatsch einer starken Emotion –, saugte wieder Luft wie eine Ertrinkende in meine Lunge, entging damit der Dunkelheit, die bereits an meinem Gesichtsfeldrand lauerte und konnte den Blick nicht von Ivan abwenden. *Gleich, gleich würde einer der Blitze …* Ein Ansatz von Grollen bildete sich in meiner Kehle, nur um infolge meiner Starrheit zu ersterben, bevor er meinen Mund verließ.

Ivan wich erfolgreich seinen eigenen Blitzen aus, indem er nun auch in der Luft aufstieg. *Halleluja.*

Aber es kam schlimmer. Lanahaa setzte zum Gegenschlag an. Gelbe Energiekugeln bombardierten die Ränder der Umlaufbahn, die Ivans Kugel noch immer in einer Art Spiralflug bestritt. Sie fielen senkrecht von oben auf ihn herab wie große Glühwürmchen – von denen jedes einzelne ihn töten konnte, dessen war ich mir sicher. *Und ein Treffer würde nur eine Frage der Zeit sein.*

Just traf einer der gelben Schemen hart auf Ivans Schutzschild.

Ich fühlte mich, als hätte die Energie meinen Magen getroffen, statt ihn aus seiner Kreisbewegung zu katapultieren.

Die blaue Blase, in der er sich befand, schlingerte nach rechts. Gelbe Flammen fraßen aggressiv an der durchsichtigen Außenhaut und ließen den Schild wie den überdimensionierten Kopf eines angezündeten Streichholzes wirken.

Mein Herz zersprang fast, so sehr litt ich mit. Krampfhaft suchte ich einen Weg, um Ivan zu helfen. *Dazu musste ich endlich den magischen Käfig zerbrechen! Jede Art von Magie hatte einen Schwachpunkt. Ich musste ihn nur entdecken und zu meinen Gunsten nutzen.*

Mein Verstand jagte sinnvollen Gedanken hinterher. Ich saugte bewusst so viel Sauerstoff wie möglich in meine Lunge. Für mein Gehirn – um eine Lösung zu finden.

Weitere Energiekugeln rasten mit zischenden Geräuschen an Ivan vorbei.

Grün!, kam mir da ein Geistesblitz. *Grün war die Farbe der Magie, die mich gefangen hielt und es war auch schon die ganze Zeit über der imaginäre Schlüssel zum Käfig gewesen – wenn ich richtiglag.* Die Farbe der Gestaltwandler war ein Fingerzeig. Denn wenn ich bei der Wahl eines gelernt hatte, dann, dass das Wappentier, das in mir schlummerte, Wunder bewirken konnte. Meine Verwandlung in eine Sphinx, die magisch aktivierten Cuinygene, hätten mich gegen das Gift im Schmetterlingshaus immun werden lassen. Womöglich würden sie mich auch gegen die grüne Magie feien.

Ich hatte, seit mich die grüne Lichtkugel getroffen hatte, nicht daran gedacht, mich zu verwandeln, schließlich war meine Gestalt fixiert – außerdem hatte ich mich auch noch nie willentlich zur Sphinx gemacht. Ich wusste gar nicht, ob ich es überhaupt konnte. Meine Augen waren allerdings ein anderes Thema. *Würde ihre Verwandlung ausreichen, um mich zu befreien?*

Ich konzentrierte mich, starrte blicklos geradeaus – und da, keine drei Sekunden später hatte ich das erweiterte Blickfeld der Sphinx. Meine Pupillen waren zu Schlitzen verengt, meine Iriden golden.

Der nächste Atemzug fühlte sich befreiend an. Die Luft füllte meine Lunge bis zum Maximum und ich wusste sofort, dass sich der magische Käfig aufgelöst hatte. *Unglaublich! Doch jetzt gab es Wichtigeres.*

Gesteigerte Panik war mittlerweile aufgrund der sich zuspitzenden Situation über uns ausgebrochen. *Vielleicht nahm ich sie jetzt aber auch nur wahr.* Lanahaas gelbe Energiekugeln, die für Ivan gedacht gewesen waren, kamen den Köpfen der Menge auf dem Platz immer näher. Und würden die gelben Kugeln schließlich einschlagen, würde es viele Menschenleben kosten!

»Rayn!« Meine Stimme überschlug sich, klang rau. »Wir müssen Ivan helfen – den Menschen helfen –, etwas tun!« *Aber was konnten wir tun, um den baldigen Horror zu vermeiden? Um die Menschen zu retten? Damit sie nicht vernichtet werden würden? Verbrannt. Ausgelöscht – einfach so. Weil sie zum falschen Zeitpunkt an der falschen Stelle stehen würden. Opfer, die mit dem, was sich am Himmel abspielte, nichts zu tun hatten. Die zu einer Feier gekommen waren – und sich nun inmitten eines magischen Duells befanden.*

Das bisherige Schieben und Drängen war von einer Massenpanik in ihrer schlimmsten Form ersetzt worden. Schrille Schreie, Wimmern und Heulen drangen zu mir, als die Schaulustigen und die, die bisher aufgrund der Vielzahl an Menschen und den wenigen Ausgängen nicht hatten fliehen können, begriffen, dass es jetzt um Leben und Tod ging. Dass Schaulust sie Ersteres kosten konnte. Und ihnen ihr Leben doch wichtiger war als alles andere – selbst ihre Sensationsgier. Aber auch wichtiger als Menschlichkeit, Nächstenliebe und Hilfsbereitschaft.

Während ich auf das blickte, was eigentlich eine fröhliche Veranstaltung hätte sein sollen, keuchte ich entsetzt auf und konnte nicht begreifen, wie es so weit hatte kommen können. Von dem Sauerstoffentzug zuvor und meinem Kampf gegen die grüne Magie weiter entkräftet, schwankte ich. War aber nicht gewillt, mich meiner körperlichen Schwäche unterzuordnen.

Die Menschen versuchten derweil völlig unkoordiniert zu flüchten. Sie schubsten einander, drückten und rempelten. Vor der Bühne war es bis eben noch recht voll gewesen. Vielleicht hatten die Zuschauer sich so nah an den daraufstehenden mächtigen Magicians sicher gefühlt.

Ich wandte den Kopf nach hinten.

Zweiauge, das Oberhaupt der Gilde der Mensay, ein zahnloser weißhaariger Mann mit spitzem Bart und weißem Mantel, rückte in mein Blickfeld. Er verströmte ein durchdringendes weißes Licht, das in nebelartigen Wellen von ihm ausgesandt wurde und die Menschen auf dem Platz sicher in einen beruhigenden Mantel hüllen sollte.

Er kämpfte gegen die Massenpanik, den inneren Feind.

Ich sah voll unguter Vorahnung nach oben, wo sich Ivan und Lanahaa weiter mit blauen Blitzen sowie gelben Energiekugeln bombardierten und riss sofort die Arme hoch. *Eine der gelben Kugeln von Lanahaas erster Angriffswelle war bereits viel zu nah bei den Menschen.* Feuer züngelte an meinen Fingerspitzen, als ich meine Kräfte zu bündeln versuchte.

Da zuckte ein blauer Elementarblitz über den Himmel und prallte gegen die gelbe Kugel. Beide Ladungen verbanden sich zu einem gleißenden Ball. Dieser schlug mit lautem Krachen nur Nanosekunden später in das Dach eines nahen Hauses ein.

Glas splitterte, Metallstreben ächzten.

Panisch duckte ich mich, um mich zu schützen. Der Reflex kam viel zu spät. Aber ich war nicht unmittelbar in der Gefahrenzone. *Zum Glück.* Als ich mich langsam wieder aufrichtete, schaute ich mich um. Soweit ich es beurteilen konnte, gab es keine Verletzten.

Rayn neben mir holte währenddessen weitere gelbe Energiekugeln mit Elementarblitzen vom Himmel und nutzte die uns umgebenden Häuserfassaden als Bremse. *Er wusste eindeutig was er tat; würde so viele gelbe Kugeln unschädlich machen, wie er konnte.*

Mein Herzschlag pochte laut in meinen Ohren, meine Atmung erzeugte hektische Geräusche und mir war seltsam warm, so schnell zirkulierte das Blut in meinen Adern. Ich versuchte meine Panik zu verdrängen.

Andere waren schneller im Regenerieren und vor allem Reagieren – einige Menschen vom Platz versuchten nun in ihrem Streben nach Leben auf die Bühne zu gelangen. Doch war diese noch immer von Robobots umstellt. Maschinen, die sich bis jetzt nicht geregt hatten. Die keine einzige ihrer Hightechwaffen angehoben hatten, um meine Mutter vom Himmel zu schießen, um dem ganzen Spuk ein Ende zu bereiten. *Warum?* Ich wusste nicht, ob ich es bedauern oder mich darüber freuen sollte.

Mutiger straffte ich mich, war bereit, mein Elementarfeuer einzusetzen.

Auf einmal ertönte ein kollektives Knacken, dann ein Ratschen.

Ich sah verblüfft, wie die Maschinen im Angesicht der panischen Menschen ihre Waffen hoben, statt diesen zu helfen.

Sie konnten doch nicht? Würden doch wohl nicht wirklich … schießen? Wer gab hier die Befehle oder waren sie alle KI – Künstliche Intelligenzen – und entschieden selbst? Hatten sie kein oder ein verqueres Urteilsvermögen; folgten einzig dem irrsinnigen Befehl, die Bühne zu schützen?

Ein Knall aus der Luft ließ mich aus den Gedanken schrecken und hochblicken.

Die Ereignisse überschlugen sich.

Ivan segelte im freien Fall, ohne seinen Schutzschild nach unten. Sein rechter Arm wirkte seltsam verrenkt, die ganze Gestalt leuchtete gelblich, machte keinen wirklich lebendigen Eindruck. *Lanahaa hatte ihn mit weiteren ihrer Energiekugeln erwischt.*

Mein Herzschlag setzte für einen Moment aus. Ich versuchte abzuschätzen, wo er aufkommen würde. Begann in Sekundenschnelle eine Bestandsaufnahme meiner Kräfte. *Könnte ich rechtzeitig …?*

Rayn sprang überraschend neben mir in die Luft und surfte unglaublich schnell auf einer für mich unsichtbaren Strömung in Ivans Richtung.

Ich gaffte mit offenem Mund, als er dessen Körper einige Herzschläge später mühelos aus der Luft über dem Platz pflückte und nur kurz ins Schleudern geriet, als dessen Gewicht seinen Schwerpunkt veränderte. Dass die Luft Rayns Element war, wusste ich. Aber nicht, was sich alles damit anstellen ließ. *Das war ja phänomenal! Ich konnte gar nichts,* wurde mir einmal mehr klar, *nichts im Gegensatz zu ihm oder anderen Magician's, die ihre Magie beherrschten – oder Ivan.* Trotzdem hatte Lanahaa den Kardinal der blauen Garde gerade besiegt – mit einem Knall. *Welch akustische Untermalung.*

Mir entwich ein gequälter Seufzer. Das bloße Stehen verlangte mir, wenn ich ehrlich war, einiges ab. Trotzdem drückte ich den Rücken durch, stabilisierte meinen Stand und täuschte äußerlich Stärke vor. Meine Kräfte regenerierten sich langsam, das spürte ich, seit ich mich aus dem magischen Käfig befreit hatte. *Zu langsam.* Aber immerhin.

Geschwind surfte Rayn währenddessen mit Ivan auf mich zu, ließ sich nur Zentimeter über dem Marmor mit seiner Last auf die Füße plumpsen und drückte Ivans Körper in derselben Bewegung in meine Arme. Dann trat er einen Schritt nach hinten und ließ gleichzeitig los.

Uff! Durch Ivans Gewicht wurde mir die Luft aus der Lunge gepresst. Ich krallte meine Finger in seinen Rücken, um Halt bemüht. *Er war sowieso bewusstlos und bekam es nicht mit.* Überfordert schielte ich zu Rayn.

Dessen Fokus lag allerdings nicht mehr auf mir. Sein Gesichtsausdruck war mörderisch. Seine Haltung zeigte unterdrückte Aggression. Er spannte die Schultern an, als ob er sich rüstete.

Er wollte Lanahaa gegenübertreten. Ich wusste es. Tu das nicht!, wollte ich rufen. Aber er war eindeutig fitter, schneller und konsequenter als ich, denn er stieß sich bereits wieder vom Boden ab.

Rayn schoss einer Rakete gleich fast senkrecht nach oben. Der Luftzug, den seine Bewegung verursachte, brachte mich und meine Last zum Schwanken. Die Muskeln in meinen Armen brannten unter der Anspannung. Automatisch packte ich Ivan stärker, schloss die Arme so eng wie möglich um die mir bekannten Glieder. Sein Kopf kollidierte dabei mit meinem und ich bekam eine ernüchternde Kopfnuss sowie einen Mund voll roter Haare ab. Prustend holte ich Luft und versuchte, unsere Körper endlich ins Gleichgewicht zu bringen, während Rayn sich Lanahaa näherte.

Mein Kampf mit all den Gliedmaßen, meiner Verwirrung und meinem Kräftehaushalt vereinnahmte mich sekundenlang. Erst dann hob ich den Blick.

Blinzelnd erkannte ich hoch oben eine athletische Gestalt, die, in blaues Licht gehüllt, fast bei Lanahaas Wolkenthron angekommen war. *Rayn.*

Als ob er meinen Blick spürte, drehte er den Kopf. Ein grimmiger Zug lag um seinen Mund. Blaue Funken tanzten wild auf den Spitzen seiner braunen Locken und seine Augen glänzten hart. Seine sanftmütige Maske war verschwunden. Nichts als purer Hass sprach aus einem Blick, der mich frösteln ließ, obwohl er – wie schon beim letzten Mal, als Rayn bei der Wahl bezüglich seiner Absichten ehrlich gewesen war – nicht mir galt.

Plötzlich wünschte ich, meine Mutter würde gleich denselben Schock verspüren wie ich, als ich zum ersten Mal den Mann hinter der zivilisierten Fassade gesehen hatte. Als ich verstanden hatte, wie Rayn sein konnte, wenn man ihn gegen sich aufbrachte.

Noch lächelte Lanahaa und wartete, inzwischen wieder bequem auf ihrem Wolkenthron sitzend, auf ihn. Ganz als handle es sich bei Rayns raschem Näherkommen um den Gang zu einer zuvorkommend gewährten Audienz bei ihr. Noch hatte er ihr sein Gesicht auch nicht wieder zugewandt.

3

Der Kampf der Magicians

Ich drehte meinen Kopf weg. Lanahaas Lächeln sagte mir trotz meines Vertrauens in Rayn alles, was ich wissen musste. *Rayn würde als Nächster vom Himmel fallen.* Mein Herz verbat mir daraufhin, noch länger zum Wolkenthron zu starren. Mein Geist gaukelte mir bereits Visionen von Rayns Scheitern und Lanahaas Triumph über ihn vor. *Wie sollte er sie auch besiegen, wenn es Ivan nicht gelungen war?*

Aber was war die Mission meiner Mutter? Wenn sie alle besiegen wollte, konnte sie das schneller und einfacher haben – oder? Wozu diese Aufführung?

Mein Brustkorb fühlte sich ausgehöhlt an. Gleichzeitig schmerzte mein Magen. Ich konnte Rayn nicht allein kämpfen lassen – genauso wenig, wie ich Ivan hier unten ungeschützt ablegen konnte. Nicht in diesem Zustand, oder? Das Gefühl des Zwiespalts mischte sich mit dem Brennen in meinen Armen, mit denen ich weiterhin Ivans Körper umklammerte, als hinge sein Leben davon ab. Die Verantwortung, ihn zu beschützen und sei es nur mit meinen Gliedern als Schild, lastete schwer auf mir.

Ein anschwellendes Sirren, das nun so laut wurde, dass ich es unmöglich ignorieren konnte, machte mir auf einen Schlag bewusst, dass uns bald noch andere Gefahren drohten als Lanahaa. *Hatte sie darauf gewartet?* Alarmiert suchte ich die Luft nach der Ursache des Geräusches ab.

Ich fühlte mich in der Pflicht, etwas zu unternehmen. *Wieso war ich so furchtbar schwach?* Nach Schritt 1: *Befreiung von der grünen Magie* musste ich dringend zu Schritt 2: *Kraft schöpfen* übergehen, um danach Schritt 3: *Kick their asses* verwirklichen zu können.

Drohnen flogen in Massen in mein Blickfeld, über die Häuserdächer, auf uns zu. *Sie* verursachten das Sirren! Noch bestand der Schwarm aus gerade identifizierbaren Punkten am Horizont. Doch beging ich nicht den Fehler, die Bedrohung zu unterschätzen. Es war eine Armada aus geflügelten Maschinen, die stetig näher kam.

Wunderschön. Tödlich? Gehörten sie den Rebellen oder vielleicht doch Eterny?! Dem Kaiser?

Es klackte ein Mal laut.

Zu laut, um weit entfernt zu sein. Ich riss den Kopf herum.

Die Robobots vor der Bühne richteten gerade unisono ihre Gewehre mit der Laser-Zielvorrichtung auf etwas aus. *Sie hatten soeben die Waffen entsichert,* wurde mir klar.

Klack-Klack-Klack, schickten sie auch schon Geschosse nach oben, in Lanahaas und Rayns Richtung.

Sie verteidigten keineswegs die Bühne vor den Menschen – sondern vielmehr die Menschen vor der Gefahr aus der Luft. Ich hatte mich geirrt. Angst und Hoffnung pulsierten ungeahnt heftig durch meine Adern. Angst um Rayn. Hoffnung darauf, dass das Spektakel schnell ein Ende fand. Zivile Opfer und Schäden an zivilen Einrichtungen hatten meine Mutter bisher nicht interessiert. Die Notwendigkeit eines Gegenangriffs war damit längst gegeben. *Die Robobots waren stark, aber wie sollten sie entscheiden, wann welche Form und Intensität von Gewalt angemessen war, um den Angriff von Lanahaa zu stoppen?*

Ich nahm an, dass die Robobots eigens dafür geschaffen worden waren, in Konflikten mit dem eigenen Volk zu intervenieren. Es waren vermutlich nicht die wahren Kampfmodelle, die Tekre Industries herstellte. Ihr Algorithmus sollte die Anwendung von Schusswaffen außer zur Verteidigung von Zielpersonen oder Bauwerken nicht wählbar machen. Und sie sollten keine Gewalt im eigentlichen Sinn gegen Menschen anwenden dürfen, auch wenn ihre Waffen tödlich sein konnten und ich gerade jetzt hoffte, dass sie etwas ausrichten würden – ohne Rayn zu treffen.

Auf die Situation, in der wir steckten, war weder Mensch noch Maschine vorbereitet. Außer jemand steuerte die Robobots, die nun zum Leben erwacht waren. Griff der Kaiser durch? Übernahm Verantwortung?

Die Aussicht darauf begann in mir zu arbeiten, wandelte sich in Erleichterung, die zunahm wie die Intensität von Strahlen bei einem Sonnenaufgang. Sie kroch bis zu meinem Gesicht und den Fingerspitzen und wärmte mich von innen.

Langsam begannen meine klammen Hände von Ivans steifen Gliedern abzurutschen. *Ich konnte ihn nicht mehr lange halten. Was sollte ich tun?*

Schüsse hallten ohrenbetäubend über den ganzen Platz. So laut, dass sie mich aus der Überforderung rissen. Sanft ließ ich den schlanken Körper an mir herabgleiten. Spürte dabei den Atem, der ihm entwich. *Er atmete, das war gut, auch wenn seine Gesichtsfarbe bedenklich blass wirkte.*

Voll Bedauern legte ich seine Gestalt auf dem Marmor ab. Da ich wusste, dass man Blitzen wenig Angriffsfläche bieten und die Füße zusammenstellen sollte, sodass diese sich berührten und den Boden nur an einer Stelle, platzierte ich Ivans Körper in einer dementsprechend abgewandelten Version der stabilen Seitenlage. *Vielleicht würde das auch bei magischen Energieladungen helfen. Im Moment konnte ich nichts mehr für ihn tun.*

Als ich mich unsicher erhob, wurde mir die vorhergehende Hoffnung allerdings auf einen Schlag genommen. Die Schüsse der Robobots verhallten in der Luft, ohne etwas auszurichten. Die noch anwesenden Menschen drängten sich im hinteren Teil des Platzes zusammen. Dort lagen die verstopften Ausgänge. Jegliche Schreie waren verstummt. Die Geräuschvielfalt war durch das Stakkato der Gewehre ersetzt worden.

Klack-Klack-Klack!

Ich blickte nach oben.

In der Luft vollführte Rayn weit ausholende Armbewegungen. Unsichtbare Ströme schienen wie Seile zwischen ihm und meiner Mutter zu verlaufen. Ihre Bewegungen spiegelten sich auf eine eigenartige Weise wie bei einem Paartanz.

Momentan fiel das Ergebnis des Seilziehens, das sie veranstalteten, zu Lanahaas Gunsten aus. Meter für Meter zog sie Rayn näher zu sich. *Was würde sie mit ihm machen, wenn sie ihn hatte?*

Zutiefst beunruhigt biss ich mir auf die Unterlippe. Sah der Drohnenarmada entgegen, die schon fast die umliegenden Häuserdächer erreicht hatte. *Was würde diese tun, wenn sie bei uns angekommen war? Würde sie feuern? Auf wen?!*

Noch einmal blickte ich zu Ivans exponierter Gestalt am Boden. Die Gegend um mein Herz fühlte sich seltsam flüssig an, als ich Bedauern spürte. Alle Gefühle, die die Leere in mir zuvor verschluckt hatte, vermischten sich, während meine inneren Barrieren fielen.

Ich brach fast in die Knie, war nicht darauf gefasst gewesen, dass es sich *so* anfühlte, wenn das eigene Herz glaubte, das Wichtigste aufgeben zu müssen. Unabsichtlich biss ich mir auf die Zunge und keuchte vor Schmerz. Indes ich den metallischen Geschmack von Blut zusammen mit all dem mentalen Ballast zu verdrängen versuchte, krampfte mein Körper und schüttelte sich, als hätte er plötzlich ein krankhaftes Eigenleben entwickelt. Ekel ließ mich innehalten und wieder einen Fokus finden.

Gefasst hob ich mein Kinn und erstarrte.

Die vier Kugeln, die von Lanahaa zu Beginn erschaffen worden waren, hatten sich durch Lichtschnüre in den Farben der Gilden verbunden. An jeder der Schnüre bildete sich nun, ähnlich eines sich von oben ausrollenden Vorhangstoffs, ein schillernder Schutzschild. Über Häuserdächer, -wände und den betonierten Untergrund ergoss sich die Magie in einer Kaskade aus Energie und schnitt jegliche Fluchtwege ab. An den Ecken vereinte sie sich und umschloss den Platz, die Bühne sowie den Luftraum darüber wie eine kubistische Glocke. Selbst oben hatte sich, ähnlich eines Daches, ein hell glühendes Flickenwerk aus Magie gebildet.

Ich blinzelte einmal und schon schlossen sich die letzten Lücken restlos. Wir waren in einer Art magischer Büchse der Pandora gefangen, aus der es keinen Ausweg gab. Die vier bunten Energiekugeln an den oberen Ecken leuchteten mit jedem verstrichenen Augenblick heller.

Ein seltsames Geräusch ließ mich eine Seite des Schildes genauer betrachten. *Ratter, ratter, ratter.* Es wurde immer lauter.

Der beachtliche Drohnenschwarm hatte Sekunden zu spät den Schild erreicht und offensichtlich sofort das Feuer von außen eröffnet. Ich konnte nicht genau sehen, mit was geschossen wurde, erkannte nur einzelne Blitze und die Einbuchtungen, die die Geschosse bei ihrem Aufprall am Schild verursachten.

Was, wenn der Schild irgendwann in sich zusammenbrechen würde und das Schussstakkato auf die Menschen niedergehen würde, die nicht mehr hatten fliehen können?

Ein paar wenige magisch Begabte versuchten direkt mutig an den Rändern des Schildes einen Durchgang zu schaffen, schlussfolgerte ich aus ihren Versuchen, es von innen zu attackieren. Soweit ich sehen konnte, erfolglos. *Vielleicht schafften wir es aber gemeinsam.* Voll Tatendrang sah ich mich auf der Bühne um.

Sir Isaacs schmale Gestalt in blauen Kniebundhosen mit blauem Leinenhemd und einem ebenfalls blauen Barett, seines Zeichens Oberhaupt der Gilde der Gulet, stand noch immer ganz auf der rechten Seite. Sein Blick fixierte voll grimmiger Entschlossenheit die blaue Kugel, die hoch oben fast in direkter Linie über ihm schwebte. Seine Lippen bewegten sich im stillen Klang unausgesprochener Worte, die er wohl schon eine Weile murmelte da er mitten im Singsang war. Seine blau glühenden Hände malten komplizierte Muster in die Luft.

Er versuchte die Kugel zu zerstören, wurde mir klar. Und diese wirkte bei genauerem Hinsehen tatsächlich, als würde ein feinmaschiges Netz aus helleren Energiefäden um sie wachsen. *Vielleicht wollte er sein Magiegebilde am Ende zuziehen und die Kugel so zerstören? In Teile schneiden – implodieren lassen?*

Der Gedanke an Zerstörung fühlte sich gut an. In meinem Bauch regte sich Wut. Besonders, da ich von den ehemals vier Gildenoberhäuptern, die auf dem Marmor gestanden hatten, nur noch ein weiteres entdeckte. *Zwei der vier mächtigsten Vertreter der magischen Begabungen des Kaiserreiches waren übrig, wenn es hart auf hart kam. Die anderen beiden hatten sich heimlich aus dem Staub gemacht; hatten lieber ihre eigene Haut gerettet als die der Menschen, die ihnen ihre Position ermöglichten – ganz wie der Kaiser.*

Bitterkeit stieg in mir auf. Missy Verovena, das weibliche Oberhaupt der Gestaltwandler, eigentlich leicht zu erkennen unter den Männern, sowie das Oberhaupt der Veritas, Meister Lemary, mit seinem beachtlichen Wanst und dem großen Schädel, fehlten. Zweiauge, das Oberhaupt der Gilde der Mensay, stand hingegen weiterhin an der Seite von Sir Isaac.

Ich sah, wie das nebelige Weiß der Iriden seine Pupillen fast vollkommen verschluckt hatte. Er sandte noch immer nebelartige Wellen aus und versuchte die übrigen Menschen zu beruhigen. In dem Moment begann seine Gestalt zu schwanken, wohl weil es ihm bereits einiges abverlangte, so viele so lange gleichzeitig zu beeinflussen.

Sir Isaac, ein Mann weniger Worte, hakte ihn unter, ohne in dem innezuhalten, was er tat. Zweiauge zu stabilisieren kostete ihn kurzzeitig die Bewegungsfreiheit seiner Hände, doch seine Lippen bewegten sich weiter.

Mein Blick schnellte nun ganz nach rechts, wo ich Sinessa vermutete. *Wenn er sich nicht auch aus dem Staub gemacht hatte.*

Mit großer Überraschung registrierte ich, dass er noch auf der gleichen Position wie zu Beginn der missglückten Zeremonie stand und sein Blick sowie der von Sir Isaac auf eine der Kugeln über uns gerichtet war. Er fixierte die gelbe und schickte Feuerbälle nach oben. Schweiß lief ihm über die Stirn und die Wangen. Er arbeitete wohl auch schon eine Weile daran. Sein Körper flackerte im Gelb seiner Gildenmagie und doch musste er auch mindestens doppelt begabt sein.

Feuer – meine Gabe. Die Entdeckung verband uns enger, als mir lieb war. »Habe ich das von ihm geerbt?«, flüsterte ich unwillkürlich. Dass Sinessa auch nur einen Finger krümmte, geschweige denn für etwas schwitzte, brachte ich nicht mit meinem Bild von ihm in Einklang. Er kämpfte gerade auf der richtigen Seite. Das erste und einzige Mal, so vermutete ich. *Eine Macht, die alles zu zerstören drohte, verbündete sogar Todfeinde.*

Ich schöpfte aus meiner wiedererwachten Kraft und macht es wie bei der letzten Aufgabe der Wahl. Meine Gedanken schufen ein Bild, das so echt, so lebendig wurde, dass ich es nicht nur vor meinem inneren Auge, sondern schließlich auch in der Realität sah: Mit bloßen Händen formte ich zwei immer größer werdende und heller brennende Feuerbälle.

Ich schleuderte je einen in Richtung der weißen und der grünen Kugel.

Mein Feuer erreichte die Kugeln jedoch nicht. Es war nicht heiß genug und erlosch auf dem Weg. *Wenigstens hatte ich es probiert. Aber ich brauchte eine effektivere Kraftquelle. Mein Körper regenerierte sich viel zu langsam. Oder … Vielleicht musste ich einfach üben und besser werden?*

Ein Funkeln im Augenwinkel zeigte mir, zusammen mit dem unablässigen *Klack-Klack-Klack!*, dass die Robobots noch immer feuerten. Doch war in einer Luft, die aus gelenkten Luftströmen und magischen Energieladungen bestand, wohl kein normales Verlaufen jeglicher Flugbahnen möglich.

Meine Mutter und Rayn grillten sich indes hoch oben wie Zitteraale, die durch einen magischen Faden verbunden waren. Ich sah, wie Schmerz ihrer beider Gesichter verzerrte, als Rayn wieder und wieder seine Elementarkraft, die sein Haar schon bei unserer ersten Begegnung hatte leuchten lassen, entfesselte. Plötzlich verstand ich, dass er das Tauziehen nur mitgespielt hatte, um näher an sie heranzukommen. Um sie in dem Glauben zu wiegen, dass sie gewann, während er sich einen Vorsprung verschaffte, sie immer näher an sich band, um die beste Chance zu erhalten, seine Energie ohne Verlust in sie fließen zu lassen. Sie von innen heraus auseinanderzureißen oder etwas in der Art. Nun hieß es: *mitgefangen, mitgehangen* und sie litten beide.

Während ich neue Feuerbälle formte – dieses Mal war es einfacher, wohl weil ich den Dreh raushatte –, stieg eine Erinnerung in mir auf. Ich hatte einmal in meinem ersten Semester halbautonome Robobots mit Elektroschockpfeilen bei einer Kundgebung an meiner Uni beobachtet. Sie waren zusätzlich mit Tränengas ausgerüstet gewesen und hatten beides eingesetzt, als sich ein paar meiner Kommilitonen nicht mit Worten davon hatten abbringen lassen, die ungenehmigte Kundgebung zu beenden. Jeder Pfeil, der sein Ziel getroffen hatte und das daraufhin zitternde Häufchen Mensch hatte ein Bild des Grauens vor meine Augen gezeichnet.

Aber das hier – das war weit schlimmer.

Ich schickte meine Feuerbälle in die Senkrechte, ohne ihre Flugbahn zu verfolgen.

Taumelte leicht, bevor ich mich auf meinen Stand und mein Wissen konzentrierte. Wenn ich mich nicht irrte, begann dort oben bei meiner Mutter und Rayn bereits die Phase der Muskelverkrampfungen. Ich wusste, dass fast alle menschlichen Organe aufgrund elektrischer Impulse, die vom Gehirn ausgehen, funktionieren. Dass diese Impulse unsere Bewegungen steuern, dass sie für unsere Sauerstoffversorgung und dadurch indirekt unsere Hirntätigkeit verantwortlich sind. Denn ich hatte unmittelbar nach der Kundgebung einiges nachgelesen.

Die Gefahr des Herzkammerflimmerns war nun bei Lanahaa und Rayn allgegenwärtig. Und würde es zu Herzrhythmusstörungen kommen, könnte als Folge davon die Herztätigkeit ausfallen. Es käme höchstwahrscheinlich zum Kreislaufstillstand. Aufgrund des Sauerstoffmangels würde dies schon nach kurzer Zeit zu einer Schädigung des Gehirns führen. Spätestens dann würden sie abstürzen und mit ihnen die vier Kugeln, die meine Mutter zu Beginn geschaffen hatte und bestimmt noch immer kontrollierte.

Der Schild, der die Projektile der Drohnen von uns trennte, würde seiner Magiequelle beraubt, im Bruchteil einer Sekunde erlöschen. Und wir würden sterben – genau wie Lanahaa und Rayn. Die Drohnen würden uns erwischen, sie würde entweder der Sauerstoffentzug, der Aufprall ihrer Körper am Boden oder einer der Robobots mit seinem Gewehr töten.

Kalte Schauer liefen mir den Rücken hinunter.

Ich hatte die Erinnerung an den Tag in der Uni bis heute verdrängt, da so etwas Rovenna sei Dank nie wieder vorgekommen war. Jetzt stieg sie weiter in mir auf, ohne dass ich es verhindern konnte.

»*Hast du diese Monster entwickelt?*«, hatte ich meine Mutter damals, zurück zu Hause, tränenüberströmt gefragt. »*Hast du Maschinen und Waffen geschaffen, gegen die sich die Mehrzahl von uns nicht verteidigen kann?*«

Meine Mutter hatte lange geschwiegen. Hatte meine Fassungslosigkeit, meine Angst und Panik in sich aufgenommen und die Lippen geschürzt.

»*Hast du?*«, hatte ich sie zu einer Antwort drängen wollen. Undamenhaft hatte ich in der anhaltenden Stille zwischen uns meine Nase hochgezogen. Mein Benehmen war mir egal gewesen. Vielleicht hatte ich sie damit sogar ein klein wenig strafen wollen.

Sie hatte mich nur ausdruckslos angesehen. »*Nicht dafür*«, hatte sie schließlich geflüstert. »*Nicht dafür.*«

Nun schien es, als sei sie das größte Monster von allen. Durch ihre Magie sozusagen immun gegen zumindest einige ihrer eigenen

Waffen. Imstande, die Munition der Robobots abzuwehren, die die übrigen Menschen auf dem Platz innerhalb eines einzigen Herzschlages massakrieren könnte. Aber vermutlich könnten die Robobots die Menschen auch mit ebenjenen elektrischen Schilden schützen, mit denen sie den Kaiser geschützt hatten. *Oder? Oder nicht? Waren das andere Modelle gewesen?*

Ich ballte die Hände ungewollt an meinen Seiten zu Fäusten, spürte erneut, wie das Kribbeln meiner Emotionen und Magie in mir aufstieg, wie es meine Haut besetzte. Wie endlich der Großteil meiner Kraft zurückkehrte.

All diese Menschen, die wehrlos auf weitere Energiebälle, oder was immer auf sie herabregnen würde, ausharrten. All diese Leben, die das hier kosten würde. Die Ungerechtigkeit darüber stieg in einem Gefühl des Betrugs in mir auf. Ich fühlte mich verraten, von allen. Der verdrängte Schmerz darüber kam zurück, besetzte meine Venen, meine Adern und jedes noch so kleine Blutgefäß. Ich wollte nicht wehrlos hier herumstehen, ich wollte mich nicht weiter wie ein Bauer in einem Schachspiel fühlen, der nach Belieben herumgeschoben wurde.

Vielleicht war ich nur Josi, die dumme Gans, mit der Ivan es nicht ernst meinte. Vielleicht war ich nur Phinchen, die erst von Rayn hatte gerettet werden müssen, um die Wahl zu gewinnen. Und ja, vielleicht war ich nur Josephine Streisand, ein Dorn im Auge meines Vaters. Aber ich war auch eine Sphinx! Mir waren Sama und Neves untertan, weil ich etwas in ihnen erweckt hatte – also musste es auch etwas in mir geben, das für sie wert war, ihr Leben in meinen Dienst zu stellen. Eine Macht, eine Kraft!

Etwas, das die Frau da oben – meine Mutter – aufhalten konnte.

Etwas, das all dem hier ein Ende setzen würde.

Ich sah auf meine Hände hinunter, spürte das Prickeln so stark wie nie. *Und da! Sie leuchteten!* Zuerst schwach, dann immer stärker. Allerdings nicht durch mein Elementarfeuer oder wie zuvor Ivan, Lamentos oder Rayn im Schein blauer Magie – nein, meine ganze Gestalt leuchtete nun in allen Prismenfarben. Den Farben der vier Gilden.

Und ich würde jede einzelne meiner Begabungen nutzen, um Lanahaa zu Fall zu bringen! Um sie vom Himmel zu holen, auf dass sie sich nie wieder über irgendwem erheben würde.

4

Flügel

Von meiner Wut beherrscht, starrte ich nach oben. Fixierte die Frau, die mich verraten hatte. Das Gefühl des Hasses auf die Situation, das mich auf einmal überkam, war unglaublich intensiv und es schwoll immer weiter an; wurde von mehr geschürt als nur von Enttäuschung, bloßem Zorn oder Rachegelüsten. Es wurde von der vorhergegangenen Hilflosigkeit geprägt und der noch immer andauernden Fassungslosigkeit, die ich nicht abzuschütteln vermochte.

Der Verrat an sich war eine vergangene Handlung, aber meine Mutter würde nun immer das Ebenbild dessen sein, die Inkarnation ihres Verrats, den sie an mir begangen hatte. Das, was sie mir angetan hatte – im Bruchteil eines Satzes –, war zu einem eigenen und vor allem eigenartigen Gefühl in mir geworden.

Ich hatte sie geliebt, hatte mich um sie gesorgt, hatte alles getan, was sie von mir gewollt hatte, inklusive die ihrer Meinung nach angemessene Kleidung zu tragen, die mir zuwider gewesen war und nicht zu vergessen die Teilnahme an der Regentschaftswahl.

Ich hatte für sie gekämpft! Und sie hatte mich die ganze Zeit über gelenkt. Wohin hatte uns das geführt – wohin würde es uns noch führen? In die gegenseitige Zerstörung?! Die Bitterkeit in mir, das Gefühl des Verlorenseins – würden sie je wieder schwinden? Würde ich je wieder irgendwem vertrauen können? Jemanden vorbehaltlos lieben können?

Ich hatte so viel verloren und die Leere, die dies zurückgelassen hatte, schmerzte in meinem Innersten schlimmer, als es jede physische Wunde meines Körpers je vermocht hätte. Misstrauen gegen alles und jeden war längst in mein Herz gekrochen – schon während der Wahl. Nun richtete es sich auch gegen all diejenigen, denen ich zuvor noch Vertrauen entgegengebracht hatte. Gegen den kleinen Kreis meiner Freunde und Familie, der nun noch mehr zusammenschrumpfte, weil ich keine Familie mehr hatte.

Wie oft hatte ich während der Wahl gedacht: »Das muss doch jetzt endlich vorbei sein!« Doch es war stets anders gekommen, als ich es mir gewünscht hatte. Aber es musste endlich vorbei sein! Und heute würde es das auch.

Ein krächzendes Lachen entwich meiner Kehle auf die Erkenntnis hin, dass ich mein Schicksal in der Hand hatte, nun stark genug war. Die Zeit des Handelns war gekommen, wenn ich sie besiegen wollte. *Und das wollte ich mehr als alles andere!*

Rayns Körper zuckte in der Luft über dem Platz. Weißer Schaum hatte sich vor seinem Mund gebildet, weil Spucke aufschäumte. Seine Gesichtsfarbe wirkte auf die Entfernung weiß wie Kreide. Gelbe Blitze sprangen über die letzten Funken des blauen Leuchtens, das seinen Körper immer schwächer glühen ließ. Der magische Faden zwischen ihm und meiner Mutter existierte nicht mehr.

Was immer Lanahaa da oben mit ihm machte, er wirkte wie von einer unsichtbaren Hand – ich nahm an, dem Wind – in der Luft gehalten, während sie ihn folterte. Und es würde noch absurder werden, bevor es besser werden würde, dessen war ich mir gewiss.

Meine Haut leuchtete inzwischen so hell, dass es mich blendete. Ich hatte keine Ahnung, was mein Körper da tat, aber ich fühlte die anwachsende, fast riesige Magiequelle in mir, von der ich immer vermutet hatte, dass jeder Magician sie in sich tragen musste.

Ich hatte die Begabungen aller vier Elemente. Ich hatte gesehen, was sich mit meiner Vorstellungskraft schaffen ließ. Nun würde ich sie gegen meine Mutter einsetzen.

Mein glühender Hass gegen ihren Pragmatismus.

Feuer gegen Eis.

Möge die Stärkere gewinnen!

Ich presste die Lippen aufeinander. Meine Kiefer knirschten leise, als Zahnreihe auf Zahnreihe traf. Meine Augenbrauen senkten sich, meine Nasenflügel erzitterten.

Rayn hing wie eine Vodoopuppe in der Luft. Je länger ich hinsah, desto weniger war ich Herrin meiner Sinne. Die Ablehnung hatte mich in ihrem Würgegriff und meine Sicht verschwamm vor Wut. Dann spürte ich einen Windzug an meinen Ohren, drehte unversehens den Kopf … und begriff, dass ich zu meiner Sphinxsicht nun auch Flügel hatte. Ich stockte in der Bewegung.

ICH HATTE FLÜGEL!

Wieder einmal – allerdings zum ersten Mal, während ich noch immer in meinem Menschenkörper steckte.

Ganz von allein hob ich die Hände an, verdrängte alles außer den runden Kuppen meiner Finger. Und sah prompt, wie die leuchtenden Spitzen in Flammen aufgingen.

Ich steckte jedes Quäntchen Energie, das ich in mir zu fassen bekam, in das Feuer. Nährte es, bis es eine tödliche Hitze erreicht hatte.

Als ich meinen Blick fokussierte, verließ mich der geballte Schwall Kraft. Kurz blinzelte ich, rang um Gleichgewicht aufgrund des Rückstoßes. Nachdem ich wieder sicher stand, war die Anspannung jedoch nicht mit aus meinen Knochen gewichen und das Ergebnis meiner Bemühung auch nicht das gewünschte. Statt dass ich Feuer bis zu Lanahaa geschickt hatte, war die Flammensäule wohl trotz meiner wiedererlangten Kraft in der Luft vor mir verpufft.

Allerdings befand sich Rayn im unkontrollierten Sturzflug; vielleicht weil Lanahaa auf mich aufmerksam geworden war und ihn losgelassen hatte.

Fieberhaft begann mein Geist zu arbeiten. Er sah nicht gerade lebendig aus – genau wie Ivan zuvor. *Noch wenige Sekunden, dann würde sein Körper am Boden zerbersten*, sagte mir mein Verstand. *Er würde sich nicht selbst retten können. Ich hatte Flügel, aber ich war noch nie geflogen. Konnte ich es?*

Das war der Punkt, ab dem ich jegliche Gedanken sein ließ und nur noch reagierte. Ich ging leicht in die Hocke, wie ich es zuvor bei Rayn gesehen hatte, registrierte Ivans noch immer bewusstlose Gestalt, die unverändert neben mir auf dem Marmor lag, dann stieß ich mich mit aller Entschlossenheit vom Boden ab.

Meine Flügel entfalteten sich in der Luft von ganz allein zu ihrer vollen Spannweite und ich katapultierte meinen Körper mit großen Flügelschlägen in Richtung der Mitte des Platzes. Meine Bewegungen waren noch unbeholfen, aber es fühlte sich natürlich an und dort vermutete ich, dass sich Rayns Körper in den Boden rammen würde – wenn ich es nicht verhinderte.

Ich flog und flog.

Einige Herzschläge später war ich auf der anvisierten Position, nutzte intuitiv meine Beine als Luftwiderstand und drehte mich damit, wie mit einem Steuerruder, von der Bauchlage in die Senkrechte, um einen besseren Blick auf den Himmel zu erhaschen.

Während Rayn noch immer wie ein Stein fiel, hatte Lanahaa sich neu geordnet. Sie strebte ihrem Wolkenthron entgegen, formte bereits neue gelbe Energiekugeln und zielte damit …

Schwebend verfolgte ich mit den Augen deren Kurs … *auf die Bühne!*

Ich fauchte unmutig.

Noch hatte ich Zeit, etwas dagegen zu unternehmen und dort gab es keine Unbeteiligten, die sie töten würde. Dafür aber vier Magicians, von denen inzwischen drei die bunten Kugeln, die den Schild hielten, vom Himmel zu holen versuchten.

Zweiauge hatte sich der weißen Kugel zugewandt. Milchige Nebelschwaden verbanden ihn mit ihr und ich hatte das Gefühl, dass sie bereits schwächer leuchtete als zuvor. Er richtete etwas aus, das wertete ich als gutes Zeichen.

Ungeduldig justierte ich meine Haltung, sank zu Boden und stellte mich breitbeinig hin, um Rayns Körper aufzufangen. Ich hatte zu viel Angst davor, ihn in der Luft zu verfehlen, hoffte nur, dass er uns nicht beide durch die Geschwindigkeit seines Falls in die Erde rammen würde.

Tief einatmend streckte ich die Arme aus.

3 – 2 – …

Die Wucht seines Aufpralls war ernorm. Mein Kehlkopf wurde von seinem Ellenbogen getroffen und ich würgte augenblicklich. Tränenflüssigkeit schoss mir in die Augen und machte mich blind, doch ich ließ ihn nicht los. Umschloss seinen großen Körper störrisch mit meinen Armen und begann meine Flügel zu bewegen, um uns zu stabilisieren.

Sekunden später hatte ich alles einigermaßen unter Kontrolle. Wir schwebten nun circa zwanzig Zentimeter über dem Boden. Rayns Körper fühlte sich seltsam steif an. Angst keimte in mir auf. Vorsichtig schüttelte ich ihn. »Rayn!« Meine Stimme klang piepsig. Er bewegte sich nicht. »Rayn!«

Hatte sie ihn etwa ...?

»Rayn!« Mein panischer Schrei gellte über den Platz. *Er* sollte ihn hören. *Er sollte aufwachen! Jetzt.*

Doch es passierte nichts.

Meine Kehle war wie zugeschnürt, als sich mein furchtbarer Verdacht erhärtete. Unglaublich schnell, fast in Zeitraffertempo flog ich mit Rayns starrem Körper in den Armen los, in Richtung der Bühne und zu Ivans Gestalt. *Ich musste vor den Energiekugeln ankommen. Musste ihrer beider Leibe beschützen.*

Rayns zusätzliches Gewicht zwang mich bereits nach drei Flügelschlägen die Geschwindigkeit zu reduzieren. Eine einzelne Träne bahnte sich ihren Weg zwischen meinen Wimpern hindurch, rann über meine Wange.

Mein Vater wollte mich töten.

Meine Mutter wollte meine Freunde töten.

Und alle wollten meine Mutter töten.

Wenn jeder sein Ziel erreichen würde und das ein Ausblick auf meine Zukunft war, wollte ich in dieser Zukunft nicht leben. Wobei ich dann, genau betrachtet, sowieso nicht mehr leben würde. Und falls das, was meine Mutter da oben bot, ihr großer Masterplan war, hätte sie mich besser gleich von Sinessa flambieren lassen sollen.

Je näher ich der Bühne kam, desto wütender wurde ich wieder. Die Anstrengung und die ungewohnten Muskelbewegungen auf meinem Rücken taten das ihre, um jedes bisschen emotionaler Lethargie abzuschütteln und meine ganze Konzentration zu fordern.

Der wieder aufflammende Hass löste die Angst in mir vollkommen ab und übernahm das Ruder. Dieses Mal hieß ich ihn willkommen. Ich würde ihn schüren, bis er so groß war, dass er die Kraft in mir noch weiter befeuerte.

Da meinte ich ein Zucken an meinen Armen zu spüren. Schnell sah ich nach unten, brachte Rayns Oberkörper in eine aufrechte Lage.

Fast waren wir bei der Bühne angelangt. Nur noch wenige Flügelschläge, dann hatten wir es geschafft.

Dann konnte ich ihn zu Ivan legen.

Schmerz riss mein Herz für eine Nanosekunde entzwei, als ich mir vorstellte, wie ihre leblosen Körper nebeneinander auf dem weißen Marmor liegen würden. *Wie aufgebahrt.* Schnell verbot ich mir die aufkeimende Traurigkeit. Und siehe da, da war er wieder: *Hass, mein bekannter Hass! Oh, brenne hell!*

Meine Flügelschläge wurden ausgreifender, als die Dunkelheit in mir wuchs. Ich wollte endlich ankommen. Sah den Schmutz der Arena noch immer auf Rayns Wangen. *Hatte er wirklich gezuckt oder hatte ich es mir eingebildet?* Ich brachte meine Nase näher an seine. *Befand sich das, was Rayn ausmachte, noch in diesem Körper?* Ein leichter Luftzug von seinen Lippen ließ mich zurückzucken.

Er atmete! Oh, Rovenna sei Dank! Er atmete!

Schon ragte die Bühne vor uns auf. Ich manövrierte uns, noch immer in sonniger Glückseligkeit, zum vorderen Rand der Marmorfläche, als eine der gelben Energiekugeln, deren schnelles Näherkommen ich bisher – soweit möglich – ignoriert hatte, neben uns einschlug.

Ich konnte nicht mehr rechtzeitig ausweichen und Ivan hatte ich noch längst nicht erreicht. *Meine Fokussierung auf Rayn war ein Fehler gewesen.*

Funken stoben auf und bohrten sich wie glühende Drahtenden in die ungeschützte Haut meiner rechten Hand. Das schrille Kreischen, das mir entwich, klang wie das eines verwundeten Tieres. *Oder das einer zornigen Sphinx*, erinnerte mich mein Unterbewusstsein. Der Schmerz war schlimm, noch schlimmer war allerdings die Tatsache, dass mir Rayn entglitt, als ich verspätet die Hand aus der Gefahrenzone riss.

Sein Körper schlug auf dem Steinboden auf, bevor ich realisierte, was geschah. Das Geräusch, das sein Kopf dabei machte, war kein schönes. Und mein Gedächtnis spielte es mir wie ein defekter MP3-Player sofort wieder und wieder vor.

Knack.

Knack.

Knack.

Knack.

Ich kehrte völlig irrational dem Energiekugelhagel den Rücken zu, landete und kniete mich sorgenvoll neben Rayns Körper. Die Vernunft hatte mich verlassen. Der Schock war größer als mein Überlebenstrieb. »Nein!«, presste ich gequält hervor, während es um mich gelb aufleuchtete. Ich zog seinen Kopf zu mir hoch und bettete ihn auf meine Knie. Völlig überrschend zeigte mir dabei der Luftstrom aus Rayns Nase, dass er noch lebte.

Oh Rovenna, hab alle Geister selig!

Rayn lebte.

Aber Ivan! Wie ging es Ivan?

Mein Geist schlug gleichzeitig mit meinem Herz Alarm, als mein Verstand wieder klar zu werden begann. Die Schuld drückte mich augenblicklich nieder. *Ivans reglose Gestalt, lag sie noch immer auf dem Marmor, wie ich sie zurückgelassen hatte?*

Ich drehte suchend den Kopf.

Der gelbe Hagel war vorerst vorüber. Überall im Boden um Rayn und mich klafften nun kleinere und größere Krater, in denen letzte Reste von Energie schwelten. An der Stelle, an der Ivans Körper gelegen hatte, war ein besonders großer Krater. Von ihm war weit und breit nichts zu sehen. *Gar nichts.* Kein Arm, kein Bein.

Ich nahm an, dass sich in dem Krater der Überrest dessen befand, was einst sein Körper gewesen war …

Mein Magen sackte ins Bodenlose, während ich die ausgebreiteten Flügel um Rayn und mich schloss – die Welt mit all ihrer Grausamkeit einfach ausschloss. »Nein«, flüsterte ich noch einmal leiser, als es dunkel um uns wurde. Nach außen hin mochte ich weiter im Licht der vier Gilden strahlen, hier drinnen, in der selbst geschaffenen Höhle, war es so trostlos wie in meiner Seele.

Dunkel. Still. Verletzt.

Zärtlich strich ich Rayn die Haare aus dem Gesicht. Mit zitternden Fingerspitzen untersuchte ich danach die Platzwunde, die er sich durch meine Unachtsamkeit beim Sturz eingehandelt hatte. Solange er nicht bei Bewusstsein war, konnte ich nicht sagen, was alles gebrochen und verletzt war, wie es ihm wirklich ging. Das Einzige, was ich konnte, war, zu kontrollieren, ob er weiterhin atmete. Da wir von Lanahaas Schild umgeben waren, konnte ich ihn nirgendwo anders hin-, in Sicherheit bringen. *Er war alles, was ich noch hatte. Ich würde ihn so gut es ging schützen. Wenn nötig mit meinem Leben.*

Als ich die rechte Hand hob, um sie Rayn unter die Nase zu halten, merkte ich erst, dass ich dort blutete. Ich hatte gar nicht realisiert, wie sehr die magischen Energiefunken meine Haut zerfetzt hatten. Die natürlichen Mechanismen, die meinen Körper normalerweise längst hätten Alarm schlagen lassen, waren offensichtlich vom Feuerwerk in meinen Synapsen außer Kraft gesetzt worden.

Ivan war tot – der Gedanke übertönte alles in mir, selbst meine Angst um Rayn. Für einen Augenblick starrte ich auf die Eintrittsstellen der Funken, die stark bluteten. *Sollte die Energie nicht alles verödet und verbrannt haben? Was waren das für gelbe Magiekugeln? Die Gewalt da draußen, sie überstieg meinen Horizont.*

Ich wiegte mich mit Rayn auf den Knien vor und zurück. Ließ den Tränen, die sich bereits in meinen Augenwinkeln gesammelt hatten, freien Lauf.

Nach Minuten beruhigte ich mich ein wenig. *Was jetzt?*, fragte ich mich unwillkürlich. Ich konnte nicht ewig hier sitzen und mich wie ein kleines Kind verstecken, während ich so tat, als würde mich niemand sehen und mich alle sahen. *Wo war mein Mut hin? Wo waren meine Wut und der Wille zu kämpfen hin? Weg. Weg. So wie Ivan.*

Neue Tränen stiegen in mir auf.

Plötzlich krümmte sich Rayns Körper. Ein leises Wimmern kam ihm über die Lippen und er bewegte sich.

»Rayn?«, flüsterte ich hoffnungsvoll, nahe seinem Ohr. »Kannst du mich hören?« Ich hielt den Atem an, wagte mich nicht zu regen und hoffte. Hoffte so sehr, dass wenigstens Rayn überleben würde.

Sein Brustkorb hob sich. Er hustete, zog gierig Luft durch den Mund in seine Lunge. Hustete wieder, während ich ihn reglos beobachtete. Noch immer ganz so, als könnte eine Bewegung von mir das Wunder seines Erwachens rückgängig machen.

Ein undefinierbarer Laut entwich seinen Lippen.

»Ich bin da«, murmelte ich beruhigend. »Ich bin da.« Und senkte mein Ohr näher zu seinem Mund.

»Mhuuhhmm … ssss … mhhmm«, hörte ich nur.

»Was, Rayn, was?« Aufregung ergriff mich, prickelte in meiner Luftröhre empor bis zu meiner Stirnhöhle.

Er atmete schwer ein. Setzte neu an. »Muusss … ttt … raauu.«

Ich verkniff mir ein nervöses Seufzen. *War bei seinem Sprachzentrum im Kopf oder den Stimmbändern im Hals irgendwas verletzt worden?* Ich hoffte es nicht.

Jetzt strich sein Atem nur noch schwach über meine Hand.

Dann hörte ich ein weiteres Husten, das stärker wurde und schließlich seinen kompletten Körper schüttelte. Verzweifelt hielt ich ihn fest, umklammerte seine Glieder mit meinen.

Das klang gar nicht gut.

Mir war, als würde ich alles, was Rayn ausmachte, während seines Anfalls mit meinen beiden Händen zusammenhalten. Als wären diese das Einzige, was ihn davon abhielt, in Einzelteile zu zerfallen. Und wäre mein Herz nicht bereits zersplittert, so wäre es das jetzt, da ich seine Qualen miterlebte.

Qualen, für die nur eine Person verantwortlich war, erinnerte ich mich und suchte in mir nach dem Hass für ebenjene. Nach dieser wunderbar mächtigen Emotion, die mich schon ein Stück weit über mich selbst hatte hinauswachsen lassen.

»Du.« Pause.

Hoffnungsvoll blickte ich Rayn in die kaum geöffneten, umflorten Augen. *Sein Bewusstsein war da und doch nicht wirklich da.*

»Musst«, quetschte er jetzt rau hervor. Dann atmete er überraschend tief ein. Sein Brustkorb weitete sich besorgniserregend. »Da.« Er keuchte laut.

Vor Schmerz? Vor Anstrengung? Was musste ich wo?!

»Raus.« Damit sackte er in sich zusammen. Seine Lider schlossen sich. Seine Atmung ging unregelmäßig.

Starb er?

Ich begann zu hyperventilieren.

5

Die Schlacht der Elemente

Fassungslosigkeit hüllte mich in einen mentalen Flor des Bedauerns und der Trauer, wandelte mein zu schnelles Herzklopfen in ein Dahindriften meines Geistes. Mein Kopf schmerzte, meine Schläfen pochten.

Rayns Atemzüge gingen immer schleppender.

Ich verdankte ihm so viel und jetzt starb er auf meinen Knien inmitten einer Schlacht, die gar keine sein sollte. Die keinem Ziel diente; zumindest keinem, das sich mir erschloss.

Wäre meine Mutter Anführerin der Rebellen, wäre es ihr Ziel, Sinessa zu stürzen, den Kaiser zu stürzen – beide zu vernichten? Warum hatte sie sie nicht angegriffen? Wozu die Kämpfe mit Ivan und Rayn?

Heiß glühten meine Wangen, als ich Rayns mit meinen Händen umschloss, da sein Kopf fast von meinem Schoß rutschte.

In meinem Innersten suchte ich nach der Quelle meiner Macht, ging geistig immer weiter in mich, um sie mit bloßer Willenskraft zu packen und hervorzuzerren. Um sie mit der Kraft der Verzweifelten einzusetzen und hoffentlich irgendwie Rayns Leben zu retten.

Ich schluchzte laut auf, als ich das Ende eines hellen Energiefadens, der nur in meinen Gedanken existierte, spürte. *Der Weg zur Quelle meiner Magie!* Doch er entglitt mir und ich litt, während ich erneut nach ihm suchte. Mein Brustkorb hob sich vor mühsam unterdrückten Schluchzern. Ungewollt verlieh dies auch Rayns schlaffer Gestalt den Anschein von Bewegung.

Tränen liefen mir in Strömen über die Wangen und nahmen mir die Sicht. *Ich durfte jetzt nicht scheitern, oder er würde sterben.* Eine unmenschliche Verantwortung.

Meine Nase war zu, ich konnte nur noch durch den Mund atmen. In einer verzweifelten Geste schloss ich die Augen, schloss alles aus, was passierte und passiert war. Dann begab ich mich in das Labyrinth meines Bewusstseins, folgte dem Gefühl von Macht, von Kraft, von Stärke. Der Energiefaden führte mich direkt an den Ort, den ich hatte finden wollen. Behände griff ich in die Masse aus hellem Licht vor mir, streckte meine Finger aus und zog daran. Als daraufhin ein noch kraftvollerer Faden entstand, wickelte ich intuitiv mehr und mehr davon ab.

In mir erwuchs der Gedanke, dass ich Rayn mit diesem Faden zusammenflicken konnte, seine Seele, sein Sein. Dass dieser Faden der Anfang einer heilenden Verpuppung sein könnte, wenn ich ihn um seine Gestalt wickelte – so wie es bei mir innerhalb der dritten Aufgabe der Regentschaftswahl die Ayuden gewesen waren. Dass er Rayns Bewusstsein in seinem Körper halten würde, bis dieser genas.

Ich wusste nicht, woher dieses Wissen auf einmal kam. Wusste nicht, ob ich verrückt wurde oder tatsächlich begann, auch innerlich eine Magicia zu sein – wie eine zu denken. Doch ich wusste, dass die Zeit drängte. Dass Rayn nicht mehr viel davon blieb und mir noch weniger, um ihn in dieser Welt zu halten.

Von Verzweiflung getrieben, ignorierte ich die inzwischen deutlich spürbaren Schmerzen, die ich mir selbst zufügte, indem ich an dem Licht zog und wickelte immer mehr von dem Faden zu einem lockeren Knäuel. Es prickelte dabei genau so, wie es zuvor schon der Fall gewesen war, als meine Haut begonnen hatte zu leuchten.

Erschrocken hielt ich einen Augenblick inne. Vorstellung und Realität überlappten sich daraufhin und verschwammen. Für einen Moment war ich ohne Fokus. *Passierte all das nur in meinen Gedanken? Oder in echt? Wo war der Faden?*

Gequält atmete ich ein, schloss die Augen und öffnete sie wieder. Erneut sah ich auf Rayns nun friedlich wirkende Gestalt hinunter und registrierte überrascht, dass der leuchtende Energiefadenknäuel tatsächlich in den Fingern meiner linken Hand lag. Das Leuchten meiner Gestalt durchbrach nun auch unter dem Schutz meiner Flügel die Dunkelheit.

Aus einer Eingebung heraus begann ich, Rayn vom Kehlkopf abwärts mit dem Faden zu umwickeln. Kurz darauf sah es aus, als wäre das Energieband ein verrutschter Heiligenschein, der nun wie eine verquere Kette um seinen Hals lag. Ich verbiss mir die Schmerzen von den Verbrennungen an meiner Hand sowie in meinem Innersten und wickelte unverdrossen weiter. Ächzte, als ich Rayns Körper herumdrehte, um den Faden rund um seinen Torso zu rollen, dann hob ich mit der rechten Hand einen seiner Füße an.

Besser beide Beine auf einmal umwickeln, erkannte ich dabei. *Wie bei der Mumifizierung ägyptischer Pharaonen*, flüsterte eine Stimme in meinem Hinterkopf.

Vor mich hin murmelnd ließ ich Rayns Fuß wieder sinken, versuchte seine beiden Beine mit einer Hand zu packen. *Verdammt, warum hatte ich so kleine Hände?*

Während meines Herumrangierens hoben und senkten sich automatisch meine Flügel. Licht von außen drang zu uns durch. Und die Geräusche von Gewehren, von Drohnensurren und einem andauernden dumpfen Stakkato, das den fortwährenden Angriff gegen den Schild beschrieb. Außerdem waren einzelne Schläge zu hören.

Einschläge, wurde mir klar, als ich durch den Spalt unterhalb meines rechten Flügels gelbes Licht ganz in der Nähe auf dem Marmorboden glimmen sah. Lanahaa war längst nicht besiegt und es glich einem kleinen Wunder, dass bisher keine weitere Energiekugel ihres neuerlichen Angriffs meine Flügel getroffen hatte.

Schnell wickelte ich den restlichen Faden um Rayn. Dann legte ich ihm beide Hände an die Schläfen, schloss ein letztes Mal die Augen und wünschte ihm mit aller Macht meiner Gedanken und Mensay-Kräfte, dass er überlebte.

Als ich die Hände wegnahm und sich meine Lider langsam wieder hoben, ging etwas vor, ich spürte es genau. Und sah es schließlich auch: Rayns Umwicklung glühte immer heller im Licht der vier Gilden. In den Leerstellen zwischen den Fadenrunden hatte sich ein

Schild gebildet, der seine Gestalt wie einen Kokon aus Scherben von gesponnenem Licht wirken ließ. Seine Züge waren unter der Helligkeit kaum noch zu erahnen. Aber er war in Sicherheit.

Nun konnte ihm nur noch die Magie helfen – ihn heilen.

Ich hatte alles in meiner Macht Stehende für ihn getan.

Durchatmend stand ich auf und klappte Kraft meines Willens meine Flügel zusammen. Das Tageslicht blendete mich und ich schwankte wieder, so viel Kraft hatte mich das – was auch immer ich gerade intuitiv mit Rayn gemacht hatte – gekostet.

Auf die Schärfung meines Sichtfelds folgte ein unmittelbarer Schock. Weitere Detonationen erschütterten den Grund. Rechts und links von mir waren Sinessa, Sir Isaac und Zweiauge noch immer mit dem Aussenden von Magie beschäftigt.

Ich eilte zu dem Krater, in dem ich Ivans Körper vermutete. Musste die Überreste aus einem inneren Zwang heraus nun doch sehen. Mein Puls stieg an.

Kein Fuß, kein Zeh, kein einziges Haar hatte Lanahaas Geschoss von Ivan übrig gelassen. Da waren nur Steine, Geröll, geschwärzte, verbrannte und geschmolzene Stellen.

Ich schmeckte Galle.

Das war der Tropfen, der das Fass in mir wortwörtlich zum Überlaufen brachte. Der Kräfte in mir entfachte, von denen ich keine Ahnung gehabt hatte, sie zu beherrschen – schon gar nicht in dem Moment.

Wut pulsierte heiß durch meine Adern, Abscheu, Geringschätzung und Hass folgten ihr auf den Fuß. Das alte Spiel. Doch dieses Mal fühlte es sich anders an. Gänsehaut hüllte mich von den Zehen bis zur Nasenspitze ein, so stark waren die Emotionen. Bevor ich wusste, was ich tat, hatte ich mich mit aller Kraft gen Himmel katapultiert und die Flügel ausgebreitet.

Ich hatte nichts mehr zu verlieren. Ivan war fort! Sein Körper war wieder Staub in dem Staub, aus dem wir alle entstammten. Rayn war bestmöglich versorgt. Und ich würde die Schuldige lehren, wie es sich anfühlte, dessen beraubt zu werden, was einem etwas bedeutet hatte.

Wenn in ihrem kalten Herzen nur ein Funke Gefühl übrig war, dann würde sie leiden! Würde verstehen, was es hieß, wenn jemand nichts mehr von einem übrig ließ. Alles zerstörte – und doch nicht genug zerstörte, wenn man noch atmete.

Die Abneigung färbte mein Gesichtsfeld zu einem rot-schwarz umwölkten Bereich. Ich sah, wie die Haut an meinen Armen immer heller glühte, bis sie fast verglühte, die Knochen durchschimmerten und ich begann, komplett in Flammen zu stehen. Echten, heißen, beißenden Flammen. Sie wurde zu einem Ebenbild der Verfassung meiner Seele. Immer gleißender züngelte die Magie meines Elements um meinen Körper und meine Flügel. Immer blendender wurde sie, bis sich die Flammen von Rot-Gelb zu einem Weiß-Blau färbten. Jetzt war für vieles auf diesem Planeten schon ein einziger Kontakt mit mir tödlich.

Meine Nasenflügel weiteten sich, als ich Lanahaas Wolkenthron näher kam. Unverdrossen stand sie auf der obersten Stufe. Ihre Haare wogten im magischen Wind, ihre Miene wirkte glatt, während sie weiter Energiebälle in Richtung Bühne schleuderte.

Das dunkellila Kleid, das sie trug, erzeugte im Windzug ein lebendig klingendes Rascheln. Eine riesige Wolkenschlange wand sich inzwischen in weit ausholenden Kreisen über ihrem Kopf und zischte gefährlich in meine Richtung. Das große Maul öffnete sich und eine lange, gespaltene Zunge schnellte hervor, die sich allerdings in der Luft, weit vor mir, im Zug des Windes zersetzte.

Das Schauspiel entlockte mir nur ein lapidares Mundwinkelzucken, während ich meine Flügelschläge beschleunigte. *Damit wollte sie mich erschrecken? Konnte sie nicht mehr? War sie etwa erschöpft?*

Geschickt wich ich durch einige flinke Bewegungen der Energie aus, die sie mir nun entgegenschleuderte. Manövrierte wie ein Kaninchen im Zickzacklauf unter ihrem immer schneller werdenden Beschuss durch die Luft. *Noch ein paar kräftige Flügelschläge, dann …*

Der Wind um uns nahm zu, bis er innerhalb von Sekunden eine orkanartige Stärke erreichte. Ich wurde von den Böen regelrecht ausgebremst. Die Muskulatur an meinem Rücken ging bis ans Äußerste, um mich in der Luft zu halten. Arbeitete und arbeitete immer schneller, um der heraufbeschworenen Naturgewalt zu trotzen, die nicht abebbte. Meine Flügel kamen allerdings an ihre Grenzen.

Da stürzte sich die Wolkenschlange im Sinkflug auf mich.

Ich versuchte ihr intuitiv auszuweichen. Doch gegen den Wind zu manövrieren wurde immer schwerer. Die Anstrengung trieb mir Schweißperlen auf die Stirn, meine Muskeln brannten.

Die Schlange hatte mich fast erreicht.

Aber selbst wenn sie mich angriff: Mein Feuer würde die Wolken in das verwandeln, was sie waren – Wasser. Und dann würde es bestenfalls regnen, wobei die Tropfen eher direkt verpuffen würden, wenn es zu heiß wurde. Diesen Kampf würde ich gewinnen, war das Lanahaa nicht klar?

Uns trennten nur noch wenige Meter.

Die Schlange rauschte auf mich zu. Sie wuchs mit der Bewegung weiter an, riss ihr Maul auf, während ich meine Hände nach oben streckte und meine Flügel zu ihrer vollen Spannweite entfaltete. Ich wollte so viel Fläche wie möglich erzeugen, ein so großes Feuer sein, wie es nur ging. Sie auf einen Schlag vernichten – oder mindestens so viel von ihr erwischen wie ich konnte. Denn die Wahrheit war: Meine Kräfte schwanden wieder.

Dass Lanahaa keine zusätzlichen Energiekugeln schickte und sich aufs Beobachten beschränkte, hätte mir zu denken geben sollen. Doch alles ging so schnell.

In der einen Sekunde stierte ich noch der Schlange entgegen, in der nächsten hatte sie mich mit ihrem riesigen Maul verschlungen und klappte es zu. Die Wolkenberge ihres mächtigen Leibes wurden durch mein Feuer erhitzt und wandelten sich innerhalb von Nanosekunden zu Wassertropfen, die in einer Flut auf mich niederprasselten. Die Welle, die so verursacht wurde und aufgrund der Schwerkraft gen Boden strebte, riss mich mit sich fort. Tonnen an Wasser drückten mit ihrem Gewicht gleichzeitig auf meinen Körper; hüllten mich ein und zogen mich in einem ungleichen Todeskampf in die Tiefe.

Ich bekam keine Luft mehr. Sah nur noch blau und kniff, vom überwältigenden Drang in meinem Inneren geleitet, die Augen zu. Überall war Wasser. Ich ertrank. Ertrank mitten in der Luft, in einem ganzen Schwall davon.

Mein Kopf wusste, wie irreal die Situation war, dass das Wasser eigentlich schneller fallen sollte als ich, weil es schwerer war. Dass es verdampfen sollte. Doch ich fühlte nicht nur, wie ich ertrank – oder ertränkt wurde –, mein Körper sagte mir ganz deutlich, dass es zu Ende ging.

Wirklich zu Ende ging.

In einem Reflex atmete ich aus. Der Sauerstoff stieg in Luftblasen aus meinen Nasenflügeln, kitzelte dabei die empfindliche Haut sowie an den feinen Härchen der Schleimhäute und ich musste niesen.

Mein ganzer Körper krümmte sich zusammen, meine Flügel wurden von den Wassermassen weiter nach unten gedrückt. Der Schmerz an meinem Rücken, der durch die gegensätzlichen Bewegungen entstand, riss mich fast entzwei. *Es tat weh. So weh! An meinen Schulterblättern, der Wirbelsäule und dem Genick.*

Mein Mund öffnete sich in unaufhaltbarer Wehklage. Wasser strömte mir über die Zunge an den Gaumen, ließ mich würgen und verstärkte das Gefühl zu sterben. *Schmerz, da war nur noch Schmerz, überall.* Doch das Schlimmste war, dass ich so noch mehr kostbaren Sauerstoff verschenkt hatte.

Luft! Ich brauchte Luft!

Meine Gedanken verlangsamten sich bereits. Mein Brustkorb begann sich zu heben. *Nein!*, schrie eine Stimme in meinem Innersten. *Luft!*, plärrte eine andere. *Tu es!*, eine dritte. *Du wirst so oder so sterben,* sagte der rationale Teil, der übrig war. *Deshalb ist es jetzt ohnehin egal, falls du inzwischen – bei all diesen Stimmen in deinem Kopf – verrückt geworden bist.*

Trotzdem kämpfte ich mit mir. Kämpfte gegen den inneren Drang, noch einmal den Mund zu öffnen.

Ich wollte nicht sterben.

Schließlich, wie zu erwarten, atmete ich doch ein. Statt Luft sog ich Wasser durch meine Nasenflügel nach oben. Mir war, als würde plötzlich das Ende des gewaltigen nassen Schlangenschwanzes vernichtend vor mein Gesicht gedrückt. *Wasser, Wasser, Wasser – überall nur verschwommenes Blau. Graublau, tödliches Blau!*

Unfähig zu erkennen, ob ich ein- oder ausatmete und von mehr Panik erfasst als von Wasser umgeben, wusste ich nur noch einen Ausweg.

Wieder schloss ich die Augen.

Wieder griff ich nach dem Zentrum der Kraft in mir. Und obwohl es nun schon nicht mehr so hell leuchtete, bewegte ich mich innerlich immer näher darauf zu. Labte mich an seinem Lichtschein, trat schließlich in das verheißungsvolle Leuchten und kämpfte mich weiter vor, von der Intuition getrieben, den Kern berühren zu wollen.

Jeder Schritt war beschwerlich, jede Bewegung ein Kampf mit mir selbst – wahrscheinlich weil mein Körper gerade jeder Kraft beraubt wurde. Das Wasser hätte längst verdampft sein müssen, da das Feuer in und an mir noch brannte. Doch es wurde von irgendetwas daran gehindert. Oder eher: irgendwem. *Lanahaa.*

Nach qualvollen Sekunden hatte ich die Quelle meiner magischen Kraft gefunden: Ein pulsierender Wirbel, eine Masse aus fließendem Licht, die fortwährend ihre Gestalt änderte. Mein Geist begann träger zu werden. Die Schönheit des Augenblicks lullte mich ein und ich überlegte, ob ich nicht einfach hierbleiben sollte, inmitten all der sorgenfreien Einzigartigkeit.

Es wäre so einfach, so bequem … und ich war doch so unendlich müde.

Ganz am Rande meines Bewusstseins war mir jedoch klar, dass der Ort, an dem ich mich gerade befand, nicht real existierte. Dass ich meinem Bewusstsein etwas vorgaukelte, mir eine Eselsbrücke baute, die mich meine eigene Kraft nutzen ließ. Wenn ich mich jetzt dazu entschied, mich treiben zu lassen, würde ich sterben – würde mich aufgeben.

Nein!

Der unmittelbare Gedanke hallte durch Raum und Zeit, weckte mich mit seiner Intensität. Ich wollte leben. *Leben!* Ich versuchte daran anknüpfend den letzten Rest Emotion in mir zu aktivieren, versuchte daraus Kraft zu schöpfen. Doch im Vergleich zu all den Malen zuvor wollte es mir nicht recht gelingen. Ich fühlte mich ausgelaugt und viel zu schwach. So als hätte ich all meine eben noch so mächtige Magie gewirkt, meine Kraft verbraucht. *Vielleicht hatte ich mich überschätzt.* Das Feuer in mir und an mir köchelte gleichermaßen nur noch auf Sparflamme, bald würde es ausgehen.

Wie viele Meter mochten es bis zum Boden sein? Wie viele Sekunden waren verstrichen? Warum wollte ich noch mal leben?

Ivans Gesicht drängte sich in meinen gedanklichen Fokus. Seine grünen Augen und der rötliche Haarschopf, der ihn so besonders machte. Ich würde den *Sexiest Man Alive* nie wiedersehen. Weil er nicht mehr ›alive‹ war, nicht mehr lebte. *Sie* hatte ihn getötet. *Und dafür musste sie sterben! Dafür wollte ich leben.*

Die Flamme meiner Kraft züngelte wieder stärker in mir. Ich kämpfte gegen das Gefühl des Ertrinkens an. Versuchte mich von meiner Situation zu distanzieren, um herauszufinden, wie ich ihr entkommen konnte. *Was war real? Gegen was musste ich ankämpfen?*

Dann war es plötzlich vorbei.

Das Wasser war weg und mit ihm das Gefühl zu ertrinken. Luft umgab mich, die ich reflexartig tief in meine Lunge zog. Dabei entstand ein ungesund pfeifendes Geräusch. Irgendetwas fühlte sich furchtbar falsch an. *Obwohl es sich doch …*

Mein Körper erstarrte zeitgleich mit meinen Gedanken. Mein gepeinigter Blick irrte umher. Meine Augen brannten, während ich verwundert registrierte, dass ich schwebte – aber nicht aus eigener Kraft. Meine Flügel hingen mir nass und schwer am Rücken. Sie bewegten sich keinen Zentimeter.

Was …?

Ich versuchte so viel wie möglich zu erfassen, um meinem Gehirn Informationen zu liefern. Wollte die Situation um mich so schnell wie möglich begreifen. War in unmittelbarer Alarmbereitschaft für den nächsten Angriff.

Doch dieser blieb aus.

Lanahaa bewegte sich seelenruhig in der Luft vor mir. Sie hatte sich von ihrem Thron gelöst und schwebte, ähnlich Rayns surfenden Bewegungen zuvor, hin und her.

Ich blinzelte, stand unter Schock. Wir befanden uns noch immer hoch oben, über dem Platz. Wenn ich mich nicht täuschte, nur wenige Meter von der Position entfernt, an der die Schlange ihr Maul aufgerissen hatte.

Ich starrte der Frau im lilafarbenen Kleid entgegen. *Sah sie blasser aus als zuvor? War sie nun erschöpft? Ich war es definitiv.*

Sie starrte unverwandt zurück. Ihre Bewegungen wurden langsamer, bis ihre Gestalt in der Luft zum Stillstand kam. Genau vor mir.

Und genau dann fiel bei mir endlich der Groschen.

Nicht die Wassermassen der Schlange waren es gewesen, die mich überschüttet hatten. Nein, die Schlange war vielleicht noch echt gewesen – ein

Wolkengebilde. Aber das Einbüßen meiner Sicht, die Verwirrung meiner Sinne – alles, was im vermeintlichen Leib des Tieres über mich hereingebrochen war, war eine Illusion gewesen. Eine verdammt gute. Lanahaa hatte mich mit den Winden in der Luft festgehalten, wie sie es auch gerade tat, ohne dass ich es gemerkt hatte – in meinem Tunnel der geistigen Umnachtung –, und mich kontinuierlich mit immer mehr Wasser überschüttet. Oder mir das zumindest vorgegaukelt.

Meine Mutter hatte mich gefoltert, um mich zu schwächen. Genau wie mit dem magischen Käfig, der mich viel zu lang beschäftigt hatte. Der Gedanke schluckte sich wie Zyankali. Es war eine bittere Pille voll Gift.

Sie hatte mich einer Art magischem Waterboarding unterzogen. Und es hatte funktioniert. Das simulierte Ertränken hatte bei mir den Eindruck unmittelbar drohenden Ertrinkens hervorgerufen und den Würgreflex angesprochen. Die Foltermethode hätte mich allerdings auch um ein Haar umgebracht. Meine Mutter hatte die Gefahr des Eindringens von großen Mengen an Wasser in meine Luftröhre und meine Lunge mit nachfolgendem Ertrinken in Kauf genommen. Und damit meinen Tod.

Ein kalter Schauer lief mir den Rücken hinunter, als das Grauen all dessen in mein Bewusstsein sickerte. Der Schock der Erkenntnis brachte das letzte Flackern der Flamme in mir mit sich. Dann ging sie aus.

Eine ungeheure seelische Ermattung hatte mich ergriffen und ich kämpfte nicht länger gegen die Erschöpfung in mir. Ich sah keine Hoffnung mehr und selbst Rache und Hass hatten ihren Reiz verloren. Ich war so tief verletzt, dass der Schmerz in meinem Innersten alles konsumierte. Er pochte unablässig und erinnerte mich daran, wie weh es tat.

Ivan war tot, Rayn war tödlich verletzt und auch ich war gerade fast getötet worden, wieder einmal – allerdings dieses Mal infolge von Folter durch meine eigene Mutter.

Ich schloss die Augen, wollte am liebsten die Erinnerung an alle Geschehnisse und Wahrheiten des heutigen Tages aus meinem Gedächtnis löschen. Als es jedoch Sekunden später vor meinen Lidern immer heller leuchtete und ein markerschütternder Schrei in mein Bewusstsein drang, riss ich sie ein letztes Mal auf.

Lanahaas Gestalt glühte im Licht dreier riesiger Magiebälle, die gerade ihren Körper trafen. Einer riss sie an ihrer Schulter herum, einer drang von vorn in ihr Herz und der dritte von hinten in den Rücken. Grelle Lichtblitze und ein lauter Knall begleiteten die großen Energiemengen, die in mehreren Explosionen an den Eintrittsstellen detonierten. Gelbe, weiße und blaue Magie umzüngelte ihre Extremitäten.

In meinen Gedankensirup kam Bewegung. *Gelb, Weiß und Blau. Die Farben der Gilden der übrigen Magicians!*

Obwohl Lanahaa sich sichtlich wehrte und zuckte, kam sie in der Luft ins Trudeln. Sie schrie schrill auf, als noch mehr Magie sie traf. Ihr Brustkorb wurde nach hinten gerissen, ihr Unterkörper nach vorne.

Bewegungslos verfolgte ich ihre Anstrengungen, sich zu stabilisieren. Sah das aufsteigende Grauen in ihren Augen und beobachtete stumm ihren Überlebenskampf, während sie schrie – so schrill und laut.

Schrei. Schrie. Schrie.

Es berührte mich seltsamerweise nicht. Ganz so, als wäre ich nur ein Voyeur – unbeteiligt, nicht wirklich anwesend. Als wäre das alles nicht real. Zu sehr hatte mein Geist bereits gelitten, um etwas zu empfinden. Und doch musste ihr jemand den finalen Schlag versetzen.

Aus dem Augenwinkel meinte ich einen Schatten wahrzunehmen, der sich mit rasanter Geschwindigkeit näherte. Wie in Zeitlupe drehte ich den Kopf, um der neuen Bedrohung entgegenzublicken. *Noch eine Wolkenschlange? Ihre letzte?*

Doch was ich sah, war ungleich erschreckender. Es überbot alles, was ich mir vorzustellen vermocht hätte. Es war … *unmöglich!*

Ich halluzinierte. Ganz eindeutig.

War ich gestorben, ohne es zu merken? Denn das, was ich meinte zu sehen, konnte nicht stimmen! *Ich war verrückt geworden. Es gab kein Zurück. Oder?*

Ivans Gestalt, in silbernem Hemd und mit firmamentblauer Anzughose, kam mit rasender Geschwindigkeit in einer blauen Blase auf uns zu. Er sah so unversehrt aus. Um ihm schwebte eine ganze Heerschar an kleinen blauen und weißen Magiekugeln, die er steuerte.

Mit geschlossener Hand holte er aus, öffnete diese bei der Vorwärtsbewegung: Dutzende Kugeln lösten sich aus dem Lichtermeer und rasten auf den sich auflösenden Wolkenthron zu.

Blaue Energieblitze sprangen über Lanahaas Gestalt, als die Kugeln ihr Ziel trafen.

Immer mehr wurden von Ivan losgeschickt.

Ihr Körper zuckte unter dem neuen Ansturm von Energie. Ihr Gesicht war schmerzhaft verzogen, die Lippen zusammengepresst, indes ihre Augen hervortraten und das Weiß von roten Äderchen durchzogen wurde. *Die Blutgefäße darin platzten.* Verbrennungserscheinungen traten durch Blasen an ihrer Haut am Hals und dem Dekolleté des Kleides auf. Dann begannen neurologische Effekte und Muskelreizungen dem Anblick ihrer Bewegungen etwas Spastisches zu verleihen. Sie wirkte wie eine Marionette in der Luft, bei der der Spieler die falschen Fäden zog.

Es war grausam. Es war schrecklich.

Ich wusste, was jetzt kommen würde: Muskellähmungen und dann der völlige Kontrollverlust. Sosehr ich sie ablehnte, selbst nach dem, was sie mir angetan hatte, konnte ich bei diesem Anblick keine Genugtuung empfinden. Ich wünschte mir nichts sehnlicher, als dass es endlich vorbei war.

Keinen Herzschlag später hatte Ivans große blaue Blase mich und Lanahaa erreicht. Wir schwebten in einer Dreieckskonstellation.

Ivan würde sie besiegen. Der Schild über uns würde fallen, ich würde fallen – und die Drohnen von Eterny würden dem Kaiserreich heute noch mehr Gefallene bescheren.

Meine Lider begannen sich wie in Zeitlupe zu senken. Ich wollte nichts mehr sehen. *Das konnte nicht mein Ivan sein.* Doch fühlte ich den nahenden Tod so sehr in den Knochen, dass er auch noch nicht eingetreten sein konnte. *War das alles doch real?*

Ich traute meinen Sinnen nicht über den Weg. Umso befremdlicher fand ich den Blick, den mir Lanahaa noch zuwarf bevor meine Lider geschlossen waren. Er hatte etwas von Bedauern. *Doch was bedauerte sie? Mich gefoltert zu haben, mich nicht schon längst fallen gelassen zu haben oder diesen Kampf zu verlieren?*

Dann fielen wir beide.

Dieses Mal wohl wirklich.

Mein Bewusstsein verabschiedete sich.

6

Ein ganzes Land

Als sich mein Gehirn zurückmeldete, spürte ich schlagartig die bleierne Schwere meiner Glieder. Alles schmerzte. Ich fühlte mich, als hätte mich ein Monstertruck überrollt – *nicht dass es von denen überhaupt noch welche gab*. War nicht bereit, meine Lider zu heben, die Dunkelheit, in der ich mich sicher wähnte, für ein allzu offensichtliches Lebenszeichen aufzugeben.

Luft strömte mit jedem Atemzug beruhigend in meine Lunge und verließ bei jedem Ausatmen wieder meinen Körper. Die gleichmäßige Bewegung verursachte ein Stechen in meiner Herzgegend. Alles war geschunden und wund. Meine Seele genau wie mein Körper.

Dass ich hier mit Schmerzen lag, musste bedeuten, dass ich nicht tot war. Und dass ich auf dem Rücken lag, ganz ohne Flügel, wohl dass ich wieder ausschließlich Mensch war. Irgendwer hatte meinen Aufprall auf den Boden verhindert. Vermutlich Ivan, erinnerte mein Bewusstsein mich unangenehm daran, dass es Dinge gab, die ich hatte vergessen wollen, weil sie zu viel für meine Psyche gewesen waren.

Ich grub mental tiefer. *Wollte* mich wieder erinnern. *An alles.*

Das Geschehen der magischen Duelle war sofort präsent. Jeder Moment, jede Handlung bohrte sich wie eine glühende Klinge in mein Hirn, bis ich das Gefühl hatte, mehr schmerzende als schmerzfreie Stellen zu fühlen. Der Druck auf meinen Kopf nahm sekündlich zu, bis es nur noch ein rechts gegen links und links gegen rechts – ein Schraubstock des Schmerzes war, der sich verengte und mir das Gefühl gab, dass mein Kopf bald explodieren würde.

Der Countdown dazu schien jedenfalls eingeläutet zu sein.

Alle Muskeln in meinem Körper zogen sich bei den auf mich einprasselnden Erinnerungen zusammen. Als könnte mich das vor etwas, das längst passiert war, schützen. *Der Idiotismus des menschlichen Körpers: er war zu langsam, zu spät und schlussendlich zu schwach. Viel zu schwach.*

Ich stöhnte, als mich eine ganze Schmerzwelle überrollte und zuckte erschrocken zusammen, als das noch mehr Pein verursachte. *Verdammt!*

Unwillkürlich atmete ich gegen den Schmerz an, bis dieser abflaute, ohne meinen Kopf zum Platzen gebracht zu haben.

Mehrere Herzschläge verstrichen reglos. Dann hob ich die Lider ein Stückchen an und bemerkte meinen ›Fehler‹ erst einen Augenblick später. Ich stockte ertappt. *Ich hätte ja auch im Delirium stöhnen können, es hätte nicht zwingend ein Zeichen dafür sein müssen, dass ich wieder geistig da war.* Jetzt hatte ich mich aber endgültig verraten.

Warum ich dabei Panik verspürte und vor wem ich eigentlich Angst hatte, konnte ich nicht sagen – vielleicht vor der Realität, die mich erwartete.

Ungewohnte Helligkeit blendete mich durch den winzigen Schlitz, den mein Wimpernkranz bildete. Ich konnte nurmehr Schemen ausmachen – meine Pupillen mussten sich erst fokussieren. Also versuchte ich mich aufgrund meiner anderen Sinne zu orientieren.

Unter meinen Fingerkuppen, die behutsam die Fläche rechts und links von meiner Hüfte abtasteten, fühlte es sich weich an und da ich lag, nahm ich an, ich befand mich in einem Bett. Die Helligkeit ließ auf einen lichtdurchfluteten Raum schließen: *Mein Zimmer in Glasturm No 20? Konnte das sein? Aber wer hätte mich dort hinbringen sollen?* Jeder Gedanke brachte mehr Schmerz mit sich als der vorhergehende. Es gab inzwischen so viel, über das ich nicht nachdenken wollte.

»Meinst du, sie ist wach?«, hörte ich ein Flüstern über mir. Ich kannte die Stimme. *Aber woher?*

Meine Stirn runzelte sich ohne mein Zutun, so angestrengt dachte ich nach.

»Ja!«, erklang ein Schnurren. »Hast du das gesehen?«

»Was?« Es klackte.

»Na, dass sie ihre Stirn gerunzelt hat.«

»Echt?« Es klackte wieder und die Nachfrage klang hoffnungsvoll.

Ich rollte unwillkürlich hinter geschlossenen Lidern mit den Augen. Gleichzeitig begann die Erkenntnis zu mir durchzudringen. *Ich wusste, wer da an und über meinem Bett debattierte!*

Ein euphorischer Ruck ging durch meine Gestalt, der mir ein weiteres Stöhnen entlockte. Dann riss ich die Augen weit auf. Strahlendes Licht – ich vermutete die Sonne – ließ sie mich gleich wieder zusammenkneifen, bevor ich einen dritten Versuch wagte.

Stück für Stück hob ich meine Wimpern und ließ meinen Pupillen damit Zeit, sich an die neuen Verhältnisse anzupassen.

Die beiden Stimmen schwiegen. Ihre Sprecher beobachteten mich sicher bis ins letzte Detail.

Ein zartes Lächeln umspielte meine Mundwinkel. Die beiden waren ein Anblick, über den ich mich freuen würde. Mein Gedächtnis ließ nun jedoch ungewollt die Erinnerung an Rayns in prismenfarbiges Licht gehüllten Körper in meinem Innersten aufblitzen. Ich hoffte von Herzen, dass er wieder ganz der Alte werden würde – körperlich. Geistig war das wohl bei uns allen zu viel verlangt.

Ich seufzte leise.

Dann war mein Gesichtsfeld wieder so, wie es sein sollte und ich registrierte direkt, dass ich mich auf der Krankenstation im Regentenschloss von California befand.

Prompt folgte Ernüchterung auf mein vorheriges Hochgefühl. Aber das Gefühlskarussell hatte anscheinend noch längst nicht aufgehört, sich zu drehen und stürzte mich jetzt in das nächste dunkle Loch. *Ich war schon wieder im Regentenschloss.* Dem Ort, den ich nach dieser Wahl so unbedingt hatte hinter mir lassen wollen. Dem wohl einzigen Ort Californias, dem ich entfliehen wollte, weil ich ihn mehr hasste als jeden anderen.

Aber ich hatte die Wahl gewonnen, erinnerte ich mich selbst. *Das hier war mein Zuhause für die nächsten fünfundzwanzig Jahre. Nicht mehr Glasturm No 20, nicht mehr unsere beengte Wohnung. Es war egal, ob ich sie liebte. Darauf kam es nicht an.*

Im Bruchteil einer Sekunde hatte sich in der Arena der letzten Aufgabe entschieden, dass ich die neue Regentin Californias sein würde; dass ich die nächste Magicia war, die dem Land vorstehen würde. *Allemal besser, als zu sterben.* Das Volk hatte mich unterstützt und ich hatte gekämpft, weil ich es musste. Eigentlich hätte Rayn der nächste Magician sein sollen – so empfand ich. *Er* allein hatte die Aufgabe schlussendlich gelöst. Er hatte uns gerettet: sich und mich. Ihm verdankte ich so viel. Allem voran mein Leben.

Nun fiel mein Blick auf eine vorwitzige Tatze, besetzt mit sattbraunem Löwenfell. Unauffällig, aber nicht unauffällig genug, schob sich diese immer weiter über das weiße Bettzeug, hin zu meinem linken Arm. Der ägyptische Kopfschmuck auf dem Frauenkopf weiter oben, der sich an den Löwenkörper mit den hellen Flügeln anschloss, schaukelte leicht bei jedem geschmeidigen Vorwärtsgleiten des Körpers. Der stolze Blick und die leuchtend roten Iriden verrieten, dass Samaea d'Ejlkaan Chaerume, kurz Sama, meine, äh … hauseigene Sphinx nicht von dieser Welt stammte.

Nachdem wir ein einvernehmliches Nicken ausgetauscht hatten, das alles sagte, erlaubte ich es mir, noch weiter nach oben zu schauen. *Tatsächlich!* Auf der Stange, an der sonst Schlaufen für noch schlimmer Verletzte eingehakt wurden, saß quietschfidel Neves. Der Schnabel des Phönix klackte, als wir uns anblickten. Er zwinkerte mit seinen schwarzen Knopfaugen und im nächsten Moment hob er die goldenen Flügel und ließ magischen Staub auf mich niederrieseln.

Ich lächelte, wusste ich doch, dass es eine Geste der Freundschaft und Ergebenheit war und mir sein Geschenk beim Heilen helfen würde.

»Was machst du nur für Sachen?«, fragte Sama mit neckischem Unterton. Dann sprang sie mit einem Satz aufs Bett. »Rück mal beiseite.«

Ächzend versuchte ich meinen angeschlagenen Körper zur Seite zu wälzen, um ihrer Gestalt – der eines größeren Hundes – Platz zu machen.

Beifällig nickte sie mir zu, dann verzogen sich ihre Lippen. »Wenn man dich einmal aus den Augen lässt«, tadelte sie weiter.

Wenig erquickt hob ich die Augenbrauen. »Müsstest du nicht tröstliche Worte für mich haben?« Meine Stimme klang, als hätte ich zu viel geschrien oder geraucht … oder eben Wasser geschluckt, das ich gar nicht hatte schlucken wollen.

»Brauchst du die denn?« Ihre sphinxhafte Miene ließ keine Gefühlsregung erkennen. Doch ich wusste, dass sie ihre Worte genau abgewogen hatte – wie immer. Und sie behielt anscheinend recht, denn unser kurzer Schlagabtausch gab mir das Gefühl innerer Stärke zurück. Dass sie mich nicht behandelte, als sei ich schwach, bedingte, dass ich mich besser fühlte. »Nicht wirklich«, pflichtete ich ihr bei.

»Und wie geht es dir *wirklich?*«, fragte Neves von oben, deutlich besorgter.

»Ich bin erschöpft«, gab ich zu. »Innerlich und äußerlich.«

»Kein Wunder.« Sama verzog ihr Gesicht, als würde sie etwas Schlechtes riechen. »All diese Kafiron!« Sie schnaubte noch einmal, als überlegte sie, weitere Beschimpfungen aus vergangenen Zeiten auszustoßen. Verwarf das jedoch, denn sie legte den Kopf auf den Vorderpfoten ab.

Ich grinste. *Warum Sama alle, die sie wirklich bösartig beschimpfen wollte, als Ungläubige bezeichnete?* Mir schwebten da ein paar ganz andere, sehr viel weniger sittliche Ausdrücke vor. Da Schimpfen mich aber aktuell weder heilte noch weiterbrachte und mich die Gegenwart der Fabelwesen besänftigte, lenkte ich meine Gedanken automatisch in eine andere Richtung. Wieder hier zu sein, kam mir wie ein großes Déjà-vu vor. Besonders als ich nun fragte: »Wie geht es Rayn?«

Nervös befummelte ich die gestärkte Bettwäsche und sah mich in dem trostlosen weißen Raum um.

Die Fabelwesen schwiegen.

Der Stoff meines ebenfalls weißen Überwurfs, in den ich von irgendwem gesteckt worden war, kratzte unangenehm auf der Haut. »Was?«, durchbrach ich schließlich die Stille.

Sama erhob sich auf alle viere. Sinnend sah sie mir in die Augen. »Bist du sicher, dass du es wissen willst?«

In meinem Magen ballte sich etwas zu einem Knoten aus Angst und Befürchtungen, die wahrscheinlich die Wirklichkeit noch um einiges an Grausamkeit überstiegen. »Natürlich, sonst hätte ich nicht gefragt«, gab ich reglos zurück. *Egal wie schlimm die Wahrheit sein würde, ich musste sie kennen.*

Sama erkaufte sich noch etwas Zeit, indem sie sich auf die Hinterpfoten sinken ließ, bevor sie zu sprechen begann. »Rayn hat mehrere Knochenbrüche im ganzen Körper erlitten, außerdem ein Schädel-Hirn-Trauma – auch Gehirnerschütterung genannt.« Sie pausierte.

Ich sah sie aufmerksam an. *Das konnte nicht alles sein.*

»Seine Wirbelsäule hat einiges abbekommen.« Pause.

Mein Blick durchschnitt die Luft zwischen uns, zwang sie wortlos zum Weitersprechen.

Sie räusperte sich allerdings erst mal.

Meine Nasenflügel weiteten sich ungeduldig, als sie endlich ein Einsehen hatte und neu ansetzte. »Dabei wurden auch Nerven verletzt.«

Ich erstarrte. *War er gelähmt? Im Rollstuhl?*

»Er geht vorerst am Stock. Man wird sehen, ob sich das noch ändert.«

Rovenna sei Dank! Er ging aufrecht, wenn auch am Stock.

Ich schluckte. »Konntet ihr nichts für ihn tun?« Ich flüsterte es fast. In meinem Kopf spielten sich Rayns anmutige Bewegungen ab. Wie er auf der Luftwelle gesurft war. Danach sah ich den Moment, in dem er sich mir, früher am Tag, vor seinem Kampf gegen meine Mutter, in der Arena ergeben hatte. Meine Schuldgefühle drohten mich zu ersticken. *Sie hatten beide immer versucht, mich zu schützen: Ivan und Rayn. Und wie hatte ich sie beschützt? Schlecht? Gar nicht?* Es war zum Heulen. *Wenigstens lebten sie beide, wenn meine Erinnerung mich nicht trog.* Der Gedanke an Ivan machte mich nervös und ich schob ihn sofort von mir.

»Er ist in besten Händen. Sie haben uns aber nicht zu Rayn gelassen.« Sama sah mich entschuldigend an. Ich hörte am Klacken von Krallen, wie Neves über meinem Kopf unruhig die Position wechselte.

»Warum?«, fragte ich gefährlich leise. *Wäre ich nur früher erwacht, dann hätte ich als Regentin dafür sorgen können, dass …*

Wobei sich die Frage stellte, ob ich denn nun wirklich die neue Regentin war. Die Zeremonie zur Regentschaft hatte schließlich eine außerplanmäßige Wendung genommen.

Sama seufzte. »Weil hier alle in höchster Alarmbereitschaft sind.«

Das ließ mich aufhorchen. Das schnelle Anspannen, das damit einherging, hätte ich aber lieber gelassen, denn es tat furchtbar weh. Ich keuchte.

Sama knurrte.

Ein Augenblick der Stille verstrich.

Dann wagte ich zu fragen, was meinen Kopf beherrschte: »Konnte sie fliehen?«

»Lanahaa?«, mischte sich Neves in das Gespräch ein.

»Nein«, versicherte mir Sama gleichzeitig. Danach blickte sie nach oben und durchbohrte Neves mit einem derart bösen Blick, dass selbst mir ein kalter Schauer den Rücken hinunterlief.

Sie meinte es vermutlich nur gut, wollte mir die Einzelheiten der Erinnerung an das, was passiert war, ersparen, doch ließ sich nichts von all dem mehr rückgängig machen. Es schmerzte mich wie ein Besuch in der Hölle – all dieses Wissen. Aber ich lebte und musste dementsprechend mit dem Geschehenen leben.

»Was ist mit ihr passiert?« Es war eine bewusste Frage. Lieber erfuhr ich jetzt und hier alles, als in einem Moment damit konfrontiert zu werden, in dem ich mich nicht sicher und beschützt fühlte. Denn wenn eines sicher war, dann, dass außerhalb dieses Zimmers noch immer Feinde auf mich lauerten.

Ich hörte, wie Neves aufgeregt mit den Flügeln schlug, merkte, dass noch mehr magischer Staub auf mich niederrieselte. Trotzdem ließ ich die Sphinx an meiner Seite nicht aus den Augen. Sie war diejenige, von der ich mir Antworten versprach.

»Gut, ich sag es dir.« Ihre Zunge schnellte vor, sie fuhr sich damit über ihre Lippen. Dann kreiste sie mit dem Kopf, ohne dass ihr tiefschwarzes Haar oder der ägyptische Kopfschmuck verrutschten. »Ivan hat Lanahaa so lange attackiert, bis sie in Ohnmacht gefallen ist. Dann seid ihr vom Himmel gestürzt. Sie hatte nicht nur sich, sondern auch die Kugeln – meint den Schild – und dich in der Luft gehalten. Du erinnerst dich?«

Ich nickte. *Ja, ich erinnerte mich.*

»Er hat dich aufgefangen, während Zweiauge eine weiße Blase um ihren bewusstlosen Körper schuf, die sie in einer Art komatösem Zustand hält, bis über sie entschieden wird.«

Ivan hatte mich also gerettet. Er war vermutlich rechtzeitig wieder zu sich gekommen und dann Rovenna weiß wo gewesen – jedenfalls nie in dem Krater. »Die sie dauerhaft mental manipuliert?«, fragte ich, statt ihren ersten Teilsatz zu kommentieren. *Zweiauge musste ziemlich mächtig sein.*

Sama zog die Mundwinkel hoch. Es wirkte seltsam verkniffen. »So in etwa.«

»Und wo ist sie jetzt?« Ich musste es einfach wissen.

»Der Kaiser, Ivan, Sir Isaac, Zweiauge, Meister Lemary und Missy Verovena sind zusammen mit der Blase nach Washington abgereist. Davor gab es zwei Verkündungen auf der zerstörten Bühne«, informierte mich Neves von oben.

Oh. Erleichterung und Enttäuschung mischten sich in mir. Lanahaa war weit weg – das war gut. Aber Ivan war anscheinend ebenfalls weg. Das tat weh. *Immerhin: Er lebte!*, rief ich mir noch mal in Erinnerung. Ich riss mich zusammen, bevor ich in eine emotionale Krise schlittern konnte. »Und Rayn … ist hier?« *Nach Samas vorherigen Worten musste er hier sein, oder?*

»Ja, sie haben ihn ein paar Zimmer weiter untergebracht.«

»Und ihr durftet nicht zu ihm, aber …«, begann ich.

»Einfach so zu dir? Nein, sie wollten uns, wie schon während der Wahl, in einem Zimmer oben einsperren!« Sama klang wütend. Ihre Iriden funkelten rot.

»Hast du jemanden verspeist, um ihre Meinung zu ändern?«, fragte ich matt und voll unguter Vorahnung. Samas Vorliebe für gewalttätige Maßnahmen war mir – selbst eine Sphinx – inzwischen geläufig. Deshalb duldete ich sie aber keinesfalls.

»Leider nicht«, folgte die grummelige Antwort.

Neves kiekste vergnügt von oben.

»Also?«, wollte ich wissen. »Was stattdessen?«

»Wir haben ihnen ordentlich die Meinung gegeigt«, krähte Neves.

»Es wurde Zeit«, bekräftigte Sama gelassen.

»Laut gefaucht hat sie«, gab der Phönix preis.

Dafür wurde er direkt selbst von Sama angefaucht. Wenn auch in gemäßigter Lautstärke. »Sonst hätte ich gar nichts erfahren und nichts bewirkt!«

»Schluss jetzt!«, beschied ich. Dann schüttelte mich ein Husten, der gar nicht mehr aufhören wollte.

»Erzähl ihr den Rest«, wies Neves ungerührt Sama an, während ich weiter röchelte. »Damit sie wieder schlafen kann und Miss Puttin uns nicht das Essen kürzt, nur weil du dein Versprechen gebrochen hast, sie nicht aufzuregen!«

Miss Puttin, die Hausdame des Regentenschlosses, war also weiterhin da! Das freute mich aufrichtig. Ich mochte ihre warmherzige Art und ihren Look mit den roten Handschuhen.

Die Sphinx knurrte unwillig zur Stange hoch. Sama erfreuten Neves' Worte, im Gegensatz zu mir, wohl wenig.

Nachdem ich mich wieder beruhigt hatte und still in die Kissen zurücksank, verkündete sie jedoch: »Der Kaiser hat zwei für California entscheidende Dinge nach dem Kampf auf der Bühne bekannt gegeben. Erstens: Sinessa wurde für seinen öffentlichen Mordanschlag auf dich begnadigt, weil er geholfen hat, die Lage – also Lanahaa – in den Griff zu bekommen. Er musste allerdings sofort aus dem Schloss ausziehen und wohnt jetzt wohl irgendwo anders in California.« Sie runzelte die Stirn.

Ich blieb still, obwohl ich es nicht glauben konnte. *Warum hatte der Kaiser unseren ehemaligen Regenten begnadigt? Wusste er denn nicht, dass Sinessa gern Komplotte schmiedete? Und das am liebsten gegen alle und jeden – egal von wo aus? Er war eine Gefahr, die nun – auf freiem Fuß – auch freie Hand hatte! Nur weil sich mein Vater ein Mal für die richtige Seite entschieden hatte, war noch lange nicht gesagt, dass er das ab jetzt immer tun würde! Hatte Ivan ihm das nicht gesagt? Das hatte er doch in seiner Suite behauptet.*

Ich zuckte unwillig mit den Achseln. *Mein Vater.* Noch ein Thema, mit dem ich mich eigentlich lieber nicht befassen wollte. *Bei meinen Eltern blieben die familiären Gefühle wirklich vollkommen auf der Strecke.*

Ich versuchte die Sache pragmatisch zu sehen. Leider wurde sie dadurch nicht besser. Sinessa würde vielleicht in nächster Zeit Ruhe bewahren, aber irgendwann – und da war ich mir sicher – würde er aufbegehren. Und dann wollte ich lieber nicht in der Nähe sein. *Zwei vereitelte Mordanschläge seinerseits gegen mich reichten mir vollkommen. Sollte er sich doch bitte in Zukunft auf jemand anderen einschießen –*

zum Beispiel seine göttliche Heiligkeit den Kaiser, der ihm den Freifahrtschein dafür ausgestellt hatte.

Sama bekam von meinen Gedanken nichts mit. Sie sprach nach der kurzen Pause direkt weiter: »Zweitens: Dir wurde für die nächsten fünfundzwanzig Jahre die Regentschaft über California zugesprochen, so wie es schon bei der Zeremonie, die unterbrochen wurde, hätte geschehen sollen. Du bist damit unmittelbar in dein Amt eingesetzt worden und regierst nun. Rayn soll dir beim Führen der Amtsgeschäfte helfen und dich als Berater unterstützen, sobald er dazu in der Lage ist. Herzlichen Glückwunsch!«

Ich schnaubte wenig begeistert. Sarksamus infiltrierte meine Gedanken. *Herzlichen Glückwunsch. Es war paradox: Ich hatte die Regentschaftswahl am Ende gewinnen wollen, gleichzeitig hatte ich sie nicht gewinnen wollen. Zu Beginn hatte ich nicht einmal an der Wahl teilnehmen wollen, aber infolge des Verlaufs dieser immer stärker etwas in California verändern. Jetzt hatte ich trotzdem etwas, das ich eigentlich nie gewollt hatte: die Verantwortung für ein ganzes Land. Für Mensch und Natur, Lebensraum und Katastrophen. Blieb nur zu hoffen, dass meine Regentschaft keine Katastrophe werden würde.*

Andererseits hatte ich die gefährlichen Aufgaben der Regentschaftswahl alle gemeistert – wenn auch teils mit Glück und Hilfe – und dies war eben eine weitere. Eine sehr viel größere und anspruchsvollere, ja. Aber schlussendlich auch eine, bei der ich beweisen konnte, was in mir steckte!

7

Tödliche Regierungsgeschäfte

Das Aufbegehren meiner Mutter hatte überall in California den Keim der Rebellion gesät. Ihre ›Tat als Privatperson‹ wie Tekre Industries es in einer öffentlichen Erklärung bezeichnet hatte, war vom Unternehmen aufs Schärfste kritisiert worden und es hatte sich von ihr losgesagt. Obwohl sie bei ihrem Angriff die einzige ›Rebellin‹ gewesen war, wurde nun das ganze Land von einer Welle des Umdenkens und der Gewalt erfasst.

Bewusst wurde ich mir dessen einen Tag nach meinem Aufwachen aufgrund meiner Frage: »Was ist passiert, als Lanahaas Schild fiel? Welche Verluste gab es durch die Drohnen?«

Neves magischer Staub hatte mich in Rekordzeit wiederhergestellt. Rayn musste leider noch das Bett hüten – obwohl die Fabelwesen inzwischen auch ihm einen Besuch abgestattet hatten.

Ich saß am einen Ende der langen Tafel in meinen Regentenräumen auf einem goldenen Stuhl mit rotem Brokatkissen, Sinessas ergrauten und ausschließlich männlichen Beratern gegenüber. Es war die erste Komiteeversammlung zur Besprechung der Regierungsgeschäfte in meiner Amtszeit und ich fühlte mich sehr staatsmännisch, hatte von Verlusten, nicht von Toten gesprochen. Außerdem ein wahrhaft opulentes blaues Kleid an.

»Verluste?« Monard, seines Zeichens Mitglied der Gilde der Veritas und einer der besagten Berater, verzog amüsiert seinen breiten

Mund. Dabei hoben sich die kunstvoll eingedrehten Enden seines schwarzen Schnurrbartes während eines spöttischen Lächelns. »Kind, es gab einige Tote, falls es das ist, was du wissen willst.«

Das war in der Tat der Hintergrund meiner Frage gewesen. Das »Kind«, eine Anrede, mit der er zweifelsohne niemals gewagt hätte, Sinessa zu betiteln, brachte jedoch mit dem Schreck, den seine Antwort mir einjagte, mein Blut in Wallung. *Provozierte er mich extra?*

Hätte ich mich diesen Männern doch nur nicht allein gestellt, um Stärke zu beweisen. Ich war weder körperlich klein noch minderjährig – wie er sehr wohl wusste, da ausschließlich Erwachsene zu den Regentschaftswahlen antreten durften. *Durften. Ha!*

Probleme über Probleme.

»Das *Kind* …« Ich zog das Wort ungebührlich in die Länge und fixierte ihn. »… ist jetzt Ihre Regentin. Wenn Sie von mir in Zukunft Respekt erwarten, sollten Sie mir diesen auch entgegenbringen.«

Schweigen setzte ein. Selbst das ständige Klirren der Gläser, von denen anscheinend immer irgendwer eines zum Mund führen musste, erstarb.

Doch als nur ein weiteres, belustigtes Auf-und-ab-Hüpfen von Monards Schnurrbart folgte, reichte es mir. »Oder Sie verlassen dieses Komitee«, schob ich kalt hinterher. *Wenn es etwas gab, was diesen Männern wichtig war, dann ihre Position.* Ohne, dass er ganz California glauben ließ, dass er mich durch Einflüsterungen zu irgendetwas verleiten könnte – womit er sich absolut geschnitten hatte –, war Monard genau wie sie alle hier: ein Nichts. Ein Niemand. Er lebte dafür, für wichtig gehalten zu werden, wie ein typischer Politiker.

Das plötzliche Entgleisen seiner Gesichtszüge und sein knappes Nicken gaben mir recht. Tja, darin unterschied sich die neue Welt nicht von der alten. Wir hatten ihre Ämter nur umbenannt. Politiker, Berater, Gildenoberhäupter – schmarotzende Wichtigtuer waren sie nichtsdestotrotz.

Wer von ihnen wollte wirklich etwas ändern? Wer hatte den Willen, das Land zu Besserem zu führen? Keiner. Sie alle wollten den Status Quo erhalten. Ihren Status Quo. Ihre Macht und ihren Einfluss. Auf Kosten des Fortschritts.

Nun, ich wollte das nicht.

»Das gilt für Sie alle hier!«, wandte ich mich auffordernd an die stumme Runde.

Noch mehr Nicken folgte. *Diese Speichellecker!*

Ich verabscheute sie schon jetzt abgrundtief, allerdings konnte ich sie nicht entlassen. Das würde einem öffentlichen Eklat gleichkommen. Wenn auch nur einer von ihnen versuchte, meine Position zu torpedieren, musste ich an einer weiteren Front kämpfen. Und nach der ganzen Aufregung, die Tekre und damit California erschüttert hatte, war das nicht mein Ziel. Ich plante, alles – inklusive der Regierungsgeschäfte – wieder in ruhigere Bahnen zu lenken, um schließlich selbst mit dem Revolutionieren zu beginnen.

Mein Leben hatte sich durch die Regentschaftswahl und deren Ausgang radikal verändert. Ich würde nicht wieder studieren gehen und irgendwann mit dem Abschluss einen guten Job zu erringen versuchen. Ich hatte jetzt bereits mehr Verantwortung, als ich jemals hätte erringen können. Und vor allem eine Position, deren Pflichten nicht zur Debatte standen.

Sie hatten mir fünfundzwanzig Jahre gegeben.

Ich würde diese nutzen.

Das war mein Versprechen an mich – an die Menschen, die mich während der Wahl unterstützt hatten, an das Volk, das so vieles nicht wusste und allen voran an die Frauen!

Meine Laune hob sich wieder.

8

Für die Zukunft Californias

Ich saß, wie so oft in den letzten Tagen, in Sinessas ehemaligem Büro an seinem Sekretär und starrte trübsinnig auf die Pergamentbögen vor mir. Ich hatte mich immer gefragt, was die Charaktere in Filmen, in Büchern – vielleicht auch Menschen im echten Leben – meinen, wenn sie sagen: »*Wir lieben uns. So sehr, dass es wehtut! Aber das ist nicht genug.*«

Ich hatte es immer für die kitschigste, die abstruseste Aussage von allen gehalten. *Denn was kann es geben, das stärker, das wichtiger ist als Liebe? Nichts, hätte ich bis vor dieser Wahl gesagt. Ich meine, was können Menschen im Leben mehr wollen, als ihre wahre Liebe zu finden?*

Aber es geht bei dem dritten Satz nie um die Liebe, es geht um die Umstände. Darum, was zwei Menschen darüber hinaus verbindet, was jeder in einer Beziehung braucht und ob der andere es erfüllen kann. Oder ob einer der beiden jeden Tag an der Liebe ein Stückchen mehr zerbricht, weil er den geliebten Menschen nicht loslassen kann, dieser ihn aber nicht vollständig glücklich macht.

Ein Zwiespalt, ein Dilemma – ein Drama.

Und das kann verschiedene Gründe haben. Sei es, dass einer plötzlich körperlich eingeschränkt ist, beispielsweise gelähmt, wie es bei Rayn der Fall hätte sein können. Oder aber, dass einer – möglicherweise gar beide – im Licht der Öffentlichkeit steht und ihm das eine gewisse Rolle aufbürdet, die eine normale Beziehung fast unmöglich macht, wie bei Ivan und mir.

In Büchern war es immer romantisch, wenn das Liebespaar heimliche Treffen und ein wohlgepflegtes Versteckspiel hegt – in der Realität verlor sich der Charme nach dem ersten Nervenkitzel. Ich wusste es. Schließlich schien sich gerade die Liebe zwischen mir und dem Kardinal der Blauen Garde zu verlieren.

Was blieb, waren abgedroschene Worte in meinem Kopf, die keiner je ausgesprochen hatte: »*Wir lieben uns. Aber das ist nicht genug.*« *Und weil niemand mit ständigem innerem Drama leben will, versucht man zu vergessen.* Versuchte ich, Ivan zu vergessen. Erinnerungen an ein paar einzelne Momente geisterten mir nichtsdestotrotz im Kopf herum – *doch auch diese würden mit der Zeit verblassen.* Zumindest redete ich mir momentan ein, dass es so kommen würde.

Ich hatte seit dem schicksalhaften Tag der Zeremonie zur Regentschaft nichts mehr von Ivan gehört. Hatte ihn mehrfach über meinen Nanobot Li angerufen, Nachrichten für ihn an den kaiserlichen Palast und die Blaue Garde geschickt und schließlich sogar einen goldenen Brief geschrieben – in meiner Funktion als Regentin von California für ihn in seiner Funktion als Kardinal der Blauen Garde seiner göttlichen Heiligkeit des Kaisers von Eterny. Doch nichts war zurückgekommen.

Inzwischen war bereits ein Monat vergangen. Vier lange Wochen des Wartens. Selbst einen seiner von mir gehassten silbernen Briefe, die ich während der Wahl erhalten hatte, hatte ich mir herbeigesehnt. Welch Ironie.

Dass ihm nichts zugestoßen war, wusste ich aus den Medien, deren Berichterstattung ich verfolgte, seit auch ich in Interviews Rede und Antwort zu Regentschaftsentscheidungen stehen musste. Irgendwann hatte ich eingesehen, dass mir alles Warten dieser Welt nichts bringen würde, wenn er nicht antworten wollte.

Die Erkenntnis hatte gute und schlechte Tage mit sich gebracht. Tage der Niedergeschlagenheit und Tage des Optimismus, an denen ich nach vorne geblickt hatte. Ich hatte ein Land zu regieren und die Menschen, die auf mich angewiesen waren, hatten es nicht verdient, dass ich in den Wirren meiner *Liebelei* – wie Yasemine es immer noch nannte – versank, statt meiner Verantwortung nachzukommen.

Ein tiefer Seufzer entrang sich mir.

Ich begann unbewusst, Pergamentbögen zu ordentlichen Stapeln zu schichten und sie auf dem Sekretär in einer Art Lesereihenfolge anzuordnen. In meinem Herzen machte sich langsam Aufbruchsstimmung breit. Es war ganz so, als hätte mein Verstand erst jetzt realisiert, dass die Wahl wirklich vorbei war, dass Lanahaa abgeführt worden war und unverändert im kaiserlichen Palast in Washington in einer streng bewachten und magisch gesicherten Arrestzelle saß.

Vielleicht hatte es so lange gedauert, weil ich geglaubt hatte, die Menschen um mich zu kennen – und die Tatsache, dass ich falschgelegen, mich geirrt hatte, innerlich noch immer nicht ganz akzeptieren wollte. Der Verstand sagte das eine, mein Herz hatte eigene Pläne und sagte das andere. Schlussendlich obsiegte die Wahrheit: Es war ein einseitiges ›Kennen‹ gewesen. *Sie hatten mich gekannt.* Das machte den Verrat, das Leid und den Unglauben in mir noch schlimmer.

Ich schluckte.

»Genug!«, ermahnte ich mich selbst.

Ich hatte mich in der letzten Woche treiben lassen. Hatte Heavy Metall gehört, auf dass die Wände des Schlosses bebten und durch die Vibration wenigstens währenddessen etwas im Bauch und in den Gliedern gespürt. Mir war absolut egal gewesen, was meine Angestellten gedacht hatten – Beschwerden waren keine bis zu mir durchgedrungen.

Statt auf andere hatte ich meine Gedanken auf mich zu begrenzen versucht und mich sogar wieder daran erinnert, dass ich mir selbst schwarze Hausschuhe mit den größten, aufzutreibenden Totenköpfen hatte schenken wollen und allen Menschen innerhalb meines Landes die Freiheit eigenständig die Farbe ihrer Habseligkeiten auszuwählen, wenn ich die Wahl gewann. Nun war ich die Regentin von California. Auf die Hausschuhe verzichtete ich, das Thema Freiheit blieb jedoch ausstehend. *Obwohl meine erste Amtshandlung dafür bereits die Weichen gestellt hatte.*

Ich seufzte, wusste genau, dass ich noch immer zu viele einsame Stunden in den Regentengemächern verbrachte. Wobei ›einsam‹ das falsche Wort für mein Dasein war. Sama und Neves weilten stets an meiner Seite, wenn ich das wünschte. Ihre Gegenwart war tröstlich, allerdings war irgendetwas in mir kaputt gegangen – an diesem *einen* schicksalhaften Tag. Etwas, das eine Distanz zwischen mir und allen anderen schuf.

Weder Rayn noch Ivan waren am Tag der Regentschaftszeremonie gestorben – aber ich war es. *Innerlich.*

Vielleicht sollte ich frohlocken, weil es mich nun näher an meine Rolle als Eiskönigin brachte, die ich zum Regieren brauchte.

Sinessas alte Berater ertrug ich mit stoischer Gelassenheit, glaubte ihnen aber kein Wort. Sama hatte die Männerrunde bei der zweiten Komiteeversammlung zur Besprechung der Regierungsgeschäfte derart mit ihrem Grollen, Fauchen und Flügelschlagen eingeschüchtert, dass ich immerhin zu glauben gewillt war, dass sie es nicht wagen würden, mich zu hintergehen. Sicher war ich mir aber nicht. Die Zukunft würde diesbezüglich bestimmt noch interessante Erkenntnisse bringen.

Meine tägliche Ablenkung bestand nun darin, die Regierungsgeschäfte Californias fortzuführen und hoffentlich langfristig alles, was Sinessa während seiner Regentschaft eingeführt hatte, zu demontieren.

Sein Slogan *Für eine gesunde Zukunft Californias* sollte durch mich eine neue Bedeutung erlangen. Keine, in der Ironie mitschwang, sondern eine, die alle zum Strahlen brachte. Mein erstes Vergnügen hatte darin bestanden, mir sein dickes Regelwerk vorzunehmen und eine stark auf Notwendiges sowie Sinnvolles begrenzte Neufassung in Auftrag zu geben. Die Lebenszeit war für die meisten von uns begrenzt, das Erbe lebte allerdings in unseren Kindern weiter – und ich wollte, dass es für diese, für die Spezies Mensch, tatsächlich eine *gesunde* Zukunft gab!

Mit den Veränderungen im Regentenschloss hatte ich vor drei Wochen in meinen eigenen Gemächern angefangen. Selbst in Räumen, die mir noch unbekannt gewesen waren, war alles genauso prunkvoll, wie ich es von der Wahl gekannt hatte: Gold, wohin das Auge blickte. So schön es auch funkelte, so Brechreiz verursachend überkandidelt war die Einrichtung.

Zuallererst hatte ich statt des mir verhassten Rosas jegliches im Blau meiner Gilde umgestalten lassen und in allen privaten Räumen waren Störsender installiert worden. Denn wie sich gezeigt hatte, gab es keine offiziellen und keine inoffiziellen Pläne der Verkabelung des Schlosses. Nicht einmal Tekre Industries, bei denen sofort angefragt wurde, besaß welche. Die Schlosstechnik wusste, auf welche Mikrofone und Kameras sie zugreifen konnte – diese hätte ich entfernen lassen können –, doch traute ich sowohl meiner Mutter als auch meinem Vater zu, bei der letzten Aufrüstungsaktion jede Menge weiterer Spionagespielzeuge überall im Schloss angebracht zu haben.

Weshalb auch alle Robobots, die der Regierung von California gehörten, säuberlich resettet und umprogrammiert worden waren. Ich hatte jetzt über alle die höchste Befehlsgewalt.

Zumindest in meinem Land, insbesondere aber in meinen privaten Räumen im Regentenschloss, versuchte ich mich sicher zu fühlen. Schließlich würde das für die nächsten fünfundzwanzig Jahre mein räumliches Umfeld sein. *Uff!* Deshalb hatte ich nach weiteren Möglichkeiten gesucht, alles so umzugestalten, dass ich daraus Kraft schöpfen konnte. Meine schönsten Erinnerungen, von denen ich zehren wollte, hatten mich schließlich an meinen Ort der Ruhe von vor der Wahl geführt. Wie sich allerdings herausgestellt hatte, war die Wohnung in Glasturm No 20, die ich einst als meine Heimat angesehen hatte, komplett ausgeräumt worden. Vermutlich schon vor dem Ende der Wahl von meiner Mutter oder danach von ihren Handlangern. Wer wusste das schon.

Keines meiner Bücher, nicht einmal meine illegale Kleidung waren da gewesen. Einzig das alte Sofa, das ich so lieb gewonnen hatte, weil ich die schönsten Lesetunden meines Lebens darauf verbracht hatte, war noch – genau wie alle anderen Möbel – an Ort und Stelle gewesen.

Ich hatte es direkt ins Regentenschloss transportieren lassen.

Mr Chivreen, mein Mundschenk und gleichzeitig neuer Mann für alle Fälle, hatte die Aktion in gestrengem pinguingleichen schwarzen Dreireiher und stilvollen weißen Handschuhen überwacht. Als das gute Stück schließlich von zwei Angestellten in meinen privaten Gemächern abgestellt worden war und diese es unter meiner Anweisung an seinen korrekten Platz gerückt hatten, hatte er zwar die Augenbrauen hochgezogen, aber sich eine Äußerung über den Fremdkörper in der prunkvollen Umgebung verkniffen.

Gut so.

Ich lächelte und musterte mit starrem Blick die halb volle Kaffeetasse, die hinter den Pergamentbögen auf dem Sekretär stand. Miss Puttin hatte sie vorhin hereingetragen. In weißer Schürze und mit stets rosa Häubchen hatte sie dabei die besorgte Miene zur Schau gestellt, die sie seit Beginn meiner Regentschaft trug.

Sie und Mr Chivreen gehörten inzwischen zusammen mit Rayn und Yasemine, auf die ich bei meinem Besuch von Glasturm No 20 getroffen war, zu meinem engsten Stab.

Yasemine wiederzusehen hatte mich für kurze Zeit aus meinem Schneckenhaus geholt. So hatte ich sie voller Überschwang eingeladen, mit mir ins Schloss zu kommen und zu bleiben – als meine Vertraute sowie PR-Beraterin.

Den Job hatte ich mir kurzerhand ausgedacht, um einen offiziellen Grund vorzuweisen, der ihre dauerhafte Anwesenheit begründete. Wie sich aber inzwischen herausgestellt hatte, war Yasemine viel geschickter im Inszenieren als ich und die perfekte Besetzung einer bis dahin unerkannten Vakanz.

Sie ging in ihrer neuen Rolle völlig auf, plauderte mit jedem – ich hatte längst den Überblick über all die Namen und zugehörigen Personen verloren, von denen sie mir berichtete. Und sie gab mir das Gefühl, mit ihr an meiner Seite meine Position entschieden zu verbessern.

Jetzt, hier und heute häuften sich – im wahrsten Sinne des Wortes, nämlich in Pergamentform – die schlechten Nachrichten, die den Beginn meiner Regentschaft in ein düsteres Licht tauchten.

Ich schüttelte den Rest der Gedankengespinste an die letzten vier Wochen ab. Konzentriert beugte ich mich über die Pergamenthaufen.

Den ersten bildete der offizielle Bericht über die Zerstörung, die die Drohnen von Tekre Industries am letzten Tag der Wahl verursacht hatten, inklusive der Regierungserklärung meinerseits. Die Erklärung war längst veröffentlicht. Ich hatte sie sogar bereits in einer der Frühstücks-Talkshows zerredet – eine ermüdende Angelegenheit. Der Untersuchungsbericht hatte länger gedauert. Würde ich ihn jetzt abnicken, würde er so veröffentlicht werden.

Vor mir stand alles schwarz auf weiß.

Die Kampfdrohnen im Arsenal der Blauen Garde seiner göttlichen Heiligkeit des Kaisers von Eterny, hergestellt in Tekre, unweit des eigentlichen Tatortes, hatten getötet.

Nicht alle, aber ein paar davon – die größeren, die ich hinter dem Flimmern des magischen Schildes gar nicht im Speziellen wahrgenommen hatte. Sie waren mit Raketen und Lenkbomben ausgestattet gewesen. Äußerst tödliche Waffen. Keinesfalls für eine friedliche Intervention geeignet.

Und doch waren sie da gewesen …

Genau das bereitete mir Sorge. Denn dort, wo solche Drohnen herkamen, vermutete ich Modelle und Prototypen ganz anderer Art. Vielleicht malte ich den Teufel an die mentale Wand. Doch etwas im Innersten sagte mir, dass ich dem, sobald ich diese Erklärung hinter mir hatte und endlich in der stetigen Aneinanderreihung von unmittelbaren Pflichten Zeit fand, auf den Grund gehen sollte. Die Waffenschmiede besuchen sollte.

Eine diplomatische Mission.

Tekre Industries war mächtig. So mächtig, dass niemand es zum Feind haben wollte – besonders nicht der Kaiser, der durch die unglaublichen Profite aus dem Waffenexport und allen anderen Geschäftsfeldern des Unternehmens beträchtliche Steuern einstrich. Mir waren die Steuern egal, aber da meine Mutter bei ihrer Show ausschließlich Magie verwendet hatte, hatte ich nichts gegen das Unternehmen in der Hand. Und ich konnte es mir nicht erlauben, mir vorschnell Gegner im Vorstand des größten californischen Unternehmens zu machen. Also musste ich geschickt vorgehen, wenn ich Einblicke wollte.

Erschöpft strich ich mir mit der Hand übers blonde Haar.

Zurück zum Untersuchungsbericht.

Rein chronologisch gesehen war der Sachverhalt so: Während des äußerlichen Beschusses von Lanahaas Schild waren irrtümlicherweise zwei Verkehrsdrohnen in Nebenstraßen von Raketen getroffen worden. Deren Sprengköpfe hatten auf den Schild gezielt, waren dort aber abgeprallt und erst verspätet, während des unbeabsichtigten ›Rückflugs‹ explodiert. Dabei waren drei Menschen, nämlich die Insassen der zwei Verkehrsdrohnen, gestorben. Die Drohnen waren nachfolgend vollständig ausgebrannt. Von ihnen gab es nicht besonders viele Überreste – genauso wenig wie von den Toten.

Ich sah als Glück an, dass es nicht mehr Opfer außerhalb des Schildes gegeben hatte. Die Angehörigen der Verstorbenen litten nichtsdestotrotz, das war mir klar.

Wirklich traurig und in gewisser Weise auch unheimlich bitter war für mich aber, dass – wie so häufig bei unvorhersehbaren Unruhen oder Attentaten – ausschließlich Zivilisten gestorben waren. In diesem Fall waren es insgesamt, mit denen vom zu spät eingestellten Beschuss nach Fallen des Schildes, dreiundzwanzig Unschuldige. Sie waren, wie ich schon am Tag des Geschehens befürchtet hatte, zur falschen Zeit am falschen Ort gewesen – um oder auf dem großen Platz, vor der Bühne. Angelockt vom Spektakel der Wahl und dem Versprechen von Unterhaltung.

Leider hatte sich das Tekre Magazin nach dem Geschehen genau in diese Informationen festgebissen. Die Tragödie war inzwischen zu einem Thema geworden, das alles infrage stellte: die Sicherheit des Volkes, die Herrschaft des Kaisers, die Wahl – meine Regentschaft.

Immerhin unterstellte mir keiner, gemeinsame Sache mit Lanahaa zu machen, nur weil sie meine Mutter war. Öffentlich übertragenes Waterboarding durch sie und einen zuvor vereitelten Mordanschlag meines Vaters auf mich hatte wohl dem Letzten gezeigt, dass mich nichts Positives mit meinen Eltern verband. Vielleicht glaubten einige gar, dass ich Lanahaa und Sinessa mehr hasste als jeder andere – und somit bezüglich der beiden unkorrupierbar war. Ich wusste nicht, ob das stimmte. Aber es kam auch kaum auf meine Meinung an.

Mich freute, dass die Menschen endlich einiges hinterfragten, obwohl es mir das Regieren schwerer machte. Es stand die Frage im Raum, wer den Angriff gelenkt hatte und wer über die Verantwortung und die Handhabung tödlicher Waffen in Staatsgewalt entschied. Details und eine genaue Beleuchtung des Vorfalls wurden verlangt.

Mit dem Feuergefecht von Drohnen, die zwar jahrelang präsent gewesen, aber niemals auf diese Art aktiviert worden waren, wurde die komplette Waffengesetzgebung hinterfragt. Ein Thema, das ich als äußerst prekär ansah. Im Allgemeinen wichtig – *ja*. Für den Beginn meiner Amtszeit aber denkbar ungünstig.

Der Kaiser ließ California diesbezüglich im Stich.

Deshalb hatten einige meiner Berater gemeinschaftlich den Untersuchungsbericht verfasst. Die meisten Details hatte ich längst per Videobotschaft in der Regierungserklärung verbreitet. Vielleicht würde die ausführliche und wesentlich wissenschaftlicher gehaltene

Schriftform nun dazu führen, dass meine Worte endlich durchdrangen. Und dass die Boulevardpresse damit aufhören würde, Drohnen über dem Regentenschloss kreisen zu lassen.

Ich hatte mich sehr zusammengerissen und noch keine Verwarnung ausgesprochen oder Drohnen abschießen lassen. Denn ja, der Luftraum war Gemeineigentum und somit öffentlich zugänglich. Aber ich würde keine dauerhafte Verletzung meiner Privatsphäre dulden. Aktuell war die Stimmung ein Pulverfass, dessen Lunte ich nicht anzünden wollte. Doch meine Geduld hing am seidenen Faden.

Zusammen mit Rayn, der noch immer nicht ganz der Alte war und Yasemine gab ich mein Bestes, um die aufkommenden Unruhen zu beruhigen und ein PR-Fiasko zu vermeiden.

Am meisten Kopfzerbrechen bereitete mir, dass am Gericht von Tekre gerade ein neues Verfahren gegen mein Land begonnen hatte. Der Kläger – immerhin war es nur einer – warf California im Namen seiner verstorbenen Angehörigen vor, bei dem tödlichen Drohnenangriff seine Schutzpflicht verletzt zu haben. Weiter führte die Klageschrift aus, dass der Einsatz gegen alles verstoßen hätte, wofür der Rat der Magicians und damit das Kaiserreich stehen würde – respektive die Grundgesetze.

Ich hatte mich, sobald ich von Rayn darüber informiert worden war, direkt mit dem Gremium der Rechtssprechenden zusammengesetzt. Die Mehrheit der Judikative, deren oberstes Organ ich war, hatte mir jedoch versichert, dass die Klage in erster Instanz abgewiesen werden würde. Sicher war das allerdings nicht.

Was für ein Fiasko.

Ich sah auf meine zitternden Hände, tauchte aus der Erinnerung auf. Dann schloss ich die Augen und atmete tief ein, bevor ich sie wieder öffnete.

Just signalisierte mein Nanobot Li durch Blinken einen eingehenden Anruf. Ich nahm ihn entgegen.

9

Das Grauen ruht auch in der Gegenwart nicht

In der Luft über Li erschien ein Lichtkegel.

Ein grauhaariger Mann mit dicker Hornbrille und grauem Dreireiher war darin zu sehen. Seine goldene Uhrenkette bewahrte die zugehörige Taschenuhr gerade so vor dem Absturz, indes er mir enthusiastisch zur Begrüßung zunickte.

Ich nickte respektvoll zurück.

»Wenn er klug ist, geht er nach der Abweisung nicht in Berufung!«, sagte Richter Homayer ohne irgendwelche Vorworte.

Ich hatte ihm eine Nachricht geschickt, in der ich ihn um eine private Konferenzschaltung unserer Nanobots gebeten hatte.

»Es ist keine Pflichtverletzung des Landes California festzustellen«, bekräftigte der Richter bereits, was er mir schon einmal gesagt hatte. »Wodurch sollte diese begründet sein?«, fuhr er fort. »Die Zivilisten sind aufgrund unglücklicher Umstände zum tragischen Opfer geworden.«

»Und wenn er doch in Berufung geht?«, wollte ich ängstlich wissen. Mir war klar, dass man sich bei dieser Klage nur zum Feind des Volkes machen konnte.

»Nun, dann ist das Land California dafür nicht zur Verantwortung zu ziehen. Die interessante Frage wird dann eher sein: Von welcher Waffenart sprechen wir bei diesem Drohnenangriff – mit oder ohne KI? Haben sie autonom oder auf Befehl gehandelt? Deshalb hält sich der Kaiser schließlich noch immer bedeckt, nicht wahr? Oder anders gefragt: Wer hatte Schuld, dass es Opfer gab? Die Maschinen? Jemand, der sie steuerte, ihnen den Befehl gab, einen Knopf drückte? Und sind programmierte Algorithmen einer KI auch ein Befehl eines Menschen, der Schuld hat, wenn die Maschine danach handelt? Äußerst komplexe Fragen, die alle von unserer Gesetzgebung nicht geklärt sind, weil der Kaiser sowie die Gildenoberhäupter eine Weiterentwicklung der Waffengesetze seit Beginn der neuen Weltordnung unterbinden.«

Das brachte mich zum Nachdenken. Insbesondere, weil ich tief in mir hoffte, dass Ivan als Kardinal der Blauen Garde nicht dafür belangt werden konnte. *Schließlich hatte er nichts damit zu tun gehabt.* Es gab so viel zu beachten. So viel stand auf dem Spiel. Die Technologie hatte sich seit der Umbrüche weiterentwickelt, die Gesetze aber nicht. *Wie konnte das sein? Was hatte der Kaiser all die Jahre gemacht? Sich zurückgelehnt? Alles verschlafen?*

Anscheinend, gab ich mir selbst die wenig befriedigende Antwort, hatte jedoch auch immer mehr das Gefühl, dass es durch die klaffenden Lücken in der Rechtsprechung schwierig werden würde, California erfolgreich zu verklagen. Ruhiger lehnte mich ebenfalls zurück. »Besten Dank. Für den schnellen Anruf und Ihre Zeit. Das weiß ich sehr zu schätzen«, ließ ich Richter Homayer wissen. »Das Thema nochmal durchzusprechen hat mich beruhigt.«

»Immer gern. Wenn Sie Fragen haben, zögern Sie nicht, mich zu kontaktieren. In ein paar Minuten muss ich in eine Sitzung. Wir hören voneinander.«

Der Lichtkegel von Lis Projektion erlosch.

Das Gespräch war zu Ende.

Alles, was Richter Homayer bereits zur Vereitlung der Klage an Formulierungen im Vorfeld an mich weitergereicht hatte, war längst präventiv in meine Regierungserklärung eingeflossen und veröffentlicht. *Hoffentlich beruhigte sich die Lage bald.*

Nach einem weiteren Blick auf den ausführlicheren Untersuchungsbericht war ich damit zufrieden und unterzeichnete auf der letzten Seite mit blauer Tinte. Geschwind zog ich eine Schublade des Sekretärs auf und holte meinen Regentenstempel hervor. Ich packte schwungvoll Stempel und Stempelkissen auf das gewienerte Holz der Platte. Ein letztes Aufklappen, die leichte Drehbewegung des Stempels auf dem Stempelkissen, um die blaue Farbe aufzunehmen und schon setzte ich meinen persönlichen Stempel neben meine Unterschrift.

Offizieller konnte ich es nicht machen – wünschte mir, dass das und die geplante Trauerfeier Ende der Woche ausreichten, um einen Schlussstrich unter die Sache zu ziehen. Um die Schrecken dieses Tages langsam zu vergessen, denn das Grauen ruhte auch in der Gegenwart nicht.

Es hatte Anschläge gegeben. Ein Toter hier, ein Toter da. Scheinbar willkürlich und doch nicht willkürlich genug, um reiner Zufall zu sein. Immerhin willkürlich genug, um kein allzu großes Aufsehen zu erregen.

Noch.

Rayn beschäftigte sich in meinem Namen näher mit der Angelegenheit. *Ein* toter Magician wäre als Kollateralschaden irgendwelcher Machtkämpfe möglich. Das, was sich in California unter den magisch begabten Bürgern abspielte, schienen allerdings gezielte Attentate zu sein, oder vielmehr das Werk von Rebellen, die im Untergrund agierten – so vermutete Rayn.

Doch wozu brachten sie wahllos Magicians um? Weil sie sie hassten? Ganz allgemein magisch Begabte hassten? Wie konnte dann die größte Rebellin von allen eine durch und durch magisch begabte Frau sein? Das ergab keinen Sinn.

Ich weigerte mich just, von ihr jemals wieder als meine Mutter zu denken. *Meine Mutter und mein Vater waren für mich gestorben.* Nur so konnte ich all die schmerzhaften Erinnerungen zum Thema Familie ganz hinten, in eine Ecke meines Gedächtnisses packen. Dass sie mich irgendwann wieder heimsuchen würden, wusste ich. Ich hoffte nur, dass es nicht allzu bald sein würde und die Zeiten dann ruhiger wären. Sodass ich mir Zeit nehmen konnte, mich damit auseinanderzusetzen. Zeit, die ich jetzt nicht hatte.

Die Anschläge häuften sich.

Noch hofften wir, eine Verbindung zwischen den Opfern zu finden, abgesehen davon, dass sie Magicians waren. Noch hatte ich keine öffentliche Warnung herausgegeben. Bald würde ich es tun müssen.

Stirnrunzelnd verstaute ich meine Stempelutensilien wieder im Sekretär und raffte die Pergamentbögen zusammen, die Yasemine für mich einscannen und an alle Medien weiterleiten würde.

Gerade als ich mich erhob, öffnete sich die Tür.

10

Zwischen den Attentaten

Alte Scharniere quietschten leise, als Rayns braune Locken im Türrahmen auftauchten. Sie umgaben seinen Kopf so ungezähmt wie eh und je. Der heutige schwarze Anzug saß perfekt, betonte die breiten Schultern. Neben seinen schwarzen Halbschuhen drückte sich jedoch das Ende eines ebenso glänzenden schwarzen Stocks in den Boden, da er sich schwer darauf stützte.

Seine Vorfahren hatten vor über fünfzig Jahren auf der falschen Seite gekämpft. Und seine Eltern hatten gar gegen den Rat der Magicians mit den Politikern der alten Welt paktiert. Das hatten sie bitter bezahlt – mit ihrem Leben. Und er – damals noch ein kleiner Junge – war später vom Kaiser gezwungen worden zuzusehen, wie das Leben aus ihren Körpern entwich. Wie Magie es aus ihnen herausgepresst hatte.

Im Verlauf der Regentschaftswahl und der Zeit danach war Rayn mehrmals bereit gewesen, sein Leben zu geben – für mich, für eine bessere Welt und alles, was dafür nötig war. Er war einer der wenigen, denen ich absolut vertraute.

Als mein Blick nun auf seinen angespannten Gesichtsausdruck fiel, entwich mir geräuschvoll die Luft, die noch in meiner Lunge gewesen war. Er brachte anscheinend keine guten Nachrichten. »Wie gefährlich ist die Lage?« Ich verharrte in der Bewegung und wartete ab. »*Wer ist nun tot?*«, zu fragen, fühlte sich zu plump an.

Sein Kinn hob sich, Stolz sprach aus seiner Haltung, trotz des Stocks. »Es gab kein weiteres Attentat, aber wir haben neue Erkenntnisse aus den bisherigen Spuren gewonnen. Sie haben handelsübliche Spielzeugdrohnen benutzt und diese mit allem Möglichen bestückt. Hauptsache, es zerstört einen gewissen Umkreis.« Er trat mehrere Schritte in den Raum hinein, kam auf mich zu.

Erst jetzt bemerkte ich den Pergamentbogen, den er in der freien Hand hielt und nun vor mich auf dem Sekretär ablegte.

Ich ließ mich wieder auf den Stuhl dahinter sinken. Wusste genau, dass er es nicht schätzen würde, wenn ich ihm die Sitzgelegenheit angeboten hätte.

Dann tippte Rayn mit dem Zeigefinger darauf. »Sie wurden auch zum Ausspähen verwendet.«

Das Foto zeigte eine unscharfe Aufnahme, die eine kleine Drohne in der Luft über dem Haus des letzten Opfers abbildete. Nach dem Zeitstempel am Rand war sie nur fünf Minuten vor dem Attentat entstanden. *Sicherlich kein Zufall.*

»Woher hast du das? Wer hat es gemacht?« Das Beunruhigendste an den Anschlägen war bisher nämlich die Tatsache, dass es keine brauchbaren Überwachungsbilder davon gab. *Das* konnte ein Zufall sein. Eigentlich glaubte ich aber nicht daran. Jeder Bürger Californias wuchs in dem Wissen auf, dass jede Tat, jede Handlung aufgezeichnet und überwacht wurde – doch von den Anschlägen gab es keine Aufnahme, die die Täter oder auch nur den Tatzeitraum zeigte. Es war fast, als wären sie aus den Aufzeichnungen getilgt worden oder besaßen Informationen über die toten Winkel der Überwachungstechnik. Ich hatte sofort Lanahaa im Verdacht gehabt, doch saß sie in einer Zelle im kaiserlichen Palast, umgeben von weißer Magie, die sie ruhigstellte. Also praktisch in einem magischen Käfig ohne jegliche Verbindung nach außen. Von dort sowie in ihrer Verfassung konnte sie keine Angriffe koordinieren. Und die Flugbahnen der Aufklärer inklusive toter Winkel änderten sich ständig.

Rayn schüttelte unwillig den Kopf. »Es ist ein Ausschnitt aus den Aufnahmen von einer der Überwachungsdrohnen, die Tekre Industries über California fliegen lässt. Sie haben es uns, auf unsere Standardanfrage nach ›verdächtigen Aktivitäten‹ zum Standort und

Zeitpunkt des letzten Attentats hin, geschickt. Und mir versichert, dass sie den Luftraum im Auge behalten.«

Soso. Tekre Industries zeigte also guten Willen. »War noch etwas Hilfreiches zu sehen?«, fragte ich hoffnungsvoll und dachte im gleichen Moment, dass Rayn dann vermutlich noch mehr Fotos mitgebracht hätte.

»Nein.« Er schüttelte wie vorhergesehen noch einmal den Kopf. »Die Drohne ist auf eine bestimmte Umlaufbahn programmiert, sie war zum Zeitpunkt der Explosion längst wieder weg.«

»Verdammt!« Vor ihm gestattete ich es mir zu fluchen. »Wäre auch zu schön gewesen.«

»Das kannst du laut sagen.« Seine Augen verdunkelten sich. »Immerhin haben wir zusätzlich das Ergebnis der Analyse der Überbleibsel des neuesten Attentats. Es ist wie bei den letzten: An der Drohne, die den Schaden angerichtet hat, waren kleine Granaten – wahrscheinlich mit den Stiften nach unten – angebracht worden, bevor man sie zum Abstürzen gebracht hat.«

»Mhm«, machte ich nur. »Um durch den Aufprall am Boden genug Druck für die Detonation auf die Zünder auszuüben.«

»Genau.«

Die Attentäter bastelten sich also das, was sie brauchten, selbst zusammen. Das machte es schwieriger, ihnen auf die Spur zu kommen. Es bedeutete keine oder verschiedenste Seriennummern von Einzelteilen. Keine Trackingmöglichkeit wie bei hochwertigen Waffen und damit fast keine Möglichkeit, die Herkunft des Materials zurückzuverfolgen und den Käufer beziehungsweise Täter zu finden. Trotzdem würden wir nicht aufgeben. Nicht, wenn Menschenleben auf dem Spiel standen. *Wir würden sie fassen! Hoffentlich früher als später.*

»Such weiter nach Zusammenhängen zwischen den Attentaten. Es muss welche geben! Und mach mir einen Termin bei Tekre Industries. Ich will mit eigenen Augen sehen, an was sie dort aktuell basteln!« Obwohl ich nicht glaubte, irgendwelchen Beweisen auf die Spur zu kommen und mir sicher war, dass längst alles vernichtet oder versteckt worden war, was das Unternehmen mit Lanahaas Machenschaften oder den jetzigen Anschlägen der Rebellen in Verbindung bringen könnte, wollte ich es mir nicht nehmen lassen, ein bisschen im Wespennest herumzustochern.

Rayn räusperte sich überrascht. »Natürlich. Solange ich bei deinem Herumgeschnüffel außen vor bleibe.« Dann spekulierte er: »Die Art der Attentate, also die Technik und die nichtmagischen Waffen lassen vielleicht auf magisch unbegabte Menschen als Täter schließen.«

Darüber dachte ich kurz nach.

»Könnte sein«, gab ich zu. »Die Mehrheit der Menschen ohne unsere Begabung ist mit der Herrschaft der magischen Elite einverstanden. Sie kümmern sich nicht um Politik. Ich würde so weit gehen, ihnen zu unterstellen, dass sie froh sind, dass bei den Regentschaftswahlen Magicians antreten müssen – dass die Pflicht des silbernen Briefs nie auf sie oder ihre Kinder fallen wird. Sie freuen sich womöglich sogar deshalb umso mehr über das Leid der Kandidaten«, sprach ich leise aus, was ich dachte. »Der Kaiser benachteiligt sie sozusagen zu ihrem eigenen Vorteil. Aber dass sie sich der Gefahren der Aufgaben nicht aussetzen müssen, bedeutet auch, dass sie nie regieren werden – in keinem der fünfundzwanzig Länder des Kaiserreiches. Und genau das kreidet eine Minderheit der Nichtmagischen uns schon immer an.«

»Ja, wir benachteiligen sie. Aber *wir* waren seit jeher in der Minderheit.« Rayn wirkte erzürnt. Er klopfte unbewusst mit seinem Stock gegen den Sekretär, als er sich bewegte. »Wir haben uns ewig versteckt, haben unsere Begabungen für uns behalten. Konnten diese nur heimlich und in Furcht zum Guten einsetzen, weil wir als Hexer und Hexen verschrien wurden. Weil wir von den Nichtmagischen in manchen Zeitaltern gar gefoltert, verstoßen und ausgegrenzt wurden – weil wir anders waren«, hielt er dagegen. »Wäre das nicht so gewesen, hätte sich der Rat nie erheben müssen. Alle Menschen hätten seit jeher in vollem Bewusstsein ihres jeweiligen Wesens friedlich zusammen gelebt!«

Und seine Eltern würden noch leben, vervöllständigte ich stumm, was er nicht aussprach. »Du hast ja recht«, beschwichtigte ich ihn. »Das Mittelalter ist längst vergangen. Sie werden uns nie wieder ungestraft wegen unserer Natur an den Pranger stellen. Vor etwa fünfzig Jahren kam vieles anders, als die meisten erwartet haben.« Sinnend blickte ich auf meine Hände.

Rayn nickte zustimmend. »Die Magicians erkannten die Notwendigkeit, aus den Schatten zu treten. Mit gutem Grund! Naturkatastrophen und sinnlose Politik hatten unsere Welt an den Abgrund geführt – das bestreite ich nicht. Die Aussicht, kämpfend zu sterben, war allemal besser als die, tatenlos zu sterben. Es war an der Zeit, etwas zu verändern. Die Frage ist nur, ob die Weltordnung zum besseren verändert wurde.«

Stille trat ein.

»Wie sich gezeigt hat, sind wir wenigen gar nicht so wenige und vor allem viel stärker. Es ist eine Schande, dass wir uns so lange versteckt haben«, setzte Rayn schließlich hinzu. »… nicht früher zusammengeschlossen haben. Ich meine nicht zu den Geheimbünden, die existierten, sondern zu etwas Mächtigem wie dem Rat. Und dass selbst dieser nicht wusste, wie viele ihr wahres Ich versteckt hielten und sich dadurch erst so spät erhob. Wenn ich daran denke, was heute alles anders sein könnte, wenn es mehr Verständnis für Magie gegeben hätte.«

»Mhm.« Meine Gedanken machten sich selbstständig. »Glaubst du, das ist einer der Gründe für das Prozedere der Regentschaftswahlen? Ich meine abgesehen von der Suche nach dem stärksten Magician – *Blablabla* –, was des Kaisers Propaganda eben von den Häuserdächern schreit«, überlegte ich laut. »Dass die Nichtmagischen alle fünfundzwanzig Jahre daran erinnert werden sollen, dass sie niemals mit einem Magischen mithalten können. Daran erinnert werden, was passiert, wenn wieder Krieg herrscht. Wie viele wir töten könnten, bevor sie auch nur zucken. Dass Magie die mächtigste Gewalt des Universums ist«, erklärte ich weiter. »Dass sie froh sein sollten, wenn sie in Ruhe ihr Leben leben können – weil wir die Naturkatastrophen mit unserer Magie eindämmen.«

»Du meinst, da steckt ein tieferer Sinn hinter der Art und Weise der Regentschaftswahlen?« Ein seltsamer Ausdruck erschien plötzlich auf Rayns Gesicht. »Führt man die Überlegung fort, drängt sich mir die Vermutung auf, dass die Grausamkeit des Prozederes vielleicht gleichzeitig den Unmut der Nichtmagischen uns gegenüber abmildern soll. Eine Art verquere Wiedergutmachung für ihre Entmachtung.« Rayn sah völlig schockiert aus.

»Na ja«, murmelte ich, nun von meinem eigenen Gedankengang abgestoßen. »Es lässt sie auf jeden Fall hinterfragen, was Magicians erklärten Feinden antun, wenn wir uns Abscheulichkeiten wie die Regentschaftswahlen – aus ihrer Perspektive – selbst antun.«

»Du meinst, der Kaiser uns antut. Warum auch immer er das tut?«, korrigierte Rayn mich stirnrunzelnd. »Denn ich kann mir nicht vorstellen, dass der Rat dieses Prozedere *so* erdacht hatte. Ich glaube längst nicht alles, was die kaiserliche Kommunikation verbreitet. Aber ja, vielleicht hat das Konzept eine Weile funktioniert. Und jetzt … war alles zu viel. Die Grausamkeit der Wahl, Lanahaas Aufbegehren, all die Magie, die Toten. Womöglich sehen die Attentäter derart bösartige Kreaturen in uns Magicians, dass gerade die Angst vor uns sie zu ihren Taten antreibt.«

»Man kann es ihnen nicht einmal verübeln«, murmelte ich und dachte daran, wie der Kaiser Rayns Eltern mit Magie zu Tode gequält hatte; wie Lanahaa mich mit der Wolkenschlange getäuscht und gefoltert hatte.

11

Im Headquarter von Tekre Industries

Bereits am Mittag des nächsten Tages kletterte ich, auf einem abgesetzten Teil des Daches des Hauptgebäudes von Tekre Industries, behände aus einer der Verkehrsdrohnen von California, die ich nun als Regentin zur Verfügung hatte. Die Sonne stand hoch am Himmel. Ein Hauch kühler, angenehm salziger Meeresluft wehte mir um die Nase.

Ich atmete tief ein.

Die Zentrale von Tekre Industries war ein beeindruckender Bau. Über dem viereckigen mehrstöckigen Bauch des Hauptgebäudes ragten an den Seiten vier Metalltürme in die Höhe, die Schatten auf unsere Köpfe warfen. Einer wurde von einer Kuppel gekrönt, zwei hatten oben Querstreben und ahmten die Form großer Waffenläufe nach. Außerdem gab es seitlich von mir, vom Landeplatz aus einen extra Zugang zum Hauptgebäude.

In meinem neuen, für mich geschneiderten Hosenanzug in Blau und mit Yasemine an meiner Seite fühlte ich mich gerüstet, den Machenschaften des ehemaligen Unternehmens meiner Familie auf den Grund zu gehen. Ich wusste nicht, was mich erwarten würde, war aber äußerst neugierig. Tekre Industries war die größte Firma im Nachrichtentechnik- und – wie ich dank Rayn seit dem letzten Tag der Regentschaftswahl wusste – Hightechwaffengeschäft in Eterny, womöglich sogar des ganzen Planeten.

Dementsprechend pompös sah das Headquarter aus.

Fenster spickten besagte Metalltürme und ließen erahnen, dass dort Büroräume, Labors oder was immer sie bei Tekre Industries vorherrschend hatten, untergebracht waren. Zwischen den beiden Türmen mit Querstreben verlief hoch oben ein Durchgang. Davon ging eine senkrechte Rampe ab, die zuerst nach unten und dann, auf einen großen Pfeiler abgestützt, in einem Winkel bis zur Erde reichte. Die einzelnen Bauabschnitte wurden jeweils von einem gläsernen Dach gekennzeichnet.

Die Rampe erinnerte mich an die von Raffinerien oder an Schächte aus alter Zeit. *Was wurde hier transportiert? Material? Menschen? Maschinen? Oder diente sie einem ganz anderen Zweck?*

Ich wandte mich zu meiner Begleitung.

Yasemine manövrierte gerade vorsichtig erst den einen Fuß mit hochhackigem Pump, dann den anderen aus der Drohne, bevor ein rosafarbenes Kleid in Wickeloptik folgte, in dem ihr perfekt zurechtgemachter Körper steckte. Das purpurfarbene Haar, die rostroten Fingernägel und die blauen Kontaktlinsen, die ihre Augen übernatürlich strahlen ließen, machten sie zum Hingucker schlechthin.

Sie hatte zu ›PR-Zwecken‹ mitkommen wollen, um ›Connections zu knüpfen‹. Je länger ihr Ausstiegsmanöver aus der Drohne dauerte, desto sicherer war ich mir, dass das hier ein ›sehen‹ und ›gesehen werden‹ für sie war und nichts anderes. *Wie konnte sie auf den Absätzen gehen und in dem extrem engen Kleid atmen?* Eines der vielen Mysterien, die sie umgaben.

Allerdings konnte ich ihr die Neugier auf Tekre Industries nicht verdenken. Meine war schließlich auch nicht gering und mit ihrer unkomplizierten fröhlichen Art, dem guten Aussehen sowie ihrem Charme würde Yasemine mich vielleicht davor bewahren, an den sicher sehr technisch denkenden Ingenieuren zu verzweifeln.

Mit zusammengekniffenen Augen betrachtete ich die urbane Techniklandschaft. *Das hier war eine ganz andere Welt als das Regenschloss.* Den Anstrich des Alten, des Historischen suchte ich vergebens. Einzig der blaue Himmel über uns war wohl überall in Tekre gleich. Der Zeitgeist von 2086 war das vorherrschende Element im Headquarter. Reiner Stahl, großflächiges Glas und vereinzelte Pflanzen wetteiferten mit Displays, Rohren und anderen Metallen um den zur Verfügung stehenden Raum.

Von Faszination getrieben, machte ich ein paar Schritte auf die nahe Dachkante zu und blickte schräg vor mir auf den etwas abseitsstehenden größten und damit fünften Turm: Das Vorstandsgebäude. Darin befanden sich die Hochsicherheitslabors und ganz oben, in der Spitze, die Büroräume des Vorstands – das wusste ich von Lanahaa.

Ich schluckte, als ihr Gesicht verschwommen in meiner Wahrnehmung auftauchte. Dort hatte sie gearbeitet. Von dort aus hatte sie ihre Pläne geschmiedet – nahm ich an. Wahrscheinlich auch, um mir nicht eingestehen zu müssen, dass ich in unserer Wohnung nichts davon mitbekommen hatte.

Der Turm wirkte exponiert, gleichzeitig war ich mir sicher, dass diese Position bewusst gewählt worden war. Das Vorstandsgebäude war eine Festung, ein Kontrolltower. Obwohl es nur ein Gebäude war, hatte ich das Gefühl, dass die Macht und die Machenschaften, die dort gehegt wurden, bis hierher spürbar waren. Der Vorstand bestand aus mehreren Magicians und auch magisch unbegabten Menschen, die mit Sicherheit alle ihre eigenen Ziele verfolgten.

Gänsehaut überzog meine Arme. Ich fröstelte schlagartig in der Mittagssonne.

»Miss Streisand, willkommen in der Cityscape von Tekre Industries«, riss mich eine angenehme Stimme aus meiner stummen Beobachtung. »Wir haben Sie schon erwartet.«

Langsam drehte ich mich um und musterte einen Mann mit kurzem braunen Haar, blauem Anzug, blauem Hemd und blauen Schuhen, der auf Yasemine und mich zukam. Sein Gesicht war faltenfrei, der Ausdruck zwischen nett und zu glatt – schwierig einzuschätzen.

Indes ich nur nickte und die kurze Distanz von meiner aktuellen Position zurück zu der Verkehrsdrohne überbrückte, zwitscherte Yasemine: »Wie passend! Die Verschmelzung von Stadt und Landschaft – City und Landscape: Cityscape.«

Der Mann deutete ein Lächeln an. Dann machte er mit der Hand eine ausholende Bewegung. »All das hat sich über die Jahre entwickelt. Forschung und Realität sind verschmolzen und werden es weiterhin tun. Wir erfinden nicht nur Neues, wir leben und erleben es, bevor es zum Kunden geliefert wird.«

Das klang ja sehr nach Verkaufsargumentation. Oder bekamen alle Ingenieure hier eine Schulung für Floskeln? Ich hatte nicht erwartet, von einer ganzen Delegation begrüßt zu werden, schließlich war das ein Besuch, der nicht unbedingt das Augenmerk der Öffentlichkeit erregen sollte. Aktuell machte mich wohl auch mein Nachname zu einer Art Persona non grata, die man hier nicht dulden wollte, aber musste. Kurzum: Ich war aus nachvollziehbaren Gründen nicht die beliebteste Besucherin aller Zeiten des Unternehmens. *Trotzdem … Sie schickten einen Mann?*

Ich drehte den Kopf von rechts nach links. Da waren die Drohne, Yasemine, ich, der Fremde und unser Pilot, der hier auf unsere Rückkehr warten würde, um uns später wieder zum Schloss zu bringen. Ich hatte bewusst auf zusätzliche Drohnen, meinen Nanobot und jegliche Robobots verzichtet. Wir würden hier bei der ersten Sicherheitsschleuse sowieso alles zurücklassen müssen.

Allerdings hatte ich die Geringschätzung, die man mir entgegenbrachte, unterschätzt. Denn wie sollte ich es sonst deuten, dass hier nicht ein Mitglied des Vorstandes um meine Gunst buhlte? *Ich war ihre Regentin – und doch war ich wohl auch für sie das ›Kind‹.*

Nimm es dir nicht zu Herzen. Sieh es positiv! Dann musst du dich schon nicht mit den Speichelleckern herumschlagen. Der Zweck, zu dem du da bist, drängt und hat Priorität, insbesondere vor deinem Stolz, erinnerte mich eine rationale Stimme in meinem Innersten.

Ich seufzte tonlos. Dann straffte ich meine Schultern.

»Das klingt ja spannend«, zwang ich mich, die Stille zu durchbrechen, die sich über uns gelegt hatte. Mein Tonfall hörte sich ungeduldig an und keinesfalls, als ob ich meine Worte so meinte. Aber ich war nicht Schauspielerin, sondern Regentin.

Das erkannte wohl auch der Mann, der uns zugeteilt worden war, denn seine makellos glatte Stirn runzelte sich kurz, bevor er kommentarlos wieder die gleiche Miene zur Schau trug wie zuvor.

»Darf ich Ihnen Yasemine vorstellen, meine Beraterin«, fuhr ich fort, um die Begrüßungsformalitäten hinter uns zu bringen. Das ›PR‹ ließ ich lieber weg.

»Sehr angenehm«, erwiderte der Fremde, ohne sich einen weiteren Hauch von Irritation aufgrund ihrer Aufmachung anmerken zu lassen. Er nahm ihre Hand, um ihr einen formvollendeten Handkuss zu geben, der so gar nicht in mein Bild von einer angemessenen Respektbekundung gegenüber mir und ihr sowie zu seiner modernen Aufmachung und der Cityscape passte. Allerdings ließ die romantische Aufmerksamkeit meine Vertraute erröten.

Ich verdrehte innerlich die Augen. Vorgestellt hatte sich der Mann immer noch nicht. »Und Sie sind?«, fragte ich deshalb spitz.

»Henry Meliere, Leiter des Vertriebs von Tekre Industries. Zu Ihren Diensten, Miss Streisand.« Eine leichte Verbeugung folgte.

Aha?! Seine Manieren waren mindestens ein Jahrhundert älter als die Cityscape. Nicht dass ich etwas dagegen hatte, aber das zeichnete ein inkonsistentes Bild seiner Persönlichkeit sowie Position und der Außenwirkung des Unternehmens, das er repräsentierte – das verwirrte mich zunehmend. Für eine solch leitende Führungsposition wirkte er auch sehr jung. Immerhin erklärte seine Funktion meinen ersten Eindruck seiner Verkaufsfertigkeit. *Das würde noch ein spannender Aufenthalt werden.*

»Und natürlich auch zu Ihren, Miss Yasemine«, fügte er hinzu und setzte dabei ein leichtes Lächeln auf.

»Sie kommen nicht aus Eterny, oder?« Yasemines arglose oder doch nicht so arglose Frage – bei ihr wusste man nie – ließ uns alle kurz erstarren.

Es war keine Schande, Wurzeln außerhalb unseres Kaiserreiches zu haben und sein Nachname deutete stark darauf hin. Trotzdem war es eines der Themen, die nicht unbedingt in Gesellschaft besprochen wurden – einfach weil beispielsweise die Freistaaten, besonders unter Sinessa, als Herkunftsland nicht sehr geachtet worden waren. Sie hatten durch und durch demokratische Ideale und deutlich weniger magisch Begabte innerhalb der Bevölkerung. Europäische Wurzeln waren deshalb oftmals mit einer Verdünnung des magischen Blutes gleichgesetzt worden. Sie hatten in gewisser Weise als Herabsetzung der eigenen Linie gegolten.

Die wenigen Wochen meiner Regentschaft hatten daran vermutlich nichts geändert. Aber wie schon Samentha während der Regentschaftswahl bewiesen hatte, bildeten Vorbehalte nicht immer die Realität ab. Ich wusste noch genau, was ich bei den Interviews während der Regentschaftswahl gedacht hatte: *Wenn die Menschen dort – in den Freistaaten Europas – alle so von sich überzeugt, störrisch und absolut beharrlich waren wie Samentha, dann bewunderte ich sie. Von ihrer Magie gar nicht erst zu sprechen.*

Henrys Lächeln wirkte gezwungener. »Ich stamme aus den Freistaaten von Europa.« Die Antwort klang gepresst.

Yasemine schien das nicht wahrzunehmen. »Oh, wie schön!«, rief sie aus. Dann: »Woher denn genau? Ich finde das ja *so* spannend!«

Gequält sah Henry mich an. Ich verzog jedoch nur ironisch einen Mundwinkel. Mit Yasemine musste er selbst fertigwerden. Außerdem wollte ich nun auch wissen, woher er stammte. Irgendetwas in mir witterte verborgene Zusammenhänge.

»Aus der République Française«, antwortete er schließlich kurz angebunden, als wollte er es einfach hinter sich bringen.

Na, wer sagte es denn – wie Samentha, wenn meine Vermutung, die sich auf ihren Nachnamen bezog, stimmte. »Burgeouis«, hatte Pomio sie bei ihrem Interview genannt. *Obwohl das nichts bedeuten musste. Der Name konnte auch ohne Vermischung der Blutlinien der aktuellen geografischen Herrschaftsgebiete seit etlichen Jahrzehnten in Eterny beheimatet sein. Andererseits gab es in der noch existenten Welt allgemein wenig reine Blutlinien. 2086 Jahre hatten das ihre dazu getan.* »Wie sind Sie hergekommen – und zu dieser Position?«, konnte ich mich trotzdem nicht erwehren, wissen zu wollen.

Er verzog das Gesicht. Ich meinte kurz Furcht in seinen Augen aufblitzen zu sehen. *Konnte das sein?* Doch die Maske der makellosen Geschäftstätigkeit war gleich wieder an Ort und Stelle. »Das ist eine lange Geschichte«, wiegelte er ab.

Ich verengte die Augen. Henry Meliere verbarg etwas. Es mochte persönlicher Natur sein und mich nichts angehen – oder aber etwas, was ich als Regentin wissen musste. So oder so. Ich würde diesen Fisch nicht eher von der Angel lassen, bis ich ihn einschätzen konnte. »Nun, wir haben den restlichen Tag Zeit«, erwiderte ich also zuckersüß, ohne eine Miene zu verziehen. Ewig vertrösten ließ ich mich nicht. Ich war nicht mehr das naive Mädchen, das die Menschen aus der Übertragung der Wahl kannten. Vor mir gab es nun kein Entkommen mehr. *Ich war die Regentin.*

Dass er ein wenig blass um die Nasenspitze wurde, bestätigte mir, dass er das nun auch begriffen hatte.

Yasemine lächelte nur unschuldig – zu unschuldig. Damit war ich mir hundert Prozent sicher, dass sie genau das forciert hatte. Möglicherweise hatte sie irgendwelche Gerüchte über Henry gehört – oder war einfach neugierig. Meine ehemalige Nachbarin lernte noch schneller dazu als ich.

Vielleicht waren wir nur zwei Frauen, die das Leben recht wundersame Wege hatte beschreiten lassen. Und in den Augen des ehemaligen Regenten und vieler Bürger Californias, die sein Regelwerk ein bisschen zu sehr verinnerlicht hatten, gehörten wir nicht an die Spitze des Landes. Doch war ich fest entschlossen, ihnen allen zu beweisen, dass sie falschlagen.

Als mir der Atem entwich, richtete ich mich unwillkürlich zu meiner vollen Größe auf und schloss kurz die Augen. Ein Herzschlag verstrich, dann hob ich die Lider und spürte bereits, dass meine Pupillen sich zu Schlitzen geformt hatten. *Die Schlitze der Augen einer Sphinx.*

Das Gold meiner Iriden traf auf das dunkle Blau im Gesicht meines Gegenübers. Die Diskussion und das Zieren waren damit vorbei.

Henry nickte unbeholfen. »Nun, ich bin in der République Française aufgewachsen und habe dort meine Berufslaufbahn begonnen. Es war eine Militärkarriere, für die ich mich damals entschieden hatte – wenn man es im Nachhinein so nennen kann. Ich startete in einer Sanitätskompanie und führte Jahre später eine Logistikbrigade, war aber in all der Zeit niemals Teil eines Kampftrupps. Ich denke, das war der Punkt, warum ich schließlich ausstieg. Eigentlich lag mir das Militär nicht wirklich.« Er zuckte mit den Achseln. »Ich bildete mich innerhalb von zwei Jahren zum Programmierer weiter, dann zum Wirtschaftsinformatiker. Zahlen waren sehr viel … geruhsamer. Als solcher führte ich IT-Teams in meinem Ausbildungsbetrieb, lernte während unserer Arbeit in einigen der Freistaaten mehrere Sprachen und hörte schließlich, dass Tekre Industries nach einem neuen Vertriebsleiter sucht. Ich kannte mich mit der Auftragsabwicklung gegenüber Kunden aus, kannte IT-Lösungen und Waffensysteme und bewarb mich. Die Chance, noch mehr von der Welt zu sehen, das Kaiserreich Eterny, konnte ich mir nicht entgegen lassen.« Er lächelte.

Ich hörte ihm fasziniert zu.

»Wie Sie sehen, bekam ich die Position. Das ist die Kurzfassung. Wenn Sie mich nun begleiten würden.«

Huldvoll nickte ich mit dem Kopf. Seine Vita hatte interessant geklungen und war für mich schlüssig. »Dann lassen Sie uns sehen, was Sie so vertreiben, Henry. Und erzählen Sie uns gern alles über Ihre Produkte.«

Yasemine schwieg.

Zu dritt traten wir von der Landeplattform weg und auf eine große Doppeltür zu, die von diesem Teil des Daches aus in das Hauptgebäude führte. Verspiegeltes Glas ließ keine Schlüsse über das Innere zu. Kameras und allerlei Sensoren blinkten rund um die Tür.

Einen Schritt bevor Henry, der vor mir und Yasemine lief, mit dem Glas kollidieren konnte, schwang sie im Bruchteil einer Sekunde nach innen und schien sich dabei in ihre Einzelteile aufzulösen.

Die Tür war weg. *Einfach verschwunden.*

Ich stoppte, starrte gebannt in die leere Luft, genau dorthin, wo sich die Tür eben befunden hatte. *Das konnte doch nicht sein!*

»Eine optische Täuschung?«, fragte Yasemine vorsichtig, die ebenfalls stehen geblieben war. Dieses Mal war ich wirklich dankbar, dass sie meine Neugier teilte.

»Nein.« Henrys Mundwinkel zuckten. Er verharrte im Durchgang. »Eine neue Technologie, die wir erproben. Die Partikel werden durch die Verstärkung oder den fehlenden Verstärker von vorherrschenden Kräften zwischen Elementarteilchen zusammen- oder auseinanderbewegt.« Mit der Hand wies er auf die obere und untere Leiste der jeweiligen Türpartie. »Sie haben das Offensichtliche übersehen – das macht der Überraschungseffekt.«

Na klar. So was von offensichtlich.

»Also funktioniert es wie Diffusion?« Ich dachte an das Portal zurück, das mich am ersten und letzten Tag der Wahl transportiert hatte. Es verwandelte feste Körper schließlich auch irgendwie in Rauch und setzte sie dann wieder zusammen. *Materie konnte nur den Zustand verändern, nicht verschwinden,* das wusste ich.

»So ähnlich. Nur funktioniert es ohne Magie als Katalysator, also Auslöser – anders als die meisten Portale.«

Er durchschaute mich.

»Und wie bekommen Sie die Teilchen wieder zusammen? Beziehungsweise wie gut ist der Zusammenhalt?«, ließ Yasemine nicht locker.

»Das kommt auf den Verstärker an, um es vereinfacht auszudrücken. Wenn es klappt, wie es am Ende soll, können wir in Serienproduktion chemisch raffinierte Diamantwände schaffen, die allem trotzen: Wind, Wasser – was immer Sie sich vorstellen können. Das ist das Ziel« Er sah davon geradezu angetan aus. »Je dichter die Beschaffenheit, desto unzerstörbarer das Endergebnis.«

»Wer wird sich das leisten können?«, entschlüpfte es mir, die – genau wie Yasemine – in den Glastürmen aufgewachsen war.

Henry musterte mich einen Augenblick. »Die Reichen.«

Wer sonst?

Nun zogen Yasemine und ich zeitgleich die Augenbrauen hoch.

Immerhin war er ehrlich.

»Noch sind wir im Entwicklungsstadium«, führte Henry eilfertig aus. »Aber wie Sie sehen, forschen wir, um den Fortbestand zu sichern; um der Natur etwas entgegenzusetzen.«

»Mhm«, machte ich wenig überzeugt. *Um den Fortbestand reicher Magicians auf einem Planeten zu sichern, den sich die Natur Stück für Stück einverleibte. Großartig.*

Damit war das Gespräch vorerst beendet.

Henry setzte sich in Bewegung und wir uns mit ihm.

Unseren Weg durch eine offene Halle mit gläsernen Wänden markierte ein langer blauer Teppich, in den in jeweils einem Meter Abstand fortlaufend das Logo von Tekre Industries geknüpft worden war. In den Räumen, die ihn säumten, experimentierten Mitarbeiter in blauen Kitteln mit den verschiedensten Dingen. Sie nahmen uns gar nicht wahr, wirkten viel zu vertieft in ihre Arbeit. Um die Köpfe der meisten flogen zwei bis vier Drohnen, die jede Sekunde ihres Tuns aufzunehmen schienen – genau wie es bei meiner Mutter immer der Fall gewesen war. Auffällig war nur eines: Es waren fast alles Männer.

Am Empfang, auf den der Teppich und damit unser Weg zuführte, saß allerdings kein Mann – auch keine Frau. Drei Robobots mit mehreren Greifarmen führten in einer beeindruckenden Schnelligkeit die unterschiedlichsten Tätigkeiten aus. *Es waren KI.*

Als wir sie passierten, trat eine der KI hinter dem blauen Tresen hervor und projizierte mit einem Lichtstrahl etwas in die Luft vor Henry.

Er stockte.

Es sah für mich nach einer Art Terminkalender aus – vielleicht seinem. Doch die Projektion verschwand sogleich wieder. *Hatte er derart schnell Informationen erfassen können?*

»Sehr schön«, murmelte Henry da, ohne wirklich innezuhalten.

Anscheinend also ja.

Die KI ließ ein grünes Blinken an ihrem Torso erkennen und trat wieder zu den beiden anderen. Die Interaktion war beendet.

»Folgen Sie mir weiter«, wies Henry uns im gleichen Atemzug an. »Wir werden gemeinsam zu den Ausstellungsräumen des aktuellen Sortiments gehen.«

12

Höhenangst oder Schwindelzustände

Mr Cilyn hat mich darüber informiert, dass Sie vor allem Interesse an unserem Drohnenangebot haben?« Henry sah mir aufmerksam ins Gesicht.

Es war eine rhetorische Frage.

Ich nickte vorsichtig. *Rayn hatte das schon richtig ausgeführt.*

Zaghaft wanderte mein Blick zu meinen Füßen und dann zu Yasemine in ihren hohen Schuhen und dem atemberaubenden Kleid, das hier wohl keiner würdigen würde. Wir befanden uns auf einer großen runden Scheibe, die sich immer schneller in einem sehr viel breiteren Kanal nach unten bewegte – ohne Seile oder andere Befestigungen. Einfach nur anhand von ›Kräften‹.

Der beständig stärker werdende Luftzug pfiff uns um die Ohren und ließ den Saum von Yasemines Kleid flattern. Mit beiden Händen hielt sie ihn fest. Die Tekre-Industries-Variante eines Aufzugs war etwas speziell und nicht gerade magenfreundlich, geschweige denn etwas für Menschen mit Höhenangst oder Schwindelzuständen.

Ich biss die Zähne zusammen.

Meine PR-Beraterin sah bereits grün im Gesicht aus. Ihr Schweigen hielt noch immer an. Sie hatte sich den Ausflug wohl anders vorgestellt.

»*Magnettechnologie*«, hatte Henry vorhin ruhig erklärt, als Yasemine einen kleinen Schrei ausgestoßen und ich leicht panisch zu ihm geblickt hatte, weil sich plötzlich einfach der Boden unter uns gesenkt und wir mit ihm in die Tiefe zu rauschen begonnen hatten.

»*Hoffentlich nicht mehr in der Erprobung*«, hatte ich daraufhin sarkastisch gemurmelt. Und geschluckt, als mein Magen einen Satz gemacht hatte.

»*Nein.*« Henry war stoisch stehen geblieben.

Die Sphinx in mir traute der Technologie nicht. Sie hatte lieber festen Boden unter den Füßen. Jetzt war es längst zu spät dafür. Ich hoffte nur, dass ich bei einem eventuellen Absturz auf wundersame Weise erneut eine Teilverwandlung hinbekommen würde und damit rettende Flügel hätte.

»Mr Cilyn sprach auch von Diskretion. Das nehmen wir sehr ernst, deshalb werden Sie unten niemandem begegnen.« Henry betrachtete mich mit interessiertem Gesichtsausdruck. »Wollen Sie aufrüsten?«, fragte er direkt.

Ich zwang mich durchzuatmen. Löste anschließend meinen Blick vom Rand der Scheibe und den Streben des Kanals, die in rasender Schnelle an uns vorbeizogen. *Konzentrier dich auf ihn*, sagte ich mir. *Er wird schon wissen, was er tut.*

Ganz im Gegensatz zu Yasemine und mir sah Henry entspannt aus. Aber sein Magen revoltierte vermutlich auch nicht.

»Nach den jüngsten Ereignissen halte ich es tatsächlich für angebracht, mich zu informieren«, gab ich zurück und verscheuchte damit meine beunruhigenden Gedanken über unser Fortbewegungsmittel. »California ist ein sehr wohlhabendes Land«, schob ich hinterher. »Wir sollten gerüstet sein.«

»Das Land sucht immer nach guten Investitions- und Anlagemöglichkeiten«, vervollständigte Yasemine mit einem angedeuteten Lächeln. Rosig sahen ihre Wangen dabei nicht aus.

Das brachte Henrys dunkelblaue Augen jedoch zum Leuchten. »Gut, gut.« Er rieb sich geschäftsmäßig die Hände. »Wir werden gleich da sein.«

Schon im nächsten Augenblick verlangsamte die Scheibe ihre Abwärtsbewegung. Ich hatte das Gefühl, den Druck einer schwachen Kraft von oben auf mir zu spüren, dann schwenkte unser Boden leicht zur Seite, auf eine der Kanalwände zu. Dort erkannte ich die Umrisse einer großen Luke. *Wir würden doch nicht … durch sie hindurch? Würde sich die Luke gleich genauso in Luft auflösen wie die Tür vorhin?*

Nein, stellte ich einen Moment später fest, als die Scheibe in einer Aussparung andockte und die Luke langsam nach innen aufklappte. Zuerst offenbarte der Schlitz, der entstand, überraschend viel Licht, das von oben zu uns herunterschimmerte.

Mein Blick wanderte tiefer. Die Scharniere der Luke, die ich rechts und links am Boden erspähte, sahen mechanisch aus – vielleicht auch hydraulisch. *Und elektronisch betrieben?* Ich hatte nicht wirklich viel Ahnung von so was. In jedem Fall sah man, wie sie arbeiteten. Zu hören war nicht viel.

Wir warteten wortlos, bis der Weg frei war.

Dann trat Henry als Erster von der Scheibe auf den Lukendeckel und damit in eine Welt, die sich uns ganz in Weiß präsentierte.

Staunend blickte ich mich um, während ich ihm und Yasemine folgte. *Das war also der Ausstellungsraum!* Hier wäre jedes Stäubchen sofort sichtbar. Jedes Körnchen Wüstensand, jeder Tropfen Kirschblütenwein – wenn es das hier geben würde. Das Maß der Sauberkeit ging weit über normale Reinlichkeit hinaus. Hier war ein Pedant am Werk. *Das Putzpersonal? Oder gar Henry?*

»Hier entlang bitte. Lassen Sie uns dort drüben anfangen!«, dirigierte dieser unser kleines Grüppchen.

So standen wir wenig später ganz in der rechten Ecke, an der Fensterfront des Raumes und blickten staunend auf eine riesige Ausstellungsfläche voll modernster Rüstungsgüter. Für Überwachungstechnik gab es wohl einen eigenen Raum.

Henry drehte sich geschäftsmäßig zu uns. »Die billigste Drohne liegt bei einem Einkaufspreis von drei Millionen – pro Stück«, begann er ohne Einleitung.

Ich schaute ihn ungläubig an. *Das musste ein Scherz sein. Drei Millionen?!*

»Wir sprechen von unbemannten *kampffähigen* Drohnen.« Sein Blick irrte zwischen mir und Yasemine hin und her. Auf unser anhaltendes Schweigen hin wirkte er etwas verloren. Dann nickte er. Es erweckte für mich den Anschein, als wollte er sich mit der Geste selbst Mut machen.

»Lassen Sie mich Ihnen ein konkretes Beispiel geben, dann können Sie die Dimension besser einschätzen. Wir arbeiten uns von der Basis zu Ihren Wünschen vor. Einverstanden?«

Das klang gut. Dann sah ich so viel wie möglich. »Gern.«

»Zum Beispiel des Exponats vor uns.« Er deutete auf die weiße Drohne. »Neun Komma fünf Meter Länge bei einer Höhe von knapp zwei Meter und einer Spannweite von exakt zwölf Komma fünf Meter«, zählte er auf.

Ich ging einen Schritt näher an das Monstrum heran. Es sah ein bisschen wie ein zu groß geratenes Minaturflugzeug aus.

»Das Leergewicht beträgt knapp zwei Komma fünf Tonnen. Und zwei Tonnen Waffen sind zuladbar«, erläuterte Henry weiter.

Yasemine gesellte sich, von ihrer Position ein wenig abseits von uns, zu mir und betrachtete die Hightechwaffe ebenfalls aus der Nähe.

»Sie kann dreißig Stunden in der Luft bleiben. Maximaler Speed sind ausgewiesene vierhundert Kilometer pro Stunde«, endete Henry und verstummte schließlich.

»Beeindruckend«, beeilte ich mich zu sagen, damit die Stille nicht wieder unangenehm wurde. »Und das ist also Ihr, äh … Basisexemplar?«

»Sozusagen.« Er wirkte wieder eifriger. Gestikulierte mit den Armen. »Es ist so: Drohnen bieten wir in allen Größen und Ausstattungen an. Von den handelsüblichen fernsteuerbaren kleinen Drohnen, die jeder kaufen kann, über Drohnen mit KI und Nanobot-Drohnen bis zu Verkehrsdrohnen und eben das, was Sie hier sehen.« Er drehte sich einmal im Kreis. »Unsere High-End-Waffenkollektion – auch wenn ich das offiziell so natürlich nie gesagt habe.«

»Das heißt«, hakte ich nach. »Die Besonderheit dieser Drohnen ist, dass sie alle Waffen installiert haben? Sprechen wir da von Aufhängungen, von automatischen Waffensystemen oder gar autonomen KI-Steuerungen?« Auf den letzten Satz war ich ein bisschen stolz. Gänzlich unwissend war ich nicht.

»Nun, sowohl als auch – ganz wie Sie wünschen. Sie können Waffen zuladen oder die Drohne als voll funktionsfähige Waffe kaufen. Je nachdem und je nach Budget.«

Ich nickte, obwohl ich das noch nicht ganz begriff. Für mich sahen die Drohnen zwar keinesfalls harmlos aus, aber vor Furcht erzitterte ich auch nicht. *Noch nicht,* flüsterte eine Stimme in meinem Innersten. *Ein Löwe konnte sich auch wie ein Schmusekätzchen verhalten, das bedeutete aber keinesfalls, dass er ungefährlich war. Siehe Sama.*

Aufmerksam musterte ich die Technik vor mir. Der Flugkörper der Drohne wirkte massig, die Flügel eher instabil – genau wie das dünne Gestänge über den Reifen, auf denen sie stand. »Mhm.« Nachdenklich beugte ich mich weiter vor.

»Das Stellwerk, also die Füße, die Sie sehen, werden natürlich eingefahren, sodass die Drohne im Flugmodus unten wie oben den geringsten Luftwiderstand bietet«, warf Henry daraufhin ein.

Aha. »Und das funktioniert dann wie genau?«, fragte ich freiheraus. »Ich meine, wenn sie auf etwas schießen«, präzisierte ich, was mir eigentlich durch den Kopf ging.

»Die Drohnen?«

Ich nickte vehement.

Yasemine fixierte Henry, als würde er gleich die Formel für ewigen Reichtum und Schönheit verraten. Geweitete Pupillen und ihre Wortkargheit verrieten ihren inneren Aufruhr.

»Nun …«, setzte er vorsichtig an. »Das kommt ganz darauf an, ob es sich um eine KI handelt oder nicht. Allgemein ist es natürlich so, dass es gewisse Indikatoren gibt, die ein Ziel definieren. Zum Beispiel Koordinaten, die vorher feststehen oder eine Markierung vor Ort. Die Drohne fliegt auf besagtes Ziel zu und sobald es sich im Radius der möglichen Reichweite befindet, kann eine Waffe scharf gemacht und abgeschossen werden. Gegebenenfalls bieten wir natürlich auch Waffen, die in ihrer Flugbahn nach dem Abwurf justiert werden können.«

Bei denen es kein Entkommen gab – die so oder so trafen. Wow. »Natürlich.« Es sollte sarkastisch klingen, aber ich hörte mich eher an, als würde ich gleichzeitig seufzen und angesichts der Tatsache kapitulieren. In diesem Moment wünschte ich mir, dass ich nicht das Mädchen aus den Glastürmen war, das am liebsten Liebesromane gelesen und sich nie Sorgen um ihre Sicherheit gemacht hatte. Dass ich nicht so naiv und unbedarft gewesen wäre und mich ein bisschen mehr mit der Arbeit meiner Mutter beschäftigt hätte.

Ich hatte keine tiefergehende Ahnung von Waffen oder Technologie – und noch weniger von Waffentechnologie. Einzeln waren die Themen schon ätzend, in Kombination eher erschreckend. Augenscheinlich waren wir hier noch bei den Nullachtfünfzehn-Sachen.

Was für extreme Vernichtungstechnologien würden mich heute erwarten? Mein Kopf begann bereits zu schmerzen. Mit Mühe versuchte ich mir *nicht* vorzustellen, wie viele Menschen allein die Exponate in diesem Raum auslöschen konnten.

»Angenommen, es ist keine KI, sondern irgendwo drückt irgendwer auf einen Knopf«, begann Yasemine plötzlich und strich sich gekünstelt eine Haarsträhne hinters Ohr. Sie wirkte wieder munterer.

»Ja?« Henry machte einen geradezu begeisterten Eindruck, die Frage zu beantworten. Ihn schien es nicht zu stören, dass wir offensichtlich keine Ahnung hatten. Oder er war der perfekte Vertriebsmensch und ließ sich nicht anmerken, was er wirklich dachte.

»Wie werden die Koordinaten verifiziert?« Sie wickelte sich eine purpurfarbene Haarsträhne um den Finger, wartete gespannt auf seine Antwort.

Doch Henrys Augen folgten der Bewegung, als hätte sie ihn hypnotisiert. Sekunden verstrichen.

Ich räusperte mich belustigt, während ich bereits von der Drohne weg- in den weitläufigen Raum hineintrat.

»All unsere Drohnen haben exzellente On-Board-Kameras. Damit wird – bis zu einer bestimmten Größe und je nach Flughöhe – fast alles am Boden erfasst. So ist ein präziser Treffer des Ziels möglich.«

Das hätte selbst ich vermutet.

Yasemine kommentierte es nicht weiter, obwohl ich den ›verifiziert‹-Part ihrer Frage nicht wirklich beantwortet fand. Ich nahm an, sie hatte eigentlich wissen wollen, wie die Koordinaten *davor* auf ihre Korrektheit hin überprüft wurden. Allerdings war ein Waffenproduzent genauso wenig für die ethische Nutzungsfrage zuständig wie die Waffe. *Leider.*

Indes fragte sie süßlich: »Haben Sie schon mal abgedrückt? Schon mal jemanden getötet? Oder verkaufen Sie die Killermaschinen nur?«

»Yasemine!«, zischte ich. Doch meine Ermahnung kam zu spät.

Henry war erstarrt. Das hatte wohl noch keiner seiner bisherigen Kunden zu fragen gewagt. Die meisten, die sich Rüstungsspielzeug zulegten, hatten vermutlich auch keine moralischen Bedenken, es einzusetzen. Ich seufzte stumm.

Dann straffte Henry sich. »Ja, ich habe schon Drohnen gelenkt und durchaus gesehen, was passiert, wenn eine Rakete aktiviert und abgeschossen wird. Mit der On-Board-Kamera sieht man aus der Entfernung selbst mit Superzoom nur die Explosion. Zuerst das rot-gelbliche Feuer, dann steigt eine große Rauchwolke empor, möglicherweise werden Trümmer durch die Druckwelle in die Luft geschleudert. In dem Moment geht ein wahres Inferno los – aber es ist weit weg. Die Drohne ist sehr weit oben. Durch die große Entfernung ist es ein stiller Augenblick.«

Ruckartig drehte er sich und machte zwei Schritte auf Yasemine zu. »Eigentlich gibt es nur das Bild, das beweist, was man getan hat – und das nagende Gefühl des Gewissens in einem. So sagen zumindest die, die nicht – wie ich – auf einem Übungsfeld Drohnen getestet haben, sondern sie real im Einsatz hatten.«

Oha. Nun, es war nicht überall so friedlich wie in Eterny. Land war rar und einige der kleinen Fleckchen, die auf dem Erdball übrig waren, kämpften hart ums Überleben sowie ihre Unabhängigkeit. Meist gegeneinander, gegen übergriffige Kleingruppierungen, die sich irgendwann wieder zerstritten und zerstreuten oder Ähnliches. Die Kaiser hatten bisher kein Interesse an losgelösten Minidepartements in Übersee gezeigt. Vermutlich, weil die Verteidigung und Versorgung sehr viel aufwendiger wäre, als der Nutzen rechtfertigen würde. *Ein ganzes Kaiserreich zu annektieren, um sozusagen die komplette Welt zu beherrschen, wäre natürlich eine ganz andere Sache.*

Yasemine zog nur die Augenbrauen hoch, verkniff sich aber, weiter nachzuhaken.

»Gibt es vielleicht etwas Bestimmtes, das Sie sehen wollen?«, fragte Henry nach einem weiteren stillen Moment fast hoffnungsvoll.

Die Situation begann in der Tat wieder unangenehm zu werden. Ich hatte Geheimnisse lüften oder wenigstens entdecken wollen. Mit eigenen Augen sehen wollen, was hier entwickelt und hergestellt wurde, welche Gefahr drohte – durch Tekre Industries und all die Elektronik. Henrys bisherige Informationen gaben mir nur noch mehr zu denken. Das, was die Ingenieure hier wohl als alten Schrott bezeichnen würden, war sicher tödlicher als alles, was ich mir je auszumalen vermocht hatte. Das ließ mich Lanahaas Handlungen immer weniger verstehen. So viel Technologie, so viel Vorsprung, den sie hätte nutzen können, um das ganze Kaiserreich zu stürzen. Aber sie hatte es nicht getan. *Warum?*

Der Gedankengang beschäftigte mich. Doch er musste warten. »Ich möchte den Superlativ sehen«, gab ich Henry zu verstehen. »Was ist Ihr bestes Pferd im Stall?« *Was für ein Vergleich.* Selbst meine linguistischen Fähigkeiten litten im Angesicht dieser Drohnen.

Sein Gesichtsausdruck hellte sich jedoch sofort auf, nur Yasemines Teint wirkte schlagartig eine Nuance heller. »Folgen Sie mir.«

Da war er wieder, sein Eifer.

Henry ging mit großen Schritten von der Fensterfront weg.

Yasemine und ich folgten ihm stumm. Die Absätze unsere Schuhe klackten bei jedem Schritt.

Ich musterte die ähnlich aussehenden Fluggeräte in unterschiedlichen Größen, an denen wir vorbeikamen. Manche standen auf dem Boden, manche waren auf Halterungen und Ständern montiert, die wohl als Abschussrampen genutzt werden konnten. Viel zu schnell waren wir in gerader Linie zur nächsten Raumecke gegangen und standen nun vor dem nächsten riesigen Koloss.

»Eine unserer tödlichsten Drohnen ist die RO–V II«, erklärte Henry mit dramatischer Stimmlage. »Sie kann auch bemannt werden.«

Bei mir wollte keine rechte Begeisterung aufkommen.

»Die Stückkosten liegen bei fünfhundert Millionen«, fuhr er fort.

Das brachte mich langfristig zum Schweigen. *Fünfhundert Millionen, um irgendwas aus der Ferne zu zerstören? Damit ließ sich viel Baumaterial und Essen kaufen!*

»Hier ist nicht nur die Hardware und Waffenausstattung inbegriffen, sondern auch das On-Board-Softwaresystem, inklusive vollständig autonomer KI, auf dem aktuellen Stand der neuesten Generation. Das heißt, außer einer Anfangsprogrammierung, die wir ebenfalls anbieten, um alles Ihren Bedürfnissen anzupassen, ist nichts mehr zu tun – die Drohne erledigt den Job für Sie!« Henry klang aufgeregt, fast erfreut.

»Job?«, rutschte es mir ironisch raus. *Er meinte das Töten von Menschen. Und freute sich darüber. Oh, verrückte Welt!*

»Ja.« Henry nickte heftig, begriff nicht, wie ich es gemeint hatte.

Vermutlich war das besser so. Ich seufzte laut.

»Keine vorgetäuschte Langweile!«, missverstand er auch diese Äußerung. Das Modell rief all seine Fähigkeiten als Vertriebsmensch auf den Plan. »Wir kommen ja erst noch zum Besten!«

»Ich kann es gar nicht abwarten«, murmelte Yasemine fast schon sarkastisch und sprach mir aus der Seele.

Henry strahlte. *Gegen ihre Ironie war er wohl auch immun.*

»Aber vorab das Zweitbeste!«, beeilte er sich zu sagen. »Sie müssen sie theoretisch nie landen, sondern können sie vierundzwanzig Stunden durchgängig im Einsatz lassen, denn sie kann in der Luft betankt werden.«

Toll. Diesmal dachte ich es nur. Die Killer-Drohne machte nicht mal aus Hardwaregründen Pause – sie konnte bis zum Durchschmoren töten. *Da freute sich das humanistische Herz.*

Henry war nun gar nicht mehr zu bremsen. »Die Flügelspannweite misst fünfundzwanzig Meter, die maximale Flugdauer mit einer Betankung beträgt einhundertzwanzig Stunden. Die Reichweite liegt bei zwanzigtausend Kilometern, die Nutzlast bei vier Tonnen. Das reicht für einige Raketen«, legte er nach. »Und um die Dimension einzuordnen: Die Entfernung von der Mitte Californias nach Washington, sozusagen einmal vom einen Rand unseres Kaiserreiches bis zum anderen, beträgt circa viertausendvierhundertdreiundneunzig Kilometer.« Er wackelte mit den Augenbrauen. »Also können Sie das mindestens vier, vielleicht sogar fünf Mal zurücklegen, bis Sie sie betanken müssen.«

… und bei jedem Überflug eine Tonne Waffen abwerfen. Bis nichts mehr übrig war – in der Drohne und von Eterny. Oder anders ausgedrückt, dachte ich mir, *kein Ort im Kaiserreich war vor diesem Killerkommando sicher.*

»Die Triebwerke sind genügsam angelegt, um die Einsatzdauer zu erhöhen. So kann die Drohne völlig eigenständig und mithilfe einer KI auch autonom und entscheidungsfähig tagelang in der Luft verweilen«, endete Henry.

Ich starrte das Monstrum, das für mich wie eine riesige Rakete auf Rädchen aussah, sprachlos an.

»Sie trifft Präzisionsziele im Bruchteil einer Sekunde. Ihre Bewaffnung besteht hauptsächlich aus lasergelenkten Raketen oder Bomben«, fuhr Henry beflissentlich fort.

Ich schüttelte den Kopf. Es war eine intuitive Geste.

Wieder missdeutete Henry sie. »Wissen Sie, wie das funktioniert?«, fragte er mich. Einen Augenblick lang hatte ich das Gefühl, als zöge ein Ausdruck von Missbilligung über seine Züge.

Ich schob das Kinn vor. Egal was er wusste oder nicht wusste – und welchen Vorteil er auch immer meinte, mir gegenüber zu haben, er hatte *hier* vielleicht das Sagen, aber ich hatte die Macht in ganz California. Und seinen Informationsvorsprung würde ich aufholen. »Nein«, antwortete ich daher ruhig.

»Nun, eine lasergelenkte Rakete oder Bombe erfordert eine lasergestützte Führung in der Endphase«, begann er beflissentlich zu erklären. »Diese Raketen verfügen über Infrarotsensoren, die die Laserbeleuchtung erkennen können.«

Na dann, dachte ich ironisch und nickte.

»Das bedeutet, dass jemand einen Laserstrahl manuell auf das Ziel fokussieren muss, wodurch die Rakete oder Bombe das Ziel anhand des Laserspots identifizieren kann. Ein Robobot am Boden kann das Ziel mit einem tragbaren Lasergerät ausleuchten oder die Drohne, die zum Beispiel die Rakete abgefeuert hat, kann einen Strahl fokussieren, der sich in Position bewegt, bis diese das Ziel erreicht. Damit kann auch die Flugbahn der Waffe vor dem Einschlag justiert werden.«

So viel Fachchinesisch – langsam fand ich es wirklich ermüdend. *Apropos* … Es gab nur noch eines, was ich wissen wollte: »Wenn wir diese Technologie haben und kaufen können – was verkaufen Sie an Móshù?«

Henry starrte mich an. Er wirkte überrumpelt, fast ertappt. Fing sich jedoch erstaunlich schnell. Kurz überlegte er.

Ich hielt seinem musternden Blick stand.

Dann fällte er eine Entscheidung. Ich erkannte den exakten Moment am kurzen Verengen seiner Augen. »Warten Sie es ab!« Mit der Hand winkte er uns in die Mitte der Halle.

Einzig das Klacken der Absätze begleitete wieder unsere kleine Prozession. Meine Anspannung steigerte sich mit jedem Schritt, bis ich sah, dass eine weiße Plane etwas ziemlich Großes verdeckte. *Ein weiteres Drohnen-Monstrum?* Da die Plane das Weiß des Bodens und der Wände exakt abbildete, waren die Quadratmeter darunter aus der Ferne wie ein blinder Fleck im Raum gewesen. Die Plane war mir nicht einmal aufgefallen, so gut hatte sie sich integriert.

Jetzt zog Henry sie mit einer fließenden Bewegung beiseite. Zum Vorschein kam tatsächlich eine weitere Drohne. »Plasmabasierte

Kampfschilde an der kompletten Außenverkleidung – das hält so gut wie alles ab«, knüpfte er an unser voriges Gespräch an.

Endlich kam der ›real shit‹! »Außer Magie!«, flüsterte ich beeindruckt.

»Außer Magie«, stimmte Henry mir lächelnd zu.

Interessiert betrachtete ich die Außenhaut der Drohne näher. Sie sah auf den ersten Blick recht normal aus. Glatt, glänzend – allerdings schwarz, nicht weiß wie die anderen Modelle.

»Die Ersten, die über solche Schilde in der alten Welt nachgedacht haben, waren Freigeister und Querdenker – Phantastiker, Autoren. Ich weiß nicht, wie gut Sie sich auskennen, aber es gab zwei äußerst bekannte Reihen, mit denen alles begann.«

»Star Wars und Star Trek«, sagte ich wie aus der Pistole geschossen. Ich liebte alte Filme. Sie hatten etwas Reales, waren nicht in VR, begleitet von 4K-Effekten und Surroundsound.

»Korrekt.« Sein Lächeln nahm an Intensität zu. »Erstmals startete daraufhin die Raumfahrtvereinigung von America Versuche, um etwas Derartiges möglich zu machen.«

»Und?«

»Scheiterte. Das Prinzip ist und war immer das gleiche. Ich habe es vorhin in Grundzügen erklärt. Sie erinnern sich an …«

»Die Tür!«, rief Yasemine dazwischen.

Henry nickte. »Richtig. Dort geht es um andere Kräfte und um andere Auswirkungen. Im Grundsatz ist es aber immer so, dass zwischen Teilchen Kräfte bestehen, Energie und mit dieser kann etwas bewirkt werden.« Er verstummte, setzte dann neu an: »Das Vorbild der Technologie, die wir hier sehen, war schon seit Jahrmilliarden greifbar: im Sonnensystem. Wobei wir, um korrekt zu bleiben, die Sonne und die Erde betrachten. Denn der größte plasmabasierte Schild in der Natur ist das Magnetfeld der Erde. Dieser schützt uns vor der Sonnenstrahlung. Besser gesagt schützt er uns seit dreieinhalb Milliarden Jahren vor den geladenen Teilchen, die diese abgibt und die uns sonst schon längst gegrillt hätten.«

»Uff.« Yasemines Augen waren groß geworden. Mit der rechten Hand fuhr sie andächtig über die glatte Außenhülle der Drohne.

Das musste erst mal sacken.

Dann fragte ich: »Und die Bewaffnung dieser Drohnen?«

Henry beugte leicht den Kopf, als überlegte er, wie viel er noch erzählen dürfte oder könnte.

Ich verengte die Augen. Ein Fauchen begann in meiner Kehle aufzusteigen. Meine Neugier rief die Sphinx. Ein leises Zischen war unvermeidlich.

Da spürte ich Yasemines warme Hand auf meinem Unterarm.

Ich blickte zu ihr.

Henry schluckte hörbar. »Die Allerneuesten sind mit etwas ausgerüstet, das wir ›Energy Weapons‹ nennen. Das können Sie exklusiv kaufen. Ich muss Sie allerdings warnen, es ist noch etwas … unausgereift. Dabei geht es nicht um Laserzielvorrichtungen – automatisches, KI-gesteuertes Zielen ist Standard –, es geht um das, was die Waffen beinhalten.«

»Magie«, stellte ich trocken fest. *Darauf lief schließlich alles hinaus. Magie war das Mächtigste, was diese Welt kannte.*

»Magie.« Henry bestätigte es fast andächtig. Das ließ in mir die Vermutung aufkommen, dass er selbst nicht magisch veranlagt war.

»Wie kann ich mir das vorstellen? Ein Magician erzeugt eine komprimierte Energiekugel, die dann die Waffe befüllt – statt beispielsweise einer Sprengladung?«, ließ ich nicht locker.

»Zum Beispiel. Auch da gibt es … Unterschiede.« Henry wirkte nervös.

»Was für Unterschiede?« Ich verengte wieder die Augen.

Er rieb sich noch nervöser die Hände. »Es kommt auf den Magician an. Manche können … Sie können Energie durch ihre Vorstellungskraft für einen bestimmten Zweck formen.«

Ich wurde hellhörig. »Wer ist manche?«, unterbrach ich ihn. Meine Stimme war schneidend. Ich wusste genau, was er sagen wollte und das beschrieb – davon war ich inzwischen fest überzeugt – die allerhöchste Form angewandter Magie.

Er antwortete nicht.

»Wer ist manche?«, zischte ich erneut. *Mit wem war das getestet worden?* Er hatte vorhin schließlich behauptet, dass alles getestet wurde, bevor es in Serie und damit den Verkauf ging.

Doch Henrys Lippen bildeten eine geschlossene Linie.

»Wer?« Meine Stimme ließ deutlich erkennen, dass ich knapp davor war, ihm an die Gurgel zu springen. Die Sphinx in mir lauerte direkt unter der Oberfläche meiner Haut. Emotionen brachten mein Herz dazu, seinen Schlag zu vervielfachen. Erinnerungen an die letzte Aufgabe der Wahl und die anschließenden Stunden stiegen in mir auf. *Ich hatte Dinge geschaffen. Wer beherrschte Magie auf die gleiche Art?*

»Aber Sie haben auch Laserpistolen?«, fragte Yasemine völlig unpassend dazwischen, wohl um die Lage zu entspannen. Doch das war gar nicht mehr nötig.

Ich war selbst daraufgekommen. Er hatte Lanahaa gemeint. Sie musste es sein. *Wer sonst war stark genug und hatte für Tests zur Verfügung gestanden?*

Henry lächelte nichts ahnend, aber gezwungen wirkend Yasemine an. »Auch das haben wir. In unterschiedlichen Ausführungen. Reine Laserwaffen benutzte in alten Zeiten übrigens nur die U.S. Navy, verbaut in ihren Schiffen.« Schnell bückte er sich, hob eilfertig die Plane auf und drapierte diese wieder umständlich über der Drohne vor uns, als müsste er ein gut gehütetes Geheimnis wahren, während er weitersprach: »Erst nach dem Aufstand des Rates konnten auch Handfeuer-, Schnellschuss- und automatische Laserwaffen zur generellen Handhabung konstruiert werden.« Er machte eine Pause. »Von Tekre Industries.«

»Cool.« Yasemine nickte breit lächelnd. Es wirkte fast authentisch.

Ich konnte nicht einschätzen, ob sie sich dafür interessierte oder Henry auf andere Gedanken bringen wollte. Er wohl auch nicht. »Möchten Sie sie sehen?«, bot er an.

»Nein, ich wollte es nur wissen.«

»Aha.« Im nächsten Moment seufzte er und sagte: »Dann bringe ich Sie jetzt wieder nach oben. Ist das in Ihrem Sinn?«

Ich nickte. Es war genug Waffenkunde für heute. Aus Henry würden wir sowieso nicht mehr viel herausbekommen. Selbst seine anfängliche Begeisterung für Yasemine schien zu schwinden. Wahrscheinlich hatte er uns längst nicht alles gezeigt – mir reichte es aber vorerst. Im Innersten war ich zutiefst aufgewühlt, versuchte all die neuen Eindrücke einzuordnen. Tekre Industries hatte sich als deutlich kooperativer herausgestellt als vermutet.

Nachdem Yasemine sich bei Henry eingehakt hatte und ihn fröhlich plaudernd in Richtung der mörderischen Metallscheibe zog, folgte ich den beiden, in meiner eigenen Gedankenwelt gefangen. All das unschuldige Weiß, das die Armada an Hightechwaffen so harmlos wirken ließ, konnte mich nicht täuschen.

Das hier war eine Armee.

Eine Armee aus Killermaschinen.

Und die wirklich wichtige Frage war schlussendlich nicht, welche Modelle in diesem Raum standen, welche es gab oder welche ich für California ordern würde – denn das hatte ich eindeutig vor –, sondern vielmehr, wer bereits wie viel davon besaß. Denn derjenige konnte damit die Welt vernichten. Konnte mit einem Schlag unser aller Zukunft zunichte machen – schneller und effektiver als jede Naturkatastrophe.

13

Das Kostbarste auf der Welt

Warst du erfolgreich?« Rayns Frage fasste meine eigenen Gedanken perfekt zusammen. Seine Schritte auf dem Kies des Weges, der zu meiner für mich ungewohnten Sitzgelegenheit führte und das Geräusch, das sein Stock verursachte, hatten ihn längst angekündigt. *War ich erfolgreich gewesen? Mit meinem Besuch bei Tekre Industries, mit der Aufnahme meiner Regentschaft? Sollte ich darüber überhaupt nachdenken – oder diese Gedanken lieber aus meinem Kopf verbannen?*

Mit Bedauern ließ ich meinen Blick, der auf den in voller Blüte stehenden Gewächsen vor mir geruht hatte, wieder zu den Pergamentbögen in meiner linken Hand schweifen. Heute war der erste Tag, an dem keine fremden Drohnen über dem Regentenschloss kreisten. Die Boulevardpresse ließ mich in Ruhe, auch wenn ich die begründete Vermutung hegte, dass dieser Umstand nicht allzu lange andauern würde.

Ich saß im Garten des Regentenschlosses auf der Bank, auf der Yasemine und ich bei ihrem ersten Besuch im Schloss Rast gemacht hatten. Den Augenblick hatte ich als einen der schönen und fröhlichen Momente der Wahl in meinem Innersten konserviert.

Ich war allein hergekommen, um aus der Erinnerung auf der Bank im Garten Kraft zu schöpfen. Doch weder diese noch das himmelschreiende Rot meines gesitteten Kleides berührten mich momentan auf irgendeine Weise. Ich konnte nicht genau sagen warum ich es überhaupt trug – vielleicht als Rüstung, als Fassade. Denn das mentale Gewicht der Pergamentbögen wog viel mehr als ihr eigentliches. Die besiegelte, unterschriebene Botschaft darin war wie ein Schlag ins Gesicht. Sie richtete sich nicht nur gegen mich, sondern gegen das ganze Volk Californias.

Wenn ich ehrlich war, hatte ich mit so etwas nicht gerechnet; hatte mir diesen Moment nicht einmal in meinen kühnsten Albträumen als Regentin ausgemalt. Nun, da er gekommen war, wünschte ich mich unwillkürlich zum gestrigen Tag und damit zu Tekre Industries und all den Killer-Drohnen zurück.

Bei dem Gedanken hoben sich in einer ironischen Geste meine Mundwinkel und die Augenbrauen gleich mit. Langsam drehte ich den Kopf zu Rayn. »Teils, teils«, antwortete ich verzögert auf seine Frage.

»Du hast es gelesen?« Er deutete mit der freien Hand auf das Pergament und blieb frontal vor mir stehen. Bekümmert runzelte er die Stirn und wartete, auf seinen Stock gestützt, auf eine Reaktion von mir.

Als diese ausblieb, humpelte er zwei weitere Schritte – an mir vorbei. Dann ließ er sich mit etwas Abstand ebenfalls auf der hölzernen Bank nieder.

»Ja«, fasste ich mir schließlich ein Herz und nickte zur Bekräftigung, weil mir die Worte fehlten. Mein Gehirn suchte bereits seit einer Stunde fieberhaft nach Auswegen, nach Lösungen, nach einer Rettung.

Die Menschen – all die Menschen …

Sie konnten sie doch nicht …

Sie konnten.

Ich wusste es. Jeder wusste es.

Sinessa und der Kaiser hatten es zugelassen. Hatten zugelassen, dass eine einzelne Familie diesbezüglich so viel Macht hatte.

Trotz ballte sich in meinem Bauch. Ballte sich so fest, dass es wehtat und ich das Gefühl hatte, eine harte Faust würde mir immer wieder – unerbittlich – bei jedem weiteren Gedankengang in die Eingeweide schlagen.

Weil einer gestorben war, würden nun Hunderttausende sterben, wenn ich es nicht verhinderte. Sie würden nicht etwa durch Drohnen, durch Magie oder die Naturkatastrophen sterben. Nein, dachte ich sarkastisch. *Es gab ja noch nicht genug Bedrohungen des Volkes, das ich zu regieren verpflichtet war.* Die neue Bedrohung ging – so makaber es klang – von einer Leiche aus.

Von Phillipe Ranaan.

Phillipe mit den eisblauen Augen, dem halbmondförmigen, blassen Gesicht und den langen Fingern. Ich sah seine Gestalt vor mir, als wäre es erst gestern gewesen, dass wir uns bei hellem Tageslicht gegenübergestanden hatten. Dann färbte sich die Helligkeit in meiner Erinnerung zu Dunkelheit und ich durchlebte im Kopf noch einmal die letzten gemeinsamen Momente, die wir in der Arena zusammen verbracht hatten: das Leid, den Schmerz, die Angst – bis ich ihn schließlich getötet hatte, nachdem er mich fast getötet hätte. Der Laut, als sein Genick brach, hallte durch meine Gedanken. *Ein notwendiges Übel, um nicht in beständiger Furcht vor ihm leben zu müssen – um überhaupt überlebt zu haben –, das nun noch Übleres hervorbrachte.*

Während innerlich mein Herz schmerzte, verzog ich äußerlich keine Miene. Darin war ich inzwischen ziemlich gut.

Rayn saß schweigend neben mir. Vermutlich konnte er sich denken, dass gerade eine Menge in mir vorging.

Phillipe Ranaan war der einzige Kandidat gewesen, den ich getötet hatte. Ich war der festen Überzeugung gewesen, dass er mich sonst eher früher als später getötet hätte. Noch während der Aufgabe, also der Wahl oder für den gänzlich unrealistischen Fall, dass wir beide überlebt hätten, direkt danach. Das hatte ich verhindert – auch wenn es mir alles andere als leichtgefallen war. *Warum hatte es gerade Phillipe sein müssen?*

Ich schluckte, als einer der schlimmsten Augenblicke der Regentschaftswahl in meinem Kopf lebendig wurde. Egal, wie sehr ich versuchte, die Erlebnisse während der Aufgaben zu vergessen, die Menschen ließen mich allem Anschein nach einfach nicht vergessen. Alles holte mich immer wieder ein – Stück für Stück. Und obwohl ich zwar den einen goldenen Käfig losgeworden war, so hatte der Kaiser mich mit dem Regentenposten doch direkt in den nächsten gesteckt.

Es gab kein Erbarmen.

Meine Haltung, meine Contenance kam mir so falsch in Anbetracht der Panik vor, die ich im Innersten empfand. Ich wollte nicht so fühlen, konnte inmitten der aktuellen Lage, inmitten von Lanahaas Verrat, den fortwährenden Anschlägen, der Klage gegen California, aus der inzwischen eine Sammelklage geworden war, wie Richter Homayer mich am Morgen unterrichtet hatte und nun der offiziellen Verlautbarung der Familie Ranaan, nicht kapitulieren.

Die Ereignisse überrollten mich und ich begann daran zu zweifeln, ob ich die Richtige war, um das Volk, um das es hier schlussendlich immer noch ging, aus all dem unbeschadet hinauszumanövrieren. Ich wünschte mir einen Fingerzeig von Ivan oder dem Kaiser. *War die Blaue Garde nicht auch für das Kaiserreich übergreifende Belange zuständig?*

Wütend ballte ich die Hand zur Faust und zerknüllte damit das Pergament, auf dem die Ankündigung der Ranaans stand – die höhnischen an mich gerichteten Worte, die nun allen galten.

Samuel, Phillipes jüngerer Bruder, war bereits während einer der letzten Aufgaben der Wahl gestorben. Eine Tragödie. Er war damit zwar nicht der erste Kandidat gewesen, den dieses Schicksal ereilt hatte – aber anscheinend der erste, der gezählt hatte, denn die Ranaans waren eine äußerst mächtige Familie mit großem Landbesitz.

Phillipe hatte dann während des folgenden Live-Interviews in seiner ihm eigenen, äußerst unangenehmen Art jede Menge böser Worte darüber und über das Wahlsystem verloren. Eine Geste, die ich begrüßt hatte. Doch ich war mir sicher, dass das Pergament in meiner Hand nie veröffentlicht worden wäre, hätte *er* die Wahl gewonnen. Wäre *er* nicht gestorben.

Dass die Rananns gleich zwei extrem magisch veranlagte Söhne hatten, hatte sie wohl glauben lassen, dass es einfach werden würde, noch mehr Macht zu erringen. Statt ihnen die Regentschaft Californias einzubringen, hatte die Wahl sie allerdings *beide* Söhne gekostet. Etwas, womit keiner gerechnet hatte, aber sowohl Samuel als auch Phillipe waren arrogant und impulsiv gewesen.

Schon vor der Wahl hatten viele von einem bedrohlichen Monopol gesprochen, denn die Ranaans beherrschten den Maismarkt seit Jahren. Da Maisbrot, Maiskuchen und auch vieles andere Maisgebäck zu den Hauptnahrungsmitteln Californias zählte, war ihr Unmut eine gefährliche Sache. Besonders, da die meisten der Ackerbauflächen vollautomatisch von Maschinen bewirtschaftet wurden. Die Kontrolle dieser oblag allein der Familie. Nun hatte sie etwas angekündigt, das vielen die Grundlage ihrer Existenz entziehen würde – allen voran den Menschen aus den Glastürmen.

Die Ranaans hoben indirekt den Maispreis an. Denn dass es in ihrer Ankündigung darum ging, dass hier Politik gemacht wurde, war für mich so offensichtlich wie die Falschheit ihrer Worte. Den Stellhebel, den sie dafür nutzten, würden sie sicher nicht nur ein Mal anwenden, wenn ich keine Möglichkeit fand, ihr Treiben zu unterbinden.

›Aufgrund von agrarwirtschaftlichen Schwierigkeiten‹, so formulierten sie es, drohe ein ›absehbarer Engpass von Mais‹, den sie ›der Fairness wegen‹ ankündigten.

Fairness? Welche Fairness?! Hätte nicht wenigstens die Tinte streiken können, als das Wort aufs Pergament gebracht worden war? Doch es war akkurat wie alle anderen.

Die Maisproduktion würde um sieben Prozent zurückgehen. Das entsprach einem voraussichtlichen Defizit für zwei Millionen Menschen. Ich hatte es direkt errechnen lassen. Die Zahl war grotesk. Genau wie die Bedeutung der beiden Sätze, die in einem Wort zusammengefasst werden konnten: *Rache.* Zwei Millionen Leben für den Tod von zwei. Ich wollte das Wort ›Hungersnot‹ gar nicht denken.

In meinem Kopf standen trotzdem bereits Tausende in endlosen Schlangen. Hungernde frequentierten die Maisverkaufsstellen der Hauptstadt, um das begehrte Grundnahrungsmittel zu ergattern. Frauen, Kinder, Alte – alle, die nicht arbeiteten, standen bei unterschiedlichen Verkaufsstellen an, um die Chance der Familie auf ein kleines Häufchen Mais zu verbessern.

Doch nicht nur die Knappheit beschäftigte mich. Vielmehr würde es im gleichen Zuge zu einem Anstieg der Lebensmittelpreise im Allgemeinen kommen und infolge dessen zu einer Panikwelle. Die Reichen würden alles aufkaufen, was sich ihnen bot – weil sie es konnten. Für die Armen würde nichts mehr übrig bleiben. Nichts, wofür sie sich anstellen konnten. Das Bild der Hungernden in meinem Kopf veränderte sich und wurde immer ärmlicher. Traurigkeit kroch in mein Herz.

»Die Inflationsrate der Preise wird uns das Genick brechen«, holte mich Rayn aus den Gedanken. Seine liefen wohl gerade in die gleiche Richtung.

Ich nickte. »Was schätzt du? Wie hoch wird sie sein?«

»Nun … Das lässt sich schwer prophezeien. Ich habe in meiner Zeit im kaiserlichen Palast in Washington von ähnlichen Fällen aus den frühen Tagen der Freistaaten von Europa gehört. Dementsprechend würde ich von dreißig bis vierzig Prozent ausgehen. Allerdings ging es dabei um Weizen. Ich weiß nicht, ob wir das auf unsere Situation projizieren können.«

Ich winkte unwirsch ab. *Brot war Brot.* Ich wollte mir nicht gleich den ersten Ansatz in dieser Angelegenheit zunichtemachen lassen. »Dreißig bis vierzig Prozent?«, wiederholte ich. Das war sehr viel für die, die nichts hatten und schon jetzt hart für jeden Bissen arbeiteten.

Ich dachte an mein Leben in Glasturm No 20 zurück. Meine Mutter und ich hätten uns eine derartige Preissteigerung des Grundnahrungsmittels nicht leisten können. Nicht mit dem Mindestlohn, den sie trotz des Vorstandsvorsitzes von Tekre Industries dank Sinessa bekommen hatte. Wir hätten deutlich weniger Essen gehabt und gehungert. So würde es vielen Frauen – besonders den Alleinerziehenden – ergehen.

Ich musste dringend etwas gegen das Mindestlohngesetz für Frauen unternehmen – und gegen die Ranaans. *Genauso dringend wie gegen die Anschläge und die lauernden Drohnenarmeen?*, fragte eine hämische Stimme in meinem Kopf. *Ja!*, brüllte ich ihr innerlich entgegen und spannte dabei alles an.

Es war mir egal, dass Rayn sich sofort auch aufrechter hinsetzte.

Wut flutete meine Adern. Wut darüber, was Menschen anderen Menschen antaten. Was Verletztheit, Demütigung und falscher Stolz bedingen konnten. *Warum konnte unsere Spezies nicht frei von Grausamkeit und Missgunst sein? Warum konnten die Ranaans nicht in Frieden trauern oder aktiv dazu beitragen, dass California ein besseres Land wurde, indem sie etwas Gutes mit ihrem Einfluss bewirkten? Warum war das – bei Rovennas Magie – zu viel verlangt; warum mussten sie unser Land stattdessen ins pure Chaos stürzen?*

Ich verstand ihren Schmerz nur zu gut. Konnte nachfühlen, wie es war, wenn einem gewaltsam Menschen entrissen wurden. Doch ich hatte nicht freiwillig in dieser Arena gestanden. Ich hatte gekämpft, weil ich dazu gezwungen worden war.

Vielleicht hatte ich einen Fehler gemacht.

Vielleicht hätte ich Phillipe nicht töten müssen.

Doch dafür war es zu spät.

Die Schuld fraß nichtsdestotrotz augenblicklich wie Säure an mir. Alles zog sich zusammen und ich spürte, wie Gänsehaut die winzigen Härchen an meinen Armen abstehen ließ.

Andererseits hatte sein Verhalten dazu geführt, dass ich mich in dem Moment so entschieden hatte. Dass ich alle Grundsätze, alles, von dem ich geschworen hatte, es nie zu verraten – meine Ideale, meine Werte, die ich am Anfang der Wahl noch so hochgehalten hatte –, schlussendlich doch verraten hatte.

»Die Frage ist: Was tun wir dagegen?«, holte mich Rayns leise Stimme abermals aus den düsteren Gedanken.

»Ja, das ist die Gretchenfrage«, murmelte ich bekümmert und wünschte mir gleichzeitig, Ivan neben mir sitzen zu haben. Nicht, weil ich Rayns Rat nicht wertschätzte. Nein, vielmehr weil ich nichts mehr herbeisehnte, als dass jemand eine Lösung hatte für diese neuerliche Gefahr. Auch wenn ich gar nicht wusste, ob Ivan dieser ›jemand‹ sein würde.

Vielleicht war ich deshalb schwach – doch besser schwach und menschlich als das, was Lanahaa und Sinessa zur Schau gestellt hatten. Vielleicht sehnte sich mein dummes Herz auch nur im Moment der Überforderung nach einer utopischen Liebe und Halt.

Eine einzelne Träne lief mir auf der von Rayn abgewandten Seite die Wange hinunter. Beschämt wischte ich sie weg, bevor er sie sehen konnte.

14

Ivan der Schreckliche

»Du denkst immer noch an Ivan?«, fragte Rayn, als wüsste er genau, was gerade in mir vorging. *Darin war er erschreckend gut.*

Ich schlug ertappt die Lider nieder. »Ich verstehe nicht, warum er sich nicht meldet«, gab ich zu. »Kein Brief, keine Video-Message … nichts.«

Rayn nickte. Besorgt musterte er mich. »Vielleicht ist es besser so.« Sein Gesicht zeigte Bedauern.

»Besser für wen? Was soll daran denn ›besser‹ sein?« Ich malte Anführungszeichen in die Luft, schnaubte abwertend. *Männer!* »Hast nicht du gesagt, dass er mich wirklich, also …« Ich kam ins Stottern. Konnte das L-Wort nicht aussprechen – nicht jetzt.

Betrübt blickte Rayn mich an, zuckte die Schultern. Dann ließ er die mentale Bombe platzen. »Vielleicht habe ich mich geirrt.«

Geirrt? Ich sah ihn wie vom Blitz getroffen an, stand vor einem Rätsel. Einerseits kam es nicht gar so überraschend, schließlich hatte ich selbst schon darüber nachgedacht. Andererseits taten Rayns Worte überraschend heftig weh. *Verging Liebe so einfach?* Ungläubig lachte ich auf. »Ivan der Schreckliche macht jetzt wohl seinem Namen alle Ehre. Er hat mich noch gewarnt … Ich fühle mich wirklich schrecklich«, gab ich erstmals offen zu.

Daraufhin verstummten wir beide.

Mein Blick glitt über Blätter und Wege. Schließlich, als ich zum Himmel und in die Sonne blickte, schloss ich meine Augen. Die Schwärze in meinem Innersten – die Freudlosigkeit, die dort herrschte – drohte mich, zusammen mit den äußeren Umständen, in denen sich California befand, zu überwältigen. Das durfte ich nicht zulassen.

»Ach Phinchen«, seufzte Rayn und durchbrach damit die Stille. Er nahm seine Hand vom Stock, lehnte diesen neben sich an die Bank und fuhr sich in einer müden Geste mit den Zeigefingern über die Augen. »Ivan ist … komplex. Und seine Stellung beim Kaiser ebenfalls.«

Ich schnaubte.

»Nein, nein, hör einfach zu«, versuchte mich Rayn zu besänftigen. »Ivan hat dir einen Teil seiner Geschichte erzählt. Vielleicht den entscheidenden Teil. Aber ich denke, du solltest mehr wissen, um ihn zu verstehen.«

Mit schief gelegtem Kopf versuchte ich herauszufinden, was Rayn mir sagen wollte. *Was sollte ich verstehen? Warum verteidigte er ihn?* Abwartend verlagerte ich mein Gewicht und bewegte mich in eine möglichst gemütliche Position auf der doch ziemlich harten Bank.

Rayn sammelte sich, befeuchtete seine Lippen, dann legte er die Hände in den Schoß und straffte sich. »Ich weiß nicht, ob er will, dass du das Folgende weißt, aber es gibt einen Grund, warum er ›Ivan der Schreckliche‹ genannt wird.«

Das ließ mich aufhorchen. *Natürlich gab es den.* Ivan hatte mir einst versprochen, dieses Geheimnis zu enthüllen, wenn wir uns besser kannten.

Ich dachte an unser erstes Gespräch über Namen zurück – damals im Gang vor den Zimmern. *Hatte er mir nicht mit dem Enthüllen seines Spitznamens Angst machen wollen?* Und ich hatte angenommen, dass … *Egal.* »Welchen?«, brach es aus mir heraus.

»Wie du weißt, verlor Ivan seine Mutter früh. Deshalb wuchs er mit Zofen auf. Lamentos wollte seinen einzigen leiblichen Sohn im Blick behalten. Er kontrollierte alles in Ivans Umgebung und suchte auch die erste Zofe persönlich aus. Damals war sein Herz noch nicht ganz so hart wie heute.«

Ein blaues Leuchten ließ kurz meine Aufmerksamkeit abschweifen.

Auf Rayns Haarspitzen tanzten kleine blaue Lichter. Energie – wie ich wusste. *Die Geschichte nahm ihn wohl emotional mit.*

»In den ersten sechs Jahren seines Lebens wurde die Zofe, die Ivan aufzog, zu einem Mutterersatz für ihn. Er sprach mir gegenüber nicht oft von ihr, hat nur noch wenig Erinnerungen an diese Zeit. Aber wenn, dann sind es gute, die er hütet wie einen Schatz.«

Ich lächelte verzagt. *Wie der kleine Sullivan wohl ausgesehen hatte? Wie er auf dem Boden gesessen, mit Spielzeug gespielt, gelacht und gegluckst hatte?* Die Bilder in meinem Kopf wirkten plötzlich lebendig. Das Kind, das ich mir vorstellte, hatte erdbeerblonde Haare – genau die Mischung, die aus meinen und Sullivans Haaren resultieren könnte – und als es von dem Spielzeug in seiner Hand aufsah, blickten mich goldene Augen an.

Oh nein. Was tat mein Kopf da?

Ich schluckte, bevor ich mir reflexartig die Hand auf den Bauch presste, weil mir schlecht wurde. Tränen stiegen hinter meinen zusammengepressten Lidern auf, als ich den Würgereiz unterdrückte. *Verdammt!* Ich durfte die Geschichte nicht so sehr an mich heranlassen, musste meine Fantasie im Zaum halten. *Keine weiteren seltsamen Bilder!*

Ich atmete durch und öffnete die Lider wieder.

»Phinchen?« Rayns Schatten fiel über mich. Er beugte sich besorgt zu mir und ich realisierte erst jetzt, dass mein Körper wie ein Klappmesser auf der Bank zusammengekrümmt war.

Schnell richtete ich mich auf. Zu schnell, denn plötzlich drehte sich alles. Mein Kreislauf spielte für einige Sekunden verrückt. Der Pergamentball, den ich aus dem Schreiben der Ranaans fabriziert hatte, fiel mir aus der Hand, als ich mich mit dieser am Holz der Sitzfläche festklammerte. Ich ließ ihn für den Moment auf dem Kies liegen.

»Vielleicht sollten wir wann anders …«, begann Rayn.

»Nein!« Ich schrie das Wort fast. Meine Stimme war schrill. Nicht gerade ein Beweis meiner inneren Stabilität. Den wunden Punkt, den Ivan bei mir hinterlassen hatte, hatte ich ganz klar unterschätzt.

»Gut.« Er nickte langsam, wirkte aber wenig überzeugt. »Jedenfalls – um das Ganze abzukürzen, wurde besagte Zofe hingerichtet. Vor Ivans Augen.«

»Nein!« Dieses Mal schrie ich es eindeutig. Ungläubig. Mein Körper hatte sich ohne mein Zutun halb von der Bank erhoben, so sehr bestürzte mich das eben Gehörte. »Warum?!« *Wie konnte man einem Kind so was antun? Die Bezugsperson vor dem Jungen zu ermorden, war …* Mir fehlten die Worte.

Rayn klopfte sachte auf das Holz neben sich, wohl um mich wieder zum Hinsetzen zu bewegen.

Wie in Zeitlupe kam ich der Aufforderung nach.

Stille hüllte uns für einen Herzschlag in die Schrecken der Vergangenheit.

»Es gibt bis heute viel Gemunkel um den Tod der Zofe. Manche sagen, ihre Liebe zu dem Jungen und seine zu ihr war ihr Todesurteil. Andere behaupten, Lamentos hätte damals eine Geliebte gehabt, die sich erhofft hatte, nach dem Tod der Zofe zu Ivans neuer Mutter werden zu können und damit vielleicht gar zur Kaiserin an der Seite von Lamentos. Sie soll ihm allerlei ins Ohr geflüstert haben, das zum Tod der Zofe führte – und später auch zu ihrem eigenen.«

Ich erwischte mich dabei, wie ich den Gedanken verfolgte, dass so jemand Niederträchtigem auch nur der Tod gebührte. Dann schüttelte ich mich, weil das einfach grässlich war. »Wie ist sie …?«, fragte ich, um mich abzulenken.

»Gestorben? Die Zofe?«

»Ja.« Ich flüsterte es. War plötzlich nicht mehr sicher, ob ich es wirklich wissen wollte.

»Nun, jetzt kommen wir zu dem *schrecklichen* Teil.« Rayn sah mir fest in die Augen. »Es war Gift – und nichts anderes macht Sinn, wenn du verstehst.«

Lamentos, dieser widerliche Feigling! Zuerst hatte er Rovenna, die mächtigste Magicia aller Zeiten, hinterrücks mit einem Speer niedergestochen, als sie bereits friedfertig die Schilde der Magie um sich hatte fallen lassen und dann hatte er Ivans Ersatzmutter vergiftet. *Sagte man nicht, dass so eine Frau tötete?*

»Ivan erinnerte sich noch gut daran, dass er ihr ein Glas an die Lippen setzen musste, als sie bereits auf einem Stuhl festgebunden war«, erschütterte Rayn mich.

Alles in mir erstarrte. »Ivan ist von seinem Vater dazu gezwungen worden, die Frau, die er als seine Mutter angesehen hat, zu …« Ich konnte es nicht einmal denken. Eine Welle des aufrichtigen Mitleids für den Mann, den ich nicht vergessen konnte, überrollte mich. *Armer Ivan. Was hatte er alles erdulden müssen?*

»Ja.« Der Ausdruck in Rayns Augen wirkte verloren.

Armer Rayn. Bestimmt rief ihm diese Geschichte auch seine eigene in Erinnerung. Die des kleinen Jungen, der so verloren vor den an Pfählen hängenden Körpern seiner Eltern gestanden hatte. Der das unglaubliche Leid auf den Gesichtern des Mannes und der Frau hatte miterleben müssen, die ihm nähergestanden hatten als alle anderen – bis die unsichtbare Macht, von der ihre Körper unaufhörlich geschüttelt worden waren, sie getötet hatte: *Magie.*

Rayn fuhr fort. »Sie hat getrunken und … nun, es hat wohl eine Weile gedauert, bis sie tot war. Kein schöner Anblick.«

Das Grauen strich mir wie ein eisiger Windhauch über die Haut. *Das war es also, was unseren Kaiser charakterisierte: Hinterlist, Schwäche und dass er seine Greueltaten nicht einmal mehr selbst beging, sondern die seelische Bürde anderen auflastete?* »Ivan war sechs?«, rief ich mir laut in Erinnerung.

»Ja.«

Mir lief die Galle über. »Was passierte dann?« Ich musste es wissen. Musste wissen, wie diese Geschichte zu seinem Spitznamen geführt hatte.

»Es ging ihm nicht gut.« Rayn flüsterte es fast.

»Natürlich ging es ihm nicht gut.« Ich klang aggressiv, ohne es zu wollen. Unfassbare Wut kroch von meinem Herz in die einzelnen Zellen meines Körpers. *Wie konnte ein Vater seinem Sohn nur so etwas antun?* Wozu? Mein Abscheu gegenüber dem Mann wuchs und wuchs.

»Der Kaiser hielt ihn deshalb für schwach«, erklärte Rayn. »Machtkämpfe verwandelten das tägliche Geschehen am Hof in ein wahres Minenfeld. Lamentos beschloss, dass es an der Zeit war, aus dem kleinen Sullivan einen richtigen Mann zu machen.«

»Mit sechs?«, fragte ich erneut ungläubig. Ich wusste, dass ich mich wiederholte. *Aber das musste doch alles ein böser Scherz sein, oder?*

»Mit nahezu sieben«, bestätigte mir Rayn jedoch, ohne mit der Wimper zu zucken. Um seinen Mund lag ein harter Zug, die blauen Lichter auf seinen Haarspitzen waren erloschen. Seine Maske war wieder an ihrem Platz. Das bedeutete: *Entweder wurde der weitere Verlauf der Geschichte richtig übel oder aber, es wäre nicht gar so … schrecklich?*

»Intrigen und Gerüchte verfälschten den Alltag des Kaisers und drangen durch den Eispanzer um sein Herz. In seiner verwirrten Moral führte das zu Erziehungsmaßnahmen für Ivan, um ihn abzuhärten. Lamentos' grausamer Charakter kannte kein Erbarmen – insbesondere nicht für seinen Sohn. Die Aufgaben, die er Ivan stellte, wurden immer unmenschlicher. Mit neun lebte Ivan bereits in ständiger Angst vor dem, was der nächste Tag bringen würde. Die Erfahrung hatte ihn dauerhafte Vorsicht gelehrt, die neue Lieblosigkeit prägte ihn mehr als alles andere. Sie …«

»Ja?«

»… brachte ihm schließlich, als er älter war, für eine Weile beim Volk den Spitznamen ›Ivan der Schreckliche‹ ein. Weil er einen Magician, der durch *seine göttliche Heiligkeit den Kaiser* …« Rayn sagte es spöttisch. »… zum Tode verurteilt worden war, bei Bewusstsein in Stücke riss – durch Magie.«

Er schwieg.

Ich versuchte all das zu verstehen. Versuchte das Bild, das ich von Ivan hatte – von dem jungen kultivierten Mann –, mit dem in Einklang zu bringen, das Rayn zeichnete. Es schien mir unglaublich, dass aus dem einen das andere geworden war. *Wie konnte aus so viel Hass etwas Gutes entstehen? Wie konnte … Moment. Vielleicht war er das ja gar nicht – der Gute. Vielleicht hatte ich mich bei allem geirrt? Vielleicht hatte Rayn sich ebenfalls in ihm geirrt und nun recht, dass auch er falschgelegen hatte?*

»Wie alt war Ivan da?«, drängte ich ihn, mehr preiszugeben. *Warum kannte nicht das ganze Kaiserreich diese Geschichte? Warum hatte ich noch nie davon gehört? War das wieder etwas, das der Kaiser aus den Aufzeichnungen getilgt hatte?*

»Fünfzehn«, sagte Rayn. »Inzwischen ist längst Gras über die Sache gewachsen. Die meisten haben die Geschehnisse von vor fast zehn Jahren vergessen. Und Ivan ist schon längst nicht mehr *so*.«

»Mhm.« Noch war ich nicht zufrieden, versuchte das Puzzle, das Ivans Vergangenheit für mich darstellte, zusammenzusetzen. Erzählungsfragmente schwirrten mir durch den Kopf. Dinge, die ich nicht verstand, wie zum Beispiel: *Wenn er so mächtig war, wieso hatte er meine Mutter nicht im ersten Anlauf besiegt – sie in Stücke gerissen? Weil sie noch mächtiger war? Ihn überrumpelt hatte?* »Was genau bedeutet ›so‹?«, forschte ich nach. *Also: Wie grausam war grausam?*

»Ich glaube nicht, dass das …« Rayn verstummte, seufzte.

Ich verengte die Augen, als seine Worte meine Geduld strapazierten. Atmete tief ein. »Doch!«

»Ich habe gesehen, wie er …« Rayn verstummte wieder. Dann straffte er sich. »Wie er im Auftrag des Kaisers Menschen mit Magie gefoltert hat. Das kann …« Er atmete noch einmal durch. »… viel länger dauern oder auch viel kürzer sein als ohne Magie. Fleisch kann wieder geheilt oder schneller entfernt werden. Knochen können gebrochen und wieder zusammengesetzt werden – es ist alles möglich. Ich will ungern konkreter werden.«

Eine Pause trat ein.

Bilder füllten meinen Kopf. »Wer hat ihm den Spitznamen gegeben?«

Rayns gerade noch so glänzende Augen ermatteten. Mit ihrer Wandlung begannen sich auch die Falten um seine Mundwinkel tiefer in die Haut zu graben. »Ich. Ich habe ihn schon eine ganze Weile so genannt, bevor auch andere es taten.« Er sah geradeaus, blickte in den hellen Schein der Sonne und nahm ihn wohl doch nicht richtig wahr.

Es wirkte so, als lasteten die Sorgen des Kaiserreiches auf *seinen* Schultern. Und vielleicht hatte er dieses Empfinden tatsächlich schon viel zu lange, weil er immer an Ivans Seite gestanden hatte.

»Das pikante Detail an diesem Spitznamen ist eigentlich ein ganz anderes als das, was die Leute vermuten«, murmelte er nun leise. »Ich wollte ihn aufziehen, ja. Aber es ging nie darum, dass er oder das, was er tat, ›schrecklich‹ war.«

»Wie meinst du das?«, fragte ich.

»Es ging um keinen Teil der Geschichte, die ich dir gerade erzählt habe. Nicht um Blut und Schrecken, zumindest nicht vorrangig. Und auch das Ende war nur der Auslöser, der den Spitznamen populär machte.« Er stützte sich mit den Armen schwer auf seinen Stock. Wandte sich mir dann zu, um mich eindringlich anzuschauen. »Der Name war unser Geheimnis. Ein persönlicher Witz – ein Insider, verstehst du?«

Ich verstand nicht. Wie auch. *Was sollte daran lustig sein? Selbst mit Galgenhumor war der Spitzname makaber.* Doch mich hatte längst die Vorahnung ergriffen, dass der wirklich interessante Teil dieser Geschichte erst noch kommen würde. Wobei ich inständig hoffte, dass er das, was Rayn mir gerade erzählt hatte, nicht an Grausamkeit überbot.

»Iwan Wassiljewitsch der Schreckliche war in der alten Welt – jedenfalls ist das so überliefert – der erste Großfürst von Moskau, der sich selbst zum Zaren von Russland krönte.«

»Moskau«, wiederholte ich andächtig. Daran hatte ich damals im Gang, bei meinem Gespräch mit Ivan, auch gedacht – an Historisches.

»Eine der großen Städte, die nun zum Kaiserreich Móshù gehören.« Rayn dachte kurz nach. »Das wichtige Detail ist aber, dass es große Parallelen in der Kindheit von Sullivan und Iwan gibt – die Schrecken, die Lieblosigkeit –, bis Iwan sich schließlich mit sechzehn zum Zaren machte und den Spieß umdrehte.«

Meine Augen wurden groß. »Oh!« Ich begriff. Rayn hatte Ivan den Spitznamen gegeben, weil er ihm Mut machen wollte. Mut, gegen seinen Vater aufzubegehren. Er hatte dafür ein Vorbild gewählt, dem genau das gelungen war – sozusagen –, auszubrechen aus dem Bannkreis der Gewalt und … ja was dann? *Wollte Ivan Kaiser werden?*

»Iwan stärkte als Zar nach seiner Krönung den niederen Adel und schwächte den mächtigen«, fuhr Rayn fort. In einer unbewussten Geste fuhr er sich über das nicht mehr elektrisierte Haar.

»Eine Art Robin Hood?«, flüsterte ich überrascht.

»Fast.« Seine Stimme hatte einen heiseren Klang. »Aufgrund von Reformen expandierte das Land, doch Iwan schaffte es nie, seiner eigenen Natur zu entkommen. Massenexekutionen und die Ermordung von Tausenden und Abertausenden von Menschen versetzten sein Volk in Angst und Schrecken. Er herrschte mit eiserner Hand, bis nicht einmal mehr das Erfolg zeigte. So scheiterte der Zar schließlich.«

Ich saß wie erstarrt da. Hatte keinen Blick mehr übrig für die liebliche Natur um uns. Hatte nur all diese schrecklichen Taten vor Augen. Und Fragen – so viele Fragen.

Konnte ein Mensch seiner Vergangenheit entkommen?

Konnte er sich zu etwas anderem entwickeln?

Das waren in Bezug auf Ivan die für mich entscheidenden Überlegungen. Schließlich hatte Iwan, der Zar, seine Dämonen nicht besiegt – war vielmehr selbst zu einem Abbild von ihnen geworden. Leider hatte ich das Gefühl, dass Sullivans bisherigen Handlungen nach Beendigung dieser Wahl oder vielmehr die Tatsache, dass gegenüber mir und Rayn keine stattgefunden hatten, kein besonders rosiges Bild zeichneten.

»Wie du sicher gemerkt hast, hält Ivan die meisten auf Distanz. Ich glaube, seit der Sache mit seiner Zofe hegt er eine Art Bindungsangst. Ich dachte immer, ich wäre einer der wenigen Ausnahmen. Und dann …«

»… kam ich«, vervollständigte ich traurig den Satz. »*An meinen Händen klebte das Blut Unzähliger*«, hatte Ivan bei unserer Aussprache vor der letzten Aufgabe der Wahl gesagt. Aber auch: »*Ich kann dir versprechen, in Zukunft meine Sache besser zu machen. Versuchen, dich besser zu beschützen. Aber ich kann dir nicht versprechen, dass ich ein besserer Mensch werde.« Sagte mir der letzte Satz nicht alles, was ich wissen musste? Hatte ich dem ersten und zweiten zu viel Wert beigemessen?* Meine Sicht verschwamm, als sich ein Tränenfilm über meine Pupillen legte.

»Ich war mir sicher, dass er dich liebt«, murmelte Rayn neben mir, mehr zu sich selbst.

Ich war es auch, wollte ich sagen. Oder zumindest, dass er viel für mich empfindet. Und schwieg doch nur betrübt. Mein Kehlkopf war von einem aufsteigenden Tränenkloß blockiert. Denn spätestens jetzt war ich mir dessen überhaupt nicht mehr sicher. Wahrscheinlicher war, dass Ivan uns beide hinters Licht geführt hatte – ein ebenso begabter Schauspieler wie Lanahaa.

Ich schniefte.

Aber welches Ziel verfolgte er? Irgendwann nach seinem Vater Kaiser zu werden? War es das, was ihn antrieb; der wahre Grund, warum er ihm die Treue hielt – diesem abgrundtief verabscheuungswürdigen Magician? Weil Ivan die Bedeutung des Spitznamen, den Rayn ihm guten Gewissens gegeben hatte, so sehr verinnerlicht hatte, dass diese für ihn jetzt über allem stand? Alles rechtfertigte?

Oh Ivan!

Der letzte Rest dessen, was noch an Gutgläubigkeit und Hoffnung in meinem Herzen geschlummert hatte, zerbröselte und verflüchtigte sich wie Asche, die in Wasser gestreut wurde. Die derart befeuerte Essenz meiner Gedanken begann zu arbeiten und mich neu zu erfinden – um zu überleben. Um nicht am Verlust meiner letzten Sehnsüchte und Träume zu zerbrechen, sondern mit Stolz und Stärke über California zu regieren.

15

Nachtschwarz

Ich brauche einen Friseurtermin!«, stieß ich hervor. Es war keine impulsive, sondern eine gut überlegte Entscheidung. Ich wollte eine äußere Veränderung herbeiführen – die dann die innere unterstützen und sie hoffentlich so richtig in Gang bringen würde. Ich war die Regentin eines Landes und musste aufhören, mich wie die frühere Josephine zu benehmen und wie sie zu fühlen. Nicht mehr gänzlich wie sie auszusehen würde sicher helfen.

Zusammen mit Yasemine saß ich im Salon meiner privaten Räumlichkeiten des Regentenschlosses und versuchte in einem Moment der Ruhe herauszufinden, wie ich politisch als Nächstes vorgehen wollte. Besser gesagt: Ich saß in einem der bequemen Sessel. Sie stand seit meiner Aussage vor mir und runzelte die Stirn, wie auf die Lösung eines Rätsels – also mich – konzentriert.

Sama und Neves hatten es bevorzugt, bei dem anhaltend schönen Wetter den Schlossgarten zu durchstreifen. *Eine gute Entscheidung.* Die beiden führten nämlich alte Gewohnheiten fort und waren – wie schon bei der Wahl – viel zu viel drinnen.

»*Wir* brauchen positive PR!«, konterte meine Beraterin und stemmte die Hände in die Seiten ihres heute roséroten Glitzerkleides, das hervorragend auf eine Gala gepasst hätte.

Im Gegensatz dazu wirkte mein schlichtes blaues Kleid geradezu langweilig. *Mit dem geruhsamen Nachdenken war es eindeutig vorbei. Aber daran war ich selbst schuld.*

»Ich habe mich übrigens vorhin mit Rayn über Henry unterhalten«, teilte sie mir übergangslos mit Grabesmiene und Leidensstimme mit.

Vermutlich hatte sie sich von Rayn irgendwelche pikanten Einzelheiten über Henry erhofft, die dieser ihr nicht hatte geben können. »Und?«

»Er kennt ihn nicht!«

Ich sah sie erstaunt an. »Wie das? Ich dachte, die beiden hätten miteinander telefoniert – vor unserem Besuch bei Tekre Industries?«

»Anscheinend nicht.« Yasemine verzog die rot geschminkten Lippen. »Rayn hat sich von mir Henrys Weg zu Tekre Industries erzählen lassen, sich ganz seltsam am Kinn gekratzt und diesen *merkwürdigen* Gesichtsausdruck aufgesetzt. Du weißt schon …«

»Ja.« Ich seufzte. Rayn hatte, seit er den Verursachern der Anschläge hinterherjagte, öfter diesen Gesichtsausdruck. So als vermutete er, dass hinter jedem Vorhang – oder na ja fast jedem, denn die hier im Schloss waren aus weißer, durchsichtiger Spinnenseide – ein Attentäter hervorspringen könnte. *Paranoia ahoi!* »Also glaubt er jetzt, Henry ist … was genau?«, hakte ich nach.

»Ein Spion der Freistaaten natürlich.« Yasemine lachte laut. »Behauptet er.«

»Aha.« Davon war ich nun nicht gerade überzeugt. »Und warum glaubt er das? Wegen Henrys Vita?«

Sie hob die Schultern. »Keine Ahnung. Er sagte, er hat so ein *Bauchgefühl.*«

»Mhm.«

»Vielleicht, weil Henry nicht von hier ist. Vielleicht, weil Rayn nur mit einem seiner Assistenten bei Tekre Industries telefoniert hat oder vielleicht …« Sie grinste spitzbübisch.

»Was?«, fragte ich sofort neugierig nach.

»Um ihn bei mir in Misskredit zu bringen, weil ich Interesse an Henry angedeutet habe … aber nicht an *ihm*«, betonte sie.

In meinem Oberstübchen ratterte es. *Meinte sie, was ich dachte, was sie meinte? Also, dass Rayn auf sie stand?* Mein Mund öffnete sich. »Rayn hat … also er …« Ich gestikulierte wild. »… an dir?«, endete ich stotternd.

»Mhm-hm«, machte Yasemine sichtlich zufrieden und ließ sich nun doch wieder in den Sessel neben mir fallen. »Hat er. So was von.«

»Aber er …« Ich klappte meinen Mund zu. Es kam ja doch nichts Sinnvolles raus.

»Oh ja!« Yasemine grinste. Sie aalte sich in meinem Erstaunen.

»Und du, was machst du jetzt?«, setzte ich schließlich neu an.

»Mit Henry ausgehen«, kam die prompte Antwort.

»Aber …« *Henry war nicht Rayn.* »Warum?«

Sie zuckte wieder mit den Schultern. »Man lebt schließlich nur einmal. Ich will ausgehen und Rayn wird mich nie fragen. Also …«

Hilflos sah ich sie an. Da entdeckte ich das hinterlistige Funkeln in ihren Augen. »Yasemine«, begann ich streng. »Was auch immer du vorhast, das sind Menschen mit Gefühlen und wir können es uns aktuell nicht leisten, dass …«

»Nein«, bremste sie mich sogleich. »Du hast da kein Mitspracherecht! Sieh zu – und lerne.«

Uff! California drohte unterzugehen und Yasemine dachte über Publicity, Affären, Spaß und Dates nach. *Sie war einfach unglaublich! Andererseits … hatte ich sie nicht genau deshalb ins Schloss geholt?*

»Ich finde dabei heraus, ob Henry ein Spion ist!«, bekräftigte sie gerade und bereitete mir damit noch mehr Kopfzerbrechen.

Was, wenn Henry doch ein Spion war und sie in eine Falle tappte, deren Köder er mit seinem Interesse an ihr ausgelegt hatte? Aber was sollte er von ihr wollen? Sie war meine Vertraute – skandalöse Geheimnisse konnte sie jedoch nicht gerade enthüllen. Vielleicht hatte er sie nur attraktiv gefunden? »Bitte sei vorsichtig.« Das alles behagte mir gar nicht. *Konnten solche Spielchen jemals gut ausgehen?* Ich bezweifelte es.

»Immer! Überleg nur, was uns das bringen könnte! Wir könnten ihn damit erpressen – oder ihn umdrehen, damit er für uns arbeitet. Er könnte uns Informationen liefern.« Sie wirkte aufgeregt.

Ich wunderte mich über ihre kriminelle Energie. *Das wurde ja immer besser.* »Welche denn?« Ich stützte die Arme auf die Unterschenkel und runzelte die Stirn.

»Na, *er* ist doch der Spion!«

Wohl wahr. Was für eine bestechende Logik. Wenn er denn einer war. »Viel Glück«, wünschte ich ihr. Und dachte, dass *sie* womöglich die einzige Spionin sein würde. »Aber treib es nicht zu weit. Du und Rayn, ihr lebt beide in diesem Schloss. Und ihr könnt euch nicht aus dem Weg gehen – ist das klar?«

»Glasklar, Frau Regentin!«

Ich schmunzelte. »Dann ab zu deinem Date!« *Vielleicht lenkte sie das immerhin davon ab, mich publicitymäßig stylen zu wollen. Den Friseurtermin wollte ich allein wahrnehmen, denn ich hatte etwas Besonderes vor.*

»Ich habe noch kein Date. Der gute Henry weiß doch gar nichts von seinem Glück!« Sie strahlte dabei, als hätte sie gerade verkündet, dass er um ihre Hand angehalten hätte oder ihr Erstgeborenes von ihm wäre.

Welch gruselige Gedanken – und ein umso gruseligeres Strahlen. Ich zog verwirrt die Augenbrauen hoch, bevor wir beide schallend zu lachen begannen.

»Du bist mir eine Nummer!«, presste ich unter anhaltendem Lachen hervor.

»Auf jeden Fall!« Sie zwinkerte und wackelte mit ihrem Vorbau, auf dass ihr rosérotes Kleid stärker glitzerte. »Und ich hab noch ganz andere Nummern drauf.«

Ich verdrehte bloß die Augen.

Als Yasemine schließlich bester Laune den Raum verließ, um ihren romantischen Plänen Taten folgen zu lassen, gebot ich Li, der heute an meinem Handgelenk saß: »Lass Miss Puttin wissen, dass ich einen Friseurtermin brauche. Jetzt sofort. Die Friseurin soll in den Salon kommen – ich warte.« Regentin zu sein und eigenes Personal zu beschäftigen hatte durchaus Vorteile.

Li blinkte grün zum Zeichen, dass er meine Anweisung umsetzte.

Ich lehnte mich entspannt in die Polster meines Sessels zurück und schloss die Augen. Für einen Moment verweilte ich in seliger Friedlichkeit. Ließ mich einfach treiben.

Kurz darauf trat die Schlossfriseurin durch die Tür. Ich hob bei ihren Schritten und dem Geklapper ihrer Utensilien erwartungsvoll die Lider.

Endlich! Und wie schön, dass Yasemine zu beschäftigt war, um heimlich Peroxid oder anderes in den Friseurprozess einfließen zu lassen. »Was für ein Glücksfall«, murmelte ich vor mich hin.

»Wie bitte?«, fragt die adrette Dame in dem engen rosa Kleid, mit einer Krone aus braunen Locken auf dem Kopf. Doch ich hatte nicht vor, ihr meine Gedanken zu erläutern. Wir waren uns zuvor nur ein Mal begegnet, als mir nach der ersten Komiteesitzung zur Besprechung der Regierungsgeschäfte das Personal vorgestellt worden war. Außer meinen Haaren würde ich ihr nichts anvertrauen.

Mit dem Zeigefinger meiner rechten Hand wackelte ich über meinem Kopf herum und versuchte so auf meine blonde Mähne zu verweisen. »Ich hätte sie gern schwarz.«

Sie sah geschockt aus. Rang einen Moment um Beherrschung. »Sind Sie sicher?«

Ich seufzte tonlos. Dafür würde Yasemine mich noch killen und für das, dessen Anfang meine Haarfarbe machte, würde mich der Kaiser vielleicht wirklich umbringen lassen. Aber ich war dabei aufzuerstehen. Endlich die zu werden, die ich sein musste, um das hier zu überstehen.

Die Eiskönigin wurde zur Königin der Nacht.

»Nachtschwarz«, wies ich die Friseurin mit Nachdruck an.

16

Freveltat

Oh, wow!« Es war ein Flüstern, fast unhörbar und doch hatte ich es vernommen. Außerdem starrte Rayn mich unverhohlen an, als ich durch die goldene Doppeltür schritt, die in den Raum führte, der für die Komiteeversammlungen zur Besprechung der Regierungsgeschäfte genutzt wurde.

Sama glitt an meiner Seite entlang, nahe dem raschelnden weißen Kleid, das von meiner Taille aus in fließenden Falten fiel. Ihr ägyptischer Kopfschmuck schaukelte bei jeder ihrer geschmeidigen Bewegung vor und zurück. Ihr stolzer Blick verriet, dass sie heute durchaus in der Stimmung war, jemanden bei lebendigem Leib zu verspeisen.

Die tiefschwarzen Haare, die im Kontrast zu ihrem Kopfschmuck standen, spiegelten die Farbe meiner eigenen wider, die nun gebändigt meinen Kopf in einer mächtigen Flechtfrisur krönten. Einzelne Steine der Haarspangen, die die Frisur zusammenhielten, glitzerten und setzten so Highlights.

Neves flatterte in all seiner Pracht über meiner Haarkrone. Sein goldenes Gefieder glänzte mit den Steinen um die Wette.

Doch all das war nicht der Grund dafür, dass Rayn seinen Mund gar nicht mehr zu bekam und auch die anderen ergrauten und durchweg männlichen Berater starrten. Es war meine gesamte Erscheinung. Die Tatsache, dass ich schwarze Haare hatte. Die Tatsache, dass das

Kleid, das ich trug, weder den weiblichen Farben entsprach, die Sinessa etabliert hatte, noch dem Blau meiner Gilde.

Ein weißes Kleid! Welch Freveltat!

Dafür war Yasemine verantwortlich.

Nach einem Moment der Schockstarre, der auf den Anblick meiner neuen Haarfarbe gefolgt war, hatte sie den Mund gespitzt und wenig damenhaft einen Pfiff ausgestoßen. »*Soso, wir haben also endlich unser inneres Biest von der Leine gelassen?*« Damit hatte sie völlig anders reagiert, als ich es erwartet hatte.

Auf mein verblüfftes Schweigen hin hatte sie laut in die Hände geklatscht. »*Nun gut, dann lass uns beginnen!*«

»*Womit?*« Ab dem Augenblick war ich innerlich wieder auf der Hut gewesen.

»*Damit, sie zu vernichten*«, hatte Yasemine geradeheraus geantwortet, als läge das doch auf der Hand.

»*Sie?*«

»*All diejenigen, die California in den Ruin treiben wollen. All diejenigen, die Frauen die Emanzipation verwehren. All diejenigen, die meinen, sie wären etwas Besseres, weil sie Macht über andere haben oder ein Fünkchen Magie in sich tragen.*«

Ich hatte sie angestarrt. Dann hatte sich ein kaltes Lächeln auf meinem Gesicht ausgebreitet. »*Oh ja – wir werden sie alle bekehren.*«

»*Du machst mir Angst*«, hatte sie plötzlich geflüstert.

»*Das alles hier macht mir Angst*«, hatte ich leise zurückgegeben. »*Aber lass sie das bloß nicht wissen, denn sonst werden sie mich nie fürchten.*«

»*Dann müssen wir sie lehren, dich zu fürchten.*« Sie war einen Schritt beiseitegetreten. Hatte mich gemustert, die Lippen geschürzt und nachgedacht. »*Oh, ich weiß wie.*«

»*Gut, lass uns gleich beginnen!*«, hatte ich ihre vorangegangenen Worte wiederholt.

Jetzt blieb ich mit Sama und Neves an meiner Seite vor dem langen Tisch in meinen Regentenräumen stehen.

Alle waren sie da. Saßen bereits an ihren immer gleichen Plätzen und verbreiteten den fahlen Anschein von althergebrachten Werten und vorgestrigen Ansichten.

Stille war eingetreten. Ein Phänomen, von dem ich in dieser illustren Runde immer hoffte, es ausdehnen zu können. Doch wie schon des Öfteren, wurde mir die Hoffnung direkt genommen.

Ich hatte mich noch nicht einmal richtig auf dem goldenen Stuhl mit dem roten Brokatkissen am Kopfende niedergelassen, der noch ein Überbleibsel von Sinessas Regentschaft war, als Rayn sich räusperte.

Immerhin er und nicht Monard, der wohl regste der Berater.

»Josephine, du hast dich verändert.«

Ich seufzte tonlos.

Neves landete mit einem Klacken seiner Krallen auf dem Tisch vor mir und legte die Flügel an. Sama ließ sich neben meinem Stuhl nieder. Wir waren für eine handfeste politische Auseinandersetzung bereit.

»Also …«, stammelte Rayn.

Sosehr ich ihn auch schätzte, Stammeln gehörte nicht zu meiner Auffassung der Eröffnung einer Beratungssitzung und die vertrauliche Ansprache auch nicht. Deshalb lächelte ich ihn kurz und unverbindlich an und schnitt ihm dann rigoros das Wort ab. »Es freut mich, dass wir vollzählig anwesend sind.«

Ich ließ meinen Blick über die Männer schweifen. Die meisten sprachen sichtlich dem Wohlstand zu und pflegten ihre wohlgenährten Bäuche. Sie waren die ersten, die sich Maisspeicher anlegen würden.

Ich unterdrückte meinen aufkommenden Groll. *Diese Sitzung würde kein Vergnügen werden.* »Beginnen wir mit den Brennpunkten, bevor wir uns dem Alltäglichen zuwenden«, informierte ich die Versammelten über die Priorisierung der Tagesordnung. »Rayn, willst du uns berichten, wie es mit den Anschlägen steht? Sind wir den Tätern ein Stück näher gekommen? Wir müssen das in Zukunft unterbinden!«

Rayn verzog das Gesicht.

Weil ich ihn nun auch vor allen duzte oder hatte er schlechte Neuigkeiten?

»Es gab weitere Attentate und wir wissen mehr, doch hat es uns bisher nicht vorangebracht«, berichtete er.

»Wie das?« Ich hob die Augenbrauen.

»Wir haben inzwischen alle Spuren und Aufzeichnungen der neuesten zwei Attentate ausgewertet.« Seine Miene sprach Bände darüber, dass das, was gleich kommen würde, beunruhigend war.

Allerdings beunruhigte mich schon allein, wie oft die Täter zuschlugen. *Schliefen sie denn nie, planten und töteten nur?*

»Hier kommt der wenig erbauliche Teil«, warnte er auch schon. »Es kam in einem Fall eine Hightechwaffe zum Einsatz, nicht nur handelsübliche Drohnen und Granaten aus uralten Beständen wie bisher. An einem der letzten Tatorte wurde ein modifiziertes Sturmgewehr mit vollautomatischer Sensortechnik abgefeuert, hergestellt von …«

»Tekre Industries«, riet ich, noch bevor er geendet hatte.

Rayn nickte verkniffen.

»Modelle wie das SV–VN I von Tekre Industries können in verschiedener Ausführung mit bis zu einem Kaliber fünfzig legal erworben werden«, mischte sich nun ein eher schmächtiger Magician mit langer Nase ein. *Baquett*, wenn ich mich nicht sehr täuschte. »Kaliber fünfzig hat zum Beispiel bis zu dreißig Schuss pro Magazin.«

»Und woher wissen wir, dass ein Sturmgewehr eingesetzt wurde?«, fragte ich dazwischen, an Rayn gerichtet. Es wäre schön gewesen, wenn er mir das direkt nach der Erkenntnis mitgeteilt hätte, denn die hatte er ja wohl nicht in dieser Sekunde erlangt. Ich schätzte es nicht gerade, derart brisante Informationen mit Verzögerung in großem Kreis zu erhalten.

»Wir haben Patronenhülsen gefunden. Die Einschusslöcher und Spuren decken sich mit dem Befund«, führte er ruhig aus.

»Können wir den Käufer anhand einer Seriennummer ermitteln?«, fragte ich hoffnungsvoll.

»Die Munition von Tekre Industries hat keine«, teilte Baquett mir fast verächtlich mit.

Wieso das denn?! War das normal? Da ich keine Ahnung hatte, schwieg ich dieses Mal.

»Wenn wir die Waffe hätten, vielleicht«, gab Rayn zurück. »Die Gewehre haben Seriennummern.«

Toller Ansatz – wer ließ schon sein Gewehr am Tatort liegen.

»Das darf doch nicht wahr sein! Jetzt hat sie sie bewaffnet«, begehrte da Monard von der anderen Seite des Tisches auf. Die kunstvoll eingedrehten Enden seines schwarzen Schnurrbartes vibrierten infolge seiner Entrüstung.

Ich wusste genau, wen er mit ›sie‹ meinte, obwohl er anscheinend zu feige war, es auszusprechen: Lanahaa. Das war natürlich sinnfrei.

Aber vielleicht fürchtete er, er wäre der Nächste auf der Liste der Rebellen – so aufgebracht, wie er war. In der Tat hatten sie bisher keinen Anschlag auf jemanden, der zu meinem Regentenstab gehörte, verübt. Noch immer war mir unklar, welchen Plan die Attentäter verfolgten, nach welchen Kriterien sie ihre Opfer auswählten.

»Außerdem«, hob Rayn an und führte uns damit vor Augen, dass das noch nicht alles war, was es von seiner Seite zu sagen gab. »… gehen wir davon aus, dass die Rebellen auch mit Laserpistolen und Blendgranaten ausgestattet sind. Darauf lassen Zeugenaussagen schließen.«

»Wie verlässlich sind die?«, hörte ich jemanden abwehrend fragen.

»Verlässlich«, zischte Rayn zwischen zusammengebissenen Zähnen über den Tisch hinweg.

»Seit wann haben wir denn Zeugen?«, fragte Monard überrascht, was mir ebenfalls auf der Zunge lag.

»Seit sich jemand ordentlich um die Sache kümmert«, gab Rayn genervt zurück.

Oho.

»Nun, solange die Rebellen keine autonomen Waffen haben, sollten wir die Sache nicht überbewerten«, winkte Baquett ab, als wäre damit die Welt in Ordnung.

»Sie töten da draußen Menschen. Ich kann mir nicht vorstellen, dass sich irgendwer hier drin wünscht, derart angegriffen zu werden. Also werden wir etwas dagegen unternehmen. California muss wieder sicher werden«, redete ich ihm und auch allen anderen ins Gewissen. »Was für Möglichkeiten haben wir?«, fragte ich in die Runde. Sollte doch einer meiner Berater einen hilfreichen Vorschlag machen. Schließlich waren sie dafür da und wurden *dafür* bezahlt – statt immer nur alles schlecht oder aus der Welt zu debattieren!

Beredsame Stille folgte, in der ich mehr als alles andere hoffte, dass die Männer tatsächlich über das Problem nachdachten und nicht etwa über ihre nächste Mahlzeit – was immer sie in ihrer Freizeit eben so interessierte.

Wassergläser klirrten, während der eine oder andere daran nippte.

Schließlich erhob ich mich von meinem goldenen Stuhl und stützte die Hände auf den Tisch. Ich fixierte der Reihe nach jeden, bis ich bei Monards spöttischem Lächeln ankam.

Der Anblick ermüdete mich und führte mir gleichzeitig vor Augen, dass meine Bemühungen um mehr Respekt, durch die Veränderung meines Äußeren, hier vermutlich abgesehen vom Verursachen eines kurzen Schrecks nicht auf fruchtbaren Boden gefallen waren. Sie alle hatten noch nicht begriffen, dass es nicht darum ging, ob sie mich für die Regentschaft als würdig erachteten; dass es nicht darauf ankam, ob wir uns sympathisch waren oder gar mochten. Die Zukunft Californias stand auf dem Spiel! Ihre Zukunft genauso wie meine und sie hatten scheinbar nicht vor, etwas zu deren Gunsten zu unternehmen.

Hatte sich Sinessa bei diesen Männern wirklich Rat geholt? Oder hatte er sie vielmehr umschmeichelt, um sie ruhigzustellen und dann getan, was er wollte – als Autokrat?

Ich schnalzte verächtlich mit der Zunge. *Wenn mich nicht einmal diese Männer achteten, wie sollte dann die Bevölkerung Vertrauen in meine Regentschaft haben? Ich musste drastischere Maßnahmen ergreifen.*

»Tot!« Ich deutete auf den mir nächsten Berater, der erschrocken zusammenzuckte und die Augen aufriss. Hatte er etwa gerade einen Sekundenschlaf gehalten? Die Sphinx in mir begehrte auf, fachte den Unglauben und die Fassungslosigkeit an, die sich in meinem Herzen ballten.

»Tot!« Ich zeigte auf einen weiteren. »Tot, tot, tot!«, rief ich laut. Und immer so fort. »Sie alle sind tot! Haben Sie das verstanden?«, fragte ich dann mit leiser Stimme. »Sie mögen vielleicht nicht bereit sein, sich zu bewegen, aus Ihrer Komfortzone zu treten und einmal im Leben etwas Sinnvolles zu bewirken, aber diese Attentäter werden nicht ruhen. Sie werden Sie einfach töten, während Sie noch damit beschäftigt sind zu starren.«

Ich atmete durch. Setzte mich wieder hin. »Rayn, was haben wir für Möglichkeiten?«

Rayn nickte mir amüsiert zu. Er sah als Einziger nicht besonders geschockt aus. »Ich denke, wir sollten aufrüsten. California verfügt nur über die grundlegendste Ausstattung von Drohnen und Robobots, um den Stadtbetrieb und die Ordnung auf dem Land aufrechtzuerhalten. Auf eine Bedrohung sind wir nicht eingestellt. Doch die Bedrohung nimmt zu.«

Ich nickte.

»Damit meine ich nicht nur die Anschläge. Ich meine auch die Unruhen, die auf uns zukommen werden, wenn die Ranaans Ernst machen«, wechselte Rayn übergangslos zum nächsten Brennpunkt. »Noch kann unbegrenzt Mais gekauft werden und die Ankündigung ist zwar publik, aber für viele noch nicht real. Die Stimmung im Volk wird sich ändern. Die Medien beginnen bereits mit der Berichterstattung über das Thema. Die Krise wird kommen. Hoffentlich nicht so schnell, sonst haben wir ein wirklich dramatisches Problem.«

»Was schlägst du vor?« Ich sah nur ihn an, blendete all die überflüssigen Männer an diesem Tisch aus.

»Die Menschen wissen, dass sie überwacht werden. Das sollte erst einmal Hemmschwelle genug sein, um die tagtägliche Ordnung zu bewahren. Doch irgendwann an Punkt X wird die Situation eskalieren. Gegen die Ranaans können wir nicht direkt vorgehen. Wir haben eine Vermutung, was die sinkenden Erträge betrifft, aber keine Indizien, keine Beweise, dass sie künstlich verringert wurden. Ihre Argumente der fairen Ankündigung und des aufrichtigen Bedauerns können nur entkräftet werden, wenn wir beweisen, dass sie nicht stimmen. Ich vermute, selbst Wort gegen Wort richtet da nichts aus. Und nur der Kaiser kann jemanden enteignen.«

Ich hörte Monard lautstark die Luft einziehen. Entweder weil er eine Enteignung für übertrieben und ungerechtfertigt hielt oder weil er sich vor den Ranaans fürchtete. Besser gesagt vor dem, was sie tun könnten, wenn wir ihnen auf den Leib rücken würden. *Vielleicht sollte ich das ernst nehmen.*

Ich horchte in mich, ob ich nun Angst verspürte. Doch da war nur die altbewährte Wut – mein steter Begleiter der letzten Zeit. »Dann stell eine kleine Expertengruppe zusammen, die den Feldern der Ranaans einen Besuch abstattet. Nenn es Lebensmittelgütekontrolle – oder was weiß denn ich. Irgendetwas wird sich in unseren Gesetzen finden, das uns den Spielraum gewährt, bei ihnen nach dem Rechten zu sehen.«

Rayn nickte. Er holte einen Nanobot aus der Tasche seiner Anzugjacke und ließ ihn ein leeres Blatt in die Luft projizieren, das sich in rasender Schnelle mit Buchstaben füllte. Meine Worte, wie ich kurz darauf erkannte. Er hielt unsere Maßnahmen fest. *Gut so.*

»Also«, nahm er den Faden wieder auf und zog sich seinen blauen Hemdkragen zurecht. »Zum Thema Aufrüstung zurück …«

Ich seufzte. Er und Henry waren sich wohl doch ähnlicher, als er dachte. »Ja?«, fragte ich ungnädig.

»Wir sollten wirklich in Betracht ziehen, unsere Ausstattung zu erhöhen«, mischte sich nun auch Baquett ein. Ich funkelte ihn über den Tisch hinweg an, doch er hielt meinem Blick stand.

»Ich höre?«, brummte ich schließlich.

»Ich schlage vor, dass wir sowohl unseren Bestand an Robobots als auch den an Drohnen aufrüsten, genau wie Mr Cilyn angedeutet hat«, begann er. »Es wurde schon lange nichts mehr investiert und nach dem Vorfall auf der Bühne haben wir sogar Robobots eingebüßt. Unsere Modelle sind veraltet und auch die bestehenden brauchen Software-Updates.«

Rayn nickte. »Ja, Josephine, du solltest auf ihn hören.«

Als ob mich die persönliche Anrede milde stimmen würde, wenn es um Kriegsgerät ging. »Noch was?«, fragte ich also wenig erpicht darauf, diese Unterhaltung fortzusetzen, obwohl ich wusste, dass es sein musste.

»Ja«, sagte Rayn. »Hör mir zu«, bat er inständig und stützte seine Ellenbogen auf den Tisch. Ein ernster Ausdruck trat auf sein Gesicht. »Wir sollten uns gut auf die Maisknappheit vorbereiten, die kommen wird.«

Ich kniff die Augen zusammen. *Sollte heißen?*

»Die Robobots waren die erste Stufe der Waffenevolution. Sie sind gut und wichtig, ein nicht wegzudenkender Bestandteil unserer Kultur. Aber sie werden für Panik sorgen, wenn du sie zu früh in einer Vielzahl auf die Straßen schickst. Das kann nicht gut enden. Sie sind deine Sekundärwaffe. Wenn du sie mit Laserguns ausrüstest, kannst du bei Straßenschlachten gewinnen.«

Baquett sah aus, als wollte er widersprechen, doch Rayn ließ ihn gar nicht zu Wort kommen. Seine Hände hatte er inzwischen fest aneinandergepresst. Die Projektion seines Nanobots war erstarrt.

»Die Robobots haben noch einen weiteren Nachteil: Sie sind an den Boden gebunden. Das macht sie angreifbarer als Drohnen. Deshalb plädiere ich dafür, das Hauptaugenmerk neuer Investitionen auf die nächste Stufe der technischen Waffen zu richten: Drohnen. Diese sind flexibler in ihrer Bewegung, als es jeder Robobot ist, dadurch schwerer zu zerstören und aufgrund ihrer Zielgenauigkeit aus der Entfernung bessere Kampfmaschinen sowie eine bessere Investition. *Und* es gibt sie in unterschiedlichen Größen – gut für den Kostenfaktor.« Er schwieg, wohl um uns anderen Zeit zu geben, das Gehörte zu überdenken.

Jetzt schien Baquett keine Einwände mehr zu haben.

Monard war gänzlich verstummt.

»Klingt vernünftig«, stimmte ich schließlich zu.

Rayn lächelte leicht. »Vielleicht könnten wir auch einen Satelliten mit einer Laserkanone …«

»Rayn!«

Er grinste breit. Ganz als wollte er sagen: *Ich musste es doch probieren.*

»Du bist ab jetzt für die Beschaffung neuer Hightechwaffen zum Erhalt der *Sicherheit* in California …« Ich betonte das Wort. »… zuständig. Berate dich gern mit Baquett.« Mit einer Hand wies ich durch den Raum auf den schmächtigen Magician mit der langen Nase. Dessen Gesicht wirkte zuerst überrascht, dann erfreut.

Na bitte! Aber … »Ich will die Einkaufsliste, die ihr erstellt, erst absegnen, bevor ihr außerhalb dieses Schlosses in Aktion tretet«, beendete ich nachdrücklich das Thema. »Ihr habt eine Woche Zeit. Ich habe das Gefühl, die Angelegenheit sollte lieber früher als später in Angriff genommen werden.« Meine Lippen zuckten. *Angriff* – das war mal ein unbeabsichtigtes Wortspiel.

›DELEGATION RANAAN, AUFRÜSTUNGSPLAN‹ las ich auf der Projektion von Rayns wieder aktivem Nanobot. Das war ein guter Anfang, all die Probleme, die California beutelten, in den Griff zu bekommen. Blieb noch die Verhandlung gegen das Land. *Ich sollte dringend noch einmal mit Richter Homayer sprechen,* nahm ich mir vor.

»Gentlemen«, füllte ich das Schweigen um mich mit Worten. »Gibt es noch etwas, über das Sie mit mir beraten möchten, bevor wir uns dem Alltäglichen widmen?«

»Ja.« Wieder erhob Rayn als Erster das Wort. »Es kam ein goldener Brief für dich. Miss Puttin hat ihn entgegengenommen und wollte ihn Yasemine geben, das sagte sie mir, als ich sie vorhin traf.«

Verwundert sah ich ihn an. Davon wusste ich nichts. Vermutlich hatte Yasemine den Brief erhalten, als ich zur Komiteeversammlung gestoßen war. Was mich aber sehr viel mehr beschäftigte: Einzig der Kaiser und die Regenten der einzelnen Länder waren befugt, goldene Briefe zu senden.

Von wem war dieser? Und was mochte in ihm stehen? Aufregung durchzuckte mich. Mein Herz begann – ohne mein Zutun – wild in meiner Brust zu pumpen.

»Ich denke, er ist vom Kaiser, der dich nach Washington einladen wird«, spekulierte Rayn ungefragt.

Wortlos sah ich ihn an. *Nach Washington? Jetzt? Hin zu den beiden Personen, mit denen ich im Moment am dringlichsten und gleichzeitig am wenigsten reden wollte: Lanahaa und Ivan; meiner Mutter, mein … was auch immer. Meine Miene spiegelte hoffentlich nichts von meinem inneren Zwiespalt.*

»Überleg es dir gut, du könntest den Kaiser bezüglich der Ranaans um Unterstützung bitten«, führte Rayn an, als ob er wüsste, was in meinem Kopf vorging.

»Ja, ich könnte ihn bitten, sie zu enteignen und all unsere Probleme bezüglich der Maisknappheit wären wahrscheinlich gelöst. Falls er sich dazu bereit erklären würde und vorausgesetzt, dass wirklich ein von ihnen forcierter Rückgang der Ernte vorliegt«, überlegte ich laut.

Viele der Berater an der langen Tafel nickten oder brummten vor sich hin. Das Thema ging ihnen wohl nahe und stieß auf gemischte Gefühle, weil es sie unmittelbar betraf. Keiner wollte hungern. Manche fanden Enteignung aber auch zu hart.

»Ich werde den Brief lesen und dann eine Entscheidung zum Wohle aller treffen«, informierte ich sie. *Ohne den Inhalt des Schreibens zu kennen, konnte ich kaum urteilen.* »In Anbetracht der Situation hat das Vorrang. Sie werden die restlichen Tagesordnungspunkte mit Rayn durchgehen. Alle Brennpunkte sind besprochen, das Alltägliche schaffen Sie auch ein Mal ohne mich. Bevor ich mich allerdings für heute von Ihnen verabschiede, möchte ich noch ein paar Worte an Sie richten«, fuhr ich fort, indes Sama sich bereits neben meinen Füßen erhob und Neves die Flügel entfaltete, um wieder in die Luft über meinem Kopf aufzusteigen. »Ich erwarte, dass Sie morgen zur Trauerfeier auf dem großen Platz erscheinen. Die Sicherheitsvorkehrungen sind strikt, Lanahaa noch immer in Gewahrsam und ich vertraue darauf, dass Sie mit mir die Einheit der Regierung Californias repräsentieren. Bringen Sie Ihre Familien mit. Haben Sie vielleicht – am Ende des Tages – sogar ein bisschen Vergnügen an der Feierlichkeit. Ich denke, das haben wir alle bitter nötig.«

Ich wartete nicht auf die Reaktionen, sondern schob den goldenen Stuhl, auf dem ich bis gerade gesessen hatte, zurück und wandte mich zum Gehen; Sama und Neves an meiner Seite. *Sollte Rayn sich weiter mit den ergrauten Beratern herumschlagen. Vielleicht klappte das ja von Mann zu Mann besser.*

17

Der Anfang vom Ende

Den Morgen des nächsten Tages durchlebte ich wie im Nebel. Ich schlürfte den Kaffee aus der Tasse von dem Tablett, das mir Miss Puttin gebracht hatte, konnte aber für das kunstvoll arrangierte Essen darauf keine rechte Begeisterung aufbringen. Nichtmal die Fischsuppe aus Frisco, die die Sphinx in mir sonst beim bloßen Geruch begehrte, lockte mich heute. Melancholie lag schwer und undurchdringlich wie eine Decke auf mir. Sie schirmte mich von all den ungewollten Einflüssen im Schloss ab, fiel mir aber gleichzeitig emotional zur Last.

Dass Sama die Fischsuppe in Rekordzeit verzehrte und Neves Kunststückchen für mich aufführte, konnte mich auch nicht aufmuntern. Irgendwann verloren die Fabelwesen die Geduld mit mir und machten sich zum Schlossgarten auf, ihrem neuen Lieblingsort im Regentenschloss.

Je länger ich gestern nachgedacht hatte, desto verzweifelter war ich geworden. Selbst den goldenen Brief, den Yasemine mir direkt nach meiner Verabschiedung von der Komiteeversammlung gegeben hatte, hatte ich bisher nicht geöffnet. Die Neugier war Nervosität gewichen, sobald ich ihn in Händen gehalten hatte und selbst diese war im Angesicht der nahenden Trauerfeier gänzlich geschwunden. Was auch immer auf dem Pergament darin stand, konnte warten – zuallererst ging es um die Bevölkerung Californias.

Ich wollte die Chance der Feierlichkeit ergreifen und beweisen, dass ich mein Volk verstand. Dass ich zwar die Regentin war, aber gleichzeitig auch eine von ihnen. Ich wollte ihnen in Erinnerung rufen, warum sie mich bei der Wahl bis zur letzten Aufgabe gebracht hatten. *Das konnte doch nicht die reine Sensationsgier gewesen sein? Da musste doch mehr dahintergesteckt haben. Oder?* Ich hoffte es von ganzem Herzen – auch wenn ich mich deshalb eine Närrin schalt.

Nun gut. Hatte Ivan mir nicht immer etwas über Massenpsychologie beibringen wollen? Jetzt war der Moment gekommen, zu beweisen, ob ich seine Lektion tatsächlich verinnerlicht hatte. Ich fragte mich, was ich all den Menschen sagen sollte, die nach dem, was passiert war, so viel Mut bewiesen, indem sie den Platz überhaupt betraten. Die bereit waren, mir zuzuhören. *Noch mehr Lügen, um sie zu beschwichtigen? Oder Versprechen über ihre Sicherheit, die ich nicht halten konnte? Die Wahrheit über die Krise, in der das Land steckte, die bestenfalls keine Panik auslösen würde? Sicher nicht. Aber was dann?*

Der Schmerz, den mir all das mental bereitete, grub sich unerbittlich in meine Schläfen. Es gab kein Vor, kein Zurück. Ich steckte wieder einmal gedanklich fest und das tat verdammt weh. Es fraß an mir. Ich fragte mich, ob das je aufhören würde. *Wahrscheinlich nicht.*

Ich konnte nur aus eigener Erfahrung über das Vorgefallene sprechen. *Würde das reichen? Empfand das Volk wie ich oder ganz anders?*

Viel Zeit, um die perfekten Worte für meine Rede zu finden, hatte ich nicht mehr. Die inzwischen reparierte Marmorbühne vor dem neu gepflasterten Platz mit den frisch sanierten Häusern wurde gerade ein letztes Mal auf Hochglanz gebracht, bevor wir sie später am Tag betreten würden.

Wir, das bedeutete Rayn, Yasemine und ich – mit Sama und Neves.

»Die letzten fünf, die übrig sind«, hatte ich beim Aufstehen bitter vor mich hin gemurmelt. Seitdem erging ich mich in weiteren Gedanken über die optimale Inszenierung von uns auf dieser Bühne.

Yasemine, die eigentlich mit dem Arrangement betraut gewesen war, hatte diesbezüglich ihre eigenen Ideen und mir bereits mit dem Brief kleine Pergamentkärtchen überreicht, auf denen sie stichwortartig eine Rede für mich notiert hatte. Die Überreste ihres sicher gut gemeinten Werkes waren am späten Abend in verkohlten Fetzen von

Neves Lieblingsplatz, einem der beiden vorderen Bettpfosten, auf den Steinboden gesegelt. Immerhin hatte er den blauen Betthimmel nicht mit in Brand gesteckt.

Danach hatte ich begonnen, selbst ein paar Überlegungen anzustellen und Miss Puttin noch vor Mitternacht mit der kurzfristigen Umsetzung einiger meiner Ideen betraut. Eine schnöde Rede würde nicht reichen, um die Menschen für mich zu gewinnen. Ich hatte angenommen, Yasemine, die doch sonst immer alles in Szene setzte, sah das auch so. Anscheinend hätten wir aber darüber sprechen sollen. *Mein Fehler.* Den ich mich noch immer zu bereinigen bemühte.

Mit einer weiteren Tasse Kaffee, von der ich in meiner Versunkenheit nicht einmal wusste, wo sie hergekommen war, begab ich mich innerhalb meiner Regentenräume in den Salon.

Li zeigte mir in seinem Projektionskegel ein Livebild der Westseite des Rathauses von Tekre.

Intensiv betrachtete ich es, während ich den Kaffee schlürfend immer tiefer in einen der Sessel sank.

Von der Bühne ausgehend war auf mein Geheiß hin ein roter Teppich einmal quer über den kompletten Platz davor verlegt worden. Dieser würde von Robobots flankiert und gesichert werden. Hoffentlich vermittelten sie den Besuchern mit ihrer Präsenz ein Gefühl von Sicherheit sowie der Macht des Landes California und damit mir.

Eine Prozession aus Drohnen würde nach meiner Rede mit den dreiundzwanzig Särgen der Opfer von der Bühne aus über den roten Teppich und damit im Korridor zwischen den Robobots über den Platz schweben. Sie würde sich fast direkt zwischen den Zuschauern bewegen. Ein Appell. Eine Erinnerung daran, dem Leben mit Demut zu begegnen. Und gleichzeitig eine würdige Verabschiedung.

Ich wollte, dass sich die Menschen, die kamen und auch alle, die die Übertragung sahen, vergegenwärtigten, um was es ging. Ich wollte die Kläger, die das Land belangten, daran erinnern, dass die Opfer des Drohnenangriffs nicht für das Geld standen, das sie herauszuschlagen versuchten, sondern in erster Linie für verursachtes Leid – oder stehen sollten, wohlgemerkt. Dass es um einen emotionalen Verlust ging, den nichts, aber auch gar nichts wiedergutmachen konnte. Um die Trauer, in die viele verfallen waren. Um die Angst, in der sich das

Land befand und dass wir in solch schweren Zeiten zusammenhalten sollten, auch wenn nicht alles perfekt war.

Sich von innen heraus zu zerfleischen war der falsche Weg. Denn dann kamen unweigerlich die Schakale, säten Zwietracht, pflückten alles auseinander und ließen nichts mehr übrig. Genau wie es bereits passierte. Es schwand nicht nur der einstige Glanz. Wenn wir Pech hatten, war es der Anfang vom Ende. *Selbst gewählt. Hausgemacht. Oder wir begannen uns zu wehren – füreinander stark zu sein, zusammenzustehen!* Das war meine Strategie.

Ich konnte als Regentin einiges bewegen und wenn ich die Masse hinter mir hatte, war ich noch um ein Vielfaches mächtiger. Sie war die Achillesferse meiner Position. *Eine, die ich nun zusammenzuschweißen gedachte, um sie fest an mich zu binden.*

»Es ist so weit!«, holte mich Miss Puttins kräftige Stimme in die Gegenwart zurück. Meine Hausdame stand in weißer Schürze und mit ihren stets präsenten roten Handschuhen mitten im Salon. Ich hatte ihr Eintreten nicht bemerkt.

Über ihrem rechten Arm hing ein Kleidersack, von ihrer linken Hand baumelten fast durchsichtige Pumps mit schwindelerregend hohen Absätzen. *Definitiv Yasemines Werk!* Auf das Styling meiner PR-Beraterin verließ ich mich inzwischen zu hundert Prozent, darin war sie unschlagbar. Hätte mir noch bei der Wahl jemand gesagt, dass es so kommen würde, ich hätte lautstark gelacht. So konnte sich das Blatt wenden.

Allerdings waren die Schuhe wirklich gewagt. Fast ängstlich fixierte ich die Absätze. *Wie hoch war die Wahrscheinlichkeit, dass ich damit stolpern, straucheln und mir beide Beine brechen würde? Oder besser noch: einen Bauchplatscher hinlegen würde – auf dem Trockenen!* Das waren nicht gerade die Schlagzeilen, die mir vorschwebten.

Ich hatte noch einige Minuten, um darin gehen zu üben, hoffte jedoch unwillkürlich, dass sich das Kleid nicht als zusätzliche Herausforderung entpuppen würde.

Seufzend richtete ich mich im Sessel auf und stellte die leere Kaffeetasse auf einen nahen Beistelltisch. Bereit fühlte ich mich nicht. *Aber würde das je eine Regentin an einem solchen Tag sein? Vielleicht eine erfahrene. Vielleicht eines Tages auch ich*, beschwichtigte ich mich selbst. *Wenn ich dann noch Regentin war*, stichelte etwas in meinem Innersten. *Ja, wenn …* Ich seufzte noch mal.

Miss Puttin sah mir forsch ins Gesicht. »Sie schaffen das schon!« Mit geschicktem Schwung verfrachtete sie den Kleidersack in den leeren Sessel neben mir. Dann wandte sie sich mir zu. »Erinnern Sie sich daran, wie Sie damals, am ersten Tag der Wahl, auf der Bühne standen?«, fragte sie.

Überrascht hob ich die Augenbrauen. »Selbstverständlich.« *Wie könnte ich das jemals vergessen?*

»Und was Sie damals gedacht haben?«, fuhr sie ungerührt fort.

Ich schwieg.

Sie nickte, als hätte sie ihren Punkt klar gemacht. »Sie haben nicht geglaubt, dass Sie diese Wahl gewinnen, dass Sie eines Tages Regentin sein würden, nicht wahr?«, sagte sie mir auf den Kopf zu.

Ich verzog den Mund fast widerwillig zu einem kleinen Lächeln. »Nein«, bestätigte ich.

»Und doch sind Sie es!«

»Ja«, antwortete ich wenig geistreich. Bei dem Thema versagte selbst mein Wortschatz. *Wenn es nicht tragisch wäre, wäre es fast komisch. Wie so vieles …*

»Ich weiß, dass in Ihnen zwei Versionen Ihrer selbst gegeneinander kämpfen. Die Josephine aus der Vergangenheit und die Josephine der Gegenwart«, begann sie leise. »Ich denke, Sie sollten die Vergangenheit hinter sich lassen. Loslassen. Mir ist bewusst, dass Ihnen das schwerfallen wird. Schwächere Menschen hätten all das, was Sie in dieser kurzen Zeit durchgestanden haben, nicht annähernd so gut verkraftet. Aber Sie haben es durchgestanden – sind gestärkt daraus hervorgegangen. Sie sollten das nicht zunichtemachen, indem Sie sich nun den *Sieg*, die Vollendung Ihrer Wandlung, durch Zweifel verwehren.«

»Sieg?!« Jetzt war ich hellwach. Meine Augen sprühten Funken, zum Glück nur im übertragenen Sinn. »Was für ein Sieg soll das sein? Zu welchem Preis?« Ich stand auf und steif wie ein Stock da, spürte, wie Adrenalin durch meine Adern pumpte und sich meine Pupillen verengten. Gleich würden meine Iriden sich golden färben.

»Der Sieg liegt im Auge des Betrachters«, entgegnete meine Hausdame ungerührt, während sie näher an den Kleidersack trat, sich darüberbeugte und den Reißverschluss hinunterzog. »Sie haben für diesen Sieg alles geopfert, was Sie hatten. Das verleiht ihm einen bitteren Beigeschmack. Doch sitzt nun nicht mehr Sinessa auf dem goldenen Regentenstuhl, sondern Sie. Das *ist* ein Sieg für ganz California!«

»Finden Sie? Wir haben außer einer farblichen Trennung der Geschlechter, dem Mindestlohn für Frauen und anderen noch immer bestehenden Hinterlassenschaften von Sinessas Herrschaft ein Verfahren gegen das Land am Hals, ein Problem mit der Sicherheit unserer Bürger und eine bevorstehende Hungersnot. Es läuft großartig.« Sarkasmus sprach aus meiner Stimme und legte mein Innerstes bloß.

»Haben Sie je daran gedacht, dass nicht alles Ihre Schuld ist? Dass manches vielleicht so oder so passiert wäre?« Miss Puttin entnahm der Hülle das Kleid. Satin quoll aus ihren rot behandschuhten Händen.

Ich verkniff mir ein amüsiertes Auflachen. Der zarte Print auf dem hellen Stoff erinnerte entfernt an die Musterung, die mein dunkelgrün geschuppter Schwanz zeigte, wenn ich meine Sphinxgestalt annahm. Jedoch war das Kleid mit V-Ausschnitt und Bändchen komplett elfenbeinfarben. Durchsichtige Einsätze und Ballonärmel mit elastischen Bündchen machten es fast schon zu … offenherzig. *Wo hatte Yasemine das nur aufgetrieben?*

Da trennte Miss Puttin die Masse an fließendem Satin in ihren Händen und zauberte dadurch ein separates Unterkleid hervor, das aus dem gleichen Stoff gemacht war.

Erleichtert atmete ich aus.

Durchsichtige Schuhe waren die eine Sache – fast schon cinderellamäßig. Und *Cinderella* war einer meiner Lieblingsfilme aus der alten Zeit. Aber durchsichtige Kleidung war für die Regentin eines Landes ein absolutes No-Go! Allein die Farbe des Kleides würde einiges an Aufmerksamkeit erregen – obwohl sie gut zu Samas sandfarbenem Fell passte. Außerdem: Sollten sich die Presse und das Volk lieber das Maul über mein Kleid zerreißen, statt über Politik zu fabulieren. Da konnten sie weniger Schaden anrichten. Und einer wunderbar femininen Ausstrahlung konnte sich doch keiner entziehen, oder?

»Josephine?«, erinnerte mich Miss Puttins Stimme daran, dass wir ein Gespräch führten. Das Abrutschen in die persönliche Anrede ließ darauf schließen, dass sie mich nun wieder als das Mädchen von der Wahl wahrnahm. Dass mir der Respekt der Regentin gebührte, musste ich offensichtlich auch meinen Vertrauten erst durch Taten beweisen.

»Vielleicht. Unwahrscheinlich. Ich habe das Gefühl, ob nun gewollt oder ungewollt, wie auf der Bühne: Ich war der Auslöser. Schließlich ist meine *Mutter* …« Ich stockte. Das Wort tat mir fast körperlich weh. »… für dieses Drohnendebakel und die Anschläge verantwortlich.«

Miss Puttins Antwort kam pfeilschnell – auch wenn sie kaum mehr als ein Lufthauch war. »*Sie* hat keinen getötet«, gab sie zu bedenken.

Das stimmte. Ich riss meinen Blick von dem elfenbeinfarbenen Hauch weg und starrte sie an. *So hatte ich die Sache noch nicht betrachtet.*

Das Gesicht der Hausdame war mir abgewandt. Mit den Fingern strich sie imaginäre Falten auf dem Überrock des Kleides glatt.

»Nein, aber sie …« Ich verstummte. »… ist und bleibt der Grund, warum überhaupt gefeuert wurde.«

»Aha!« Miss Puttin schaute plötzlich listig drein und fixierte mich mit ungewohnter Intensität. »Darin sind wir uns einig. Aber du bist nicht deine Mutter und somit auch nicht dafür verantwortlich!«

»Mhm«, grummelte ich unwillig. Ich wollte ihren Gedankengängen nicht folgen, war nicht bereit, mich wie Alice im Kaninchenloch wiederzufinden, mich womöglich im Wunderland darunter zu verirren. Ich wollte nicht, dass alles noch komplizierter wurde.

»Die Ranaans hätten vielleicht so oder so Rache genommen. Samuel war bereits tot«, gab sie just zu bedenken.

»Bevor ich noch Phillipe umgebracht habe, ja.« Ich zog die Mundwinkel bitter nach außen, knirschte mit den Zähnen. *Diesen Punkt sah ich anders.* »Es ist, wie es ist«, entschied ich dann, das Thema zu beenden. »Lassen Sie uns mit dem Ankleiden beginnen.« *Die Verpflichtung rief – egal wie ich mich gerade fühlte.*

»Sehr wohl.« Das rosa Häubchen auf dem Kopf der Angestellten wippte auf und ab, als sie beflissentlich nickte.

»Gut.« Um meine Absicht zu bekräftigen, drehte ich ihr den Rücken zu, sodass sie mit ihren flinken Fingern den Verschluss meines aktuellen Kleides öffnen konnte.

Zu meiner Begeisterung hielt der Ungeschminkt-sieht-klasse-aus-nämlich-wie-geschminkt-Umstand weiter an. Ich schrieb es meinen

Pixigenen zu. In den nächsten Stunden würden die Blicke der Nation auf mir liegen. Das wusste ich nur zu gut. Ich wollte strahlen. Von innen – von außen.

Während mir Miss Puttin zuerst in das Unterkleid und dann das eigentliche Kleid half, summte sie vor sich hin. Dieses Mal flocht sie mir die Haare und türmte diese auf meinem Kopf zu einer Krone auf.

Ich versuchte innerlich etwas zu finden, das mir Kraft schenken würde. Suchte nach der Macht in mir, nach dem Licht. Doch anders als bei Lanahaas Aufbegehren fand ich keinen Zugang zu der Quelle in mir. Da waren Erinnerungen und noch mehr Erinnerungen, die mich wie schwarze Löcher anzogen, um mich zu verschlingen. Doch kein Fünkchen Licht.

»Da draußen gibt es noch so viele Dinge zu tun, da wäre es doch traurig, hier drinnen zu sterben«, hatte Rayn in der Besenkammer zu mir gesagt. Es war einer der Momente der Regentschaftswahl, die sich tief in mein Gedächtnis gegraben hatten ohne dass ich sagen konnte warum. Jetzt hatten wir es beide nach draußen geschafft, hatten den goldenen Käfig der Wahl hinter uns gelassen – unversehrt, wie alle dachten, denn dass es innerlich anders war, durfte keiner wissen.

Nachdem mir Miss Puttin funkelnde Klemmen in die Haarkrone geschoben hatte, war sie fertig. Die Frisur war fixiert, das Kleid hatte keine offensichtlich anstößigen Stellen und die Schuhe, in die ich nun schlüpfte, saßen wie angegossen. Ich war bereit für die Trauerfeier – zumindest äußerlich.

Indes ich mich erhob, um der Hausdame zu danken, schlenderte Sama in den Salon. Neves ritt auf ihrem Rücken und klackte vergnügt mit dem Schnabel, als er mich sah. »Siehst gut aus!«, gurrte er und legte sich theatralisch einen Flügel vor die schwarzen Knopfaugen, als würde ihn meine Schönheit blenden.

Ich lachte. *Was für ein Quatschkopf!*

Da öffnete er blitzschnell seine Flügel und erhob sich von Samas Rücken aus in die Luft. Golden glänzend reflektierte sein Gefieder das Licht.

An diesem Anblick würde ich mich nie sattsehen.

»Bereit für den großen Auftritt?«, zog die Sphinx meine Aufmerksamkeit von dem knapp unter der Decke kreisenden Phönix auf sich.

»Mhm«, murmelte ich.

Listig grinste sie und ließ ihren Blick über meine Aufmachung gleiten. »Ich kann mich nicht darüber beschweren, deine Begleitung zu sein – deine Schönheit macht Kleopatra Konkurrenz.«

War das für Sama ein großes Kompliment? Artig verneigte ich mich in ihre Richtung und verkniff mir nachzufragen, ob Kleopatra tatsächlich so attraktiv gewesen war, wie alle dachten. Ich hatte ein Bild von ihr vor Augen, wie sie in Milch badete und ein weiteres aus einem anderen Film, in dem sie bei den Römern … *Äh, hatte Kleopatra nicht was mit Cäsar gehabt? Damit hatte sie zu einer Zeit gelebt, lange nachdem Sama an Chephrens Seite begraben worden war. Woher sollte Sama wissen, wer Kleopatra … und wie sie ausgesehen hatte? Oh, sie war gut! Das kam also raus, wenn man Sama mit Li allein ließ.* Schmunzelnd machte ich einen Schritt in Richtung Tür. Dass ich der Sphinx auf die Schliche gekommen war, behielt ich für mich. Vielleicht konnte ich es irgendwann nutzen, um Sama zu necken. Doch ihre nächsten Worte ließen mich innehalten.

»Bevor wir gehen: Öffne den goldenen Brief!«, befahl sie, von meinem Schweigen unbekümmert, als hätte sie das Sagen.

»Der goldene Brief! Der goldene Brief!«, krähte Neves aus der Luft und zog immer engere Runden über meinem Kopf.

»Nicht jetzt«, wies ich beide ab, blieb aber stehen.

»Es müssen Entscheidungen getroffen werden.« Samas heisere Sphinxstimme klang drängend. Das erstaunte mich.

Wusste sie etwas, was ich nicht wusste? Ich sah ihr aufmerksam ins Frauengesicht und versuchte daraus zu lesen. »Welche denn?«, wollte ich wissen.

Statt zu antworten, kam sie auf mich zu und ließ sich direkt vor meinen Füßen nieder. Dabei sollten wir langsam los. »Chephren war der vierte Pharao der vierten Dynastie im alten Reich von Ägypten.«

»Sama, wir haben jetzt nicht die Zeit für …«

»Du wirst dir die Zeit nehmen, du wirst zuhören! Oder du wirst untergehen!«, knurrte sie. Es klang endgültig – unabwendbar. Wie eine Feststellung, nicht wie etwas, worüber ich noch entscheiden, es ändern konnte.

Das machte mich sprachlos.

»Er baute die zweite Pyramide von Gizeh und die große Sphinx, um mir zu huldigen«, fuhr Sama einfach fort. »Er huldigte den Göttern, regierte mehr als fünfzig Jahre – eine lange Zeit für einen Menschen.« Sie schüttelte bewundernd den Kopf. »Und doch brachte ihn etwas zu Fall: der Hunger seiner Untertanen.«

Stille legte sich über den Raum, einzig Neves' Flügelschläge durchbrachen sie. *Zap – Zap – Zap.*

»Neves!«, wies ich ihn zurecht.

Er flatterte herab, bis er sich auf meiner linken Schulter niederließ.

»Was schlägst du vor?«, fragte ich Sama. Ich wusste genau, worauf sie anspielte. Jetzt wollte ich wissen, ob sie nur A sagen konnte, oder darauf auch ein Plan B folgte.

Ihre Iriden glühten rot auf. »Dass du den Brief liest und wenn er dich in den kaiserlichen Palast einlädt, die Chance ergreifst! Miss Puttin soll bereits die Reisearrangements treffen. Der Kaiser kann die Ranaans enteignen. Er kann dafür sorgen, dass California keine Hungersnot erleidet. Und was du auch über ihn denken magst – *es spielt keine Rolle.* Wenn du Ivan oder deiner Mutter nicht begegnen möchtest: gut, aber bedenke …«

»Es spielt keine Rolle«, wiederholte ich ihren Satz mit Nachdruck.

»Kluges Mädchen«, gurrte Neves mir von links ins Ohr.

Gereizt sah ich ihn an. Schnell zog er seinen kleinen Kopf ein. *Schisser!*

»All diese Menschen, vor denen du gleich sprechen wirst, sie brauchen dich. Aber der goldene Brief ist noch wichtiger als deine Rede, denn in Washington kannst du mehr für sie ausrichten als hier. Flieg direkt nach der Trauerfeier los. Sprich mit dem Kaiser. Stell deine privaten Interessen hintenan. Du bist jetzt die Regentin!«, erklärte Sama rigoros.

Das saß.

Aber ihr Plan klang sinnvoll. Sinnvoller als das meiste, was ich seit gestern gedacht hatte. Langsam öffnete ich meinen Mund. Setzte an, Miss Puttin die entsprechenden Anweisungen zu geben …

»Phinchen?«, hörte ich in dem Moment Rayns näher kommende Stimme. »Wir müssen los! Das Portal ist bereit und die Menschen warten auf dem Platz. Außerdem habe ich gute Neuigkeiten: Die geänderte Ausgabe des Regelwerks von Sinessa – nennen wir es doch in Zukunft: Regelwerk von California –, die du in Auftrag gegeben hast, kann ab morgen ausgeliefert werden. Die Menschen werden es lieben, es in Händen zu halten! Dein erstes Geschenk an sie hält und bricht damit gleichzeitig die Tradition. Hält sie durch die Form, bricht sie mit dem Inhalt. Ein kluger Schachzug! Du siehst: Alles ist vorbereitet. Nur wir müssen noch …« Er verstummte, als er mich sah.

Wir musterten uns gegenseitig.

Der schwarze Anzug, den er trug, saß einmal mehr perfekt auf seinen breiten Schultern. Die polierten Halbschuhe wirkten wie immer vernünftig und der glänzende Stock an seiner Seite wie ein schickes Accessoire.

Er atmete tief ein. »Oh …«

Ich löste mich zuerst von seinem Anblick. »Miss Puttin, werfen Sie bitte in meinem Namen einen Blick in den Brief«, ignorierte ich Rayn und sah stattdessen die Hausdame an. »Wenn es sich um eine Einladung in den goldenen Palast des Kaisers handelt, bereiten Sie alles für meine Abreise vor. Eine unserer Drohnen soll mich nach Washington bringen.«

Sie nickte.

Sama brummte zustimmend, fast vergnügt und erhob sich auf alle viere.

Ich fühlte mich schlagartig besser, diese letzte und wichtige Anweisung gegeben zu haben, bevor ich mich auf den Weg zur Bühne begab. »Los, komm!« Fast beschwingt zog ich Rayn mit mir aus dem Raum, Sama an meiner Seite, Neves auf der Schulter.

»Das könnte lustig werden!«, meinte Rayn und bezog sich dabei wohl auf mein Outfit.

Ich grinste breit. *Ja*, stimmte ich ihm in Gedanken zu. *Das* und ich meinte damit meinen äußerst wahrscheinlichen Besuch in Washington, *könnte ziemlich lustig werden.* Aber zuerst hatte ich ein Spektakel für das Volk in petto und würde schlechte durch gute Erinnerungen ersetzen – *jawohl!*

18

Saludo sapiens!

Ich stand mit den schwindelerregenden Absätzen an den Füßen unerwartet fest auf der Bühne. Bewaffnete Robobots sicherten den Rand in einer lockeren Formation. Silberne Drohnen flogen leise sirrend um meinen Kopf und um Neves, der unverändert auf meiner linken Schulter saß. Sie justierten immer wieder die Kameraposition, um jedes Detail meiner skandalösen Kleidung und der provokativen Haarkrone für all die Bildschirme im Land aufzuzeichnen.

Bestens!

Ich lächelte zufrieden, stand stumm da, um den Moment in mir aufzunehmen. *Ich musste Stärke demonstrieren, musste den Eindruck vermitteln, gegen all die Bedrohungen bestehen zu können, damit die Bevölkerung von California mir vertraute.*

Alles war, wie ich es angeordnet hatte: Der rote Teppich, den weitere Robobots säumten. Die großen Displays, die zusätzlich zu dem in meinem Rücken an allen umgebenden Häuserwänden angebracht worden waren, um eine Konzentration meiner Präsenz zu erzielen. Die Blütenblätter in Weiß, Gelb, Grün und Blau, die das neue Pflaster bedeckten und die silbernen Tabletts, die statt der üblichen Waffen in den Metallhänden der Robobots auf dem Platz steckten. Kleine durchsichtige Marmeladengläser standen darauf – sie leuchteten.

Ich hatte die Gläschen bereits während des Fotoshootings der Kandidaten bei der Regentschaftswahl bewundert. Nun würden sie einem ganz speziellen Zweck dienen, in den ich nur Rayn auf unserem Weg zum Portal eingeweiht hatte. Vorerst sahen sie einfach toll aus mit den unauffälligen LEDs innen, kurz unter den Deckeln. Diese änderten nach einer Weile die Farbe, immer im Spektrum der Gilden.

Meine Angst vor genau dem Moment wich nun, je länger ich auf der Bühne stand, einem Gefühl von Gelassenheit. Während die Nanocams der Drohnen den besonderen Augenblick aus jedem Winkel einfingen, inklusive der bereits wartenden Masse, wurde mir bewusst, dass mit der mentalen wie physischen Konstitution eines Regenten alles stand und fiel – womöglich das Geschick eines ganzen Landes.

Huldvoll sah ich mich um.

Mittig zu meinen Füßen hatte es sich Sama bequem gemacht.

Rechts von mir stand Rayn in seinem schwarzen Anzug und ließ den Stock an seiner Seite durch seine aufrechte Haltung und den stechenden Blick unwichtig wirken. Die braunen Locken, die seinen Kopf ungezähmt umgaben, zeigten durch die elektrisierten Spitzen seine Kraft. *Wahrscheinlich stellte er sie absichtlich zur Schau. Womöglich gar als Botschaft an Ivan oder den Kaiser.* Alles an ihm schrie förmlich: *Seht her, ich bin kein gebrochener Mann!*

Lächelnd fing ich seinen Blick auf und nickte ihm stolz zu.

Langsam zog er als Antwort eine Augenbraue hoch. Aus seiner Miene war zu lesen, dass er mich aufforderte, mit meiner Rede zu beginnen.

Gleich, sagte die eine Augenbraue, die ich nun anhob. *Das war Macht*, wurde mir in dem Moment klar. *Tausende so lange warten zu lassen, wie ich wollte.* Lächelnd schwenkte ich den Kopf nach links zu Yasemine.

Meine PR-Beraterin sah mit großen Augen auf all die Köpfe vor uns. Anders als ich hatte sie sich farblich für ein traditionelles Rosa entschieden. Das ausladende Kleid, das sie trug, wartete mit einem Reifrock und unzähligen kleinen Schleifchen auf. Diese ließen sie wie ein großes, süßes – wohlgemerkt leuchtendes – Törtchen wirken, da an jedem Schleifchen ein winziges LED-Lämpchen angebracht war. Ich verdrängte den Gedanken daran, wo die Verkabelung verlief und an welcher Körperstelle der Schneider wohl die Batterie untergebracht hatte.

Was für eine verrückte Welt, dass sich die Leute mit Sicherheit trotzdem über mein *Outfit mokieren würden!* Breit grinsend wandte ich mich von ihrem purpurfarbenen Haarturm und den heute rosa blinkenden Zähnen ab.

Als etwas den fließenden Stoff meines Kleides streifte, zuckte mein Blick nach unten und ich stellte fest, dass es Samas Tatze gewesen war. Ein leises Fauchen drang aus ihrer Kehle, bevor sie den Kopf samt Schmuck schief legte. Ich schmunzelte, ohne eine Miene zu verziehen, denn im selben Moment erinnerte mich der leichte Druck von Neves' Krallen daran, dass auch er ein lebendiges Fabelwesen war und kein verrückter Teil meines Outfits.

Start.

Lächelnd trat ich einen Minischritt vor, sodass meine rechte Zehenspitze mit dem gläsernen Schuh fast an Samas Löwenkörper stieß. »Saludo sapiens!« Meine Stimme schallte weithin – ganz ohne Magie, so still waren die Menschen. »Saludo California!«, setzte ich formvollendend hinzu. *Die traditionelle Begrüßung seit dem Aufstand, eine, die nur zu offiziellen Anlässen gebraucht wurde, zu verwenden fühlte sich toll an!* Ich vollführte dabei eine weit ausholende Bewegung mit beiden Händen, um mein Volk auch körperlich zu begrüßen.

Die Augen der Menschen, die Hoffnung und Zuversicht darin, machten mir Mut. *Sie wollten an mich glauben*, erkannte ich. *Sie wollten, dass jemand sie an die Hand nahm und ihnen sagte, dass alles gut werden würde. Sie wollten das, was wir wohl alle wollten.* Ich ließ die Hände sinken und öffnete einladend die Finger.

Applaus brandete auf.

Ich würde dieser Jemand für sie sein. Das Lächeln auf meinem Gesicht wurde immer breiter. Meine Sorgen von vorhin waren unbegründet gewesen. *Nur weil einige California verklagen wollten, hieß das nicht, dass die Masse die Schuldvorwürfe teilte.* »Hier zu stehen – vor Ihnen allen – ist ein Privileg«, begann ich meine Rede. »Es ist etwas, mit dem ich nie gerechnet habe. Nicht in dieser Rolle, nicht zu diesem Zeitpunkt. Umso kostbarer sind für mich die kommenden fünfundzwanzig Jahre.«

Ich setzte eine bedeutungsschwere Pause. Ließ das leise Murmeln und Füßescharren, das Rascheln der Kleidung und die Atmosphäre auf dem Platz einen Augenblick lang auf mich wirken. Es fühlte sich so anders an im Vergleich zu den beiden Malen, an denen ich diese Bühne zuvor betreten hatte.

»Ich erinnere mich noch gut an den ersten Tag, an dem ich auf dieser Bühne stand – zu Beginn der Wahl«, ließ ich mein Volk an meinen

Gedanken teilhaben. »Ich bin mir sicher, Sie erinnern sich auch.« Gemächlich schweifte mein Blick über die Menge. Ich versuchte mit so vielen wie möglich Augenkontakt herzustellen. »Der Kardinal der Blauen Garde stand hier, unser ehemaliger Regent Leonardo Sinessa, all die anderen Kandidaten und ich. Der Wahljingle ertönte, es war überwältigend.« Wieder verstummte ich. »Dann kamen die Aufgaben und ich begann an ihnen zu wachsen. Sie alle …« Nun fixierte ich einen imaginären Punkt über der Menge, sodass sich hoffentlich jeder angesprochen fühlte. »… haben mich dabei begleitet, haben mich jede Runde weitergewählt. Sie wollten, dass ich eines Tages hier stehe! Dass ich die zukünftigen Entscheidungen für California – für Sie – treffe!«

Meine Stimme wurde ganz von allein, von meinem bloßen Willen beflügelt, immer lauter. Die Displays an den Häusern zeigten mein Gesicht in Großaufnahme. Es war der perfekte Moment.

Ich konzentrierte mich, blinzelte einmal und schon waren meine Iriden nicht mehr blau, sondern golden. Mein ganz persönlicher Taschenspielertrick. Und er wirkte: Ein euphorisches Murmeln ging durch die Menge. Viele Gesichter zeigten Staunen, geradezu Begeisterung.

»Ich komme, wie Sie wissen, aus den Glastürmen«, fuhr ich mit meiner Rede fort. »Und werde die Dinge hier anders angehen als mein Vorgänger. Deshalb werde ich Ihnen heute eines versprechen: Ich werde alles tun, um Unheil von California abzuwenden. Ich werde für Sie und um Sie kämpfen, wie ich schon während der Wahl gekämpft habe. Sie alle sind mein Volk, meine Familie und ich werde mein Bestes geben, werde Sie niemals aufgeben!«

Beifall hallte über den Platz. Einige pfiffen.

Ich schaute geschmeichelt zur Seite. Rayns Lächeln machte mir noch mehr Mut. Lässig steckte er seine Hände in die Taschen seiner Anzugsjacke, doch ich wusste es besser. Sah das emotionale Flackern in seinem Blick.

Meine PR-Beraterin wirkte ebenfalls ergriffen. Ihre Wangen waren gerötet, über die Pupillen hatte sich in ein fiebriger Glanz gelegt.

Jetzt hatte ich sie alle da, wo ich sie haben wollte – inklusive Rayn, Yasemine und mir. »Was passiert ist, ist grauenvoll«, nahm ich auf den Anlass der Zusammenkunft Bezug. Meine Stimme wurde leise, hatte einen fast gebrochenen Klang. Der Tod Unschuldiger erschütterte mich unvermindert.

Ich sah, wie die Übertragung zu einer Großaufnahme von mir, Rayn und Yasemine auf der Bühne zoomte. Mutig straffte ich mich. »So etwas darf nie wieder geschehen! Doch würde ich Sie belügen, wenn ich Ihnen hier und heute versichern würde, dass das in meiner Macht steht. Dafür verspreche ich Ihnen etwas anderes – etwas, das sehr viel mehr wert ist: Ich verspreche Ihnen, immer ehrlich zu sein!«

Sama breitete wie zur Bekräftigung ihre Flügel aus. Eine halbhohe, strahlend weiße Mauer.

»Ah!«, machte das Publikum andächtig.

Neves entfaltete nun ebenfalls die Flügel. Der goldene Glanz seines Gefieders blendete mich kurz von der Seite, als das Licht darauf fiel. Wir gaben sicher ein eindrucksvolles Bild von vorne ab.

»Sie werden wissen, was ich weiß«, beschwor ich die Menschen. »Sie werden dabei sein, wenn ich über Ihr Wohlergehen entscheide. *Sie* …« Ich betonte das Wort. »… werden die Ersten sein, die über alles informiert werden. Vor den Medien – denn Sie sind es, die ich regiere! Sie sind die, die mir am Herzen liegen, um deren Zukunft ich mich sorge. Und was für eine Zukunft wir haben werden!«

Glänzende Gesichter blickten mir entgegen. Einzelne reckten die Hände in die Luft, riefen laut ihre Zustimmung heraus.

»Unter Sinessa war ›Transparenz‹ bei Regierungsgeschäften ein Fremdwort. Unter meiner Herrschaft wird sie alltäglich sein, wenn es nicht um Fragen der nationalen Sicherheit geht.« Ich musterte stumm den roten Teppich. »Was passiert ist, ist grauenvoll«, wiederholte ich wesentlich ruhiger. »Es sind Menschen, die zu dieser Tragödie geführt haben, Menschen, die andere Menschen verletzt haben.« *Natürlich sprach ich von Sinessa und Lanahaa.* »Das ist nicht verzeihlich!«, endete ich voller Inbrunst. »Es kann nicht mehr rückgängig gemacht werden. Aber die Zukunft, von der ich Ihnen gerade erzählt habe, schreiben wir erst noch! Und wir schreiben Sie gemeinsam.«

Nun jubelten die Menschen regelrecht. Silbernen Drohnen flogen leise sirrend über die Menge und justierten immer wieder die Positionen ihrer Nanocams. Die Bilder auf den großen Displays übertrafen meine kühnsten Erwartungen an die Reaktion auf den Beginn meiner Rede.

Das war einfach gewesen.

Zeit, um den nächsten wichtigen Punkt in Angriff zu nehmen.

»Jeder hier ist einzigartig!«, befeuerte ich die Menge. »Jeder hat Talente, Schwächen, Wünsche und Bedürfnisse!« Ich setzte eine Pause. »Lassen Sie mich eines klarstellen: Ich möchte, dass Sie alle Ihr volles Potential ausschöpfen, um sich und California voranzubringen! Ich möchte, dass jede Frau jeden Beruf ausüben kann, wenn sie dafür qualifiziert ist. Ich möchte keiner Koryphäe auf einem Gebiet ihr Genie aufgrund ihres Geschlechtes oder anderer Indikatoren verwehren. Ich möchte dieses Land über sich hinauswachsen sehen, denn dieses Land sind Sie! Sie alle. Mit all Ihren Talenten!«

Der darauffolgende Jubel fiel deutlich geringer aus, doch das hatte ich erwartet. *Emanzipation oder überhaupt erst Gleichberechtigung würde schwierig werden.* Alteingesessenes zu verändern war immer etwas, das Zeit brauchte. Sinessas Moral kam nicht von ungefähr. Er hatte im Retrostil längst Überholtes aufleben lassen und es den Menschen als traditionell verkauft. Hatte sie in einer Welt voller Unsicherheit mit dem Verweis auf jahrhundertelang Bewährtes und halbgaren Argumenten auf seine Seite gelockt.

Ich hatte mich heute für eine All-in-Strategie entschieden und jetzt war der Moment gekommen, die Karten vollständig auf den Tisch zu legen.

»Deshalb sind mit sofortiger Wirkung alle diesbezüglichen Regelungen und ich hoffe auch das damit einhergehende Denken …« Ich zwinkerte der Menge zu. »… aufgehoben. Es gibt eine neue Edition des Regelwerks von California. Eine nur noch halb so dicke Ausgabe. Diese wird in den nächsten Tagen bei allen mit Wohnsitz in unserem schönen Land in der Drohnenbox zu finden sein. Eine Geste, die ich aus der vorherigen Regentschaftsperiode aufgreife. Lesen Sie aufmerksam. Alles, was an eine bestimmte Berufskategorie, Besoldung oder Kleiderordnung zur Geschlechtertrennung gebunden war, ist nicht mehr enthalten und somit irrelevant. Kleiden Sie sich in Ihren Gildenfarben, kleiden Sie sich knallbunt – solange sie bekleidet das Haus verlassen, ist alles erlaubt!«

Das brachte mir ein paar lachende Gesichter in der ansonsten stummen Menge ein. Ich hatte Tausende geschockt – *das musste mir auch erst mal jemand nachmachen.* Dabei wollte ich hauptsächlich, dass das Volk nach vorne blickte, dass Zuversicht die Trübsal ersetzte.

Dass den Menschen wieder leichter ums Herz wurde und sie sich in Zukunft entfalten konnten.

»Verstehen Sie mich nicht falsch«, fühlte ich mich bemüßigt hinzuzufügen. »Ich kann und will Ihnen nichts vorschreiben. Wenn Sie weiter gern Rosa und Schwarz tragen, dann tun sie das. Und dasselbe gilt für alles andere. Aber wenn Sie sich von Sinessas Regelungen eingeengt gefühlt haben, dann nutzen Sie die Chance, die sich Ihnen bietet! Setzen Sie längst verworfene Träume in die Realität um, arbeiten Sie in einem Bereich, der Sie glücklich macht und finden oder erfinden Sie dabei vielleicht ein Wunder, das uns alle bereichert.«

Bei vielen wich der Schock endlich einem Lächeln.

»Nun lassen Sie uns gemeinsam den Opfern des Drohnenschlags gedenken«, kam ich auf den ursprünglichen Grund zurück, warum wir uns versammelt hatten. Mein Gesicht wurde ernst. »Jeder Verlust ist ein Schlag für die Familien, Angehörigen und Freunde.«

Ich nickte ein Mal.

Auf mein Zeichen hin schwebten von den Seiten der LED-Wand in meinem Rücken rechts und links Drohnen mit Särgen hervor.

Es sollte eine kraftvolle Symbolik sein. Die Menschen sollten keine Angst vor den Maschinen haben. Selbst geschaffene Maschinen, die getötet hatten – genauso aber auch zu guten Zwecken, für eine letzte Ehrerbietung eingesetzt werden konnten.

Begleitet von einer sanften Melodie, flogen die großen silbernen Drohnen einen Meter über dem Marmor bis zum Bühnenrand. Bevor sie diesen und damit den roten Teppich erreichten, fädelten sie sich vor mir, Neves, Sama, Rayn und Yasemine mit einer Art Reißverschlussverfahren in einer Reihe ein. Erst dann senkten sie sich, eine nach der anderen, auf den roten Teppich. Dort schwebten sie in einer stummen Prozession von der Bühne weg über den Platz.

Respektvolle Stille seitens der Menschen begleitete den Vorgang, bis die Drohnen ihre Endposition eingenommen hatten und in gerader Linie, auf dem Teppich verteilt, verharrten.

Mit eleganter Geste hob Rayn anschließend die Hände und die durchsichtigen Gläser mit den LEDs stiegen synchron von den silbernen Tabletts auf. Reglos verharrten sie in der Luft, auf Höhe der schwebenden Särge. Er ließ es mühelos aussehen, als ob sie aus eigener

Kraft gen Himmel gezogen worden wären und noch immer wurden, doch wusste ich, welch intensive Konzentration es ihm abverlangen musste. So viele Gegenstände gleichzeitig in der Luft zu halten, ohne dass die Aufmerksamkeit von einem abschweifte und dieser abstürzte, war bemerkenswert.

Fasziniert ließ ich mich von der wieder einsetzenden Musik und dem Meer an Lichtern verzaubern. Dann erfüllte ich meinen Part und hob ebenfalls die Hände. Aufregung verdrängte die innere Ruhe. *Ich konnte das.*

Tief atmete ich ein, füllte meine Lunge bis zum Bersten, schloss die Augen und atmete aus. In meinem Kopf formte sich das Bild von Licht, das aus meinem Inneren brandete, als Kugel nach oben schoss und dann in Hunderte, nein, Abertausende von bunten Funken zerstob. *Ein Feuerwerk.*

Ich öffnete die Augen.

Von meinen zu einer Schale geformten Händen stieg die erste Lichtkugel in rasender Schnelle auf. Sie zersprang hoch oben in Prismenfarben, die vom Himmel herabregneten – auf die Menschen, die mit fast ekstatischen Mienen zu dem magischen Funkenregen hinaufblickten.

Kugel um Kugel schickte ich nach oben. Immer die nächste, bevor das Licht in der Luft verblasste. Schuf größere und stärker gefärbte Funken – genauso versunken in ihren Anblick wie alle anderen. Ich merkte gar nicht, wie viel Kraft es mich kostete, bis mich ein Windzug an meinen Waden aus dem Rhythmus brachte.

Neugierig sah ich nach unten, während ich eine weitere Lichtkugel schuf, die Kraft meines Willens hinauf schwebten.

Sama hatte ihre Flügel eingeklappt und erhob sich.

Was hatte sie vor? Mein Puls klopfte lauter in meinen Ohrmuscheln. Mich überkam das Gefühl eines Déjà-vu, ohne genau sagen zu können, um welche Situation es sich handelte.

Zielstrebig schritt sie nach vorne zum Bühnenrand. Ihr Kopf war hoch erhoben; jedes Aufsetzen ihrer Tatzen wirkte elegant und wohlüberlegt.

Mhm. Ich ließ noch zwei Kugeln aufsteigen.

Ein weiterer Windzug, dieses Mal am Hals, brachte mein spärliches Kleid leicht in Unordnung. Neves hatte sich von meiner linken

Schulter abgestoßen. Ich rang um Contenance und erschuf gleichzeitig eine weitere Lichtkugel.

Dass ich kurz abgelenkt gewesen und die Regelmäßigkeit des Lichtspiels verloren gegangen war, hatte die Menschen aber bereits verleitet zur Bühne zu blicken. Murmeln durchbrach die andächtige Stille und die uralte Magie der Sphinx tränkte die Luft derart unvorhergesehen, dass Gänsehaut meinen Körper emporkroch.

Sama hatte sich, am Rand des Marmors angekommen, so postiert, als ob sie auf irgendetwas warten würde.

Doch auf was?

Ich stellte meine Bemühungen ein, Lichtkugeln zu produzieren und harrte wie alle anderen gespannt aus, um nichts von dem zu verpassen, was gleich passieren würde.

Rayns Konzentration war hingegen bewundernswert. Er hielt die Lichter weiterhin in der Luft und ließ sie im Takt der Musik auf und ab gleiten.

Da segelte Neves in einer eleganten Kurve vom Marmor kommend über das Lichtermeer und dann zurück zu Sama. Vogel und Frauengesicht waren für einen Augenblick auf gleicher Höhe. Schwarze blickten in rote Augen. Als träfen sie eine stumme Übereinkunft, nickte Sama, dann breitete sie die Flügel aus. Und diese leuchteten.

Ich schöpfte stockend Atem.

Mit zwei Schlägen erhob sich die Sphinx in die Luft. Sie flog! *Sama konnte fliegen! Warum war sie denn bisher nie geflogen?*

Neves schwang sich mit einem einzelnen Schlag neben sie. Am Himmel vollführte er eine Drehung und landete schließlich auf Samas Rücken, zwischen ihren sich bewegenden Flügeln.

Es war ein einmaliges Bild: Der goldene Phönix ritt mit weit ausgebreiteten Schwingen auf dem Rücken der fliegenden Sphinx. Und so zogen sie ihre leuchtenden Kreise.

Meine Augen weiteten sich, je länger ich starrte.

Alle – der ganze Platz voll Menschen – starrten.

Es wirkte so natürlich wie unnatürlich.

Plötzlich strahlte auch Neves' Körper, allerdings in den Farben der Gilden, wie er es schon einmal als Wappentier von Tessinus, unmittelbar vor seiner Verwandlung in einen Phönix getan hatte. Seine Flügel schimmerten blau, der Rücken zeigte ein tiefes Grün, seine komplette Unterseite war weiß und der Kopf sowie die Schwanzfedern und vereinzelte Federn um die Füße glühten gelb.

Würde er sich etwa wieder in Tessinus verwandeln? Mein Magen zog sich schmerzhaft zusammen. Revoltierte eigensinnig gegen den Gedanken. Ich hatte Neves lieb gewonnen und wollte ihn nun nicht verlieren – auch wenn das egoistisch sein mochte. *Was ging am Himmel vor?*

In dem Moment erstrahlte Samas Löwengestalt unter ihm in sattem Gold. Eine Welle der Macht ging von ihr aus, die die Luft zum Prickeln brachte. Je stärker ich es fühlte, desto heller wurde das Licht, das sie ausstrahlten, bis ich fast nur noch ihre und Neves Umrisse erkennen konnte.

Ich kniff die Augen zusammen und sah durch meine geschärften Sphinxsinne, wie sich *etwas* – Hieroglyphen – seitlich an Samas Kopfschmuck in dunklerem Gold absetzte. Meine Pixie-Sicht ließ mich auch Details der ägyptischen Schriftzeichen erahnen. Ich erkannte einen Vogel, der für mich starke Ähnlichkeit mit einem Storch oder einem Reiher aufwies. Dazu ein Auge, das mir unheimlich war. *Es ging mit Sicherheit wieder ein Zauber aus der Antike vor sich. Was würde er dieses Mal bewirken?*

Hoch in der Luft, über dem Geschehen, setzten die Tiere ihren Tanz unverändert fort. Eine einzigartige Vorführung, die immer noch Dutzende von Drohnen filmten.

Aus dem Augenwinkel sah ich jedoch, wie Rayn sich mir auf der Bühne näherte und die Arme anspannte, als bereitete er sich darauf vor, mich zu verteidigen. *Er hatte die Hieroglyphen sicher nicht gesehen.* Auch Yasemine rückte näher zu mir, ohne ihren Blick vom Himmel abzuwenden. Das verunsicherte mich. Und als ich mich an die Worte erinnerte, die Sama bei Neves' erster Verwandlung gesagt hatte, schauderte ich gar. *»Der Neugeborene erhebt sein Haupt. Der verlorene Sohn kehrt wieder.« Erhob sich gleich eine ägyptische Gottheit? Solange Chevren nicht wiederkehrte*, war alles, was ich dachte, bevor ich mich selbst schalt und mir gebot abzuwarten. Schließlich vertraute ich den Fabelwesen.

Neves' Gefieder strahlte nun so viel Helligkeit aus, dass seine Formen selbst in meiner Wahrnehmung verschwammen. Ich kniff die Augen zusammen, derart blendete es mich. Das Gefühl eines Déjà-vu lag immer drückender auf mir. Ich blinzelte und als mein Blick erneut fokussiert war, keuchte ich auf.

Ich wusste nicht, ob noch jemand sah, was ich durch meine Pixie-Sicht beobachtete. Meine Hände verschränkten sich intuitiv vor meinem Körper. Meine Gedanken überschlugen sich. Es wirkte auf die Distanz, als ritt da am Himmel eine menschliche Lichtgestalt auf der Sphinx – kein Phönix.

Aber das konnte doch nicht …

Das …

Ich kniff die Augen krampfhaft zusammen. Blinzelte wieder, in der Hoffnung, dass sich das Bild, das mir von meinen Sehnerven übermittelt wurde, veränderte. Und siehe da! Der Schnabel des Vogels war nun wieder deutlich erkennbar, genauso das Gefieder und die Krallen. Die schwarzen Augen, die mir entgegenblitzten, wirkten selbst aus der Entfernung sanftmütig. Flammen aus Licht leckten an Neves' Kopf, während Samas und sein Leuchten immer mehr abnahm und er sich von ihr löste.

Ich verengte die Augen. Traute dem neuen-alten Anblick noch nicht, obwohl die beiden nun getrennt in einem Spiralflug nach unten auf die Bühne zusegelten. *Was, bei Rovennas Magie, hatte sich da oben gerade abgespielt?*

19

Roter Nebel

Der sanfte Lichtschimmer von den LED-Gläschen, die Rayn noch immer schweben ließ, spiegelte sich auf Samas Kopfschmuck. Die Reflexion verlieh der fliegenden Sphinx einen blassen Heiligenschein und damit etwas extrem Mythisches, noch Übersinnlicheres als sonst. Langsam setzte sie mit den Vordertatzen und dann den Hintertatzen auf dem Marmor der Bühne auf.

Ich konnte mich nur mit äußerster Willenskraft davon abhalten, direkt zu ihr und Neves zu eilen und ihnen in aller Öffentlichkeit die Leviten zu lesen. *Wenn dieses Posieren à la Ich-demonstriere-meine-Fabelwesenmagie-durch-Lufttänzchen etwas war, was Sama aus ihrer Zeit beim Pharao kannte, musste sie das dringend ablegen! Oder ich würde noch vor dreißig an einem Herzinfarkt sterben.* Dieses Mal mochte es die meisten Menschen begeistert haben – wie ich den offenkundig vor Staunen entgleisten Zügen vieler auf dem Platz entnahm –, ein nächstes Mal würde nicht auf der Agenda stehen.

Nun, beruhigte ich mich selbst. *Ich hatte ein Spektakel gewollt und eines bekommen. Warum beschwerte ich mich eigentlich? Na ja, weil ich in Sorge gewesen war*, beantwortete ich mir die gedankliche Frage selbst.

Neves, das Hauptobjekt meines Bangens, schwang sich jedoch, als könnte er kein Wässerchen trüben, mit einem mächtigen Schlag seiner goldenen Flügel über Samas Kopf hinweg. Er drehte putzmunter eine große Pirouette gen Himmel und hatte vorerst keine Lust, wieder auf meiner Schulter zu sitzen.

Die Sphinx kam derweil auf mich zu und schenkte mir ein träges, völlig entspanntes Grinsen, das wohl sagen sollte: »*Nimm doch nicht alles so ernst.*« *Aber hatte nicht sie mir einen Vortrag über meine Rolle als Regentin und über meine Verantwortung gehalten? Versteh einer Fabelwesen!*

Notgedrungen pflasterte ich mir für das Publikum weiterhin ein breiteres Lächeln aufs Gesicht – *oh holder Lachmuskelkrampf, der mich bald ereilen würde* –, während ich sie gleichzeitig mit bösen Blicken zu erdolchen versuchte. Das sah wahrscheinlich ziemlich irre aus und damit genau so, wie ich *nicht* wirken wollte. Auf die Erkenntnis hin stellte ich meine belehrenden Bemühungen ein, an Sama prallte sowieso alles wie an einem bockigen Kind ab.

Rayn setzte indes die durchsichtigen Gläschen auf den Tabletts der Robobots ab und beendete damit seinen Teil der Showeinlage. Kein einziges ging zu Bruch. Er schaffte mit jedem zeitgleich die Landung.

Stumm seufzte ich, trat einen Schritt nach vorne und widmete meine Aufmerksamkeit der Menge vor der Bühne. »Sapiens«, setzte ich ein letztes Mal an und schaute bewusst bis ganz nach hinten an das Ende des Platzes.

Ich stockte. *Schimmerte dort etwas rot? Magie?*

Den ganzen Kameras und Menschen, die jede meiner Bewegungen genau verfolgten, war ich mir bewusst. Trotzdem kniff ich die Augen zusammen, um meinen Blick zu schärfen. Das, was ich mit roter Magie verband, beunruhigte mich so sehr, dass ich genau wissen wollte, ob etwas vor sich ging.

Da! Da war es wieder!

Ganz am Rande meiner Wahrnehmung kroch roter Nebel empor. Chinesische Magie, wie ich nur zu gut vom Besuch des Kaisers von Móshù während der Regentschaftswahl wusste. *Waren er oder sein Gefolge hier? Was sollten sie von California wollen? Außer … Sinessa paktierte noch immer mit ihm und das Komplott, infolge dessen er der Regent von ganz Eterny werden sollte sowie ein Vasall von Móshù, bestand fort.* Kalte Schauer liefen mir den Rücken hinunter, denn was es auch war, ich war mir zweier Sachen absolut sicher:

1. Diese Magie hatte bisher nur ich bemerkt.
2. Sie konnte nichts Gutes bedeuten.

»Alle runter!«, brüllte ich von einer plötzlichen Eingebung beseelt. Gleichzeitig versuchte ich die innere Machtquelle in mir zu finden, um einen Schild zu erschaffen, der so viel des Publikums wie möglich vor der roten Magie schützen würde. Adrenalin pumpte durch meine Blutbahnen, aktivierte etwas in mir und ließ mich unbeabsichtigt kurz von innen heraus strahlen. Ein Schild entstand dabei nicht.

Sama drehte sich auf meinen Appell hin wie ein Kreisel und suchte den Feind in der Menge, die bereits in Panik verfiel.

Das hier war das unangenehmste Déjà-vu aller Zeiten! Ich hatte Angst. Angst vor der fremdartigen Magie. Angst vor weiteren Toten und möglichen Komplotten gegen mich, California oder Eterny.

Der rote Nebel kroch unaufhaltsam an einem der großen Häuser, ganz hinten am Platz hinauf. Er breitete sich aus. Ich glaubte nicht, dass ihn jemand außer mir sah, denn einige Zuschauer standen noch immer völlig verwirrt da. Sie blickten hin und her. Vermutlich fragten sie sich, ob mein Verhalten zur Show gehörte. Und wenn ja, was zum Kuckuck das sollte.

Das fragte ich mich auch. Leider bildete ich mir die Magie nicht ein. Dessen war ich mir sicher. Mit der Hand gab ich geistesgegenwärtig das verabredete Zeichen, das die Rückführung der Särge auslöste. Sekunden später bewegte sich die Prozession in Richtung der Bühne. Ich atmete erleichtert auf.

Rayn neben mir begann nun auch den Ernst der Lage zu verstehen. Sein Körper glühte blau, als er nach vorne eilte, an Samas Seite.

Die ersten Särge schwebten zeitgleich auf die Bühne und ich ließ Yasemine mit einem »Geh nach hinten, bring dich in Sicherheit! Schnell!« zurück, bevor ich mich zu Sama und Rayn an den vorderen Rand des Marmors gesellte.

Wer auch immer die Veranstaltung torpedierte, hatte es mit Bravour geschafft. Ich konnte die Verlaufslawine der hektischen Bewegungen des Publikums beobachten. Die unkontrollierten Fluchtbewegungen der Menschen direkt vor der Bühne steckten immer mehr mit Hysterie an. Geschockt blickte ich auf das Chaos vor mir.

»Josephine?«, hörte ich Rayns fast ärgerliche Stimme neben mir. Er starrte angestrengt in die Ferne. Suchte vermutlich die Drohnen am Himmel oder was immer er erwartete, das ich gesehen hatte.

Er sah die rote Magie auch nicht!, wurde mir klar. *Verdammt.*

In meiner Wahrnehmung umschloss sie inzwischen das ganze Haus. Dieses wirkte, als sei es mit rotem Sirup überzogen, da die anfänglich nebelartige Konsistenz der Magie immer dichter, fester und dehnbarer wurde.

Ein lautes Ächzen, das von dem Haus herrührte, ließ mich zusammenzucken. *Was passierte da?*

»Bereithalten!« Ich flüsterte es, doch die Robobots, die die Bühne säumten, hoben augenblicklich die Waffen. Ihre Erkennungssoftware und künstliche Sensorik machten es möglich, die Stimme der amtierenden Regentin – meine – aus einer Vielzahl anderer herauszufiltern.

Schrille Schreie erklangen als Reaktion der Menschen.

»Josephine?« Rayn klang nun drängend. »Was tust du?«

»Ich sehe rote Magie, da an dem Haus«, presste ich zwischen den Zähnen hervor und hob dabei automatisch eine Hand, um mit dem Zeigefinger das andere Ende des Platzes anzuvisieren. Just ächzte das Haus noch einmal. Dann, wie von der unsichtbaren Faust eines Riesen getroffen, gab die Tragstruktur nach und es sank mit einem Ruck in sich zusammen. Das Getöse, das der Einsturz verursachte, war ohrenbetäubend.

Was bei Rovennas …? Schock und Unglaube mischten sich in mir.

Trümmer flogen nach allen Seiten durch die Luft. Staub wurde aufgewirbelt. Rauch drang in großen Schwaden aus den Überresten und bereitete sich aus. Flammen schossen zwischen kleineren Trümmern und großen Brocken von Gemäuer hervor. Vom unmittelbar davorliegenden Teil des Platzes war Husten und Röcheln zu hören.

Ich konnte meinen Augen kaum trauen. *Wie konnte ein solch großes Haus so plötzlich, selbst durch Magie …?*

»Die haben das Haus gesprengt!«, richtete Rayn meinen Fokus auf das Offensichtliche.

»Die?« Meine Stimme war mindestens eine Oktave zu hoch.

»Rebellen!« Rayn erhob sich bereits in die Luft, surfte mithilfe einer unsichtbaren Strömung auf den Unruheherd zu und wedelte schwebend mit seinen Händen. Ganze Luftmassen setzten sich auf sein Geheiß in Bewegung.

Er fächerte den Rauch weg, begriff ich Sekunden später, als die Luft wieder durchsichtiger wurde und die Atemnot der unmittelbar betroffenen Menschen kollektivem Luftschnappen wich. Auch ich atmete tief ein, senkte dabei den Blick und sah überrascht Rayns Stock auf dem Marmor liegen.

Ein Lächeln besetzte meine Züge. *In seinem Element, der Luft, brauchte er ihn nicht, um sich fortzubewegen.*

Mit dem Blick folgte ich ihm, unsicher, wer uns nun eigentlich angriff. Da erst registrierte ich, dass das eingestürzte Haus zwei der größten Durchgänge und damit Wege vom Platz verschüttet hatte. Die bereits jetzt verschärfte Flaschenhalssituation erforderte es dringend, zu handeln.

»Sama, folge Rayn und hilf ihm, die Angreifer unschädlich zu machen, falls sie noch mehr im Schilde führen«, flüsterte ich der Sphinx zu. »Wer auch immer sie sind.« Dann blickte ich frontal in die Nanocam der silbernen Drohne, die mir am nächsten war. Ein grünes Licht blinkte.

»Beruhigen Sie sich«, schickte ich meine Stimme magisch verstärkt über die Szenerie. »Wir haben den Einsturz des Hauses unter Kontrolle und werden Ihnen nun allen ermöglichen, sich vom Platz zu entfernen. Kommen Sie nach vorne, Sie können sich über die Bühne ins Rathaus begeben.« Eine Notlüge, gepaart mit Wahrheit – etwas Besseres konnte ich gerade nicht bieten.

Als wäre der Teufel persönlich hinter Ihnen her, quetschten sich die ersten daraufhin zwischen den Robobots durch und kletterten auf den Marmor. Wie Insekten wuselten sie über die Bühne. An mich verschwendeten sie keinen Blick.

»Achten Sie bitte darauf, dass Sie auf Ihrem Fluchtweg niemanden verletzen«, fühlte ich mich bemüßigt, die Menschen zu ermahnen. Ich stand wie ein Fels in der Brandung, während sich alle um mich bewegten.

Es war absolut unverantwortlich gewesen, wieder etwas auf diesem Platz abzuhalten, ohne die Fluchtwege zu erweitern. Ich hätte die beschädigten Häuser nicht sanieren lassen sollen, sondern sie allesamt abreißen! Aber das übernahm ja nun anscheinend jemand anderes, dachte ich sarkastisch.

Wenigstens zeigte sich kein neuer Angreifer und die rote Magie war ebenfalls aus meinem Blickfeld verschwunden. So weit, so wunderbar. Doch wie bei Herdentieren, die in ihrer eigenen Dynamik gefangen waren, nahm das Drängen der strömenden Menschen zu. Die Erinnerung an das, was bei der letzten Veranstaltung hier passiert war, saß uns wohl allen im Nacken.

Ich musste mein Volk beruhigen – aber nicht mit weiteren Notlügen. *War das ein gezielter Anschlag gewesen, waren wir nun sicher oder folgte darauf noch etwas?* Eilig wandte ich mich an den Phönix, der in der Luft über mir kreiste. »Neves, ich möchte, dass du hoch hinaus fliegst und mir berichtest, ob du Angreifer, etwas Verdächtiges oder Besorgniserregendes siehst.«

Schon schwang er sich mit wenigen Flügelschlägen so kraftvoll über den Platz, wie es nur ein durch und durch magisches Wesen konnte.

Die allgemeine Erregung erreichte ein Stadium, das fernab der Rationalität lag und auch nicht so schnell zu dieser zurückfinden würde.

Zum Glück kam Neves genauso flink zurück. Er ließ sich auf meiner linken Schulter nieder. »Nichts zu erkennen«, krähte er mir ins Ohr. »Ich denke, wir haben es überstanden.«

»Hast du sie vorhin gesehen?«, fragte ich ihn leise. »Die rote Magie?«

»Natürlich.« Er klackte pikiert mit dem Schnabel.

»Gut.« Ich atmete tief aus. *Ich hatte es mir also nicht eingebildet.* »Wie sicher bist du dir, dass es vorbei ist?« Mit gedrehtem Kopf suchte ich Blickkontakt.

»Sehr sicher!« Seine schwarzen Knopfaugen blitzten wissend und ich beschloss, ihm zu vertrauen.

Sofort wandte ich mich zu der silbernen Drohne. Sie blinkte wieder grün. »Sapiens!«, setzte ich laut und deutlich an. Dabei schloss ich kurz die Augen und schöpfte Atem. Im Geist ließ ich meine Stimme jeden Winkel des Platzes erreichen, ließ sie mächtig und magisch wirken.

Als ich die Lider hob, lagen die Blicke der Menschen auf mir. Energisch hob ich die Arme, erzeugte Feuer an meinen Fingerspitzen. Ganz bewusst demonstrierte ich meine Macht, zeigte Magie. »Die Bedrohung ist gebannt – seien Sie sich dessen gewiss. Vertrauen Sie mir.«

Tatsächlich legte sich das bereits abgeflaute Drängen nach und nach ganz. Die meisten blieben sogar stehen. Einige wandten den

Kopf um, als sähen sie ihre Umgebung erst jetzt richtig. Sie erwachten wohl gerade aus ihrer eigenen emotionalen Blindheit, dem Fluchtinstinkt, der sie getrieben hatte.

»Ein Haus ist eingestürzt«, fuhr ich fort. »Ich war nicht sicher, was meine Sinne wahrnahmen – im Augenblick bevor es passierte. Ich habe Sie alle in dem Streben, Sie zu schützen, in Panik versetzt. Das bedauere ich. Gleichwohl ist erhöhte Aufmerksamkeit sicher besser, als überrascht zu werden«, milderte ich ab. »Nun werden wir uns darum kümmern, den Schaden zu begutachten und die Ursache herauszufinden. Möglicherweise hat einer der Lichtfunken etwas zum Schwelen und dann zum Explodieren gebracht.« *Sicher nicht* – aber das musste ich ja nicht sagen. »Bitte beruhigen Sie sich also!«, wiederholte ich und ließ die Flammen an meinen Fingerkuppen höher züngeln, versuchte den Fokus der Menschen mit meinem kleinen Magiekunststück zu erlangen, sie von ihrem letzten Rest Panik zu lösen.

Viele sahen sich jedoch weiterhin skeptisch um. Und der Großteil setzte sich nun wieder in gemäßigtem Tempo in Bewegung, kam auf mich zu oder schritt weiter über den Marmor, um den Platz zu verlassen.

»Ich beende hiermit die Feierlichkeiten«, verkündete ich mit lauter Stimme. Dem Fluchtimpuls meines Volkes wollte und würde ich nicht entgegenwirken.

20

Oh doch, du kannst!

Ich wartete ruhig und für die Kameras lächelnd mit Neves auf meiner Schulter darauf, dass Rayn und Sama vom anderen Ende des Platzes zurückkehrten.

Wenig später war es so weit. Die Vordertatzen der Sphinx setzten auf dem Stein vor mir auf, die hinteren folgten. Rayn sah mich stirnrunzelnd an, als er auf der Bühne landete. Seine Worte waren deutlich beruhigender als sein Gesichtsausdruck. »Das Haus war, soweit wir bisher wissen, leer. Alle Bewohner sind für die Feierlichkeit ins Freie gegangen. Damit beschränkt sich das Ausmaß des Schadens auf Materielles – denke ich.«

Erleichterung durchströmte mich, trotzdem nickte ich, statt ihm um den Hals zu fallen, in Richtung der LED-Wand. *Nicht hier. Abseits der Bühne können wir ausführlich reden*, sollte das heißen.

Rayn verstand, denn er nickte dezent zurück.

Zu viert machten wir uns auf den Weg ins Innere des Rathauses, an dessen Westseite sich die Bühne befand. Umgeben waren wir dabei von den letzten Menschengrüppchen, die genau wie wir den Ort des Geschehens verließen.

Hinter der LED-Wand leiteten Robobots und jede Menge Produktionsassistentinnen die Masse über einen der Seitenausgänge ins Freie.

»Bitte führen Sie uns zu einem Besprechungszimmer«, fing ich eine der Assistentinnen ab. »Wir wollen die Lage vor Ort analysieren.«

Die blonde Frau nickte.

»Und geben Sie Yasemine, der PR-Beraterin der Regentin, Bescheid! Sie soll uns dort treffen«, fügte Rayn hinzu.

Geschäftig tippte die Assistentin auf die Oberfläche des Nanobots, der an ihrem Handgelenk saß und nickte wieder. Schließlich führte sie Rayn, Sama, Neves und mich tiefer in das Innere des Gebäudes.

Auf unserem Weg durch die Vorhalle und den breiten, darauffolgenden Gang drehten endlich die paar silbernen Drohnen bei, die uns noch immer umkreist hatten. *Definitiv ein Pluspunkt!*

Es brauchte eine Weile, bis ich nach allem, was passiert war, meine Gedanken geordnet hatte und mich auf unsere Schritte konzentrierte. Dabei fiel mir auf, dass Rayn ganz normal neben Sama herlief – ohne seinen Stock. Er wirkte genauso in Gedanken versunken; hatte Stock und Hinken offensichtlich vergessen und scheinbar kein Problem. *War seine Beeinträchtigung psychosomatisch?* Ich nahm mir vor, ihn in einem ruhigen Moment auf meine Beobachtung anzusprechen, wenn er nicht zuvor selbst draufkam.

Der Gang mit rotem Belag, dem wir folgten, wurde von unzähligen Spiegeln gesäumt. Alles sah exakt wie vorhin aus, als wir den Weg zur Bühne zurückgelegt hatten. Und doch schien sich etwas verändert zu haben. Vielleicht war es nur der Schock oder, nun, *wir* hatten uns wieder einmal verändert.

Plötzlich bogen wir nach rechts ab und die Assistentin öffnete eine kaum sichtbare Tür zwischen all den Spiegeln. Überrascht beobachtete ich es, hätte es aber besser wissen müssen – besonders nach meinem Tete-à-Tete in der Besenkammer des Regentenschlosses mit Rayn. *Wahrscheinlich hatten alle Regierungsgebäude versteckte Räumlichkeiten. Manche wohl, um die Optik zu verbessern; manche sicher für gewisse Zwecke.* Die Erinnerung, wie Rayn mir meinen ersten Kuss in der Kammer damals gestohlen hatte, ließ mich amüsiert lächeln und daraufhin endlich wieder ruhig atmen.

Indes bedeutete uns die Assistentin, den kleinen Raum zu betreten.

Neugierig leistete ich dem Folge. Mein Blick scannte die Umgebung: weiße Wände, ein kleiner weißer Plastiktisch, darum vier metallene Stühle, wie bei einer Verhörsituation. Sonst gab es hier nichts. *Außer …*

»Was hast du dir dabei gedacht?«, empfing mich Yasemine. »Da gab es eine Liveübertragung!« Der Ärger, der mich erwartete, stand ihr ins Gesicht geschrieben.

»Ja. Jeder hat gehört, wie ich etwas von ›Die haben das Haus gesprengt!‹ gerufen habe«, grummelte Rayn hinter mir.

Yasemine funkelte ungerührt weiterhin *mich* an.

Mit einem lauten *Klick!* schloss sich in meinem Rücken die Tür des Raumes. Ich fühlte mich in die Enge gedrängt. »Also …«, setzte ich schicksalsergeben an.

»Glaubst du, die Menschen und Medien glauben dir, wenn du zuerst wie eine hysterische Wilde ›Alle runter!‹ schreist und dann von einem Unfall sprichst?«, bohrte Yasemine mit in die Hüften gestemmten Händen weiter nach. Ihr Blick glich dem eines Habichts kurz vor dem Sturzflug. Nur dass ihre Beute keine Maus war, sondern ich.

Unwillig zuckte ich mit den Achseln. *Glaubte ich nicht wirklich, aber mir war nichts Besseres eingefallen.*

Als sie auf die Stille hin zu gestikulieren begann, schwang der Reifrock ihres rosa Törtchen-Kleides wild hin und her. »Du hast gerade deine eigene Autorität untergraben!«

Ich hob in einer entwaffnenden Geste die Hände. »Ich wollte sie beruhigen«, verteidigte ich mich.

»Ja! Super Idee!«, blaffte Yasemine. »Du erinnerst dich schon daran, dass du davor allen etwas von Transparenz erzählt hast?«

»Und das mit großem Erfolg!«, schnappte ich zurück. »Danke, meinem Gedächtnis fehlt nichts.«

Wir standen uns wie zwei Kampfhähne gegenüber und starrten uns böse an. Ich wusste, dass sie recht hatte. Dass die Übertragung ein nicht ganz nachvollziehbares Bild meines Verhaltens zeichnete. Aber ich hatte es satt, im Nachhinein gesagt zu bekommen, was besser gewesen wäre. Vor allem, wenn das überhaupt keiner wissen konnte.

»Was war da draußen los?«, hakte Rayn nach und beendete damit den Anstarrwettbewerb zwischen Yasemine und mir.

»Gute Frage!«, ließ sich Sama rechts von mir vernehmen.

»Ich weiß es nicht genau«, gab ich zu und glättete meine Miene. *Hatten sie es denn wirklich nicht gesehen? Aber Neves hatte doch eindeutig behauptet, die rote Magie ebenfalls wahrgenommen zu haben. Mhm.*

Schicksalsergeben zog ich einen der metallenen Stühle zurück. Das hier würde länger dauern und mir taten die Füße weh. Die anderen trugen schließlich keine so furchtbar hohen Absätze. Nun, Yasemine vielleicht schon – unter ihr Kleid konnte ich nicht sehen –, aber sie war auch geübter als ich.

Neves flatterte protestierend in die Luft, als sein Ausguck – meine Schulter – sich senkte, da ich mich setzte. Dann drehte er eine Kurve. Das goldene Gefieder sandte Reflexionen über die weißen Wände, bis er vor mir auf der Tischplatte aufsetzte.

Yasemine schritt um den Tisch und ließ sich mir gegenüber nieder. Rayn folgte ihr auf dem Fuß.

»Also?« Die roten Nägel meiner PR-Beraterin klackten ungeduldig auf der weißen Platte.

»Es ist so: Ich kann seit einer Weile Magie sehen«, setzte ich an. »Ehrlich gesagt habe ich keine Ahnung, wie es funktioniert.«

»Was?«, fragte Rayn ungläubig.

»Na ja, ich meine: Klar können wir die sozusagen alle sehen, wenn Feuer oder Energiebälle erzeugt werden.« Ich stockte, unsicher, wie ich es erklären sollte. »Aber ich kann es auch, wenn sie unsichtbar ist«, endete ich wenig eloquent. »Na ja, manchmal«, schränkte ich ein.

»Mhm«, machte Yasemine fragend. »Und?« Sie wedelte mit der Hand. Das Magie-sehen-Thema interessierte sie eindeutig nur mäßig. Wahrscheinlich war ihr als Mensch ohne Magie die Bedeutung nicht klar. *Wenn ich ehrlich war, war mir diese nicht einmal als Magicia wirklich klar.*

Ich schluckte. Faltete die Hände sittsam im Schoß. »Und es sah so aus, als ob der chinesische Kaiser das Haus mit seiner Magie überzogen hätte.«

»Was?!«, kam es unisonso von Rayn und Yasemine. Dieses Mal in einem schockiert-alarmierten Tonfall. Ihre Mienen zeigten Bestürzung.

Glaubten sie mir oder nicht? Ich konnte es nicht sagen.

»Das mit dem Kaiser, da bin ich mir unsicher«, gab ich zu. »Ich meine, ich weiß nicht, ob rote Magie etwas Spezielles oder etwas Allgemeines aus Móshù ist. Ich habe noch nicht so viel unsichtbare Magie …«

»Weiter!«, grätschte Yasemines Stimme ungnädig in mein Gestammel. Ich schrumpfte unter ihrem strengen Blick. *Wie konnte jemand mit purpurfarbenen Haaren und blinkenden Zähnen nur so bedrohlich wirken?*

»Also«, setzte ich neu an. »Ich sah die rote Magie, die ich zuletzt beim Kaiser von Móshù gesehen hatte.« Meine Stimme wurde immer leiser. »Sie überzog die Fassade des Hauses, das wenig später zusammenbrach. Die Magie verschwand daraufhin. Niemand tauchte auf. Rayn beseitigte den Rauch, Neves kundschaftete für mich die Lage aus und ich versuchte die Leute zu beruhigen. Ende der Geschichte«, fasste ich zusammen.

»Ende der Geschichte?!« Sama war während meiner Worte auf den Stuhl neben mir gesprungen und legte nun eine Tatze auf den Tisch. Die Geste wirkte fast menschlich. Ihre rot glühenden Iriden ließen mich das jedoch direkt wieder vergessen. *Nichts an ihr war menschlich.* »Das war ein Anschlag«, knurrte sie.

Sie glaubte mir also?

»Aber auf wen? Und wieso? Was sollte das mit dem Haus? Wir standen doch die ganze Zeit auf der anderen Seite des Platzes – frei verfügbar«, mischte sich nun Rayn wieder ein. »Es müssen die Rebellen gewesen sein. Wahrscheinlich haben sie sich inzwischen mit Móshù verbündet. Wir müssen das dringend unterbinden, sie alle fassen.« Seine Miene verhärtete sich, aber er schien mich nicht für verrückt zu halten.

»Ja, aber wie? Wir verstehen ihre Motive nicht!«, entgegnete Yasemine. »Wenn sich die Rebellen an Magicians rächen wollen, wie wir bisher dachten, macht doch ein einstürzendes Haus bei einer Trauerfeier, auf der sich auch unzählige nichtmagische Menschen befinden, gar keinen Sinn. Unschuldige hätten verletzt werden können! Selbst wenn das Móshù egal ist, den Rebellen sicher nicht – was soll das für ein Statement sein?«

Ich seufzte stumm. *Warum dachte eigentlich jeder, dass der innere Drang zu kämpfen – für etwas, gegen jemand – von einem höheren Ziel befeuert werden musste? Gerechtigkeit, Liebe, Ruhm, Rache – war das tatsächlich die Motivation? Was war mit Emotionen wie Selbstlosigkeit, Angst, Hoffnung und allem dazwischen?*

»Vielleicht sehen sie die Anschläge als Spaß oder Sport an?«, fragte Sama. »Und wir haben bisher viel zu kompliziert gedacht. Oder sie wollen einfach so viel Unruhe wie möglich stiften?«, bot sie als Erklärung.

Irritierte Stille trat ein.

»Was ich nicht verstehe«, durchbrach ich die Spekulationen. »… ist die Tatsache, dass dieses Mal völlig anders vorgegangen wurde als bisher. Ja, sie haben bereits einmal die Wahl ihrer Waffen geändert. Aber hier haben wir es mit einer öffentlichen Veranstaltung zu tun. Mit einer Gefährdung durch ein Haus, keine Drohne, Schusswaffe oder sonstige Vernichtungstechnik; sondern Magie. Deshalb frage ich mich eher: Ist das wirklich mit den einzelnen Anschlägen zusammenhängend? Geht es überhaupt um die Tötung von Magicians? Sind es tatssächlich Rebellen, die agieren? Oder sind selbst die einzelnen Attentate unzusammenhängend und wir übersehen irgendwas Entscheidendes?« In meinem Kopf begann sich ein Kopfschmerz beträchtlicher Ausmaße zu formieren.

Natürlich konnte mir darauf keiner eine Antwort geben. Wir tappten alle im Dunklen.

»Vielleicht war dein öffentlicher Erklärungsansatz doch nicht schlecht«, brach schließlich Rayn die Stille. Er fuhr sich mit der Hand durchs Haar. »Wenn wir irgendwelche irren Geschichten von roter Magie oder was weiß ich …«, wehrte er ab, als ich mich lautstark räusperte. »… an die Öffentlichkeit bringen, halten uns bald alle für verrückt. Damit ist California nicht geholfen. Wir müssen deine Regentschaft festigen, es so hindrehen, als sei es ein Unfall gewesen. Genau wie du gesagt hast. Die Menschen müssen deine Worte glauben, damit wir langfristig etwas bewirken können. Sonst ändert sich hier nichts, gar nichts, versteht ihr.«

Ich nickte zustimmend. *Er hatte recht.* Obwohl mir die Lüge schwer im Magen lag, fehlte uns eine Alternative.

Yasemine sah ebenfalls aus, als hätte sie in einen sauren Apfel gebissen. Doch sie schwieg.

»Was ist mit der Liveübertragung?«, erhob ich einen Einwand. Mein Stuhl quietschte leise, als ich mich zurücklehnte. »Dein Zwischenruf darauf macht die Lüge wirklich unglaubwürdig. Außer wir lassen etwas zu den Attentaten verlauten. Aber ich vermute, dass wir uns damit eher selbst ein Bein stellen. Wenn wir uns öffentlich über *Rebellen* äußern, wird die Stimmung nur weiter hochkochen.«

»Absolut. Das behalten wir für uns. Ich werde verlauten lassen, das in der Kürze der Zeit falsch beurteilt und infolge vergangener

Erfahrungen falsche Schlüsse gezogen zu haben. Aber wir können nur beten, dass dein Satz über Magie und alles andere leise genug war, dass die Tonspur es nicht eingefangen hat.«

Gänsehaut kroch mir die Arme empor. Mir gefiel gar nicht, dass wir nur hoffen konnten. An der Vergangenheit ließ sich jedoch nichts mehr ändern und dementsprechend an der Übertragung auch nicht. Gesendet war gesendet.

»Wir werden die Überreste des Hauses von einem Expertenteam untersuchen lassen«, sagte Rayn. »Ich will jedes Detail wissen. Außerdem hat das die positive Nebenwirkung, dass wir erstens vielleicht tatsächlich schlauer bezüglich der Attentäter, Rebellen oder was sie sein mögen, werden – jeder macht irgendwann Fehler und ich will alles über ihre wissen. Und zweitens mit einem zu Not fingierten Untersuchungsbericht deine Story untermauern können.« Er seufzte. »Der Presse legen wir diesen Bericht als Beweis der fortwährenden Transparenz deiner Regentschaft offen.«

»Was kann ich tun?« *Es musste doch irgendetwas geben!*

»Zum Kaiser reisen«, meldete sich Yasemine zu Wort.

Sama hob ruckartig den Kopf. Der ägyptische Schmuck darauf schaukelte bedenklich.

»Es geht nach Washington!«, krächzte Neves begeistert.

»Ich kann jetzt nicht weg!«, protestierte ich erregt. »Außerdem wissen wir noch gar nicht, ob der Kaiser mich zu sich berufen hat oder nicht.« … *schließlich lag der goldene Brief noch immer in meinen Gemächern. Einzig Miss Puttin hatte ihn geöffnet.*

»Oh doch, du kannst!« Yasemine funkelte mich böse an. »Und du weißt, dass der Zeitpunkt genauso gut, wenn nicht sogar dringlicher ist als irgendwann sonst. Der Kaiser wird dich nicht aus den Augen lassen. Nicht nach dem, was passiert ist. Und früher oder später wirst du sowieso zum Palast reisen müssen.«

Sie hatte recht. Traditionell wurden die neuen Regenten der einzelnen Länder nacheinander in den kaiserlichen Palast geladen. So konnte der Hofstaat die fünfundzwanzig bestätigten Würdenträger des Kaiserreiches kennenlernen. Dabei war äußerste Vorsicht geboten. Am Hof von Eterny weilten mächtige Magicians und Magicia, genauso wie gewöhnliche Menschen mit scharfen Zungen, die es zu

Ansehen und Wohlstand gebracht hatten. Die dem Kaiserreich oder gar dem Kaiser in irgendeiner Weise besonders verbunden waren oder in dessen Diensten standen.

Ich seufzte, als mich auch Rayn auffordernd anblickte. Er hielt es wohl ebenfalls für eine gute Idee. »Wir haben hier alles im Griff. Das Haus wird untersucht und wieder aufgebaut. Die Bewohner bringen wir vorerst woanders unter. Du kannst in der Zwischenzeit das Problem mit den Ranaans lösen. Das würde vieles erleichtern und du wolltest doch helfen, oder?«, fragte er.

Wie durchtrieben er sein konnte! Allerdings war ich mir zu hundert Prozent sicher, dass Rayn das Land in meiner Abwesenheit mindestens genauso gut wie ich, wenn nicht sogar besser regieren würde. Deshalb und nur deshalb, lenkte ich ein: »Falls der goldene Brief mich wirklich an den kaiserlichen Hof beordert, werde ich gehen.«

Yasemine atmete erleichtert aus.

Rayn nickte und bekundete damit stumm seine Zustimmung.

Auch Sama wirkte besänftigt.

Die Sphinx in mir sträubte sich, den Ort des aktuellen Geschehens zu verlassen. Ich hatte das territoriale Denken im Blut. Jedoch würde das nicht mehr lange mein Land sein, wenn ich nicht damit begann, die Probleme, die mein Volk bedrohten, aus der Welt zu schaffen.

Es hing nun alles an einem goldenen Umschlag und einem Bogen Pergament. *Umso spannender würde es sein, gleich zu erfahren, was darauf stand.* Hastig erhob ich mich, um mich aus dem versteckten Raum durch das Portal ins Regentenschloss und zum goldenen Brief und dessen Geheimnissen zu begeben. *Vielleicht stand ja sogar etwas von Ivan drin.*

EINLADUNG
IN DEN
GOLDENEN PALAST

Seine göttliche Heiligkeit der Kaiser von Eterny
lädt Sie traditionell in den
GOLDENEN PALAST
nach Washington – Eterny.

Als eine der neuen Regenten der einzelnen Länder des Kaiserreiches stehen Ihnen hiermit die Pforten zur Residenz des Kaisers offen. Wie für jeden bestätigten Würdenträger der fünfundzwanzig Länder, wird auch für Sie ein Empfang im goldenen Palast ausgerichtet.

In einer Atmosphäre des Vertrauens und bei exquisiten Erfrischungen bietet sich Ihnen so die Möglichkeit, den Kaiser sowie die Prominenz der magischen und nichtmagischen Elite des kaiserlichen Hofstaates näher kennenzulernen.

Bitte lassen Sie den Zeitpunkt Ihres Besuches am Hofe des Kaisers unter #GOLDENEREMPFANG ankündigen, sodass schnellstmöglich alle Vorbereitungen für Ihr Erscheinen getroffen werden können.

21

Meine Entscheidung

Die Taxidrohne hob mit mir vom Landeplatz des Regentenschlosses ab. Wie alle Verkehrsdrohnen verfügte sie über vier Achsengimbles, die die Kabine im Gleichgewicht hielten. Eigentlich konnte man so gänzlich entspannt reisen. Und eigentlich war ich das bisher auch immer. Jetzt war mir allerdings übel, bevor ich überhaupt richtig unterwegs war.

Der Pilot im Cockpit hatte Yasemine und mich schon zu Tekre Industries geflogen. Ich traute ihm. Trotzdem war da eine unbestreitbare innere Unruhe, die mit jedem langsamen Meter, den wir aufstiegen, zunahm. Selbst das Rotationsgeräusch der Propellerblätter im Wind irritierte mich. Ein klares Zeichen dafür, dass diese Reise – hörte ich auf mein Bauchgefühl – keine allzu gute Idee war.

In dem goldenen Brief hatte nichts von Ivan gestanden. Kein einziges Wort hatte auf ihn hingewiesen. Das Schreiben klang eher wie ein vorformulierter Serienbrief. Die Enttäuschung darüber war jedoch längst abgeklungen und von Nervosität ersetzt worden.

Es war nicht zu spät, um umzukehren, doch wie so oft seit der Regentschaftswahl hatte ich das Gefühl, eben *keine* Wahl zu haben. *Es war mein Schicksal, die Regentin zu sein. Mein Bestes zu geben für das Volk.*

Also schaute ich hinaus, um mich abzulenken.

Yasemine und Rayn, die mich zum Landeplatz begleitet hatten, wurden kleiner, je höher die Drohne stieg. Die innige Verabschiedung von ihnen hatte sich wie ein Lebewohl angefühlt. In meinem Kopf herrschte Ausnahmezustand.

Sama und Neves waren nicht bei mir in der Drohne. Die beiden Fabelwesen hatten sich beleidigt in meinen blauen Gemächern verschanzt. Sie verstanden nicht, dass ich sie nicht nach Washington mitnahm, weil sie Raritäten waren, etwas Besonderes. Und weil ich sie schützen wollte.

Ich hatte den Wortwechsel, den der Kaiser von Móshù mit Sinessa während der Wahl geführt hatte, nur zu gut im Kopf. Und der Kaiser von Eterny war ebenso gefährlich, seine Berater gar wahre Schlangen, wenn ich Rayns warnenden Worten Glauben schenkte.

Dementsprechend wollte ich mich nicht zusätzlich zu all den Gefahren, die mich in Washington erwarten würden, einer Entführung meiner Fabelwesen stellen – oder was immer die gierige Washingtoner Elite auf der Jagd nach Raritäten ausheckte. Ich wollte Sama und Neves in Sicherheit wissen. Im Regentenschloss in California konnten sie sich in den wenigen Tagen meiner Abwesenheit frei bewegen. Sich weiterhin in der Sonne im Schlossgarten aalen. In Washington müssten sie stumm hinter mir hertrotten und ihr Wohlergehen würde ständig meine Gedanken beherrschen, dabei sollten sie mein Rückhalt, meine Kraftquelle sein – kein fortwährender Quell der Sorge.

Doch die beiden hielten sich für unbesiegbar, für unverzichtbare Bestandteile meines Gefolges. Besonders Neves war ganz wild darauf gewesen, Washington zu sehen. Warum auch immer ihn das so reizte, verraten hatte er es mir nicht. Nun war er derart beleidigt, dass er nicht mehr mit mir sprach. Die Verabschiedung von ihm und Sama war kurz ausgefallen. *Ich vermutete fast, da steckte mehr dahinter …* Mehr, als ich in der Kürze der Zeit hatte herausfinden können und die beiden mit etwas, was zwischen uns stand, zurückzulassen, fachte mein aktuelles Unwohlsein an.

Ich umklammerte irrational den Griff am Fach der Tür neben mir, dabei waren wir noch nicht einmal besonders weit oben. *Meine kleine Panikattacke lag höchstwahrscheinlich auch daran, dass mein letzter Flug nach Washington nicht wirklich gut für mich geendet hatte.* Die Erinnerung an die Aufgabe im Schmetterlingshaus kam, seitdem ich den goldenen Brief geöffnet hatte, ungefragt in mir hoch.

Damals wäre ich fast gestorben. Nun ja, *fast*, beschwichtigte ich mich. *Halb so schlimm*, versuchte ich mich selbst mit Ironie aufzumuntern. Allerdings war letztes Mal wenigstens der Flug schnell vergangen. Ich hatte mich unbändig über Ivans Einladung in die Hauptstadt des Kaiserreiches gefreut. Jetzt folgte ich der Anweisung seines Vaters. *Ob das besser enden würde?*

Ich runzelte die Stirn, zwang mich, meine verkrampfte Hand zu lösen und lenkte meinen Blick stattdessen auf die ketzerisch schwarzen Schuhe an meinen Füßen – Yasemines Werk. Schlagartig fühlte ich mich besser. *Dieses Mal würde ich nicht dieselben Fehler begehen, würde von Anfang an auf der Hut sein.* Wobei das einfacher gesagt als getan war – schließlich wusste ich zwar, in welcher Gestalt mir der Feind auflauern würde, aber nicht, was er vorhatte. Die Ungewissheit ließ meinen Magen endgültig zu einem harten Klumpen mutieren.

Schnell spähte ich wieder aus dem Fenster. *Noch hatte ich den Anblick von Tekre, den ich genießen konnte.* Aus der Vogelperspektive wirkten die nahen begrünten Hügel und die Geschäftigkeit der Stadt fast surreal. Ich sah, wie andere Verkehrsdrohnen von Hausdach zu Hausdach flogen und wie Menschen auf den Gehsteigen zwischen den Wohnblöcken entlangliefen. Der Dunst des Stausees, der Tekre seit mehr als zehn Jahren mit aus Salzwasser gewonnenem Frischwasser versorgte, war allgegenwärtig. In der Ferne legte die Sonne mit ihrem Schein einen sanften Filter auf die Fronten der Glastürme meines ehemaligen Viertels.

›Friedlich‹ war das perfekte Wort, um die Kulisse, auf die ich blickte, zu beschreiben. Unwirklich friedlich in Anbetracht des Geschehenen und Kommenden. *So sah also die Ruhe vor dem Sturm aus.*

Ich musterte den Beton, das Glas und all das Metall, das Tekre zusammenhielt. *Würde es auch in Zukunft standhalten oder würde unter meiner Regentschaft alles auseinanderbrechen?*

Die Bauten, Formen und Farben unter mir waren mir nur allzu bekannt. Was nun kommen würde – mich in Washington erwarten würde –, war ein Ausflug in die Fremde. *Der kaiserliche Palast … bald würde ich ihn sehen, zum ersten Mal in meinem Leben.*

Der Gedanke beherrschte plötzlich alles. Vorfreude löste er nicht mehr aus. Die Fragen, die in meinem Kopf aufploppten, waren wie ein Taifun – sie rissen alles andere um: *Was würde passieren, wenn ich Ivan gegenüberstehen würde?* Ich war wütend, zornig, traurig, enttäuscht. *Doch was war mit ihm?*

Was würde geschehen, wenn ich dem Kaiser mein Anliegen vortragen würde? Würde er mich für schwach halten, weil ich um Hilfe bat? Voraussichtlich. Aber würde er die Ranaans enteignen – sie zurechtweisen – kontrollieren? Er musste, oder?

Und was, fragte da eine Stimme in meinem Kopf. *Wenn er hinter alldem steckte? Wenn sein Plan viel perfider war als Sinessas Attacken – und mein Untergang sein Erfolg sein würde?*

In der Arena der letzten Aufgabe hatte Rayn ihm mich als Regentin aufgezwungen. *Würde er Menschen opfern, um mich doch noch loszuwerden? Und was würde ich tun, wenn er mich fragen würde, ob ich Lanahaa sehen wolle?* Wahrscheinlich verschwendete er daran keinen Gedanken. Und das war besser so – denn ich hatte keine Antwort darauf. Unruhig rutschte ich hin und her.

»Alles okay bei Ihnen?« Die Stimme des Piloten driftete besorgt zu mir nach hinten.

Ich lächelte falsch, hob den Daumen und versuchte, meine Aufregung unter Kontrolle zu bekommen.

Er rückte daraufhin seine schwarze Sonnenbrille zurecht, das Markenzeichen aller Piloten Eternys und zog am Steuerknüppel.

Die plötzliche Beschleunigung presste mich in den Sitz.

Ich keuchte auf. *Was bei Rovennas …?*

»Ist es Ihnen recht, wenn ich ein bisschen Gas gebe?« Er grinste mich im Rückspiegel an, ganz nach dem Motto: *Lieber um Entschuldigung bitten als um Erlaubnis.* »Dann sind wir bald in Washington«, erklärte er.

Überfordert nickte ich und senkte den Blick.

Ein neuronaler Impuls von Li lenkte mich weiter ab. Langsam drehte ich das Handgelenk, sodass ich die Innenseite und meinen Nanobot, der dort saß, sah. Dieser blinkte lila – ein eingehender Anruf. *Lila!* Ich erstarrte.

Jedes neue Blinken fühlte sich wie ein Blitzschlag an, der sich in meinem Inneren in tausend elektrische Ladungen aufspaltete. Die Intensität dessen, was ich auf einmal fühlte, versetzte mich in Aufruhr, als sie gleichzeitig meine Synapsen zum Vibrieren brachte.

Ich schnappte nach Luft. Alles war zu eng – allen voran meine Kleidung. *Lila. Wie konnte das sein?!* Es gab nur einen Absender mit dieser Farbe. Nämlich die Person, die den Bot gebaut hatte. Für mich. *Aber saß Lanahaa nicht magisch sediert in einer Zelle im kaiserlichen Palast? Wie konnte Li einen Anruf von ihr empfangen?* Ich starrte krampfhaft auf das Lämpchen. Hoffte irgendwie, dass es einfach erlöschen würde. *Ich würde den Anruf auf gar keinen Fall annehmen.*

Wie in Trance wartete ich darauf, dass noch etwas passierte.

Natürlich färbte sich das Lämpchen nicht einfach um und Li hörte auch nicht auf zu blinken. Es gab kein weiteres Zeichen.

Ich versuchte das Unbehagen in meinem Bauch zu unterdrücken, als Li nach Minuten in den Stand-by-Modus schaltete. Mein Blick fiel auf das Fach in der Tür neben mir. *Vielleicht war ja wieder eine Cola drin, die mich bis Washington in seligen Schlaf hüllte.*

Seufzend schaute ich nach. Leider befand sich in dem Fach nur eine Snacktüte mit frittierten Insekten. *Nein danke!*

Ich lehnte mich aufgewühlt zurück, zupfte an dem weichen Stoff meiner weißen Leggings, dem fließenden Top und dem ebenfalls weißen Cardigan, bis alles bequem saß. Dann steckte ich eine Strähne meines schwarzen Haars, die aus der geflochtenen Krone auf meinem Kopf gerutscht war, wieder hoch und schloss die Augen. *Vielleicht würde der Schlaf auch so kommen.* Bis zur Hauptstadt waren wir noch ein paar Stunden unterwegs.

Und tatsächlich: Das gleichmäßige Dahingleiten der Drohne lullte mich ein.

»Miss!«, riss mich die Stimme des Piloten aus meiner seligen Versunkenheit.

Das Geräusch der sich drehenden Propeller zeigte mir unverkennbar, dass wir uns noch in der Luft befanden. Ich öffnete zaghaft die Augen, war eigentlich noch nicht bereit, die geruhsame Traumwelt zu verlassen, in der ich dahingedriftet war. Wollte mich viel lieber wieder der Schwere meiner Glieder hingeben, die sich noch im Ruhezustand befanden. »Ja?«, krächzte ich mit trockenem Mund.

»Wir fliegen bereits über Washington und gleich auf den kaiserlichen Palast zu. Das sollten Sie sich nicht entgehen lassen!« Echte Begeisterung schwang in seiner Stimme.

Neugierig richtete ich mich auf, streckte meine Füße und Arme, um einen geraden Rücken zu machen und blickte hinaus. Vor uns lagen die weitläufigen Grünanlagen des Palastes. Wie ein Flickenteppich unterschiedlicher Vegetation und Beete mit verschiedenster Färbung bildeten sie einen Korridor, der auf das vorderste Tor der großen Anlage zuführte. Dieses war an exakt der Stelle errichtet worden, an der einst das Weiße Haus, ein altes Regierungsgebäude, gestanden hatte.

Als wir uns über dem Grün schwebend immer näher auf den Palast zubewegten, wurden die Einzelheiten deutlicher. Ich kannte den Prunk zwar von Bildern, aber kein einziges wurde der Pracht gerecht, die der Gebäudekomplex vor mir in echt ausstrahlte.

Das vorderste Tor war breit genug, um mehrere Drohnen auf einmal hindurchschweben zu lassen. Es hatte etwas von einem riesigen Triumphbogen. Golden glänzende, mächtige Türflügel umrahmten es, da es geöffnet war. Schenkte man den Gerüchten Glauben, waren sie magisch verzaubert und brachten Feinde des Kaisers schneller zu Fall und damit in die unter dem Palast befindlichen Kerkeranlagen, als irgendwas sonst. Aus der Ferne wirkten sie nicht bedrohlich, eher mächtig. Atemberaubend.

Der ganze Palast war durch und durch ein magisches Bauwerk der neuen Zeit. Bereits von hier sah ich die breite Steinbrücke mit den spitzen Zinnen, die vom ersten Tor weg golden glänzend hin zum Hauptkomplex führte. Dort krönten zwei dreistöckige Türme das nächste Tor. Ihre Dächer schimmerten weithin. Ein riesiger viereckiger Klotz ragte dahinter in die Höhe. Er war komplett mit Gold überzogen und bildete das Herzstück des kaiserlichen Palastes. Es hieß, ihn umgaben die stärksten Schilde des kompletten Kaiserreiches.

Mich hatte inzwischen eine ungewollte Begeisterung für das Ausmaß und die Finesse der magischen Baukunst erfasst. Der Palast erinnerte mich unwillkürlich an eine fleischfressende Pflanze. Er wirkte wunderschön – ein zu langer Aufenthalt konnte aber durchaus tödlich enden.

Gebannt klebte ich mit der Nase an der Scheibe, um keinen Augenblick unseres Anflugs zu verpassen.

Dreieckige Fenster im oberen Drittel des goldenen Quaders ließen auf Räume im Inneren schließen. Seitlich und – wie ich von

Fotos wusste – ebenso dahinter befanden sich, durch eigene Innenhöfe abgetrennt, je zwei ansehnlich große Türme, die statt mit einem Flachdach mit dreieckigen Dächern aufwarteten.

Beton, Glas und Gold waren die bevorzugten Baustoffe unseres Kaisers. *Wer brauchte auch Stahl, wenn er Gold in Massen zur Verfügung hatte?* Andererseits war Gold ein weiches Metall. Kein besonders praktisches Material. Wahrscheinlich ging es also nur um den Wow-Effekt. Und ein lautes »Wow!« entlockte mir der Palast definitiv, als sich die dreieckigen Dächer der großen Türme um den goldenen Quader zu drehen begannen.

Wir sanken nun auf Bodennähe, um durch das erste Tor zu schweben. Ich registrierte mit Erstaunen, wie sich die Magicians verbeugten, die in blauen Roben die davon ausgehende Brücke flankierten. *Es waren Mitglieder der Blauen Garde des Kaisers, die Ivan befehligte*, wurde mir klar. Am Rumpf meiner Drohne befand sich mein Zeichen – das Zeichen Californias. *Deshalb verbeugten sie sich. Es war eine Formsache.* Von Ivan war leider weit und breit nichts zu sehen. *Natürlich nicht, er war bestimmt mit Wichtigerem beschäftigt.*

Der Schmerz, der mein Herz ergriff, war pathetisch und ich gab mein Bestes, um ihn zu unterdrücken. Ich straffte mich, setzte mir gedanklich die Maske der unbesiegbaren Königin der Nacht auf. Alles an mir war auf meine Wandlung ausgerichtet. Die Farbe meiner Schuhe, mein Haar, die Frisur – die dem Ganzen wortwörtlich die Krone aufsetzte. Mein Geist nun auch. Ich konnte etwas ausrichten, wenn man mich ernst und vor allem überhaupt *wahrnahm. Als Regentin, als Magicia – nicht als armes trauriges Mädchen.*

Aufmerksam richtete ich meinen Fokus auf das Geschehen um uns. Wir hatten inzwischen die Magicians der Blauen Garde und einen Großteil der goldenen Brücke passiert. Die Zinnen, die diese säumten, sahen aus unmittelbarer Nähe kunstvoll wie tödlich aus. Sie bestätigten im Kleinen meinen Eindruck vom Palast.

Weiter vorne öffnete sich das zweite Tor von magischer Hand, während Reflexionen auf den Türflügeln das Metall flüssig wirken ließen.

In Schrittgeschwindigkeit schwebten wir kurz darauf durch die Öffnung und ich betrachtete fasziniert die Vielzahl von Ayuden, die wir passierten. Die goldenen Gewächse besetzten in Metalloptik alle Querstreben.

Ein warmes Gefühl durchzog meinen Brustkorb. *Die magischen Blumen hatten mir schon einmal das Leben gerettet. Sie würden es im Notfall wieder tun,* davon war ich fest überzeugt. Sie hier zu sehen machte mir Hoffnung. Allerdings war Hoffnung etwas Gefährliches. Leicht ließ man dadurch die Deckung fallen, etwas, was ich mir nicht leisten konnte.

Wieder straffte ich mich.

Über einen betonierten Innenhof lenkte mein Pilot unsere Drohne auf einen gläsernen Hangar zu. Darin erspähte ich einen langen blauen Teppich. Das Ende verlor sich irgendwo im Inneren.

Um uns wuselte es vor blau gewandeten Magicians, die alle in unterschiedliche Richtungen eilten oder Ankommende in Empfang nahmen. Binnen Sekunden glitten wir an dem Treiben vorbei, stiegen einige Meter entlang der Fassade des Hangars auf, flogen hinein und landeten schließlich direkt vor einem Abschnitt des blauen Teppichs.

Alles um uns bestand aus Glas, selbst der Boden, auf dem die Drohne aufgesetzt hatte. Weit und breit war niemand zu sehen.

Mein Pilot öffnete seine Tür, erhob sich und umrundete, in dem zuvorkommenden Bestreben, mir zu helfen, die Drohne.

Mir war die Situation nicht geheuer. *Sollte ich hier wirklich aussteigen?*

22

Auf Abenteuerreise

Behände rutschte ich zum Ausstieg. Nach kurzem Zögern setzte ich erst einen, dann den anderen, meiner Füße in den schwarzen Schuhen aus der Drohne auf das Glas. Es war seltsam, zwei Stockwerke über einem Innenhof auf einem Boden zu stehen, durch den man bis unten sehen konnte. In den Glastürmen, aus denen ich stammte, waren die Böden und die inneren Wände gemauert. Die gläsernen Außenwände waren sogar verspiegelt. Das gewährte ein gewisses Maß an Privatsphäre, schließlich wollte man nicht alles vom Nachbarn wissen. Dieser Hangar hingegen war völlig transparent – *anders als der Hausherr, der ihn hatte errichten lassen.*

Mit einem amüsierten Schnauben sah ich mich um. Es hatte sich in den letzten Sekunden nichts verändert. Neben dem blauen Teppich, auf den ich nun zutrat, waren hier nur der Pilot, dem mein Amüsement ein Stirnrunzeln entlockte und ich. Seltsam.

Ich kam mir wie bei einer der Aufgaben vor. *Vielleicht war es genau das: ein Test! Aber wozu?*

Ein neuronaler Impuls an meinem Handgelenk ließ mich zusammenzucken. *Li.* Dieses Mal schaute ich schnell nach. Er blinkte schon wieder lila. Aber die Frequenz war anders. Mein Nanobot hatte eine Nachricht empfangen. Misstrauisch blickte ich mich um.

Erlaubte sich der Kaiser einen Spaß mit mir? Spielte er Spielchen – mir einen Streich?

Der Pilot, den ich verwirrt anblickte, zuckte unschlüssig die Achseln. Vermutlich weil kein Würdenträger auftauchte, um mir seine Aufwartung zu machen. *Story of my life.* Von meinem Lila-Drama ahnte er ja nichts.

»Wurde Sinessa auch so empfangen?«, fragte ich zwischen zusammengebissenen Zähnen, um mich von Spekulationen über die bei Li eingegangene Nachricht abzulenken. Der Pilot war erfahren und hatte Sinessa oft nach Washington geflogen. Das war auch einer der Gründe gewesen, ihn für diesen Flug auszuwählen.

Sein leises »Nein« und ein undeutbarer Blick hinter dunklen Gläsern bestätigten mir mein ungutes Bauchgefühl. »Vielleicht sollten Sie sich das anschauen«, schlug er mit einem Nicken zu meinem blinkenden Nanobot vor.

Ich seufzte freudlos. *Er hatte ja keine Ahnung! Aber was sollte ich sonst tun?* Aufmerksam drehte ich mich noch einmal im Kreis und sah schließlich ein, dass ich hier ewig stehen würde, wenn ich die Situation nicht änderte.

»Wir …«, setzte ich an, als Li schon wieder einen Impuls sandte. Verärgert riss ich meinen Arm herum und tatsächlich: Er blinkte unvermindert lila. Meine Unsicherheit wandelte sich in Frust und Verbitterung. *Das konnte kaum Lanahaa sein! Aber wer sollte – nein, wer konnte sonst …?* »Li, spiel die Nachricht ab!«, stieß ich die einzigen Worte aus, die Sinn ergaben.

Der Pilot verharrte schweigend neben mir.

Über dem Nanobot erschien der übliche Lichtkegel, als dieser die Projektion startete. Zu meinem Erstaunen blickte ich in Ivans Hologrammaugen.

Für einen Moment zitterte die Projektion daraufhin so stark, dass seine Gestalt wie ein verzerrtes Abbild aussah. Dann hatte ich meinen Arm wieder stabilisiert. Mein Herz klopfte derart laut, dass ich meinte, das Pochen würde gleich seine Worte übertönen, doch er stand nur da und schwieg. Der Hintergrund zeigte eine nichtssagende Betonwand.

Obwohl es eine Aufzeichnung war und ich das wusste, fühlte es sich real an. Als ob wir uns wirklich gegenüberstehen, einander wirklich in die Augen blicken würden. Ich schluckte. Mir kam kein Laut über die Lippen. Der Schraubstock, der auf einmal mein Herz einengte, zog sich zusammen.

Die Zeit verstrich. Jeder Wimpernschlag kam mir ewig vor, fühlte sich wie ein Schritt hin zur fortwährenden Verdammnis an. Ich konnte meinen Blick nicht von der stummen Projektion lösen.

Ivan trug eine weiße Uniform – eher schon eine Rüstung – aus Carbon, auf der kurz unter dem Schlüsselbein das schwarz-weiße Wappen des Kaiserreiches aufgedruckt war: Die Symbole aller vier Gilden bildeten, verbunden durch kreisförmige Linien, einen vierzackigen Stern. Unwiderruflich stand so jedes Symbol mit jedem in Zusammenhang. Sie stellten gewissermaßen das Herzstück des Wappens dar, genauso wie die Gilden die Lebensadern der neuen Welt waren.

Alle vier Symbole wurden durch ihre Verbindung mit den anderen von jeweils einem Kreis eingefasst. Das Kleeblatt, das sie so stilisierten, wurde wiederum von einem großen Kreis umschlossen, der das Land repräsentieren sollte; unseren Lebensraum. Ein schwarzes Viereck umrahmte und durchbrach dieses. Es komplettierte das Wappen und stand für das Wasser; den Feind!

Fasziniert fokussierte ich meinen Blick immer weiter auf das Wappen und die vier winzigen Gildenbilder darin.

Das Symbol für die Gulets auf der linken Seite stellte die Elemente dar – Feuer, Luft, Wasser, Erde.

Das der Mensay oben verkörperte eine stilisierte Ayude, wie mir jetzt auffiel. Bisher hatte ich es immer für irgendeine Heilpflanze gehalten. Womöglich war das aber etwas, was ich aus dem Geschichtsunterricht wissen müsste. *Mhm …*

Eine geschlitzte Kugel, die – wenn man sie geschickt verdrehte – immer gleich aussah, also einen optisch täuschte, stand rechts für die Veritas.

Und ein stilisierter Fingerabdruck unten, mit einem Lindwurm davor – eines der mächtigsten magischen Wappentiere überhaupt –, für die Cuiny. Früher war die Spezies auch unter der Bezeichnung ›Drachen‹ bekannt gewesen. Heute war sie meines Wissens nach ausgestorben. *Leider.* Es waren prächtige Wesen gewesen, mit einem

enormen Leib und der Fähigkeit, sich durch die Lüfte zu schlängeln. Ihre magische Kraft wurde – so sagten es Legenden – nur durch die astraler Elementarwesen übertroffen. Zum Beispiel die der Undine, nixenartigen Elementarwesen des Wassers, die als halbgöttliche, meist weibliche Geister fast unbesiegbar waren. Oder die der Todesengel, astrale Elementarwesen der Luft, auch als Azrael bekannt, deren Bewusstsein den Tod des materiellen Körpers überdauerte. Sie waren mächtig und wurden wie die Undine als bösartig beschrieben.

Derartige Fabelwesen als Wappentier zu haben war unvorstellbar. Sie waren der Schrecken in einer Gruselgeschichte für Erwachsene, an die niemand in der Realität glaubte. Die Legenden besagten allerdings auch, dass diese Art von Wappentieren nur in Ausnahmesituationen aus Magicians hervorbrach – in Zeiten großer Kriege, Nöte und Umbrüche.

Ich wusste all das nur, weil ich nach Rovennas Memoiren – meinem Lieblingsbuch der Literatur Eternys – jegliches verschlungen hatte, was von ebenso mächtigen Fabelwesen und märchenhaften Mächten berichtete wie die Kapitel darin. Leider hatte keine der Geschichten von Sphinx gehandelt.

»Die Aufnahme läuft!«, holte mich eine verärgerte Stimme aus den Tiefen meines Gedächtnisses.

Irritiert bewegte ich den Kopf. *Ivans Mund war zu. Wer …?*

»Wenn du heute noch was sagen willst, dann jetzt!«, fuhr die Stimme aus dem Off genervt fort. Sie klang drängend.

Ich runzelte unwillig die Stirn. War fast ein bisschen froh, dass sich etwas tat.

»Ich weiß nicht genau was«, gab nun Ivan leise zu und sah dabei verloren aus. Er wirkte nicht, als würde er sich sonderlich wohl in seiner Haut fühlen. *Was tat er dann vor der Kamera?*

Von der Seite blitzte es grell und ich hörte ein entferntes Grollen. *Donner hörte sich anders an …*

»Kardinal?!« Die Stimme wurde schärfer.

»Jaja«, entgegnete Ivan zerstreut. Seine Augen fixierten mich – also wahrscheinlich die Cam. »Hi, Josi.« Er sagte es fast bedauernd.

Meinen Namen aus seinem Mund zu hören, fühlte sich nach all der Zeit irgendwie falsch an. Unwillkürlich ballte ich die Hände zu Fäusten. Beide. Wieder wackelte die Projektion.

»Ich habe mich freiwillig gemeldet, dich als Staatsgast des Kaisers im Palast zu empfangen«, fuhr Ivan fort. Plötzlich brach er ab. Sein Kopf schnellte herum, die Pupillen wurden größer. Ganz so, als entdeckte er etwas außerhalb des Aufnahmeradiuses, das ich nicht sehen konnte. *Etwas Beunruhigendes.*

»Jedenfalls …«

Mein Kopf neigte sich unwillkürlich näher zur Projektion.

»Ivan, noch fünf«, begann die Stimme aus dem Off in einem Das-ist-unverhandelbar-Tonfall herunterzuzählen.

»Bin ich gerade unabkömmlich«, haspelte Ivan mit gehetztem Blick und schielte wieder zur Seite.

»Drei!«

»Und werde es nicht schaffen.« Ein harter Zug zeichnete seinen Mund zu einer geraden Linie.

»Zwei!«

»Das tut mir sehr leid. Es war nicht vorhersehbar.« Er machte einen Schritt auf die Kamera zu. Sein Blick widerspiegelte eine Mischung aus Betteln und dem Heischen um Verständnis. »Bitte, Josi, lass dich von einem der Bots des Palastes zu deinem Zimmer bringen und warte dort, bis ich dich für den Willkommensempfang abhole! Der Kaiser verlässt sich auf mich. Ich verspreche, ich …«

Es knallte laut.

Das Bild wackelte – dieses Mal nicht wegen mir.

Mitten im Satz verschwand der Lichtkegel der Projektion. Die Aufzeichnung war zu Ende.

Ich stierte in die Luft, in der gerade noch Ivans Abbild gewesen war, ohne wirklich etwas zu sehen. *Wo, bei Rovennas Magie, steckte er? Was hatten die Blitze und Geräusche zu bedeuten? Kämpfte er gegen Rebellen? Gab es in den anderen Ländern von Eterny etwa Aufstände?* Es machte mich ganz verrückt, nicht Bescheid zu wissen. *Eigentlich sollte der Kaiser sich in der Pflicht fühlen, uns Regenten über so etwas zu informieren. Aber das Wort ›Pflicht‹ existierte bezüglich seiner eigenen Person vermutlich nicht einmal im kaiserlichen Wortschatz.*

Ich knirschte mit den Zähnen. *Seit dem Beginn meiner Regentschaft war ich derart mit California beschäftigt gewesen, dass ich nicht nach rechts und links geschaut hatte. Vielleicht hätte ich das tun sollen.*

Die Angst um Ivan war wie ein flaues Gefühl in der Magengrube. Gleichzeitig verspürte ich eine innere Gewissheit, dass er ein Überlebenskünstler war und ich lieber nicht außer Acht lassen sollte, dass er mich schon wieder versetzt hatte. Seufzend wandte ich mich an den Piloten. »Wo geht es hier in den Palast?«, fragte ich.

»Immer dem blauen Teppich folgen, denke ich«, gab er zurück.

Oh, das hätte mir auch selbst einfallen können.

»Rufen Sie mich über Ihren Nanobot, wenn Sie wieder abgeholt werden wollen. Ich gebe Ihr Gepäck jetzt beim Palastservice ab und trete dann den Rückflug an. In Ordnung?«

Ich nickte langsam. »Danke. Guten Flug! Und …« Ich schloss die Augen, öffnete sie wieder mit den goldenen Iriden der Sphinx. Das erzielte die gewünschte Wirkung: Der Pilot wurde blass um die Nase.

»Tun Sie sich einen Gefallen«, sagte ich zu ihm. »Behalten Sie für sich, was seit unserer Landung passiert ist – alles.«

Er nickte eilfertig. »Natürlich. Klar, natürlich.«

»Gut.« Damit drehte ich mich von ihm weg und folgte mit schnellen Schritten dem blauen Teppich. Ich wollte nicht unnötig gemein sein, doch Gerüchte über politische und private Debakel würden meiner aktuellen Position in California schaden. Das konnte ich mir nicht erlauben.

Schritt für Schritt navigierte ich mithilfe des Teppichs durch den gläsernen Hangar, der überwiegend leer stand. Erst nach einer Weile kam ich zu einer großen Schiebetür. Über den Türflügeln war allerlei Elektronik angebracht. Statt aufzugehen, da ich selbstbewusst in den vermeintlichen Lichtsensor trat, tat sich gar nichts.

Na klasse! Dieser Besuch entwickelte sich zu einem wahren Stimmungskiller. Frustriert schnaubte ich und hob genervt mein Kinn. *Als würde das die Sensoren beeindrucken.*

Allerdings blinkte, noch während ich düster nach oben stierte, ein kleines Lämpchen grün auf und die Türflügel schwangen mit einem *Wusch!* zur Seite. *So konnte man sich täuschen.*

Neugierig setzte ich mich in Bewegung und trat in eine kleine Vorhalle mit weißem Marmorboden und -wänden, die ab meiner Kniehöhe nahtlos mit Displays bestückt war. Funken in den Gildenfarben flitzten über den hellen Hintergrund der Bildschirme und verursachten bei mir das Gefühl, mitten in einem riesigen Lichtaquarium zu stehen. Nach einem Moment des Staunens meldete sich meine ironische Seite mit dem Gedanken, dass es in diesem Haifischbecken eben elektronische Trugbilder statt Fische gab.

Die Sinneseindrücke, die in immer schnellerer Reihenfolge durch die Bewegungen der Funken auf mich einströmten, wurden mir schon bald zu viel. Verwirrt hielt ich nach einem Robobot oder ähnlichem Ausschau. Doch da war nichts. *Wie kam ich jetzt zu meinem Zimmer?*

Waren die Lichtfunken Ausprägung der kreativen Schaffenskraft einer KI? Und diese womöglich an eine Sprachsteuerung gekoppelt? Konnte ich sie nach meinem Zimmer fragen?

»Hallo!«, sagte ich schließlich laut. *Es war sowieso niemand da, der es mitbekommen würde, wenn ich mich damit der absoluten Lächerlichkeit preisgab.* »Ich bin Josephine Streisand, Regentin von California.«

Die Funken hielten inne. Wie ein Fischschwarm huschten sie von mir weg, nur um sich nach einer wilden Kurve wieder auf mich zuzubewegen.

Ich zog eine Augenbraue hoch. *Sie reagierten.* Und tanzten darauffolgend. *Sollte ich auch tanzen? Verstanden sie das eher?* Unsicher stellte ich mich in Pose. Hob gerade den linken Arm, eines meiner Beine …

Ein trällernder Laut brachte mich aus dem Gleichgewicht und von meinem Vorhaben ab. Ich stabilisierte meinen Körper und drehte den Kopf.

Eine bis dato von mir unbemerkte Schiebetür hatte sich geöffnet.

Oh, war der süß! Ein mittelgroßer weißer Bot schwebte keine fünf Zentimeter über dem Boden, von blauem Licht umgeben, auf mich zu. Er hatte die Form eines an den Seiten angeschlagenen Eis mit hochgeklappten Ohren, dem von oben das dunkle Visier eines Motorradhelms übergezogen worden war.

Als der Bot vor mir zum Stillstand kam, war das Visier in etwa auf Höhe meiner Brust und er ließ wieder den trällernden Laut ertönen.

Das war wohl mein Einsatz. »Hi! Ich bin Josephine Streisand, *erste* Regentin von California«, wiederholte ich diesmal mit mehr Enthusiasmus.

Der Bot trällerte erneut und ich musste unwillkürlich auflachen. Seine Form und der Laut waren so … goldig.

»Folgen Sie mir, *erste* Regentin von California«, ertönte eine junge Frauenstimme, begleitet von einer Oktavanzeige auf der dunklen Oberfläche des Bots.

Wohin denn?, dachte ich neugierig und grinste. *Das entwickelte sich ja gut.* »Ich möchte gern auf mein Zimmer gebracht werden«, ließ ich den Bot wissen.

»Selbstverständlich, erste Regentin von California.« Damit setzte sich der Bot in Bewegung und schwebte in Richtung der Schiebetür, aus der er gekommen war.

Während ich ihm folgte, ließ ich meinen Blick schweifen. Einige Bots und auch Menschen waren durch die Türöffnung zu erkennen.

Die Halle, in die ich kurz darauf trat, entsprach vom Aussehen der Vorhalle, war aber um ein Vielfaches weitläufiger. Ganz hinten meinte ich die Gestalt von Helatius Horus auszumachen. Gerade drehte er sich um. *Ja, er war es!* Der unangefochtene Champion fast aller Onlinegames war bei der Wahl Rayns Coach gewesen. *Was er wohl jetzt machte? Vor allem hier im Palast?* Helatius war ungefähr so alt wie ich. Trotzdem war er noch bekannter. Und vor allem *reicher* als die Frau, mit der er sich unterhielt.

Pomio!

Sie moderierte eine der größten Talkshows Californias. Die Interviewreihe während der Regentschaftswahl, in der sie die Kandidaten versucht hatte bloßzustellen, bereitete mir immer noch ein Gefühl des Unbehagens, wenn ich daran dachte. Zum Glück hatte ich sie seitdem nie wiedergesehen – bis jetzt. Die aufgetakelte Magicia, in ihrem heute grellrosa Kleid, machte nicht nur einen schmallippigen, dürren Eindruck – sie war ein echtes Biest!

Schon während der Wahl hatte ich beobachtet, dass sie sich ausgezeichnet mit Helatius verstand. Vielleicht war es für die beiden üblich, immer wieder den kaiserlichen Hof zu besuchen und zu schwatzen. Trotzdem konnte nichts Gutes dabei herauskommen, wenn gerade die zwei ihre Köpfe zusammensteckten.

Zu meiner Erleichterung trällerte der Bot, um mich darauf aufmerksam zu machen, dass wir abbogen. Wir mussten also nicht an den beiden vorbei.

Gemächlich folgte ich meinem Führer in einen langen Gang. Dort stieß ich allerdings nach einer Weile ein »Uh!« aus, als ich erkannte, dass es wohl länger dauern würde, bis wir mein Zimmer erreichen würden. Das Ende des schnurgeraden Teppichs, der hier den Boden zierte, lag in weiter Ferne. *Regentin zu sein bedeutetet im kaiserlichen Palast wohl nicht allzu viel.* Das war ernüchternd.

Bei meinen nächsten Schritten den Gang entlang verlor ich mich in der Betrachtung der bunten Funken, die auch hier über Bildschirme an den Wänden huschten. Irgendwann blieb ich in Gedanken versunken stehen.

»Würden Sie gern schweben, *erste* Regentin von California?«, erkundigte sich sogleich die Frauenstimme des Bots. »Viele unserer Besucher bevorzugen es, transportiert zu werden.«

Na, wer wollte nicht gern schweben? »Klaro!«, antwortete ich intuitiv. »Äh … Sehr gern!«, schob ich auf meine Wortwahl bedacht hinterher und wartete gespannt, was nun passieren würde.

Der Bot leuchtete zuerst noch heller, dann klappte er eines der runden ›Ohren‹ herunter und ich sah, dass auf der so entstandenen Fläche ein Anschnallgurt befestigt war. Ich sollte doch wohl nicht auf den Bot steigen?

In dem Moment schwebte der gleiche Typ Bot an uns vorbei, mit rechts und links je einem Fluggast auf den ›Ohren‹.

Es sah sehr lustig aus.

Ich beobachtete das Geschehen für einen Moment und meine gute Laune kehrte zurück. Ich beschloss, es einfach auszuprobieren. *Wann hatte ich das letzte Mal Spaß gehabt? Richtig – das war ewig her! Gefühlt in meinem letzten Leben. Da durfte ich mir diese skurrile Gelegenheit unter keinen Umständen entgehen lassen!*

Umständlich platzierte ich mich auf dem Carbon des Sitzes und schnallte mich an. Dabei bemerkte ich, dass ich mich sogar an kleinen Griffen neben der Sitzfläche festhalten konnte. Vorsichtshalber umfasste ich gleich beide.

»Bereit, *erste* Regentin von California?«, wollte der Bot wissen.

»So was von bereit!«, gab ich zurück. Ich fühlte mich wie auf einer Abenteuerreise, indes wir bereits beschleunigten und immer schneller den Gang entlangschwebten.

23

Ein letzter Tanz

Auf meinem Zimmer erwartete mich die übliche Einrichtung: Marmorboden, eingebaute Wandschränke, ein Himmelbett mit blauem Baldachin und eine goldene frei stehende Badewanne nebst anderen goldenen Armaturen im Bad. Das war wohl die Standardausstattung von Besucherzimmern in den Regentenschlössern und im kaiserlichen Palast. Immerhin hatte ich zusätzlich ein Wohnzimmer mit einem blauen Sofa und einem Marmortisch, ähnlich wie es auch in Ivans Suite im Regentenschloss von California der Fall gewesen war.

Anders als in California funktionierte hier aber alles mit Gesichtserkennung statt Fingerabdrücken. Ein ovales Feld mit einem schwarzen Streifen war auf Augenhöhe außen an der Tür zu meinen Räumlichkeiten angebracht. So wie an allen weiteren Türen, an denen ich auf dem Bot vorbeigeschwebt war.

Als ich vor einigen Minuten mein Gesicht davorgehalten hatte, hatte der Streifen grün aufgeleuchtet und die weiße Tür war zuerst entriegelt worden, dann nach innen aufgeschwungen. *Eine tolle Sache.* Außer dass ich mich direkt gefragt hatte, ob das auch mit einem Bild von mir funktionierte.

Jetzt stand ich im Bad und musterte mein Aussehen: Meine kleine Nase, die schmalen Brauen. *War die Frisur noch akzeptabel für den Empfang oder sollte ich sie lieber erneuern? Nein, ich sah toll aus,* beschloss ich. Trotz der Anreise war alles, wie es sein sollte und schminken musste ich mich ja sowieso nicht. Also konnte ich mich direkt für den Empfang umziehen.

Geschwind begab ich mich nach dem Gesichtscheck in den Hauptraum zurück. Positiv hatte mich zuvor überrascht, dass meine Sachen bereits neben dem riesigen Bett auf mich warteten und der Pilot dieses Versprechen eingehalten hatte. *Ein echter Service.* Das machte mir Hoffnung, dass er auch nicht tratschen würde.

Ich packte das Abendkleid aus, das Yasemine mir mitgegeben hatte. Ehrfurchtsvoll legte ich es auf den blauen Überwurf des Himmelbettes und glättete die Falten im fließenden Rock.

Es war weiß und hatte ein enges Korsett. Obwohl ich darin gut aussehen würde, regte sich in mir leiser Widerstand. Letztes Mal, als ich ein enges Mieder hatte tragen müssen, nämlich am Tag des Fotoshootings bei der Wahl, hatte es sich angefühlt, als ob ich einer Würgeschlange in die Falle gegangen war und ich hatte keine Luft bekommen. Nun gut. *Was tat Frau nicht alles für den perfekten Auftritt!*

Ich setzte – hauptsächlich für mich selbst – ein Lächeln auf, atmete tief durch und versicherte mir: *Ich würde den Abend überstehen.*

Als das weiße Korsett an der richtigen Position saß, schmiegte es sich eng um meinen Brustkorb, drückte aber nicht. Erleichterung durchflutete mich. Langsam drehte ich mich hin und her. Der Rock des Kleides umflatterte geschmeidig meine Beine. Wenn das Licht direkt darauftraf, spiegelten die Steine, die auf dem Stoff angebracht waren. Der Effekt hatte etwas von einer Diskokugel und ich grinste breit.

Oh Yasemine! Dieses Kleid war noch viel besser als das blaue vom Shooting, aber nicht wirklich hoftauglich. Vielleicht party- und feiertauglich. *Skandalös – das war es. Und das hatte ich ja gewollt, oder?*

In seltsamer Hochstimmung überlegte ich mir, wie lange ich wohl auf Ivan warten müsste und ob es überhaupt klug gewesen war, bereits das Kleid anzuziehen. Andererseits war ich so jederzeit fertig – sofern ich mir noch die silbernen Riemchensandaletten überstreifte, die Miss Puttin mir dazu eingepackt hatte.

Nach kurzem Überlegen verschob ich das auf später und stellte stattdessen Li auf den goldenen Nachttisch neben dem Himmelbett. »Ist Rayn gerade frei?«, fragte ich den Nanobot.

Der Lichtkegel, der sich sofort über Li bildete, leuchtete hell auf.

Das hieß, dass Rayn keine Unterhaltung über seinen Bot führte oder diesen gerade anderweitig nutzte. *Sehr schön.* »Li, ruf Rayn an.«

»Phinchen!«, begrüßte ebenjener mich nur Sekunden später sichtlich angeheitert und hielt ein Glas mit Reisschnaps in der Hand.

Das irritierte mich. Ich hatte ihn noch nie bewusst Alkohol trinken gesehen. Unwillkürlich musterte ich die Umgebung, die ich auf der Liveübertragung sah: all den Prunk und die Ausstaffierung des Raumes, in dem er sich befand. *Der Regentensaal von California,* wenn ich richtiglag. *Die Mäuse tanzten also auf dem Tisch, wenn die Katze nicht da war.*

»Rayn!«, gab ich mit hochgezogener Augenbraue zurück. »Läuft es so schlecht, seit ich weg bin?« Ich deutete mit einem Nicken in Richtung des Glases.

Er lachte.

Es klang … humorlos. Das machte mir nun wirklich Angst. *Wie viel hatte er intus? Was war passiert?*

»Yasemine hat mir das als Therapie verschrieben. Sie meinte ich soll mir mal einen Drink gönnen, das bewirke wahre Wunder.«

»Wogegen?« Skeptisch sah ich ihn an. *Hatte Doctor Yasemine eine Ahnung, was sie da tat? Dass sie den Einzigen betrunken machte, der bei einem Notfall in California sinnvolle Anweisungen geben konnte?* Ich durfte gar nicht darüber nachdenken.

»Um lockerer zu werden«, grummelte Rayn und nahm einen großen Schluck Schnaps. »Sie geht heute Abend mit diesem Franzosen aus.«

Er sah dabei so belämmert drein, dass ich nun trotz meines Unbehagens lachen musste. »Henry!«, rief ich. *Also hatte Yasemine bekommen, was sie wollte. Ein Date. Das war ja schnell gegangen.*

»Ja«, grummelte Rayn eine Oktave tiefer und nahm einen weiteren großen Schluck aus seinem Glas.

Ich betrachtete die kunstvollen Gemälde, die die Wände hinter ihm zierten. Männer und Frauen, die einst etwas bewegt hatten – manche erfolgreicher, manche weniger erfolgreich. *Alle Vergangenheit.* Die Lebzeit war begrenzt. *Vielleicht sollten wir tatsächlich mehr ausgehen.*

»Hast du schon mit dem Kaiser gesprochen?«, fragte Rayn – wohl vom Alkohol gestärkt für die Antwort.

»Nein. Die Dinge hier laufen nicht, wie ich es mir vorstelle«, gab ich zu.

»Oh«, kommentierte Rayn. Er setzte sich aufrecht hin. »Nun, du bist in Washington.« Seine Lippen verzogen sich vielsagend. »Was hast du erwartet?«

»Dass *mich* jemand erwartet, wenn ich eingeladen werde«, platzte ich voll Unmut heraus. Ich stockte. Atmete durch. »Ich habe leider nur Helatius Horus und Pomio aus der Ferne gesehen und kann dir höchstens von einem Flug auf einem der Bots durch die kaiserlichen Palastgänge berichten.«

»Mhm«, machte Rayn wenig interessiert und sah besorgt aus. »Die Bots sind ganz nett«, fügte er hinzu.

»Das war wirklich cool!« Nun kicherte ich bei der Erinnerung daran und um ihn aufzumuntern. »Ich hoffe, dass sich gleich auf dem Empfang, zu dem ich abgeholt werde, eine Gelegenheit bietet, privat mit dem Kaiser zu sprechen«, wurde ich wieder ernst.

»Privat?« Rayn klang ungläubig.

»Na ja, du weißt schon.« Ich wedelte mit der Hand. »Unter vier Augen. *Er* hat mich hierher eingeladen.« Mein Tonfall wurde ruppig. »Da habe ich doch wenigstens eine kurze Audienz verdient!«

»Mhm«, machte Rayn wieder und sah noch besorgter aus.

Er machte mich verrückt. Ich stemmte die Hände in die Seiten. »Ich gebe mein Bestes!«, versicherte ich ihm und zu einem guten Teil auch mir.

»Ich weiß.« Er sah in sein Glas. »Ich weiß nur nicht, ob das reicht.«

Wow – das war schonungslos offen. Ich brachte keinen Ton zu meiner Verteidigung heraus; wusste, dass er recht hatte.

»Bei mir hat es das nicht«, flüsterte er Worte, die mir seine momentane Verletzlichkeit offenbarten.

Verständnis schwemmte auf einen Schlag den Schock in meinem Herzen hinweg. *Meinte er bei der Wahl oder mit Yasemine – oder bei beidem? Wahrscheinlich fühlte er sich gerade von allen ungewollt. Nun, das eine war schon entschieden. Das andere … noch nicht.* »Haben Yasemine und du ernsthaft miteinander geredet? Ich meine über …?«

»Nein«, antwortete er schneller, als ich den Satz beenden konnte.

Immerhin wusste er direkt, was ich meinte. »Und werdet ihr …?«

»Nein.«

»Und wenn du …?«

»Nein.«

»Mhm«, äffte ich ihn schließlich nach. »Dann kann dir wirklich nur noch der Reisschnaps helfen.« *Wie konnte man so verbohrt sein, nicht einmal darüber reden zu wollen! Sonst war Rayn doch auch nicht so. Machte die Liebe das aus ihm? Einen Idioten, der emotional falsche Entscheidungen traf? War Ivan der gleiche Blödmann – oder war es bei ihm etwas anders?*

Ich seufzte tief.

Rayns ironisches: »Und *wer* holt dich gleich zum Ball ab?«, ließ mich aufschrecken. Er hatte in der Projektion wohl mein Prachtkleid bemerkt.

»Ivan«, sagte ich tonlos.

»Ah ja«, machte Rayn wenig begeistert. »Pass auf dich auf.«

Ich nickte matt, war froh, dass er den Rest seiner Gedanken zu diesem Thema für sich behielt. »Du auch.«

Daraufhin zog er nur leicht gequält die Mundwinkel hoch. Dann brach die Verbindung ab, während ich noch nach tröstenden Worten für uns beide suchte.

Nachdenklich nahm ich Li vom Nachttisch und ließ ihn tief in der eingenähten Tasche meines Kleides verschwinden. In Gedanken versunken bückte ich mich zu meinem Gepäck neben dem Bett, zog nun doch schon die Schuhe an.

Als ich fertig war, begab ich mich ins Wohnzimmer. Dort setzte ich mich so auf die blaue Couch, dass ich die Tür gut im Blick hatte. Ich stellte mich auf eine längere Wartezeit ein.

Keine fünf Minuten später klopfte es.

Augenblicklich schnellte mein Puls in die Höhe. *Jetzt würde ich nach all den Wochen auf Ivan treffen!* Rayns Schnapseskapade und sein offensichtliches Unglück hatten mich in den letzten Momenten davon abgehalten, allzu tiefgründig darüber nachzudenken. Nun zitterte ich fast, als ich mich erhob und »Herein!« rief. Ich wollte nicht derart aufgewühlt sein. Wollte kühl und abgeklärt wirken. Leider ließen sich Gefühle nicht einfach ausschalten – jedenfalls nicht meine.

Es kam mir vor, als öffnete sich die Tür wie in Zeitlupe. Vielleicht verlangsamte auch nur mein Verstand das Geschehen.

Zuerst sah ich die Spitze eines hellblauen Halbschuhs, der über die Schwelle geschoben wurde. Ein Budapester. Dann folgte eine mir allzu bekannte Hand und der stets maßgeschneiderte blaue Anzug, der Ivan so hervorragend stand. Das Einstecktuch weiter oben hatte die gleiche Farbe wie die Schuhe. Der kleine dunkelblaue Stein in seinem rechten Ohrläppchen beschwor Erinnerungen herauf. Doch saugte sich mein Blick sofort auf seinem Gesicht fest, an den grünen Augen, den vertrauten Zügen und ich hatte das Gefühl, als säße mein Herz plötzlich in meiner Kehle.

Da war er, der Sexiest Man Alive! Sullivan, wie er leibte und lebte, mit seinem rötlichen Haarschopf. Einzig der kalte Ausdruck, den er zur Schau trug, passte so gar nicht zu dem, was ich vorhin bei der Übertragung gesehen hatte.

Ich schluckte. *Was hatte sich verändert? Was hatte er in der Zwischenzeit getan – tun müssen?* Ich senkte den Blick. Konnte die Entfremdung nicht ertragen.

»Josephine, sieh mich an!«, waren seine ersten Worte an mich.

Meine Augen füllten sich ungewollt mit Tränen. *Da waren wir also, Romeo und Julia in 2086 – unglücklich von den Haar- bis zu den Zehenspitzen.*

»Josephine!«, befahl Ivan erneut, da ich seiner Anforderung offensichtlich nicht nachzukommen gedachte. Seine Stimme hatte etwas Unbeugsames. Als würde er erst von seinem Ansinnen ablassen, wenn er das gewünschte Ergebnis erzielt hatte.

So war er schon immer gewesen, realisierte ich. *Ich hatte nur an das Märchen vom Bad Boy geglaubt, der sich für seine Prinzessin in einen Good Guy verwandelte. Hatte mich einem Tagtraum hingegeben und dabei mein Herz verloren. Jetzt lag es in Scherben am Boden meiner Seele und ich hatte keine Ahnung, wie ich es wieder zusammenpuzzlen sollte. War irgendetwas echt gewesen? Oder war es ihm immer nur um den gottverdammten Scheißthron gegangen?* Wut durchzuckte mich.

Ich fragte mich, warum alles, was mit Gefühlen, insbesondere der Liebe, zu tun hatte, so irrational sein musste. *Das brachte nichts als Kummer!* »Was, Ivan? Wollen wir los?«, fragte ich mit festerer Stimme, als ich mir selbst zugetraut hätte. Erst dann hob ich den Blick und sah ihm direkt in die Augen.

Blau traf auf Grün – wie unzählige Male zuvor –, doch fehlte dieses Mal die innige Verbindung. Das Besondere. Der X-Faktor. *Das Vertrauen.*

In mir stritt sich das Verlangen, mich ihm trotzdem an den Hals zu werfen – ihn nie wieder loszulassen –, mit dem, ihm laut entgegenzuschreien, dass ich ihn nicht brauchte. Dass er verschwinden sollte und ich sehr wohl, ganz wunderbar ohne ihn im Palast und im Leben zurechtkam.

Die unbehagliche Stille zwischen uns dehnte sich aus, bis ich nur noch eines wollte: Der bedrückenden Enge des Raumes, der um uns zu implodieren schien, entkommen. Ich wollte von dem emotionalen Fluch, der sich Ivan schimpfte, frei sein. Wollte mich nicht ständig hin- und hergerissen fühlen; nicht schlussendlich Dinge verzeihen, die unverzeihlich waren.

Ich schluckte, dann stand ich auf und eilte mit einem Seitenblick an ihm vorbei zur Tür. Es hatte etwas von einer Flucht, auch wenn ich ihm weder entkommen wollte noch konnte, sondern vielmehr den Gefühlen. Ich war überfordert, war von ihm allein gelassen worden und wurde jetzt, im entscheidenden Moment zwischen uns, von ihm bedrängt.

»Josi, warte!«, hörte ich Ivan hinter mir rufen. »Wir müssen reden. Ich muss dir doch noch …« Er stockte. Ich vernahm den flehentlichen Unterton.

Was musste er? Mein Herz pochte viel zu schnell. *Und vor allem: Warum jetzt?* In meiner Verzweiflung öffnete ich die Tür, brauchte Luft – Raum –, keine Hoffnung. Womöglich hatte er gar nichts zu uns, sondern etwas zu meiner Aufmachung zu sagen. Etwas daran auszusetzen. Es war allemal besser, seine Worte nicht zu hören, als erneut enttäuscht zu werden. *Schließlich hatte er all die Wochen geschwiegen. Was sollte er jetzt zu sagen haben?*

Mit einer Haltung, die jedem Benimmkurs zur Werbung gereicht hätte, stolzierte ich aus meiner Suite auf den Gang. In der Mitte des leeren Flurs registrierte ich erst, dass Ivan wohl über sämtliche Gesichtsscanner im Palast Zugang hatte – ich hier also nirgends vor ihm sicher sein würde. *Sonst hätte er meine Räume ja nicht betreten können. Oder reagierte der Scanner an der Tür auch auf akustische Signale?* Ich stieß einen Laut aus, der entfernt an ein sehr trauriges Lachen erinnerte. Und lief los. So, als könnte die Bewegung die Qual in meinem Innersten lindern.

Ivan folgte mir, startete aber keinen neuen Anlauf, etwas zu sagen. *Wie wichtig konnte es ihm dann sein?*

Während der Wahl hatte ich mir gewünscht, dass wir mehr Zeit zusammen verbringen konnten, nicht nur all die heimlichen Momente. Nun, da dem scheinbar nichts im Weg stand, hatte ich es gar nicht eilig genug, von ihm wegzukommen. Es machte mir regelrecht Angst, dass er sich unbegrenzt im Palast bewegen konnte. *Aber, um es in Rayns Worten zu sagen: Was hatte ich erwartet?* Ivan war der Kardinal der Blauen Garde seiner göttlichen Heiligkeit des Kaisers von Eterny. Natürlich konnte er jede Tür hier öffnen – schon allein, um im Zweifelsfall den Palast zu verteidigen.

»Was musst du?«, fragte ich schließlich leise, als er zu mir aufschloss. *Vielleicht war es gut, die Konfrontation einfach hinter mich zu bringen.*

Er blickte im Laufen auf den Boden, zu seinen Budapestern. Lange schwieg er. »Wir gehen in die richtige Richtung«, sagte er schließlich.

»Toll.« Meine Bitterkeit war unüberhörbar. *Was, bei Rovennas Magie, war sein Problem?*

»Erinnerst du dich noch an das Versprechen, das ich dir gegeben habe?«, überraschte er mich da, indem er weitersprach.

»Welches?«, fragte ich lauernd.

»Der Tanz. Ich möchte ihn heute auf dem Empfang einlösen. Es wird später Musik gespielt. Ich weiß, dass du …« Sein Gesicht erstarrte für Sekunden. »… mich gerade nicht besonders magst. Aber gib mir die Chance auf einen letzten Tanz. Wenn du möchtest, ist er ein Schlussstrich, wenn du möchtest, ein Neubeginn – falls du mir die Gelegenheit gibst, dir die … Umstände zu erklären, sobald ich es kann. Ich weiß, das ist viel verlangt.«

Verblüfft starrte ich ihn im Gehen an. Suchte in seinem Gesicht nach Hinweisen, um das Gehörte einzuordnen. Doch Ivans Pokerface war viel zu gut. Seine Züge verrieten nichts. Die Neugier in mir war allerdings bei der Aussicht auf Antworten erwacht. Angefacht wurde sie von den Gefühlen, die mein dummes Herz noch immer für ihn hegte und die mich dazu drängten ›die Umstände‹ wissen zu wollen – alles wissen zu wollen –, um vorangegangene Handlungen zu verstehen.

Hoffnung kroch aus den Tiefen meiner Seele empor und besetzte den rationalen Teil meines Gehirns wie bei einer feindlichen Übernahme. Die Schlacht um meine Antwort, die mein Innerstes ausfocht, war im Bruchteil einer Sekunde geschlagen. Und es war nicht die Logik, die siegte. Eher manipulierte mich Ivan emotional ein Mal mehr mit seinen Kräften. Denn ich konnte mich der Sogwirkung, die seine Worte auf mich ausübten, nicht entziehen. »Okay«, sagte ich und besiegelte damit vielleicht mein eigenes Verderben.

24

Ihre kaiserliche Majestät

Widerwillig akzeptierte ich Ivans dargebotenen Arm und hakte mich bei ihm unter, als wir nach Minuten des Schweigens die letzten Schritte auf eine große goldene Tür zutraten. Die beiden Flügel dieser waren prunkvoll und dreieckig, ihre Spitzen liefen hoch oben zusammen und gipfelten in einem blicklosen Auge mit einzelnen Wimpern: dem Symbol des Kaisers von Eterny und eine ständige Mahnung, dass er alles im Blick hatte.

Im Regentenschloss von California hatte mich vor der Installation der Störsender immer das Gefühl beschlichen, dass Tekre Industries jegliches im Blick hatte. Das war hier nicht anders. Trotzdem lief mir ein kalter Schauer den Rücken hinunter und ich lenkte meine Aufmerksamkeit bewusst auf den Spalt zwischen den Türflügeln. Ich wollte auf keinen Fall den Moment verpassen, in dem sich diese öffnen würden und wir den Empfang betreten konnten.

»Bereit?«, wollte Ivan von mir wissen.

Nein, dachte ich. *Warum fragte das in diesem Palast jeder?* »Ja.«

»Gut. Ich denke, du wirst ein paar bekannte Gesichter sehen.«

Das ließ mich sofort an Helatius und Pomio denken. Es lenkte mich kurzzeitig ab, indes sich die Tür öffnete, sodass wir auf das Geschehen blicken konnten.

Eine Marmortreppe mit fünf Stufen führte von unserer leicht erhöhten Position hinunter zu einer Ebene, auf der sich bereits ein fröhliches Miteinander an Menschen unterschiedlichster Gewandung und Gemütszustände abspielte. Hinter einer Bar, seitlich an der Wand, standen spezielle Robobots und mixten in atemberaubender Geschwindigkeit bunte Säfte und Spirituosen in durchsichtigen Cups. In einer Ecke entdeckte ich tatsächlich die Gestalt des dicklichen Veritas mit einem Glas voll blauer Flüssigkeit in der Hand: Helatius Horus. Ich sah, wie der Onlinegame-Champion wild mit den Armen gestikulierend einen ganzen Kreis an Bewunderer unterhielt.

An einem eleganten Stehtisch unweit davon gerieten gerade zwei Männer in schwarzen Anzügen über etwas in Streit. Ihr Disput wurde sofort von ihren dürren, in rosa gewandeten Frauen mit zu viel Schmuck am Körper angefeuert. Die beiden Damen erinnerten mich äußerlich verblüffend an Pomio. Von der Moderatorin war aber weit und breit nichts zu sehen. *Wen hatte Ivan also noch gemeint? Schließlich hatte er von »ein paar bekannten Gesichtern« gesprochen.*

Gerade als ich mich ihm zuwandte, um zu fragen und um ihn mit mir zu ziehen, schließlich konnten wir nicht ewig hier stehen und gaffen, verstummten die Gespräche im Raum. Die Stimmung kühlte sich merklich ab. Mein Kopf fuhr herum. Statt Ivan betrachtete ich nun wieder das Treiben.

Was …?

Sie starrten mich alle an – ohne Ausnahme. Ich hatte meiner Aufmachung *nicht* zu viel Wert beigemessen. Nur war ich mir in diesem Moment nicht mehr sicher, ob ich wirklich eine kluge Strategie verfolgte. *In California? Ja! Hier? Könnte es mir unter Umständen als offene Rebellion gegen den Kaiser ausgelegt werden, oder?* Daran hatte ich zwar gedacht, jedoch nicht die Konsequenzen *be*dacht.

Weil du dich, losgelöst von Lanahaa, entwickelst. Sie sehen in dir auch die Tochter der Miss Terious. Der Rebellin, die aufbegehrt hat, gab eine Stimme in meinem Kopf zu bedenken. *Eine Haarkrone setzt ein starkes Zeichen, auch wenn es nur eine Frisur ist. Und Weiß trägt hier niemand sonst.*

Unter den missbilligenden Blicken richteten sich langsam die Härchen an meinen Armen auf. Ich zeigte weiterhin ein strahlendes

Lächeln und tat das, was ich bei meiner Mutter beobachtet hatte: *Angriff war manchmal die einzig mögliche Verteidigung.*

Geschickt löste ich meinen Ellenbogen aus Ivans Griff und trat vier Stufen hinunter, während alle anderen verharrten, wo sie waren. Mit dem Blick suchte und fand ich den einen Mann, der hier mit einem Schnippen alles verändern konnte: seine göttliche Heiligkeit der Kaiser. Er stand ganz in schwarz gekleidet nahe dem Treppenaufgang. *Wie hatte ich ihn zuvor übersehen können?*

»Eure kaiserliche Majestät«, begann ich aufgesetzt fröhlich, nachdem ich den letzten Impuls des Zögerns abgeschüttelt hatte, während die meisten in seiner unmittelbaren Nähe vorsichtig zurückwichen. Sie waren vermutlich gewohnt zu warten, bis sie von ihm angesprochen wurden und fragten sich, was ich vorhatte. »Der goldene Palast ist fantastisch – ein meisterliches Bauwerk. Die Berichterstattung wird seiner Opulenz nicht gerecht!«, schmeichelte ich, auf der untersten Stufe stehend.

Amüsiert zuckte des Kaisers schwarzer Bart. Vielleicht, weil er mich durchschaute; vielleicht, weil er dachte, dass meine Worte das Leben einer Landpomeranze aus dem außerhalb gelegenen Armenviertel Tekres widerspiegelten. So oder so war es ein guter Anfang für mich. Besser, ich belustigte ihn, als ihn zu verärgern oder zu brüskieren und auf jeden Fall besser, als bei einem eigens für mich arrangierten Empfang im goldenen Palast direkt in Richtung Kerker abtransportiert zu werden. Eine Familienzusammenführung à la ›eine Zelle neben meiner Mutter zu belegen‹ war nicht gerade das, was mir für den Abend vorschwebte.

»Ist diese Frisur jetzt Mode in California?«, fragte er bedächtig, mit Blick auf meine schwarze Haarkrone. Dem Kleid schenke er keine Beachtung.

»Mir war nach einer Veränderung zumute«, gab ich äußerlich leichtfertig in Gegenwart all der aufmerksamen Ohren zu und musterte ihn. Seine helle Haut, das zurückgegelte schwarze Haupthaar und die wenigen Falten auf der Stirn sahen punktgenau wie bei unserem letzten Aufeinandertreffen aus. Der Ausdruck seiner tief liegenden grünen Augen war undeutbar. »Wissen Sie …«, begann ich.

»Die Wahl verändert jeden«, kam er mir zuvor. Seine Stimme war ruhig, ebenso sein Gebaren. Es wirkte seltsam natürlich, in einer absolut unnatürlichen Kulisse. Um uns war es mucksmäuschenstill geworden. Selbst die Robobots hatten ihre Barkeepertätigkeit eingestellt. »Alle folgenden Entscheidungen, die Sie treffen – ob nun zu Ihrem Wohl oder dem des Volkes –, werden es weiterhin tun. Verlieren Sie sich dabei nicht selbst. Das ist die Kunst des Regierens. So einfach und so schwierig zugleich.« Er lächelte leicht, wirkte, als wäre er einen Augenblick in Erinnerungen verstrickt, bevor er mich fixierte.

Seine Worte klangen wie ein gut gemeinter Rat, wie eine Weisheit, die er großmütig mit mir teilte. Doch ich meinte auch eine Drohung darin mitschwingen zu hören: Ich sollte die richtigen Entscheidungen treffen, sollte die naive Josephine bleiben – weil er davon überzeugt war, dass mein altes Ich keine Bedrohung für ihn darstellte. Über das neue stand ein Urteil anscheinend noch aus.

Mit dem Gedanken daran, dass ich als Bittstellerin gekommen war und seine Gunst noch brauchte, nickte ich folgsam. Ich trat vor ihn. »Dürfte ich um eine Audienz unter vier Augen bitten? Ihr Rat in einer innenpolitischen Frage bezüglich Californias wäre von unschätzbarem Wert für mich«, säuselte ich eilfertig, da sein Interesse an mir bereits zu schwinden schien, weil er nach einem der Gläser auf dem Stehtisch neben ihm griff.

»Sie haben später meine volle Aufmerksamkeit«, versicherte er mir zu meinem Erstaunen über den Glasrand hinweg. Dann nahm er einen Schluck und ich wusste, dass dieses Gespräch beendet war.

Zufrieden drehte ich mich um. Fast wäre ich dabei mit Ivan zusammengestoßen, der inzwischen hinter mir stand. Seine Augen fanden meine, seine Hände hielten mich auf Abstand. »Etwas zu trinken?«, fragte er mit rauem Unterton.

Ich nickte überfordert. *Hauptsache, wir entflohen kurz dem überwältigenden Bannkreis des Kaisers.* »Gern«, erwiderte ich und ließ mich von ihm mitziehen.

Die Gespräche setzten wieder ein.

Ich atmete lächelnd aus, denn ich hatte, was ich wollte: eine Audienz. Später würde ich mit dem Kaiser über die Ranaans sprechen.

Rayn wäre stolz auf mich, versuchte ich meinen viel zu schnellen Herzschlag mit Rationalität zu beruhigen.

Wir schlängelten uns durch die Menge, zwischen den Tischen hindurch auf die Bar zu. Währenddessen wurde eines offensichtlich: *Da der Kaiser mich in meiner Aufmachung billigte, billigten mich auch die anderen.*

»Weißt du, was du willst?«, fragte mich Ivan, als wir vor der Bar standen.

»Wähl du aus«, entgegnete ich und war froh, mich und meine Gedanken noch einen Augenblick länger ordnen zu können.

Er bestellte: »Zwei Moonlightdance!« bei einem der Robobots, dessen Torso erst blau leuchtete, dann weiß und schließlich abwechselnd im Rhythmus seiner Bewegungen blinkte, während er Alkohol, Sirup und Zucker mit Eiswürfeln mixte.

Wie passend! Ich grinste. *Maschinen waren so viel berechenbarer als Menschen – wenigstens wenn es keine KI waren. Vielleicht hatte meiner Mutter gerade das an ihnen gefallen. Mhm, meine Mutter.* Die beiden Worte schmerzten mich zu meiner Verblüffung nicht mehr so sehr und das, obwohl wir uns räumlich näher waren als all die Wochen zuvor. *Vielleicht begann ich meinen Frieden mit der Vergangenheit zu machen.*

Ich seufzte, blickte mich um und blieb an drei Gestalten in leuchtend roten Gewändern mit goldenen Stickereien hängen. Die Männer standen mit dem Rücken zu mir, doch ich konnte schwarzes Haar erspähen und verband ihr charakteristisches Aussehen direkt mit der Abordnung, die während der Wahl California besucht hatte. Ich hatte niemals sonst ähnliche Kleidung gesehen. Sie stammte eindeutig aus dem neuen chinesischen Kaiserreich. *Aber was …?*

Ivan reichte mir ein Glas mit blauer Flüssigkeit. Der Inhalt sah wie das aus, was ich vorhin in Helatius' Hand gesehen hatte. Neugierig nippte ich daran, ohne die drei Fremden auch nur einen Moment lang aus den Augen zu lassen. *Moonlightdance schmeckte gar nicht mal schlecht. Leicht süßlich und dezent nach Reisschnaps.*

»Danke«, murmelte ich abgelenkt, nahm noch einen Schluck und wünschte mir gleichzeitig, dass die Männer sich umdrehen würden. Ich wollte unbedingt wissen, ob ich richtiglag, ob sie mandelförmige Augen hatten. *Aber wenn ja: Was wollten sie hier?*

»Das ist eine kleine chinesische Delegation, die Warentransporte von Eterny nach Móshù begleitet. Sie sind hier, um unserem Kaiser – und auf diesem Empfang auch dir – ihre Aufwartung zu machen. Du hast den Kaiser von Móshù bei seinem Besuch während der Wahl sehr beeindruckt«, flüsterte Ivan in mein Ohr.

Ich schnaubte ungläubig und rückte ein Stück von ihm ab.

Ivan schüttelte nur belustigt den Kopf. »Sieh nicht alles so negativ.«

Verwundert musterte ich sein Gesicht.

Schalk blitzte in seinen grünen Augen auf. Zum ersten Mal seit der Wahl hatte ich das Gefühl, wieder etwas von dem Mann in ihm zu erkennen, dem ich vor der letzten Aufgabe gesagt hatte, dass ich ihn liebte.

Damals hatte ich geglaubt, mich würde es danach vielleicht nicht mehr geben. Hatte die Gelegenheit nicht ungenutzt verstreichen lassen wollen und dabei womöglich wahrere Worte ausgesprochen, als ich selbst geglaubt hatte. So konnte man sich irren. Inzwischen wusste ich, dass es – gegen jedwede Vernunft – die Liebe in mir gab; nur der Mann, in den ich mich verliebt hatte, war verschwunden gewesen. »Wie soll ich denn *alles* sehen?«, hakte ich deshalb nach. An meinem Cocktail nippend wartete ich auf seine Antwort. Und wartete und wartete, während er innerlich um Silben rang.

Je länger er brauchte, desto abgestandener und unangenehmer fühlte sich die blaue Flüssigkeit in meinem Magen an. Mit jedem weiteren Schluck, während die Sekunden verstrichen, musste ich mehr den Würgereiz unterdrücken, der meine Kehle hinaufzusteigen begann. Ich spürte, wie sich mein Brustkorb zusammenzog und die Reste meines Herzens, die Fetzen, die er zurückgelassen hatte, zerquetschte. *Verstand er nicht, was er mir mit seinem Schweigen antat? Was er mich jetzt schon gekostet hatte?*

Krampfhaft versuchte ich, die Tränenflüssigkeit in meinen Augen zurückzuhalten. Nicht vor all den Schlangen hier im Raum Schwäche zu zeigen. Nicht zu weinen – wegen einem Magician, der es gar nicht verdient hatte. *Warum konnte es nicht ein Mal zwischen uns einfach sein? Ein einziges Mal?* Mein Bedauern hinterließ nichts als Trostlosigkeit.

»Josi«, brachte Ivan schließlich meinen Namen hervor.

Wie kläglich. Das Abbild einer gescheiterten … Ja, was? Beziehung? Wohl eher nicht. »Lass es!« Die Kälte in meiner Stimme machte mir selbst Angst. »Du und ich – da gibt es nichts mehr zu sagen. Du hattest so viele Gelegenheiten und hast keine davon genutzt. Warum? Was fällt dir daran so schwer?«

Abwehrend hob er sein kaum berührtes Glas, wirkte für einen genauen Beobachter verzweifelt. Doch das reichte nicht. Nicht für die neue Josephine. Und als müsste ich mir etwas beweisen, nahm ich ihm seinen Cocktail aus der Hand. Dann leerte ich erst mein Glas mit einem letzten Schluck und spülte den tiefblauen Bodensatz daraufhin mit dem kompletten Inhalt seines Glases hinunter.

Der Blick, mit dem ich ihn dabei bedachte, war voller Abscheu. »Um das für die Zukunft klarzustellen: Du hast mir anscheinend nicht wirklich etwas zu sagen. Und auf ›Nichts‹ habe ich auch *nichts* zu sagen. Stille füllt keine Leere, verstehst du. Das Loch, das du in meinem Leben hinterlassen hast, wird nicht einfach verschwinden, indem du fünf Mal ›Josi‹ sagst oder schweigst und zu Nettigkeiten übergehst.« Ich hatte mich in Rage geredet. Zu viel schwelte schon zu lange in mir.

Das Grün von Ivans Augen verschleierte sich, so als würde er gleich in Tränen ausbrechen. *Er!*

Doch nicht einmal über seine offensichtliche Betroffenheit konnte ich mich freuen, schließlich schwieg er trotzdem. Ich fühlte mich schlecht – wegen *ihm.* Sullivan Tenakulis war die Achillesferse meines Herzens und er hatte gerade binnen weniger Minuten alles zunichtegemacht, was ich mir emotional hart erkämpft hatte: meine Contenance, meine Rolle, meine Überzeugung.

Wenigstens nahm von den anderen Gästen für den Moment keiner Notiz von uns. Der Empfang war für sie alle ein fröhliches Zusammenkommen, ein sehen und gesehen werden, ein Hofieren.

Ich schöpfte Atem, um zu sagen, was gesagt werden musste: »Kontaktiere mich nie wieder privat, schon gar nicht über Lanahaas Call Identification bei Li – wo auch immer du die herhattest!« Ich konnte mich gerade noch so zügeln, um nicht aufzufallen. *Wenn er jetzt eine weitere seiner nichtssagenden Phrasen anbrachte, würde ich schreien oder mich alternativ auf seine schicken Schuhe erbrechen! Und danach würde ich jemanden suchen, der ihn für mich in den Esel, der er dann offensichtlich war, verwandeln konnte.*

Er tat allerdings nichts dergleichen, stand nur da und starrte mich an.

Ich drehte mich weg, weil ich es schon nicht mehr ertragen konnte. Nicht mehr ertragen wollte und würde. *Ivan und ich – das endete im Chaos und niemals gut. Weder jetzt noch in Zukunft. Ich hatte viele Fragen, aber es war zu spät für Erklärungen. Unsere gemeinsame Zeit war abgelaufen, das mussten wir akzeptieren. Beziehungen funktionierten nicht so wie unsere – und wir konnten es uns beide nicht erlauben, nicht zu funktionieren.* Mein Mund öffnete sich, um ihm genau das zu sagen.

Es kam kein Ton heraus.

Mehr unbewusst als bewusst machte ich stattdessen einen Schritt hin zur Bar. Vermutlich, weil mein angeschlagener Verstand es für eine grandiose Idee hielt, mir mit einem weiteren dieser leckeren Cocktails noch etwas Mut anzutrinken.

Da spürte ich Ivans Hand schwer auf meiner Schulter und wandte mich ihm zu. Ich setzte an …

Der Raum um uns explodierte.

25

Totales Chaos

Meine Wahrnehmung wandelte sich in grelles Licht. Rote Funken und Blitze zogen durch mein Gesichtsfeld. Mein Körper ging in Angriffshaltung.

Ich kniff die Augen zusammen, konzentrierte mich und öffnete die Lider mit den Pupillen der Sphinx. Jetzt erkannte ich bruchstückhaft, was sich abspielte.

Das einst heitere Miteinander war Angst und Zerstörung gewichen. Manche eilten blind umher, andere klammerten sich an Nebenstehende oder versuchten, tastend unter den Stehtischen Schutz zu suchen. Magicia rafften die Röcke ihrer Kleider, um sich schneller fortzubewegen. Die Mienen der meisten Magicians zeigten erhöhte Alarmbereitschaft, teils auch Schock und Angst. Der Großteil der kaiserlichen Elite aus Speichelleckern und Höflingen wirkte wie erstarrt. Geblendet, wie sie waren, nutzten ihnen ihre magischen Kräfte wenig. *Denn wie und gegen was sollten sie sie einsetzen?*

Einige hatten die Augen geschlossen und suchten wohl mit anderen Sinnen den Raum nach Gefahren ab. *Bestimmt Mensay!* Die Medizinmänner und Heiler konnten vielleicht etwas erfühlen. Aber war denn hier kein Gulet, der mit seiner Elementarkraft das Licht zurückdrängen konnte? *Nicht einmal der Kaiser? Oder Ivan?*

Dieser hatte inzwischen auch die Augen geschlossen.

Meine geschärften Sinne scannten weiter den Raum. Ich versuchte die Quelle des Lichtes auszumachen, um vielleicht mit meinen Kräften etwas zu bewirken.

Der Ursprung der Helligkeit war irgendwo seitlich von meiner und Ivans Position. *Wahrscheinlich oben, auf der leicht erhöhten Fläche über der Marmortreppe.* Ich konzentrierte mich stärker, setzte mich in Bewegung und lenkte meine Schritte darauf zu. Langsam ging ich zwischen den Menschen hindurch, von Ivan weg.

Da! Auf der Erhöhung erahnte ich die verschwommenen Bewegungen zweier Kämpfer. Der eine war ein Wirbel aus Rot und Gold. Sein schwarzer Haarschopf deutete in Kombination mit der Kleidung darauf hin, dass er zu der Delegation aus Móshù gehörte. *Doch wer war der andere, der sich mit seiner bulligen Gestalt wie ein Scherenschnitt vom Licht abhob?*

Der unscharfe silberne Schemen trug eine eiserne Maske. Zwei Schlitze für die Augen, eine knollige Nase und ein verzerrter Mund waren alles, was ich im Bruchteil einer etwas ruhigeren Sekunde des Kampfes an der Stelle eines Gesichtes erkennen konnte.

Dann nahm die Geschwindigkeit des Geschehens wieder zu. Die Arme des Chinesen hoben und senkten sich so schnell wie die Flügel eines Kolibris. Rote Magie umfloss seine Hände und er richtete sie auf seinen Angreifer, den nun ein intensiver blauer Lichtschimmer umgab.

Keine mir bekannte Magie, das fühlte ich intuitiv. *Aber was dann?* Die Aufregung in mir steigerte sich. Ich pirschte mich näher an das Geschehen heran.

Während der Mann aus Móshù in schlängelnden Bewegungen eine Art Kampftanz vollführte, wirkte es, als sei der silberne Kämpfer überall zugleich. Seine Bewegungen waren akkurat, seltsam abgehackt, aber unglaublich präzise. Sie erinnerten mich an die Abläufe des Robobots, den ich vorhin beim Cocktailmixen bewundert hatte. *War er etwa eine Maschine? Eine KI?! Und das leuchtende Blau – wie hatte Henry bei Tekre Industries erklärt –, ein energetischer Schild?*

Mein Mund stand offen, ich blieb stehen und überlegte fieberhaft, wie ich in den Kampf eingreifen konnte. Wie ich dem Chinesen helfen konnte, der dem fremdartigen Angreifer so mutig standhielt – und damit uns alle schützte.

»Der Schakal!«, hörte ich da ein Flüstern rechts von mir. Der Mann, der die beiden Worte ausgesprochen hatte, war einer der beiden, die sich vorhin so hingebungsvoll gestritten hatten. Jetzt starrte er wie ich nach vorne und beobachtete das Geschehen. Die Helligkeit hatte inzwischen an Intensität eingebüßt und die Kämpfer waren besser sichtbar. »Der tödlichste Auftragskiller von Eterny«, kam es geschockt über seine Lippen. Ganz so, als könnte er es erst glauben, wenn er es aussprach.

Auftragskiller?! Ein Schauer lief mir vom Nacken aus die Wirbelsäule hinunter. *Der Schakal?* Die Rädchen in meinem Gehirn drehten sich wie verrückt. Die Bilder, die sie ausspuckten, waren von ganz zu Beginn der Wahl.

Sinessa stand in der Übertragung, die ich in meiner Erinnerung vor meinem inneren Auge auf den Bildschirmen im Schloss sah, von einem Stuhl auf. Ich meinte, das *Klack klack!*, das seine Absatzschühchen bei den ersten Schritten machten, zu hören und auch: *»Kontaktieren Sie den Schakal. Ich habe einen Auftrag für ihn.«*

Damals waren alle Kandidaten der Wahl, die mit mir auf den Bildschirm geschaut hatten, erstarrt. Ich entsann mich noch gut an die Kälte in Sinessas Stimme. Und der Schock von damals wurde zum Schock von heute. *Der Schakal – war das wirklich eine KI? Hatte er den nicht angeheuert, um Miss Terious zu finden? Oder, wenn die Aussage des Magician gerade stimmte: zu töten! Was machte der tödlichste Auftragskiller von Eterny hier? Bestand der Auftrag noch? Wollte der Schakal über den Kaiser an Lanahaa kommen? Oder hatte Sinessa ihn nun auf mich angesetzt, um zu Ende zu bringen, was er nicht geschafft hatte – seine eigene Tochter zu töten?*

Ein weiterer Schauer lief mir den Rücken hinunter. Doch der letzte Gedanke bedrückte mich weniger, als ich angenommen hätte. *Vermutungen waren müßig.*

Geschäftigkeit, Panik und Hysterie füllten indes den großen Raum.

Meine Aufmerksamkeit verlagerte sich wieder auf den Kampf.

Der Chinese schwankte bereits leicht.

Der silberne Kämpfer war nun besser zu erkennen, da die Geschwindigkeit der Bewegungen wieder abgenommen hatte. Er trug eine glänzende Metallrüstung, deren Einzelteile durch blau leuchtende Fugen verbunden waren. Weder die Magie des Chinesen noch seine Ausdauer schienen ihm Probleme zu bereiten. Unablässig drehte er sich, um Angriffe zu parieren. In seinem Rücken bildeten Carbonteile und verschiedene Platten ein bewegliches Geflecht, das von Aufhängungen gekrönt wurde. An diesen hingen noch unbenutzte Waffen. Das Ganze musste extrem viel wiegen, doch er bewegte sich mühelos.

Da oben, unter der Maske, kämpfte nicht nur eine Maschine. Um die rote Magie derart unbeeindruckt abwehren zu können, musste der Kämpfer einen Schild um sich erschaffen haben. Vielleicht kam doch davon das blaue Leuchten. Er musste ein Magician sein, womöglich in einer KI. Wenn ich recht hatte, vereinte der Schakal das Beste aus beiden Welten zu einer tödlichen Power, die reibungslos zusammenzuarbeiteten: Technologie und Magie – welcher Ausprägung auch immer. Das machte ihn wahrscheinlich so effizient und seine Magie fremdartig.

Gerade hob er seine silberne rechte Hand, führte sie in rasender Schnelle zum Rücken und griff sich etwas, das ich als ein SV–VN I von Tekre Industries identifizierte. Vom Typ ein modifiziertes Sturmgewehr mit, nach der daran baumelnden Munitionskette zu schließen, Kaliber fünfzig und mindestens dreißig Schuss. Die Waffe, von der Baquett erst gesprochen hatte.

Das war nicht gut.

Mein Blutdruck stieg.

Gar nicht gut.

Mit der Hochleistungswaffe würde er erst den Mann aus Móshù und dann uns alle wegpusten, dessen war ich mir sicher. Dank dem Kaliber und der damit verbundenen Durchschlagskraft wäre es wie beim alten Krocket, nur dass es nicht um farblich markierte Bälle und Tore mit U-förmig gebogenen Drahtbügeln gehen würde. Der beste Schuss wäre für den Schakal der, der möglichst viele Körper in einer Bahn nacheinander durchschlug. Sozusagen Präzisionstöten, um Munition zu sparen. Den Rückstoß würde seine hydraulische Rüstung vermutlich problemlos abfangen.

Mir wurde schlecht und ich fühlte mich schwummrig. Ein bisschen wohl, weil der Alkohol der beiden Cocktails zu wirken begann und auch, weil schrille Schreie an meine Ohren brandeten. Hektische Betriebsamkeit riss mich fast um, als die beiden Magicians in den schwarzen Anzügen neben mir nun mit ihren Frauen zu fliehen versuchten.

Wo war der Kaiser?!

Meine Netzhaut brannte, weil ich nichts verpassen wollte. Beim nächsten Blinzeln könnte …

Jemand rannte von hinten in mich rein.

Ich schrie auf und versuchte mich zu stabilisieren, doch der Schwung brachte mich auf den hohen Absätzen zu sehr ins Schwanken. Ich konnte es nicht mehr verhindern: Ich drehte mich, ging in die Knie und Ivan, der offensichtlich dafür verantwortlich war, gleich mit. Als Knäuel von menschlichen Armen und Beinen landeten wir am Boden.

Ivans Körper leuchtete in einem helleren Blau, als ich es je zuvor gesehen hatte. Seine Arme umschlangen meinen Oberkörper. Er ließ mir gar keine Chance, mich aufzurichten und wirkte nicht, als wollte er mich je wieder loslassen. Drückte sich immer näher an mich, als versuchte er meinen Körper mit seinem abzudecken. *Wenn das unser letzter Moment zusammen war, bevor uns ein Projektil durchlöcherte, war ich damit einverstanden.*

Meine Glieder wurden weich, schmiegten sich ganz von allein an ihn. Plötzlich klammerten wir uns aneinander, als wäre es das Einzige, was im Moment zählte. So, als gäbe es nur noch uns beide.

Mein Herzschlag trommelte in meinen Ohren. Meine Zunge klebte mir am trockenen Gaumen. Die Geräuschkulisse um uns hatte sich zu einem ohrenbetäubenden Wirrwarr entwickelt und nahm immer weiter zu. Bis …

Ein Schuss durchbrach das Chaos und brachte alles zum Erliegen.

Auch Ivan und ich erstarrten.

Ich wartete darauf, dass sich das Geräusch wiederholte. Lauschte panisch, ohne etwas zu sehen, da ich mein Gesicht an seinem Hals vergraben hatte. Doch nach einigen weiteren Herzschlägen, die schließlich, da ich mitzählte, zu zu vielen wurden, zweifelte ich daran, dass weitere Schüsse fallen würden. *Hatte etwa jemand den Schakal erschossen? Ging das überhaupt bei der Rüstung?*

Ich hob den Kopf. Leider konnte ich von meiner Position aus nur die weiße Decke sehen. Ernüchtert tauchte ich nun vollständig aus meiner mentalen Ivan-Traumwelt auf und löste meine Hände von seinem Rücken. Dann packte ich ihn an den Oberarmen und drückte dagegen, um ihm zu symbolisieren, dass er aufstehen sollte.

Er grummelte, regte sich aber kaum.

»Ivan!« Meine Stimme war scharf. Ich hasste es, nicht zu wissen, was vor sich ging. Die Geräusche um uns klangen gemäßigt. Das wertete ich als positives Zeichen. Trotzdem fand ich es nicht gerade passend unter dem Kardinal der Blauen Garde auf dem Boden zu liegen, wenn alle bereits wieder zu einer Art Normalität zurückfanden – falls es das war, was vor sich ging. Das würde Fragen aufwerfen, die ich nicht beantworten wollte. »Ivan!«

Umständlich kam er auf die Knie und stand endlich auf.

Das Gewicht auf meinem Brustkorb war weg und ich atmete kräftig durch, bevor ich mich schnellstmöglich aufrappelte und sofort nach vorne blickte. *Oh!*

Der leblose Körper des Chinesen lag auf der obersten Stufe der Marmortreppe. Darum herum standen die beiden übrigen Reisenden der Delegation und wirkten betroffen. Vom Schakal war nichts zu sehen. Dafür klaffte in einem der goldenen Türflügel ein riesiges Loch.

Was ich gehört hatte, war wohl doch kein Schuss gewesen.

26

Ivans Geheimnis

Die meisten Gäste waren inzwischen eilig die Treppe hoch, aus dem Raum geflohen. Die Unruhe hatte sich gelegt, ebenso wie der Staub, den die Sprengung von einem Teil der massiven Tür verursacht hatte. Auch der Rest der Besucher des Empfangs, der sich nun aufrappelte, strebte danach, schnellstmöglich den Ort des Geschehens zu verlassen.

Ich konnte es ihnen nicht verdenken. Der Fluchtreflex, den das eben Vorgefallene auslöste, ließ sich nur schwer abschütteln. Wir realisierten alle gerade erst, was wirklich passiert war. Wie knapp wir mit unseren Leben davongekommen waren. Dass viele von uns magische Kräfte hatten, die uns von den meisten Menschen unterschieden, uns mächtiger machten, dass wir aber die menschlichen Schwächen mancher Sinne oder Reflexe nicht hatten abschütteln können. *Mut und Angst, Akustik und Optik waren für einen Kampf genauso entscheidend wie die Waffen, mit denen gekämpft wurde.*

Der Rat hatte sich vor über fünfzig Jahren erhoben, die Freiheitskämpfe lagen lange zurück. Frieden war eingekehrt und hatte die einstigen Kämpfer, so sie noch lebten, lethargisch und zufrieden anderem nachgehen lassen. Die, die in Frieden aufgewachsen waren, hatten – wie ich – gar nie gelernt zu kämpfen. Und Ivan, der Kardinal der Blauen Garde seiner göttlichen Heiligkeit des Kaisers, hatte es dieses Mal vor-

gezogen, sich auf mich zu werfen, statt einzugreifen. Eine folgenschwere Entscheidung, die der Mann aus Móshù wohl mit dem Leben bezahlt hatte. Wobei offenblieb, ob das nicht so oder so irgendwer hätte.

Zerstreut fuhr ich mir mit der Hand über die Stirn. Fokussierte kurz Ivan, der sich zu den beiden chinesischen Reisenden gesellt hatte und nun zwischen ihnen sowie einem Magician in blauer Robe vermittelte oder Informationen austauschte. *Was für ein Tag!* Rückblickend kam mir alles wie ein böser Traum vor. *Was hatte der Schakal hier gewollt? Warum war er einfach verschwunden? So viele Fragen ohne Antworten! So viele schreckliche Momente ohne einen Lichtblick.*

»Josi?« Ivan kam von den Marmorstufen auf mich zu. Die beiden Chinesen begrüßten dort gerade vier neue Magicians in blauen Roben, die eine Drohne zwischen sich führten. Diese transportierte einen noch leeren Sarg.

»Ja?« Meine Stimme klang unsicher.

»Der Kaiser schickt nach uns.«

»Der Kaiser?« Mit gerunzelter Miene musterte ich Ivan, doch er gab nichts weiter preis. »Will er mir etwa jetzt die Privataudienz gewähren?«, stellte ich dilettantisch die Frage, die durch meinen Kopf geisterte. »Wo ist er?« *Merkte denn keiner außer mir, dass er immer verschwand, wenn es brenzlig wurde? Wie konnte ihn irgendwer fürchten, wenn er doch so ängstlich war und sich allem entzog?*

»In einem seiner Amtszimmer«, antwortete Ivan. »Der Angriff auf den Empfang war anscheinend in der letzten Stunde nicht der einzige Unruheherd im Palast.«

Das ließ mich aufhorchen. Mit offen stehendem Mund sah ich ihn an, während meine Augen immer größer wurden. »Nicht?«, flüsterte ich wie ein Papagei.

»Nein.« Der grimmige Zug, der sich um seinen Mund legte, sagte mir, dass es schlimm war – wirklich schlimm.

Ich überlegte noch, ob ich nachfragen sollte; ob ich es überhaupt wissen wollte, als Ivan mich bereits an die Hand nahm und mit sich schleifte, in Richtung der Treppe.

Über den Marmor liefen wir seitlich an den Magicians in blauen Roben und der Drohne mit dem Sarg vorbei, durch das Loch in der goldenen Tür.

Den Flur dahinter zu betreten kam mir unwirklich vor. *So viel war in so kurzer Zeit passiert.* Ich schluckte.

»Geht's?« Ivan musterte mich besorgt von der Seite, ließ meine Hand im Gehen los.

Und dann war da noch die Sache mit uns. Die Sache mit dem rationalen »Kontaktier mich nie wieder« und dem emotionalen Aneinanderklammern im vermeintlichen Moment des Todes. Tränen traten mir in die Augen. Trotzdem versuchte ich tapfer zu sein, nickte und presste ein: »Es muss« heraus. Dann blinzelte ich, damit mein Körper die Flüssigkeit aus meinen Augen abtransportieren konnte. *Ich hatte jetzt keine Zeit, um zu weinen.*

Ivan seufzte, blieb nach zwei Abbiegungen stehen.

Ich sah ihn fragend an und verharrte ebenfalls.

Um uns war es gespenstisch still.

Vorsichtig näherte er sich mir. Mit warmen Fingern umschloss er mein Gesicht, als sei es zerbrechlich, sah mir tief in die Augen.

Ich erkannte Schmerz – so viel Schmerz – in seinen grünen Iriden. Mehr, als ich verkraften konnte. Mehr, als irgendwer auf dieser Welt ertragen, ja, erdulden sollte. Plötzlich fror ich am ganzen Körper. Der innere Aufruhr spiegelte sich äußerlich. Gänsehaut bedeckte meine Unterarme, mein Mund verspannte sich und meine Pupillen nahmen einen glasigen Glanz an.

Zwischen uns fiel kein Wort. Er sprach nicht über seine Gedanken und Gefühle. Doch waren sie für mich derart greifbar und sein Schmerz in diesem Moment so echt, dass ich ihm im Zuge der unglaublichen Erleichterung darüber, dass wir noch lebten, verzieh.

Alles verzieh. Ohne zu wissen, was ich verzieh.

Es war vielleicht nicht klug, sicherlich nicht angemessen in Anbetracht der Tatsache, dass er noch immer Geheimnisse vor mir hatte – aber mein Herz verzieh ihm nichtsdestotrotz. Ich war nicht bereit, mich in die Liste der Dinge einzureihen, die ihm wehtaten, auch wenn er mir wehgetan hatte. Das war Liebe und dafür liebte ich ihn zu sehr. Von welchen Dämonen, von welchen Befehlen Ivan auch immer getrieben wurde, in diesem besonderen Herzschlag litt ich mit ihm und wollte ihm Linderung verschaffen.

In der Abgeschiedenheit des leeren Flurs gestatteten wir uns wider Vernunft einen kurzen Augenblick, um das Leben zu spüren.

Ganz langsam näherte sich sein Gesicht dem meinen.

Seine warmen Lippen nahmen meine behutsam in Besitz. Mein Mund öffnete sich unter dem köstlichen Geschmack, den ich so vermisst hatte. Ivans Zunge umkreiste in lockenden Bewegungen meine, als hätten wir alle Zeit der Welt. Als gäbe es nur uns – sonst niemanden, der von Belang war. Mit seinen Händen griff er hoch, von meinen Schläfen aus in mein Haar und strich über die schwarzen Strähnen. Meine legte ich in seinen Nacken und zog ihn noch dichter zu mir.

Jede Bewegung hatte etwas Verzweifeltes, etwas Hastiges – da wir beide wussten, dass dieser Moment vergehen würde. Dass wir uns allzu bald voneinander lösen mussten und eine gemeinsame Zukunft ungewiss war.

Doch wieso?, fragte eine Stimme in mir. *Wieso konnten wir nicht zusammen sein?*

Ich war die Regentin von California und damit durchaus standesgemäß, selbst wenn er unbedingt Kaiser werden wollte, oder? Verzweiflung mischte sich in die Freude über seine Zärtlichkeit.

Ivan schien zu merken, dass ich mit meinen Gedanken abschweifte. Sachte strich er ein letztes Mal mit seinen Lippen über meinen Mund. Dann sah er mir tief in die Augen und löste seine Hände.

Traurig ließ ich auch meine sinken. Um jeglichen Worten von ihm in direkter Konfrontation zuvorzukommen, wandte ich mich ab und strich mein Kleid glatt.

»Du siehst hübsch aus«, sagte er leise. »Die neue Frisur steht dir.«

Um Fassung ringend sah ich nun doch wieder zu ihm und bekam ganz untypisch rote Wangen. *Kein: »Das war ein Fehler«. Oder: »Das wird nie wieder passieren, sieh es als Abschied«? Stattdessen Komplimente.* Er brachte mich durcheinander. »Danke«, murmelte ich.

Ivan nickte wortlos in eine Richtung des Flurs. Wir mussten weiter.

Ich lächelte matt. »Gehen wir!« *Den Kaiser ließ man besser nicht zu lange warten.*

Bei unserem Spaziergang die Gänge entlang verlor ich mich in der stummen Betrachtung der bunten Funken, die über die Bildschirme an den Wänden huschten. *Sie waren so verspielt, so sorglos!*

Ivan schwieg.

Es war keine unangenehme Stille, die zwischen uns entstand. Sie fühlte sich vielmehr so an, als sei die Verbindung zwischen uns wieder da. Vielleicht weil wir, genau wie bei der Wahl, erneut ein Geheimnis hatten, das keiner kannte – ein Geheimnis, das uns verband.

Ich wusste es jedoch besser. Seine Schwäche für mich mochte vielleicht Ivans Geheimnis sein, doch das eigentliche Geheimnis war die Tatsache, dass ich wusste – besser gesagt, mir nun wieder sicher darüber war –, dass Ivan ein Herz hatte. Und dass dieses Herz für mich schlug. Deshalb war es in Ordnung, während unseres Weges Gedanken nachzuhängen. Wir würden noch reden – über all die Dinge, die ihn belasteten und zurückhielten; sicherlich schreckliche Dinge – aber nicht heute. Heute hatten wir einen Anschlag überlebt und uns eine emotionale Pause verdient.

Irgendwann glitt eine weiße Schiebetür neben Ivan zur Seite und er zog mich in den Raum dahinter. Als er plötzlich stehen blieb, konnte ich mich gerade so davon abhalten, gegen ihn zu laufen.

Deutlich langsamer trat er einen Schritt nach links und gewährte mir damit freie Sicht.

Oh, oh. Schneller als gedacht, sah ich mich nun dem Kaiser gegenüber.

27

Die Stunde danach

Lamentos saß in einem der weißen Sessel einer kleinen Sitzgruppe vor einem riesigen Bildschirm. Dieser war im Stand-by-Modus und zeigte in Gold auf schwarzem Hintergrund sein kaiserliches Symbol, das blicklose Auge mit den einzelnen Wimpern. Die Stirn des Kaisers lag in Falten, sein zurückgegeltes schwarzes Haar saß hingegen makellos. Doch auch die tief liegenden grünen Augen wirkten nicht glücklich. In seiner Hand hielt er ein ähnliches Glas, wie ich es unlängst bei Rayn gesehen hatte, gefüllt mit der gleichen Flüssigkeit: Reisschnaps.

So schlimm war es also. Schweigend wartete ich ab, was passieren würde, warum wir hier waren.

»Setzt euch«, sagte der Kaiser. Er deutete mit der freien Hand auf die übrige Sitzgruppe.

Ivan nickte und ließ sich in einen Sessel gegenüber von seinem Vater fallen. Ich wählte daraufhin den neben ihm und sank fast geräuschlos in die weichen Polster. *Wie angenehm es war, nach all der Aufregung zu sitzen.* Erst jetzt spürte ich, wie meine Füße gegen die hohen Riemchensandaletten protestierten, die ich noch immer nicht gewohnt war. Und wie sehr das Korsett meines Kleides mich einschränkte. Mir war, als hätte mein Körper bis gerade unter Schock gestanden und all die physischen Kleinigkeiten zurückgehalten.

»Wollt ihr etwas trinken?« Aufmerksam sah der Kaiser uns an, während er sein Glas mit Schnaps an die Lippen setzte.

Sowohl Ivan als auch ich schüttelten sofort den Kopf. Wir wollten offensichtlich beide unsere Sinne beisammenhaben – *für das hier und falls* noch *etwas passieren würde.*

»Er hat eine modifizierte Blendkranate verwendet«, erhob nun Ivan zu meiner Verblüffung das Wort. »Hoch entwickelt. Vielleicht gar selbst gebaut. Wir wissen es nicht, sind aber dran.«

Das musste ihm der Gardist auf der Marmortreppe erzählt haben.

Der Kaiser nickte, als wüsste er es bereits.

Ich musterte ihn, fragte mich wieder, wie er den Raum hatte verlassen können. Vor dem einzigen sichtbaren Ausgang war schließlich gekämpft worden. *Oder hatte ich ihn einfach nicht bemerkt und er war mit dem Strom der anderen nach dem Knall die Treppe hochgegangen?*

»Es war ein Ablenkungsmanöver. Zumindest vermute ich das«, gab der Kaiser nun an Ivan gewandt zurück.

»Was meinst du?«, fragte dieser angespannt. »Was ist noch passiert?«

Der Kaiser schenkte mir einen langen Blick. »Lanahaa ist ausgebrochen. Sie ist aus dem Hochsicherheitstrakt des Palastes entkommen. Ich hätte nicht gedacht, dass das jemals jemand schafft.« Sein Ton war nichtssagend. Er wirkte nicht wütend, vielmehr resigniert.

Lanahaa war ausgebrochen?

Auf freiem Fuß!

Es waren jeweils drei simple Worte mit der Durchschlagkraft von einem ganzen Arsenal an Blendgranaten. In meinem Kopf stand alles still. *Wie war das möglich? Wie hatte sie das geschafft? In ihrer Verfassung – aufgrund der weißen Magie.* Mein Mund öffnete sich, schloss sich wieder. Ich wollte es nicht wahrhaben. *Meine Mutter war frei?* »Aber wie …?«, setzte ich ungläubig stotternd an.

»Es muss jemanden geben, der ihr geholfen hat … vermutlich weiterhin hilft. Wahrscheinlich sind es sogar mehrere.« Nun klang des Kaisers Stimme so scharf wie ein Skalpell. Seine Haltung war wieder die des weltgewandten Staatsmannes. Die zwischenmenschliche Wärme hatte ihn gänzlich verlassen. »Die Blaue Garde schwärmt bereits aus. Ich denke aber, es ist hoffnungslos. Wenn sie nicht gefunden werden will, werden wir sie nur durch Zufall oder viel Glück finden. *Oder* wenn jemand auspackt.« Er musterte mich.

Verdächtigte er mich etwa?! »Sie meinen, abgesehen vom Schakal?« Meine Stimme klang jetzt scharf.

»Josephine«, mischte sich Ivan mit bemüht ruhigem Tonfall ein.

Statt mich zu beruhigen, machte mich das aber eher wütend. *Traute er mir nicht einmal zu, mich verbal vor seinem Vater zu verteidigen?*

»Ich sehe nur all die Zufälle, die hier zusammenkommen«, hob der Kaiser an. »Der Schakal hat einen Empfang angegriffen, auf dem sowohl ich als auch Ivan waren, etwas durchaus Untypisches, und schaffte so lange Verwirrung, hielt uns an Ort und Stelle, bis Lanahaa ausgebrochen war. Das erfordert Informationen, Vorbereitungen und einen Insider, der ihm Zugang zum Palast verschafft hat.« Er atmete erregt aus. »Ihre Tochter – nämlich *du* – ist ebenfalls auf besagtem Empfang, da dieser für sie – also *dich* – ausgerichtet wird. Ja, ich frage mich durchaus berechtigt, ob es Zusammenhänge gibt.«

Ich funkelte ihn böse an. *Er hatte mich doch eingeladen.*

»Aber ich glaube dir, dass du nichts damit zu tun hast«, fuhr der Kaiser deutlich ruhiger fort und überraschte mich damit. »Nun, da ich deinen offensichtlichen Schock über Lanahaas Flucht gesehen und deine Emotionen nun … gespürt habe, weiß ich, dass du auch nicht gerade glücklich über die neue Situation bist.«

Deshalb hatte er mich von Ivan herbringen lassen. Um meine Reaktion bei einer direkten Gegenüberstellung mit seinen magischen Sinnen auf ihre Aufrichtigkeit hin zu überprüfen. Eine Art subjektiver magischer Lügendetektortest. Alles andere als begeistert atmete ich aus. Die nachfolgende Erleichterung über seine Worte entspannte mich aber ein Stück weit. *Er hatte recht. Lanahaas Ausbruch machte die Dinge für mich nicht leichter.*

»Hat sie etwas mitgenommen?«, fragte Ivan leise.

Was war das denn für eine Frage? Was sollte sie denn …?

»Ja«, bestätigte sein Vater ungehalten. »Sie hat ihn geklaut.« Er wirkte daraufhin niedergeschlagen. Sein Gesicht wurde blasser, als seine Haut ohnehin war, fast durchsichtig und ich hatte für einen Moment das Gefühl, einen Mann im wirklichen Alter von Lamento vor mir sitzen zu haben.

Wie konnte das sein? Meine Gedanken überschlugen sich. *War sein im Vergleich junges Aussehen etwa nur eine exzellente Illusion? Hatte er all die Jahre seine zweite Haut so perfektioniert, dass alle gedacht hatten, dass … Dafür musste er sehr stark sein.*

Ich schluckte, wurde von einer seltsamen Erregung darüber ergriffen, dass ich einem seiner Tricks auf die Spur kam. *Das erklärte womöglich auch, wie er beim Angriff des Schakals unerkannt in der Menge untergetaucht war. Er hatte einfach die Illusion seines Aussehens verändert! Das ging auf einer Bühne natürlich nicht unbemerkt. Allerdings begründete das noch immer nicht, warum er zwei Mal kampflos abgezogen war. Oder … vielleicht doch. Was, wenn er inzwischen zu alt, zu unbeweglich war? Ihn die ständige Illusion zu viel Kraft kostete? Rayn hatte am letzten Tag der Regentschaftswahl gesagt, er vermutete, Lamentos war um die siebzig. Egal. Was hatte meine Mutter mitgehen lassen?*

»Was für ein ›ihn‹?«, fragte ich laut.

Ivans Kehle entwich ein warnendes Geräusch.

In Lamentos' Augen tanzten sofort gelbe Flammen.

Ich zog den Kopf ein. *Das war wohl die falsche Frage gewesen.*

Der Kaiser wirkte wieder deutlich munterer. Obwohl seine Magie nur ein schwacher Abglanz der Macht zu sein schien, die er sonst verströmte, wollte ich lieber nichts davon abbekommen. »Sie hat den Besenstiel«, sagte er dann und lächelte auf seltsame Art und Weise. »Zumindest denkt sie das – dass sie etwas Außergewöhnliches hat.«

»Aha?« Meine Furcht vor seiner Reaktion schwand. Ich sah ihn zweifelnd an. *Den Besenstiel?! War das ein skurriles Codewort? Sollte ich das verstehen?*

»Ich nehme an, sie will mich bloßstellen, um dann selbst Kaiserin zu werden«, bekannte Lamentos. »Woher auch immer sie darüber Bescheid weiß.«

Wenn man von der Vorstellung eines, äh, Besenstiels in diesem Szenario absah – bei Rovennas Magie, wie konnten der Kaiser so ernsthaft darüber sprechen! –, mochte er recht haben. Vielleicht strebte Lanahaa nun wirklich die Herrschaft über Eterny an. Als ehemalige Vorstandsvorsitzende des Unternehmens, das den goldenen Palast genau wie alle Regentenschlösser von oben bis unten verkabelt hatte, kam man wohl an die eine oder andere Information, die sonst keiner besaß. Mit einem

Schauder dachte ich an das letzte Mal zurück, als ich meine Mutter gesehen hatte. Sie war mir fremd gewesen, geradezu unmenschlich vorgekommen. *Rovenna bewahre Eterny davor, dass diese Frau herrschte,* dachte ich intuitiv.

»Wird sie es schaffen?« Ivan klang nicht, als bezog sich das auf die letzte Aussage des Kaisers.

»Sie wird es nicht schaffen. Dafür müsste sie den biologischen Code knacken. Der kann zwar auch ausgetrickst werden, aber das ist fast unmöglich. Er muss bis ins Detail übereinstimmen. Der Zauber dahinter ist alt … und mächtig.«

Ivan nickte. Er wirkte beruhigt.

Ich sah ihn fragend an. *Hä?!*

»Der Kaiser hat etwas Wichtiges mit einem anderen Artefakt, dem Besenstiel, magisch verschleiert. Eine Art ganzheitliche Illusion erzeugt«, begann Ivan mir, auf ein Nicken von Lamentos hin, zu erklären. »Die Magie kann nur durch einen biologischen Code aufgehoben werden. In dem Fall benötigt man dafür etwas von jemand Verstorbenem. Und besagter Leichnam ist verschollen. Dementsprechend gestaltet sich das schwierig.« Er ließ den Satz ausklingen. »Wie wir wissen, hat es deine Mutter eher mit binomischen Codes«, fuhr er fort. »Vielleicht haben wir Glück und sie schafft es nie.«

Ich sah ihn zweifelnd an. In meinem Kopf blitzten die wildesten Ideen auf. »Glaubst du, sie hat sich gefangen nehmen lassen, um genau an dem Punkt zu sein, an dem sie jetzt ist? Um den … Besenstiel zu erlangen?«

Ivan sah mich verblüfft an.

»Ich glaube genau das. Wir haben es zugelassen.« Der Kaiser fixierte mich.

Ich wusste nicht, ob er mir wirklich traute. Oder ob *sein* Plan vielmehr beinhaltete, mich in Sicherheit zu wiegen, um zu sehen, ob ich dann Details zu Lanahaas Plan ausplauderte. *Was ich ja gar nicht konnte.*

»Woraufhin sich die Frage stellt, wie ihr weiteres Vorgehen aussieht«, äußerte er da auch schon. »Und immer noch die, wer ihr bei all dem hilft!«

Sag bloß.

»Tekre Industries«, stieß ich ohne nachzudenken aus. »Also … Ich denke nicht, dass sie bis jetzt in all das verwickelt waren. Aber dort kann sicher irgendjemand den Code knacken. Vielleicht versucht sie einen der Mitarbeiter dazu zu zwingen. Ich war erst neulich …« Ich winkte ab. »Unwichtig. Jedenfalls ist die Technologie, die sie dort haben, die fortschrittlichste überhaupt und ich glaube, sie forschen so ziemlich an allem, zu dem ihnen etwas einfällt. Wenn sie es nicht schaffen, schafft es niemand.« *Das war dem Kaiser und Ivan ja sicher nicht neu.*

»Natürlich.« Der Kaiser nickte wieder. »Ein guter Ansatzpunkt.«

»Ja.« Ivan seufzte. »Ich vermute, sie entwickeln in den Laboren im Headquarter sowieso schon seit einer ganzen Weile, was sie wollen.« Er schenkte seinem Vater einen vielsagenden Blick. »Ich war ja für strengere Kontrollen.«

»Beiße nie die Hand, die dich füttert«, gab der kurz angebunden zurück.

Jaja, money makes the world go round. Steuereinnahmen, olé!

Und wahrscheinlich fürchtete er auch, dass sie veröffentlichen würden, was sie über ihn wussten, wenn er sich gegen das Unternehmen stellte. Das brachte uns nicht weiter. »Meine PR-Beraterin ist vielleicht an etwas dran.« Ich stockte. »Sie hatte vorhin ein Treffen mit Henry Meliere, dem Vertriebsleiter von Tekre Industries. Ich kann sie kontaktieren und …« *Ja, was?* Ich hatte keine Ahnung. *Sie warnen und aus der Gefahrenzone scheuchen, falls sie noch bei Tekre Industries war. Fragen, ob Henry tatsächlich für irgendwen spionierte. Wenn ja, für wen – sein Heimatland? Wie brachte das Eterny weiter?*

Der Kaiser nickte bereits. »Tu das. Was auch immer es für eine Mission ist, die sie ausführt, wir benötigen alle Informationen, die wir bekommen können.« Damit nahm er einen weiteren Schluck aus seinem Glas mit Reisschnaps.

»Gut.« Ich erhob mich abrupt und drehte den beiden den Rücken zu.

»Das bleibt abzuwarten«, murmelte der Kaiser.

»Ich glaube, jetzt brauch ich doch auch ein Glas Schnaps. Hat sie wirklich den Besenstiel?«, hörte ich Ivan, als ich bereits die kleine Sitzgruppe verließ und mich in die entgegengesetzte Raumecke verzog.

Erst dort holte ich Li aus der Tasche meines Kleides und legte ihn mir auf den offenen Handteller. »Li, kontaktiere Yasemine«, wies ich den Nanobot an.

Eine Projektion erschien über seinem kleinen Rumpf. Noch war kein Bild erkennbar, nur ein heller Lichtkegel. Geduldig wartete ich. Und wurde dabei immer nervöser. *Ging es Yasemine gut?* Nichtsdestotrotz zwang ich mich, ein Lächeln für meine Freundin aufzusetzen.

Dann nahm sie zu meiner Erleichterung den Anruf an, erschien allerdings mit leicht panischer Miene auf der Projektion.

Unwillkürlich rutschte mir das Herz in die Hose. Der milchig helle Hintergrund, vor dem ihr Oberkörper zu sehen war, gab keinen Hinweis auf ihren Aufenthaltsort. *War Lanahaa schon bei Tekre Industries? Versteckte sich meine PR-Beraterin vor ihm?* »Yasemi…«, hauchte ich voll böser Vorahnung, indes mir der Gedanke durch den Kopf schoss, dass sie Henry wohl kaum an seinem Arbeitsplatz datete. *Wie kam ich nur darauf?*

»Wir haben gerade die Nachrichten gesehen«, schnitt sie mir das Wort ab. »Ist bei dir alles okay?«

Henrys Kopf kam gleichzeitig ins Bild. Seine kurzen Haare standen zerzaust ab. Alles an ihm schrie geradezu nach vorangegangenem amourösem Vergnügen.

Ich stieß erleichtert die Luft aus. »Bei mir ist alles okay. Bei euch auch?«, fragte ich trotzdem nach, um Sicherheit zu haben.

Die beiden nickten mit geröteten Wangen und verschämten Blicken.

Ich ignorierte die pikante Situation, in die ich offensichtlich geplatzt war. »Hört zu! Henry!« Ich fixierte ihn.

Er kam weiter ins Bild. »Ja?«

»Wo auch immer ihr seid, schnapp dir deinen Bot oder eine Verkehrsdrohne und riegele sofort den Standort von Tekre Industries in California ab! Lanahaa ist ausgebrochen und wir denken, dass das Headquarter ihr nächstes Ziel sein könnte.«

»Was?!« Yasemine quietschte so laut, dass ich meinte, der ganze kaiserliche Palast hatte es gehört.

Ich seufzte, mit den Nerven am Ende. »Das ist eine kaiserliche Anordnung«, log ich, um dem Ganzen gegenüber Henry mehr Nachdruck zu verleihen. »Ich bin nur die Überbringerin«, fügte ich an ihn gerichtet hinzu.

Er nickte – zwei Mal. Seine Miene zeigte Schock. »Bin gleich unterwegs.«

»Danke«, sagte ich aufrichtig. »Ja, leider«, wandte ich mich danach Yasemine zu. »Ich nehme an, ihr habt nur vom Angriff auf den Empfang gehört?«

»Ja. Mit Toten, heißt es.« Sie machte große Augen.

»Einem Toten aus Móshù«, bestätigte ich und kam dann zur Sache. »Ich möchte, dass du sofort zum Regentenschloss zurückkehrst. Rayn süffelt seit einer ganzen Weile Reisschnaps.« Das ›wegen dir‹ sparte ich mir, da sie augenblicklich beschämt die Augen niederschlug und das wohl tatsächlich wusste. *Unfassbar!* »Ich brauche dort jemanden mit klarem Verstand!« Meine Stimme wurde eine Spur schärfer als beabsichtigt.

»Alles klar.« Yasemine war bereits in Aufbruchstimmung.

Auch Henry griff nach etwas, das ich nicht sehen konnte. *Vielleicht einer Hose?*

Beide warteten nur darauf, ob ich noch etwas zu sagen hatte – das entnahm ich ihren aufgewühlten Blicken und den unruhigen Bewegungen. »Kein Wort über Lanahaa zu irgendwem. Haltet diese Information unter Verschluss«, wies ich sie an und erntete kollektives Nicken. »Wir sehen uns in California. Ich komme, so schnell ich kann.«

28

Der Schakal

»Der Vertriebsleiter riegelt das Headquarter von Tekre Industries in California ab und meine PR-Beraterin dient uns als Standleitung ins Regentenschloss«, berichtete ich, als ich wieder bei der kleinen Sitzgruppe angekommen war.

Ivan hatte inzwischen ein Glas Reisschnaps in der Hand. Er lehnte sich in seinem Sessel zurück. Ich kannte ihn jedoch gut genug, um die Zeichen der Anspannung zu lesen. Statt dass er oder sein Vater fragten, was mit Rayn war, kommentierte er nur: »Du glaubst, das hält sie auf?«

»Nein«, gab ich offen zu. »Aber ich sehe es auch nicht ein, es ihr leichter als nötig zu machen.«

Der Kaiser nickte wohlwollend. *Anscheinend traute er mir doch.* »Und dieser Henry Meliere ist vertrauenswürdig?« … *Henry wohl nicht.*

Ich nickte ebenfalls und tat überzeugter, als ich war. Andererseits gestand ich Yasemine eine gute Menschenkenntnis zu. *Und wäre er nicht vertrauenswürdig, hätte sie sich nicht mit ihm eingelassen, oder? Spionieren war das eine – jemandem seinen Körper anzuvertrauen das andere.*

In einer fließenden Bewegung drehte der Kaiser, so als spürte er meine Zweifel, sein Handgelenk. »Systemcheck: Henry Meliere«, wies er den tiefschwarzen Nanobot an, der dort hing.

Ich hielt den Atem an. Hoffte, dass die Informationen, die gleich irgendeine Software ausspucken würde, meine Behauptung nicht dementieren würden. *Mhm, das System war bestimmt von Tekre Industries und Henry hatte womöglich Zugriff darauf. Das spielte mir in die Karten. Aber wie aussagekräftig wäre das Ergebnis?*

Ein grünes Aufblinken der Leuchtdiode am Nanobot erleichterte mich vorerst. Verstohlen gab ich meine unbewusst angespannte Haltung auf und füllte meine Lunge mit frischer Luft. *Wenigstens war ich aus dem Schneider.*

»Was jetzt?«, fragte Ivan.

»Jetzt habe ich noch zwei Dinge, denen wir unsere Aufmerksamkeit widmen sollten«, informierte ich ihn und fühlte mich in meine Rolle als Regentin mit Befehlsgewalt zurück. Die Situation war heikel. Ich hatte jedoch nicht vergessen, warum ich nach Washington gereist war.

Interessiert richtete der Kaiser sich auf. »Die Audienz?«, mutmaßte er.

»Wollte ich wegen einem dieser Dinge«, bestätigte ich.

Ivan musterte mich wie ein seltenes Insekt.

»Nun, Josephine, dann sind das deine fünf kaiserlichen Minuten«, meinte seine göttliche Heiligkeit mit einem ironischen Beiklang.

Ich nickte. »Erstens – sehen Sie das als persönliche Berichterstattung – ist es so, dass wir in California in letzter Zeit eine Attentatsreihe auf Magicians verzeichnen. Dazu zähle ich auch den durch Magie verursachten Einsturz des Hauses während der Trauerfeier zu Ehren der Drohnenopfer. Ich bin mir sicher, das ist bis in den kaiserlichen Palast vorgedrungen. Rayn geht dem nach.«

Ich schöpfte Atem.

»Zweitens mein eigentliches Anliegen: In California wird es bald zu einer Hungersnot kommen, wenn wir nichts unternehmen. Wir alle wissen, dass, wenn es California nicht gut geht, das ganze Kaiserreich wirtschaftlich krankt.«

Diese Vorstellung entlockte dem Kaiser einen finsteren Blick.

»Auslöser dafür wird die schlechte Maisernte sein. Die Familie Ranaan behauptet, dass sie sich extrem verringern wird. Ich möchte keine falschen Gerüchte streuen, frage mich aber, woran es liegt, dass die Ernte so plötzlich nach dem für sie tragischen Ausgang der Regentschaftswahl kleiner ausfällt. Deshalb ist bereits eine Delegation mit der

Aufklärung betraut. Die Erkenntnisse sind ausstehend. Nichtsdestotrotz möchte ich mich Ihrer Rückendeckung versichern, falls wir bis zum Äußersten gehen müssen.«

»Enteignung?«, warf Ivan fragend dazwischen. »Willst du die Maisfelder zu Staatseigentum machen, um weiterhin eine Versorgung der Bevölkerung zu gewährleisten?«

Ich zog die Mundwinkel zu einem gequälten Lächeln hoch. »Hoffentlich nicht, aber die Situation ist ernst.«

»Der Vorwurf der künstlichen Verknappung – das wird schwierig«, murmelte der Kaiser. »Wenn einer mächtigen Familie Enteignung droht, werden auch andere Familien um ihren Besitz fürchten. Und das wird … Unruhe heraufbeschwören.«

Es würde seine Position in Gefahr bringen, weil andere Familien ohne Beweise annehmen könnten, dass er aus einer Laune heraus handelte. Die Ranaans denunzierte. Sie würden die Macht, die er über sie hatte, anzweifeln. Ich wusste genau, was er da durch die Blume andeutete. Und es machte mich unglaublich wütend. »Nun, wenn all die Menschen hungern, wird es noch viel schwieriger!«, wagte ich mich vor. *Es konnte doch nicht sein, dass Politik wichtiger war als Menschenleben. Hatte sich nicht genau deshalb der Rat erhoben?* Dann erinnerte ich mich wieder, mit *wem* ich da sprach.

Ivan war in seinem Sessel still geworden.

Meine Wut verpuffte und ich fragte mich schlagartig, ob ich zu weit gegangen war. Unsicher blickte ich zu seinem Vater.

Der Kaiser richtete sich auf. Als wäre ein Schleier gehoben worden, umgab ihn plötzlich wieder die altbekannte Macht. »Nun, das waren fünf Minuten.« Sein Tonfall verhieß nichts Gutes. »Danke, dass du mich unterrichtet hast. Ich werde zu gegebener Zeit eine Entscheidung fällen.«

Ich nickte unsicher, fummelte am Oberteil meines Kleides herum. *So hatte ich mir das nicht vorgestellt.*

»Zurück zum Schakal«, wandte sich der Kaiser an Ivan, der sich aufgrund des schnellen Themenwechsels fast an seinem Schnaps verschluckte. »Was ist er genau, haben wir darüber aktuelle Informationen? Ein Mensch in einer Rüstung, in einer Maschine?«

Ivan gurgelte. Nippte nochmal am Schnaps und schluckte. »Er ist ein Magician in einem Roboter, der von einer KI gesteuert wird. Die drei Elemente sind unwiderruflich verbunden – wenn meine Quellen korrekt sind. Das heißt, der Roboter ist eine Erweiterung des Menschen. Das lebende Individuum ist damit eine Kombination aus Fleisch und Technik. Trennt man den Menschen von seinen technischen Teilen, stirbt er. Die richtige Bezeichnung wäre damit: Cyborg.«

»Mhm«, machte der Kaiser. »Wie können wir den Roboter, in dem er steckt, unschädlich machen?«

»Nun, es ist ein Exoskelett, das elektronisch betrieben wird. Man kann es tasern, um eine Art Kurzschluss herbeizuführen. Ich denke, mit einer der Hochvoltwaffen ist das möglich. Fünfzigtausend Volt und nicht nur die KI kollabiert, sondern auch der Mensch darin.« Er überlegte kurz. »Atemstillstand, Organversagen, innere Verbrennung – das volle Programm. Es kommt nur auf die Dosierung an.« Ivan wirkte ganz ruhig, als erzählte er etwas über seine Kaffeetrinkgewohnheiten und nicht darüber, wie er einen Menschen grillen wollte.

Ich saß daneben und hatte schreckliche Bilder im Kopf. Und eine Frage: *Machte er das öfter? So gut, wie er sich auskannte.*

»Alternativen?«, fragte der Kaiser.

»Natürlich. Fernbeschuss durch Drohnen oder direkter Beschuss durch Robobots. Das Kaliber fünfzig, das er bei sich hatte, sollte zum Beispiel seine Rüstung durchschlagen. Und Magie ist natürlich auch immer eine Option. Vielleicht sogar eine notwendige.«

»Aber wenn wir ihn jetzt töten …« Der Kaiser wirkte nachdenklich. »Wird er noch größer als das, was er jetzt ist, oder?«

»Größer?«, fragte ich, ohne es zu wollen.

Ivan sah mich von der Seite an und seufzte. »Bisher gab es Gerüchte über den ominösen Schakal. Einen ganzen Raum voller Höflinge anzugreifen, die sich geradezu darum reißen, Statements zu ihrem angeblichen Überlebenskampf abzugeben …« Er schüttelte missbilligend den Kopf. »Ich bin mir sicher, er ist gerade *das* Gesprächsthema – auf jedem Sender. Habe ich recht?«

Der Kaiser nickte mit finsterem Gesichtsausdruck. »Ich habe bereits eine offizielle, äußerst schwammige Erklärung abgegeben. Sie hat die Gemüter nicht beruhigt.«

»Das Volk in einigen der fünfundzwanzig Länder ist ziemlich aufgebracht«, dachte Ivan laut nach. »Sie denken, die magische Elite hat zu viel Macht und es gibt Aufstände«, fügte er an mich gewandt hinzu. »Bisher konnten wir das aus den Medien halten.«

Ich hatte doch gewusst, dass der Kaiser selbst uns Regenten Informationen vorenthielt! Und kombinierte blitzschnell: »Vorhin, bei der Nachricht auf meinem Bot …«

»Genau«, bestätigte Ivan, bevor ich weitersprechen konnte und verzog das Gesicht. »Es gab einen Zwischenfall«, beendete er das Thema abrupt.

Oh, das hätte ich wahrscheinlich nicht in Gegenwart des Kaisers ansprechen sollen. Während ich die neuen Informationen verdaute, fuhr dieser fort: »Jetzt scheint es, als stilisierten manche den Schakal nach dem Vorfall beim Empfang als eine Art bösen Robin Hood, der aber die richtigen Zeichen setzt. Gegen eine magische Elite.«

Gegen den Kaiser und die Monarchie, dachte ich, sprach es aber nicht aus. *Es hatte niemals zuvor einen Anschlag auf den kaiserlichen Hof gegeben. Nichts dergleichen war bekannt. Keiner hatte es gewagt – jetzt schon. Das machte den Schakal in den Augen der Menschen zu etwas Besonderem.* »Er ist doch ein Auftragskiller und Magician, wissen die Medien das nicht?«

»Doch.« In den Augen des Kaisers flackerte es wieder. »Aber Robin Hood war auch ein Dieb, nicht wahr? Und es kümmerte das Volk genauso wenig. Jeder kannte und kennt seinen Namen.«

»Ihn jetzt umzubringen würde den Schakal womöglich zum Märtyrer werden lassen«, vervollständigte Ivan den Gedanken von vorhin. »In jedem Fall aber würde es uns negativ ausgelegt werden. Vorausgesetzt, wir erwischen ihn. Er ist gewieft.«

»Dass er mit Lanahaa paktiert, das … passt nicht zusammen«, sagte ich laut, was ich dachte.

»Wieso? Sie haben das gleiche Ziel«, entgegnete der Kaiser.

Ich zögerte einen Moment, ihm zu sagen, was ich bei der Regentschaftswahl gehört hatte. Andererseits hatte ich mich für diese Seite entschieden. Und wenn ich ehrlich war, machten mir Ivan und der Kaiser deutlich weniger Angst als meine Mutter und der Schakal. *Es standen Menschenleben auf dem Spiel!,* erinnerte ich mich. »Während der Wahl«, begann ich also zögerlich. »Haben wir ja alle am Anfang mitbekommen, wie Sinessa dem Schakal einen Auftrag erteilen wollte.«

Ivan nickte ungeduldig.

»Als mich meine jetzige PR-Beraterin, relativ zum Ende der Wahl hin, besuchte, wollte sie unbedingt den Schlossgarten sehen. Also gingen wir hin«, fuhr ich fort. »Wir befanden uns hinter einem der hohen Geflechte, die von den Gärtnern als Abtrennung zwischen den einzelnen Wegen für Privatsphäre sorgen sollen, als ich die Stimme des Kaisers von Móshù hörte. Er fragte, was *der Schakal* sagt. ›Nicht viel‹, entgegnete Sinessa und murrte dann weiter, dass Miss Terious schwer zu finden sei. ›Aber er hat eine Spur?‹, versicherte sich daraufhin der chinesische Kaiser. Sinessa entgegnete: ›Sicher.‹ Dann machten Yasemine und ich, dass wir wegkamen.« Ich verstummte.

Hob neu an: »Ich wusste damals nicht, um was genau es ging und wer Miss Terious oder der Schakal sind. Ich vermutete, dass es irgendwie um eine Rebellin ging. Seit dem heutigen Tag bin ich der Überzeugung, dass Sinessa wohl einen Auftragskiller auf Lanahaa angesetzt hatte – in Zusammenarbeit mit dem Kaiser von Móshù. Dass sie Miss Terious ist, weiß ich seit dem letzten Tag der Wahl. Da hat Sinessa sie so genannt. Ich glaube aber nicht, dass er zuvor wusste, dass sie diejenige ist, die er sucht. Es war eine zufällige Erkenntnis.« Langsam blickte ich auf. »Jetzt bin ich mir nicht mehr sicher, worum es wirklich ging. Fakt ist aber, dass Sinessa und Móshù und der Schakal irgendwie miteinander in Verbindung stehen. Und dass sie wohl einen Auftragsmord bezüglich Lanahaa geplant hatten. Dass der Schakal jetzt auftaucht, während Lanahaa ausbricht und Sinessa auf freiem Fuß ist – *das* sind mehr Zufälle, als ich bereit bin zu glauben. Aber es passt nicht zusammen. Irgendwas ist schief gelaufen.«

Ich sah in zwei tödliche Mienen, die nicht mir galten.

»Oder der Plan hat sich geändert«, flüsterte der Kaiser. Es klang bitterböse.

Oho. Mir lief ein kalter Schauer den Rücken hinunter.

»Wir hätten Sinessa doch einsperren sollen«, knurrte Ivan ungehalten. »Sobald wir von den Putschgedanken wussten. Ihn laufen zu lassen, um ihn auf frischer Tat zu ertappen, war Blödsinn. Dieser impertinente Speichellecker!«

»Wir reisen sofort nach California«, bestimmte der Kaiser. »Sinessa hat wohl mehr als einen großen Fehler auf seinem Kerbholz. Er hat einiges zu erklären, denn ich halte nichts von dritten Chancen!«

29

Schlechte Nachrichten

Das Rotationsgeräusch, das die Propellerblätter der kaiserlichen Drohne verursachten, schaffte es nicht, mich einzulullen. Vielleicht lag es daran, dass ich mich in Gegenwart der üblen Laune seiner göttlichen Heiligkeit nicht zu entspannen vermochte. Oder an den Umständen, aufgrund deren wir so überstürzt in mein Land reisten.

Ivan lümmelte in seinem firmamentblauen Anzug neben mir im Sitz. Der Kaiser hatte sich mit geradem Rücken uns gegenüber niedergelassen und hielt für den Moment die Lider geschlossen.

»*Lass deine Feinde niemals aus den Augen*«, hatte meine Mutter früher öfter gesagt.

»*Aber ich hab doch gar keine Feinde*«, war meine Standardantwort darauf gewesen, die ich mit einem unschuldigen Lächeln vorgebracht hatte.

»*Aber Freunde*«, hatte sie stets entgegnet und mich damit zu einem Stirnrunzeln bewegt.

Jetzt war ich mir nicht mehr sicher, wer überhaupt Freund oder Feind war. Meine Aversion gegen den Kaiser war geschwunden, die gegen meine Mutter und ihre möglichen Verbündeten oder Widersacher verstärkte sich immer mehr.

Die Drohne, mit der wir vom privaten goldenen Landeplatz des kaiserlichen Palastes aufgestiegen waren, hatte beeindruckende acht Achsengimbles und viel mehr Propeller als eine normale Verkehrsdrohne. Der Pilot im Cockpit würde uns auf direktem Weg zum Headquarter von Tekre Industries fliegen. Dort wurde gerade Sinessas aktueller Aufenthaltsort ermittelt. Zuletzt war er von einer Überwachungsdrohne in Tekre erfasst worden, wie der Kaiser sofort nach seinem Abreisebefehl in Erfahrung gebracht hatte.

Unsere Flugzeit war vom Piloten zwar in seinen beeindruckenden Vollbart gemurmelt worden – trotzdem hatte ich sie gehört und gestaunt. Es war die Hälfte der Zeit, die mein Hinflug in Anspruch genommen hatte. Die Drohne war um ein Vielfaches moderner als alle in California.

Seit wir eingestiegen waren, hatte sich Stille über uns gelegt. Inzwischen neigte sich der Tag dem Ende zu und Dunkelheit war am Horizont aufgezogen. An Schlaf war längst nicht zu denken.

»Deine Sachen werden vom Palastservice gepackt und nachgebracht«, hatte mir Ivan versichert, während wir zu dritt, von der Blauen Garde flankiert, zum kaiserlichen Drohnenlandeplatz gelaufen waren. *Meine innere Unruhe wurde zum Glück nicht nachgebracht.*

Ich hatte vor, direkt in California zu bleiben. Jetzt, da Lanahaa ausgebrochen war, zweifelte ich nicht daran, dass uns dunkle Zeiten bevorstanden. Und da ich den Kaiser mit meinem Anliegen bezüglich der Ranaans konfrontiert hatte, gab es keinen Grund für mich, nach Washington zurückzukehren. Eigentlich sollte ich erleichtert sein.

Je windiger es nun draußen wurde und je höher wir stiegen, desto unruhiger wurde ich allerdings wieder. Die Kabine, in der wir saßen, schaukelte leicht von der einen zur anderen Seite. Unbewusst hatte ich längst nach Ivans Arm gegriffen, den er praktischerweise auf die Lehne neben mir gelegt hatte. Nun fing ich den interessierten Blick seines Vaters auf. *Ähm … Meine Fähigkeiten darin, Geheimnisse zu bewahren, ließen wohl stark nach.*

Auffällig unauffällig versuchte ich meinen Klammergriff zu lösen, zog dabei aber zusätzlich Ivans Aufmerksamkeit auf mich. Er missdeutete meine Bemühung und sah mich mitleidig an. »Ist dir schlecht? Die Turbulenzen werden zunehmen, sobald wir schneller werden – das ist der Nachteil.«

»Wir werden noch schneller?«, fragte ich atemlos.

»Unser Ziel ist es, anzukommen«, gab der Kaiser trocken zurück.

Haha. Seltsamerweise fühlte ich mich zwar brüskiert, aber auch ein bisschen besser. So als hätte mich seine Ironie wie ein mentaler Eimer voll kaltes Wasser aufgeweckt und aus meiner aufkommenden Panik geholt. »Das wäre wünschenswert«, murmelte ich.

Ivan griff beherzt um mich und öffnete ein Fach an der Tür neben mir. Darin waren allerlei Getränke kalt gestellt. Er fischte eine Dose Cola heraus, öffnete sie und reichte mir die Blubberbrause. »Trink.«

Misstrauisch musterte ich die Flüssigkeit. Sie sah exakt aus wie die, die mich auf meinem allerersten Flug nach Washington in mentale Schwärze gehüllt hatte. *Aber er würde doch nicht zwei Mal … oder? Und irgendwie sah sie auch wie jede andere Cola aus, die ich jemals getrunken hatte.* Ich seufzte.

»Die ist nicht vergiftet.« In einer friedsuchenden Geste hob Ivan die freie Hand. »Versprochen.«

Skeptisch nahm ich die Dose entgegen und schnupperte daran.

Das entlockte dem Kaiser einen Laut, der an eine Mischung aus Verschlucken und Husten erinnerte. Überfordert von der Vorstellung, dass die Schreckgestalt des übermächtigen Kaisers von Eterny, die ich stets vor Augen gehabt hatte, lachen konnte, nahm ich einen großen Schluck. Und gleich noch einen und noch einen. *Das musste ich erst mal sacken lassen …*

Alles um mich wurde schlagartig dunkel. Ich spürte noch, wie jemand mir die Dose aus der Hand nahm, während mein Körper bereits zur Seite sank und meine Erkenntnis viel zu spät kam. *Dieser …!*

»Josephine!« Etwas rüttelte an meiner Schulter. Unwillig brummte ich und drehte mich leicht weg. »Josephine!«, klang es näher an meinem Ohr. »Wir sind gelandet – in der Cityscape von Tekre Industries, der …«

»… perfekten Verschmelzung von Stadt und Landschaft«, murmelte ich, während ich die Augen aufschlug. *Jaja. Schon klar.* Pikiert blickte ich in Ivans Gesicht, das direkt über meinem schwebte. *Das durfte doch nicht wahr sein! Der Kerl hatte mich schon wieder sediert! Zwei Mal mit dem gleichen Trick!* Und auch wenn er mich nicht vergiftet hatte und mir vermutlich einen Gefallen hatte erweisen wollen, war mir nach einem frustrierten Aufschrei zumute.

»Du kannst mir später danken«, hatte er den Nerv zu sagen und breit zu grinsen. »Jetzt sollten wir aussteigen.«

Wütend blickte ich ihn an.

Jemand räusperte sich irgendwo schräg vor mir – *der Kaiser!* Das brachte mich schlagartig dazu, mich von Ivans Schoß aufzurichten, auf dem ich ganz offensichtlich ein Schläfchen gehalten hatte, während die Drohne durch die Nacht geflogen war. *Wie peinlich.*

Hitze stieg mir in die Wangen. Ein tiefer Atemzug erinnerte mich an das korsettartige Oberteil meines Kleides, das ich keine Sekunde später zurechtzog. *War ja klar, dass es genau dann, wenn ich bewusstlos war, verrutschte. Zum Glück nur ein bisschen. Verdammtes Ding! Das war ein Folterinstrument, das ich nie wieder sehen wollte, sobald alles hier vorbei sein würde.* Immerhin hatte ich das Gefühl, dass meine Flechtfrisur die Strapazen der letzten Stunden unbeschadet überstanden hatte. *Andererseits gab es Wichtigeres …*

Ein neugieriger Blick aus dem Fenster, auf meine Umgebung, zeigte mir, dass tatsächlich bereits an allen vier Seiten neben uns die bekannten Metalltürme in die Höhe ragten. Eine Reflexion des Scheinwerferlichtes der Drohne an der Kuppel von einem der Türme funkelte am Rand meines Gesichtsfeldes.

Die Fluggeräusche unseres Fortbewegungsmittels waren längst verstummt. Ich hörte stattdessen, wie der Kaiser ausstieg.

Langsam bewegte ich meine Augen nach oben und schaute damit direkt auf die Waffenläufe, deren Form zwei der Türme nachahmten. Die Fenster, die sich von der Metallfassade abhoben, waren dunkel, die Büroräume und Labors wirkten verlassen. Die Aussicht passte gut zu meiner Stimmung.

»Willkommen bei Tekre Industries«, hörte ich draußen Henrys Stimme sagen. »Wir freuen uns sehr über Ihren Besuch.«

Na klar. Ich verzog mein Gesicht zu einer Grimasse. *Das war genau das, was ich in dieser Situation sagen würde. Nicht.*

»Josi«, erinnerte mich Ivan an seine Gegenwart. »Wollen wir auch endlich aussteigen?«

Ich seufzte »Klar. Es ist gerade ein bisschen viel.«

»Ich weiß.« Er klang schuldbewusst. Noch hing so einiges zwischen uns in der Luft.

Langsam drehte ich mich vom Fenster weg, ihm zu und nickte.

Als ich kurz darauf meinen Kopf aus der Drohne streckte, erspähte ich unweit der Landeplattform den Kaiser mit Henry. Dieser sah wie bei unserer letzten persönlichen Begegnung aus: braune Haare – frisch gestylt, blauer Anzug, blaues Hemd und blaue Schuhe. Seine Augen leuchteten freudig auf, als er Ivan und mich sah.

»Kardinal! Regentin!« Er deutete sogar eine leichte Verbeugung an, nachdem wir zu ihnen getreten waren.

Amüsiert und überrascht zugleich lächelte ich freundlich. »Mr Meliere, schön, Sie wohlbehalten zu sehen.«

Ivan nickte nur.

»Bitte folgen Sie mir.« Henry vollführte gleichzeitig eine einladende Geste mit der Hand und setzte sich in Bewegung.

Der Kaiser, Ivan und ich liefen hinter ihm auf die große Doppeltür zu, die ins Hauptgebäude führte. Das verspiegelte Glas wirkte in der Nacht noch dunkler und abweisender als bei Tag. Die Kameras und Sensoren darüber blinkten, als wir uns auf sie zubewegten.

»Erhöhte Sicherheitsvorkehrungen rund um jede Tür und in allen Gebäuden«, erklärte Henry. Seine Stimme driftete von vorne zu uns. Gerade als er eigentlich gegen das Glas geprallt wäre, passierte das Gleiche wie beim letzten Mal: Die Türflügel schwangen im Bruchteil einer Sekunde nach innen und lösten sich dabei in Luft auf. Jedenfalls wirkte es so.

Die Überraschung, die ich diesbezüglich empfand, war nicht weniger gering als bei meinem ersten Besuch hier, obwohl ich gewusst hatte, dass es passieren würde. *Konnte man sich an so was überhaupt gewöhnen?* Henry sah ganz ruhig aus. *Also wahrscheinlich schon. Wahrscheinlich konnte man sich an fast alles gewöhnen.* Der Kaiser und Ivan wirkten jedoch irritiert, schwiegen aber. *Sie hatten die Wundertür noch nicht gekannt.* Das ließ meine Mundwinkel nach oben wandern. *Ich hatte ihnen zur Abwechslung etwas vorausgehabt.*

Wir hielten nicht inne, sondern liefen über den blauen Teppich mit dem Logo von Tekre Industries. Die offene Halle mit den gläsernen Wänden wirkte verlassen. Durch die Büros geisterten nun rote Strahlen. Neugierig folgte ich deren Radien mit dem Blick.

Ich war nicht die Einzige. »Laserscanner. Eines unserer sichtbaren Sicherheitssysteme«, erläuterte Henry ungefragt von der Spitze unserer kleinen Prozession aus.

»Und die unsichtbaren?«, wollte Ivan neben mir wissen.

Als Henry sich nun im Gehen umwandte, lag sein Gesicht im Schatten. Der Ausdruck war schwer deutbar. ›Sein Verkaufsgesicht‹, nannte ich es. »Sind käufliche Bestandteile unseres Sortiments und unverkäufliche Prototypen, die wir testen«, fiel die Antwort dementsprechend vage aus.

Ivan hakte nicht weiter nach.

Schweigend traten wir am verlassenen Tresen des Empfangs vorbei.

Auch KI hatten wohl Feierabend.

Henry führte uns zielstrebig durch die Halle bis zur Tekre-Industries-Variante eines Aufzugs. Überall brannte nur die Notbeleuchtung und die einzigen Geräusche, die ich hörte, waren die, die wir verursachten. Es fühlte sich ein bisschen an, als ob wir einbrachen.

Wortlos stellten wir uns auf die Scheibe. Zumindest diese schien dem Kaiser und Ivan bekannt zu sein, denn beide erprobten kurz ihre Balance. Keine Sekunde später bewegte sie sich mit uns immer schneller in die Tiefe. Der Luftzug setzte ein und pfiff beständig lauter. Ein echtes Manko der Erfindung!

Glücklicherweise verlangsamte sich die Abwärtsbewegung genauso schnell wieder, wie sie begonnen hatte und die Scheibe schwenkte auf eine Luke an der Wand links von uns zu. Sie dockte in der entsprechenden Aussparung an und der Lukendeckel klappte langsam von uns weg nach innen auf.

Henry ging wieder vor, von der Scheibe auf den Deckel und in eine Art Luftschleuse. Dort wartete er auf uns.

Als alle in der Schleuse waren, schloss sich die Tür und ich sah, wie Kameras und Sensoren über einer zweiten Tür vor uns blinkten. Es ertönte ein eindringliches Piepen und die Wände der Schleuse leuchteten plötzlich hell auf. So hell, dass es sich wie ein Fall in die Dunkelheit anfühlte, als sie nach einem Herzschlag erloschen.

Die Schleuse war ein riesiger Scanner! Und wir standen mittendrin.

Für Mikrosekunden projizierte danach eine Anzeige etwas in Henrys Richtung. Dann sagte er: »Öffnen!«

Eine Diode blinkte grün auf. Es ertönte ein Zischen. Daraufhin war der Weg vor uns frei. Strahlende Helligkeit und eine mir unbekannte weiße Welt in Hochglanzoptik empfingen uns.

Henry trat als Erster in den Raum. »Willkommen in meinem Büro«, war alles, was er an Erklärung abgab.

»Sehr freundlich.« Die Stimme des Kaisers enthielt eine klare Spitze.

Henry erwiderte etwas, doch ich hörte den beiden schon gar nicht mehr zu. Ich hatte Yasemine entdeckt und machte mich auf den Weg zu ihr.

Sein *Büro*, wie Henry es nannte, umfasste eine riesige Fläche. Auf drei abgestuften Ebenen befanden sich mittig eine kleine Werkstatt, die so wirkte, als würde Henry hier verrückten Entwicklerfantasien nachgehen, unten eine große Sitzgruppe mit Besprechungstisch und auf der höchsten Ebene ein Schreibtisch mit zwei Sesseln davor.

Auf dem Stuhl hinter dem Schreibtisch thronte Yasemine. Ihr purpurfarbenes Haar war perfekt frisiert und fiel ihr in lockeren Wellen um die Schultern. Die rostroten Fingernägel lagen besitzergreifend auf der Tischplatte.

Ich schüttelte unwillkürlich den Kopf, indes ich nun schneller auf sie zuging. *Was hatte sie hier zu suchen? Hatte ich mich irgendwie missverständlich ausgedrückt, als ich sie zum Schloss beordert hatte?*

Meine PR-Beraterin grinste mir breit entgegen. Keine Spur von schlechtem Gewissen trübte ihre Aufgewecktheit. »Josephine! So ein Zufall!«, rief sie unbekümmert.

»In der Tat«, murrte ich ironisch. Rügend wackelte ich mit dem Zeigefinger und blieb vor den Sesseln stehen. »Solltest du nicht eigentlich im Regentenschloss Rayns Haar zurückhalten, während er die Kloschüssel beehrt und gleichzeitig auf weitere Anweisungen von mir warten?«

»Ah, das steckte also hinter der Wir-brauchen-dich-im-Schloss-Ansage«, tat Yasemine gespielt erleuchtet und kein bisschen schuldbewusst. Sie verzog ihr Näschen, als könnte sie den sauren Geruch bis hierhin riechen. »Das schafft er allein«, bekräftigte sie. »Er hat kurze Haare«, rechtfertigte sie sich. »Und sieh uns an! Ich kann deine Anweisungen jetzt sogar persönlich entgegennehmen.«

Seufzend ließ ich mich in einen der Sessel sinken, während der Kaiser und Henry neben der Schleuse weiterdiskutierten. Ivan erspähte ich, als ich mich kurz umdrehte, auf der mittleren Ebene. Er inspizierte die Werkstatt. Beruhigt schenkte ich meine Aufmerksamkeit wieder meiner PR-Beraterin.

Aus blauen Kontaktlinsen blicke mich Yasemine aufmerksam an. »Ich habe zwei schlechte Nachrichten. Und eine davon ist eigentlich nur für dich.«

»Uff!« Ich schaute wenig begeistert drein. »Ich wünschte, die Leute würden das nicht ständig sagen«, bekannte ich und faltete die Hände im Schoß. »Oder mehr gute Nachrichten zum Ausgleich verkünden.« *Wenigstens saß ich bereits.* »Also?«

»Neves ist verschwunden. Er wurde das letzte Mal gesehen, bevor du in die Drohne nach Washington gestiegen bist.«

Das überraschte, verwirrte und verunsicherte mich. Ich wusste nicht genau, was ich darauf sagen sollte. Sorgen machte ich mir seltsamerweise keine. So, als wüsste ich tief in mir, dass er aus freien Stücken weggeflogen war. *Aber wohin – in die Hauptstadt von Eterny? Um mir zu folgen?* Vermutlich war ein verschwundener Phönix einfach nicht das schlimmste meiner aktuellen Probleme. Er würde sicher wieder auftauchen. *Trotzdem …* »Könnte er entführt worden sein?«

»Negativ«, sagte Yasemine und beugte sich vor.

»Weil?«, hakte ich nach. Ihre aufgesetzte Agentensprache – oder was immer das sein sollte – irritierte mich stark.

»Sama sagt, er ist weggeflogen. Aktiv – von selbst –, du verstehst?«

»Nein«, bekannte ich, obwohl ich mir genau das gedacht hatte. *Einen Phönix konnte man nicht ewig einsperren. Aber er hätte zumindest zuerst mit mir sprechen können, damit wir Bescheid wussten. Obwohl er das vermutlich versucht hatte … Oder missdeutete ich da etwas?* »Ich verstehe gar nichts.« *Das konnte doch alles nicht wahr sein! Hatten wir nicht schon genug Sorgen?* »Haben sie sich gestritten?«

»Die Fabelwesen? Anscheinend nicht, aber ihr habt euch doch gestritten«, gab Yasemine zu bedenken. Dabei setzte sie einen investigativen Blick auf und musterte mich eindringlich.

»Aber über Firlefanz!«, rief ich laut aus und konnte es nicht glauben. *Neves hatte nie stichhaltig begründet warum ihm die Reise wichtig war.* Also hatte hatte ich angenommen, dass es ums Prinzip gegangen war. Das hatte für mich aber nicht genug Überzeugungskraft gehabt, um meine Meinung zu ändern – ihn nach Washington mitzunehmen und all den möglichen Gefahren auszusetzen.

»Firlefanz?« Ivans Stimme neben meinem Ohr ließ mich erschrocken nach oben fahren. Meine Schulter kollidierte dabei unvorteilhaft mit der Spitze seiner Nase und er schrie laut: »Au!«

»Sorry!« Resigniert sank ich sofort wieder in den Sessel. »Tut mir leid«, wiederholte ich dabei und warf ihm einen entschuldigenden Blick zu. *Was schlich er sich auch so an!*

»Passiert.« Er zuckte die Achseln und lümmelte sich in den zweiten Sessel neben mich. *Dann konnte es ja nicht sehr wehtun.* »Was für Firlefanz?«, ließ er nicht locker.

»Neves ist verschwunden«, platzte Yasemine raus.

Das ließ ihn verstummen. Er wirkte nachdenklich.

Bevor ich ihn allerdings nach seinen Gedanken fragen konnte, traten Henry und der Kaiser zu uns.

»Zeit für die schlechteste Nachricht überhaupt«, fuhr Yasemine lautstark fort.

»Die da wäre?« Der Kaiser hatte einen grimmigen Gesichtsausdruck. Er stellte sich hinter seinen Sohn.

Henry ging um den Schreibtisch zu Yasemine. Sie tauschten einen Blick, den ich viel zu vertraut fand. »Sinessa ist verschwunden. Er ist einer der mächtigsten Magicians Californias«, sagte er, als wolle er sich rechtfertigen. »Ich haben mir, ähm, auf Ihre Suchanfrage hin die Freiheit genommen, mit allen Mitteln von Tekre Industries nachzuforschen. Wie es aussieht, ist er schon länger und ziemlich effektiv untergetaucht. Genau genommen, seit die Überwachungsdrohne ihn in Tekre aufgenommen hat.«

Ich starrte Henry an. Wollte nicht glauben, dass das, was er gesagt hatte, stimmte.

Der Kaiser stieß ein wenig amüsiertes Lachen aus. »Wie praktisch.« Ironie triefte aus den beiden Worten und ließ mich frösteln.

Ivan saß starr da. »Das heißt, wir haben eine ausgebrochene Rebellin und einen untergetauchten Ex-Regenten, der mit Móshù paktiert«, fasste er die Situation für alle zusammen. »Zwei Irre – entweder auf unterschiedlichen oder auf dem gleichen Rachefeldzug.«

Die ratlose Stille, die daraufhin eintrat, sprach für sich.

»Der chinesische Kaiser hängt auf jeden Fall mit drin. Sinessa wäre sonst nicht verschwunden, sondern würde irgendwo entspannt seine Regentenrente verprassen«, erhob Ivan schließlich erneut das Wort. »Du hast Móshù viel zu lange vertraut!«, warf er seinen Vater vor.

Der Kaiser fuhr sich mit einer Hand über seinen schwarzen Bart. »Die Verbindungen zu Sinessa und dem Schakal sind nicht gut«, gab er zu.

»Nicht gut?! Falls Móshù noch immer plant Eterny zu annektieren, uns anzugreifen …«, drang Ivan weiter auf ihn ein.

»Ich kenne die Fehler, die ich gemacht habe.« Es klang abwehrend.

Wie wir alle, dachte ich. Selbst Yasemine war dank mir seit Beginn meiner Regentschaft im Bilde.

Henrys aufgesetztes Lächeln wurde immer gezwungener. Er wusste genau, dass jetzt die Waffen, die Tekre Industries fleißig an Móshù verkauft hatte, in unseren Gedanken herumspukten. *Sie konnten so viel Unheil anrichten.* »Wir haben sehr starke Prototypen«, stellte er plötzlich in den Raum. »Sie könnten eine effektive Verteidigung gewährleisten.«

»Da Ihr Vorstand uns diese sicher liebend gern einfach so übereignet«, hielt ich sofort sarkastisch dagegen.

»California braucht nur die Unterschrift eines Mitglieds des Vorstands von Tekre Industries, um einen Prototyp richtlinienkonform zu kaufen. Eterny natürlich ebenso.« Teure Entwicklungen zu verschenken ging ihm sichtlich gegen den Strich. »Sie bekommen sogar Rabatt. Und da unser Vorstandsmitglied Amandus Seelus beim Kaiser in der Gunst steht.« *Damit meinte er wohl: ›Auf der Gehaltsliste steht‹.* »Also …«, ruderte er zurück, wusste aber anscheinend nicht so recht, was er sagen wollte oder sollte.

»Stopp.« Die Stimme des Kaisers durchschnitt kalt die Stille. »Niemand muss hier irgendetwas mit irgendwem bereden, unterschreiben lassen oder gar kaufen. Das hier ist mein Kaiserreich und ich rufe hiermit den kaiserlichen Notstand aus. Wir befinden uns sozusagen im Krieg! Zumindest fast. Móshù wird nach einer Beteiligung an der Planung eines Putsches gegen Eterny, der bisher nicht stattgefunden hat, nicht einfach lockerlassen. Sie werden früher oder später angreifen. Ich vermute, nachdem Sinessa verschwunden ist, wohl eher früher. Die Prototypen sind beschlagnahmt! Alle.«

»Aber beim Mais haben Sie …«, setzte ich ungläubig an.

»Da ging es um Privateigentum, nicht um Unternehmenseigentum«, murmelte Ivan von oben herab. Am liebsten hätte ich ihm dafür in der emotional aufgeladenen Atmosphäre eine reingehauen.

»Es ging um Menschenleben«, zischte ich zurück. Mir war längst klar, dass es sich schlussendlich nur um eines drehte, wenn der Kaiser handelte: um die Wahrung seiner Macht.

»Vielleicht gibt es noch mehr Möglichkeiten«, hob nun Henry an. »Wenn Móshù wirklich angreift, sollte Eterny alle Unterstützung annehmen, die es bekommen kann.«

Sofort fixierten ihn die Augen des Kaisers. »Ach ja?« Er bellte die Worte über den Tisch.

30

Rothaarig

»Ich stamme aus den Freistaaten von Europa«, wiederholte Henry, was er schon Yasemine und mir bei unserem ersten Besuch der Cityscape erzählt hatte. »Aus der République Française.«

Die Luft im Zimmer schien zu gefrieren. Den Kaiser umgab auf einmal ein blaues Licht, genau wie keine Sekunde später auch Ivan. *Magische Schilde.*

»Dazu besteht keine Notwendigkeit«, versicherte Henry eilig. Doch hörte er sich auf einmal so anders an. Seine Gestalt richtete sich auf, seine Gesichtszüge verschoben sich leicht, als die Illusion eines verfälschten Äußeren von ihm abfiel.

Nicht er auch noch! Ich starrte, genau wie Yasemine, überrumpelt zu Henry. *Also war er tatsächlich ein Spion?! Hatte Rayn die ganze Zeit über recht gehabt? Verflixt und zugenäht! Wie viel von der Lebensgeschichte, die Henry Yasemine und mir erzählt hatte, war echt gewesen – wie viel hatte zu seiner Tarnung als Spion für die République Française gehört? Hieß er überhaupt Henry Meliere? Ich hatte doch gewusst, dass ein Sicherheitssystem von Tekre Industries nichts über jemanden aussagte, der dort arbeitete und es manipulieren konnte.*

»Ich bin noch immer Henry. Henry Meliere, der gleiche Mann«, sagte er just zu Yasemine.

»Ok-aaa-y«, stotterte diese.

»Ich soll Ihnen Grüße ausrichten«, wandte er sich dann dem Kaiser zu. Dieser gab ein abwertendes Schnauben von sich.

Grüße?

»Sie erfreut sich bester Gesundheit«, fuhr Henry vollkommen ruhig fort. »Aber das wissen Sie sicher.« Er verstummte.

Sie?!

Ivan fasste sich als Erster und wandelte sich von einer magischen Leuchte wieder in einen normalen Magician. »Wer sind Sie wirklich und wer sendet Grüße?«, fragte er fast drohend, was wohl mindestens drei Personen in diesem Büro dachten.

Henrys dunkelblaue Augen weiteten sich. Überraschung, gar Schock blitzte für Sekunden darin auf. Er sah Ivan an, starrte geradezu, als verbarg sich die Antwort auf eine ungestellte Frage in dessen Zügen und er müsste sie dort nur finden. Sein Mund öffnete sich, schloss sich wieder – wie der eines Fisches auf dem Trockenen. So hatte ich sicher auch ausgesehen, als mir der Kaiser eröffnet hatte, dass Lanahaa geflohen war. *Henry begriff etwas – nur was?*

Ich sah, wie er neu ansetzte.

»Nein.« Es war ein einzelnes Wort, doch die Machtwellen, die daraufhin vom Körper des Kaisers ausgingen, verliehen dem Nachdruck. Weitere, drohende Machtwellen folgten.

Ich biss die Zähne zusammen, kämpfte gegen den Drang an, mich wegzudrehen und schützend zusammenzuballen. Kurz schloss ich die Augen und tat das, was ich schon öfter getan hatte: suchte die Quelle meiner Kraft. Als ich sie gefunden hatte, tauchte ich darin ein und stellte mir vor, wie sie sich ausweitete, um jede Zelle meines Körpers zu erreichen. Ich leuchtete nun auch – im vierfarbigen Prisma, das ich schon einmal ausgestrahlt hatte.

Behutsam drängte ich die Magie des Kaisers zurück, bis er sich wieder gefangen hatte. Die Aufmerksamkeit aller – insbesondere die von Yasemine und Henry – verlagerte sich dadurch auf mich. »Hübsch, nicht?«, versuchte ich die verkrampfte Situation zu entspannen, indes ich meine Kraftquelle losließ und das Leuchten erlosch.

Meine PR-Beraterin ließ ein nervöses Kichern ertönen.

»Also, über wen reden wir hier?«, horchte ich seufzend Henry aus, statt mich mit Erklärungen zu meinen Fähigkeiten aufzuhalten. *Wenn der Kaiser derart die Beherrschung verlor, ging es kaum um Henrys Rolle als Spion für die Freistaaten in einer strategisch wirklich guten Position. Es ging um etwas viel Wichtigeres – nur um was oder genauer: wen?*

»*Ich* sprach von der Frau, die mein Heimatland, die République Française regiert«, entgegnete er mit einem Seitenblick auf den Kaiser.

»Und weiter?« Die Liebeswürdigkeit verließ meine Worte mit jeder Silbe mehr. *Das klang ja nun nicht gerade brisant.*

»Nun, es ist Ivans Mutter«, sagte Henry kurz und bündig, bevor ihn der Kaiser davon abhalten konnte.

Uh – das war mehr als brisant!

Prompt fühlte es sich an, als wäre alle Luft aus dem Zimmer abgezogen worden. *Gesagtes ließ sich nicht mehr zurücknehmen.*

Ivan krümmte sich leicht, als hätte er einen unsichtbaren Schlag abbekommen. Die Illusion des jugendlichen Aussehens des Kaisers flackerte. Sie zeigte für mehrere Herzschläge seine wahre Gestalt – die dürren Glieder, das faltige Gesicht, die wenigen Haare und die alten Augen.

Yasemine und ich überboten uns wahrscheinlich darin, geschockt zu starren. Niemand zweifelte am Wahrheitsgehalt von Henrys Worten – die Reaktion des Kaisers war Bestätigung genug. Dieses spezielle, gut gehütete Geheimnis hatte ihn nun eingeholt.

»Sie ist nicht tot?«, stammelte Ivan und sah dabei gänzlich verloren aus.

»Tot?«, fragte Henry. »Gott bewahre, nein!« Verwirrt blickte er zum Kaiser.

»Aber ich dachte immer …« Ivan schüttelte wild den Kopf. »Ich dachte, dass sie … Das Vereinigte Königreich ist doch untergegangen?«

»Ja«, machte Henry fragend, während der Kaiser ganz verstummt zu sein schien. *Jetzt, da die Katze aus dem Sack war, war es ihm wohl einerlei, wie viel über sie geredet wurde.* »Das Vereinigte Königreich ist den Wassermassen zum Opfer gefallen. Aber …« Henry setzte neu an, ganz vorsichtig. »Was hat das mit deiner Mutter zu tun?«

»Ich dachte: Sie war doch … ist doch … rothaarig.« Leise, fast unhörbar und unglaublich kläglich würgte Ivan die Worte hervor.

Mein Herz blutete augenblicklich für ihn. Ich verstand so gut, was er sagen wollte. *Die Wahrscheinlichkeit, dass jemand, der rothaarig war, aus dem Vereinigten Königreich stammte, war groß. Ivan hatte nicht gerade viel über seine Mutter gewusst. Da war ihm ihre Haarfarbe – in einem Kaiserreich, in dem er einer der wenigen damit war – sicher außergewöhnlich vorgekommen. Und der Gedanke, dass sie sich nie bei ihm gemeldet hatte, weil sie mit ihrem Land kurz nach seiner Geburt untergegangen war, sicher tröstlich, bei allem, was er erlebt hatte.*

»Das ist sie«, bestätigte Henry mit Wärme in der Stimme. Er hatte wohl ebenfalls kombiniert, was Ivan beschäftigte. »Außerdem am Leben sowie durch und durch Französisch.« Er beugte sich über den Tisch zu Ivan. »Die République Française wünscht sich schon lange ein Bündnis oder ein Freihandelsabkommen mit Eterny. Ich bin einer der … Außendienstmitarbeiter, der das Vertrauen der Regentin genießt. Wir dachten bisher, du und der Kaiser seid derselben Meinung, was die Haltung gegenüber unseren Interessen und ihrer Person betrifft.«

Ich zog die Augenbrauen hoch. *Uhh, jetzt würde es sicher unangenehm werden. Wieso funkte der Kaiser nicht dazwischen?*

»Würdest du deine Mutter gern kennenlernen?«, fragte Henry da bereits. Er witterte ganz offensichtlich eine Chance für sein Land.

Mir stockte der Atem.

Yasemine war längst zur Salzsäule erstarrt.

»Ja-ja-ich-will«, entgegnete Ivan in einem langen, aufgeregt genuschelten Bandwort.

Oh ja, er hatte ein Herz! Schnell fasste ich zu ihm hinüber und drückte fest seine Finger. Ich musste ihn jetzt einfach berühren.

»Ja«, wiederholte er noch einmal ruhiger, bevor er sich mit der freien Hand eine verräterische Träne wegwischte und ein sanftes Lächeln seine Züge erhellte. Doch so rasch, wie es kam, verblasste es und schwarze Gewitterwolken zogen in seinen Augen auf. Er befreite seine Hand aus meinem Griff.

»Warum?«, richtete er das Wort tonlos an seinen Vater. Darin schwang eine Warnung mit. Die emotionslose Maske, die ich zu hassen gelernt hatte, verbarg die Persönlichkeit des Ivans, den ich liebte, um nichts als *Ivan den Schrecklichen* zurückzulassen.

Der Kaiser erwachte endlich aus seiner Starre. Er ließ sich Zeit, musterte seinen Sohn.

Ivans Kiefermuskulatur mahlte ungeduldig.

»Es war besser so«, entgegnete Lamentos schließlich harsch, so als handelte es sich um eine Lappalie, der Ivan eine Bedeutung verlieh, die diese gar nicht verdient hatte.

Er hatte Ivan glauben lassen, seine Mutter wäre tot – wie grausam konnte ein Vater sein? Ich beobachtete die Situation mit wachsender Besorgnis. *Verstand Lamentos nicht, dass alles, was Ivan sich je gewünscht hatte, ein Mensch war, der ihn liebte – sein Vater, seine Mutter? Und dass er seinem Sohn genau das sein Leben lang vorenthalten hatte?*

»Besser?« grollte Ivan wie vorhergesehen. »Besser?!« Seine Stimme überschlug sich, als er die Beherrschung verlor und wild mit den Fäusten auf den Schreibtisch schlug.

Yasemine zuckte ängstlich zusammen.

Henry legte ihr beschützend eine Hand auf die Schulter.

»Besser für wen?!«, gellte Ivans Stimme nun magisch verstärkt durch den großen Raum. Füllte diesen bis in die letzte Ecke und brach sich als Echo an den Wänden. *»Für wen – en – n?!«*

»Sieh nur, was Gefühle aus dir machen«, setzte der Kaiser an.

»Ein Monster!«, brüllte Ivan erneut so laut, dass ich meinte, es müsse mir die Trommelfelle zerreißen. Die Magie, die von ihm ausging, stieß den Sessel zurück, als er aufstand. »Ein verdammtes Monster hat das Defizit von Gefühlen aus dir gemacht!« Sein Schmerz füllte die Luft um uns, als seine Magie in Wellen pulsierte.

Henry fing nun auch an zu glühen – weiß. Er erzeugte einen Schild um sich und weitete diesen durch seine Berührung auf Yasemine aus.

Anscheinend mochte er sie wirklich, bemerkte ich anerkennend. »Ivan«, sagte ich leise und erhob mich ebenfalls. »Sieh mich an.« Sosehr ich seinen Schmerz verstand und ihm zugestand, würde das hier kein zufriedenstellendes Ende für ihn nehmen, egal wie lange es dauerte und wie sehr er innerlich darauf hoffte, dass sein Vater sich erklärte. Also war ich für ein schnelles Ende.

Widerwillig nahm er seinen Blick von Lamentos und sah mir in die Augen.

»Du kannst ihn noch ewig nach dem ›Warum‹ fragen – übermorgen, überübermorgen und am Tag darauf, sobald wir die prekäre Lage hier geklärt haben. Mach das dann so lange, wie du meinst, es tun zu müssen. Aber egal, welche Antwort er dir geben wird, sie wird nichts daran ändern, dass er dir bereits deine Vergangenheit mit ihr gestohlen hat. Lass ihn nicht das Gleiche mit deiner Zukunft tun! Lass Henry deine Mutter kontaktieren. Triff sie. Rede mit ihr. Vielleicht kann sie uns in der aktuellen Situation helfen«, beschwor ich ihn.

»Sie wird eine offizielle Einladung zu einer kaiserlichen Audienz sehen wollen, damit sie mir glaubt«, warf Henry vorsichtig ein. »Aufgrund der Vorgeschichte.«

»Sie wird eine bekommen«, knurrte Ivan. Sein Blick war noch immer fest mit meinem verschränkt. Grün – Blau, Blau – Grün war alles, was gerade zählte. »Sofort!«, stieß er aus.

Zu meiner Überraschung hob der Kaiser die rechte Hand, vollführte mit der linken eine Drehung und entblößte damit seinen Nanobot am Handgelenk. »Ich kümmere mich darum«, murmelte er schicksalsergeben. *Ivan war ihm wohl doch nicht ganz egal.*

»Gut. Sie wird sofort kommen. Wenn Sie die Einladung jetzt abschicken, wird sie morgen Vormittag in Washington sein.«

Der Kaiser nickte, als wäre ihm das durchaus bewusst. »Wir werden nach diesem Gespräch umgehend die Rückreise antreten. Sie halten hier die Stellung, falls Lanahaa doch noch auftaucht – was ich nicht mehr glaube. Aber sicher ist sicher. Ivan?«

Ivan nickte widerwillig und blickte mir ein letztes Mal tief in die Augen, bevor er sich abwandte.

»Ich begleite euch«, traf ich im Bruchteil der Sekunde meine Entscheidung. »Yasemine und Rayn werden California sichern.« Vielleicht war es selbstsüchtig und egoistisch meinem Land, der Bevölkerung und meiner Position als Regentin gegenüber, doch wollte ich Ivan beistehen, wenn er zum ersten Mal seiner Mutter gegenübertrat. »Nicht wahr, Yasemine?«, erinnerte ich meine PR-Beraterin an die Verantwortung, die nun auf ihren Schultern lastete.

»Verstehe«, sagte Yasemine leise, wirkte aber nicht unglücklich über meine Order.

Einige Sekunden später erlosch der magische Schild um Henry und sie. Die Gefahr, dass wir uns gegenseitig zerfleischten, war gebannt. Jetzt ging es um die Zukunft.

»Rayn die Haare halten und das Land vor dem Chaos bewahren – bekomme ich hin«, scherzte sie. »Übrigens, das habe ich ganz vergessen – ist jetzt vielleicht auch unwichtig, aber: Der Termin zur

Verhandlung der Klage gegen California wurde gestern im Laufe des Tages von Richter Homayer für heute in vier Wochen angesetzt.«

»Mhm«, machte ich, unsicher, wie ich das einzustufen hatte. »Danke für die Information. Bei der Verhandlung werde ich dabei sein.«

Der Kaiser wirkte ebenfalls nachdenklich. Doch ihm gingen andere Gedanken im Kopf herum. »Also: Von was für Prototypen haben Sie vorhin gesprochen?«, fragte er.

Irritiert zog Henry die Augenbrauen hoch. »Nun, für den unmittelbaren Nahkampf haben wir neue Taserpistolenmunition entwickelt«, begann er. »Jedes Projektil hat eine Energie von bis zu zweihunderttausend Volt. Außerdem haben unsere SV–VN II, die neue Generation des SV–VN I, im Zuge der verbesserten vollautomatischen Sensortouchtechnologie auch eine automatische Nachladefunktion, die in Echtzeit durch elektromagnetische Spuren auf den neuen Rüstungen Leitwege für Munition bietet.«

Ivan legte den Kopf schief, lauschte aufmerksam.

Ich begann mich zu entspannen, was vermutlich seltsam anmutete, da Henry über extrem tödliche Waffen sprach, die wir wohl bald einsetzen mussten – außer, Móshù griff doch nicht an.

»Wir haben als Aufbau für die neueste Generation der Drohnen, unsere RO–V II, aktuell mehrere Waffen im Entwicklungsstadium. Zum einen in Bezug auf die Lasertechnologie. Bisher gibt es lasergelenkte Raketen auf dem Markt. Wir haben aber bereits Laserschutzschirme und Laserkanonen.« Seine Mundwinkel zuckten vergnügt. Er rieb sich die Hände. »Falls Sie also andere Drohnen, Mörsergranaten oder Atomraketen vom Himmel holen wollen, ist das Ihre Waffe der Wahl! Sie können sie sogar an einen Satelliten montieren. Zentimeterdicker Stahl schmilzt durch den Strahl einer Laserkanone wie Butter in der Sonne und wir haben eine Zielerfassung mit automatischem Tracking für einzelne, gezielte Laserstöße verbaut. Der reinste Wahnsinn!«

Nun, da stimmte ich ihm voll und ganz zu: Es war der reinste Wahnsinn – oder eher *Irrsinn* –, auch nur an den Einsatz solcher Technologien zu denken. Unsere Welt ging bereits durch äußere Einflüsse, durch Naturkatastrophen, unter und trotzdem strebten wir anscheinend danach, uns alle schnellstmöglich selbst umzubringen. *Was für ein Irrsinn!!*

Doch Henry wirkte wie ein kleines Kind mit einem neuen Bagger.

Mir wurde flau im Magen. *Konnte eine Laserkanone dann auch Menschen im Bruchteil einer Sekunde zu Asche verbrennen? Vermutlich.* Eine groteske Vorstellung. Der Kloß in meiner Kehle wurde größer. Übelkeit ließ den Rest der blauen Cocktailflüssigkeit von vorhin in meiner Speiseröhre aufsteigen – jedenfalls fühlte es sich so an.

»Dann haben wir noch die üblichen Blendwaffen, die alle sehr viel weiter entwickelt sind. Und … ach ja!«, fuhr Henry immer munterer fort. »Zwei echte Schätze! Eine Coilgun und eine Railgun.« Er lächelte.

Yasemines Blick traf auf meinen. Sie sah mich ängstlich an.

Ich schüttelte leicht den Kopf. *Lass ihn weiterreden,* sollte das heißen. *All dieses Grauen würde uns so oder so nicht erspart bleiben, all die Waffen würden irgendwann irgendwo eingesetzt werden.* Und ich war mir sicher, dass Móshù noch mit ganz anderem aufwarten würde. *Da mussten wir das nehmen, was Henry uns bot.*

»Die Coilgun hat einen Antrieb wie eine Magnetschwebebahn oder nun, man kann es sich ähnlich wie einen Massenbeschleuniger vorstellen. Mehrere Spulen erzeugen magnetische Felder, die die Geschosse antreiben«, führte er aus.

Ivan schnalzte begeistert mit der Zunge. Auch der Kaiser wirkte erfreut.

Henry nickte zustimmend. »Bei der Railgun ist das Besondere, dass sie eine größere Beschleunigung als konventionelle Waffen hat. Früher fehlten ordentliche Energiespeicher, um die Stromversorgung zu gewährleisten. Heute haben wir diese und können mittels stromführender Schlitten Stahlgeschosse auf eine unglaubliche Geschwindigkeit bringen!«

»Wir nehmen alles«, sagte Ivan entschlossen.

Das löste mich aus meiner Erstarrung. »Ich habe das Gefühl, Sie haben uns letztes Mal nur altes Zeug angedreht«, warf ich wenig erfreut ein.

»Also, äh …« Henry wirkte plötzlich unsicher. »Sie sagten, Sie wollten Drohnen. Das war recht unspezifisch.«

Ivan schenkte ihm einen Ivan-der-Schreckliche-Blick.

Plötzlich klang Henry kleinlaut. »Also, ich dachte, da Sie sich nicht auskannten …«

»Leiten Sie doch bitte eine umgehende Lieferung von all dem an den kaiserlichen Palast in die Wege«, grätschte des Kaisers autoritäre Stimme dazwischen. »Die Blaue Garde schraubt die Waffen höchstselbst auf unsere RO–V IIs. Und falls Sie noch andere Gadgets in Ihrer Trickkiste finden, die hilfreich sein könnten, geben Sie uns einfach die Baupläne dazu mit – wir finden uns schon zurecht.«

Henry sah etwas überfordert aus.

Aber Ivan nickte euphorisch. »Ich schicke dir nach dem Gespräch sofort meine vertrauenswürdigsten Magicians zur Unterstützung«, versicherte er Henry und blieb bei der vertrauten Anrede, die der Franzose ihm gegenüber angeschlagen hatte. *Die Wahrheit über Ivans Mutter hatte wohl auf einen Schlag ein ganz besonderes Verhältnis zwischen den beiden geschaffen.* »Du verpackst schon mal und die Blaue Garde überwacht den Transport nach Washington – gleich morgen früh. Ich möchte keine Überraschungen«, konkretisierte er, wieder ganz in seiner Rolle als Kardinal seiner göttlichen Heiligkeit und anscheinend nun Beschützer des Kaiserreiches.

Ich bewunderte Ivan, dass er so schnell umschalten konnte.

»Alles klar«, willigte Henry ein.

»Sehr schön«, merkte ich ironisch an. *Dachte auch jemand an California und all die anderen Länder? Nein, sie hatten nur Washington und ihren goldenen Klotz von einem Palast im Kopf! Andererseits war der Großteil der neuen Drohnen und Waffen von Eterny in Washington. Da war es nur logisch, dort aufzurüsten, die Hauptstadt zuerst abzusichern, um dann in die einzelnen Länder auszuschwärmen. Trotzdem …* »Baquett!«, rief ich so laut, dass ich endlich all die männliche Begeisterung durchdrang. »Mein waffenkundiger Berater Baquett, den Yasemine mit Tekre Industries in Verbindung bringen wird …« Ich erntete von ihr ein eilfertiges Nicken. *Leider war Rayn ja vermutlich aufgrund seines Saufgelages unpässlich.* »… übernimmt die sofortige Aufrüstung Californias. Wie wir bei unserem vergangenen Besuch der Cityscape angedeutet haben. Ich möchte, dass das schnellstmöglich geschieht!«

»Natürlich.« Nun wirkte Henry regelrecht geschäftstüchtig.

»Baquett wird persönlich vorbeikommen. Erwarten Sie einen schmächtigen Magician mit langer Nase«, beschrieb ich ihm den Mann. »Und drehen Sie ihm keinen alten Schund an!«

»Alles klar«, bestätigte Henry wieder kleinlaut.

»Dann ist ja alles besprochen.« Der Kaiser wirkte begierig darauf, zurück nach Washington zu reisen. Vergessen waren vorerst Lanahaas Verschwinden sowie die Ranaans. Die Anreise von Ivans Mutter und die Aufrüstung gegen die drohende Gefahr aus Móshù, Sinessas Verbündeten, hatten Vorrang.

31

Eine falsche Programmierung

Den Rückflug in der kaiserlichen Drohne zum goldenen Palast hielt ich wesentlich besser durch als den Weg zu Tekre Industries.

Ivan und der Kaiser verbrachten die Zeit überwiegend damit, Anweisungen mithilfe ihrer Nanobots zu versenden. Die Magicians der Blauen Garde wurden angewiesen, die Waffenlieferung aus California zu begleiten, weiter nach Lanahaa sowie zusätzlich Sinessa plus nun auch dem Schakal zu fahnden und eine kleine Gruppe würde sogar für einige Stunden nach Neves suchen. Das Palastpersonal erhielt Anweisung, meine bereits gepackten Sachen wieder auszupacken und eine spezielle Suite für die Regentin der République Française vorzubereiten.

Während all das arrangiert wurde, teilte ich Baquett seine neue Aufgabe und sein Budget mit. Dann versuchte ich Rayn über Li zu erreichen, doch er nahm meinen Anruf nicht entgegen; lag wahrscheinlich wirklich im Schnapskoma auf seinem Bett und schnarchte laut. Also hinterließ ich ihm eine Nachricht mit einer kurzen Zusammenfassung der Geschehnisse und einer Erklärung, warum ich vermutlich erst in ein paar Tagen nach California zurückkehren würde. Derweil versuchte ich meine Gedanken zu ordnen. *Warum hatte Neves sich eine Auszeit genommen? Wieso war er einfach weggeflogen? Was steckte dahinter?*

Nun wurde ja nach ihm gesucht, beruhigte ich mich. *Alles würde sich aufklären,* redete ich mir selbst gut zu. *Immerhin war bisher noch keine feindliche Armee über uns hereingebrochen. Lanahaa hatte noch nirgends für Aufregung gesorgt. Und Sinessa sich nicht gezeigt.* Das erfreute und beunruhigte mich gleichermaßen. *Was hatten sie vor? Wie lautete ihr Plan? Und was war in diesem Artefakt, das Lanahaa gestohlen hatte? Eine Machtquelle? Eine Waffe? Etwas noch Übleres?*

Indes ich überlegte, setzte der Pilot bereits zum Sinkflug an. Stunden waren vergangen. Und – *Wow!* – ich hatte den ersten kompletten Flug bei vollem Bewusstsein verbracht.

Die Propeller über uns drehten sich langsamer. Die Rotorengeräusche wurden leiser und wenig später setzten wir auf der goldenen Landeplattform des kaiserlichen Palastes auf. Von dort aus sah man die breite Brücke mit den spitzen Zinnen, die vom zweiten Tor weg hin zum ersten Tor führte. Wir befanden uns im Herzstück des Palastes – zwischen Gold und noch mehr Gold –, anscheinend aber auch hinter den stärksten Schilden des Kaiserreiches. *Eine schöne Vorstellung.*

Sehnsuchtsvoll betrachtete ich die friedliche Nachtlandschaft, die einzig vom Mond beschienen in vollkommener Ruhe dalag. Einige der dreieckigen Fenster über uns, im oberen Drittel des goldenen Quaders, waren hell erleuchtet. In den Räumen dahinter schliefen die Menschen wohl noch nicht oder schon nicht mehr.

Behände stieg ich hinter dem Kaiser und Ivan aus der Drohne.

Anders als bei unserem Abflug, stand eine beachtliche Anzahl an Magicians in blauen Roben auf dem Landeplatz. Nun verbeugten sie sich ehrerbietig vor seiner göttlichen Heiligkeit dem Kaiser von Eterny. Ihre Gesichter blieben dabei ausdruckslose, antrainierte Masken. Unwirkliche Stille und die ersten Strahlen der gerade aufgehenden Sonne am Horizont verliehen all dem etwas Rituelles, fast Spirituelles.

Was den Kaiser und Ivan betraf, befanden wir uns wirklich schon fast im Krieg, wurde mir klar. *Selbst die Leibgarde war aufgestockt worden.*

Ich wartete, bis der Kaiser sich mit schnellen Schritten in den Hauptkomplex begab – dann folgte ich ihm, Ivan an meiner Seite, die Blaue Garde im Schlepptau.

Als Pulk durchquerten wir zwei kleine Vorhallen mit weißem Marmorboden und den allgegenwärtigen Displays an den Wänden. Die bunten Funken in den Gildenfarben bewegten sich jetzt bei Nacht deutlich langsamer darüber. So als würden auch sie bei Dunkelheit in eine Art Schlafzustand übergehen. Ihr geruhsamer Tanz hatte in Kombination mit dem Schweigen, das über uns lag, etwas Hypnotisierendes.

Langsam merkte ich, wie Müdigkeit in meine Glieder kroch und ich ließ mich mit Ivan in der Menge der Magicians die Gänge entlangtreiben.

Erst ein gleißender Lichtblitz riss mich aus meiner Lethargie.

Alle Displays an den Wänden zeigten eine intensive Helligkeit, die bunten Funken waren verschwunden. Um und über uns wurde die Beleuchtung immer greller.

Unisono blieben wir stehen, starrten schockiert die Wände an.

»Formation!«, brüllte Ivan und ging neben dem Kaiser in Kampfhaltung. Die Magicians um mich rückten näher zusammen.

Das Licht machte es fast unmöglich, die Augen offen zu halten. Angst krampfte sich wie eine Faust um mein Herz. Überall um mich flackerte es blau auf und Wellen der Magie fluteten die Luft meiner unmittelbaren Umgebung. Sie prickelten an meiner bloßen Haut – den Armen und Wangen, als die Magicians einen Schild um uns schufen. Mein Puls beschleunigte sich. Adrenalin durchschoss meine Venen und Arterien. *Der Schakal!*, war alles, was mir durch den Kopf ging. *War er wieder da? War das ein zweiter Attentatsversuch?*

Gelbe Funken sprühten von der Decke.

Irgendetwas dort glühte aufgrund des übermäßigen Stromflusses durch. Ich ging unwillkürlich in die Knie, riss die Hände nach oben, um meinen Kopf zu schützen und wagte erst in dieser Position, nach rechts und links zu blicken.

Die Intensität der Displayhelligkeit verringerte sich zu meiner Erleichterung wieder. Von der Decke kamen keine Funken mehr – aber auch kein Licht, weil das nun kaputt war.

Niemand hatte uns bisher angegriffen. *Konnte es nur ein Kurzschluss gewesen sein? Ein elektronischer Fehler? Eine falsche Programmierung?* Gefasst richtete ich mich auf und ließ die Hände sinken.

Da begannen sich die weißen Displays um uns mit Farbe zu füllen. Zuerst verstand ich nicht, was passierte, dann schälten sich einzelne Bilder aus einem riesigen Puzzle von Hunderttausenden, vielleicht gar Millionen Miniaturbildern und füllten in Überlebensgröße Wandabschnitte.

Ich sah einen Mann in einem schwarzen Anzug. Sah sein nettes Gesicht und den braunen Bart. Er lief auf eine gläserne Tür zu, die in ein Gebäude führte, das ich nicht kannte. Zielstrebig setzte er Fuß vor Fuß und … lief direkt gegen die Tür. Anders als bei Tekre Industrie löste sich diese aber nicht auf. Stattdessen ertönte ein Knackgeräusch, das nichts Gutes vermuten ließ und der Mann taumelte zurück. Er drehte sich in Richtung Kamera. Blut schoss aus seiner gebrochenen Nase und eine peinlich berührte Röte kroch seine Wangen hinauf. Sein schneller Blick nach rechts und links verdeutlichte, dass er sich für sein Ungeschick schämte.

Das Bild wechselte. Nun kam ein runder Drohnenlandeplatz auf dem Dach eines verspiegelten Gebäudes in Sicht. Die Tür der Taxidrohne, die langsam darauf hinuntersank, öffnete sich noch während des Landevorgangs. Lautes Johlen ertönte und die Köpfe sowie Gliedmaßen einiger junger Männer in blauen Anzügen wurden sichtbar. Sie schwenkten ihre Arme in großen Bewegungen, ließen die Beine baumeln und hatten eindeutig zu viel getrunken.

Zu meinem Erstaunen landete die Drohne ohne Zwischenfälle. Die jungen Männer sprangen übermütig heraus und es folgten zwei junge Frauen, eine blond, eine brünett, in rosa glitzernden kurzen Kleidchen. Die Gruppe schaffte es circa fünf Schritte weit, da hielt sich einer der Männer mit den Händen den Bauch, schwankte und übergab sich geräuschvoll neben den Landeplatz auf das verspiegelte Gebäudedach.

»Ih!«, rief die Blonde neben ihm laut aus.

»Mann, ey!«, hörte ich einen der anderen Männer murren. »Wenn Zurahja das erfährt, dürfen wir seinen Landeplatz nie wieder nutzen.«

Ich schämte mich während des Zuschauens fremd, empfand gleichzeitig Belustigung und auch Mitleid mit dem mir unbekannten Typ, der ganz eindeutig nicht so trinkfest war wie seine Kumpels.

»Musst es ihm ja nicht sagen«, murmelte er leise.

An der Stelle brach die Szene ab.

Wieder führte ein nahtloser Schnitt zur nächsten. Eine wunderschöne Frau stand in einem knallpinken Kleid auf einer Plattform in luftiger Höhe. Ich konnte in der Ferne das Meer erkennen, sah die Berge im Hintergrund, die begrünten Hänge und die Skyline. *Das war in Tekre!*

Aufregung ließ mich gebannt starren.

Eine Taxidrohne setzte zur Landung an und die Frau begann breit zu lächeln. Sie hob eine der beiden bis eben vor ihrem Körper verschränkten Hände, um dem Piloten zu winken. *Wahrscheinlich kannte sie ihn.* Die andere Hand schwang dabei ebenfalls zur Seite. Der Windzug nahm zu, als der Pilot in letzter Sekunde die Position der Drohne justierte und das Kleid der Frau wurde hochgeweht. Sie hatte nichts drunter an – gar nichts.

Meine Augen weiteten sich ungläubig. Ich sah … *alles*. Sie hatte sogar das eine Bein ein wenig angewinkelt und es leicht seitlich gestellt, sodass …

Ich wandte unversehens den Blick ab. Blinzelte ein paar Mal, um den Anblick aus meinen Gedanken zu entfernen. Das brachte mich in die Realität zurück.

Um mich starrten die Gardisten genauso fasziniert, wie ich es bis gerade gewesen war, auf unterschiedliche Abschnitte der Wände. Überall liefen Clips. Bei manchen konnte ich nicht auf den ersten Blick sagen, worum es ging, es waren alltägliche Szenen. Bei anderen blickte ich gerade im rechten Moment hin und sah, wie irgendwem irgendein peinliches Missgeschick passierte, das ganz eindeutig von Überwachungskameras aufgezeichnet worden war.

Ich schluckte, als mein Mund trocken wurde und ich die Verbindung von ›Überwachung‹ zu ›Tekre Industries‹ zog. Und dann zu … Lanahaa. *Das war bestimmt das Werk meiner Mutter!*

»Wo läuft das überall?«, hörte ich in dem Moment den Kaiser fragen.

Ich drehte mich.

Lamentos, Ivan und einige der Gardisten starrten nicht mehr auf die Wände, sondern in den Lichtkegel über dem Nanobot, der an Ivans Arm saß. Dieser zeigte einen Raum, der völlig von Displays und Bildschirmen beherrscht wurde; *die Kommunikationszentrale des kaiserlichen Palastes – die im Regentenschloss von California sah ähnlich aus.* Ein älterer Mann mit Brille, gestärktem weißen Hemd und schwarzem Anzug stand vor dem größten Bildschirm und hackte konzentriert auf die Tastatur darunter ein, während er antwortete: »Wo? Nun, überall. Der Computervirus nutzt die allumfassenden kaiserlichen Kommunikationskanäle. Auf jedem elektronischen Gerät, das ein Display besitzt – überall in Eterny. Darüber hinaus vermag ich das nicht zu sagen. Das Interessante ist, was da läuft. Das sind alles Aufnahmen aus dem globalen Überwachungsnetzwerk des Kaiserreiches. An öffentlichen Orten ist es eine zufällige Mischung. Allerdings bekommt anscheinend jeder auf seinem Privatgerät zusätzlich eine ganz eigene Vorstellung, nämlich eine Aneinanderreihung der peinlichsten Aufnahmen, die über die jeweilige Person bei uns gespeichert ist. Der Algorithmus, der das abruft und sortiert, ist brillant!«

»Dominion!« Eine wohldosierte Warnung lag in Ivans Stimme.

Der palasteigene Techniknerd hatte offensichtlich kein Taktgefühl.

»Jaja«, tat der alte Mann diese auch schon ab. Berührt oder auch nur irgendwie empathisch schien er nicht zu sein. »Ich gebe mein Bestes, um dem ein Ende zu setzen.« Es klang fast gelangweilt.

»Gut.« Damit drückte Ivan auf einen Knopf am Bot. Der Lichtkegel der Projektion erlosch. Er sah den Kaiser mit seltsamer Miene an. »Du weißt, was sie da tut, oder?«

»Die Leute gegen sich aufbringen?« Lamentos hatte ein siegessicheres Funkeln in den Augen.

Beide wirkten absolut sicher, zu wissen, wer dahintersteckte. Allerdings hatte ich ja auch direkt an sie gedacht. *Sinessa traute ich so viel Finesse nicht zu, dem Schakal ebenfalls nicht und was sollte es Móshù bringen? Verwirrung zu stiften wäre nur bei einem gleichzeitigen Angriff sinnvoll, oder?* Und der ließ auf sich warten. Blieb nur *sie* übrig.

»Ja und nein«, sagte Ivan da leise. Er wirkte, als ratterten die Rädchen in seinem Gehirn. »Wenn sich alle vom ersten Schock erholt haben, werden sie nachdenken. Und dann werden sie eines erkennen: Dass es wahrscheinlich noch schlimmere Aufnahmen von ihnen gibt. Wie sie etwas stehlen, etwas Unehrenhaftes tun. Etwas, das nicht nur peinlich ist. Jeder hatte einen schwachen Moment in der Vergangenheit und Lanahaa hat bewusst ›nur‹ die peinlichen Aufnahmen gewählt. Sie spielt mit der Psyche der Menschen. Gibt ihnen etwas, auf das sie sich garantiert stürzen, das ihnen wichtig genug ist, um sie zu beschäftigen, weil es ihren Stolz untergräbt.«

»… damit sie sich schließlich damit befassen, dass sie alle dauerhaft überwacht werden. Etwas, das sie längst vergessen oder stillschweigend akzeptiert haben«, beendete der Kaiser den Gedankengang.

»Sie werden dankbar sein, dass nicht das richtig schlimme Zeug gezeigt wurde.« Ivan hielt inne. »Das ist der Punkt, an dem sie sich fragen werden, wem sie die Überwachung verdanken, also wer diese bedrohlichen Sachen hat, die möglicherweise noch zu ihrem Schaden ausgespielt werden könnten. Und ob es ein Segen oder ein Fluch ist, überwacht zu werden. Ob es diese Welt sicherer oder zu gläsern macht. Ob es sie nicht vielleicht zu sehr in ihrer Freiheit, ihrer Privatsphäre einschränkt. Auf den Ausgang dieser Entscheidung würde ich fast wetten.« Ein bitteres Lächeln legte sich auf sein Gesicht.

»Sie hat es installiert«, gab der Kaiser zurück. »Das ganze verdammte System.«

»Mhm. Tekre Industries hat all die Kameras, die Dioden, Mikrofone und Kabel dafür entworfen, produziert und eingebaut. *Du* hast es beauftragt, dafür bezahlt und betreibst es.«

»Wer sagt uns, dass nicht bald noch ganz andere Aufnahmen laufen und sie es sich selbst verscherzt? Es ist eine Gratwanderung.« Der Kaiser sagte es mit kalter Stimme, ganz so, als hoffe er, dass dieser Super-GAU eintreten würde, nur weil es ihm zugutekommen könnte.

»Vielleicht. Vielleicht auch nicht. Es wäre kontraproduktiv für ihr Ziel.« Ivan runzelte die Stirn.

»Nun, es geht ja nicht darum, dass sie ihr Ziel erreicht, sondern um die Frage, wie wir unseres erreichen und wer spielt schon fair. Also werden wir es tun. Es ist unser Netz, unsere Entscheidung.« Lamentos' Züge waren grimmig. »Sie will eine Schlammschlacht auf Kosten des Volkes? Die soll sie bekommen! Schließlich weiß die Bevölkerung so gut wie wir, dass es nicht normal ist, dass diese Aufnahmen gezeigt werden. Die Menschen haben bereits eins und eins zusammengezählt und längst herausgefunden, wer für ihre Demütigung verantwortlich ist – und das sind nicht *wir*. Das sollten wir nutzen und ein bisschen nachhelfen. Dominion soll Aufnahmen heraussuchen, die die Menschen Lanahaa für immer verabscheuen lassen. Zuvor setzen wir eine offizielle Erklärung auf, dass sie unsere Netze gekapert hat.«

»Wenn wir tatsächlich noch Zugriff auf die kaiserlichen Kommunikationskanäle haben und etwas einspeisen können.« Ivan klang resigniert. »Und wenn wir das tun, werden dadurch Menschenleben zerstört«, warnte er. Dann senkte er die Stimme. »Egal wen wir raussuchen, wem wir das antun, wir können es nicht mehr rückgängig machen und sie werden *jemanden* dafür hassen – für immer. Überleg nur, was geschieht, wenn herauskommt, dass wir unter dem Deckmantel von Lanahaas Taten noch schlimmere begangen haben. Du spielst mit dem Feuer!«

Lamentos stieß ein widerwärtiges Lachen aus. »Das wäre nicht das erste Mal.«

Ich schauderte.

32

Die Regentin der République Française

Wenig später stellte sich heraus, dass der Virus die kompletten kaiserlichen Nachrichtenkanäle blockierte. Dauerhaft. Meine Mutter hatte gute Arbeit geleistet. Dominion kam nicht gegen ihren Code an.

Damit wurden die Inhalte der gezeigten Aufnahmen nicht schlimmer – aber es war auch nervenzehrend und zermürbend, sich ständig peinliche Momente von sich selbst oder anderen ansehen zu müssen. Überall in den Wohnungen, den Häusern, den Städten gab es Bildschirme – man konnte ihnen nicht entkommen. Und schaltete man sie aus, schaltete der Virus sie einfach wieder an. Dank der menschlichen Neigung der Neugier kam auch keiner umhin, trotzdem zuzusehen: all den flimmernden Bildern.

In einer sofort anberaumten Krisensitzung besprachen der Kaiser, Ivan und ihre Berater, ob es eine Option darstellte, die Stromversorgung zu kappen.

Ich saß stumm dabei.

Es war weder meine Sitzung noch waren es meine Berater, die wild durcheinanderredeten. Und ich riss mich auch nicht gerade darum, eine Entscheidung treffen zu müssen, die weitreichende Folgen haben würde. Strom benötigten schließlich nicht nur Geräte mit Displays. Krankenhäuser, Kühlketten und vieles Weitere musste berücksichtigt werden.

Dem Gedanken folgend, dass es den Großteil der Technik ohne Akkus und viele Einrichtungen ohne Notstromaggregat oder andere diesbezügliche Notfallpläne lahmlegen würde, entschied sich die Mehrheit schließlich gegen einen fingierten Stromausfall.

»Das ist die richtige Entscheidung. Sonst hält die Menschen auch nichts mehr in ihren Wohnungen und Häusern. Wir können keinen wütenden Mob auf der Straße riskieren«, schloß Ivan die Sitzung. »Sie sollen die Displays mit Tüchern und Decken verhängen – von mir aus mit Tischdecken oder Bettlaken – und die mobilen Endgeräte weglegen.«

Ivan und ich gingen nach der Krisensitzung mehr oder weniger gewollt getrennte Wege. Er, um das Kaiserreich zu sichern, ich, um ins Bett zu fallen. Die Nacht war nun endgültig vorüber und die starken Strahlen der aufgegangenen Sonne läuteten einen neuen Tag ein.

Ich schlief tatsächlich noch ein paar Stunden.

Es war Vormittag, als ich aufwachte. Direkt nachdem ich den ersten Schritt aus meiner Suite – der gleichen wie zuvor – auf dem Gang tat, lief ich Ivan über den Weg.

Er nickte jedoch nur im Vorbeigehen und wollte anscheinend schnell zum Landeplatz, um die Waffen in Empfang zu nehmen, die Henry geschickt hatte. *Zumindest vermutete ich das.*

Ich begab mich auf die Suche nach einer Tasse Kaffee.

Zur Mittagszeit beobachtete ich, wie die letzten Vorbereitungen für den Empfang von Ivans Mutter im goldenen Palast getroffen wurden, während ich versuchte, all die Bilder auf auf den riesigen Wanddisplays so gut es ging zu ignorieren. Die Sonne stand im Zenit, die Regentin würde bald da sein, wenn Henrys Prognose zutraf.

Das weckte gemischte Gefühle in mir. *Der Kaiser erhoffte sich durch ein Bündnis mit der République Française eine Festigung seiner Position sowie Unterstützung gegen Móshù. Ivan erhoffte sich … Liebe?* Ich war irgendwo zwischen all dem. *Hoffentlich erwarteten uns keine weiteren bösen Überraschungen.*

»Hi!« Das Auf- oder eher Umrüsten der kaiserlichen Drohnen sowie der Palastumgebung war wohl beendet, denn Ivan trat aus einer der Seitentüren neben mich. Aufmerksam ließ er seinen Blick durch die weiße Halle schweifen, die für einen Umtrunk mit Stehtischchen und einer Bar ausgestattet worden war.

Der spiegelnde Marmorboden ließ sie modern und einladend wirken – sah man von den Videos ab, die unverändert liefen. Gerade versuchten Bedienstete, diese mit blickdichten Tüchern zu verhängen. Die Dauerpeepshow machte langsam alle verrückt.

»Hi«, gab ich leise zurück. »Fühlst du dich … bereit?«

Er zuckte die Achseln. Vermied es, mir ins Gesicht zu sehen. »Ich weiß nicht. Als ich jünger war, habe mir oft vorgestellt, wie es sein würde, sie zu treffen. Irgendwann hat das aufgehört.« Er verstummte. Starrte blicklos in die Luft. Ich sah, wie sich seine Schultern unter der silbernen Anzugjacke verspannten.

Immerhin hatte er Zeit gefunden, sich umzuziehen. Ich bewunderte, dass er heute so selbstsicher und stark wirkte – so ohne Augenringe und Knitterfalten im Gesicht. Er war eben Sullivan Tenakulis, Bad Boy, Sexiest Man Alive und einer der größten Magicians unserer Zeit. Am liebsten wäre ich näher zu ihm gerückt, hätte die Lücke zwischen uns geschlossen und mein Gesicht an seinem Hals vergraben.

Zu Hause, schoss es mir durch den Kopf. *Bei ihm fühlte ich mich zu Hause.* So irrational es erschien, Ivan gehörte mein Herz – egal wie viel er verschwieg und was er getan hatte und noch tun würde. Mein Herz ließ all das kalt. Meinen Verstand leider nicht. Doch das war jetzt unwichtig.

Ein Piepsen ließ mich aufhorchen.

Ivan blickte konzentriert auf den Nanobot, den er plötzlich in seiner Handfläche hielt. »Ja?«, fragte er in die Stille zwischen uns.

»Moment. Jetzt«, hörte ich die Antwort aus dem Bot, bevor der Lichtkegel die Umrisse von Dominion und der Kommunikationszentrale des kaiserlichen Palastes zeigte. »Besser, oder?«, fragte der ältere Mann mit Brille in seltsam siegreichem Tonfall. Sein einst gestärktes Hemd wirkte zerknittert. Die schwarze Anzugjacke von gestern hatte er ausgezogen.

Er hatte wohl keine Minute geschlafen.

Zuerst verstand ich nicht, was er meinte. Aus dem Augenwinkel bemerkte ich dann jedoch, dass das Flackern der dauerhaft laufenden Videoaufnahmen auf den noch unverhängten Displays in der Halle wieder dem der bunten Funken gewichen war. Ein Lächeln breitete sich auf meinem Gesicht aus. Aufgeregt deutete ich mit dem Finger zur Seite. »Ivan, sieh nur!«

Die Begeisterung, die ich für die Funken empfand, zeigte mir deutlich, wie belastend es gewesen war, den emotionalen Momenten dauerhaft ausgesetzt zu sein. Es hatte an Folter gegrenzt – psychischer Folter. Keine besonders schöne Taktik oder Kriegslist, wie immer man es nennen mochte, derer sich meine Mutter bedient hatte. *Nun herrschte Ruhe – selige Ruhe.* Ich seufzte befreit.

Auch Ivans grüne Augen leuchteten auf. »Das ist fantastisch!«, rief er und fing mit seiner freien Hand meine Finger ein, um sie übermütig zu drücken. »Wie haben Sie das hinbekommen?«, wandte er sich an Dominion und gab meine Hand wieder frei.

»Kabel«, beschied der Ältere ihn mit einem breiten Lächeln. »Da eine Softwarelösung ausschied, habe ich mir die Hardware vorgenommen. Ich habe die Schaltkreise angeschaut und ein bisschen was umgestöpselt.«

»Ist der Erfolg damit regional begrenzt?«, hakte Ivan direkt nach.

»Ja, momentan auf den Palast. Ich habe Teile unserer internen Übertragung vom Netz genommen und lasse nun eine Binnenanimation laufen. Das wird für den Rest des Kaiserreiches nicht funktionieren. Der Virus hat sich zwar von hier aus verbreitet, ist inzwischen aber auf all unsere dezentralen Kommunikationsknotenpunkte geklont. Natürlich könnten wir Teams losschicken, die die einzelnen Standorte vom Netz nehmen, aber damit legen wir alle Verbindungen lahm – vielleicht etwas, auf dass das alles abzielt. Ich weiß es nicht, würde es jedoch bevorzugen, noch nicht aufzugeben und derart verzweifelte Maßnahmen einzuleiten. Ich arbeite daran, das Problem global zu lösen.«

Ivan wirkte enttäuscht, fasste sich aber recht schnell wieder. »Danke, Dominion. Dass Sie das für den Palast hinbekommen haben, weiß ich gerade heute sehr zu schätzen. Schlafen Sie ein paar Stunden und setzten Sie sich dann wieder dran. Es zählt zwar jede Minute, aber im Müdigkeitsdelirium werden Sie der Überlistung des Virus auch nicht näherkommen.«

Der alte Mann nickte. Dabei verrutschte ihm leicht die Brille. Während die Projektion sich bereits auflöste, sah ich, wie er sie sich zerstreut zurechtrückte und irgendetwas vor sich hin murmelte.

»Jetzt sind wir bereit!«, sicherte sich Ivan wieder meine Aufmerksamkeit. Die Bediensteten räumten gerade die Tücher weg. Er musterte die Halle, als sähe er sie zum ersten Mal. Dann setzte er sich den Bot ans Handgelenk, ließ die Arme sinken und straffte sich.

»Ja. Jetzt sind wir wirklich bereit«, wiederholte ich lächelnd. Einigermaßen beruhigt strich ich mir über mein Kleid – ein hochgeschlossenes Exemplar, das über und über mit Ton-in-Ton-Stickereien in Weiß und glänzenden Schmucksteinen besetzt war. Meine schwarzen Haare hatte ich in einen lockeren Knoten geschlungen, weil ich mir nicht die Zeit hatte nehmen wollen, einzelne Strähnen zu flechten und dann in Form der Haarkrone auf dem Oberkopf festzustecken. Außerdem hatte ich bezweifelt, dass ich es ordentlich hinbekommen würde.

»Dann lass uns …« Ivan stockte.

»Die Regentin der République Française in Empfang nehmen?«, bot ich an.

»Ja, wir sollten zum Landeplatz gehen.«

»Dem goldenen oder dem gläsernen Hangar?«, fragte ich.

»Dem goldenen. Es herrscht höchste Sicherheitsstufe für Staatsgäste«, erklärte Ivan. »Ich glaube, du wirst gleich große Augen machen.« Er setzte ein übertriebenes Pokerface auf, das mich zu einem Kichern bewegte.

Gemeinsam eilten wir durch die Gänge – nun beide von Neugier und einer gewissen Dringlichkeit getrieben.

»Was weißt du, was ich nicht weiß?« Ich versuchte ihn in die Seite zu stoßen, doch er wich geschickt aus und gab sich geheimnisvoll.

Der Weg war nicht weit und je näher wir unserem Ziel kamen, desto schneller wurden unsere Schritte. Dann öffnete sich auch schon die elektrische Schiebetür, die ins Freie führte.

Oben herrschte reger Betrieb.

Der Kaiser, ganz in Schwarz – von seinem schwarzen, zurückgegelten Haupthaar über seinen schwarzen Bart bis zu seinem schwarzen Anzug und den schwarzen Mokassins –, trug zudem noch eine schwarze Sonnenbrille. Er sah aus wie ein hipper Gangster aus 2086.

War das sein Versuch, schick zu wirken?

Ich musste mir ein Schmunzeln verkneifen. Irgendwie hatte er in den letzten beiden Tagen für mich seine Furcht einflößende Ausstrahlung eingebüßt. Früher hatte ich ihn auf eine Stufe mit dem Teufel gestellt. Jetzt sah ich den Mann dahinter und es fiel mir wesentlich schwerer, ihn als Monster zu verfluchen – für all die Gräueltaten, die er verübt hatte. Alles hatte wohl zwei Seiten. Nichts war nur schlecht; so wie es vermutlich niemanden gab, der in seinem Leben nur Gutes getan hatte. *Mutter Theresa ausgenommen.*

Um ihn standen zehn Magicians mit Carbonrüstungen – unverkennbar Mitglieder der Blauen Garde, aber auch eine Handvoll Magicians, die in den Farben der Gilden gekleidet waren. Ich hatte die meisten davon bereits bei der Krisensitzung gesehen.

»Berater«, flüsterte Ivan mir ins Ohr. *Er war wohl meinem Blick gefolgt.* »Sieh zum Himmel!«, wies er mich aufgeregt an.

Gespannt hob ich den Kopf und suchte mit den Augen die Weite über Washington ab. Zuerst sah ich nur Wolken und die üblichen Drohnen – in aller Art und Form. Sie spickten den Himmel wie kleine Konfettipunkte. Darauf folgend streifte mein Blick etwas, das wie ein großes Weingummi mit Adern darin aussah. Und sich stetig, aber in äußerst gemäßigter Geschwindigkeit auf den goldenen Quader sowie die Türme des kaiserlichen Palastes zubewegte.

Verwundert kniff ich die Augen zusammen. Starrte konzentriert geradeaus. *Es war ein Luftschiff. Eindeutig!* Beim Näherkommen wirkte es, als ob ein riesiges Skelett über den Himmel schwebte. Die Vorstellung war gleichzeitig faszinierend und befremdlich. Die Gefühle in mir drifteten mal in die eine, dann wieder in die andere Richtung.

Über eine goldene Tragstruktur war eine durchsichtige Hülle gezogen. Darin befand sich das Gas, das das Luftschiff hoch oben hielt. Unten drunter hing eine fast durchsichtige Blase, die rundum von weißen Motoren und Propellern besetzt war. Diese verliehen ihr eine Art Kaktusstachel-Aussehen. *Das wirkte einzigartig und grotesk.*

Ganz vorne, dort wo sich wahrscheinlich die Brücke des Luftfahrzeugs befand, gewährte eine Glasfront freie Sicht von außen nach innen und damit auch von innen nach außen. Eine hoch aufgeschossene Frau in einem rostroten Kleid mit langen gleichfarbigen Haaren und einem silbernen Cape stand dort und starrte über einen der Stachel hinweg zu uns herunter. Dabei gestikulierte sie in Richtung einer anderen Frau und gab wohl Anweisungen.

Das also war Ivans Mutter. Daran bestand kein Zweifel.

Ich verspürte wiederwillige Bewunderung für ihren exotischen Auftritt und ihre sicher schillernde Persönlichkeit.

»Luftschiffe sind leiser und verbrauchen weniger Treibstoff als Drohnen. Sie sind recht beweglich und vor allem ausdauernd für lange Reisewege«, hörte ich Ivan neben mir sagen. »Die République Française ist für ihre extravaganten Konstruktionen bekannt.« Wahrscheinlich beruhigte es ihn, sich auf Fakten zu konzentrieren. Demgemäß unterbrach ich ihn nicht, während sich das Luftschiff weiter näherte und seine Eltern über die Entfernung hinweg ein Blickduell begannen.

Wie lange sich wohl der Kaiser und die Regentin nicht gesehen hatten? Seit Ivans Geburt? Das war eine lange Zeit.

»Der Ballon oben ist mit speziellem, in der République Française modifizierten Helium gefüllt, einem nicht brennbaren Edelgas. Es ist sieben Mal leichter als Luft.«

Das hatte ich nicht gewusst, vermutlich dank Sinessas Abneigung gegen die Freistaaten. *War California diesbezüglich das am schlechtesten informierte Land in ganz Eterny? Hatte Ivan das geahnt? Und was für eine Genugtuung, dass gerade in Tekre ein Spion der République Française unbemerkt stationiert gewesen war.*

Elegant drehte das Luftschiff bei. Dann richtete es durch das Justieren der Propellerwinkel am Rumpf seine Front auf uns aus, die von Nahem das Gefühl eines riesigen Fischmauls mit unzähligen Zähnen in mir aufkommen ließ. Meter für Meter schob sich der Koloss auf uns zu, bis die Gondel unten auf die goldene Landeplattform herabsank, diese streifte und dort auspendelte, um schließlich zum Stillstand zu kommen.

Mit einem hydraulischen Laut öffnete sich die gläserne Luke vorne, schwenkte zur Seite und eine kleine Treppe von drei Stufen fuhr aus.

Ivans Mutter trat hinunter, bis sie auf dem Grund und Boden von Eterny stand. Aus der Nähe sah sie atemberaubend aus hatte durchdringende grüne Augen, zart geschnittene Züge, die Ivan geerbt hatte und einen großzügigen Mund. Ihr rotes Haar fiel in wunderschönen Wellen über ihren Rücken. Das Cape zog eine silberne Schleppe nach sich, die einer Kaiserin würdig gewesen wäre. *Oh ja, sie war gut vorbereitet gekommen!*

Indes sie nun auf den Kaiser von Eterny zutrat, der unbewegt am Rand der Plattform stehen geblieben war, stieg auch ihr Gefolge langsam aus der Gondel. Ich zählte zehn Personen, bevor mein Blick wieder zu Ivans Mutter schweifte.

Das Blickduell mit dem Kaiser intensivierte sich wortlos, obwohl sie jetzt direkt vor ihm stand. Mehrere Herzschläge lang wirkte es so, als wollten sich die beiden in die Arme fallen. Ich sah genau, wie die Ellenbogen des Kaisers zuckten, als er sie vom Körper abspreizte; sah, wie die Regentin sich leicht mit dem Oberkörper zu ihm vorbeugte. Ich merkte selbst, wie Ivan neben mir die Luft anhielt. *Ihn schien sie noch nicht bemerkt zu haben.*

Die Sekunden verstrichen. Alle waren wie eingefroren und ich hätte nichts dagegen einzuwenden gehabt, wenn die Welt für einen einzigen Wimpernschlag aufgehört hätte, sich zu drehen.

Leider tat sie das nicht. Der Zauber des Moments verblasste und alle erinnerten sich wohl schlagartig wieder an die Umgebung und ihre Positionen. »Du hast also die *demokratische* Wahl gewonnen«, sagte der Kaiser statt einer Begrüßung.

Die Regentin der République Française spitzte die tiefroten Lippen zu einem gespielten Schmollmund. »Wundert dich das – du konntest mir schließlich auch nicht widerstehen.«

Autsch! Demnach war sie noch nicht lange Regentin, dachte ich überrascht.

Die beiden taxierten einander mit Blicken.

Ein feines Lächeln umspielte plötzlich die Lippen des Kaisers. »Nein. Ich glaube, du bist die geborene Gewinnerin«, gab er nach.

Ich war mir nicht sicher, ob er das ernst meinte.

»Nicht immer.« Ihre Stimme klang hart. Sie fixierte ihn wie eine Schlange ihre Beute.

»Nein, nicht immer«, stimmte er leise zu und wirkte dabei melancholisch. »Manchmal ist gewinnen oder verlieren eine Frage der Perspektive.«

So verletzlich hatte ich ihn noch nie gesehen. Hatte er sie wirklich geliebt? Empfand er noch etwas für sie?

»Bei dir verlieren ziemlich viele«, gab sie hart zurück. »Liberté, Égalité, Fraternité, weißt du, was die Parole der République bedeutet?«

»Dass du Marketingbudget gespart hast und ein Evergreen immer funktioniert?« Offene Abneigung schwang in der Stimme des Kaisers mit.

Ich keuchte ob der Beleidigung. *War das seine Taktik, um ein politisches Bündnis zu schließen? Verbal wild um sich zu schlagen? Andere direkt bei ihrer Ankunft in Rage zu versetzen?* »Wo bleibt die Diplomatie?« *Oh!* Ich schlug mir sofort die Hand vor den Mund. *Das hatte ich nicht laut sagen wollen.*

Die Regentin der République Française drehte sich kurz in meine Richtung. Sie schenkte mir ein unbeeindrucktes Lächeln. »Nein, sondern dass mein Staat – genau wie ich – für Freiheit, Gleichheit und Brüderlichkeit steht«, wandte sie sich mit zuckersüßer Miene an den Kaiser, als hätte sie meine Worte nie gehört. »Etwas, das du nicht kennst und noch nie verstanden hast. Warum, glaubst du sonst, sägen sie jetzt an deinem Stuhl? Jede Ära geht irgendwann zu Ende. Deine Gegner wittern deine Schwäche und sie kommen bereits, um sich um dein Vermächtnis zu streiten. Etwas, das du selbst heraufbeschworen hast.«

Der Kaiser stieß ein ungläubiges Lachen aus.

Ivan stand daneben und wirkte völlig unbeteiligt. Seine Augen waren leer, die Züge zeigten seine liebste Ivan-der-Schreckliche-Maske. Ich befürchtete, dass sich sein Herz zusammen mit seinem Verstand ins Nirwana verabschiedet hatte. *Großartig.*

Seine Mutter ließ ihren vielsagenden Blick plötzlich auf ihm ruhen, als wüsste sie sehr wohl, wer er war.

Ich hätte ihr und dem Kaiser in dem Moment am liebsten den Hals umgedreht. *Hatten sie nichts Besseres zu tun, als sich zwecks ihres eigenen Egos gegenseitig zu brüskieren? Verstanden sie nicht, dass es nur eine mögliche Zukunft gab? Sie waren beide abscheulich, absolut egozentrisch und die vermutlich schlechtesten Eltern der noch existenten Welt! Wobei sie sich da mit meinen um den Titel streiten konnten …*

Trotzdem hatte Ivan nur diese. Ich seufzte.

»Die République Française unterhielt bereits früher die drittstärkste Streitkraft innerhalb des NATO-Bündnisses und das größte Heer der ganzen Europäischen Union. Wir waren die Atommacht mit der weltweit dritthöchsten Anzahl an Kernwaffen, bevor der Rat sich erhob. Meine Nation konnte sich innerhalb der Freistaaten der neuen Welt halten und bewähren, weil unsere Ingenieure geschickt, unsere Programmierer gewandt und unsere Magicians stets mächtig waren. Jetzt sind wir die unangefochtene Supermacht innerhalb der

Freistaaten Europas. Ich werde niemals zulassen, dass die République von irgendeinem anderen Land oder Reich annektiert wird. Deshalb bin ich hier, um an eurer Seite gegen Móshù zu kämpfen, bevor sie als nächstes gegen uns ziehen – denn deren Geschwader kommt!«, fuhr Ivans Mutter fort. »Die Informationen meiner Geheimdienstmitarbeiter sind konkret: Móshùs Drohnenträger wird bald da sein. Und ich habe Bedingungen, die ich zuvor besprechen möchte.«

Das Thema *Sohn* hatte sie, im Gegensatz zu Henrys Aussage, bisher nicht interessiert. *Vielleicht war sie deshalb nie in Versuchung geraten, von sich aus Kontakt zu Ivan aufzunehmen.*

Der Kaiser nickte. »Ein Krieg zieht auf. Wir sollten besser vorbereitet sein!«

33

Helle Panik

Von meiner Position auf der goldenen Landeplattform konnte ich die unterschiedlichen Grünflächen und Beete der weitläufigen Parkanlagen des kaiserlichen Palastes erahnen. Während der Kaiser weiter fabulierte, ließ ich meinen Blick schweifen. Der Korridor, den sie bildeten, führte direkt auf uns zu. Der Himmel darüber zeigte ein sattes Blau, in dem jäh an einer Stelle eine dichte Ansammlung von schwarzen Punkten auftauchte, die sich rasch näherte. *Was …?*

Ich kniff die Augen zusammen und beobachtete das Treiben mit geschärften Sinnen. *Es war eindeutig eine Formation!* Ich keuchte auf.

Bereits Sekunden später schwebte sie über dem Grün und bewegte sich entlang der Einflugschneise auf den Palast zu. Die einzelnen Punkte bekamen erschreckende Details. Es waren glatte, glänzende Drohnen. Modelle der RO–V II von Tekre Industries. Die mit plasmabasierten Kampfschilden, von denen Henry bei meinem ersten Besuch der Cityscape behauptet hatte, dass sie so gut wie alles abhalten würden – außer Magie. *Ach du Schreck! All die Hightechwaffen am Himmel konnten nur eines bedeuten …*

Angst verdrängte den Schock in mir. »Móshù greift an!«, schrie ich. Mein Geist verstärkte die Reichweite magisch, als ich alles aus meinen Stimmbändern holte. Nachdem ich geendet hatte, war ich mir fast sicher, dass mich ganz Washington gehört haben musste. *Umso besser.*

Ich wandte mich so schnell ich konnte um. Erst jetzt registrierte ich, dass sich die anderen auf der Landeplattform bereits auf den Weg ins Gebäude gemacht hatten, um zu verhandeln. Sie hatten dem Himmel in den letzten Sekunden den Rücken zugekehrt gehabt. Nun blickte ich in schockgeweitete Augen und offene Münder. Alle, die sich zu mir gedreht hatten, stierten voll Unglauben in die Luft über Washington.

Mein Herzschlag wummerte wie die Schläge einer Pauke durch meinen Kopf. *Bum. Bum. Bum.*

Die Drohnen kamen immer näher.

Wieso schlug kein Alarmsystem an? Hatte meine Mutter das auch lahmgelegt? Paktierte sie *mit dem Kaiser von Móshù – und Sinessa auch oder er nicht mehr?* Es war verwirrend.

Wie riesige schwarze Raketen schoben sich die RO–V IIs über den Himmel auf uns zu. Jede mit einer Flügelspannweite von fünfundzwanzig Metern, wie ich von Henry wusste. Und es waren Hunderte, die da in Pfeilformation auf den Palast zusteuerten.

Ich starrte den Monstren entgegen. Eine grausame Faszination überwältigte mich. Die helle Panik, die inzwischen um mich ausgebrochen war, registrierte ich nur am Rande. Zu sehr konzentrierte ich mich auf meine Wahrnehmung. Ganz hinten, von kleineren weißen Drohnen umringt, meinte ich, eine schwebende Fläche zu erkennen: ein voll bestückter Drohnenträger.

Meine Gedanken machten sich selbstständig. Ich erinnerte mich daran, dass Henry gesagt hatte, dass man die RO–V II nicht landen müsse. »*Sie können sie vierundzwanzig Stunden durchgängig im Einsatz lassen, denn sie kann in der Luft betankt werden*«, waren seine stolzen Worte gewesen. Mein Magen revoltierte, meine Finger fühlten sich seltsam taub an und meine Kopfhaut hatte inzwischen ein ungewohntes Kribbeln ergriffen.

Der Kampftrupp des chinesischen Kaisers war gut für eine Belagerung oder gar eine Schlacht gerüstet. Bei dieser Übermacht würden wir im Falle eines Angriffs keine Stunde durchhalten und sie mussten nicht einmal tanken. *Die Killerdrohnen würden uns davor killen.*

»*Eine unserer tödlichsten Drohnen*«, hatte Henry dramatisch erklärt. »*Die Stückkosten liegen bei fünfhundert Millionen.*« Und auch: »*Sie müssen nichts mehr tun – die Drohne erledigt den Job für Sie!«* Er hatte aufgeregt, fast erfreut geklungen.

Ob er das jetzt wohl auch wäre? Im Angesicht der Milliarden da oben am Himmel, die vollautonom und KI-gesteuert vielleicht gleich Millionen von Menschen umbringen würden. Washington auslöschen konnten?

Es kam mir so unwirklich vor, wie ein völlig falscher Film – ohne Ton. *Das konnte nicht unsere Zukunft sein! Ich würde das nicht … Ich konnte das nicht … Das durfte einfach nicht sein.* Meine Nasenflügel weiteten sich, während ich der Übermacht entgegenblickte, die ihre Fluggeschwindigkeit stark verringert hatte.

Sie hatten es nicht mehr eilig. *Sie wussten, dass sie aufgrund ihrer Übermacht bereits gewonnen hatten,* schoss es mir durch den Kopf. Trotzdem würden sie gleich Gräueltaten begehen, weil seine göttliche Heiligkeit, besonders mit der Regentin der République Française und damit den Freistaaten an seiner Seite, niemals kampflos aufgeben würde. Sie würden wiederum unsere Angriffe kontern – um sich zu wehren.

Meine Hände begannen seit langer Zeit das erste Mal wieder zu zittern und ich steckte sie mir automatisch unter die Ellenbogen.

Das schwarze Geschwader rückte immer näher, indes der Kaiser und Ivan Anweisungen in die Lichtkegel der Projektionen ihrer Nanobots brüllten.

»Ich möchte, dass jede Laserpistole, jedes SV–VN I und jede andere Laserwaffe, die wir haben, ausgegeben wird«, zischte Ivan, der offensichtlich aus dem Nirvana zurück war. »Räumt die Waffenkammern leer, beladet Verkehrsdrohnen und versorgt die Bevölkerung! Rückt aus!«

»Macht unsere RO–V IIs bereit«, wies der Kaiser hingegen lautstark an.

Die hoch aufgeschossene Gestalt von Ivans Mutter stand genauso starr da wie ich bis eben. *So schnell hatte sie sicher nicht mit dem Angriff gerechnet.* Ihre grünen Augen blitzten jedoch aufgebracht, ihr Mund hatte sich abschätzig verzogen.

»Alle Gardisten der äußeren Verteidigungslinie greifen sich SV–VN IIs und neue Rüstungen.« Ivan verschluckte die Worte fast, so schnell und dringlich wollte er sie loswerden. »Der Rest geht an die innere Verteidigung – strategische Positionen haben Vorrang.«

»Fahrt den Laserschild hoch!«, bellte der Kaiser, danach senkte er seinen Arm mit dem schwarzen Nanobot.

»Er wird nur den Palast schützen, Majestät«, wandte einer der Magicians der Blauen Garde ein. Ich erkannte seine Stimme. Es war der, der das Video von Ivan gemacht hatte, als dieser mich eigentlich im gläsernen Hangar in Empfang hätte nehmen sollen. »Und wir werden den Radius des Schildes erst verlassen können, wenn er zusammenbricht. Was wird dann aus …«

»Ich möchte, dass alle Laserkanonen scharf gemacht und die Drohnen mit jeweils der neuen Coilgun und der Railgun in Position gebracht werden!«, fuhr Ivan zeitgleich so laut fort, dass er jedes andere Gespräch übertönte. »Rüstet alle restlichen Drohnen mit den Blendwaffen aus, solange der Vorrat reicht. Wollen wir doch mal sehen, wie dem Kampftrupp aus Móshù ein Ausfall des Sichtkontaktes gefällt!« Er holte tief Luft.

Wahrscheinlich würden dann die KI der Steuerelektronik anhand von Koordinaten und einer Berechnung der Flugbahn trotzdem feuern. Es war aussichtslos – für uns.

»… den Menschen von Washington?«, endete der Magician der Blauen Garde endlich in Ivans Redepause.

Fast hätte ich ungläubig aufgelacht. *Glaubte er wirklich, den Kaiser interessierten die Menschen?*

»Tu, was der Kaiser sagt«, maßregelte ihn Ivan mit autoritärer Stimme, bevor sein Vater etwas erwidern konnte.

Was?! Waren ihm die Menschen ebenfalls egal?

»Aber erst nachdem alle auf Kampfpositionen außerhalb des Palastes sind«, schränkte er sofort ein.

Immerhin. Ich atmete erleichtert aus.

Der Kaiser nickte zustimmend.

Flüchtig musterte Ivan die Gardisten auf dem Dach. »Vier bleiben im goldenen Palast als Leibwächter. Schützt den Kaiser, die Regentin von California und unseren *Gast* – so die Regentin der République Française das wünscht.« Er gönnte weder seiner Mutter noch mir einen längeren Blick. Stattdessen wandte er sich an den Magician, der es gewagt hatte, dem Kaiser zu widersprechen. »Alecto, als mein Stellvertreter wirst du im Palast Augen und Ohren für mich offen halten, um die Gesamtlage im Blick zu behalten. Jedwede notwendige Koordination überlasse ich deinen Ermessensentscheidungen. Ich werde unsere Truppen in und über Washington befehligen.«

»Verstanden«, kam die zackige Antwort.

»Der Rest kommt mit mir! Wir werden womöglich schneller als gedacht herausfinden, was die SV–VN II, die neuen Rüstungen von Tekre Industries und all die Prototypen taugen.«

Ivans Mutter hob das Kinn. Sie sah aus, als wollte sie nun doch etwas sagen – ihm widersprechen. Doch durch die ruckartige Bewegung, der ihr ganzer Körper folgte, wickelte sich die silberne Schleppe ihres Capes um ihre Füße. Als sie gleichzeitig einen Schritt auf ihren Sohn zuging, stolperte sie, streckte um Gleichgewicht ringend die Hand aus und landete mit dieser am Oberarm des Kaisers. Dort klammerte sie sich notgedrungen fest.

Lamentos' Gesichtsausdruck war göttlich. Er wirkte unangenehm berührt wie fasziniert.

Ein dumpfer Schlag ließ mich herumfahren und uns alle das Familiendrama vergessen. Ein extrem heller blauer Lichtblitz traf unweit der Landeplattform auf Metall. Unter der Kraft brach das vorderste Tor des kaiserlichen Palastes, das eigentlich massiv und breit genug war, dass mehrere Drohnen auf einmal hindurchschweben konnten, zusammen. Der riesige Triumphbogen zerschmolz an der Einschlagstelle des Lichtblitzes in eine Flut aus Gold.

Was, bei Rovennas Magie, beinhaltet die Munition des Kampftrupps aus Móshù? Reine Energie? Magie? Und was verursachte diese starken blauen Blitze?

Wie in Zeitlupe fielen die mächtigen, glänzenden Türflügel nach vorne und streiften dabei knirschend eine der wohl als Vorhut geschickten schwarzen Drohnen. Diese geriet sofort ins Taumeln. Rauch stieg unter der Verkleidung auf. Das Modell sank fast auf Bodennähe, bevor es sich wieder fing und abdrehte – in Richtung des Drohnenträgers am Horizont.

Hatte die Magie, die den Türflügeln innewohnte, das Durchbrechen ihres Schildes bewirkt? Oder waren die Gerüchte darüber nur genau das – Gerüchte? Und die Drohne war durch das schiere Gewicht in die Knie gezwungen worden?

Ich atmete aus. Hatte gar nicht gemerkt, dass ich die Luft angehalten hatte. Tief sog ich Sauerstoff in meine Lunge.

Da ging die breite Brücke zwischen dem ersten und dem zweiten Tor in magischen Flammen auf. Und mit ihr einige weitere chinesische Drohnen, die sich vorgewagt hatten.

Wer …? Ich drehte schnell den Kopf.

Der Kaiser hatte seine Arme angehoben und gestikulierte wild, als würde er die Flammen dirigieren. Die dunklen Schilde der zu tief fliegenden Drohnen flackerten, als sie aufzusteigen versuchten, um aus der Gefahrenzone zu gelangen. Doch das magische Elementarfeuer war stärker und schmolz das Carbon der Außenhäute zu Klumpen, die auf die goldene Brücke und deren spitzen Zinnen hinunterfielen.

Erst einer. Dann noch einer. Und ein weiterer.

Es krachte jedes Mal laut.

Obwohl ich zusammenzuckte, war es Musik in meinen Ohren. Mit weit aufgerissenen Augen verfolgte ich die Abstürze einiger Drohnen. Sah weitere blaue und nun auch lilane Lichtblitze, die auf die Brücke zielten.

»Ist das eine Teslakanone, die diese blauen Elektroblitze erzeugt?«, hörte ich Alecto über den Lärm schreien. Er klang geschockt, aber bewundernd.

»Ja«, quetschte Ivan deutlich gequält hervor. Fast hätte ich ihn nicht verstanden. »Sieh nur, die Kugel neben der Drohne, von der die blauen Blitze kommen! Móshùs Ingenieure haben die Kopplung mit einer Ionenkanone geschafft – so können sie die Elektroladungen in der Atmosphäre einsetzen.«

»Genial!«, stieß Alecto extrem begeistert aus. »Die markiert für den Strom den einfachsten Weg zum Ziel – mit einer lila Ionenspur.«

Überhaupt nicht genial. Ich streckte meine Arme aus, formte zwei Feuerbälle und ließ sie durch Magie so heiß werden, dass sie blauweiß glühten. Daraufhin zielte ich mit je einer auf eine der schwarzen Drohnen, die mir am nächsten waren und warf.

Gespannt verfolgte ich die Flugbahnen meiner Feuerbälle.

Die erste Kugel ging daneben. *Mist.*

Die zweite traf. Ich jubilierte innerlich, als die Drohne durch die Wucht des Aufpralls aus dem Gleichgewicht geriet. *Ha, Treffer! Und …*

Die angeschlagene Drohne steuerte durch das ungeplante Manöver direkt in den Strahl eines blauen Energieblitzes aus den eigenen

Reihen. Dieser traf sie exakt an der Stelle, an der mein magischer Feuerball bereits den Schild versengt und damit demoliert hatte. Der Blitz schlug ein, sprengte das Gehäuse auseinander und die Einzelteile regneten zu Boden. … *versenkt! Und ich hatte ihr nicht einmal selbst den Todesstoß versetzen müssen.*

Ich gestattete mir einen siegreichen Blick nach rechts und links, indes ich bereits zwei weitere Feuerbälle erschuf und losschickte.

Die anderen Magicians auf der Landeplattform bildeten ebenfalls Magiekugeln, Elementarblitze oder murmelten magisch verstärkt vor sich hin. Alecto und Ivan hatten ihr Gespräch unterbrochen und feuerten zielsicher Magie ab. Auch die Franzosen inklusive Ivans Mutter beteiligten sich rege. Ein ganzer Hagel von Angriffen ging auf die schwarzen Drohnen nieder.

Vor uns änderte das Geschwader in Palastnähe den Kurs. *Unsere Gegenwehr behagte dem Kampftrupp aus Móshù eindeutig nicht. Fürchteten sie um ihr Material?*

Die schwarzen RO–V IIs flogen in einer Schleife von der Brücke weg. *Vermutlich würden sie sich neu ordnen, bevor der Hauptangriff begann.*

»Genial tödlich«, knurrte Ivan nun in Richtung der Drohne mit der Teslakanone in der Ferne. »Und wenn du genau hinschaust, siehst du: Sie haben ein paar davon auf ihren noch wartenden Drohnen. Wir können nur hoffen, dass sie die Dinger nicht zusätzlich als tragfähige Schulterwaffen in Serie produziert und dabeihaben.«

»Das wäre zu schwer, oder?« Alecto klang unsicher. Er atmete laut.

»Geht denen auch mal die Munition aus?«, wagte ich zu fragen. »Also der *Strom?*«

Ivan wandte sich mir zu, als sähe er mich das erste Mal. Oder als wachte er aus einem bösen Traum auf, ohne dass das Entsetzen wich. »Das Ding hat keine Munition. Nur einen Elektronenakku«, erklärte er mir mit hochgezogenen Brauen. Er wirkte gar nicht außer Atem.

»Shit!«, entwich es mir. *Es war ein bisschen wie mit Kanonen auf Spatzen zu schießen – wortwörtlich.*

»Jep«, bestätigte Alecto.

Der Kaiser ließ just die Arme sinken. Das Elementarfeuer auf der Brücke erstarb und er nahm sich endlich die schwarze Sonnenbrille von der Nase. »Tja«, knurrte er. »Wir können sie mit Magie schlagen. Oder anscheinend mit physischen Dingen *er*schlagen«, endetet er wenig überzeugend.

Er spielte wohl auf die Torflügel an. Damit wäre die Frage nach deren Magie auch geklärt. Besonders siegessicher wirkte er nicht. Eher erschöpft. Und wenn schon er nicht an den Sieg glaubte …

»Werden *unsere* Waffen überhaupt gegen ihre Schilde ankommen?«, ließ sich Ivans Mutter vernehmen. Ihre Selbstsicherheit war ebenso sichtlich geschwunden. Obwohl sie gerade eifrig gewesen war wie wir anderen, schien sie die Verluste, die wir dem Kampftrupp aus Móshù zugefügt hatten, als zu gering zu empfinden. Oder sie wusste nicht, wie deren Drohnenmodelle und Bewaffnung einzuordnen waren.

»Unsere nicht, oder nur zum Teil«, schenkte ihr Ivan das erste Mal seine ungeteilte Aufmerksamkeit. *Er hatte wohl auch die Plasmaschilde erkannt.* »Ich weiß nicht, was ihr habt. Das klang aber vorhin nach einem Haufen Bestand aus alten Zeiten.« Er sah sie abwehrend an. »Wir werden hier keine Atombomben werfen! Davor ergeben wir uns Móshù.«

Der Kaiser knurrte unwillig.

»Das hatte ich auch gar nicht vor, besten Dank!«, entgegnete die Regentin bissig. »Wir kämpfen mit Magie!«

»Dann kämpft! Bevor wir untergehen«, herrschte Ivan sie an. »Magie beeindruckt sie auf jeden Fall.« Damit drehte er sich zu den Umstehenden. »Das gilt für alle! Diese Schlacht wird nicht schön, nicht geordnet und nicht ohne Opfer ablaufen. Aber wir kämpfen, um zu siegen und nicht, um zu fallen. Ich glaube an uns und wenn ihr an euch glaubt, dann *können* wir siegen! Sie haben einen Haufen tödlicher Technik dabei – ja. Wir haben den Willen der Sieger, denn wir kämpfen um Washington, um unzählige Leben, um unsere Heimat! Und wenn wir es nicht schaffen; wenn wir untergehen, reißen wir sie mit in den Tod! Für Eterny! Für den Rat, für all die Magicians, die aus den Schatten getreten sind, um diese Welt ein Stück besser zu machen!«

Gänsehaut bedeckte meinen Körper, als Ivan endete. Es gab nur noch das Hier und Jetzt. Den morgigen Tag würde vielleicht keiner von uns erleben – aber wir mussten darum kämpfen; mussten versuchen, das Kaiserreich zu retten; uns zu retten!

34

Mein Fall ins Bodenlose

Mit beeindruckender Geschwindigkeit stieg das Luftschiff von Ivans Mutter samt den Franzosen an Bord über dem Palast auf. Die Regentin stand vorne in der Gondel wie ein General auf Kriegszug, ihr Gefolge hinter sich. Die zart geschnittenen Züge ihres Gesichts wirkten hart und unnahbar. Sie hatte ihr silbernes Cape abgelegt und trug nun über ihrem rostroten Kleid eine fast durchsichtige Rüstung. Auf ihrer Brust war eine Lilie abgebildet, darunter, auf Höhe ihrer Rippen, stand: Liberté, Égalité, Fraternité! *Ihre Gegner wussten zumindest, wofür sie kämpfte – wenn sie Französisch konnten.*

Gerade fuhren aus den Aufhängungen der weißen Motoren und Propeller des Luftschiffes Dornen und Stachel aus, die mich nun noch mehr an einen Kaktus denken ließen. Die goldene Tragestruktur des Luftschiffes hatte direkt nach dem Start magisch zu glühen begonnen. Gelbes Licht breitete sich inzwischen innerhalb der durchsichtigen Hülle aus und schuf darüber hinaus einen Lichtball, in dem das Schiff immer höher stieg – wie eine eigene kleine Sonne. Es wirkte fast sakral – erinnerte mich stark an ein Skelett, das zur Himmelspforte auffuhr. Hoffentlich jagte dieser Anblick dem Kampftrupp des chinesischen Kaisers die gleiche kalte Gänsehaut über den Rücken wie mir.

Eine Stunde war verstrichen, seit sich die Armada aus Móshù zurückgezogen hatte.

»Dominion, warum ist noch keine unserer Drohnen in der Luft?« Ivan trat aus der Schiebetür und stellte sich auf die Landeplattform neben mich. Seine Rüstung, gegen die er den silbernen Anzug eingetauscht hatte, glänzte in der Sonne. Unwirsch starrte er in den Projektionskegel seines Nanobots. »Wie sieht es mit der autonomen Steuerung aus?«

Auch ich hatte mich in der Zwischenzeit umgezogen und trug nun eine der neuen Rüstungen von Tekre Industries. Auf meiner Brust prangte das Wappen des Kaiserreiches: die vier Symbole der Gilden, eingefasst von Land und Wasser; darunter der Schriftzug des Unternehmens. Anders als Ivan war ich direkt nach dem hektischen Wechsel meiner Kleidung, gefolgt von zwei Magicians der Blauen Garde, wieder nach draußen geeilt, hatte keine Sekunde unseres Untergangs verpassen wollen. Doch der große Angriff von Móshù ließ bisher auf sich warten. Die schwarzen Drohnen hatten sich nach dem ersten Schlag neu geordnet und verharrten nun auf ihren Positionen am Himmel.

Ich hatte sie stumm beobachtet, ohne eine Erkenntnis aus der jetzigen Formation gewonnen zu haben. Die Anwesenheit der beiden Gardisten, meiner Leibwache, war für mich dabei immer mehr in den Hintergrund getreten.

»Wir haben ein weiteres Problem«, druckste Ivans Gesprächspartner, der alte Mann mit Brille und inzwischen frischem weißen Hemd, gerade.

Oh verdammt! Würden wir etwa ohne Gegenwehr sterben? Ich fokussierte meinen Blick auf die Projektion.

»Welches Problem?« Ivan klang nur mühsam beherrscht.

»Sie hat uns lahmgelegt, Kardinal. Der Virus hat jetzt nicht nur unsere Kommunikationskanäle zum Volk im Griff, er blockiert auch die Verteidigungssoftware. Ich bin nicht sicher, ob das Absicht des Codes war, aber … Ich kann elektronisch nicht auf unsere Drohnen zugreifen, sie nicht starten und damit den autonomen Modus in Gang setzen.« Dominion stand wieder vor einem der größten Bildschirme in der kaiserlichen Kommunikationszentrale.

Diese befand sich irgendwo hier im Palast – *und war wohl nicht gut genug gesichert.*

»Dazu kommt …« Es wirkte im Lichtkegel des Nanobots regelrecht, als ob er in sich zusammenfiel. Seine Finger hackten trotzdem unverändert auf die Tastatur ein.

»Was?«, fragte Ivan scharf.

»Móshù konzentriert sich aktuell auf Washington. Aber die, äh, Auswirkungen der Dauerbeschallung durch den Virus zeigen sich in ganz Eterny. Es gibt Unruhen im Volk; in einigen der fünfundzwanzig Länder. Die Aufstände werden größer. In manchen Ländern versuchen die Menschen, das Regentenschloss zu stürmen! Immerhin hat Mr Cilyn California unter Kontrolle. Er lässt ausrichten, dass das Land durch die schnelle morgendliche Aufrüstung genug Waffenpräsenz zeigen kann, um größere Ausschreitungen in den einzelnen Städten zu vermeiden. Aber die restlichen Regenten schicken dringende Bitten um Unterstützung durch die Blaue Garde.«

»Verdammt!« Ivan fuhr sich mit den Fingern durchs rote Haar. »Kontaktieren Sie Henry Meliere bei Tekre Industries. Sagen Sie ihm: Das Bündnis mit der République Française ist vor einigen Minuten besiegelt worden. Seine Regentin kämpft für uns und er soll alle Waffen an die einzelnen Länder des Kaiserreiches rausschicken, die helfen, die Aufstände in Eterny in den Griff zu bekommen. Eine finanzielle Entschädigung dafür folgt. Sagen Sie ihm weiter: Es liegt nun an ihm, die Bevölkerung der einzelnen Länder des Kaiserreiches vor dem Chaos zu bewahren! Die Blaue Garde muss Móshù zurückschlagen. Ich brauche hier jeden Mann, wenn wir auch nur den Hauch einer Chance haben wollen. Es geht um die Leben der Bevölkerung von ganz Washington! Aber Gardisten, die gerade Aufträge außerhalb der Hauptstadt ausführen, auch alle Suchtrupps, sollen unverzüglich abbrechen und sich in dem ihnen nächsten Regentenschloss einfinden, um Unterstützung anzubieten. Ja?«

Ich sah, wie Dominion nickte. Sah, wie die Projektion erlosch. Und konnte meinen Blick doch nicht von der Stelle in der Luft lösen. In meinem Kopf herrschte gähnende Leere im Angesicht der Gefahren, die uns bevorstanden. Ich wusste, dass ich mich zusammenreißen musste. *Wie konnten wir all das kommende Leid verhindern – vielleicht doch mit Móshù verhandeln?*

»Das ist ein SV–VN II«, sagte Ivan in dem Moment und drückte mir wie aus dem Nichts ein modifiziertes Sturmgewehr in die Hände. »Tasermunition. Zweihunderttausend Volt pro Projektil. Versuch damit keine der schwarzen Drohnen abzuschießen, ihre Plasmaschilde schützen sie dagegen. Ziele auf die weißen Drohnen oder Magicians aus Móshù.« Dazu hängte er mir eine Munitionskette um. »Das Ding hat, wie wir vorhin in der Waffenkammer festgestellt haben, tatsächlich eine vollautomatische Sensortouchtechnologie und eine reibungslose Nachladefunktion. Es kann KI-gesteuert zielen. Koppel es mit deinem Bot, dann solltest du keine Probleme haben, deine Gegner zu treffen, ohne je vorher geübt zu haben.«

Ich nickte überfordert. *Gut, dass ich meinen Nanobot nach dem Kleiderwechsel wieder an mich genommen hatte.* »Li, kannst du das SV–VN II erfassen und auf das Bild des Suchers zugreifen?«, fragte ich, ohne die Hand zu drehen.

Li gab mir einen bestätigenden neuronalen Impuls.

An der Hightechwaffe blinkte eine Diode grün auf.

»Gut.« Ivan atmete aus. »Ich werde jetzt alles in meiner Macht Stehende dafür tun, dass unsere Drohnen in die Luft kommen, solange der Kampftrupp aus Móshù noch verharrt und dass sich der Schild über dem Palast ohne Zwischenfälle schließt.«

Der rote Schimmer, den der neue Laserschild von Tekre Industries erzeugte, als er im Schneckentempo hochfuhr, war bereits hinter den zwei dreistöckigen Türmen, die das zweite Tor des kaiserlichen Palastes krönten, zu sehen. Bald würde er die komplette Anlage wie eine Kuppel aus Licht umschließen. Nichts kam dann mehr lebend hinein oder hinaus.

Wie willst du die Drohnen starten?, wollte ich fragen. Schwieg jedoch, als es mir dämmerte. *Wenn sie nicht fernsteuerbar waren, dann …*

»Wir werden sie manuell starten und steuern müssen«, setzte Ivan mit ausdruckslosem Gesicht hinzu.

»Aber …« *Er wäre damit auf der anderen Seite des Schildes – auf jener, auf der der Kampf toben würde. Nicht in Sicherheit.* Aufgewühlt suchte ich in Gedanken nach einem Ausweg, einer besseren Idee.

»Kein aber! Ich bin der Kardinal der Blauen Garde. Das ist meine Aufgabe.« Er beugte sich vor, packte mich eilig an den Schultern und hielt mich fest. »Die Verteidigung des Kaisers und die von Eterny stehen für mich an erster Stelle. Das Volk braucht mich. Washington braucht mich. Und ich werde sie nicht im Stich lassen.« Schnell näherte er sein Gesicht meinem und küsste mich auf beide Mundwinkel.

Das kam unerwartet. Es brachte selbst meine Gedanken zum Verstummen, da Ivan nicht aufhörte. Zärtlich platzierte er seine Lippen ganz auf meinen. Wärme durchströmte mich und beschleunigte meinen Puls.

Wir tauschten einen langen Kuss aus. Die Nähe war etwas Intuitives und fühlte sich, als es viel zu schnell zu Ende ging, nach Abschied an. Ivan löste sich mit einem Ruck von mir.

Er trat einen Schritt zurück. »Ich liebe dich«, sagte er.

Während er daraufhin fast ins Innere des Quaders rannte, blieb ich fassungslos auf dem goldenen Landeplatz zurück.

Er liebte mich.

Er liebte mich!

Warum sagte er mir das jetzt? Was war nach der Wahl geschehen? Was?! Wieso all das Schweigen, wenn er mich wirklich liebte? Er konnte das doch nicht einfach sagen und gehen. Hektisch drehte ich mich. Aber außer den zwei Magicians der Blauen Garde war weit und breit niemand zu sehen. Diese hatten ihren Blick starr auf den Himmel gerichtet.

Ich senkte den Kopf und atmete durch.

Ein – aus.

Es wurde schon besser.

Wäre da nur nicht das Stechen in meiner Brust.

Ein – aus.

Er liebte mich.

Und brach mir mit den drei Worten mein angeschlagenes Herz.

35

Elektroschilde und Plasmablitze

Ich grub die Zähne kurz in meine Unterlippe und fühlte den Schmerz, der mich durchschoss. Er bedeutete, dass ich wach war und nicht träumte. *Die Drohnen-Armada aus Móshù und Ivans Worte waren real.* Die Bedrohung hatte allerdings Vorrang, wenn ich noch länger wach und am Leben bleiben wollte – etwas, das ich eindeutig wollte. Fokussierter als je zuvor schaute ich mich um.

In der Ferne glänzte das Dächermeer von Washington. Darüber hingen die chinesischen RO–V IIs wie eine schwarze Wolke und verdunkelten den Himmel. Im Zentrum schwebten der Drohnenträger und einige weiße Drohnen, die keine Plasmaschilde hatten.

Rund um mich stiegen aus den Innenhöfen des kaiserlichen Palastes bereits ganze Scharen des gleichen weißen Drohnenmodells auf. *Ebenfalls RO–V IIs, aber ohne Plasmaschilde und zudem viel weniger als die Drohnen aus Móshù.*

Das französische Luftschiff steuerte gerade in einem weiten Bogen auf eine Seite der schwarzen Armada zu. *Bald würde es sie erreicht haben. Und dann?*

Die Übermacht des chinesischen Kaisers begann plötzlich auf die Stadt zu feuern. *Booom!* Lilane Lichtblitze zischten im Bruchteil von Sekunden nach unten, auf Glastürme und Steinhäuser nieder. *Tss!* Blaue Lichtblitze folgten und fegten alles weg, was sich dort befunden hatte: Wände, Pflanzen, Menschen. Die gläsernen Bauten der umliegenden Skyline schmolzen binnen Kurzem und begannen, in sich zusammenzusinken.

Das Grauen stand mir vermutlich ins Gesicht geschrieben. *Glas schmolz ab tausend Grad. Ein Mensch war dann längst tot – nurmehr ein Aschehauch im Wind.*

Während ich ein paar mal blinzelte starben Tausende in den Gebäuden, gefangen in den vielen Stockwerken der sich verflüssigenden Glasbauten der Skyline. Die, die wie durch ein Wunder die ersten Sekunden des Angriffs überlebt hatten und nun schnell genug ins Erdgeschoss kamen, rannten auf die Gehwege zwischen den Bauten und schrien ihre Todesangst hinaus. So viele schrien.

Ein Crescendo der Furcht hallte in meinen Ohren wider und ließ Tränen in meinen Augen aufsteigen. Ich überlegte fieberhaft, wie ich helfen konnte.

Die weißen Drohnen justierten gerade ihre Position, bildeten eine Formation, umgeben von magischen Schilden und flogen zu einem Gegenangriff. Vermutlich war jede von ihnen mit einem Magician der Blauen Garde bemannt, der sie mit Magie schützte und manuell steuerte – direkt auf die feindlichen Linien zu.

Von der Stadt stiegen inzwischen graue Rauchsäulen auf. Der Geruch von vor sich hin glimmenden Materialien, von verbrannter Haut, Knochen und geschändeter Natur mischte sich zu einem widerwärtigen Sog, der mich würgen ließ.

Wehklagen und panikgetränkte Ausrufe wurden immer lauter.

Das Volk litt – und ich mit ihm, hier, im Herzstück des kaiserlichen Palastes. Der Laserschutzschirm über mir schloss sich dabei weiter.

Fest verbiss ich meine Zähne in der Unterlippe. Welchen Plan Ivan auch immer verfolgte – wenn er denn einen hatte –, mir erschloss er sich wieder einmal nicht. Die weißen Drohnen wirkten, als wären sie auf einer Selbstmordmission. Selbst Laserkanonen, die zentimeterdicken Stahl wie Butter in der Sonne schmolzen, waren gegen die Plasmaschilde der Drohnen aus Móshù nutzlos. Die Coilgun und die Railgun wohl ebenfalls. *Die Schilde waren der Schlüssel zum Sieg,* erkannte ich. Das war allerdings einfacher gedacht, als sinnvoll angewandt.

In der Ferne feuerten die schwarzen Drohnen weiter auf die Zivilbevölkerung. Lilane Lichtblitze, gefolgt von blauen, zerstörten immer mehr Stadtteile von Washington. Die weißen Drohnen jagten ihnen hinterher, doch es sah nicht so aus, als ob sie viel bewirken würden. Die Geräuschkulisse wurde immer bedrückender, der Gestank intensiver.

Ich sah schicksalsergeben nach oben. *Wenn ich noch hinauswollte, wenn ich versuchen wollte, etwas am Ausgang der Schlacht zu ändern, dann musste ich bald …*

Ein Krachen über mir ließ mich zusammenzucken.

Die beiden Magicians der Blauen Garde rückten näher zu mir und gingen in Verteidigungshaltung.

Scherben regneten auf uns herab.

Mein Blick irrte umher. *Da!* Eines der dreieckigen Fenster im oberen Drittel des goldenen Quaders war explodiert.

Bevor ich einordnen konnte, was geschah, fiel eine Gestalt mit der Wucht eines schweren Trümmerstücks auf die goldene Landeplattform – kam nur knapp zwei Meter neben mir auf.

Automatisch hob ich das SV–VN II und visierte die neue Gefahr an. »Li!«, sensibilisierte ich den Nanobot, um im Notfall direkt bereit zu sein, wen oder was auch immer zu erschießen.

Zehntelsekunden später erspähte ich die Carbonteile auf dem Rücken der Gestalt. Sah die Aufhängungen, an denen Hightechwaffen hingen.

Dann erhob sich etwas Silbernes mit einer eisernen Maske.

Der Schakal!

Die beiden Schlitze für die Augen, die knollige Nase und der seltsam verzerrte Mund – alles war wie beim letzten Mal. Doch dieses Mal hielt er einen runden Gegenstand in der linken Hand.

Eine Waffe? Panik ergriff mich, weil ich nicht identifizieren konnte, was es war.

Statt mit dem Ding auf mich zu zielen oder mich damit zu bewerfen, hob der Cyborg jedoch in einer friedfertigen Geste die Arme. »Josephine. Hör mir zu!«

Ein hysterisches Lachen stieg aus meinem Mund auf. *Woher wusste er, wer ich war? Was machte er schon wieder im kaiserlichen Palast oder hatte er ihn nie verlassen?* Ich empfand Angst und Verwirrung. *Was wollte er von mir?* Sein ruhiges Abwarten wurde mir immer suspekter. Das SV–VN II fühlte sich schwer in meinen Händen an – die zu zittern begannen, als die emotionale Anspannung sich auf meinen Körper übertrug. Widerstand regte sich in mir. I*ch hatte nicht die Wahl überlebt und die Anfänge als Regentin durchgestanden, um auf einem Dach im Angesicht eines Auftragskillers zu zittern!* Leider hatte mein Körper das Memo noch nicht gelesen.

»Hör mir zu«, wiederholte der Schakal nach einigen Sekunden drängend. »Ich nehme an, du weißt inzwischen, wer ich bin.« Er verstummte, setzte neu an. »Man nennt mich den Schakal – ja. Einen Auftragskiller. Manche sagen, ich sei der beste der noch existenten Welt. Aber nicht der Auftrag, dich zu töten, führt mich her. Wir stehen auf der gleichen Seite, wollen dasselbe.«

Ich glaubte ihm kein Wort, griff mit den Fingern fester das modifizierte Sturmgewehr. Befahl meinen Händen mental, die Waffe ruhig zu halten. Fieberhaft überlegte ich, was ein Auftragskiller von mir wollen könnte – wenn nicht meinen Tod. *Oder wiegte er mich nur in Sicherheit?*

Die beiden Magicians der Blauen Garde neben mir waren in Schockstarre verfallen. Oder sie wussten, dass sie keine Chance gegen den Schakal hatten. *Wahrscheinlich war seine Rüstung mit einem Plasmaschild ausgestattet und nicht einmal die Munition meines Sturmgewehrs konnte sie durchdringen.* Ein Furcht einflößender Gedanke. *Sie sah aus unmittelbarer Nähe fortschrittlicher aus als alle Rüstungen, die ich je gesehen hatte.* Noch verhielt er sich ruhig. *Was wollte er wirklich? Mich so lange festhalten, bis der Laserschild sich geschlossen hatte? Wozu?*

»Mein Name ist eigentlich Tekre Streisand«, sagte er auf einmal klar und deutlich.

Ich starrte ihn an. Fühlte mich in ein Paralleluniversum versetzt. Vergessen waren kurz die Waffe in meiner Hand und die Bedrohung, die von ihm ausging. Fassungslosigkeit – Schock – Unglaube wüteten in mir. *Das konnte er doch nicht einfach behaupten. Hatte er aber, genauso unvorhergesehen, wie Ivan die drei Worte ausgesprochen hatte.* Und die Ernsthaftigkeit, mit der von dem Auftragskiller seine sechs vorgebracht worden waren, ließ mich annehmen, dass er wirklich davon überzeugt war – auch wenn ich am Wahrheitsgehalt zweifelte. *Tekre Streisand. Wie konnte das sein? War das ein ganz perfider Scherz oder die absolut verrückte Wahrheit?*

Die bullige Gestalt kam einen Schritt näher.

Ich wich intuitiv vor der glänzenden Metallrüstung mit den leuchtend blauen Fugen zurück. Beide Magicians neben mir taten es mir gleich. Sie schienen nun auf ein Zeichen von mir zu warten. Doch ich wusste nicht, welches das richtige war: *Angriff oder Entwarnung?* Ich war misstrauisch und neugierig, befangen und ängstlich. *Da Lamentos noch lebte, könnte auch mein Großvater noch leben, oder?*

»Ich bin der Gründer von Tekre, der Cityscape und Tekre Industries«, fuhr der Schakal fort. Er setzte eine Pause. »Ich kann euch helfen, Móshù zu besiegen, wenn du mich helfen lässt.« Sein Blick konzentrierte sich auf mich, brannte mir geradezu Löcher ins Gesicht ob seiner Intensität.

Halluzinierte ich? Denn wieso hätte sich mein Großvater, wenn er tatsächlich noch lebte, nie bei mir – uns – melden sollen? Ich sprach den Gedanken in all seiner Verrücktheit wohl unbewusst aus, denn der Körper des Schakals wurde auf einmal starr.

»Ich bin dein Onkel.«

»Mein was?« Ich lachte, nach dem ersten Schock, laut und ungläubig. Immer weiter, bis mir Tränen in die Augen schossen. Es war kein fröhliches Lachen, sondern schmerzte. Die Hoffnung, die Enttäuschung – all die Trugbilder. Es tat weh, so unendlich weh. Das Lachen blubberte nur so aus mir heraus, genau wie Bitterkeit jede meiner Poren infizierte. »Klar, mein Onkel«, krächzte ich schließlich und schluckte all die Spucke, die sich in meinem Mund gesammelt hatte, hinunter. »Du hättest besser recherchieren können. Tekre war mein Großvater«, gab ich trocken zurück. »Blöd gelaufen.«

Vielleicht hätte ich das nicht sagen sollen, denn daraufhin glitt seine Hand mit der gleichen rasenden Schnelle wie schon einmal zu seinem Rücken.

In meinem Kopf gab es jetzt nur noch einem Impuls: *Ich musste ihm zuvorkommen!* Ich stabilisierte das SV–VN II. »Schieß!«, gab ich Li den Befehl und visierte den Schakal an.

Der Rückstoß riss mich augenblicklich nach hinten. Hektisch grätschte ich währenddessen die Beine und verlor so fast das Gleichgewicht. Zweihunderttausend Volt trafen derweil auf seine Rüstung.

Funken sprühten.

Dann war es vorbei. Er stand unverändert vor mir – jetzt allerdings, bewusst oder unbewusst, ohne Maske. Ein irritierend amüsierter Zug bildete sich um seinen Mund. Die markante Partie seines Kiefers wurde von einer alten Narbe an der rechten Seite entstellt. Der blonde Bart war sorgfältig um das Kinn gestutzt, das Haupthaar militärisch kurz gehalten. Seine gerade Nase sah meiner auffällig gleich. Die Familienähnlichkeit all dessen zu mir und meiner Mutter war kaum zu leugnen.

Mein Herz trommelte so schnell in meiner Brust, dass es sich anfühlte, als würde es ein Loch unter meine Rippen brennen. »Ach du je«, flüsterte ich.

Die Magicians neben mir starrten ihn ehrfürchtig an.

»Du hast eindeutig das Streisand-Temperament geerbt! Gut, dass ich eine Rüstung trage. Sonst gäbe es mich jetzt wahrscheinlich nicht mehr.« Er lachte heiser, nahm mir den Schuss aber wohl nicht allzu übel. »Keine Sorge, ich bin wirklich nur hier, um zu helfen. Genau wie gestern. Deine Mutter und Sven werden auch bald eintreffen. Dann schicken wir die Männer des chinesischen Kaisers in die Düsternis zurück, aus der sie hervorgekrochen sind – üble Kerle.« Seine Stimme nahm einen rauen Klang an. Ganz so, als wäre er es nicht gewohnt, mehr als ein paar Worte zu sagen. Jedenfalls nicht ohne seine Maske.

Streisand-Temperament? Meine Mutter? Sven?!

Er suchte den Blickkontakt.

Blau traf auf Blau.

Meine Pupillen weiteten sich und verschlangen meine Iriden fast vollkommen, während sich seine verengten. Er wartete meine Reaktion auf das Gesagte ab – auf die zweite mentale Bombe, die er da ganz nebenbei hatte fallen lassen.

Ich kannte keinen Sven. Zumindest nicht im echten Leben. Allerdings kannte ich Rovennas Memoiren in- und auswendig. Insbesondere, da ich inzwischen ja wusste, dass ich von ihrer Blutlinie abstammte. Die größte Magicia überhaupt hatte einen Sohn gehabt

– Sven –, der als Kind gestorben war. Stand jedenfalls darin. »Sven?! Wie Rovennas Sohn Sven?«, brach es daher aus mir heraus. *Ich sollte wohl inzwischen nichts mehr auf die Geschichten für die Masse geben oder allzu überrascht sein, falls tatsächlich Totgeglaubte lebten.*

»Natürlich Rovennas Sven«, bestätigte der Schakal.

»Natürlich?!« *Das war ja auch überhaupt nicht irritierend.*

»Natürlich.«

36

Assembler

Die Zeit schien sich zu verlangsamen, während ich versuchte, mir auf die unfassbaren neuen Informationen einen Reim zu machen. Der Auftragskiller sah mir so ähnlich, dass wir verwandt sein mussten. Er wirkte keine Magie. Ich war überzeugt davon, dass ich das spüren oder sehen würde; hatte mein Bewusstsein genau darauf fokussiert. Doch da war nichts. *Wenn der Schakal tatsächlich die Wahrheit sagte und mein Onkel war, dann war er … der Bruder meiner Mutter. Lanahaas Bruder, also noch gar nicht so alt. Aber ich dachte, Tekre Streisand wäre Rovennas Bruder gewesen? Das würde auch deutlich mehr Sinn machen. Schließlich hatte er – wie er ja auch bestätigt hatte – Tekre Industries gegründet. Und das Unternehmen gab es schon wirklich lange. Länger, als es möglich wäre, wenn er annähernd gleich alt wie Lanahaa war.*

Der Knoten in meinem Hirn wurde immer größer. *Außer … Andersherum: Wenn Tekre mein Onkel war, wer war dann meine Mutter*? Ich keuchte auf, als ich dem Gedankengang folgte. *Nein, das war …*

Das konnte nicht …

Aber das würde vieles erklären: die Altersfrage, warum Sven bei ihr war, ihre magische Macht, die spezielle Gestaltwandlermagie, die mich auf der Bühne hatte erstarren lassen und meine mächtigen Gene inklusive meiner griechischen Pixi-DNA.

Magiebegabung wurde fast immer vererbt. Manchmal übersprang sie eine oder mehrere Generationen, selten brach sie durch innere Stärke oder neue Genmischungen gänzlich ungeahnt aus. Deshalb war es beispielsweise für die Ranaans höchstwahrscheinlich gewesen, dass mindestens einer ihrer Söhne einen silbernen Brief für die Regentschaftswahl erhalten würde – wenn die Eltern stark waren, waren es die Kinder häufig auch.

Trotzdem existierte das dritte Credo der zu erfüllenden Bedingungen im Vorfeld von Regentschaftswahlen. Alle Erwachsenen des jeweiligen Landes, auch ich, hatten sich vor der vergangenen Wahl einem Gen- sowie medizinischen Test in einem der ihrer Wohnstatt nahen Healthcenter unterziehen müssen. Die Magie nahm in Einzelfällen ungeahnte Formen an, beschritt außergewöhnliche Genpfade und erst nach abgeschlossener Pubertät und Wachstumsphase manifestierten sich die vollständigen Kräfte. Manchmal dauerte das sogar bis zur Blüte des Lebens.

Bei mir hatte es nicht so lange gedauert.

Der Gedanke brachte mich zur Herkunft meiner Gene zurück … *Vielleicht stimmte es nicht, dass Rovenna den Blick der Medusa nach Belieben einsetzen und mit Blicken töten konnte. Wahrscheinlich beherrschte sie stattdessen eine bestimmte Form der grünen Magie, die Lebewesen erstarren ließ. Schließlich umzüngelten, wenn Lanahaa wirklich Rovenna war, auch nicht beständig Schlangen ihren Kopf, wie es beschrieben wurde. Oder konnte ich auf Äußerlichkeiten sowieso nicht mehr vertrauen, nach den Illusionen die ich bisher gesehen hatte? Und wenn das alles stimmte, wenn ich richtiglag, dann war Sven mein Bruder – Halbbruder? –, na ja, eben devinitiv auch mit mir verwandt,* nahm ich an.

»In der Gestalt eines Fabelwesens altert man nicht«, sagte der Schakal scheinbar zusammenhangslos. Dabei verzog sich einer seiner Mundwinkel zu einem mitleidigen Lächeln.

Sollte das eine Erklärung sein?

»Nimm Sama als bestes Beispiel«, schob er hinterher.

Also ja, aber woher kannte er Sama? Höchst alarmiert blickte ich ihn an. Die Zusammenhänge und Verstrickungen wuchsen mir langsam über den Kopf. *Wenn er Sama kannte … hatte er womöglich etwas mit Neves' Verschwinden zu tun?* Unbehagen formte einen dicken Kloß in meiner Kehle.

»Wobei sie ja zusätzlich im Grab des Pharaos zu Stein erstarrt ist. Eine Metamorphose hält den Teint natürlich noch länger frisch«, witzelte er, während ich ihn entgeistert anstarrte.

Daraufhin entstand eine Pause in der recht einseitigen Unterhaltung.

»Nicht lustig, mhm?«, fragte er schließlich, keinesfalls von meiner Sprachlosigkeit überrascht. »Ihr jungen Leute heute seid so ernsthaft. Das habe ich deiner Mutter auch gesagt – dass du mal ein bisschen Spaß in deinem Leben brauchst.« Er zog eine Augenbraue hoch.

Er war ein fremder Magician in einer KI, betete ich mir innerlich vor. *Nur ein fremder Magician in einer KI.*

Nur ein … auch Rovenna sei verdammt! … Tekre sollte weder magisch begabt sein noch am Leben – was war nur falsch mit dieser Welt?! Waren wir alle so schnell zu manipulieren, so vergesslich?

Der Gründer von Tekre Industries war also von den Toten auferstanden. Wobei er ja eigentlich die ganze Zeit über da gewesen war. Als Schakal. Und meine Mutter, sie … Ich schüttelte unwillig den Kopf. Konnte den Gedanken nicht einmal bis zu Ende denken. Es war zu abstrus, zu irreal. Völlig verrückt. *Lamentos, Tekre, Rovenna, sie alle hatten einen Weg gefunden, der Natur zu entgehen und dem Alter zu trotzen. Durch Täuschung, Technik und … Magie. Trotzdem endete es auch für sie irgendwann. Womöglich heute.*

»Ich kann dir helfen, Washington und dieses Kaiserreich zu retten«, beschwor mich Tekre erneut. »Aber *du* musst es tun. Nicht ich, nicht sonst wer. Du bist die beste Chance, die wir haben, um alle vor dem Untergang zu retten. Deshalb bin ich hier. Wir müssen uns beeilen, bevor sich der Schild …« Er verstummte, hob die silberne Hand mit der Kugel.

Die beiden Magicians an meiner Seite machten einen Schritt vor.

»Oh, ho, Jungs! Ganz ruhig – wie bisher. In meinem Alter hat man es nicht mehr so mit schnellen Bewegungen.«

Haha. Tekre war ja ein richtiger Spaßvogel. *Er konnte sich vermutlich durch sein Exoskelett am schnellsten von uns allen bewegen.* »Was ist da drin?«, fragte ich misstrauisch und zeigte auf die Kugel.

»Assembler«, sagte er schlicht.

»Das sind?«, hakte ich ungeduldig nach. Meine Angst vor ihm war gänzlich geschwunden.

»Nanobots, die einzelne Atome und Molekülverbindungen manipulieren können. Sie haben in etwa die Größe eines Blutkörperchens. Daher enthält die silberne Kugel …«

»Sehr viele«, flüsterte ich.

»Richtig!« Tekre wirkte begeistert. »Und du wirst sie …«

»… auf den chinesischen Drohnen verteilen, um die Schilde zu zerstören«, beendete ich den Satz für ihn. Mulmig war mir dabei allemal. Nicht, weil wir binnen so Kurzem derart vertraut miteinander waren, dass wir die Sätze des anderen vorausahnten. Vielmehr war das, was er vorschlug, eine waghalsige, undurchdachte und für mich voraussichtlich tödlich endende Mission. Aber er gab mir etwas, für das ich unendlich dankbar war: Eine Chance, Móshù zu besiegen.

»Kluges Kind!«, rief er und fasste sich gleichzeitig so schnell an den Rücken, dass es seine vorige Bemerkung Lügen strafte.

Ich blinzelte.

Plötzlich war sie wieder da: die silberne Maske vor seinem Gesicht. Jetzt erinnerte nichts mehr an Tekre Streisand. Da war nur noch der Schakal.

»Die Assembler werden die Schilde unschädlich machen, indem sie die chemische Verbindung des Plasmas ein wenig … modifizieren. Danach sollten all eure Waffen einwandfrei funktionieren und ihr könnt beginnen, die schwarzen Drohnen vom Himmel zu schießen. Vielleicht beeilst du dich ein bisschen, damit nicht ganz so viele eurer Drohnen davor abstürzen. Ich meine gesehen zu haben, dass ihr sie manuell steuert.« Er lachte wie nach einem guten Scherz.

Ich schaute nur ungläubig. *Wurde man irgendwann so? Wenn man zu viel Technik im Körper hatte? Gaga in der Birne.*

»Dein Job ist es, ein bisschen Drohnenhopping zu spielen. Wenn du auf allen schwarzen RO–V IIs Assembler hinterlassen hast, hast du gewonnen. Es ist ein bisschen wie bei ›Super Mario‹. Du hast allerdings keine drei Leben. Also sieh zu, dass du deines nicht verlierst. Verstanden?«

Ich nickte zweifelnd. *Was war ›Super Mario‹?*

»Als guter Onkel würde ich ja sagen: Zur Belohnung machen wir nach dem Sieg über Móshù eine kleine Familienzusammenführung mit Ausflug. Aber ich fürchte, von den Washingtoner Sehenswürdigkeiten wie dem goldenen Palast und insbesondere dem zoologischen Garten mit dem Schmetterlingshaus hast du wohl genug.«

Meine Augen hatten sich immer mehr geweitet. *Hielt er das alles für einen riesigen Scherz? Für Spiel-Spaß-Sterben? Und meine schrecklichen Erlebnisse, über die er sich lustig machte, für Lapalien?* Wut gegen seine verletzenden Worte ballte sich in meinem Bauch.

»Halt dir vor Augen, dass auch die Biester im Schmetterlingshaus vom chinesischen Kaiser kamen!«, flüsterte der Schakal nun. »Dass ihre Züchtungen genauso grausam sind wie er und sein Kampftrupp.«

Okay, er wollte, dass ich wütend wurde. Wollte, dass ich die Wut nutzte. Gut, dann würde er eine wütende Josephine Streisand bekommen, die dem Kaiser von Móshù in den Allerwertesten trat! Und wenn ich überlebte, anschließend ihm. Ich nickte mit zusammengebissenen Zähnen.

Da warf er die silberne Kugel in meine Richtung. Es wirkte, als hätte er sie mir locker zuspielen wollen, dann aber nicht richtig gezielt und übermäßig viel Kraft angewandt, sodass sie erst spät von der Erdanziehungskraft erfasst wurde. Die Flugbahn war damit schwer zu erahnen.

Erschrocken hechtete ich vor und ließ das SV–VN II los. Mit einem klappernden Laut fiel das modifizierte Sturmgewehr zu Boden.

Ich sprang in die Luft. Die Munitionskette folgte der Waffe nach unten, als sie mir durch die rasante Bewegung von der Schulter rutschte. *Egal, die Assembler waren unendlich viel wertvoller.*

Gerade rechtzeitig überbrückte ich das letzte Stück und juchzte, als sich meine Hände fest um die Kugel schlossen. Doch erreichte ich den Boden nie wieder, der Schakal packte mich in der Luft.

Bevor ich richtig realisierte, was geschah, ging er in die Knie und katapultierte meinen, im Vergleich zu seinem, kleinen Körper hoch hinaus. Die Geschwindigkeit, die er mir verlieh, war unglaublich. »Flieg, kleine Pixie, flieg; als hinge dein Leben davon ab, denn unser aller tut es!«, schrie er mir von unten zu.

Der Wind pfiff mir heulend um die Ohren. Ich hörte es nur leise, doch die Sinne der Sphinx in mir registrierten den Satz noch. Sie hatten übernommen.

Ich flog bereits nach dem nächsten Herzschlag weit über dem Landeplatz und sauste pfeilschnell durch den letzten Quadratmeter freier Luft, bevor sich der Laserschild knapp unter mir schloss. Gerade so hatte ich es aus der tödlichen Kuppel geschafft, die in leuchtendem Rot den Palast umgab.

37

Magische Macht

Es gab für mich nur eine mögliche Blickrichtung, die durch meine Flugbahn vorgegebene: nach oben. Dort, hoch am Himmel, erwartete mich ein kleines Wunder. Staunend beobachtete ich, wie sich das Wappen des Kaiserreiches golden entfaltete. Ähnlich einem Leuchtpistolenschuss über dem fortwährenden Kriegsgeschehen, dessen Lärm ich nun auch wieder wahrnahm, strahlte es mit jedem Atemzug mehr Energie aus.

In den gleißenden Bahnen erkannte ich die Symbole aller vier Gilden. Verbunden waren sie durch die mir nur zu gut bekannten kreisförmigen Linien, die den vierzackigen Stern bildeten: das Symbol für magische Macht. Umhüllt vom Kleeblatt für Glück und dem Kreis für das Land sowie dem Viereck für Wasser – alles, was unser Leben in Eterny ausmachte.

Während ich weiter durch die Kraft aufstieg, mit der der Schakal mich katapultiert hatte, betrachtete ich die vier riesigen Gildenbilder. Feuer, Luft, Wasser und Erde für die Gulets. Die Ayude für die Mensay. Die optische Täuschung für die Veritas und den Drachen für die Cuiny. Plötzlich stellte ich fest, dass immer zwei der Kreise um die Symbole eine besondere Bindung aneinander hatten. Zum Beispiel die Ayude und der Drache. Noch während ich mich fragte, ob das etwas zu bedeuten hatte, begann sich der Drache im untersten Symbol zu bewegen. Es war die perfekte optische Täuschung. Er wirkte plötzlich so echt – so lebendig.

Das Fabelwesen hatte einem enormen Leib, der sich in immer stärkeren Bewegungen an Ort und Stelle schlängelte.

Bewegte sich dort drüben die Luft? Doch nein, der Rest des Wappens wirkte, als hätte Rovenna persönlich es auf das Himmelszelt gemalt. Die goldenen Bahnen flackerten hell, bewegten sich allerdings kein bisschen von der Stelle.

Das prächtige Drachenwesen hingegen stieß jetzt den Oberkörper mit den Vorderklauen von dem stilisierten Fingerabdruck, dem zweiten Teil des Symbols der Cuiny, hinter ihm ab und reckte die Schnauze mit den großen Nüstern gen Himmel. Diese weiteten sich sogleich mehrmals.

Es schnüffelte, wurde mir klar.

Seine Augen waren milchig weiß – ich wusste es, obwohl ich es nicht sehen konnte. *Doch woher?*

Dann riss es sein riesiges Maul auf, das mit jedem weiteren Augenblick, den ich im Näherkommen hinstarrte, anwuchs. Es zeigte zwei Reihen von extrem langen, weißen, spitzen Zähnen, dabei ging ein Zucken durch den ganzen Leib des Drachen. Die Bewegung ließ von magischer Hand weitere Details sichtbar werden. Einzelne Fühler standen dem nun durch und durch cremefarbenen Wesen vom Kopf ab.

Mit einer kräftigen Bewegung spannte es die Vorderklauen an. Daraufhin löste es sich mit einem riesigen geschuppten Schwanz aus dem Wappen und flog über den Himmel.

Mein Mund stand offen. Ich gaffte, während ich mich weiter näherte und sah dabei aus dem Augenwinkel, wie nun ein Feuerball die Mitte des Wappens durchschlug. Der Ball dehnte sich aus, bekam Flügel und federte seinen Schwung elegant in einer Kurve ab. *Neves!*

Erleichterung durchzuckte mich, bevor mein Körper sich auf einmal abwärtsbewegte und diese von Angst verdrängt wurde. Für einen Schlag setzte mein Herz aus. Panik und Schock kämpften in mir um die Vorherrschaft. Es ging nur noch nach unten, gab nur noch mich und die immer schnellere Abwärtsbewegung.

Mein Körper wurde wild umhergewirbelt. Meine Arme waren nach oben gerissen worden. Sämtliche Sinne begannen zu spinnen und zeigten mir überdeutlich, wie unnatürlich meine Konstitution – insbesondere mein Magen – es fand, sich im freien Fall zu befinden.

Der Laserschild!, erinnerte ich mich trotzdem, von sofortigem Grauen erfüllt. *Ich durfte nicht auf den Laserschild fallen oder ich würde verglühen!*

Ruckartig schloss ich die Augen und versuchte, meine innere Kraft zu finden, sie zu mobilisieren. Doch der Schreck war tief in meine Glieder gedrungen. Ich suchte und suchte, bis ich endlich ein Licht in mir wahrnahm und mental darin eintauchte. Mein Körper übernahm die Führung, mein Fall wurde in der Luft abrupt gebremst und ich riss die Lider wieder auf.

Ich flog. Oh Rovenna – ich flog! Die Magie in mir hatte es irgendwie möglich gemacht, dass meine Flügel ihren Weg durch meine Carbonrüstung gefunden hatten. Meine Freude war so groß, ich hätte in dem Moment die Welt umarmen können. Versuchsweise flatterte ich ein bisschen auf und ab – lächelte breit …

Booom! Eine magische Fächerbombe explodierte neben mir.

Ich schrie verspätet auf. Meine kurzzeitige Fröhlichkeit wurde von den Ausläufern ihrer Energiewelle hinfort gespült. Blau verglühte der magisch durchsetzte Sprengstoff an jedem der fünf Sprengköpfe in unmittelbarer Reichweite, bevor diese zu fallen begannen.

Ich schrie weiter – so laut es meine Stimmbänder zuließen, aus Angst, aus Verzweiflung, aus Grauen vor dem, was sich überall um mich herum abspielte. Doch übertönte ich all das Morden und Brandschatzen nicht. Adrenalin flutete dabei meinen Blutkreislauf, ließ alle Emotionen auf einmal hochkochen und mich verstummen.

Mein Blick folgte den Sprengköpfen in die Tiefe. Ich sah, wie sie keine vierzig Meter unter mir auf den Laserschild trafen und zu Asche zerfielen, ohne irgendetwas ausgerichtet zu haben.

Der Schock ließ nach, als ich begriff, dass ich so weit unversehrt davongekommen war und meine Rüstung den meisten Funken getrotzt hatte. *Das Schicksal der Sprengköpfe hätte auch meines sein können. Aber ich flog. Mit meinen eigenen Flügeln.* Durchatmend klappte ich meinen Mund wieder zu. Vorsichtig bewegte ich meine Flügel stärker. Fühlte, wie der Wind mir durch die hellen Federn strich. Ein wundervolles Gefühl. *Wäre da nur nicht der Geruch, den die Böen mit sich brachten. Plastik, Mensch und Natur mit Elektroblitzen zu rösten roch nicht gerade wie eine Grillparty.*

Als ich auf meine Hände blickte, die wie durch ein Wunder noch immer die silberne Kugel umklammerten, erinnerte ich mich daran, was ich hier oben eigentlich tun sollte. *Richtig, die Assembler, die Schilde, die Rettung des Kaiserreiches!* Sarkastisch grummelte ich.

»Geht's wieder?«, fragte da eine melodiöse Stimme hinter mir.

»Ah!«, erschrak ich mich fast zu Tode und flatterte aufgeregt. Ich wollte mich schnellstmöglich umdrehen, sehen, wer da schwebte. *Ein Feind im Rücken war niemals gut.* Allerdings kannte ich die Stimme, ich wusste nur nicht woher.

Mit panischer Geste presste ich die silberne Kugel mit den Assemblern fest an mich und grollte der Stimme bitterböse entgegen.

Ein schief gelegter Kopf in der Größe meines ganzen Körpers blickte mich neugierig an. »Diese partielle Verwandlung ist eine feine Sache. Du hast den Vorteil deines Wappentiers, bist aber menschlich, denkst auch so und kannst weiterhin all deine anderen Kräfte einsetzen – Magie wirken. Toll.« Aufmerksam musterten milchige Augen meine Flügel.

Ich hatte mit einigem gerechnet – aber nicht damit. Es war überwältigend. Die Größe der Augen, der Zähne, des Körpers. Dass da ein riesiger Drache in der Luft vor mir schwebte, der deutlich zu echt für ein Lichtspektakel wirkte. *Bei Rovennas Magie, war ich jetzt gestorben? Doch von der magischen Fächerbombe getroffen worden? Wenn ja, dann schien sterben eine weitaus aufregendere Sache zu sein als zu leben. Schließlich waren alle Lindwürmer tot, oder?*

Selbiger räusperte sich. »Ich denke, wir sollten helfen.« Er nickte mit den Nüstern in die Richtung der blauen Elektroblitze und des lila Schimmers.

Mein Rachen war trocken, meine Zunge klebte mir wie festgenäht am Gaumen und mein Hirn hatte eindeutig Urlaub. Statt einer Antwort hob ich also den Arm und schüttelte leicht die silberne Kugel. Es schepperte ein bisschen.

Halt! Das brachte meinen Verstand zurück. *Es schepperte? Wie war es möglich, dass ich das in all dem Lärm hörte? Und warum waren die Geräusche der Schlacht nun so leise, hingegen die Stimme des Drachen so laut? Machte das der nahende T… Okay, gut, nicht einmal ich glaubte, dass der Tod so verrückt sein würde. Ich war eindeutig am Leben.* Mit geweiteten Augen blickte ich zu dem cremefarbenen Lindwurm vor mir. »Du manipulierst meine Sinne in deiner Umgebung!«, warf ich ihm entrüstet vor.

Das Wesen gluckste. »Wo bliebe sonst der Spaß.«

Das war doch nicht zu fassen. Erst der Auftragskiller, dann der Drache – wir befanden uns im Krieg, rangen ums Überleben und sie faselten was von Spaß. »Haben wohl beide schon zu lange gelebt«, grummelte ich vor mich hin.

Ein zarter Fühler klebte plötzlich unter meinem Kinn und bog es nach oben, bevor er sich zusammen mit dem Drachenkopf zurückzog. Eines der milchigen Augen des Wesens war jedoch keine zehn Zentimeter von meinem Kopf entfernt. Die Pupille in der Größe meines Gesichts zog sich zusammen und öffnete sich wieder.

Ich schluckte nervös. Mein Körper erstarrte in der Luft. Einzig meine Flügel bewegten sich weiter.

»Josephine, nur weil wir alt sind, heißt das nicht, dass wir die elementarsten Dinge vergessen haben. Nur manchmal, wenn wir euch dabei zuschauen, wie ihr versucht das Richtige zu tun, Entscheidungen zu treffen und all die Erfahrungen zu machen, die wir längst gemacht haben – da fragen wir uns, ob ihr all diese vielleicht bereits in jungen Jahren vergessen habt. Ob ihr vergessen habt, worum es im Leben geht; was es bedeutet zu leben.« Traurigkeit sprach aus seiner Tonlage. Ein kleines Korn löste sich und begann in seinem Auge herumzuwirbeln – immer rund um die Pupille, entlang der Iris.

»Wir haben schon so viele Kriege gesehen, so viel Leid und Zerstörung, dass wir inzwischen nicht mehr jedes Mal glauben, dass es der letzte, schlimmste oder dringlichste Augenblick dieser Welt ist. Das musst du uns verzeihen.«

Ich wusste, wem die Stimme gehörte, hätte es von Anfang an wissen müssen. In seiner menschlichen Gestalt war er ein zahnloser, weißhaariger Mann mit einem spitzen, gepflegten Bart und weißem Mantel. Doch auch da trug er den silbernen Lindwurm im nebeligen Weiß seiner Iriden. Zweiauge, das Oberhaupt der Gilde der Mensay, war um ein Vielfaches mächtiger, als alle dachten. Es war so offensichtlich. Noch mehr als beim Schakal.

»Lass uns die Assembler streuen«, sagte er nun leise.

Er wusste wohl, was in der Kugel war.

Wusste vielleicht alles – er war ein Drache.

»Du hältst dich an den Fühlern direkt hinter meinen Kopf fest und ich bringe uns schnell ins Geschehen. Bis du mit deinen kleinen

Flügelchen da drüben ankommst, ist der Kampf sonst womöglich schon vorbei.«

Eingebildet waren diese alten Männer aber auch überhaupt nicht.

»Ich werde dir so gut es geht helfen, indem ich uns pfeilschnell durch das Chaos manövriere und Gefahren von uns fernhalte. Du lässt Assembler auf jedes Fleckchen von den schwarzen RO–V IIs regnen, das du erspähst«, endete Zweiauge ungerührt. »Abgemacht?«, fragte er.

»Für die Menschen«, sagte ich ernst.

Sein großer Kopf nickte. »Für all die Unschuldigen«, schwor er leise und beugte sich vor.

Ich spürte, wie sich der Fühler von vorhin um meine Hüfte, unterhalb der Flügel legte. Er hob mich in die Luft, über den Kopf des Drachen. Knapp hinter dem Ursprung des Fühlers wurde ich abgesetzt. Sofort klammerte ich mich an einem anderen knapp darüber fest. Zum Glück gab es hier eine kleine Kuhle in einer Erhebung. Dort konnte ich bequem sitzen. Mit einem Ruck faltete ich meine Flügel zusammen und streifte dabei die schuppige Drachenhaut.

»Mhm«, machte das Drachenwesen und summte vor sich hin.

»Was?«, fragte ich ungeduldig von hinten, weil es sich noch nicht in Bewegung gesetzt hatte.

»Das kitzelt ein bisschen.«

»Wollten wir nicht los?«

»Ja doch.« Es klang irritiert. »Auf mir ist ewig niemand mehr geritten. Ich fürchte, ich muss mich erst wieder daran gewöhnen. Der Druck im Nacken und so.« Ein tiefer Seufzer erschütterte meinen Sitzplatz. »Lass bloß nicht die Assembler fallen!«

Das war die einzige Vorwarnung, die ich bekam.

Während ich noch sehr geistreich »Hä?« machte, tat der riesige Lindwurm irgendetwas mit seinem Schwanz und wir flogen rasend schnell auf die blauen und lilanen Blitze zu.

Schon im nächsten Herzschlag zogen wir an weißen Drohnen vorbei.

Starr krallte ich meine Finger mit immer mehr Kraft an den Fühler, um nicht den Halt zu verlieren. Dabei sah ich einen Mann, der mit flammenden Flügeln hoch über einem ganzen Geschwader schwarzer RO–V IIs am Himmel hing und goldene Blitze auf sie niederregnen ließ. Als ich den Kopf drehte, streifte mein Blick eine Frau im lilafarbenen Kleid mit Elementarfeuer um die gespreizten Hände und Schlangen, die wie Haare um ihren Kopf wogten.

Rovenna!

Sie war tatsächlich da.

Dann kamen wir abrupt in der Luft zum Stehen und ich hatte alle Hände voll damit zu tun, nicht vom Lindwurm katapultiert zu werden und unter keinen Umständen die Kugel mit den Assemblern zu verlieren.

38

Asche und Rauch

Nachdem sich der massige Leib des Lindwurms wieder stabilisiert hatte, schlängelte er sich in kontrahierenden Bewegungen. Diese beschleunigten, während er dem wilden Durcheinander aus lila Ionenspuren, blauen Energieblitzen und einer Vielzahl von Drohnen auswich.

Weiße Drohnen, schwarze Drohnen. Magicians in Energieblasen, mit Energiebällen und Blitzen in den Händen, mit Carbonrüstungen und blauen Roben; mit roten Roben und schwarzen Tüchern, die sie umhüllten und dem Kampftrupp aus Móshù das gleiche düstere Gewitterwolkenaussehen verlieh wie ihren Hightechwaffen.

Überall wirkten Elementarkräfte: Windböen rissen an meinen Haaren, räumlich gebundene Wassermassen gingen hernieder, Licht blendete, Feuer züngelte an Gebäuden, Trümmern und den unmöglichsten Körperteilen von Magicians. Dazwischen machten es Illusionen und meisterhafte Täuschungen schwer zu erkennen, wo sich die Kämpfer wirklich befanden; was Mensch und was Trugbild war. Emotionale Schwingungen geisterten wie Boomerangs durch die Luft.

Ein riesiger Schmetterling, einer von der Art, die ich im Schmetterlingshaus des Washingtoner Zoos erlebt hatte, zog seine Kreise zwischen all dem und schüttelte tödlichen goldenen Staub auf das Geschehen. Sterbende Menschen mit aufgequollener Haut und entstellten Gliedern bildeten am Boden eine Art grotesken Kondensstreifen seiner Flugroute. Er war so wunderschön wie hinterhältig. Und das in einer Größe von zwei auf zwei Meter!

Hier, gar nicht so hoch oben über Washington, vor den Toren des kaiserlichen Palastes, der hinter dem roten Laserschutzschirm unerreichbar blieb, spielte sich nach fünfzig Jahren die größte Schlacht der noch existenten Welt ab. Dessen war ich mir sicher – egal, was Zweiauge sagte.

Geschosse zogen an meinem Kopf vorbei. Die Explosionen der Einschläge unter mir waren ohrenbetäubend. Alles ging unendlich schnell, war unendlich laut und es wäre reines Glück, wieder unversehrt aus dem Gebiet des Schlachtfeldes herauszukommen.

Ich umschlang den Fühler, an dem ich mich festhielt, noch stärker mit meiner freien Hand. Zerquetschte ihn fast, doch der Drache beschwerte sich nicht.

Ein weiterer Blick, senkrecht nach unten, zeigte mir, dass an diesem Fleck der Stadt nicht mehr besonders viel davon übrig war. Die Teslakanonen und alles, was der Kampftrupp aus Móshù und die Blaue Garde bisher an Waffen abgefeuert hatte, prägten das Ausmaß der Zerstörung. Nichts stand mehr; das Leben war aus allem herausgepresst worden, um dann eine Feuerbrunst wüten zu lassen, auf dass endgültig nichts mehr übrig blieb.

»Los, los!«, hörte ich Zweiauges Stimme von vorne. »Wir sollten uns beeilen.«

Ich wusste, was er meinte. Die Magicians der Blauen Garde schossen mit allem, was sie hatten. Sie spielten offensichtlich auf Zeit, beschäftigten den Kampftrupp des chinesischen Kaisers mit Verfolgungsjagden und Blendwaffen. Versuchten wohl deren Schilde durch das dauerhafte Abwehren ihres Angriffs zu schwächen. Dabei verbrauchten sie aber Unmengen an Kondition und Munition. Ich fragte mich bereits nach wenigen Augenblicken mitten im Kriegsgeschehen, wie lange sie noch durchhalten würden, wann ihnen der Vorrat an beidem ausgehen würde. Einige der magischen Schilde, die die Gardisten um die weißen Drohnen errichtet hatten, flackerten bereits. Die Magicians, die sie speisten, wurden wahrscheinlich müde.

Die Drohnen aus Móshù schickten als ungeduldige Antwort lasergelenkte Raketen und Bomben. Die weißen Drohnen wehrten die

Geschosse geschickt durch Trugbilder oder waghalsige Ausweichmanöver ab. Sie tricksten die lasergestützte Führung in der Endphase aus, allerdings gingen die scharfen Waffen dadurch häufig zwischen den Häusern Washingtons nieder.

Als Zweiauge sich in rasender Geschwindigkeit nach oben schraubte, schoss ein Laserstoß knapp an meiner rechten Schulter vorbei. Ich sah nur das Licht, fühlte keine Hitze. Aber der Schock raubte mir zusammen mit der Höhe den Atem. Meine Mutter hatte mir einst erzählt, dass Laser keine Wärme abstrahlten, weil das Licht aus Photonen bestand, die keine Masse hatten und weil die Konzentration des Strahls auf den Zielpunkt so stark war, dass alles, was sich daneben befand, vollkommen unbeschädigt und unbehelligt blieb. *Glück gehabt!*

Aufatmend blinzelte ich – und sah bereits dem nächsten Schrecken entgegen. Ein weiterer Laserstoß durchschnitt unmittelbar vor uns in grellem Rot die Luft. Darauffolgend segelte ein lebloses golden glitzerndes Etwas mit einem großen Loch darin kurz vor Zweiauges riesigem Maul gen Boden. *Der Schmetterling!*

Instinktiv wich der Drache zurück, flog aber unbeirrt höher.

Wer auch immer gezielt hatte, hatte getroffen: Der wunderschöne Körper der Kreatur würde in wenigen Sekunden unten, auf dem verbrannten Grund neben all den von ihm geschundenen Körpern aufschlagen. Für immer kaputt und jeglicher Grazie beraubt. Gebrochen. Allerdings würde das Tier auch hoffentlich nie wieder jemanden töten.

»Hol eine Handvoll Assembler raus«, grollte es von vorne, als wir uns weit über dem Geschehen ruhiger bewegten. »Dann halt dich gut fest und streu sie! Versuch so viele Drohnen wie möglich zu erwischen. Ich weiß nicht, wie oft wir das Prozedere wiederholen können.«

Prozedere? Alarmiert hoben sich meine Augenbrauen. Mein Herzschlag dröhnte in meinen Ohren. »Moment«, war alles, was ich zwischen den Lippen hervorpresste, indes ich meinen Griff vom Fühler des Drachenwesens löste. Ich durfte dabei gar nicht an das denken, was passieren würde, wenn Zweiauge sich bewegen musste.

Mit den Fingern versuchte ich die silberne Kugel so schnell wie möglich aufzubekommen. »Verdammt!«, fluchte ich, als ich nicht einmal eine Rille oder einen anderen Ansatzpunkt fand. Die Dringlichkeit, die Kugel aufzubekommen, die Angst, was jeden weiteren Moment passieren könnte, ließ mich wie eine Irre daran reiben.

»Probier Mentalmagie«, summte der Lindwurm, der meine Anspannung wohl spürte. »Tekre war immer begnadet darin, Menschen zu beeinflussen.«

Woher wusste er, dass ich die Kugel von Tekre hatte?

»Vermittle der Kugel das Gefühl, was du damit erzielen willst. Vielleicht öffnet sie sich dann.«

Aha. Tief durchatmend schloss ich die Augen, um mich zu konzentrieren und umfasste so viel von der Oberfläche der Kugel wie möglich. Dabei stellte ich mir vor, wie die schwarzen Drohnen vom Himmel über Washington verschwanden – teils getroffen, teils in die Flucht geschlagen. Die Hintergrundgeräusche begannen zu verblassen. Mein Herz schien mir plötzlich in der Kehle zu sitzen. Aber da war auch die unbändige Freude, die ich genoss, während ich immer tiefer in die Vorstellung eintauchte. Ivans Gesicht, seine unversehrte Gestalt schob sich vor mein inneres Auge. Wärme durchflutete meinen Brustkorb und ich konnte wieder freier atmen.

Ich lächelte.

Mit einem *Plopp!* öffnete sich die Kugel. Ich spürte es auch deutlich.

Schnell riss ich die Augen auf, um nur ja keinen Assembler zu verlieren. *Tatsächlich!* In meinen Händen lag nun ein Behälter, dessen Öffnung oben aussah wie das Symbol, das die Veritas auf dem Wappen des Kaiserreiches darstellte. *Ich hatte es geschafft.*

Vorsichtig steckte ich die rechte Hand hinein und vergrub sie in silbernem Sand – so fühlte es sich jedenfalls an. Als ich die Finger herauszog, schloss sich die Kugel von allein und zeigte oben wieder eine klare silberne Oberfläche. Jedoch gab es jetzt anstelle der Öffnung eine unauffällige Lasche. Kurz entschlossen hakte ich diese an meiner Carbonrüstung fest, die an der Seite einen Haken hatte. »Bin bereit«, rief ich anschließend nach vorne.

»Festhalten!«, kam als Wiederholung zurück.

Ich packte augenblicklich den Fühler. Mir blieb danach nicht einmal mehr die Zeit, um durchzuatmen, schon rasten wir in halsbrecherischer Geschwindigkeit senkrecht nach unten.

Krampfhaft klammerte ich mich einhändig an den Drachen, während der Sog um mich herum zunahm. Wir wurden immer schneller. Der Druck schmerzte bereits, doch der Sturzflug dauerte an.

Mir brach der Schweiß vom Festhalten aus, das dadurch schwieriger wurde. Selbst meine Hände schwitzten nach einigen weiteren Sekunden und das war an den Handflächen gar nicht gut. Als alles zu einem einzigen Farbstrudel wurde, der an mir vorbeizog, kniff ich die Lider zu und ächzte vor Übelkeit. Dann fällte ich eine Entscheidung, während der schnellste und verrückteste Ritt meines Lebens mich in die Nähe der schwarzen RO–V IIs brachte.

Wagemutig verdrängte ich die Übelkeit und stemmte die Beine in die Hautmulde des Lindwurms, sobald dieser das Tempo reduzierte. Soweit es mir mit der Hand am Fühler möglich war, lehnte ich mich seitlich seines Kopfes hervor. Dort reckte ich die Hand mit den Assemblern in die Höhe und wartete auf dunkle Schemen unter uns.

Gleich war es so weit, gleich …

Zweiauge glitt mit maximal einem Meter Höhenabstand auf die schwarzen Außenhäute einer ganzen Formation an RO–V IIs zu.

Ich öffnete die Hand und ließ silberne Assemblers nach unten regnen.

In atemberaubender Geschwindigkeit zogen wir unsere silberne Spur und schraubten uns bereits wieder empor, als die Drohnen reagierten und sich in die Senkrechte begaben. *Jetzt würden sie auf uns feuern.*

Gelbe Magiebälle flogen von oben an uns vorbei in die Tiefe.

Woher …?

Das satte Geräusch, das die Treffer unter uns verursachten, ließ mich breit lächeln. *Oh yeah! Egal wer Zweiauge und mir half, so war es gut. Die Magie verpasste den Drohnenpiloten aus Móshù einen wunderbaren Vorgeschmack auf die Tatsache, dass die Schilde ihrer Drohnen bereits von den Assemblern infiziert waren.* Magie konnte diesen so oder so etwas anhaben, aber nun schlugen die Bälle direkt durch die obere Verkleidung und rissen ganze Teile des Inneren mit sich, als sie auf der anderen Seite der Drohnen wieder austraten.

Euphorisch blickte ich nach oben.

Zweiauge war weiter aufgestiegen und wir befanden uns fast von Angesicht zu Angesicht mit dem Flugschiff der République Française, das immer mehr gelbe Magiebälle nach unten schickte. Das Leuchten um die durchsichtige Gondel und die Außenhaut des Heliumballons darüber hatte inzwischen beträchtlich nachgelassen, was wohl daran lag, dass die Energiereserven der französischen Magicians wie die der Gardisten von Eterny zur Neige gingen. *Der magische Schild des Schiffes würde bald erlöschen – besonders wenn sie fortwährend Magiebälle auf den Kampftrupp aus Móshù feuerten.*

Hinter der Regentin, die hoch konzentriert vorne im Sichtbereich der Gondel stand, lagen bereits fünf ihrer zehn Gefolgsleute bewusstlos am Boden. Die Lippen blau, die Glieder verdreht, sah es aus, als wären sie einfach umgefallen. Sie hatten bewusst die Grenzen ihrer Kraft überschritten, hatten mehr gegeben, als sie gehabt hatten. Jetzt hatte ihnen ihr eigener Körper weitere Magie versagt. Sie würden erst aufwachen, wenn sie sich erholt hatten – falls sie sich erholen würden. Ihre Hingabe, ihre Aufopferung zeigte, wie ernst die Lage war.

Ivans Mutter schickte Magieball um Magieball los, um die schwarzen RO–V IIs zu erwischen, die unter dem Hagel taumelten, rauchten und auszuweichen versuchten. Ihre zart geschnittenen Züge hatten eine erschreckend blasse Färbung. Die grünen Augen und die langen roten Haare, die mich so sehr an Ivans erinnerten, bildeten einen starken Kontrast zu ihrem Teint. Weiß wie die Wand – das war der richtige Ausdruck. *Lange würde sie nicht mehr durchhalten.*

Mit einem Nicken verabschiedete sich Zweiauge.

Ich klammerte mich geistesgegenwärtig fester an seinen Fühler.

Wieder ging es so unvorhergesehen wie rasant nach oben. Wieder ergriff mich die Angst. Mein Herz pumpte aufgeregt in der Brust. Dann waren wir hoch über der Wolkendecke und der mächtige Leib des Lindwurms stabilisierte sich.

Eisige Winde rissen an meinen zusammengeklappten Flügeln. Schlagartig wurde mir kalt. Mit klammen Fingern fasste ich nach der silbernen Kugel und nahm sie in beide Hände. Ich schickte ihr positive Gedanken, durchlebte noch einmal die Erinnerung an das Hochgefühl nach dem kleinen Erfolg eben, schon öffnete sich das Gefäß. Schnell griff ich zu, richtete mich wieder auf und rief: »Los!«

Mit einer zweiten Handvoll Assemblers ging es im Sturzflug nach unten. Weiter und weiter.

Mein Kopf drohte gerade zu bersten, da brachte Zweiauge uns in die Waagerechte. Wir standen für einen Moment still in der Luft über dem Geschehen. Es wirkte, als orientierte er sich.

Boom! Tss! Die Geräuschkulisse war ohrenbetäubend.

Keine Sekunde später explodierte auch etwas neben uns.

Die Hitze des Feuerpilzes versengte die obere Spitze der halb erfrorenen Flügel auf meinem Rücken. *Oder nur die von einem?* Ich wusste es nicht genau. Unbändiger Schmerz schoss mir in die Schultern und ich schrie gepeinigt auf. Gleichzeitig verschleierten Tränen meine Sicht.

Doch mich hatte es wohl nicht am schlimmsten erwischt. Das wütende schmerzverzerrte Knurren, das Zweiauges Maul entwich, kam von ganz tief innen. Sein geschuppter Leib war an mehreren Stellen durch das Feuer versengt worden. Immer lauter brüllte er seinen Schmerz hinaus. Brüllte und tobte und hörte gar nicht mehr auf.

Der mächtige Lindwurm schlängelte sich wie von Sinnen und ich hatte keine andere Wahl, als mich festzuhalten. Vergaß darüber meinen eigenen Schmerz. Rang mit mir, nicht die Arme hochzureißen, um meine Gehörgänge abzudecken, denn das Brüllen des Drachen übertönte für kurze Zeit jegliches: die Explosionen, die Laute der einzelnen Zweikämpfe, die Schmerzensschreie, das Ächzen der einstürzenden Gebäude tief unten, das Zerschellen von Drohnen am Boden.

Alle Augen waren plötzlich auf uns gerichtet.

Jetzt würden sie versuchen, den Drachen zu töten. Keine gute Ausgangsposition. Ich musste unbedingt die Assembler verteilen. Von dem Instinkt getrieben, ließ ich den Fühler los und sprang von Zweiauges wild buckelndem Leib.

Sofort hatte mich der freie Fall im Griff.

Schock verdrängte meinen Mut, bis ich mich mental zusammenriss. Kraft meines Willens öffneten sich meine weißen, fast silbernen Flügel. *Es tat weh, so weh.*

Ich schlingerte in der Luft wie ein Blatt im Wind. Mein rechter Flügel war nicht zu hundert Prozent einsatzfähig. Der linke schlug deshalb viel schneller, um mich mit Schieflage in der Luft zu halten. Noch mehr Adrenalin, als ohnehin schon, peitschte durch meinen Körper und ich atmete wie eine Dampflok.

Nachdem ich mich halbwegs stabilisiert hatte, schaute ich mich hastig um. Dabei entdeckte ich eine große goldene Drohne, die mir zuvor nicht aufgefallen war. Das Monstrum feuerte in die Richtung, in der sich Zweiauge noch immer befand. Der Drache schlängelte sich inzwischen hinter dem Luftschiff der République Française links aus meinem Blickfeld und veränderte immerhin seine Position.

Wessen Drohne war das? Die des Kaisers von Eterny – aufgrund seiner Vorliebe für Gold? Aber warum feuerte er auf den Drachen und das Luftschiff, die für seine Seite kämpften? Das ergab keinen Sinn.

Gelbe Lichtblitze zuckten vom Luftschiff aus hin zur Drohne.

Diese tauchte kurz ab, um der Gefahr auszuweichen und ich erkannte bei dem Flugmanöver das Wappen auf der Seite – das alles erklärte. Das Symbol der Flamme war noch immer an vielen Stellen in California zu finden. *Sinessa, dieser Scheißkerl! War also zum perfekten Zeitpunkt wieder aufgetaucht.* Gerade steuerte er seine Drohne in einer Kurve nach oben, bestimmt um auf das Luftschiff zu feuern.

»Nein!«, gellte ein Schrei aus meinem Mund, den über dem Lärm aber vermutlich niemand hörte. *Wenn Sinessa mitmischte, konnte nur ein Unglück geschehen.* Ich flatterte so schnell ich konnte in Richtung der goldenen Drohne – zog eine silberne Spur hinter mir durch die Luft – und hatte doch vorrangig das Ziel, Assembler auf *seine* Drohne zu streuen. Die Teslakanone, die ich darauf entdeckt hatte, bestätigte mir, dass er zu Móshù übergelaufen war und ließ mich vermuten, dass sein spezielles Fluggerät bestimmt auch Plasmaschilde hatte.

Ivans Mutter sah der goldenen Drohne reglos entgegen. Wie in einer rituellen Geste hob sie beide Handteller an, gleichzeitig wehten ihre Haare in einem Wind, der nur die durchsichtige Gondel des Luftschiffes erfüllte. Ihr gelber Schild leuchtete heller auf als zuvor. *Sie steckte alle übrige Magie in die Verteidigung.*

Das Luftschiff änderte seine Flugrichtung.

Die Regentin der République Française versuchte ihre Magicians zu retten. Sie konnte nichts mehr für Eterny tun.

Fast hatte ich den Luftraum über Sinessa erreicht. Meine Lippen waren nurmehr ein Strich vor Anstrengung. Mein Körper war ein Herd des Schmerzes, angetrieben von meinem Willen.

Ich würde ihr helfen zu fliehen – für Ivan.

Auf einmal zuckte ein lilafarbener Blitz über den durchsichtigen Heliumballon des Luftschiffes. Ein blauer folgte schneller, als ich auch nur eine Zelle regen konnte. Das unheimliche Licht des Elektroblitzes breitete sich aus und überzog die Tragstruktur mit einem sich wandelnden Muster, das wirkte, als löste sich Fleisch von den Knochen des fliegenden Skeletts.

Der gelbe Schutzschild flackerte.

Erst fielen zwei der übrigen fünf Gefolgsleute von Ivans Mutter, dann taumelte ein weiterer.

Wieder blitzte es lila.

Dann blau.

Alles ging so schnell. Ich fühlte mich wie in einem Vakuum, auch wenn ich es nicht war. Verzweifelt spornte ich meine Flügel an, öfter zu schlagen. *Doch es war zu spät.*

»Nein«, wiederholte ich, während sich das Geschehen vor mir in Zeitlupe abzuspielen schien und Tränen heiß meine Wangen herunterliefen. Ein dritter Elektroblitz aus der Teslakanone von Sinessas Drohne hatte das Luftschiff im Ganzen erfasst. Er war noch stärker, noch intensiver und farbprächtiger als der zuvor.

Ein letztes Mal flackerte der gelbe Energieschild der Franzosen auf. Die restlichen Magicians des Gefolges der Regentin brachen in der Gondel in die Knie und fielen schließlich, aller magischen Stärke beraubt, bewusstlos um.

Der Schild erlosch.

Ich meinte Bedauern in den Augen von Ivans Mutter zu sehen, die als Letztes noch stand; hatte das Gefühl, dass sich ihr Blick trotz des Kampfgeschehens um uns kurz an meinem festsaugte, dass er sich trotz der Entfernung mit meinem verschränkte.

Blau glühte ihr erschöpftes Gesicht im nächsten Herzschlag, genau wie ihr ganzer Körper – durchdrungen von einem vierten Elektroblitz aus Sinessas Teslakanone. Ihre Iriden verdunkelten sich von durchdringendem Grün immer weiter, wurden gleichmäßiger und lebloser – als sie starb.

Die goldene Drohne unter mir drehte ab.

39

Alles, was bleibt

Das Luftschiff barst in einem Regen aus Teilen auseinander wie eine zerschmetterte Frucht. Der tote Körper von Ivans Mutter wurde herausgeschleudert und wirbelte, genau wie die der bewusstlosen französischen Magicians, von der Kraft der Bewegung getragen durch das Kampfgeschehen. Ihre Glieder schlackerten, brachen womöglich durch die Wucht, denn die Winkel, die ihre Arme und Beine dabei einnahmen, wirkten grotesk. Das lange rote Haar zog wie ein markanter Schweif hinter der restlichen Gestalt der Regentin der République Française her, dann endete der Schwung in einem Bogen und die Leiche stürzte ab; fiel durch die Luft schnurgerade nach unten.

Auf der Stelle fliegend beobachtete ich ihren Sturz. In mir war alles erstarrt.

Gezielte Stöße der Laserkanonen, die andere Ziele anvisierten, schossen an ihr vorbei und schmolzen im Bruchteil einer Sekunde alles zu Asche, was sie erreichten: Mensch und Maschine. Blendwaffen trübten die Sicht unter mir. Sie schufen extrem helle tödliche Flecken. Henrys zwei Schätze, die Coilgun und die Railgun, feuerten ununterbrochen und mähten alles nieder, was sich ihnen entgegenstellte. Die Geschosse der Coilgun durchschlugen voll beschleunigt Metall und Carbon. Die Stahlgeschosse der Railgun waren noch schneller.

Ihre unglaubliche Geschwindigkeit konnte ich selbst mit der Sicht der Sphinx kaum wahrnehmen.

In meinen Augen sammelten sich Tränen, sodass ich sowieso nicht mehr klar sah. Nichts von all dem, was sich vor mir abspielte. Grelle Blitze erhellten die schwarzen Bereiche in meiner Wahrnehmung. Hell fraß dunkel, dunkel konsumierte hell. Irgendwo in all dem Chaos war Sinessa, doch es fühlte sich plötzlich so unwichtig an. Der Gedanke an Ivans Verlust, der Mutter, die er doch gerade erst gefunden hatte und nun nie richtig kennenlernen würde, beherrschte alles. *Immerhin würde sie den Aufprall am Boden nicht mitbekommen. Dieser Schmerz blieb ihr erspart, weil sie nie wieder etwas wahrnehmen würde.*

In mir war alles wund, geschunden und fühlte sich erschreckend tot an. Ich konnte nicht mehr – physisch und psychisch – und war fest davon überzeugt, dass ich das Schicksal von Ivans Mutter teilen würde. Dass es nur eine Frage der Zeit war. Allerdings hieß das nicht, dass es alle teilen mussten.

Verzweifelt blinzelnd versuchte ich den nassen Schleier vor meinen Pupillen loszuwerden. *Ich musste die restlichen Assembler, die in der silbernen Kugel waren, verteilen. Musste versuchen, für die anderen stark zu sein, zu kämpfen. Vermutlich sollte ich Dank dafür empfinden, dass mich bisher kein Geschoss und keine Waffe tödlich getroffen oder verwundet hatte.*

Als ich erkannte, dass der Mann, der vorhin mit flammenden Flügeln hoch über den schwarzen RO–V IIs gehangen hatte, plötzlich neben mir flog, zuckte ich völlig überrumpelt in der Luft zusammen. Er war recht groß und hatte blonde Haare.

»Sachte, Josephine. Ich tue dir nichts«, rief er über den Lärm und musterte mich aufmerksam.

Die schwarzen Drohnen um uns schickten noch immer lila und blaue Blitze zur Stadt und nun auch verstärkt auf den roten Laserschild, der unverändert den kaiserlichen Palast von Eterny umschloss.

»Wir brauchen ein verdammtes funktionsfähiges EMP-System, um all die Drohnen zu zerstören! Oder irgendwelche Mauern, an denen sie zerschellen.« Er wirkte grimmig.

Ich starrte ihn an. Seine Flügel, die goldenen Energieladungen, die über seine Gestalt sprangen – von Kopf bis Fuß.

»Was ich meine ist ein elektromagnetischer Impuls, der die elektronischen und digitalen Strukturen ausschaltet, sodass sie unbrauchbar sind«, missdeutete er mein Schweigen und führte aus, was ein EMP-System war.

Ich hörte ihm jedoch nur bedingt zu. In meinem Kopf drehten sich die Rädchen. *Ich hatte noch nie von einem Magician mit flammenden Flügeln gehört. Und das blonde Haar …* »Sven?«, fragte ich schließlich mit rauer Stimme und hervorquellenden Augen.

Sein Flügelschlag stockte kurz, Flammen fraßen an einzelnen Federn. Er wirkte verunsichert. »Jetzt – nach all den Jahrzehnten wieder – ja.« Ein sehnsuchtsvoller Ausdruck erschien auf seinem Gesicht.

Je länger ich es betrachtete desto jünger schienen die Züge zu sein. *Er war kein Mann*, begriff ich. *Ein Junge – ein Jugendlicher maximal. Wenn auch groß gewachsen.*

»Für dich auch gern Neves, kleine Schwester. Wenn unterschiedliche Buchstaben einmal zählen, ist es sogar ein Anagramm. Kein perfektes – dafür hast du mir ein bisschen wenig Zeit gelassen, bevor du meinen Namen wissen wolltest. Aber nachdem du die Buchstaben vertauscht hast, erhältst du mal den einen, mal den anderen Namen.« Er lächelte traurig.

Mein Starren dauerte an. *Ich hätte bei der Trauerfeier meinen Sinnen Glauben schenken sollen. Schon da hatte der Phönix den Schatten einer menschlichen Gestalt gezeigt.* Jetzt kam es mir seltsam vor, überrascht zu sein. *Das hatte Tekre also mit: »In der Gestalt eines Fabelwesens altert man nicht« gemeint, oder? Aber vor Svens Phönix war Tessinus' Wappentier doch Tessinus gewesen – häh?* Wir flogen allerdings schon viel zu lange auf der Stelle inmitten des Gebietes der Schlacht. Jetzt galt es zu handeln – später gegebenenfalls weiterzureden. »Rovenna?«, stieß ich fragend hervor.

»Kämpft auf der anderen Seite der Stadt gegen den chinesischen Kaiser. Fällt er, ist die Schlacht entschieden und Móshù wird sich bestimmt zurückziehen. Es sieht gut für Rovenna aus, aber er ist ein zäher Bastard.«

Ich nickte. Versuchte meine aufbrodelnden Gefühle, die all die Familiengeheimnisse heraufbeschworen, wieder unter Kontrolle zu bekommen. »Mauern?!«, kam ich auf seine vorhergehenden Worte zu sprechen.

»Ja, die sich aus dem Nichts materialisieren«, knurrte er unwillig. »Sodass der Kampftrupp die Falle erst bemerkt, wenn ihre Drohnen dagegenfliegen und es zu spät ist.«

Jetzt wäre die Tür von Tekre Industries von Vorteil. Siehe da – aus jeder gut gemeinten Erfindung ließ sich eine effektive Waffe kreieren. Man musste nur wissen, wofür man sie brauchte. Ich bedauerte, dass wir noch nicht beamen konnten. *Der Baustoff der Zukunft wäre verdammt noch mal eine ausgezeichnete Drohnenfalle!*

»Entweder wir zerstören die Hardware oder wir müssen die Software lahmlegen. Sie sind fast alle bemannt, aber KI-gesteuert; werden die Signale gestört, stürzen sie vielleicht ab«, schob Sven nun hinterher.

Mir kam da ein anderer Gedanke. Im Speziellen, da ich ja einige Drohnen bereits mit Assemblern erwischt hatte. »Wir könnten den Laserschutzschild um den Palast ausschalten. Sie würden sicher direkt darauf zufliegen.«

»… und feuern«, meinte Sven trocken.

»Sobald sie die Laserlinie übertreten, fahren wir ihn wieder hoch und der Laser schneidet durch die Außenhäute.«

»Es wird nicht schnell genug sein, um sie zu erwischen und dann würden wir sie nur in die Laserkuppel einsperren. Keine gute Lösung«, gab er zu bedenken.

»Vermutlich nicht«, murmelte ich bedrückt und blickte mich suchend um. *Wo war Ivan? Er hätte vielleicht beantworten können, ob der Schild auch schnell hochgefahren werden konnte.* Als sich meine Aufmerksamkeit von unserem Gespräch löste, nahm ich wieder meine Erschöpfung wahr. Die Schmerzen im Rücken, das Pochen der Wunden. *Ich würde nicht mehr allzu lange fliegen können.*

»Gib mir die Assembler. Ich verteile den Rest.« Svens Stimme ließ keinen Widerstand zu. Er musterte mich intensiv, zeigte auf die silberne Kugel und war offensichtlich ebenfalls darüber im Bilde. Mein Zustand war ihm wohl auch nicht entgangen.

»Aber Tekre hat sie mir gegeben«, wandte ich halbherzig ein.

»Ja, weil du die Einzige warst, die die Dose öffnen konnte – abgesehen von ihm, Rovenna und mir. Er hat sie mit einem biologisch-mentalen Siegel versehen, damit sie in den falschen Händen keinen Schaden anrichten kann, verstehst du? Er konnte nicht wissen, ob wir noch rechtzeitig zum Palast kommen, bevor sich der Laserschild schließt. Also hat er sie dir gegeben. Und das war gut, denn wir haben ihn leider verpasst. Jetzt gib sie mir!« Auffordernd streckte er seine Hand in meine Richtung.

Widerwillig hakte ich die Kugel von meiner Rüstung. Ein letztes Mal umschloss ich sie mit beiden Händen, bis sich oben die Öffnung zeigte. Dann entnahm ich ihr, mit störrischem Blick auf Sven, eine dritte Handvoll silbernen Sand.

Er kam näher und ich reichte ihm den Behälter. »Pass auf dich auf!«, sagte er noch. Zwei pfeilschnelle Flügelschläge später war er schon weg.

Gerade als auch ich mich mit quälenden Flügelschlägen in eine beschleunigende Bewegung zu bringen versuchte, um auf eine Anhäufung schwarzer RO–V IIs links von mir zuzusteuern, fiel ein großer Schatten auf mich.

Ich sah aus dem Augenwinkel, wie der verwundete Lindwurm weit über meinen Kopf vorschoss und auf die goldene Drohne niederstieß, die sich mir gerade von unten näherte. *Mich wohl als nächstes Ziel auserkoren hatte.* Er riss dabei sein mächtiges Maul auf, zeigte all die riesigen weißen Zähne und grollte so laut, dass es weithin hörbar war. Statt langsamer zu werden, öffnete sich sein Kiefer weiter. *Was hatte er vor?*

Keinen Herzschlag später war er bei der Drohne. Die spitzen Zähne verkeilten sich in der metallenen Außenhaut wie ein Nussknacker in einer Nuss, als Zweiauge das goldene Fluggerät gleichzeitig gnadenlos rammte und zubiss. Es war ein fairer Kampf: Magisches Fabelwesen gegen Plasmaschilde. Rohe Gewalt gegen Schweißnähte.

Die Auseinandersetzung dauerte nicht lange. Ein furchtbarer Laut aus Aufheulen und Knacken ertönte, dann zerbarst die Konstruktion der Drohne. Übrig blieben einzelne Teile und ein äußerst angeschlagener Restkorpus, der wie eine zusammengedrückte Limodose aussah.

Der Drache öffnete wieder sein Maul, spuckte Metallteile, indes rotes Blut heraustropfte und einzelne Bruchstücke in seinem Zahnfleisch sichtbar wurden. Die milchig weißen Augen hatten ein unheimliches Glühen. Seine schrillen Schmerzensschreie, die vermutlich von den Bruchstücken rührten, waren markerschütternd.

Plötzlich senkte er den Kopf, fixierte etwas, das ich nicht sah und stieß wie von Sinnen noch ein Mal das geschundene Maul nach vorne. Als er sich in der Luft wieder aufrichtete, klemmte eine Gestalt in einer goldenen Rüstung zwischen der oberen und der unteren Zahnreihe. Ein schwaches gelbes Leuchten ging von den Händen aus, die zusammen mit dem Oberkörper und Kopf sichtbar waren.

Es war Sinessa!

Die Nüstern des Drachen blähten sich, Rauch stieg auf, der Kiefer wirkte angespannt, als er die Zähne bleckte.

Er übte Druck auf die Rüstung aus, wollte sie knacken und Sinessa ein für alle Mal unschädlich machen. Ich wusste nicht, was ich fühlen sollte. Einerseits kannte ich nur die Taten des Regenten, des Monsters. Andererseits war die Art, wie mein Vater sterben würde, barbarisch – keine, die ich irgendwem wünschte.

Mit einem letzten Ächzen gab die Rüstung nach und die langen Zähne des Fabelwesens bohrten sich in den weichen Körper darin. Das gelbe Licht an den Händen erlosch, Sinessas Gestalt erschlaffte. Der Kopf fiel nach vorne und pendelte, mittig aus dem Drachenmaul schauend, von rechts nach links.

Blut quoll dabei aus den Löchern in der goldenen Rüstung, lief über Zweiauges Zahnfleisch, vermischte sich mit dessen Blut und zog Spuren auf dem Oberkörper, den Armen und dem Schädel der Leiche. Dann tropfte es in die Tiefe – ein beständiges rotes Rinnsal.

Das Grauen, das ich empfand, war zu einem unerträglichen Maß angewachsen. Mein Brustkorb schien aus einer Flammenhölle zu bestehen.

Mit einem schmatzenden Laut spuckte Zweiauge, zwischen dessen Zähnen immer mehr Blut hervorsickerte, den toten ehemaligen Regenten von California aus. Die Schwerkraft tat das ihre und der misshandelte Körper folgte damit in der eingedrückten Rüstung dem ganzen Blut und dem von Ivans Mutter nach unten.

Hinter dem Drachen steuerte nun eine weiße Drohne mit dem Wappen des Kaiserreiches in halsbrecherischer Geschwindigkeit über der Stelle, an der das französische Luftschiff besiegt worden war, in die Tiefe.

Ivan! Ich wusste es einfach. *Aber er kam viel zu spät. Und war viel zu schnell! Seine Drohne würde am Boden zerschellen.* Ohne mich weiter um das zu kümmern, was der Drache machte, legte ich die Flügel an und ließ mich wie ein Stein fallen.

Mehr durch Glück als durch Können federte ich nach einigen halsbrecherischen Metern den Schwung ab, indem ich die Flügel entfaltete. Das Maß der direkten Belastung in deren verletztem Zustand war viel zu viel. Es fühlte sich an, als würde mir der besonders angeschlagene bei lebendigem Leib herausgerissen. Mein ganzer Rücken brannte. Die Sehnen dort hinten bei den oberen Rippen und den Schulterblättern schienen mir aus dem Fleisch gezogen zu werden, so sehr spannten sie.

Taumelnd glitt ich über einige schwarze RO–V IIs, auf die ich wie in Trance den silbernen Sand aus meiner Hand rieseln ließ. Als ich an ihnen vorbei war und wieder freie Sicht zum Boden hatte, stieg von dort in Sekundenschnelle eine Druckwelle an blauer Energie auf – zusammen mit dem unmenschlichsten Laut, den ich je gehört hatte. Er klang, als würde die Erde selbst in verzweifelter Ohnmacht zu uns sprechen.

Das Geräusch raubte mir kurzzeitig die Sinne, während ich mich in dem Strudel aus Blau zu halten versuchte. Wurde lauter, furchtbarer und durchdringender.

Immer weniger Waffen wurden abgefeuert, indes sich eine breite Säule aus der blauen Energie kanalisierte und von Washington aus gen Himmel stieg. Alles, was ihre Linie kreuzte, wurde im Bruchteil eines Atemzuges zu Asche.

Außer …

Langsam und äußerst unheimlich schwebte darin eine Gestalt mit mindestens vier Meter hohen schwarzen Flügeln nach oben.

Ich sah sie nur von hinten, kämpfte noch immer mit meiner Wahrnehmung und meinen Flügeln.

Blaues Elementarfeuer umgab die Spitzen der dunklen Federn. Die kurzen schwarzen Haare, die ich auf dem Kopf ausmachte, hatten sich zu Stacheln aufgerichtet, die eine düstere Krone bildeten. Dann entdeckte ich die Carbonrüstung des hiesigen Kaiserreiches, die unter der blau leuchtenden Abbildung darauf – der Knochen eines menschlichen Skeletts in Originalgröße – in den Hintergrund trat. Für mich war sie jedoch das Entscheidende.

Ich hatte eine Ahnung davon, *wer* die Gestalt war. Noch wollte ich es nicht glauben. Flatterte und röchelte vor mich hin, während ich weiterstarrte.

Auf halber Strecke vom Boden aus bewegten sich die riesigen Flügel und der Körper in der blauen Säule begann, sich um die eigene Achse zu drehen. Es wirkte wie eine ätherische Art von Tanz.

Kalte Schauer und Panik durchliefen mich, als ich immer deutlicher wahrnahm, dass es die blasse Gestalt eines Mannes war, der – wie ich nun sah – eine andere, hoch aufgeschossene Gestalt in einem rostroten Kleid auf den Armen trug, als wäre sie ein kostbarer Schatz.

Das Duo schwebte innerhalb des nach oben hin hauchzart umwölkten Energiestrahls empor. Längst hätte dieser sie versengen müssen, so wie er es mit allem anderen tat. Er schien ihnen aber nichts anzuhaben.

Die Sekunden verstrichen. Ich hielt die Luft an. Fixierte das Geschehen so stark, dass ich schließlich nur noch weiße Punkte sah. *Gleich, gleich würde ich ihre Gesichter sehen. Und dann, dann würde sich bestätigen, dass …*

Ich keuchte auf, ohne einen Laut auszustoßen. Meine Lungenflügel zogen sich wie eine Plastiktüte zusammen, aus der der ganze Sauerstoff gesaugt wurde. Einige Lungenbläschen platzten tief in mir und brachten mich dem Ersticken mitten in der Luft, in der ich mühsam flog, näher. Die endgültige Erkenntnis – das Erkennen – presste mir alle Luft aus der Lunge. Die beiden von blauem Elementarfeuer erfüllten Pupillen in dem ausdruckslosen Gesicht der Erscheinung hätte ich überall richtig zugeordnet. *Ihn* hätte ich überall bemerkt. An seinem Wesen, seiner Gestalt, seiner Art – jetzt schien davon nichts mehr übrig zu sein. Trotzdem reagierte mein Körper auf eine elementare Weise auf Ivan, wie es schon von Anfang an der Fall gewesen war.

Das Flüstern in der unwirklichen Stille um mich wurde immer lauter. Es kam aus Tausenden von Kehlen von unten, von oben, von rechts, links, vorne und hinten: angsterfüllt, ehrfurchtsvoll und völlig verstört, in den unterschiedlichsten Sprachen – neuen, alten und längst vergessenen.

»Seht nur, das astrale Elementarwesen!«
»Sein Leib ist materialisiert!«
»Ezrael.«
»Es ist nur partiell verwandelt?«
»Verdammt, muss es stark sein!«
»Shinigami!«
»Sǐwáng tiānshǐ!«
»Was geht da vor?«
»Ein Todesengel!«
»Er begleitet sie ins Jenseits.«
»Sǐwáng tiānshǐ! Sǐwáng tiānshǐ!«
»Er wird uns allen den Tod bringen!«
»Flieht, flieht! Rette sich, wer kann!«
»Azrael.«
»Shinigami!«
»Der Tod sucht uns heim!«
»Ein Elementarwesen der Luft.«
»Es wird uns alle töten!«

40

Alles geht in Flammen auf

Azrael!«, gellte eine weibliche Stimme besonders laut.

Ich sah eine Frau auf die breite Säule aus blauer Energie zuschweben. Sie hatte ebenso blaues Elementarfeuer um ihre gespreizten Hände und Schlangen wirbelten wie Haare um ihren Kopf. Ihr lilanes, aus unzähligen Stoffbahnen bestehendes Kleid wehte von einem magischen Wind bewegt.

Es war Rovenna.

Ihr Blick war durchdringend blau, doch menschlich. Ihre bekannten Züge aus der Nähe zu sehen tat unglaublich weh. Sie wirkte nicht, als hätte sie Angst vor dem Todesengel oder im Bruchteil eines Atemzuges durch die Energie zu Asche zu werden. »Azrael«, wiederholte sie. Und sehr viel lauter: »Azrael!«

Ivan hob den Kopf, den er wie seinen Blick zu der zusammengesunkenen Gestalt im rostroten Kleid gesenkt hatte. Deren langer Haarschopf hing wie unzählige Blutfäden über seine Arme nach unten. Behutsam zog er den toten Körper gleichzeitig mit den Händen näher an seine blau glühende Rüstung. Sein unsteter Blick fixierte Rovenna für endlose Sekunden. Unerträgliches Leid spiegelte sich in seiner Miene. Die Mundwinkel waren bis aufs Äußerste verzogen, die Nasenflügel bebten.

Einen Herzschlag später sprach glühender Hass gegen alles und jeden aus seinem Gesichtsausdruck. Seine Stimme war jedoch fest und grollend, während er mit seiner Mutter weiter gen Himmel schwebte. »Nicht! Jetzt!«

Mir war übel, so furchtbar übel, weil ich nur noch Hass, Leid und Trauer in Ivan sah. Mit meinen Flügeln kämpfte ich um Gleichgewicht.

Ohne mich wahrzunehmen ließ der Todesengel seinen Blick über die Umgebung streifen, hob das Kinn und stieß ein furchtbares Lachen aus. »Ihr alle seid tot.« Er lachte wieder. Es klang so schrecklich falsch – so nicht nach Ivan. »Tot! Versteht ihr?«

Um uns herum war längst die allgemeine Flucht ausgebrochen. Magicians, ob nun von Eterny oder Móshù, zogen sich schnellstmöglich zurück. Keiner feuerte mehr.

»Wer nachher noch hier ist und nicht auf meiner Seite gekämpft hat, ist tot. Das ist keine Drohung, es ist ein Versprechen!«

Ein wirksames.

Drohnen drehten ab.

Letzte Geschütze wurden eingefahren.

Die Schlacht war so plötzlich zu Ende, wie sie begonnen hatte. Und das, weil eines der mächtigsten Wappentiere überhaupt aus Ivan herausgebrochen war: Azrael, der Engel des Todes.

Das Böse unter den Fabelwesen.

Das, das Verdammnis brachte.

Das Menschen richtete und ins Jenseits begleitete – oder gegebenenfalls auch dort empfing, um sie zu richten.

Die vier Meter großen schwarzen Flügel mit den von Elementarfeuer umgebenen Federn sprachen eine einschüchternde Sprache. Genau wie Ivans Gestalt. Er war so blass, so von blauem Feuer erfüllt, so nicht von dieser Welt. *Und doch war er immer noch Ivan – irgendwo da drin,* redete ich mir gut zu. *War auch ein Mensch aus Fleisch und Blut. Einer, der nun seine Gestalt wandeln konnte – so wie ich.*

Doch die Menschen fürchteten ihn nicht nur wegen seines übernatürlichen Aussehens. In vielen war das Wissen um die Fabelwesen und ihre Gaben tief verwurzelt. Die Cuiny waren von jeher eine mächtige Gilde. Schon im Mittelalter galt Azrael in den meisten Religionen, die einst existiert hatten, als Personifizierung des Todes. Eine Sichtung seiner Gestalt oder gar eine unmittelbare Begegnung mit ihm wurde als ultimatives Zeichen dafür definiert, dass man sich in höchster Lebensgefahr befand, dass man starb, sterben würde oder eine Nahtoderfahrung durchlebte.

Ein Azrael war tödlicher als alle anderen Fabelwesen, schenkte man den Legenden Glauben. In irgendeiner Religion hatten sie ihn sogar *den Verderber* genannt, weil anscheinend selbst die Natur unter seiner Berührung verwelkte und abstarb.

Ein Azrael war mächtig. Ein Azrael war stark. Und, so hieß es, er konnte nicht sterben – da er ein Todesengel war. Nicht in seiner Fabelwesengestalt. Wenn das stimmte, war er damit fast allmächtig und ich konnte den Menschen ihre Furcht keinesfalls verdenken. Fühlte mich selbst wie im freien Fall, obwohl ich, vom ungleichen Auf und Ab meiner Flügel getragen, fast in der Luft stand. *Wie passend, dass Ivan der Schreckliche nun als zweites Gesicht das eines Engels des Todes trug.*

Inzwischen befand er sich mit seiner Mutter in den Armen hoch über uns allen und stieg weiter auf. Die Carbonrüstung mit der Abbildung seines Skeletts leuchtete in der breiten Säule aus blauer Energie heller als zuvor. Mit jedem weiteren Meter nahm die Intensität zu.

Ein Windstoß neben mir brachte mich dazu, meinen Kopf zu senken. Sven war zurück. Seine vor Energie vibrierende Gestalt mit den flammenden Flügeln hielt sich zu meiner Rechten in der Luft. »Der chinesische Kaiser ist tot.« Er bedachte mich mit einem traurigen Lächeln, während mir die Worte fehlten.

Deshalb schwebte Rovenna seelenruhig neben der blauen Säule. Innerlich wie betäubt sah ich hinab auf das verheerende Ausmaß der Zerstörung, die der Kampf um Macht zwischen Móshù und Eterny verursacht hatte. Sah am Horizont ein paar schwarze Punkte, die sich schnell entfernten und den roten Laserschutzschirm, der unverändert den kaiserlichen Palast umgab.

Sven folgte wohl meinem Blick, denn er sagte: »Ich habe die restlichen Assembler über Washington verteilt. Sie sind auch fähig, zu einer Selbstreplikation und schnellerem Zellwachstum zu führen. Sie werden helfen – heilen.«

Ich nickte ermattet. *Ein kleiner Schritt, wenn man auf das Nichts da unten blickte. Aber immerhin ein Schritt.* »Danke«, murmelte ich und meinte damit, dass er zu helfen versuchte und positiv dachte. Es war noch immer verwirrend für mich, den Fremden, der er war, mit dem Neves von meinem Bettpfosten und dem Sohn von Rovenna, den ich nur aus den Memoiren kannte, in Einklang zu bringen. »Wie …?«, setzte ich an zu fragen.

»Ist es möglich, dass ich – also Sven, Rovennas Sohn – hier bin?«, folgte er meinem Gedankengang.

Ich schwieg vielsagend. War zu müde für Worte, die er bereits ausgesprochen hatte.

»Nun … Oh, Josephine, schau nach oben!«, rief er.

Ich legte augenblicklich den Kopf in den Nacken.

Hoch am Himmelszelt hob Ivans blasse Gestalt, nun fast im gleißendsten Punkt der blauen Säule angekommen, die Hände. Er reckte die Leiche der Regentin der République Française wie bei einer Zeremonie ehrfurchtsvoll nach oben. Grelles Licht umhüllte die beiden, verschluckte ihre Körper und ließ mich für einen Moment blinzeln.

Nachdem ich wieder klar sah, streifte ein letzter Zipfel des langen rostroten Kleides seiner Mutter über Ivans Handrücken. Dann hatte er sie dem Licht, dem Jenseits im Himmel übergeben und ließ langsam die leeren Hände sinken. Der blaue Energiestrahl erlosch.

Mein Mund öffnete sich, schloss sich. Ich schluckte.

Ivan sank in seiner neuen Gestalt schnell abwärts, steuerte direkt auf Rovenna zu, die wohl auf ihn wartete.

41

America's next Magician

Showtime«, murmelte Sven. Bevor ich wusste, wie mir geschah, packte er mich am Arm und zog mich durch die Luft in Richtung der mächtigsten Magicia, die je geboren worden war und dem tödlichsten aller Fabelwesen. *Rovenna und Ivan. Oder Lanahaa und Ivan. Oder Miss Terious und Ivan. Wen kümmerte es eigentlich? Washington lag in Trümmern unter uns. Und: Showtime? Was sollte das denn heißen?*

Mein Geist kam nicht mehr mit. Ich ließ mich, von Sven überrumpelt, quer über den Himmel bugsieren. Hin zu Ivan, der so fremd wirkte und hinter dessen jetzt wieder schwarzen Pupillen es furchtbar tot aussah. Und meiner Mutter, die uns völlig gefühlskalt entgegenblickte. In ihren Augen konnte ich nur Härte erkennen – alles Positive war wohl mit dem Abstreifen ihrer Rolle der Lanahaa erstorben. *Tot, tot, tot – überall nur Tod.*

Plötzlich liefen mir Tränen über die starren Wangen – einfach so. Liefen und liefen und wollten gar nicht mehr aufhören. In Svens festem Griff kam ich mir wie eine Gefangene vor. Keiner kümmerte sich darum, wie es mir ging. Ob es ging.

Ausgestorbene Stille um uns verlieh der Szene ein irreales Setting. Es war wie ein fortwährender Albtraum, aus dem ich nicht aufwachen konnte. Mein verletzter Flügel war taub, genau wie alles in meinem Kopf. So viel war zerstört – nichts würde je sein wie zuvor.

Ich schaute stumm geradeaus. Suchte etwas, das mir Halt geben könnte, um diese letzten Minuten – Stunden –, was auch kommen mochte, durchzustehen. Eine Kraft in mir, um der Nässe, die sich weiter auf meinen Wangen, den Lippen und dem Kinn ausbreitete, Einhalt zu gebieten. Suchte den einen besonderen Funken. Doch je tiefer ich in mich selbst drang, desto offensichtlicher wurde es: Da war nichts mehr. Der Funke war erloschen, erstickt – getötet. Da waren nur noch schwarze Wolken, die die Leere in mir in trübe Düsternis hüllten.

»Du und Rayn, ihr habt euren Teil unserer Vereinbarung eingehalten«, hörte ich Rovenna zu Ivan sagen. »Du hast viel geopfert für all das. Hast Rayn viel verschwiegen. Hast Josephine alles verschwiegen.« Zufriedenheit kennzeichnete ihre Stimme. »Damit hätte ich nicht gerechnet.«

Rayn? Mir? Welche Vereinbarung? Das schreckte mich auf. *Ivan hatte einen Deal mit meiner Mutter gehabt? All die Zeit. Es war ihm also tatsächlich immer um mehr gegangen – um die Kaiserwürde … oder was auch immer.*

Ich erschlaffte in Svens Griff, klappte die Flügel zusammen.

Sven umschlang als Reaktion blitzschnell mit seinem freien Arm meinen Bauch unterhalb der Flügel. Dann ließ er meinen Arm los und zog mich fest an seinen Körper.

Ich wehrte mich nicht. Gab auf, jetzt, da es so schien, als sei noch weniger von meinem Leben echt gewesen und übrig als am Tag meiner Zeremonie zur Regentschaft in California.

Eine einzige große Lüge.

Mein Leben.

Meine Existenz.

Alle, die mir etwas bedeuteten.

Und höchstwahrscheinlich Ivans Zuneigung zu mir – wie konnte das sein? Mentale Funken sprühten, als meine Synapsen kollabierten und die Glut meines Zusammenbruchs einige vernichtete. Leider nicht mein Bewusstsein und nicht meine Ohren.

»Du hast unseren Plan mit einem hohen Preis bezahlt«, hörte ich Rovenna weiter mit Ivan sprechen. »Azrael wird jetzt immer ein Teil von dir sein. Ich würde gern sagen, es wäre sowieso früher oder später so gekommen, Ivan der Schreckliche. Doch das wäre unehrlich.« Wärme schlich sich in ihren Tonfall. »Ich hätte dir manches gern erspart, was geschehen ist – du bist ein guter Junge. Doch das Leben ist, wie es ist.«

»Bringen wir es hinter uns.« Ivans Stimme klang heiser, als er sprach. Er wirkte nicht wie ein Sieger, der jubilierte; wie jemand, der endlich sein Ziel erreicht hatte.

Ich verzog das Gesicht, klärte meinen Blick und sah zur Seite.

Sven hinter mir regte keinen Muskel.

»Natürlich.« Rovenna lächelte schmal und bemüht. Sie wirbelte ihren Körper herum. Die einzelnen Stoffbahnen ihres lilanen Kleides flogen, dann griff sie mit beiden Händen rechts und links auf Höhe ihrer Hüften in den Stoff. Als sie die Finger hervorzog, hielt sie zwei Gegenstände. Der eine war ganz deutlich als armlanger altmodischer Speer zu erkennen. Die Hand, die diesen hielt, führte ihn fast augenblicklich hinter ihren Rücken. Den anderen Gegenstand verbargen ihre Finger. Vorsichtig hob sie die Faust bis auf Augenhöhe an. Nachdem sie jeden Finger einzeln gelöst hatte, kam ein schwarzer Nanobot zum Vorschein. »Nǐ hǎo!«

Ein Lichtkegel erschien und darin Dominion und die Kommunikationszentrale des kaiserlichen Palastes. Der ältere Mann mit Brille, weißem Hemd und schwarzem Anzug blinzelte kurzsichtig. »Rovenna!«, grüßte er. Unsicherheit schwang in seiner Stimme. »Schön, dich zu sehen?« Es klang wie eine Frage.

Rovennas blaue Augen leuchteten auf. »Die Schlacht ist vorbei, der chinesische Kaiser geschlagen und der Kampftrupp aus Móshù weg. Ihr könnt den Laserschild um den goldenen Palast senken und ausschwärmen, um dem Rest von Washington zu helfen«, wies sie ihn an.

Dominion nickte langsam. »Ich werde Alecto umgehend Bescheid geben.« Seine flinken Finger hackten konzentriert auf eine Tastatur ein. Einer der Bildschirme hinter ihm zeigte fortlaufende Zeichenzeilen, die sich vervollständigten.

»Gut. Jetzt möchte ich, dass du mich auf die kaiserlichen Kommunikationskanäle schaltest – auf alle gleichzeitig. So wie es mein Virus bis vorhin mit den Clips gemacht hat. Tekre hat doch inzwischen die Störung behoben, oder?«

Deshalb musste er im Palast bleiben und hatte mir etwas von »Du bist die beste Chance, die wir haben, um alle vor dem Untergang zu retten.« erzählt! Er hatte eine Aufgabe gehabt, wurde mir klar. *Damit Rovenna im Fall eines Sieges das hier tun konnte – was immer das war. Für Tekre war ich die beste Option gewesen, die Assembler außerhalb des Laserschilds und – aus seiner Sicht – vielleicht sogar auf die Gegner zu bekommen. Das durfte nicht wahr sein!*

»Tekre?!« Dominion hob den Blick. Er rümpfte die Nase. »Dein Code war gut. Und ja, was immer Tekre gemacht hat, die Videos laufen nicht mehr im ganzen Kaiserreich. Die Bildschirme und Displays sind dunkel.« Er stockte. Sah sie aufmerksam an. »Was hast du vor?«

»Dem Volk die Wahrheit zu sagen.«

»Die Wahrheit, mhm?« Dominion hielt inne, tippte nicht mehr.

»Ich habe fast fünfzig Jahre darauf gewartet.« Sie seufzte. »Dieses Kaiserreich schuldet es mir und sich selbst, mir zuzuhören. Du glaubst doch nicht wirklich, dass die Menschen mit dem glücklich sind, was ihnen Lamentos diktiert hat, oder?«

»Nein. Ich denke, du hast sie geschickt genug aufgestachelt.«

Das klang ja nun nicht gerade freundlich.

»Urteile nicht über Dinge, von denen du weder etwas weißt noch verstehst.« Rovennas Stimme wurde kalt. Macht umhüllte sie und ihr Kleid. Die Schlangen auf ihrem Kopf richteten sich auf und zischten böse.

»Ich verstehe.« Die Miene des alten Mannes war ausdruckslos geworden. »Schlimmer, als es ist, kann es nicht werden, nehme ich an«, meinte er. »Ich schalte dich drauf. Wenn ich es nicht mache, kommt doch sowieso gleich Tekre und macht es, was es auch kostet.« Dominion tippte wieder. »Er war dir schon immer hörig.«

Rovennas Augen verengten sich. »Mein Bruder wird immer auf meiner Seite sein.«

»Schön für dich.«

In der Kommunikationszentrale des kaiserlichen Palastes blinkten verschiedene Dioden auf.

»Du wirst live übertragen. In drei – zwei – jetzt!«

Elementarfeuer legte sich wie ein liebkosender Schal um Rovennas Hals, als sie die Schultern zurücknahm und ihre geplante Ansprache begann. »Volk von Eterny, hört mich an!«

Dass sie dabei in einem von Feinden befreiten Luftraum über einem fast zerstörten Washington in der Luft schwebte und aus jeder Pore Macht verströmte, war wohl eine gewollte Inszenierung. Rauchsäulen stiegen überall um uns auf. Es krachte ab und an laut, als ein weiteres, bereits zerstörtes Gebäude endgültig zusammenbrach. Die Menschen würden sie anhören, dessen war ich mir sicher.

»Der Kaiser von Móshù ist geschlagen! Ich habe ihn getötet.« Ihre Schlangen, die wie Haare um ihren Kopf wogten, zischten laut und gefährlich. »Die Reste seines bereits geschwächten Kampftrupps sind im Moment von Azraels Offenbarung geflohen und mit ihnen ist ihre Drohnenarmee abgezogen. Washington ist gesichert! Eterny ist gerettet.«

Sie drehte den Nanobot nach unten.

Jedes unversehrte Display in Eterny zeigte live jeden Schwenk, den dessen Nanocam machte.

»Washington wurde in großen Teilen zerstört. Tausende von Menschen haben ihr Leben in der Schlacht um die Hauptstadt gelassen! Waren mutig, heldenhaft und wahre Kämpfer. Dafür danke ich jedem Einzelnen von Ihnen. Das Reich ist nun in Not, in Trauer und ich bitte Sie alle: Legen Sie die Waffen in den anderen Ländern des Kaiserreiches nieder! Ich weiß, dass Sie aufgebracht sind, dass Sie besonders nach all den gezeigten Aufnahmen nicht länger überwacht werden wollen. Und ich verspreche, so ich hier stehe: Das wird nie wieder geschehen!« Sie betonte jedes einzelne Wort des letzten Satzes. Eine Welle der Macht ging von ihr aus und jagte über die ganze Stadt hinweg.

Die Ayuden in der Ferne, auf den Flügeln des zweiten unversehrten Tores beim Palast, fingen hell an zu glühen. Der rote Laserschutzschild war heruntergefahren worden. Die Türme und der goldene Quader lagen im stillen Glanz der Blüten, deren Lichtintensität sich steigerte, bis sie silbern, fast durchsichtig in allen prismatischen Regenbogenfarben aufleuchteten. Ihr Licht sprang nach Momenten auf die ersten umliegenden Häuser über, als sie in magischer Schnelle wucherten, weiter und immer weiter – bis große Teile von Washington zu glühen anfingen. Es war ein sanfter Schimmer, der sich zu einem riesigen Spektakel auszuweiten begann.

Dann hob meine Mutter den schwarzen Nanobot wieder an und blickte geradewegs in dessen Cam. »Ich bin Rovenna Streisand. Einige von Ihnen kennen mich unter dem Namen Lanahaa Streisand.« Die stolzen Schlangenköpfe auf ihrem Kopf wogten wild umher. Elementarfeuer tanzte in ihren Augen. »Viele haben mich früher gefürchtet – besonders meine Gegner. Aber ich habe stets für Gerechtigkeit gestanden. Habe dafür gekämpft!« Furchtlos starrte sie in die Luft, als müsste sie auch den Nanobot niederringen.

Die Schlangen zischten wild.

»Furcht und Ehrlichkeit gingen in meiner Gegenwart oft Hand in Hand. Das war ermüdend. Ich nehme an, Sie können sich das nicht vorstellen«, adressierte sie das Volk. Ihr Lächeln wirkte plötzlich gezwungen. »Aber Sie alle kennen vermutlich Rovennas Memoiren.« Ihr entwich ein bitteres Lachen. »Viele Magicians und Magicia haben keine einzige Träne um mich geweint, als ich fiel. Ich war zu mächtig, zu Furcht einflößend. Die mächtigste Magicia, die je geboren worden war, sagten und schrieben sie, um mein Andenken zu wahren. Ich denke nicht, dass das stimmt. Ich denke, es gibt durchaus mächtigere Magicians als mich, sie sind nur klüger und zeigen es nicht. Doch wenn man sich versteckt, kann man keine Schlachten gewinnen, man tritt und steht für nichts ein – nicht einmal für sich selbst.«

Sie setzte eine Pause. Ihre stolze Gestalt richtete sich weiter auf. »Ich entschied damals, den Anfang einer neuen Weltordnung mitzuprägen. Setzte mich für demokratische Züge und Regelungen ein. Etwas, das nicht jedem gefiel. Etwas, das mir schließlich zum Verhängnis wurde.« Ihre blauen Augen flackerten im Schein ihrer Magie. »So beschloss ich an der Schwelle des Todes, dass es besser sei unterzutauchen, meinen Sohn mit einem uralten ägyptischen Zauber in den Übergang zwischen Heute und Morgen zu schicken – ihn als Wiederkehrer erst in einer besseren Welt zurückzuholen und mich zu schützen, um in Ruhe erneut zu erstarken. Als es so weit war, existierte der Rat nicht mehr. Die Weltordnung hatte sich verändert, die vier Gilden und der Kaiser herrschten. Ich entschied, dass es andere Wege für mich gab, dem Reich und Ihnen allen zu helfen, ohne den Frieden zu opfern. Menschen und Magicians lebten Seite an Seite und überlebten besser als zuvor – das, was ich mir immer gewünscht hatte. Wie hätte ich es leichtfertig aufgeben können. Ich machte stattdessen aus dem von meinem Bruder Tekre gegründeten Unternehmen Tekre

Industries über Jahrzehnte ein Imperium, dessen Gewinne die Steuereinnahmen ganz Californias um ein Zehnfaches überstiegen. Ich arbeitete hart, um diese Welt besser zu machen. Doch schlussendlich verschlimmerte ich sie mit jeder Entwicklung weiter. Aus Spionageabwehr für mehr Sicherheit wurde Überwachung, um zu kontrollieren. Denn ich verliebte mich und ließ mich manipulieren, bis aus Liebe schließlich Hass wurde.« Sie verstummte gedankenverloren.

»Sie fragen sich vermutlich, warum ich Ihnen all das erzähle. Ganz einfach: Aus jeder Erfindung, in der ich etwas Positives, etwas Hilfreiches für die Menschheit sah, schuf jemand anderes eine Keule – ein Instrument, um zu herrschen und zu beherrschen. Ich bin dafür verantwortlich, dass Sie jeden Tag bei allem aufgenommen werden. Ich habe die Technologie entwickelt. Habe einen Großteil der Technik konstruiert. Dabei gab ich mich dem Irrglauben hin, dass es Transparenz schaffen würde.« Sie stockte, verzog schmerzlich die Lippen. Ihr Blick irrte durch die leere Luft.

»Ich dachte, dass all diese Aufnahmen Schaden abwenden würden, weil sie frühzeitig Missetaten erkennen lassen. Dass ich einen sicheren Ort für uns alle geschaffen hatte – auf den Resten der Landmassen, die uns die Natur ließ. Eine sichere Zukunft … keinen Überwachungsstaat. Ich wollte nie jemandem schaden.« Selbsthass stand ihr ins Gesicht geschrieben.

Sie atmete tief durch, bevor sie weitersprach. »Doch dann kam der eine Tag, der mich umdenken ließ. Leonardo Sinessa, ehemaliger Regent von California und meine einstige Liebe, empfand mich als Bedrohung, weil ich mich nicht seinen Regeln unterworfen hatte – weder in unserer gemeinsamen Zeit noch danach. Weil er es nicht geschafft hatte, mich zu brechen. Seine Lektion an mich sollte meine unschuldige Tochter ertragen, die in ihrem ganzen Leben nichts mit Magie zu tun gehabt hatte – weil ich es bewusst verhindert hatte.« Ihre Stimme zitterte.

Mein Körper erstarrte in Svens Griff.

»Es war der Tag, an dem Sinessa, der sich zu meinem größten Feind entwickelt hatte, den Kaiser bat, den Namen *unserer gemeinsamen Tochter*, von der er nicht wusste, dass er der Vater war, auf die Liste der fünfundzwanzig Kandidaten für die Wahl in California zu setzen. Er wollte mein unwissendes Mädchen vor den Augen der Nation in den Tod schicken, nur um mich zu treffen!«

Ich schluchzte.

»Solche Männer regieren dieses Reich!« Ihre Stimme wurde immer lauter. Die Schlangen fuhren vor und rissen ihre Mäuler auf.

Dicke Tränen liefen mir über die Wangen.

Rovenna, meine Mutter, sah starr geradeaus, erweiterte aber den Nanocamwinkel. *Vermutlich so, dass man mich sah.* »Also schmiedete ich einen Plan, suchte Verbündete und tat alles, um das zu verhindern. Josephine gewann die Wahl. Ich war so erleichtert, in unser altes Leben zurückkehren zu können, ohne durch den Medienrummel enttarnt worden zu sein. Denn was, glauben Sie, wäre mit Josephine passiert, was wäre ihr angetan worden, um an mich heranzukommen – hätten die falschen gewusst, dass ich noch lebte.«

Sie lächelte ironisch. »Eine rhetorische Frage. Eine der Macht. Denn wie Sie aus den Memoiren wissen, hatte ich Widersacher. Und mein schlimmster – Lamentos – lebte und lebt noch. Er hatte mich einst dieser Welt beraubt. Geblieben war nichts als ein niedergeschriebenes Buch voller Zeugnisse über Dinge, die allerhöchstens zur Hälfte stimmen. Doch da bin ich – nein, da sind *wir* – nun, auf einem Schlachtfeld, das nur er zu verantworten hat. Er, der seine Drecksarbeit schon viel zu lange von anderen mit demselbem Charakter erledigen lässt. Ja, Lamentos, du feiger Meuchelmörder – oder wie du dich heute nennst: seine göttliche Heiligkeit der Kaiser von Eterny – ich meine dich!« Ihr durchdringender Blick fixierte die Nanocam.

»Ich habe fast fünfzig Jahre darauf gewartet, *deinem* Volk«, sie spuckte das Wort aus, als wäre es widerwärtig. »… die Wahrheit über dich zu erzählen. Hatte vom Frieden eingelullt meine Wut vergessen. Und dass ich nicht nur eine Tochter, sonder auch einen Sohn habe. Dass die Menschen meiner Familie immer füreinander da sind. Dass du nicht nur mich, sondern durch meine Entscheidungen auch sie alles gekostet hast. Und dass du das Gleiche allen antust, die in deiner Gegenwart verwelken! Wir wollten einst eine neue Weltordnung der Gerechtigkeit, der demokratischen Züge, der Reformen zum Wohl aller schaffen. Herausgekommen ist eine Diktatur, die keinem hilft. Die bei fingierten Regentschaftswahlen die mächtigsten Magicians und Magicia jedes Landes ausdünnt. Die im Rahmen eines Volksspektakels mordet und morden lässt, damit dir und den Gildenoberhäuptern niemand gefährlich werden kann – damit die bisherigen obersten Fünf weiterhin herrschen.«

Washington strahlte inzwischen unter uns wie ein Leuchtfeuer.

Rovennas magische Macht war allgegenwärtig.

Lächelnd zog sie den Speer hinter ihrem Rücken hervor, hielt ihn in die Luft. »Ich habe ihn, Lamentos! Einzig deshalb habe ich mich gefangen nehmen lassen. Um in den Hochsicherheitsbereich deines Palastes zu gelangen, indes du nicht eimal geahnt hast, was vor sich ging. Meine Identität als Lanahaa war ein trojanisches Pferd – direkt vor deiner Nase!« Ihre Körperhaltung zeigte nichts als Stärke. »Du hast bestimmt gedacht, keiner knackt jemals den biologischen Code, mit dem du die bekannteste Mordwaffe Eternys verschleiert hattest. Weil du ihn – ein Andenken an deine widerwärtigste Tat, dein Souvenir – auf die DNA-Sequenz der verschwundenen vermeintlichen Leiche geprägt hast. Weit gefehlt, du bist nicht der Einzige, der sein Aussehen durch eine Illusion verändern kann, alter Mann!«

Die Schlangen wogten aufgebracht um ihren Kopf, verspotteten Lamentos mit ihren Bewegungen und streckten die langen Zungen heraus.

»Meinen angeblichen Tod hast du hinterlistig errungen. In dem Augenblick, in dem ich friedfertig meine Schilde habe fallen lassen. Hast dich für clever gehalten, weil du eine reine Menschenwaffe benutzt hast. Für übermächtig, weil nicht einmal Magie notwendig gewesen war. Nun, hör genau zu: Deinen Tod kündige ich dir hiermit an. *Du* hast heute nicht für dieses Reich gekämpft, so wie du stets nur für einen kämpfst: dich! Ich weiß nicht, wo du steckst, aber sollte ich noch einmal etwas von dir sehen oder hören, dann werde ich diesen Speer mitten durch dein Herz bohren. Das Artefakt, das du all die Jahre in deinem Palast wie einen Schatz gehütet hast, um deinen Triumph heimlich wieder und wieder auszukosten. Ich erkläre dich zum Staatsfeind! Und ich werde wissen, wenn du auf diesem Kontinent bist – schließlich wolltest du die Technik dafür selbstbegierig haben. Dein Volk weiß nun, wer du wirklich bist – was du getan hast –, und wie du all die Jahre deine Macht missbraucht hast.« Rovenna lächelte sarkastisch. »Jetzt ist es vorbei. Endlich und endgültig!«

Sven entspannte sich hinter mir.

Ivan wirkte abwesend. Er flog so ausdruckslos und unbeteiligt in der Luft neben Rovenna wie schon die ganze Zeit über. Die schwarzen Flügel schwangen leicht hin und her.

»Ich habe mich damals mit dem Rat erhoben, um der Untätigkeit der amtierenden Politik ein Ende zu setzen. Um endlich etwas auszurichten«, erklärte Rovenna nun mit einer weit ausholenden Geste ihrer freien Hand. »Doch wie es scheint, muss das Reich wieder zu alten Werten zurückfinden, weil die Institution der Gilden sie nicht ersetzen konnte. Alles abzuschaffen, ohne etwas gleichwertiges Neues dafür zu etablieren, hat Eterny an diesen neuen Abgrund geführt. Das Reich braucht einen Umbruch, einen Neustart! Aber es braucht *keinen* neuen Kaiser. Keine göttliche Heiligkeit – was immer das überhaupt heißen soll. Jedoch auch kein System an Parteien, die sich gegenseitig reizen, zersplittern und wieder zu Einzelkämpfern werden.« Sie setzte eine dramatische Pause. Ihre Pupillen weiteten sich leicht. »Das Reich braucht America's next Magician!«

Wollte sie etwa den Platz des Kaisers einnehmen, egal, wie sie es nannte? Oder was meinte sie damit?

Rovenna ließ das eben Gehörte wirken, bevor sie hinzusetzte: »Ich wollte, will und werde niemals über etwas oder jemanden herrschen.«

Das kam unvorhergesehen. Es ließ mich einen Teil meiner aufgekommenen Lethargie abschütten.

»Das Reich braucht einen starken, gerechten Magician, der sich bewährt und der demokratisch gewählt wird. Eine Regenschaft auf Zeit, die nicht innerhalb von Arenen und auf Schlachtfeldern errungen werden kann. Aber all das zu etablieren benötigt Gedanken und Magische wie Nichtmagische, die das neue System gemeinsam erschaffen. Deshalb braucht es unmittelbar jetzt jemanden, der in der heute beginnenden Periode all das vorantreibt, der das Amt des obersten Magician übernimmt. Der dem Reich Sicherheit vor Móshù verschafft und innenpolitischen Fortschritt.«

Eine dramatische Pause folgte.

Ich biss mir auf die Unterlippe. Wusste plötzlich, von wem sie sprach.

»Es gibt eine Person, der ich alles verdanke!« Rovenna schwenkte die Hand mit dem Nanobot hin zu Ivan.

Er pflasterte ein Lächeln auf sein Gesicht, das die Strahlkraft eines Scheinwerfers hatte und im ersten Moment echt wirkte – mir aber nicht echt vorkam.

»Sullivan Tenakulis!«

Schweigen trat ein. Ivan sagte kein Wort.

»Ich weiß, dass Sie sich alle vor dem Todesengel in ihm fürchten. Doch seien Sie gewiss, dass er nur den Feinden dieses Reiches den Tod bringen wird«, wiegelte Rovenna nun ab und drehte ihren Handteller mit dem Nanobot wieder zu sich. »Feiern Sie, dass Sie nicht unter den Opfern des heutigen Tages sind. Feiern Sie, wenn Ihre Häuser noch stehen! Und ab morgen, ja ab morgen werden Sie darüber debattieren können, wie es mit dem System weitergeht. Azrael ist der Hüter der Gerechtigkeit, der Richter. Und Sullivan hat und wird America nicht nur in Zukunft vor Móshù retten, er ist auch der leibliche Sohn des Kaisers und damit, so finde ich, eine herausragende Wahl, die Gerechtigkeit, Sicherheit, Tradition und Moderne miteinander verknüpft!«

Das war unbestreitbar. Rovennas Argumente waren gut.

»Sullivan Tenakulis ist hiermit America's next Magician!«, rief Rovenna aus und brachte die Nanocam in Stellung, während sie ihn am Arm zu sich in den Aufnahmebereich zog.

Ivan lächelte noch einmal strahlend für das Volk. Dieses Mal war es echt. Und Eterny war plötzlich wieder America mit ihm als Regenten.

42

Spion des Feindes

Rovenna beendete die Übertragung.

Was immer ihre Worte beim Volk bewirkt hatten, wir würden es bald wissen.

Für einen Moment hatte die Szene in der Luft für mich etwas Eingefrorenes. So als wäre das vorgeschriebene Drehbuch nun zu Ende und keiner wüsste, wie es weitergehen sollte. Dann ließ mich ein extrem heller goldener Schimmer über uns den Kopf in den Nacken legen. Dabei wäre meine Nase fast mit Svens Kinn kollidiert und die Realität war wieder allzu greifbar.

Das Wappen des Kaiserreiches, das unverändert am Himmel glühte, begann sich in Luft aufzulösen, während der Lindwurm durch es hindurchfuhr. Bei jedem Flugmanöver gaben die goldenen Bahnen mehr Licht ab, das er in sich aufzunehmen schien bis nichts mehr von ihnen übrig war.

Elegant schwang sich das schlangenartige Fabelwesen mit dem großen Kopf und dem langen Leib nun einmal im Kreis, bevor es zu uns niedersank. »Zeit zu gehen?«, fragte es an mich gerichtet. Sein Maul und die langen Fühler kamen meinem Gesicht immer näher. Einige der Wunden hatten sich geschlossen und heilten bereits.

Erschöpft nickte ich Zweiauge zu. Ich hing in Svens Griff und machte damit vermutlich keinen guten Eindruck, doch ich ignorierte alles außer dem Drachen.

Sven reichte mein Zeichen als Bestätigung. Er schlug mit den Flügeln und wir stiegen vor dem großen Kopf auf, flogen über diesen hinweg bis zur Kuhle dahinter. Dort setzte Sven mich vorsichtig ab und ich klammerte mich direkt an den mir wohlbekannten Fühler. Es kam mir vor, als wäre es ewig her, dass ich das erste Mal auf dem Drachen geritten war. Dabei war seitdem höchstens eine Stunde, vielleicht nur etliche Minuten vergangen.

»Ich fliege mit den beiden und sehe nach Tekre«, informierte Sven von irgendwo über mir Rovenna und Ivan.

»Das ist eine gute Idee«, hörte ich meine Mutter sagen. »Wir kommen nach. Ich möchte mir erst einen Überblick bezüglich des vollen Ausmaßes der Zerstörung Washingtons verschaffen und Ivan sollte mich am besten begleiten.«

Ivan schwieg. Vielleicht nickte er. Ich sah es nicht, denn ich hatte die Augen geschlossen. Zweiauge vertraute ich genug, um meine Erschöpfung die Oberhand gewinnen zu lassen. *Für mich gab es sowieso nichts mehr zu tun. Die Assembler und Ayuden waren an der Reihe zu retten, was noch zu retten war.*

Sekunden später spürte ich, wie sich der Lindwurm deutlich aktiver in der Luft bewegte. Eine Kurve zeigte mir, dass wir wohl auf den kaiserlichen Palast zusteuerten. Seufzend öffnete ich nach einer Weile die Lider. Ich war sicher, dass wir gleich da sein mussten.

Tatsächlich befanden wir uns schon innerhalb der kaiserlichen Anlage, flogen gerade über einen der Innenhöfe. Sven winkte mir von rechts zu. Er hielt problemlos mit der Geschwindigkeit des Lindwurms mit, schlug jetzt jedoch, da er meine Aufmerksamkeit hatte, mitten im Flug einen funkensprühenden Salto, der ihn zurückbleiben ließ.

Ich lächelte leicht, fühlte mich direkt an Neves' gockelige Art erinnert, die wohl zu Svens Persönlichkeit gehörte. *Es war nett, dass er mich aufmuntern wollte.*

Schließlich stieg Zweiauge wieder ein paar Meter höher und schwang sich wenig später auf den goldenen Landeplatz zu. Dieser war komplett verlassen. Vermutlich befand sich jeder, der helfen konnte, bereits in der Stadt, um die Verletzten zu bergen und zu versorgen.

Gemächlich ließ sich der Drache auf die Plattform sinken und setzte sicher auf. »Josephine, Kind, würdest du gleich absteigen, sodass ich mich zurückverwandeln kann?«, hörte ich seine Stimme.

»Klar.« Wackelig erhob ich mich und ließ den Fühler los. Danach öffnete ich die Flügel auf meinem Rücken und bewegte sie verzweifelt Stück für Stück auf und ab. Mir war, als würden lauter Eisennadeln in meinen Rücken gebohrt werden. Ich ächzte.

»Aber nicht doch«, hörte ich besorgt von vorne. »Sprich mit mir.« Ein längerer Fühler schoss nach hinten, wickelte sich um meinen Bauch und hob mich von dem großen Leib hinunter.

Sobald ich sicher stand, wurde ich losgelassen.

Das schlangenhafte Fabelwesen begann sich zurückzuziehen und in etwa zwei Meter Entfernung zu bewegen. Zweiauge schlängelte sich immer schneller um sich selbst, bis ich dem nicht mehr folgen konnte. Schuppiger Leib wurde zu Bahnen eines weißen Gewandes und das Gewand wurde wieder zu einem Körperteil des Drachen. Der Strudel hielt für einige Wimpernschläge an, dann kam er abrupt zum Erliegen: Zweiauges menschliche Gestalt stand vor mir. Aus dem Wappentier war wieder das Oberhaupt der Mensay geworden. Ein zahnloser weißhaariger Mann mit gepflegtem Bart und einem weißen Mantel.

Unwillig verzog er den Mund und fuhr sich mit der Zunge über die spröden Lippen. Sein Zahnfleisch sah rot und lädiert aus. Auch Teile seines Gewandes und vermutlich die darunterliegende Haut wirkten stark in Mitleidenschaft gezogen. Durch Magie allerdings weniger als gedacht. »Verdammt! Für so was werde ich zu alt«, nuschelte er.

Ich konnte nur starren, fühlte mich einmal mehr in ein Paralleluniversum versetzt. Dass Sven direkt neben mir auf der Plattform landete, machte es nicht besser.

Seine Füße verursachten rote Funken auf dem Gold, als sie die Wucht seines Aufpralls abfederten. Er schüttelte seine Flügel, die augenblicklich noch mehr Funken ließen, bevor er sie mit einem Ruck einklappte. Meine hingen noch immer nutzlos und zerfleddert an meinem Rücken.

»Ihr braucht Stühle«, sagte Sven munter, der Zweiauge und mich zweifelnd musterte. »Ich werde das arrangieren und Tekre suchen gehen. Wartet hier.« Damit verschwand er zielstrebig im Hauptkomplex, ohne zurückzublicken.

Zweiauge kam langsam auf mich zu.

Ich sah ihn nachdenklich an. »Du warst immer ihre Augen und Ohren bei der Wahl und danach – oder?«

Er zeigte mir ein schmallippiges Lächeln. »Ja, schon sehr viel länger. In meiner Position hatte ich Zugang zu Orten, die deine Mutter nicht abhören, geschweige denn besuchen konnte.«

»Der kaiserliche Palast«, flüsterte ich.

»Zum Beispiel.« Er nickte gedankenverloren. »Irgendwann begann sie mich deshalb Zweiauge zu nennen, weil ich immer für zwei die Augen offen hielt. Ein Auge für sie – eines für mich, sozusagen.«

Das brachte mich trotz meiner Erschöpfung zum Lachen. Dann schüttelte ich den Kopf. »Und wie …«

»Hat sich dieser Name öffentlich eingebürgert?«, sagte er mir auf den Kopf zu, was ich fragen wollte.

Ich nickte.

»Nun, wir wissen es nicht genau. Aber es hat für viel Amüsement unsererseits gesorgt und es gibt schlechtere Spitznamen.«

»Mhm. Ist ein bisschen, wie wenn man jemanden in einer fremdem Sprache *Spion des Feindes* nennt und sich davor fürchten würde, wenn man die Sprache verstehen würde. So aber ist man unwissend und spricht es Tag für Tag weiter aus: Spion des Feindes.«

»Spion des Feindes?« Er zog die Augenbrauen hoch. »Vielleicht«, seufzte er.

Zwei Magicians der Blauen Garde traten in dem Moment aus dem Gebäudeinneren auf die goldene Landeplattform. Sie hatten jeweils zwei Klappstühle unter jedem Arm und kamen auf uns zu.

»Hervorragend!« Zweiauge wirkte regelrecht erleichtert bei ihrem Anblick.

Nachdem die beiden Gardisten die acht Stühle aufgebaut hatten, fragte ich mich unwillkürlich, für wen sie gedacht waren, ließ mich dann jedoch einfach seitlich auf einen fallen. *Sitzen, hach, wie wunderbar!*

»Alecto lässt Ihnen ausrichten, dass die Aufstände in den restlichen Ländern befriedet sind«, verkündete einer der Gardisten.

»Das ist schön. Danke für die Information – und die Stühle. Meine alten Knochen sind hocherfreut«, entgegnete Zweiauge und zwinkerte, während er sich umständlich mir gegenüber niederließ.

Beide Gardisten nickten und verbeugten sich, bevor sie den Rückweg zur Schiebetür antraten. Vermutlich um weitere Aufträge auszuführen.

Der Anstrich alltäglicher Gesten milderte das Chaos in mir etwas. Auch die ruhige Art des Oberhauptes der Mensay, mich mit ihm zu unterhalten und endlich Antworten zu hören sowie die Tatsache, dass wir zusammen in der Schlacht gekämpft hatten, wirkten sich beruhigend auf mich aus. »Aber warum ist deine Gilde … Ich meine, du bist doch …«, nahm ich das Gespräch wieder auf, als die zwei Magicians im Gebäude verschwunden waren.

»Du fragst dich, warum ich nicht das Oberhaupt der Cuiny bin, da mein Wappentier auf ihrem Gildensymbol abgebildet ist?« Zweiauges Stuhl knarrte.

»Ja.«

»Manchmal, wenn es zu schmerzhaft ist, ist es besser zu vergessen. Für einen selbst und für andere.« Er stockte.

Ich wusste nicht, was er mir damit sagen wollte. Unsicher sah ich ihn an.

»Ein Drache ist ein Furcht einflößendes Wesen. Man sollte meinen, wir wären das Zünglein an der Waage, könnten die Dinge stets zu unseren Gunsten entscheiden. Das können wir nicht. Es war eine bittere Lektion, in der ich gelernt habe, dass auch wir nicht vor Leid gefeit sind.« Sein Blick richtete sich nach innen. Er tauchte tief in die Vergangenheit ein. »Das letzte Mal, als ich diese Gestalt angenommen habe, standen deine Mutter und ich auf einem anderen Schlachtfeld. Die Schlacht war geschlagen. Doch …«

»Lamentos?«, flüsterte ich, als er verstummte.

»… stach Rovenna hinterrücks nieder«, bestätigte Zweiauge nach einigen Sekunden. »Tekre und ich hätten sie an diesem Tag fast verloren. Wir trafen anschließend Entscheidungen. Vielleicht die richtigen. Vielleicht die falschen. Im Endeffekt waren wir zu diesem Zeitpunkt des Kämpfens müde. Wir hatten so viele Schlachten für den Rat geschlagen, hatten wirklich versucht, die Welt besser zu machen. Doch diese Schlacht veränderte alles.«

»Was?«

»Rovenna. Mich. Tekre. Und auch Svens Leben.«

»Warum?« Ich musste es einfach fragen. Musste die Wahrheit aus seinem Mund erfahren – die ganze Wahrheit. Wollte nicht all die Bruchstücke, die ich zu kennen glaubte, um eines erweitern.

»Abgesehen vom Offensichtlichen? Weil Rovenna plötzlich keinem mehr vertraute und ihre Kräfte zu schwach waren, als dass sie sich selbst vertrauen konnte. Also richtete sie Mauern um sich auf und schmiedete eigene Pläne. Wir ließen ihr Freiraum. Akzeptierten ihre Bedingungen, um sie nicht ganz zu verlieren.« Als er seinen Körper wand, wirkten die silbernen Fäden, die in seinen weißen Mantel gewebt waren, fast lebendig.

Kurz beobachtete ich diese. »Und Sinessa?« Ich beugte mich vor.

»War nicht der, für den wir ihn hielten.«

»Warum hat er Frauen so sehr gehasst? Warum hat er mich so sehr gehasst?«

Zweiauge seufzte. »Vielleicht, weil er die eine, die er wollte, nicht halten konnte – nicht so haben konnte, wie er es sich vorstellte. Vielleicht, weil sie ihn aus seiner Perspektive anscheinend betrogen hat und ihn das so sehr verletzte, dass er sich noch mehr zum Negativen entwickelt hat als ohnehin schon. Ich weiß es nicht genau.«

Stille trat ein.

»Josephine, dein Vater ist tot.«

»Ich weiß.«

»Der Verlust für dich tut mir leid. Ich möchte mich dafür entschuldigen.« Zweiauge klang ehrlich.

Überrascht sah ich ihn an. »Danke. Aber es ist kein … Verlust im eigentlichen Sinn. Da drin …« Ich klopfte auf meine Brust. »War er sozusagen von Anfang an tot. Ich kannte ihn ja nicht, ich meine als Vater. Für mich war Sinessa – der Mann, der Regent – ein Monster. Und du hast mich gerettet. Vielleicht hätte es sonst mich erwischt. Aber ich … würde es trotzdem gern verstehen. Ihn verstehen. Meine Mutter verstehen.«

»Das kann ich nachvollziehen. Was willst du wissen?«

»Was meinst du mit betrogen?«, fragte ich wie aus der Pistole geschossen. »Und wieso ›aus seiner Perspektive‹?«

Der zahnlose weißhaarige Mann wirkte plötzlich zutiefst erschöpft. Seine Augen, besonders das eine mit dem silbernen Lindwurm, schimmerten unendlich traurig. »Was Lamentos Rovenna angetan hat, traf – wie sie schon sagte – nicht nur sie. Hast du dich nie gefragt, wer Svens Vater ist?«

»Ich …«, stotterte ich los.

»Falsch«, sagte Zweiauge gequält scherzhaft. »Ich.«

Mit offen stehendem Mund senkte ich den Kopf. Betrachtete seinen weißen Mantel mit den eingeflochtenen silbernen Fäden, die nun einfach nur normale Fäden waren, sah überallhin – außer in sein Gesicht.

»Als Rovenna wieder aus der Bewusstlosigkeit erwachte, in die der Speer sie geschickt hatte, war sie – wie schon gesagt – eine andere. Wir stritten.« Zweiauges Gesicht erstarrte. »Nein, das muss ich revidieren«, sagte er schließlich. »Ich stritt oder versuchte es, weil ich mit ihren Plänen nicht einverstanden war. Aber ich drang nicht zu ihr durch. Also gab ich ihr Raum, weil ich dachte, dass sie in Ruhe verarbeiten musste, was geschehen war und wir danach einen neuen Weg zueinander finden könnten. Doch als ich wiederkehrte, war unsere Beziehung endgültig zu Ende und unser Sohn war nicht mehr da.«

Gänsehaut überzog meine Arme, als ich mir die Situation vorzustellen versuchte. Wie er all das erfuhr, das Ausmaß dessen, was in seiner Abwesenheit geschehen war. Es begriff und wie die Vorwürfe begannen, in seinem Verstand aufzusteigen. *Das eigene Kind auf magische Art ohne Rücksprache zu verlieren, war grausam.*

Seine Züge spiegelten für einen Moment die Gefühle, die sich in ihm abspielten, als er die Erinnerung wieder wachrief, um mir die Geschichte zu erzählen. *Ich war wohl nicht die Einzige mit einem Innersten, das mehr schlecht als recht funktionierte.*

»Aber wie habt ihr …« *… euch jemals wieder vertragen?*, hatte ich fragen wollen. Doch blieben mir in Anbetracht der Situation die Worte im Mund stecken. *Wie konnte er ihr verzeihen, ihm Sven genommen zu haben?* Ich wusste nicht, ob ich es ihr an seiner Stelle jemals verziehen hätte. Selbst jetzt nicht, da Sven wieder da war.

»Mehrere Jahrzehnte sind eine lange Zeit«, sagte Zweiauge mit erstaunlich ruhiger Stimme. »Als sie das erste Mal nach all dem ihr Herz öffnete, leider für Sinessa, nicht für mich – vor rund fünfundzwanzig Jahren –, hatten wir bereits wieder begonnen, miteinander zu sprechen. Ihre Beziehung mit deinem Vater verlief zuerst gut. Er war jung, voller Ideale. Das Volk liebte ihn. Und er liebte hauptsächlich seinen Status. Ich sagte ihr das. Sie wollte es natürlich nicht hören.

Ich musste damals auch zugeben, dass seine Regentschaft vielversprechend begann. Aber die Macht veränderte ihn. Er wollte nach wenigen Jahren im Amt heiraten, eine Familie, all diese Sachen. Doch er wollte sie nicht aus den richtigen Gründen. Sinessa hatte die perfekte Figurenkombination für die perfekte Regentschaft im Sinn. Eine fortwährende Show zur Profilierung, keine Familie als Herzensangelegenheit. Lanahaa – wie sie sich nun nannte – begann ihm egal zu werden, weil die Macht ihn verdarb. Und seine radikalen Machenschaften wurden schlimmer, je mehr Freiraum ihm Lamentos ließ.«

Meine Augen weiteten sich, als ich zum ersten Mal die Geschichte meiner Eltern hörte.

»Deine Mutter kam immer öfter zu mir, war verzweifelt. Ich sagte ihr, dass sie sich von ihm trennen solle. Spendete ihr Trost, so gut ich konnte. War für sie da.«

Wie sehr musste Zweiauge meine Mutter geliebt haben oder immer noch lieben, um all das für sie ausgehalten und durchgestanden zu haben, statt sie von sich zu stoßen und nie wieder ein Wort mit ihr zu wechseln?

Er verzog den Mund. »Doch sie war noch halsstarriger wie früher. Lamentos' Attacke hatte das verstärkt. Sie hörte nicht auf mich. Blind vor Liebe zu dem Menschen, in den sie sich verliebt hatte, dachte sie, ein gemeinsames Kind würde ihre Beziehung zu Sinessa tatsächlich retten. Wenn sie ihm entgegenkommen würde, würde auch er ihr entgegenkommen, sagte sie voller Überzeugung zu mir.«

»Nein!« Ich konnte es nicht glauben. Konnte nicht glauben, dass sie das wirklich gedacht und gesagt hatte. *Wie anders konnte Sinessa früher schon gewesen sein?*

»Sie begann sogar, für ihn an hochtechnologisierten Waffen zu tüfteln, zeigte ihm Ideen und Pläne, um ihn glücklich zu machen – so ziemlich alles an Elektromüll, was heute über Washington schwebte. Er lobte sie, ließ sich Kopien geben. Dann eskalierte die Stimmung zwischen den beiden jedoch, weil er herausgefunden hatte, dass sie so oft mit mir Kontakt pflegte.« Zweiauge strich sich nachdenklich über den spitzen Bart. »Er wusste nichts von ihrer, also unserer Vergangenheit; dachte, wir würden uns so gut kennen, weil wir ein Verhältnis hätten, weil Lanahaa fremd gegangen war. Sie versuchte das sofort klarzustellen und scheiterte an ihrer eigenen Glaubwürdigkeit – an wirklich überzeugenden Argumenten, warum sie mich traf. Schlussendlich vertraute sie Sinessa nicht genug, um ihm die Wahrheit über die Vergangenheit zu erzählen. Wenn du mich fragst, war das besser so. Er vertraute ihr allerdings auch nicht genug, um zu glauben, dass wir nur redeten und sie Rat bei mir suchte. Aus seiner Perspektive war ich weder für technischen Rat gut, weil ich davon keine Ahnung hatte, noch für anderen – den sollte sie bei ihm suchen.« Er seufzte. »Sie trennten sich. Daraufhin zog sie die mentalen Mauern noch höher. Wir redeten seltener. Ich erfuhr erst von dir, als du schon auf der Welt warst. Sinessa hat sie nie über sein Kind – dich – informiert. Zu Anfang wartete sie wohl auf den perfekten Moment, um es ihm zu sagen. Später dachte sie, er würde sowieso nicht glauben, dass du von ihm warst. Irgendwann verleitete sie keine ganz falsche Paranoia dazu, zu glauben, dass er dich ihr wegnehmen könnte, wenn er es wüsste. Um dir all seine kruden Vorstellungen in den Kopf zu pflanzen. Sie schützte dich also mit allem, was sie hatte. Und ging dabei noch mehr eigene Wege.«

»Deshalb war sie immer so pingelig«, rief ich.

»Mhm?«, machte Zweiauge. Sein Stuhl knarrte wieder.

»Ich musste immer perfekt gekleidet und stets tadellos und korrekt sein«, erklärte ich.

»Nur, um dich zu schützen – um nicht aufzufallen, nehme ich an.«

Ich atmete tief durch. Ließ meinen Blick schweifen, ohne wirklich hinzusehen, versuchte meine Gedanken zu ordnen. Das war … so viel auf einmal. Alles lag vor mir, war offensichtlich und doch so verquer. *Mit Zweiauge als Verbündetem war klar, dass seine weiße Magie meine Mutter nie an irgendwas gehindert hatte.*

Über dem Landeplatz fokussierte ich mich wieder. Ich sah, wie Sven und Tekre von der elektrischen Schiebetür des Hauptkomplexes aus auf uns zukamen. »Dann ist Sven …?«, feuerte ich eine letzte Frage auf Zweiauge.

»Ganz korrekt ausgedrückt: dein Halbbruder«, bestätigte dieser mir noch einmal. »Mein Sohn. Er sollte und wollte dich immer beschützen.«

Irgendwie fühlte sich das falsch an. *Wahrscheinlich weil Sven jetzt ein alter Mann mit geruhsamem Leben sein sollte und kein wiedergekehrter Teenager, der seine einundzwanzigjährige Halbschwester beschützte.*

»Wurde ich bewusst in die Bibliothek geschickt, damit ich Sama erwecken kann, damit sie Sven zurückbringt?«

»Das ist eine komplizierte Sache«, sagte Zweiauge. »Der Zauber, den Rovenna bei ihm angewandt hat, um ihn in die Zwischenwelt zu schicken, ist sehr gefährlich. Es bedarf dafür der Kräfte aller vier Gilden und einer gehörigen Portion Glück, dass nichts schiefgeht. Dich in die Bibliothek zu lotsen war ein Risiko. *Ich* habe die Büste von Sama dort platziert. Wir haben versucht, dir so viel wie möglich an Rückendeckung zu geben – und natürlich gehofft, dass sie wiederkehrt, weil sie die Sphinx in dir spürt. Fabelwesen ähnlicher Kulturkreise fühlen oft die uns verborgenen Machtstrukturen, die magischen Verwandtschaften. Bewusst oder unbewusst hat Sama später den ersten Schritt für Svens Wiederkehr eingeleitet. Aber nein, das war niemals die Intention. Es war sehr viel Zufall und Glück.«

»Warum Tessinus?«, brach es aus mir heraus, indes sich Sven und Tekre nun je auf einem der freien Stühle niederließen. Stumm hörten sie uns zu.

Zweiauge sah betrübt aus. Er lehnte sich zurück. Schenkte seinem Sohn einen langen Blick. »Weil er schwach war«, sagte er schließlich. »Jede Magie verlangt einen Preis. Die ägyptische Magie des Benu muss mit dem Preis eines Lebens bezahlt werden. Wenn der Neugeborene sein Haupt erhebt, wird eine Seele zurück in die Welt gerufen. Der Benu empfängt dafür einen Blutzoll. Dass er die Morgenröte küsst, ist eine Metapher, die ausgesprochen wird, um den Zauber zu vollenden. Tessinus war ein stattlicher junger Mann. Aber er war weich in seinem Innersten. Er war ein Cuiny mit einem Vogel als Wappentier. Der bestmögliche Kandidat, um Sven zurückzubringen. Das bestmögliche Medium, das zufällig zur richtigen Zeit am richtigen Ort war, als Sama beschloss, den Wiedergänger zu erwecken.«

Sven nickte.

»Altertümliche, derart mächtige Magie fordert meist den höchsten Tribut, der gezollt werden kann – ein Leben für ein Leben«, bestätigte auch Tekre.

»Aber warum und wie?«, fragte ich.

43

Wiedergeboren

»Es ist das Wappen«, mischte sich Sven ein. »Das ist die Verbindung, die du suchst und nicht findest. Sehen wir von der Energie ab, die Magie kostet und von allem anderen, ist der Punkt der, dass es um eine Art Reinkarnation geht. Also um eine Wiederfleischwerdung.« Er verzog das Gesicht, als behagte ihm das Wort wenig.

Mir ging es genauso.

»Die Vorstellung, dass die Seele als mentaler Prozess fortbesteht, während es der Körper nicht tut, ist die Grundvoraussetzung dafür, die Basis. So kann sie in einem Zwischenstadium verweilen, bis sie erneut manifestiert werden kann – in einem anderen empfindenden Wesen der gleichen Spezies.«

Ich schluckte. Mein Herz pochte wild. Ich dachte daran, was mit seinem Körper geschehen sein musste, als Svens Seele nicht mehr darin geweilt hatte.

»Rovenna hat mich begraben. Also meine menschliche Hülle«, beantwortete er meine unausgesprochene Frage. »Obwohl das meiste andere, was über meinen Tod erzählt wird, Quatsch mit Soße ist.« Er fuhr sich erschöpft mit den Fingern durchs blonde Haar, das meinem so ähnlich sah. »Ein Körper ohne Seele funktioniert nicht besonders gut. Er arbeitet noch vor sich hin, solange er kann, doch er wird nicht mehr aktiv gelenkt. Also beginnt er …«

»Sven!« Zweiauges Stimme war scharf.

»Sie wollte es wissen«, verteidigte sich mein Halbbruder sofort. »Dann soll sie es wissen.«

»Zurück zum Wappen«, entgegnete sein Vater.

Tekre seufzte und ließ eine Taserpistole in einer seiner silbernen Hände kreisen. Immerhin hatte er seine Maske zurückgefahren und zeigte uns sein Gesicht. Er wirkte unverletzt und eher gelangweilt als erschöpft.

»Also gut.« Sven hob in einer kapitulierenden Geste die Hände. »Es ist eigentlich ganz einfach«, wandte er sich wieder an mich. »Stell dir vor, von dem, äh, Zwischenstadium, in das sich der Geist begibt und dem Körper, den die Seele verlässt zu dem, in den sie sich später manifestieren soll, muss es einen Weg geben – also den, den die Seele beschreitet.«

Ich nickte.

»Dieser Weg besteht aus Markierungen, die sozusagen den Zusammenhalt der einzelnen Stopps stärken. Damit die Seele nicht vom Weg abkommt. Je öfter die Markierung in der Ausgangswelt verwendet wird, desto fester wird die Seele in der Zwischenwelt gebunden. Desto eher tritt sie nicht als Exkarnation in die Welt der Toten über, sondern bleibt im Zwischenstadium, bis sie gerufen wird. Aber – und das ist das Wichtigste – nur wenn die Endmarkierung von der gleichen Magie erfüllt und genau auf die Weise erstellt wird wie bei der Ausgangsmarkierung, kann eine problemlose Reinkarnation stattfinden. Das dazwischen ist Kinderkram, wirklich entscheidend ist das *aus dem* und das *in den* Körper.« Er lächelte matt. »Das hat bei mir aber nicht geklappt, weil überall die Markierung war. Denn der Kaiser hat mein Zeichen als Wappen des Kaiserreiches und gleichzeitige Erinnerung an seinen allgegenwärtigen Triumph gewählt. Falls du dich fragst, wie das passieren konnte – gute Frage!«

»Das war nicht vorhersehbar. Aber Rovenna dachte, das hält dich zu hundert Prozent in der Zwischenwelt. Sonst wären wir dagegen vorgegangen«, wandte Tekre ein.

Sven runzelte die Stirn. »Meine Seele klebte dadurch direkt hinter der Weltenabtrennung an dieser Welt – da hatte sie recht –, so konnte Sama mich erreichen und mich in Gestalt meines Wappentiers, das als Phönix nicht nur Tessinus' Wappentier ähnlich war, sondern bekanntlich auch die Kräfte des Wiedergeborenen hält, über den Weltenübergang ziehen. Sie spürte mein Sehnen nach dieser Welt und meine Verwandtschaft zu ihrer neuen Herrin. Dir, Josephine. Und sie hatte nur eine Bedingung an mich, bevor sie mich zurückholte: Ich sollte dir auch dienen. Ich willigte natürlich ein, wollte nichts mehr, als aus der Zwischenwelt entkommen. Dann begriff ich irgendwann, wer du warst.«

»Also musste Tessinus zufällig dran glauben«, murmelte ich. »Und du hast mir einen Bären über meine Verwandtschaft aufgebunden. Von wegen Rovenna hatte einst einen *nichtmagischen* Bruder: Tekre. Ich nahm an, dass die griechischen Pixiegene von ihm – also *meinem Großvater* – stammen.«

»Ja, das hat nicht gestimmt«, sagte Sven lapidar. »Ich hab den spannenden Teil ausgelassen. Aber immerhin hab ich dir erzählt, dass er Rovennas Bruder ist und dir Hoffnung gegeben. Sama wollte die Lüge weiter ausschmücken. Ich nicht.«

»Und das kaiserliche Wappen ist …«

»… eigentlich unser Familienwappen«, antwortete Tekre. »Wir hatten es alle vier auf unseren Rüstungen während der Kämpfe des Rates. Rovenna hat es entworfen. Sven war damals noch ein Kind.«

»Ich war so alt, wie ich jetzt bin«, protestierte Sven. »Na ja, sozusagen.«

»Ja doch«, murrte sein Onkel. »Lass mich ausreden. Jeder von uns vier hatte ein Symbol. Die Ayude stand für Rovenna – eine Geschichte aus Svens Kindheit. Das Zeichen rechts widerspiegelte eine meiner Erfindungen – du hast inzwischen ja meinen silbernen Behälter gesehen. Der Lindwurm war natürlich Zweiauges Zeichen und die Kugel links repräsentierte Sven, der damals schon gern explosive Feuerbälle durch die Gegend schickte.«

Jetzt verstand ich vielleicht auch etwas anderes. *Abgesehen davon, dass er den Drachen in sich zu begraben gedachte, hatte das Oberhaupt der Cuiny wohl bewusst oder unbewusst das Symbol der Frau, die er liebte, für seine Gilde gewählt.*

»Und wie wurde es dann zum Zeichen des Kaiserreiches und der vier Gilden?«

»Das müsstest du Lamentos fragen. Ich nehme aber an, dass Svens Erklärungsansatz ganz gut ist. Es ließ sich toll umfunktionieren und er konnte sich jeden Tag daran ergötzen, über uns gesiegt zu haben. Für alle Wissenden war es eine fortwährende Warnung, was mit seinen Gegnern passiert. Doppelt durchtrieben«, antwortete Zweiauge. »Und es funktionierte, keiner sonst begehrte auf. Die Zeiten waren schwierig, auch Tekre und ich hielten uns zurück. Um des Friedens willen ließ ich mich sogar auf einen Deal ein: Ich versprach, mich unter Lamentos' Kaiserschaft nie in Gestalt meines Wappentieres zu zeigen. Dafür macht er mich zum Oberhaupt der Gilde der Mensay – meiner zweiten magischen Begabung. Das war ein großer Vorteil. Ich schmeichelte mich bei ihm ein und lenkte so gut es ging die Geschicke des Kaiserreiches in moderatere Bahnen.«

»Mhm«, machte ich und dachte nach.

»Jedenfalls«, endete Sven. »… konnte ich daher während der Wahl nur als Phönix über dich wachen. Die Reinkarnation war nicht vollständig und ich saß im Phönixkörper fest. Sama versuchte das bei der Trauerfeier zu ändern. Sie wirkte so viel Magie wie sie konnte, versuchte die emotionale Präsenz der Menge durch einen weiteren altägyptischen Zauber zu kanalisieren, um sie zu nutzen und mir damit zu helfen. Fast hätte es geklappt. Wir waren so knapp davor. Schlussendlich reichte die Macht, die sie entfesselte, aber nicht.« Er seufzte. »Wenigstens sah man mir als Phönix keine Enttäuschung an.«

Und Sama hatte ein wirklich gutes Pokerface aufgesetzt gehabt – wie immer. Dann begriff ich. »Deshalb wolltest du nach Washington!«, rief ich aus. »Deshalb bist du abgehauen, als Rovenna ausgebrochen ist.«

»Genau«, bestätigte er. »Hier ist die Konzentration des Wappens am größten, es ist überall angebracht. Leider hat das mit dem vollständigen Zurückholen aber im zweiten magischen Anlauf wieder nicht geklappt. Tekre musste improvisieren, weil Rovenna, Zweiauge und ich noch über dem goldenen Palast beschäftigt waren.«

»Deswegen war das Wappen am Horizont, oder?«

»Richtig, ein letzter, äußerst kraftaufwendiger Versuch innerhalb eines kurzen Zeitfensters, bei dem Zweiauge Rovenna geholfen hat. So etwas wie eine riesige Markierung, um den letzten magischen Rest von mir an einen Ort zu locken und auf mich zu übertragen, sobald ich die Markierung berühre. Bevor Móshù alles in Schutt und Asche legt.« Sven lächelte. »Es hat funktioniert! Ich habe es direkt gespürt.« Er lächelte jetzt so breit und erleichtert, dass ich nicht anders konnte, als auch zu lächeln.

Zweiauge sah seinen Sohn rührselig an. Er hatte ihn nach über fünfzig Jahren wieder. Eine lange Zeit, in der er gealtert war – Sven hingegen nicht. Das musste seltsam sein.

»Warum wusste niemand, dass du Tekre bist?«, wandte ich mich an meinen Onkel. »Sven war weg, Zweiauge wurde Oberhaupt einer Gilde, Rovenna tauchte unter. Und du?«

»Oh, ich lebte friedlich eine Weile vor mich hin als der, der ich immer war. Blieb unbehelligt. Rovenna war lange weg. Zweiauge und ich sahen uns nicht. Aber ich wurde immer wütender, konnte nicht einfach nichts tun. Also begann ich *aufzuräumen*. Und zog mich von der Öffentlichkeit zurück.« Er blickte in die Ferne. »Nun … wenn du ausziehst, um Leute in Selbstjustiz umzulegen, hinterlässt du dabei nicht unbedingt deinen wahren Namen. Schließlich willst du selbst noch ein bisschen leben – wenn auch nur, um dein Werk zu vollenden. Deshalb brauchte ich ein Pseudonym. Das hatte seine positive Seite, als Rovenna zurückkehrte. Kaum jemand wusste etwas über mein privates Umfeld. Meine Leben als Killer und als Unternehmer waren durch meine Identitäten getrennt. Mit ihr zeigte ich mich einfach wieder mehr als Tekre und so konnten wir sie als meine ebenso zurückgezogen lebende Tochter mal hier, mal da bekannt machen. Nicht oft und immer mit einer Illusion ihres Aussehens, bis die Gesellschaft sie akzeptierte. Rovenna konnte wieder … leben. Musste sich nicht länger verstecken. Wir gaben ihr eine neue Identität: Lanahaa. Jahre später übernahm sie meinen Platz in der Firma.« Er lächelte, indem er einen seiner Mundwinkel leicht anhob. »Ich wurde bereits zum Cyborg. Was aus einer Spielerei erwuchs, entwickelte sich zur Notwendigkeit. Durch Verwundungen als Auftragskiller und dem Willen, immer besser zu werden; zum Supersoldaten, wenn du so willst. Die Menschen sollten sich vor dem Schakal fürchten.«

Ich schaute an seiner silbernen Gestalt hinunter. Seine Bewegungen waren unverändert akkurat, als er eine Hand hob. Menschlich war wohl nur noch sein Gesicht und einiges im Inneren der Rüstung.

»Irgendwann wollte ich nicht mehr als Tekre auftreten, wollte mich nicht mehr magisch als mein früheres Ich verkleiden müssen. Rovenna machte ihre Sache im Unternehmen gut. War sehr erfolgreich. Und ich begann das, was ich als Schakal getan hatte, auszuweiten. Schon seit dem ersten Jahrzehnt nach dem ›Tod‹ meiner Schwester erledigte ich unlautere Magicians. Dass ich von dem Auftrag für Miss Terious hörte, einem von Rovennas Decknamen – nun, war es eine wunderbare Fügung. Ich nahm ihn selbstverständlich von Sinessa an. Er dachte, er hätte gar keinen Besseren finden können.« Sein schmaler Mund nahm einen amüsierten Zug an. Die Gesichtszüge strafften sich. »Weit gefehlt.«

»Was ist mit den Anschlägen in California?«, hakte ich nach. »Weißt du, wer dafür verantwortlich ist?«

Sven hüstelte.

Tekre schenkte ihm einen Blick aus schmalen Augen. »Ich.«

Ich erstarrte.

Sven lachte leise auf.

»Nun, ich versuchte unauffällig andere Attentäter, die es auf einen von uns abgesehen hatten, kaltzumachen«, rechtfertigte sich Tekre sogleich. »Sinessa, Lamentos und selbst der Kaiser von Móshù überboten sich geradezu darin, immer mehr davon anzuheuern. An dem Tag der Trauerfeier war ich hinter einem chinesischen Auftragskiller her«, sprach er schnell weiter, als müsste er es dringend loswerden. »Flinkes Bürschchen! Es tut mir wirklich leid, dass er das Gebäude zum Einsturz gebracht hat. Ich habe ihn zu spät erwischt. Immerhin habe ich ihn gestoppt, bevor er noch mehr anrichten konnte.« Der blonde Bart kräuselte sich.

Tekre fühlte sich gerade nicht besonders wohl in seiner Haut. Gut so.

»Das heißt, du hast die ganze Zeit in California getötet – Unruheherde ausgeschaltet?«, hakte ich nach. »Aufgrund von welchen Informationen?« Meine Stimme wurde schärfer.

»Denen der Überwachungstechnik von Tekre Indutries, die Sinessa im ganzen Land hat installieren lassen. Wenn man weiß, wonach man Ausschau halten muss, ist es ganz einfach.«

Das brachte mich auf die Palme. »Darauf hast du Zugriff?!«

»Öhm«, kam es unisono von den dreien um mich.

Ich seufzte. »Also hattest du eindeutige Beweise, dass es sich um echte Bedrohungen gehandelt hat, bevor du all diese Magicians umgebracht hast?«

»Ja.« Tekre zögerte nicht und sah mir fest in die Augen. Er hielt dabei den Kopf mit dem militärisch kurz gehaltenen Haar gerade.

Ich musterte ihn für einen Moment streng, dann glaubte ich ihm. »Gut.« Mehrmals atmete ich durch. »Dann hat das jetzt ein Ende?«

Die Narbe an der rechten Seite seines Kiefers vibrierte, als er lachte. »Mit Vergnügen! Jetzt, da Sinessa sowie der chinesische Kaiser tot sind und den altersschwachen Lamentos zu finden wohl meine nächste Herausforderung sein wird. Du kannst dir nicht vorstellen, wie anstrengend es war, alle Attentäter zu erwischen, bevor sie dich erwischen und bevor Rayn mich erwischt.«

44

Wingman

Ich rollte mit den Augen. Konnte nicht glauben, dass der gefürchtete Schakal absolut alles auf die leichte Schulter nahm und Witzchen darüber riss. »Danke, dass du auf mich aufgepasst hast«, sagte ich trotzdem und meinte es auch so.

»Es wird mir immer eine Ehre sein«, entgegnete er mit ungewohnter Ernsthaftigkeit. »Außerdem war ich es, der eure Wohnung in Glasturm No 20 ausgeräumt hat. Alle Sache sind sicher eingelagert. Was immer du haben möchtest, dem steht nichts im Weg.«

»Danke.« Das freute mich aufrichtig. *Das eine oder andere Buch und meine vor meiner Regentschaft verbotene Kleidung würde ich gern wiederhaben.*

Dann wurden seine Züge noch ernster.

Ein alarmierendes Zeichen.

»Uh«, hörte ich gleichzeitig Sven murmeln.

Verwundert blickte ich von einem zum anderen. *Was war los?* Ich drehte mich schnell um, blickte hinaus auf die Stadt.

Von dort aus schwebte Rovenna und flog Ivan auf uns zu.

Die gelockerte Stimmung verabschiedete sich vollends.

Anspannung ließ meine Bauchmuskeln kontrahieren, meine Hände wurden klamm. Automatisch richtete ich meinen Rücken auf, als hätte ich plötzlich einen Stock verschluckt.

Die beiden näherten sich schnell.

Elegant landete Rovenna und kam mit dem Todesengel im Schlepptau auf unseren Stuhlkreis zu. Ihr dunkellila Kleid raschelte, als sie sich mir gegenüber neben Zweiauge setzte. Ivan zog es vor, schräg hinter ihrem Stuhl in der Luft zu verweilen.

Vielleicht wusste er auch einfach nicht, wie er seine riesigen Flügel wieder loswurde, um zu landen. Immerhin wirkten seine Züge etwas menschlicher und emotionaler.

Ich fixierte die Frau, die meine Mutter war und doch irgendwie nicht war. Dachte an den Tag zurück, an dem alles seinen Anfang genommen hatte. Nicht auf der Bühne, nein, viel früher. Es war der Tag gewesen, an dem ich den silbernen Brief bekommen hatte.

»Wer hat schlussendlich meinen Namen auf die Liste der silbernen Briefe gesetzt?«, fragte ich in die Runde. »Ich meine … Sinessas Wunsch war erst mal nur eine Bitte.«

Ivans Gestalt straffte sich. Das Blau seiner Iriden glomm hell auf. »Ich.« Er klang nicht glücklich darüber.

Ich fühlte mich, als hätte er mir den Boden unter den Füßen weggezogen. *Er?* »Warum?« Meine Stimme war ein gebrochenes Flüstern. Sie spiegelte meinen inneren Aufruhr wider.

»Der Kaiser wollte es so.« Er sah mir bittend in die Augen. Seine Pupillen verengten sich besorgt. »Zweiauge, Rayn und ich – wir alle haben versucht, es zu verhindern. Den Kaiser umzustimmen. Aber es war nicht so einfach, wie wir dachten. Wir wollten unter allen Umständen vermeiden, dass er auf dich aufmerksam wird. Und dann …« Er setzte eine Pause. Holte tief Luft. »Dann habe ich mich in dich verliebt«, presste er hervor.

Ich nickte langsam. Schaute ungläubig. *Die Aussage war unpassend, der Zeitpunkt genau wie das Publikum noch unpassender und unehrlich war sie doch auch, oder? Warum tat er das?* »Dich in mich verliebt«, wiederholte ich bitter. »Klar.«

»Josephine!«, sagte meine Mutter mir Nachdruck.

Ich ignorierte sie. »Wie wäre es denn mit der Wahrheit gewesen? Was hättest du davon gehalten, mir in deiner angeblichen Liebesduselei bei der Regentschaftswahl und danach mehr zu helfen? Statt mir nur Verzweiflung zu bringen?«, brach auf einmal all das aus mir, was ich nicht hatte sagen wollen. »Habe ich nicht alles für dich getan?! Was hat dich daran gehindert, mir zu vertrauen? Ehrlich zu sein, statt immer nur einen Teil der Wahrheit zu gestehen – dann, wenn du musstest.«

»Es tut mir so leid«, flüsterte Ivan. Doch sein Gesicht war wieder zu einer undurchsichtigen Maske erstarrt, die seine Worte wie eine Farce wirken ließen.

»Vielleicht liebst du mich«, setzte ich matt zum Todesstoß an. Wollte das Thema, allen voran vor den anderen, ein für alle Mal beenden. »Aber du liebst dich selbst mehr. Was kann das also für eine großartige Liebe sein, die du mir entgegenbringst? Und genau deshalb werden wir nicht darüber reden. Jetzt nicht und auch sonst nicht mehr.«

»Josephine!« Rovenna klang nun ärgerlich. Die Schlangen auf ihrem Kopf zischten.

Ich stand mit einem Ruck von meinem Klappstuhl auf, war es so leid, wie ein kleines Kind behandelt zu werden. *Aber bitte, dann bekam sie jetzt, was sie anscheinend erwartete.* Ich öffnete den Mund und fauchte sie sphinxhaft an. *Sie konnte mir gestohlen bleiben!*

»Setz dich wieder hin!«, grollte Tekre mich daraufhin an. Er war ebenfalls aufgestanden. Hielt seine beiden Hände in Hüft- und damit Waffennähe.

Ich verzog ungläubig den Mund. *Eine tolle Familie war das.*

»Könnt ihr sie nicht alle mal eine Minute in Ruhe lassen?«, mischte sich nun Sven wütend ein. »Ihr habt keine Ahnung, was bei ihr all die Zeit abging, in der ihr anderweitig beschäftigt wart. Ihr denkt an *euch*, wisst, dass *ihr* das Reich gerettet habt – euer aller Ziel. Grandios, großartig, klasse.« Er klatschte laut in die Hände.

Keiner sonst stimmte mit ein.

Allerdings setzte sich Tekre geräuschlos.

»Versteht doch, dass ihr ihre Welt – ihr Leben – währenddessen Stück für Stück zerstört habt«, fuhr er fort. »Dass sie immer darum gekämpft hat, Oberwasser zu behalten, egal was passiert ist. Bis der nächste Schlag kam und der nächste und der nächste!« Seine Stimme wurde laut. »Ihr wart nicht dabei. Ihr wisst nicht, was in ihr steckt, was sie alles überwunden hat, um heute hier zu stehen – aber ich war es, verdammt noch mal!«

Ich starrte ihn wie das achte Weltwunder an und ließ mich wieder auf meinem Stuhl nieder. Doch Sven war noch nicht fertig. Funken stoben von seinen Händen nach rechts und links, als er sie aufgebracht anhob. »*Meine Schwester* ist kein Spielzeug, das man heute lieben und morgen ignorieren kann!«, feuerte er verbal in Ivans Richtung.

Ich beobachtete das Geschehen mit schneller werdendem Herzschlag. Konnte gar nicht glauben, was sich abspielte.

»Sie ist das Beste, was dir jemals passieren wird – aber ich schwöre bei meiner vollständigen Reinkarnation, dass ich deinen Todesengelarsch ohne auch nur mit der Wimper zu zucken in Flammen stecken werde, wenn du sie in Zukunft nicht entsprechend behandelst! Dein Leiden wird dann dem endlosen Fegefeuer verdammt nahe kommen.«

»Sven!« Dieses Mal war es Zweiauges ruhige Art, die Sven wirklich kurz zum Verstummen brachte.

»Verstanden?«, fragte Sven trotzdem nach – an Ivan gewandt.

Der nickte mit angespannten Zügen. Die Fähigkeit zu sprechen hatte er offensichtlich vorerst eingebüßt.

Ich hüstelte. Dass Sven jetzt den großen Bruder heraushängen ließ, machte mich einerseits dankbar. Andererseits mutete es wirklich seltsam an.

»Und du teilst dir dieses Problem anscheinend mit ihm«, richtete Sven seinen gnadenlosen Blick nun auf Rovenna. »Kein Wunder, dass gerade ihr euch verbündet habt, getrieben von eurer Vergangenheit mit Lamentos – von Rachegedanken, Freiheitsstreben oder wer weiß was«, murmelte er. Lauter fügte er hinzu: »Weder ich noch Josephine wurden gefragt, was wir wollen. Und natürlich …« Er winkte ab, als Rovenna Anstalten machte, ihn zu unterbrechen. »… hast du nur zu unserem Wohl gehandelt. Hattest keine Zeit für andere Entscheidungen. *Bla, bla, bla.* Aber denk mal darüber nach, ob all die Menschen in deiner unmittelbaren Umgebung es vielleicht in Zukunft verdient haben, dass du sie mit einbeziehst – in Anbetracht all dessen, was sie mit und für dich durchgemacht haben. Das wäre wahre Größe, Mutter!« Damit erhob er sich und trat aus dem Stuhlkreis.

Uh, er war wirklich sauer. Kein Wunder nach all den verlorenen Jahren in der Zwischenwelt.

»Ihr drei könnt euch jetzt weiter unterhalten«, blaffte er Rovenna, Zweiauge und Tekre an. »Könnt Josephine den Rest enthüllen. Ivan und ich werden uns betrinken gehen – hoffentlich gibt es in diesem goldenen Klotz ordentlichen Spiritus. Eine innerliche und äußerliche Reinigung ist allemal besser als noch mehr schmerzhafte Worte in aufgewühlter Stimmung.«

Ich sah Ivan mit großen Augen an. Blickte auf die noch immer leuchtende Carbonrüstung des Kaiserreiches, auf seine schwarzen Haare, die blasse Haut.

»Azrael!«, rief mein Halbbruder bereits aus einigen Metern Entfernung. »Los los. Du bekommst das mit Josephine heute sowieso nicht mehr geklärt. Mach das morgen in Ruhe. Außerdem kannst du doch deinen Wingman nicht allein trinken lassen.« Er lachte über seinen eigenen Wortwitz. »Wingman, hast du das verstanden? Haha – wir haben Flügel, Mann!«

Kopfschmerzen manifestierten sich zwischen meinen Schläfen.

Rovenna verdrehte die blauen Augen.

Zweiauge schenkte ihr einen amüsierten Blick, der wohl sagen sollte: *Was soll man machen? Es sind große Kinder!*

»Geh!«, richtete ich schließlich das Wort an Ivan, um die Stille zu durchbrechen. Ich räusperte mich. »Sven hat recht.«

Er nickte langsam, schenkte mir einen traurigen Blick und schwang sich dann aus meinem Blickfeld, wohl um meinem Halbbruder zu folgen.

»Es gibt immer zwei Möglichkeiten«, setzte Zweiauge an. Sein spitzer weißer Bart bewegte sich bei jeder Silbe. »Unsere Herkunft und Vergangenheit können uns stärker machen oder uns schwächen.«

Ich ließ die Weisheit auf mich wirken, konnte ihr im Moment aber nicht viel abgewinnen. »Also?«, fragte ich an Rovenna gerichtet. *Was für einen Rest gab es zu erzählen?* Mein verletzter Flügel schmerzte wieder und ich wollte das Gespräch hinter mich bringen.

Sie nickte langsam. »Wir, ich meine Zweiauge, Tekre und ich, hatten schon längst – mehrmals über die letzten Jahre – verschiedene Strategien mit Rayn und Ivan durchgesprochen, um, nun, den Kaiser zu stürzen. Uns verband das Interesse an einem besseren Reich und unsere Positionen ließen auf einen Erfolg der Mission hoffen. Leider war nie eine Idee dabei, die wirklich atemberaubend war. Also winkte ich stets ab und wartete wenigstens auf eine gute Gelegenheit. Ich überlegte oft, mich in California für Frauenrechte einzusetzen, verfluchte meine eigene Untätigkeit schließlich und wollte doch unter dem Radar bleiben, um im Fall eines Falles einen der waghalsigeren, nur mit Ivan abgesprochenen Pläne inklusive Überraschungsmoment umzusetzen. Unauffällig zu bleiben klappte bis zu einem gewissen Grad. Mein Informationsaustausch, um Sinessa im Blick zu behalten, ließ Gerüchte entstehen.«

»Über Miss Terious«, flüsterte ich.

»Ja, was als Deckname gedacht war, um meine Identität zu schützen, wurde zu etwas aufgebauscht, das es gar nicht war und wurde mir plötzlich zum Verhängnis. Dann griff Leonardo dich vor der Zeremonie an. Etwas in mir …« Sie zuckte die Achseln, schwieg. »Ich sah rot, rastete aus, wenn du so willst«, gab sie zu. »All der Hass, all die Wut und der Zorn, die sich seit fünfzig Jahren in mir gesammelt hatten, brachen aus meinem Innersten. Ivan war derjenige, der die Gelegenheit erkannte und begann, einen unserer Pläne umzusetzen. Er ließ mich ihn besiegen, obwohl wir durchaus gleich stark sind. Ich ließ mich gefangen nehmen.« Sie verzog das Gesicht, als hätte sie in eine Zitrone gebissen. »Jetzt ist er wohl der mächtigste Magician, der je geboren wurde.«

Ich stieß ein Schnauben aus. *Er war Azrael und er war Ivan – so wie ich die Sphinx und Josephine war. Doch war die Frage, wie viel von ihm bleiben und wie sehr der Todesengel seine Persönlichkeit verändern würde.*

»Jedenfalls ließ ich mich von Zweiauge am Tag der Zeremonie zur Regentschaft gern in der Blase einschließen, ließ mich zum Palast bringen und konnte die ganze Zeit über nur an den Speer denken. Dafür möchte ich mich entschuldigen. Ich habe dir Angst eingejagt. Unschuldige sind gestorben, weil ich sie nicht schützen konnte. Das war nicht geplant. Und ich weiß, dass ich dir wehgetan habe.«

»Weh?« Ich lachte erneut bitter auf. »*Weh* … so kann man das auch nennen.«

»Josephine, wenn ich gekonnt hätte, hätte ich dich eingeweiht, doch es ging alles so plötzlich und dann, dann dachte ich, die Unwissenheit würde dich schützen. Genau wie es wohl auch Ivan gedacht hat.«

Ungläubig riss ich die Augen auf. »Du wolltest mich schützen? Warst du bei der gleichen aberwitzigen Zeremonie zur Regentschaft wie ich?!« *Es ging längst nicht mehr um Unwissenheit, es ging um Taten.* »Auf deine krude Art wolltest du mich vielleicht am Anfang mit dem Käfig aus grüner Magie aus dem Kampfgeschehen heraushalten. Aber die Wolkenschlange?! Wie wolltest du mich beschützen, als du versucht hast, mich umzubringen? Als du mich gefoltert hast!«, schrie ich den ganzen Unglauben, Zorn und meine Verletztheit heraus. Einmal damit angefangen, konnte ich gar nicht wieder aufhören, musste alles loswerden. »Als ob es Teil deines Plans war, dass Rayns lebloser Körper sich fast senkrecht in den Boden des Platzes gerammt hätte. Dass er, nachdem ich ihn aufgefangen hatte, fast in meinen Armen gestorben wäre, während du den Marmor um uns mit Einschlagskratern überzogen hast!«

»Rovenna?!« Ich hörte, wie in Tekres Anzug irgendwas hochfuhr. Seine Stimme hatte alles Milde eingebüßt. An seiner Schläfe sah ich eine Ader pochen.

»Es war … unter Kontrolle«, verteidigte sich meine Mutter. »Nachdem ich verstanden hatte, was Ivan vorhatte, dass wir die Situation nutzen konnten, habe ich alles getan, um es echt wirken zu lassen. Ich musste einen entsprechenden Eindruck hinterlassen, um mich als die extrem gefährliche Böse zu präsentieren, um dort zu landen, wo ich hinwollte: im Hochsicherheitstrakt des kaiserlichen Palastes in Washington – nicht etwa in eine der Arrestzellen im Regentenschloss Californias. Und ich wollte mich um alles in der Welt von dir distanzieren, um dir meine Taten nicht aufzubürden – was ja geklappt hat. Keiner sollte denken, dass wir gemeinsame Sache machen.«

»Was wir auch nie – nie – niemals gemacht haben oder jemals machen werden«, knurrte ich.

»Ich kann …« Sie schluckte schwer. »… mich für das, was geschehen ist, vermutlich nie auf eine Art und Weise bei dir rechtfertigen und entschuldigen, die es wiedergutmacht.« Ihr Blick wandelte sich trotzdem zu einem Betteln. Die Schlangen erschlafften, wurden handzahm.

Sollte sie sich doch bei Rayn entschuldigen und ihm erzählen, dass sie alles unter Kontrolle gehabt hatte, während er wohl ernsthaft angenommen hatte, dass sie ausflippte. Ihre Reue verschaffte mir keine Genugtuung. Sie zeigte mir aber, dass nicht einmal die mächtige Rovenna unfehlbar war. *Wir alle waren nur Menschen – allerdings mächtige Magicians, die mächtige Fehler begingen.*

»Ich habe überreagiert, bin übers Ziel hinausgeschossen. Und das auf deine Kosten! Ich weiß das und es tut mir unendlich leid, Josephine.«

Ich setzte zu einer Antwort an, doch sie sprach unmittelbar weiter: »Aber versteh doch: Ivan war der, der dieses Volk befreit hat. Er hatte, wie ich, ein höheres Ziel – auch für sich, *ja*, aber im Hauptanteil für dieses Reich, für dieses Volk – für all die unterdrückten Menschen. Verzeih ihm.«

Natürlich. Ich schnaubte. *Wie konnte ich da so kleinlich sein und die Tatsache, dass es mein Herz gewesen war, das gelitten hatte, das gebrochen worden war, das noch immer schmerzte – das es vielleicht immer tun würde –, gegen das Wohl einer ganzen Nation aufwiegen. Wie konnte ich nur an mich denken und daran, dass es nicht gut gewesen war, mich komplett außen vor zu lassen. Ach nein, ich hatte das ja alles hintenangestellt. Sven hatte es für mich ausgesprochen. Mich in gewisser Weise wachgerüttelt.* Deshalb gab ich Rovenna keine Antwort. *Was hätte es gebracht, sich zu wiederholen?*

Ich verstand, dass das höhere Ziel wichtiger war. Verstand, dass ein Leben gegen viele eine einfache Rechnung darstellte. Womöglich hätte ich genauso gehandelt. Das hieß aber nicht, dass ich nun im munteren Friede-Freude-Eierkuchen-Stil lächelnd alles verzeihen konnte, was ich erlitten hatte. *Das* war zu viel verlangt. Und ich fand, dass dafür durchaus Verständnis vorhanden sein sollte.

»Mein Ziel war immer, Lamentos zu enttarnen«, fuhr Rovenna auf mein Schweigen hin fort. »Das war mein Deal mit Ivan: Er hilft mir dabei, das Artefakt zu bekommen, dafür stürze ich seinen Vater. Und er ergriff nach all den Jahren, in denen Lamentos ihm sein Leben diktiert hat, die Chance, die sich ihm bot. Nach all den Jahren des Wartens. Das war alles. Für den Moment danach, für das, was dann passierte, hatten wir keinen Plan. Ich … Er …«

Alles war ein abgekartetes Spiel gewesen. Dass Ivan am Tag der Zeremonie zur Regentschaft seinen ersten Kampf gegen Rovenna verloren hatte, war seine Ermessensentscheidung gewesen – und ich hatte später gedacht, sein von mir wehrlos zurückgelassener Körper wäre auf dem Marmor auseinandergerissen worden.

Hatte getrauert. Hatte geklagt.

War fast daran zerbrochen.

Nachdem sich die Verhältnisse geordnet hatten und wir alle noch am Leben waren, hatte er, statt sich bei mir zu melden, um alles aufzuklären, davon abgelassen, um die höheren Interessen nicht zu gefährden. Um sich von mir nicht weichklopfen zu lassen und mir alles zu verraten. Aber …

»Es ging nicht um seine Krönung?«, fragte ich tonlos.

»Nein, das war eine kurzfristige Entscheidung, die ich im Interesse aller getroffen habe.«

»Azrael als America's next Magician. Sicher … im Interesse aller«, murmelte Tekre wenig überzeugt. Er zog minimal die Augenbrauen hoch.

»Wen hättest du das Machtvakuum füllen lassen?«

Zweiauge seufzte.

Ich schüttelte nur den Kopf.

»Eines der Gildenoberhäupter, auf dass die Spitze der Macht des Kaiserreiches noch weiter zusammenschrumpft. Mich? Dich? Sven? Sag es mir! Wen?«, bohrte Rovenna weiter nach.

Ich nickte resigniert. Sie hatte recht. Ivan war bei den Optionen wohl die beste Wahl, weil er gleichzeitig die einzige war. Die Frage war nur, ob das Kaiserreich daran zerbrechen oder dadurch erstarken würde. Die nächsten Jahre würden es zeigen.

45

Acht Stühle

»Warum stehen hier eigentlich acht Stühle?«, fragte ich völlig zusammenhangslos. *Zweiauge, Tekre, Rovenna, Sven, Ivan und ich waren selbst vollzählig sechs Personen gewesen. Blieben vorhin zwei, jetzt sogar vier Sitzgelegenheiten übrig.* An Zufälle glaubte ich schon lange nicht mehr, also musste mehr dahinterstecken. »Haben wir noch jemanden erwartet?«

Ein Lächeln zupfte an Zweiauges Mundwinkeln.

»Das haben wir«, bestätigte mir Tekre geheimnisvoll. »Warte ab, ich bin sicher, sie werden noch kommen.«

Sie?

»Wir sollten über die Feierlichkeit morgen Abend sprechen«, hörte ich Rovenna leise sagen.

»Feierlichkeit?« Mein Blick zeigte puren Unglauben, als er wieder zu ihr schwenkte. Meine Stimme hatte sich in unangenehme Höhen geschraubt. Ich konnte nicht glauben, dass sie jetzt überhaupt das Wort ›Feierlichkeit‹ in den Mund nahm. Vielleicht sollte ich mich Svens und Ivans Gelage anschließen und einfach so viel Reisschnaps in mich hineinschütten, bis das Vergessen einsetzte. Zumindest kurzfristig wäre ich sie dann los – und die Gedanken an vergangene und kommende Absurditäten ebenfalls.

»Selbstverständlich feiern wir nicht die Gefallenen. Keine Trauerfeier, eine Siegesfeier zur Stärkung der Nation«, gab Rovenna unwillig zurück. »Der Sieg über Móshù muss den Menschen im Gedächtnis bleiben. Sie müssen die Bedeutung verstehen.«

Das wurde ja immer schlimmer. »Damit will ich nichts zu tun haben. Glorifiziere, wen oder was immer du willst, wann immer du willst. Aber ich werde unverzüglich nach California abreisen!« *Und das war nicht verhandelbar.*

Der Gesichtsausdruck meiner Mutter wurde grimmig. Elementarfeuer tanzte über ihre nackten Handrücken. »Du wirst hierbleiben. Wirst an unserer Seite stehen und Stärke demonstrieren!« Ihre Stimme hatten den kalten Klang von Macht, doch es kümmerte mich nicht. *Nun nicht mehr.* »Du wirst dieses Reich mit uns gemeinsam zusammenhalten, Josephine!«, ließ sie nicht locker.

»Koste es, was es wolle, nicht wahr?«, murmelte ich traurig sinngemäß Dominions Worte.

»Also, das ist …«

Immer lauter werdende Rotationsgeräusche von Propellerblättern ersparten mir ihre Antwort und weitere Zurechtweisungen. Unruhe und eine unbestreitbare Neugier stiegen in mir auf.

Die weiße Verkehrsdrohne, die einige Augenblicke später bei uns war, verfügte über vier Achsengimbles. Es war ein Standardmodell. Als sie beidrehte, um auf dem Landeplatz des kaiserlichen Palastes direkt neben unserem Stuhlkreis herabzusinken, sah ich den Aufdruck des Wappens von California.

Ich sprang auf. Nichts hielt mich mehr auf meinem Stuhl. Selbst meine Erschöpfung wich der Freude.

Der Pilot im Cockpit winkte mir zu.

Ich erkannte ihn sofort.

In dem Moment setzte die Drohne auf dem Boden auf und kam zum Stillstand. Die Tür der Kabine öffnete sich. Ein gerüschter rosaner Ballen Stoff quoll hervor. Zuerst sah ich nur den Saum des Rocks und die knallroten Stöckelschuhe darunter, daraufhin tauchte Yasemines Oberkörper aus dem Inneren auf und ihr Schwung trug sie nach vorne, direkt in meine ausgebreiteten Arme.

Ich hatte augenblicklich das Gefühl, dass die Eishülle, die sich am heutigen Tag wieder um mein Herz gelegt hatte, in ihrer Gegenwart zu schmelzen begann.

Sie kicherte vergnügt, als ich sie überschwänglich drückte. Dann entdeckte sie die Verletzung an meinem Flügel. »Josephine! Warum ist das nicht versorgt worden?« Sie schrie es fast. Wirkte besorgt sowie mordlustig zugleich. Und sah sich, nachdem ich sie abgesetzt hatte, als Erstes mit in die Seite gestützten Fäusten um, als wollte sie ausfindig machen, wen sie dafür in nächster Nähe und Zukunft verantwortlich machen konnte.

Ich gluckste los. Es begann als leises, unauffälliges Geräusch, irgendwo tief in mir, das sich wie ein Buschfeuer von meinem Bauch bis zu meiner Lunge ausbreitete. Mein Lachen wurde immer lauter, immer fröhlicher und echter, bis ich mir gar den Bauch halten musste und mir Tränen in die Augen stiegen. Ich lachte wie eine Irre, während sich all die Anspannung in mir löste.

Und Yasemine lachte mit mir, obwohl es gar nichts Superlustiges gab. Wir hielten uns an den Händen, blickten in die Augen der jeweils anderen und teilten die Verbundenheit. Wie schon bei der Wahl, war ich unglaublich froh, sie zu sehen. Ein Stück verrückter Normalität um mich zu haben, das mich erdete.

Schließlich verließen meine Hände Yasemines.

»Na, immerhin hat Li die Schlacht heil überstanden«, sagte meine PR-Beraterin grinsend mit einem Fingerzeig auf mein Handgelenk.

»Li!« Als ich es drehte, blinkte der kleine Bot dort einmal grün auf und gab mir einen bestätigenden neuronalen Impuls. Ganz so, als ob er verstanden hatte, dass wir über ihn redeten und nicht nur, als ob seine Spracherfassung auf die Nennung seines Namens reagierte. Ich hatte mich so an ihn gewöhnt, dass ich ihn ganz vergessen hatte. Jetzt war ich erleichtert darüber, dass sein Gehäuse unversehrt aussah.

»Was ist denn hier los?«, hörte ich Rayns Stimme durch den Schleier meiner Gefühle dringen.

Er kletterte anmutig aus der Drohne. Ich konnte keinen Stock bei ihm entdecken, als ich blinzelte, um klare Sicht zu haben. Die wilden braunen Locken umgaben wie immer ungezähmt seinen Kopf und der schwarze, perfekt über den breiten Schultern sitzenden Anzug war mir allzu vertraut. Er machte einen Schritt auf mich zu.

Mein ganzes Sein fixierte sich auf meinen wichtigsten Berater, auf meinen engsten und besten Freund. Ich kam ihm entgegen. Dann ließ ich mich in seine Arme fallen. Es war, wie endlich Frieden zu finden – nach einem langen Kampf. Ich atmete tief seinen Geruch ein, fühlte mich sicher.

Da sah ich hinter Rayn die Gestalt von Henry. Er verließ die Drohne in seinem blauen Anzug, einem blauen Hemd und blauen Schuhen.

»Phinchen, du wirst doch nicht etwa auch mit dem Reisschnapstrinken angefangen haben, oder?«, scherzte Rayn derweil leise. »Das macht einen ganz rührselig.«

»Nein.« Ich schniefte. Drückte mich noch fester an ihn, bevor ich mich von ihm löste und ihn, Yasemine und Henry anblickte. »Danke, dass ihr in California die Ordnung aufrecht erhalten habt. Ich freue mich so sehr, euch alle unversehrt zu sehen.«

»Wir uns auch!« Sama sprang mit einem einzigen Satz als Letzte aus der Drohne. »Du hast uns ganz schön hängen lassen«, fuhr sie direkt fort. »Und dann der Schreck, den du uns eingejagt hast, weil scheinbar die imaginäre Anruftaste deines Bots geklemmt hat. Ich meine, sonst hättest du dich doch öfter gemeldet, nicht wahr?« Sie knurrte ironisch auf und verzog in einem katzenhaften Lächeln die Lippen. »Du siehst: Wer sich nicht meldet, bekommt Besuch. Ich bin sehr froh, dass es dir gut zu gehen scheint. Fast hätte ich ein graues Haar bekommen. Stell dir das vor! Inmitten von den schwarzen ein graues Haar – mein perfektes Erscheinungsbild wäre zerstört.«

Ich kicherte erheitert von ihrer Theatralik. Dass sie auch da war, war meine persönliche Kirsche auf der imaginären Siegestorte.

Sama schnurrte zufrieden.

»Jetzt haben wir wohl mehr als genug Personen für die Stühle«, hörte ich Tekre murmeln.

»Wohl wahr«, bestätigte Zweiauge mit trockenem Humor.

Samas ägyptischer Kopfschmuck auf dem tiefschwarzen Haar schaukelte bedenklich, als sie mit weit ausgreifenden Bewegungen um mich herumstolzierte und mich von allen Seiten musterte. »Siehst ein bisschen angefressen aus«, stellte sie mit Blick auf mein Paar Flügel fest und öffnete hoheitsvoll ihre hellen Schwingen über dem sattbraunen Löwenfell. Ganz, als wollte sie mir zeigen, wie es aussehen sollte.

»Samaea d'Ejlkaan Chaerume, was für eine Ehre!« Rovenna gesellte sich zu mir, Sama, Rayn und Yasemine.

Henry betrachtete die Szenerie aus ein paar Schritten Entfernung.

»Mhm«, machte die Sphinx unbestimmt. Ihr Blick glitt an meiner Mutter empor und erdolchte sie fast. »Ob das eine Ehre ist?«, bezweifelte sie. Die leuchtend roten Iriden glühten Furcht einflößend.

»Du hast in der vierten Dynastie der Herrschaft von Chephren gedient und schon so einiges gesehen«, fuhr meine Mutter unbeeindruckt fort. »Du hast ihm viel ermöglicht, bist sehr mächtig.«

Das brachte Sama dazu, ihren Körper leicht vorzubewegen. Es war eine Haltung unterdrückter Aggression. »Wie gut, dass du das weißt.«

»Rovenna! Sama!«, zischte ich. Ein Ringkampf zwischen ihnen stand an erster Stelle meiner in dieser Sekunde neu angelegten mentalen Liste an Komplikationen, für die ich jetzt keinen Nerv hatte.

Sama ignorierte mich. »Ich habe Chephren gedient und ich diene jetzt deiner Tochter, wie du sehr wohl ebenfalls weißt«, antwortete sie meiner Mutter ruhig. »Ihr Wohlergehen steht für mich an erster Stelle.«

Da sagte Rovenna etwas Unvorhergesehenes: »Das ist gut. Beschütze Josephine mit deinem Leben, was immer sie tut. Beschütze sie besser, als ich es konnte.«

Samas Blick glitt gemächlich an Rovennas lila Kleid herab, nur um dann wieder zu ihrem Schlangenhaar zurückzufinden.

Sie hatte keine Angst vor meiner Mutter.

Der Löwenkörper glitt geschmeidig vorwärts, als sie sich zwischen Rovenna und mich stellte. »Das werde ich«, erklärte sie leise und fixierte meine Mutter. »Ich kümmere mich um *deine* Kinder.«

46

Die Siegesfeier

»Ihr bleibt doch bis zur Feierlichkeit morgen Abend?«, fragte meine Mutter in die Runde, nachdem wir uns schließlich alle zu den Stühlen und damit zu Tekre sowie Zweiauge begeben hatten. »Zur Siegesfeier in der großen Halle.«

»Natürlich«, sagten Sama, Yasemine, Rayn und Henry gleichzeitig, als wäre das absolut selbstverständlich.

Das hatte Rovenna ja geschickt eingefädelt. Ich war offensichtlich die Einzige, die eine andere Ansicht vertrat. In Gegenwart meiner Freunde gab ich nach. »Okay«, stieß ich zusammen mit einem tiefen Seufzer aus. Müde sank ich auf meinem Klappstuhl in mich zusammen.

»Jetzt aber ins Bett mit dir!«, bevormundete Yasemine mich sogleich.

Ich nickte und stand auf. *Meine Erschöpfung würde mich sonst noch im Sitzen einschlafen lassen. Und die ewigen Gespräche machten es nicht besser.*

Außerdem zeigte die tiefstehende Sonne, dass der Abend bald in die Nacht übergehen würde.

Meine PR-Beraterin, Sama, Rayn und Henry erhoben sich auch.

»Es war ein langer Tag«, sprach Zweiauge aus, was alle dachten. »Geht schon mal vor, wir bleiben sowieso nicht mehr allzu lange.«

Gesagt – getan.

Auf dem Weg über den goldenen Landeplatz konzentrierte ich mich einzig auf meine Schritte. *Einen. Und noch einen. Und noch einen.*

Im Gebäudeinneren empfing uns Alecto, Ivans Stellvertreter. Er gleitete uns, nach einem Blick auf mein müdes Gesicht und Yasemines »Wir benötigen Zimmer«, wortlos zu unseren Unterkünften. Yasemine, Rayn und Henry waren in den drei Suiten neben mir untergebracht. Ich fühlte mich gut behütet.

Wie tot fiel ich wenig später in meiner Suite ins Bett. Meine Verletzungen ignorierte ich einfach und machte mir auch nicht die Mühe, mich aus der Rüstung zu schälen.

Den nächsten Tag verschlief ich fast vollständig. Sama wachte – oder eher: schlief – dabei an meiner Seite.

Yasemine weckte uns zum Glück rechtzeitig. Sie rief so oft über Li an, bis ich die neuronalen Impulse nicht mehr ignorierte, aufstand und ihr ein grummeliges »Bin wach!« schickte. Immerhin hatte ich dadurch genügend Zeit bis zur Siegesfeier, sodass in mich in Ruhe baden, anziehen und meinen Nanobot in eine der Taschen meiner Kleidung stecken konnte.

Auf magische Weise waren meine Flügel wieder verschwunden, genau wie meine Pixiesicht und ich fühlte mich zwar immer noch nicht wirklich erholt, aber die meisten meiner sichtbaren Kratzer und kleineren Wunden waren verheilt.

Jetzt zeigte das Display an der Tür zu meinen Räumlichkeiten blinkend die Uhrzeit und signalisierte mir damit, dass es an der Zeit war, sich durch die Gänge auf den Weg zur Feier zu begeben. *Die anderen drei würde ich bestimmt gleich in der großen Halle treffen. Zusammen würden wir den Abend schon zu einem schönen machen,* sagte ich mir. Abgesehen davon würde mein heutiges Outfit das erste Mal seit längerem für kein Aufsehen sorgen. Das erleichterte mich. Ich wusste nicht, warum Yasemine es mir überhaupt eingepackt hatte. Vielleicht sah sie es als Basic-Piece; hatte die Bedeutung für mich gar nicht verstanden.

Nun gut.

Trotzig stand ich, gemeinsam mit Sama, vor dem Display – in einem rosa Kostüm, das aus einem rosa Blazer und einem sittsamen knielangen Rock bestand, ähnlich meinen Sachen vom ersten Tag der Regentschaftswahl. Die weißen, auf Hochglanz polierten Absatzschuhe, in denen meine Füße steckten, waren den ursprünglichen nur entfernt ähnlich – schließlich hatte ich das erste Paar mit Klebeband kaputt gemacht. Trotzdem fühlten sie und das Kostüm sich authentisch an. *Wie ein neuer Anfang, eine zweite Chance,* so seltsam es klang. *Ich war bereit. Bereit dafür, neu zu beginnen. Genau wie dieses Reich.*

Erinnerungen und Wurzeln waren wichtig, das wusste ich. *Sie prägten, fingen uns manchmal auf oder bedingten, dass wir in die Ferne auszogen, um uns neu zu definieren. Doch egal, wie wir dazu standen, sie waren ein Teil von uns und sollten uns immer bewusst sein – besonders, wenn wir uns weiterentwickelten.* Nun war ich wieder am Anfang angelangt – an einem *neuen* mit vielen Erfahrungen in der Hinterhand.

Als sich das Display verdunkelte, da es in den Stand-by-Modus ging, spiegelte ich mich darin. Meine kleine Nase, die blauen Augen, die geröteten Wangen und die schmalen Brauen waren noch immer die von dem Mädchen aus der Wohnung im Glasturm No 20. Die seidigen schwarzen Strähnen, die mir offen bis zur Hüfte fielen, waren außergewöhnlich. Und nichts anderes würde ich jemals sein. Mutig atmete ich ein letztes Mal durch und hob die Hand.

»Aftah nafsak!«, kam Sama mir zuvor. Es klang in meinen Ohren, als verfluche sie die Tür. Da diese sich daraufhin jedoch öffnete, nahm ich an, dass sie sie nur gebeten hatte, genau das zu tun – und dass es wirklich eine Sprachsteuerung gab.

Im weißen Gang warteten bereits Yasemine, Rayn und Henry auf uns. Freudig lächelte ich.

Yasemine hatte ihre purpurfarbene Mähne zu einem Turm auf ihrem Kopf zusammengesteckt. Ihre blinkenden Zähne und die blauen Kontaktlinsen leuchteten mir entgegen, als sie breit lächelte und: »Schick, schick!« ausrief. Das Besondere waren aber ihre rostroten Fingernägel, mit denen sie sich bei Rayn, nicht wie erwartet bei Henry, eingehakt hatte. *Warum Henry überhaupt da war, blieb mir ein Rätsel.* »Dann mal los!«, zwitscherte sie vergnügt und wirkte regelrecht aufgeregt in ihrem mehrlagigen rosa Kleid. Für sie war es die erste Feier in dem Prunk und der Glorie des goldenen Palastes.

Zustimmend nickte ich.

So setzten wir uns in Bewegung. Sama lief vor mir her. Yasemine und ich bildeten den rosa Kern des kleinen Grüppchens, während uns Rayn in Schwarz und Henry in Blau flankierten.

Über die weißen Flure, an all den Displays mit den fröhlich umherspringenden Funken vorbei, erreichten wir recht schnell die große Halle, in der die Siegesfeier stattfand.

Orangenes und gelbes Neonlicht empfing uns. Es war trotzdem verhältnismäßig dunkel. Große glitzernde Kugeln und Kunstwerke hingen von der Decke. Sie erinnerten mich an eine Art Planetenkonstellation – *oder sollten sie moderne Kunst sein?* Wenn das Licht der LEDs auf sie traf, wirkten sie als Multiplikator und warfen es in symmetrischen Mustern auf den glatten Boden.

Hinter weißen Stehtischen, mit denen der Großteil der Hauptfläche bestückt war, erspähte ich einige silberne Sofas an der rechten und linken Wand; davor gläserne Beistelltischchen. Ganz hinten, von uns aus gesehen auf der anderen Seite der Halle, war ein silbernes Pult mit Lichteinfassung und einer orange leuchtenden Oberfläche vor einer riesigen Spiegelwand aufgebaut worden. *Von dort aus hielt später sicher jemand eine Rede.*

Da es früher Abend war, trudelten die ersten Gäste gerade ein. Gut gelaunt strömten sie, genau wie wir, in die Halle und schauten sich um.

Der Anlass lag mir noch immer schwer im Magen. Aber vermutlich hatte Rovenna recht. Alle wirkten erleichtert, dass sie den oder den trafen. Bewunderten die Gestaltung und schwelgten im Ambiente. *Sie wollten vergessen, wollten für einen Abend nicht mit der Zerstörung der Stadt konfrontiert werden*, wurde mir klar. *Die Menschen mussten wieder fröhlich sein, um Kraft für den Wiederaufbau schöpfen zu können. Sie brauchten Ablenkung und diese Feier war perfekt dafür geeignet.*

Durch die Lücken zwischen den schnell mehr werdenden Gästen und den Stehtischen bewegten sich weiß leuchtende Robobots. Auf den silbernen Tabletts, die sie balancierten, standen spiegelnde Kühler und Gläser in Gelb, Grün, Blau und Weiß. Manche wechselten gar die Farbe, während ich hinsah. In ihnen wurden sicher auf die perfekte Temperatur gekühlte Getränke serviert. Sie alle hatten einen dekorativen Zuckerrand, der mir das Wasser im Mund zusammenlaufen ließ. Meine letzte Mahlzeit war ewig her.

Just knurrte mein Magen und brachte mich in die Wirklichkeit zurück.

Yasemine lachte leise, während mir die Röte in die Wangen stieg. *War das peinlich.* Rayn und Henry ließen sich jedoch nicht von ihrem Gespräch ablenken und fachsimpelten weiter über … *was?*

Politik, stellte ich nach kurzem Zuhören fest. Dann wurde mein Blick wie magisch von einem der Robobots angezogen, der direkt auf uns zukam und etwas zu trinken verhieß. Mein Magen, der Verräter, knurrte wieder.

»Sie reichen auch kleine Snacks: veredelte Nüsse und Seetang-Salzstangen«, erschreckte mich eine Stimme von rechts. Aus dem Nichts war Rovenna in einem schwarzen Kleid mit extrem gewagtem Ausschnitt neben mir und Yasemine aufgetaucht und hatte meinen hoffentlich letzten peinlichen Moment des Abends mitbekommen.

»Cool!«, meinte meine PR-Beraterin so aufgeregt, als hätte sie noch nie Nüsse oder Salzstangen geknabbert, während ich beschämt den Boden musterte.

Lanahaa, die Mutter, die ich gekannt hatte, hätte das Kleid, in dem Rovenna steckte, nicht einmal mit einer Kneifzange angefasst, war alles, was mir durch den Kopf ging. *Aber Lanahaa war eine Rolle gewesen, jetzt musste ich meine Mutter komplett neu kennenlernen, falls ich das wollte.*

»… vorhin mit Sullivan gesprochen«, hörte ich Henry sagen, als ich wieder aufsah.

Yasemine und Rovenna waren inzwischen beschäftigt. Sie stellten Gläser sowie kleine Schüsselchen von dem Tablett des Robobots auf den Stehtisch vor uns.

»Wie geht es Ivan?«, nutzte ich die Gelegenheit Henry zu fragen.

»Er ist Ivan. Wieder Ivan, sollte ich sagen. Im Ernst, er sah gut aus. Allerdings nun wohl auch mit schwarzen Haaren«, gab er zwinkernd zurück. »Ich hatte ein langes Gespräch mit ihm – der Grund, warum ich hergeflogen bin. Manches wird er nachher öffentlich machen. Ich denke, es kommt alles in Ordnung – soweit man das nach dem Geschehenen sagen darf.«

Ich nickte. Fühlte mich erleichtert. »Das klingt … gut«, bestätigte ich zögerlich.

»Du warst gestern sehr aufgebracht«, mischte sich Rayn leise ein. Er fasste mich am Arm. »Wie geht es dir heute?«

»Wir werden sehen«, wich ich der Frage und seinem Blick aus.

»Ich würde sagen: Lass dir Zeit«, setzte er an. »Aber ich habe nach Henry mit Ivan gesprochen und obwohl es dir vielleicht nicht gefallen wird: Er braucht dich jetzt.« Rayn bewegte seinen Mund näher zu meinem Ohr, senkte die Stimme noch weiter. »Er mag äußerlich fast wieder Ivan sein, aber innerlich hat er stets Azrael dabei. Er braucht jemanden, der ihm hilft, im Gleichgewicht zu bleiben. Der Licht und Dunkelheit mit ihm zusammen ausbalanciert. Er braucht jemanden mit Idealen, mit einem Sinn für Gerechtigkeit. Jemanden, der ihn liebt und mit ihm seine Flügel bewegen kann.«

Ich schluckte. »Ob er so jemanden findet, kommt auf das an, was er im Gegenzug bietet«, beschied ich ihn langsam, aber mit fester Stimme.

»Kennst du nicht zufällig jemanden, auf den die Beschreibung passt?« Rayns vielsagendes Lächeln ließ mich nach unten blicken.

Tja, irgendwie schon. Aber irgendwie eben auch nicht. Ich wich zurück. »Nein.« Die Gefühle, die ich Ivan gegenüber hegte, hatten mir die wunderbarsten und furchtbarsten Momente meines Lebens eingebracht. Und sehr viel Kopfzerbrechen. Ich hatte kein Interesse mehr an einer Einbahnstraße. Drei kleine Worte stimmten mich nicht um, wenn keine entsprechenden Taten folgten, sondern weitere Enttäuschungen. *Ein Mal zu verzeihen war mehr als genug. Fortlaufend verzeihen zu müssen, kam nicht infrage – aber darum drehte sich bei Ivan und mir alles.*

»Verstehe.« Rayn nickte ernüchtert.

Henry sah uns seltsam an.

»Nun, das müsst ihr untereinander klären. Meine Vermittlungstätigkeit ist hiermit beendet.« Friedfertig hob Rayn die Hände und zuckte die Schultern. »Es liegt einzig und allein an euch. Jetzt, da es endlich vorbei ist.«

Sein letzter Satz brachte mich erneut zum Nachdenken. Bisher hatte uns immer irgendetwas im Weg gestanden: Regeln, Magicians, der Kaiser und allerlei tödliches Beiwerk. Jetzt standen nur noch wir uns im Weg. *Eigentlich war es traurig, dass wir es trotzdem nicht schafften, miteinander glücklich zu werden. Aber das ging auch nur, wenn man das wollte, sich wertschätzte und liebte. Und wie sollte das in Zukunft sein? Ivan regierte hier in Washington und ich in California. Er würde sein Amt nicht aufgeben können – und das sicher auch nicht wollen. Außerdem würde ich es nie erwarten. Nicht mal gutheißen, genau genommen. War ich bereit, mein bei der Wahl so hart errungenes Amt niederzulegen, um an seiner Seite stehen zu können? Würde* er *das überhaupt wollen? Eigentlich war ich gar nicht darauf aus, für ihn alles stehen und liegen zu lassen – oder etwa doch?* Mein Kopf stritt sich mit meinem Herzen. Verstand sowie Gefühl flüsterten mir immer noch zu, dass eigentlich sowieso Rayn der Regent von California sein sollte.

Mich erstaunte, wie locker er mit der Situation umging. »Bist du nicht sauer auf Ivan – dass er dir so viel vorenthalten hat, obwohl du am Anfang eingeweiht warst, als ihr verhindern wolltet, dass ich einen der silbernen Briefe geschickt bekomme?«, fragte ich Rayn.

Dieser nickte. »Das bin ich. Ich bin fuchsteufelswild, wenn du es genau wissen willst«, wandte er sich wieder mir zu. »Aber er hat sich vorhin bei mir entschuldigt. Hat mir ausführlich seine Sicht der Dinge erläutert. Ich kann nicht behaupten, dass mich das jetzt fröhlich stimmte. Trotzdem ist Ivan mein ältester Freund, wir haben schon viel zusammen durchgestanden und ich habe das Gefühl, dass heute ein Tag ist, um mit dem Vergangenen abzuschließen.«

Wir sahen uns stumm an.

»Verzeihst du auch Rovenna, dass sie dich fast getötet hätte?«, fragte ich leise und in vollem Bewusstsein, dass meine Mutter noch an unserem Tisch, bei Yasemine stand. Die beiden plauderten allerdings angeregt über PR.

»Nein«, sagte Rayn prompt. »Obwohl ich vielleicht hätte ahnen können, dass nicht alles so war, wie es aussah – besonders nachdem Ivan den Kampf gegen sie verlor –, hätte sie nicht unnötig grausam sein müssen«, antwortete er. Er sah bewusst zu Rovenna, überlegte kurz. »Bitte versteh mich nicht falsch. Was an dem Tag auf der Bühne geschehen ist, war furchtbar. Ich werde es nie vergessen. Aber ich werde es genauso wenig wie irgendwelche Rachegelüste meine weiteren grundlegenden Entscheidungen bestimmen lassen. Dafür ist das

Leben zu kurz – aber sie und ich, wir werden nie mehr über eine gewisse Distanz zwischen uns hinauskommen.«

Ich seufzte tief. Verstand ihn nur zu gut.

»Nimm einen Schluck davon, es ist fantastisch«, riss mich Yasemine aus dem Gespräch. Sie reichte mir mit einem verträumten Blick eines der farbenfrohen Gläser.

Meine Mutter lächelte.

Rayn hob vielsagend die Augenbrauen.

Ich achtete gar nicht auf den Inhalt, sondern setzte mir den Drink direkt an die Lippen und flutete damit meinen Mundraum. *Ahhh, tat das gut!* Mit drei langen Schlucken trank ich das komplette Glas leer und stellte es ab.

Den besorgten Blick meiner Mutter ignorierte ich gekonnt, griff aber statt zum nächsten Getränk wahllos zu eine der Schalen. *Perfekt!* Ich hatte die mit den Nüssen erwischt. Eilfertig knusperte ich eine Nuss nach der anderen, um nichts sagen zu müssen, während Rovenna sich nun entschuldigte. Sie wollte Ivan suchen. Dieser hatte wohl bald seinen großen Auftritt in ihrem Arrangement.

Mhm. Verschwörerisch griff ich mir noch eine Schale und tat so, als sei mir etwas heruntergefallen. Dabei stellte ich sie unauffällig vor Sama unter den Tisch. Die Sphinx summte zufrieden, bevor auch sie zu essen begann.

Um uns war die Halle gut gefüllt. Licht huschte überall, wie orange und gelbe Finger, über die Köpfe. In der Ferne meinte ich Pomio zu entdecken. Die aufgetakelte Magicia stach schmallippig und dürr aus der Menge. Sie trug ein fluoreszierendes grellrosa Kleid mit der Federboa, die ich schon mal an ihr gesehen hatte.

Nach kurzem Betrachten ihrer unmittelbaren Umgebung entdeckte ich auch Helatius Horus' dicke Gestalt. Sein Blick glitt begehrlich zu Pomio. Ich sah, wie er sich zu ihr durchschob und verstohlen ihre Hand nahm. Sein Daumen strich über ihren Handrücken. *Die beiden hatten etwas miteinander! So musste es sein. Uah, er war doch gerade mal so alt wie wir – etwa um die fünfundzwanzig – und sie, nun, definitiv um einiges älter. Nun, die einzige Verschwörung, die diese zwei gemeinsam ausgeheckt hatten, bestand vermutlich in der Summe ihrer heimlichen Treffen. Irgendwie beruhigend.*

Ein blaues Leuchten ließ mich meinen Fokus ändern. Das Oberhaupt meiner Gilde – der Gulets –, Sir Isaac, stand in einer anderen Ecke der Halle. Sein blaues Barett verbreitete einen steten Glanz und ließ ihn weithin wirken. Direkt bei ihm lungerte Amandus Seelus, der seinen Sitz im Vorstand von Tekre Industries nicht mehr lange hatte, wenn es nach mir ging.

Kopfschüttelnd wandte ich mich ab.

Da entdeckte ich Meister Lemary, das Oberhaupt der Veritas. Die wenigen Haare, die seinen großen Schädel zierten, waren wie üblich nach hinten gegelt. Seine Glatze verdeckten sie dabei aber keinesfalls. Die kleinen Äuglein und das wohlgenährte Gesicht verursachten bei mir schlagartige Übelkeit. Er gehörte auch abgesetzt – aber das war vermutlich gar nicht so einfach.

Neugierig ließ ich meinen Blick weiterschweifen und fischte gleichzeitig eine weitere Nuss aus meiner Schale. Hier war heute anscheinend alles anwesend, was Rang und Namen hatte. Keiner wollte die Feier verpassen. Selbst das Oberhaupt der Gestaltwandler, Missy Verovena, war unter den Magicia. Ihr Kleid leuchtete im Schein unzähliger daran befestigter Leuchtdioden im Grün ihrer Gilde.

Dass Meister Lemary und sie sich noch aus dem Haus trauten – nach ihrer feigen Flucht von der Bühne bei der Regentschaftszeremonie in California! Ich hoffte, dass all die Speichellecker hier wenigstens heldenhaft gegen die Bedrohung aus Móshù gekämpft hatten – auch wenn ich es tief in mir nicht glaubte.

Plötzlich ging das Licht aus.

Ich verschluckte mich fast an der Nuss. Aus reiner Gewohnheit und in der Annahme des stets Schlimmsten, spannte ich alles an, suchte mit den Augen nach einer Gefahr. Und rückte näher zu Sama.

Doch so schnell, wie es dunkel geworden war, flammten direkt vorne bei der riesigen Spiegelwand Scheinwerfer auf und strahlten das silberne Pult mit der Lichteinfassung an. Dort auf der leuchtenden Oberfläche stand ein Mann in Budpestern und einem silbernen Anzug – ohne Flügel. *Ivan.*

Er hatte dunkle Schatten unter den Augen. Ihm war sichtlich keine Ruhe vergönnt gewesen. Trotzdem wirkte er von einer fast unheimlichen Energie erfüllt.

Über der Menge und um seinen Kopf schwebte ein ganzer Schwarm an kleinen Drohnen. Rovenna und Zweiauge lehnten an einer Seite des Pults, Tekre und Sven an der anderen.

Für einen Herzschlag war es unnatürlich ruhig in der Halle. Bis die Menschen ihre Fassung zurückerlangten, dann brandete lauter Beifall auf, der gar nicht mehr abreißen wollte.

Langsam stellte ich das Schälchen mit den Nüssen auf dem Stehtisch ab und begann schließlich auch, meine Hände im Takt zusammenzuführen. Wir klatschten und klatschten und klatschen. Mit jeder Sekunde wurde ich euphorischer, bis ein echtes Lächeln mein Gesicht zierte. *Wir hatten es geschafft – Móshù war geschlagen und das Reich befreit!*

Erst als Ivan beide Hände hob, um die Menge zur Ruhe zu bitten, schwächte der Beifall langsam ab, bis er versiegte.

»Saludo Sapiens!«, begann er selbstsicher seine Ansprache.

Gänsehaut kroch meine Arme unter dem rosa Kostüm hinauf. Der Moment fühlte sich besonders an. *Wie das Einläuten eines neuen Zeitalters – eines besseren!*

»Ich möchte diese Feier nicht durch eine lange Rede meinerseits ausbremsen. Ich möchte uns nicht mit Politik und anderem langweilen. Ich denke vielmehr, wir haben alle ein paar schöne Stunden verdient. Morgen werden wir weitertrauern. Heute erlauben wir uns, den Sieg zu feiern, der uns alle gerettet hat.« Er ließ seinen Blick über die Anwesenden schweifen. »Trotzdem möchte ich euch und ganz America …« Er riss eine Hand in die Luft.

»Hurra, America!«-Rufe wurden auf einmal laut.

»… ein paar der dringlichsten Fragen beantworten.« Ivan ließ seinen Arm wieder sinken und wurde ernst. »Zum Wichtigsten: Es wird alle zehn Jahre Neuwahlen geben. Sowohl für das Amt des Regenten von America als auch der Regenten der einzelnen Länder. Fünfundzwanzig Jahre sind eine viel zu lange Zeit, in der sich einiges verändern kann. Wir werden in den nächsten Jahren ein faires System dafür entwickeln, bei dem niemand um sein Leben fürchten muss. Die Herrschaft der magischen Elite wird in diesem Sinn zugunsten einer Ebenbürtigkeit mit den Nichtmagischen unter uns aufgegeben. America ist nicht mehr Eterny – die Dinge werden wieder anders laufen.«

Dieses Mal war das »Hurra, America!« nicht ganz so laut.

»Außerdem wird America in Bezug auf die Außenpolitik ab jetzt enge Handelbeziehungen zu den Freistaaten von Europa aufbauen. Wir haben vor dem Angriff von Móshù bereits ein Bündnis mit der République Française geschlossen. Sämtliche Verbindungen zum neuen chinesischen Kaiserreich werden mit sofortiger Wirkung gekappt!«

»Hurra, America!«, wiederholte die Menge verspätet, aber wieder etwas enthusiastischer, indes Ivan Luft holte. Vermutlich fürchteten manche um die Wirtschaftslage und die Versorgung. Andere blickten wohl dem Unbekannten aus Europa sehnsuchtsvoll entgegen.

»Entscheidend hat zum gestrigen Sieg Henry Meliere beigetragen, den einige als Vertriebsleiter von Tekre Industries kennen. Er wird ab morgen seine Position in der Industrie aufgeben und verbleibt aufgrund seiner guten internationalen Beziehungen als neuer außenpolitischer Berater in Washington.«

Da hatte Henry sich aber geschickt in Ivans Stab manövriert. Die Begründung, warum er nun sets an der Seite von America's next Magician anzutreffen sein würde, war so unauffällig wie einleuchtend zugleich. Und sie ermöglichte ihm zwischen America und dem neuen Regenten oder der Regentin der République Française zu vermitteln, ohne dies öffentlich machen zu müssen. Seine Tarnung blieb erhalten.

»Innenpolitisch«, fuhr Ivan fort. »Möchte ich hier und heute zwei Dinge klarstellen. Erstens: Entschuldige ich mich hiermit im Namen meines Vaters für den Drohnenangriff, der in California das Leben Unschuldiger gekostet hat. Es bestand kein Vorsatz, es war ein Unfall – trotzdem biete ich den Klägern, die versuchen, California diesbezüglich zur Rechenschaft zu ziehen, eine Entschädigung an, wenn sie die Klage fallen lassen. Die Details erhalten alle Hinterbliebenen persönlich, unabhängig davon, ob sie Teil der Sammelklage sind oder nicht.«

Betretene Stille breitete sich aus.

»Zweitens«, zählte Ivan auf. »In Anbetracht der momentanen Situation und der abgebrochenen Handelsbeziehungen werde ich eine hausgemachte Landwirtschaftskrise nicht dulden!« Seine Stimme jagte machtvoll durch den Raum. »Erste Untersuchungen haben gezeigt, dass die Böden in California völlig in Ordnung sind und es den Maispflanzen dort bestens geht.« Er setzte eine Pause. Verzog unwillig den Mund. »Hiermit enteigne ich die Familie Ranaan für den begrenzten Zeitraum der nächsten zwei Jahre. Das sollte ihnen die Möglichkeit zum Nachdenken geben. America wird nicht unter dem Groll Einzelner leiden.«

Noch betretenere Blicke und Fußscharren begleiteten diese Worte. Es begehrte jedoch keiner auf. Wahrscheinlich, weil die Ranaans ihr Eigentum zurückerhalten würden. *Clever!*

Ich drehte den Kopf. Mein Blick traf auf Rayns Augen. *Er hatte vorhin mit Ivan auch über Californias Probleme geredet, ihm Bericht erstattet*, wurde mir klar. Das bestätigte mein Empfinden in Bezug auf seine Regentenfähigkeiten. Denn jetzt – innerhalb einer einzigen Rede – waren meine Sorgen vom Tisch. Ich verspürte unglaubliche Erleichterung.

»Ich verstehe die Trauer«, erklärte Ivan nun vorne. »Ich verstehe die Wut und die Angst vor dem, was kommt. Aber wir können America nur besser machen, wenn wir zusammenhalten. Wir haben jetzt die Chance, Probleme anzupacken. Haben die Chance, alte Systemfehler auszumerzen – uns weiterzuentwickeln. Eine Zukunft zu kreieren, in der wir gern leben und vor allem noch etliche Generationen überleben!«

Jetzt wurden wieder »Hurra, America!«-Rufe laut.

Ivan lächelte. »Außerdem darf ich verkünden, dass Rovenna Streisand an die Spitze von Tekre Industries zurückkehren wird. Sie entschuldigt sich für den Virus, der uns alle aufgeschreckt hat und wird sich als Wiedergutmachung darum kümmern, dass der Überwachungsstaat ein Ende hat. Tekre Streisand hat mich darum gebeten, sich auf die Suche nach dem erklärten Staatsfeind begeben zu dürfen, um ihn bei einer Sichtung zu exekutieren. Das … mag hart erscheinen, aber niemand kennt ihn besser als ich – und ich habe Tekre sein Anliegen schweren Herzens gewährt. Lamentos' aktueller Aufenthaltsort ist leider unbekannt. Hinweise in dieser Angelegenheit werden dankend von allen Magicians der Blauen Garde entgegengenommen. Ihr neuer Hauptmann ist ab jetzt Alecto, mein bisheriger Stellvertreter.« Er schwieg kurz.

»Mit sehr viel leichterem Herzen habe ich Sven Streisand heute Mittag in die Garde aufgenommen.« Ivan lächelte leicht. »Wir müssen zusammenwachsen. Dann wird America all das sein, was wir uns jemals erträumt haben – wenn wir es gemeinsam daraus machen. Helft uns, unterstützt uns! Wir stehen nun Seite an Seite mit der République Française. Das hier ist unser Neuanfang. Für Gleichheit und politische Transparenz! Für Brüderlichkeit zwischen magisch und nicht magisch Begabten! Wir haben einen weiten Weg vor uns, heute beginnen wir mit dem ersten Schritt für America.«

»Hurra, America!«, wiederholte die Menge.

»Hurra, America!«, brüllte ich zuerst leiser, dann aus ganzer Kehle. Genau wie alle um mich herum spürte ich, dass sich etwas veränderte – auch wenn es vielleicht nur in unseren Köpfen so war. Ich hatte das Gefühl, dass die glorreiche Zukunft wirklich in diesem Moment begann. Und endlich, nach all der Zeit konnte ich meine schmerzliche Vergangenheit abschütteln. Ich wusste, dass ich frei sein würde. *Dass ich gleich sein konnte* – als Mädchen aus einem der Glastürme unter all den anderen. Und dass wir in Einvernehmen, mit Ivan an der Spitze, miteinander eine wahrhafte Zukunft schaffen konnten.

47

Hurra, America!

Yasemine und Rayn fielen sich neben mir in die Arme, sobald die Deckenbeleuchtung wieder anging. Das Orange und Gelb wirkte intensiver als zuvor und tauchte die emotional aufgeladene Atmosphäre um uns in zweifarbige Sprenkel.

Ich war ebenso wie sie in einem unwirklichen Freudentaumel gefangen, wollte mich gerade mit in die Umarmung meiner Freunde stürzen und sie wie ein Sandwich ummanteln, als ich mitten in der Vorwärtsbewegung innehielt und die Augen weit aufriss. *Rayn und Yasemine küssten sich!*

Ihre Körper verschmolzen während des zögerlichen Aufeinandertreffens ihrer Münder immer weiter miteinander. Zärtlich hielten Rayns Hände Yasemines Rücken umfangen.

Ich kniff mich mit links in den rechten Handrücken – eine intuitive Reaktion, um zu überprüfen, ob das gerade wirklich geschah. Doch ja, der Schmerz bohrte sich augenblicklich in mein Fleisch und ich schüttelte wie von Sinnen die Hand, um dem entgegenzuwirken. *War das ein Akt der Erleichterung und Überschwänglichkeit?*

Als Rayn und Yasemine nun zum intensiven Zungenkuss ansetzten, löste ich mich endlich aus meiner Erstarrung, blinzelte pikiert und entschied, dass sie wissen mussten, was sie taten. *Dass Rayn auf Yasemine stand, war ja ein offenes Geheimnis. Aber war das auch Liebe, die aus ihren Blicken sprach? Oder nur Verzückung?*

Ich wandte mich ab. Prompt traf mein Blau auf das Dunkelblau von Henrys Iriden. *Bei Rovennas … äh, nein, zum Geier … den gab es ja auch noch!* Unsicher schaute ich ihn an, wartete auf seine Reaktion, doch er zwinkerte mir nur zu, bevor er sich umdrehte und in der Menge verschwand.

Also, wenn es ihm nichts ausmachte … Neugierig linste ich wieder zu den zwei. *Okay. Sie erreichten das Nehmt-euch-ein-Zimmer-Stadium.* Ich fühlte mich wie ein Voyeur, auch wenn ich mich für meine Freunde freute und hoffte, dass sich zwischen den beiden etwas Ernstes entwickeln würde. *Vielleicht hatte Yasemine Rayn mit Henry eifersüchtig machen wollen. Sodass er erkannte, wie viel sie ihm bedeutete und bei Gelegenheit den ersten Schritt machen würde? Und jetzt war diese gekommen? Wer konnte schon sagen, was hinter all dem Blinken und Glitzern vor sich ging.*

»Was ist nur aus den Irdischen von heute geworden?«, knurrte es unter dem Stehtisch. Keine Sekunde später richtete Sama ihren anmutigen Frauenkopf mit dem tiefschwarzen Haar und dem Kopfschmuck neben mir auf. »Genauso pietätlos wie früher!« Sie lachte keckernd über ihre eigenen Worte.

Belustigt schüttelte ich den Kopf und blickte unwillkürlich zu der orange leuchtenden Oberfläche, auf der bis gerade noch Ivan gestanden hatte. Das silberne Pult mit der Lichteinfassung war verlassen. Meine Mundwinkel senkten sich.

Das Neonlicht um mich wurde immer heller und machte es schwierig, etwas zu erkennen. *Er musste doch irgendwo sein? Wie viele Männer in silbernen Anzügen konnten hier schon herumlaufen?*

Die glitzernden Kugeln, die wie eine Planetenkonstellation an der Decke hingen, fingen an, sich zu drehen. Das Licht der LEDs glitt darüber und die Muster, die sie bisher nur nach unten geworfen hatten, begannen sich zu bewegen. Überall leuchteten nun Reflexionen auf und es war fast unmöglich, jemanden zu identifizieren.

Ich wusste, dass ich zwischen den weißen Stehtischen hindurchlaufen könnte, um zu der riesigen Spiegelwand zu gelangen, vor der das silberne Pult stand. *Nur ein paar Schritte zwischen all den Menschen. Nur ein paar Meter und ich … ja, was? Anscheinend hatte ich keine Ahnung, was ich eigentlich von Ivan wollte. Großartig.* Ich verzog das

Gesicht, strich mir über die glatten Haare und hob wieder den Blick, um ihn ganz nach hinten auf die andere Seite der Halle zu richten.

Dort entdeckte ich plötzlich Sven … und Ivan. Sie standen nahe der Wand, verdeckten sich gegenseitig zur Hälfte.

Mein Halbbruder hielt Ivan am Arm zurück, als dieser sich abwenden wollte. Sven beugte sich vor und flüsterte ihm etwas ins Ohr.

Ivan nickte daraufhin mit ernster Miene.

Zufrieden wirkend entließ Sven ihn aus seinem Griff.

Jemand verdeckte mir die Sicht, indem er oder sie von einem der silbernen Sofas an der Wand schräg vor ihnen aufstand. Bis die Person sich entfernt hatte, war von den beiden nichts mehr zu sehen.

Nervös schnappte ich mir das letzte unberührte Glas von unserem Stehtisch und führte es zum Mund.

»Meinst du wirklich, dass das eine gute Idee ist?«, fragte Sama zweifelnd.

»Nein!« Nachdem ich es in einem Zug geleert hatte, fühlte ich mich jedoch besser, obwohl ich vermutlich nur betrunkener war. *Jedenfalls würde ich das bald sein – mit zwei Drinks und ein paar Nüssen im Magen.* »Aber sieh an, wohin mich Rationalität gebracht hat«, schnappte ich zurück.

»Hat es dich in den letzten Tagen in die Alkoholsucht getrieben?«, wollte Sama eine Spur zu unschuldig wissen. »Ich dachte, ihr wart ausgelastet mit allem, was so vor sich ging.«

»Haha«, gab ich zurück, ohne die Spiegelwand aus dem Blick zu lassen. *Wo waren Ivan und Sven hin? Verdammt!* Ich leckte mit dem Mund am dekorativen Zuckerrand des Glases, um mich zu beschäftigen. *Mhm, das war lecker. Warum hatte ich das nicht vorhin schon probiert?*

Ich drehte das Glas, um einen besseren Zugang zu der Süße zu haben. Was immer da dran war, es hatte eine berauschende Suchtwirkung auf mich. Am liebsten hätte ich mir den Zuckerrand komplett in den Mund gesteckt. Genießerisch schloss ich die Augen.

»Ähm, Josephine!«, merkte Sama an.

»Mhm-hm«, machte ich mit geschlossenen Augen und Zunge innen am Glas.

»Josephine!« Samas Stimme klang gleichzeitig scharf und unangenehm berührt.

»Mhm-mhm!«, gab ich nachdrücklich zurück. *Konnte ich denn nicht eine Sekunde nach allem, was so vor sich ging, in Ruhe an diesem Glas nuckeln?*

»Äh, Josi?«, fragte eine sehr viel tiefere Stimme.

Ich erstarrte mit dem Zuckerrand im Mund. Klappte ungläubig erst das eine Augenlid, dann das andere auf. *Das durfte jetzt nicht wahr sein?!*

Ivan stand in seiner ganzen Grüne-Augen-Bad-Boy-Sexiest-Man-Alive-Pracht vor mir und beäugte kritisch meine Pose.

Es dauerte kurz, bis meine Sehnerven meinem Gehirn glaubhaft vermittelten, dass das hier noch kein Deliriumtraum war. Auf den Schreck folgte das Herzrasen und mir stieg Blut in die Wangen. Das Glas rutschte mir aus den Händen und dem nun weit offen stehenden Mund.

Mit einem Klirren zerbarst es auf dem glatten Boden.

Ich wäre vor Scham am liebsten in ebenjenem versunken. Zum Glück kommentierten sowohl Sama als auch Ivan mein Ungeschick nicht und gestanden mir einen Moment zu, um mich zu sammeln.

Mein Blick wanderte über die weiß leuchtenden Robobots, die sich noch immer durch die Lücken zwischen den Stehtischen bewegten. Für mehrere Herzschläge betrachtete ich die leeren Gläser auf ihren silbernen Tabletts, rang mit mir selbst um die richtigen Worte.

Gleich, gleich war ich so weit …

Gleich …

Ein elektronischer Gong ertönte.

Ivan rückte näher an mich heran. Ich spürte seine Wärme und die elektrisierende Nähe seines Körpers in meinem Rücken.

Der Gong wiederholte sich.

An die Decke der Halle, weit über uns, wurde das Wappen des ehemaligen Eternys projiziert.

Ivan war noch näher an mich gerückt. Inzwischen mussten wir für Außenstehende wie zwei Heringe in einer nicht ersichtlichen Dose wirken. Die meisten Menschen schauten allerdings staunend zur Decke hinauf.

Es wurde wieder dunkel in der Halle.

Mit einem Zischen startete ein Funkenfeuerwerk über unseren Köpfen. Tausende von kleinen fliegenden Leuchtdioden malten ein

Lichtspektakel in die Luft. Die kleinen Drohnen von vorhin zogen zwischen ihnen ihre Runden, um alles aufzunehmen.

Ich erkannte die Darstellung der Dächer von Washington – vor einem glühenden Horizont. Es war unglaublich schön und unglaublich traurig zugleich. Vieles von dem war vor einigen Stunden zerstört worden. Es in der lebendig leuchtenden Anmut glimmen zu sehen, war fast zu viel.

Unwillkürlich verlagerte ich mein Gewicht nach hinten zu Ivan und ließ mich gegen ihn fallen. Mein Körper schaffte das, was ich mit Worten nicht auszudrücken vermochte, physisch mitzuteilen. Und Ivan akzeptierte es, legte einfach die Arme um mich und verschränkte sie vor meinem Bauch. »Weißt du, ich kam, um dich zu fragen, ob wir unseren Tanz nachholen«, flüsterte er mir zu.

»Heute?«, wagte ich mit dünner Stimme zu fragen, als plötzliche Angst in mein Herz kroch. Ich schluckte den Kloß in meinem Hals hinunter und atmete aufgeregt. *Er hatte Fehler gemacht und nicht mit mir geredet. Ich hatte Fehler gemacht und ihn das eine oder andere Mal gar nicht zu Wort kommen lassen. Aber der größte Fehler wäre es, mich selbst weiterhin zu quälen, nur weil ich zu verbohrt war, um jetzt nachzugeben. Ich wusste doch eigentlich, was ich empfand, warum es mich immer wieder zu ihm zog – und ihn zu mir.* Meine Finger legten sich ganz von allein über seine. Als wollten sie ihn für immer festhalten.

»Ich dachte …« Er stockte.

»Ja?«, fragte ich atemlos nach, weil ich den Gedanken an eine Zukunft, die wir getrennt voneinander verbringen würden, schlagartig unerträglich fand.

»An den ersten Tanz auf jeder Abendveranstaltung, die ich als Regent von America besuchen muss? Ich könnte all diese Gelegenheiten nutzen, um mich bei dir zu entschuldigen.« Es klang vorsichtig. »Und vielleicht auch den zweiten, den dritten und wenn ich es mir recht überlege«, wurde er mutiger, als ich nicht verneinte. »Ich finde, ich sollte mich ausführlich entschuldigen und wir müssen noch viel üben. Also beanspruche ich gleich alle Tänze.«

Das entlockte mir ein Kichern. »Gute Güte, wirst du etwa gierig?«, konnte ich mir nicht verkneifen, ihm zuzuflüstern. Endlich löste sich die Starre der mentalen Blockade in mir vollständig.

»Nein, besitzergreifend«, korrigierte er mich schlicht. »Ich möchte, dass du so oft wie möglich bei mir bist. Nenn es eigensüchtig, weil ich dich ein paar Abende für mich haben will.«

Er sprach also tatsächlich nur von Tänzen. Dann hieß es wohl, auf andere Art Nägel mit Köpfen zu machen. »Möchtest du dich nicht einfach gleich entschuldigen?«, fragte ich. »Dann hast du es hinter dir.«

»Doch. Aber es geht mir nicht darum, dass es erledigt ist. Ich möchte mich von Herzen für alles entschuldigen, das ich dir bewusst oder unbewusst zugefügt habe. Ich hatte wirklich immer nur dein Bestes im Sinn – das musst du mir glauben.« Er klang verzweifelt.

Ich löste meine Hände und drehte mich langsam in seinem Griff um. »Ich habe eine Entscheidung getroffen.«

»Wann? Welche?« Er verengte die Augen. Seine Miene war angespannt.

Vorsichtig hob ich meine rechte Hand und strich ihm mit den Fingern über den Ansatz seines Bartschattens. »Ich möchte die Regentschaft Californias an Rayn abgeben. Er hätte sie von Anfang an haben sollen. Ist das möglich?«

»Und dann?«, fragte Ivan leise, ohne darauf einzugehen.

»Dann möchte ich den ersten Tanz auf jeder Abendveranstaltung, die du als Regent besuchen musst, mit dir verbringen.« Ich grinste breit. »Und selbstredend jeden zweiten und dritten; oder wie viele wir auch brauchen, um genug *Übung* zu bekommen. Und eventuell, nur ganz eventuell nehme ich deine Entschuldigung irgendwann an; nach dem zweiten oder dritten Mal.« Er hatte mir die Vorlage geliefert, jetzt wollte ihn nicht so leicht davonkommen lassen. »Bis dahin kannst du daran feilen – an der Eleganz deines Kniefalls, der Innigkeit deiner Beteuerungen, der Ausgefallenheit deiner Versöhnungsgeschenke und Blumen«, trug ich so dick auf wie ich konnte. »Dem ganzen Schnickschnack.« Ich tat gespielt nachdenklich, ob ich etwas vergessen hatte. Meine Kreativität war jedoch erschöpft und eigentlich wollte ich ja auch nur ihn.

Ivan sah mich genauso gespielt ernsthaft an. »Dafür musst du unbedingt nach Washington ziehen. Denk nur, wie viel Zeit du sonst in einer Drohne verbringen würdest! Und all meine Geschenke – sie würden womöglich gar nicht reinpassen. Du müsstest sie zurücklassen. Würdest du das übers Herz bringen?«

Redeten wir hier noch von etwas Materiellem, das ich zurücklassen würde? »Nun, das könnte ein Problem sein, insbesondere die Drohne und das Wohnen an sich, weil ich vermutlich ziemlich mittellos bin, nachdem ich die Regentschaft abgegeben habe.« Ich runzelte die Stirn. »Aktuell kann ich ansonsten nur ein abgebrochenes Studium vorweisen. Mit meiner Mutter ziehe ich aber sicher nicht wieder zusammen.« Das meinte ich ernst.

»Klingt, als bräuchtest du einen Job?«

»Nun ja, hast du denn einen, den du mir anbieten kannst?«

Er lachte leise auf. »Wir klingen furchtbar.«

»Wie zwei furchtbar Verliebte«, knurrte Sama neben uns. »Ich habe das Gefühl, ich bin wieder im alten Ägypten und sitze in der ersten Reihe eines Laientheaters ohne Gage. Kommt zum Punkt.«

Peinlich berührt schauten wir sie an. *Ops.*

»Sie lässt sich nur dann wieder das Herz von dir brechen, wenn ich nach Washington mitkomme – um dir deines mit Freuden herauszureißen, wenn es so weit ist!«, ließ Sama Ivan außerdem wissen. »Organe esse ich gern, besonders junge. Die sind eine Delikatesse und reich an Vitaminen und Mineralstoffen.«

»Sama!« Ich war schockiert.

»Nein, lass nur«, beschwichtigte Ivan mich. »Einverstanden«, sagte er zur Sphinx. »Josi beschützt mich vor den dunklen Seiten der Macht und du beschützt sie, das ist nur recht und fair.«

Soso. Er beschrieb sich also selbst als Bad Boy? Na schön, dann würde ich ab jetzt Bad Girl Josi sein, der beste Sidekick aller Zeiten! Denn wer hatte schon einen Sidekick mit einem Sidekick – na ja, mit einer eigenwilligen Sphinx?

»Na!«, schnalzte ebenjene mit der Zunge. »Das sehe ich auch so. Dann habt ihr meinen Segen«, flötete Sama. Ihr Kopfschmuck schaukelte, als sie sich in einer fließenden Bewegung leicht verbeugte. »Ich gehe Sven suchen.« Und weg war sie.

»Rayn ist eine gute Wahl«, füllte Ivan die Stille zwischen uns. »Er ist sowieso bereits dein Stellvertreter und derjenige, der das Land sicher durch den Aufruhr navigiert hat.« Er neigte den Kopf in die Richtung, in der noch immer – nur ein paar Schritte entfernt – Rayn und Yasemine herumknutschten.

»Das ist er.« Ich seufzte. War überfordert von so viel Liebe, die auf so viel Tod folgte. *Aber sagte man nicht, dass sich die Menschen in Zeiten des größten Niedergangs – selbst oder gerade dessen von ganzen Reichen – auch am innigsten dem Leben und der Liebe verbunden fühlten, weil sie sie zu schätzen wussten wie nichts anderes.*

»Hey, ich bin auch eine gute Partie«, erinnerte mich Ivan an sein Ego.

»Ich liebe dich«, sagte ich leise und blickte ihm tief in die Augen. Es war wieder nicht der perfekte Zeitpunkt. Doch wenn ich eines gelernt hatte, dann, dass ich auf diesen warten würde, bis ich alt und grau wurde, denn den perfekten Zeitpunkt gab es nicht. Was es gab, waren viele mögliche Gelegenheiten und eine davon hatte ich gerade am Schopf gepackt.

Er lächelte breit. Grüne Sprenkel tanzten in seinen Iriden. »Und ich dich.«

Wie in Zeitlupe stellte ich mich auf die Zehenspitzen und gab ihm einen keuschen Kuss auf geschlossene Lippen. Ich wollte mehr, brauchte mehr – doch hier war nicht der Ort dafür. Zu viele Drohnen, zu viele Nanocams, zu viele Menschen geisterten im Dunklen um uns herum. »Ich bin so froh, dass es vorbei ist«, hauchte ich an seinen Lippen.

»Oh, es ist *nicht* vorbei. Es hat gerade begonnen«, entgegnete er. »Jung zu sein bedeutet, seine Träume auszuleben. Nach dem Mond zu streben und von der Sonne geblendet zu werden. Doch stets weiter nach dem hellsten Stern am Himmel zu greifen. Macht uns nicht gerade das zur besten Version unserer selbst?« Es war eine rhetorische und sehr poetische Frage. »Schau nur!« Er drückte mich behutsam zurück auf den Boden, drehte mich wieder so, dass ich mit dem Rücken an seiner Brust lehnte und zeigte mit der rechten Hand nach oben in die Luft.

Dort änderten die Funken ihre Farbe. Tanzendes Orangerot raffte die Häuserdächer des Funkenfeuerwerks dahin. Einzelne Leuchtdioden stoben durch den Raum und glitzerten gelb in der Dunkelheit, bevor die kleinen fliegenden Funken in einem strahlenden Gold begannen, eine neue Skyline zu skizzieren. Berührende Musik begleitete den leuchtenden Wiederaufbau von Häusern, die ungleich größer und schöner wurden als zuvor. Türme wuchsen hoch hinaus, Kuppeln bedeckten Dächer.

Ein strahlendes Lächeln schlich sich in mein Gesicht und wischte das Bedauern weg, das der in Licht getränkte Fall Washingtons in mir ausgelöst hatte. Jetzt zeichnete unbändige Freude auf das Kommende meine Züge. *Jeder brauchte jemanden, der an ihn glaubte. Oder jemanden, an den man glauben konnte. Sonst war man verloren. Ivan und ich – wir hatten diesen ›jemand‹ ineinander gefunden.* Mein Herz quoll über vor Liebe und ich wusste, dass wir zusammen alles schaffen würden.

Heute begann das goldene Zeitalter.

Erschaffen aus den Ruinen des Alten.

Erbaut mit der Liebe und dem Zeitgeist des Neuen.

Nachwort

Liedtext von Ivan an Josi

I will always love you

I love you more.
I love you more than words can say.
My love is deeper –
deeper than yesterday

I love you more.
I love you more than words can say.
I dig even deeper –
deeper than yesterday

Can you feel the fear,
the pain –
the emptiness?

Can you explain
why I shiver,
why I cry –
why I crawl for this?

Danksagung

One spark can start a fire …
in a world full of miracles.

Das große Finale in 2086 ist vorüber. Ich gestehe, dass ich das Ende am liebsten mag. * **Happy End** * Während ich diese Zeilen schreibe, bin ich einerseits aufgeregt, wie euch der Showdown meiner Fantasydilogie gefallen wird. Andererseits wehmütig, denn meine Zeit in 2086 ist vorbei. Ihr habt hingegen noch einiges vor euch! Aber das Tolle an Büchern ist ja: Man kann sie immer wieder aufschlagen, um in ihre magischen Welten zurückzukehren. Ich werde sicherlich eines Tages nach America zurückkehren – auch wenn vielleicht nur als Leser.

Ich bin sehr stolz, dass diese Idee nun ebenfalls – wie mein Fantasybuch »Sisu – Älter als die Erde«, mein Thriller »CAPTUM: Born. Twice.« und wie Band 1 der »Next Magician«-Dilogie – als Buch mit dem Schwarm der Drachen fliegt. Danke, Astrid, das bedeutet mir viel! ♡

Wenn ihr Band 2 meiner Fantasydilogie gelesen habt, sind alle Geheimnisse – auch die, von denen ihr nach Band 1 noch gar nichts wusstet – gelüftet. Na, seid ihr schon bereit, America hinter euch zu lassen? Habt ihr geahnt, wie die Geschichte enden würde, oder konnte ich euch überraschen? Lasst es mich gern in einer Rezension wissen (damit macht ihr mir die größte Freude) oder direkt auf Instagram (isabel.kritzer)/ Facebook (Isabel Kritzer).

Da mir immer wieder gesagt wird, wie erfrischend es ist, aus der Danksagung ein paar Details zum faktischen Hintergrund des Plots zu erfahren, tada: Alle Technologien, die im Buch beschrieben werden, gibt es in der Theorie. Tatsächlich funktionieren ein paar davon aber nur im luftleeren Raum (heißt Weltall). Ich habe ein bisschen gemogelt und mir physikalische Lösungen oder eher Überbrückungen für die Nutzung innerhalb unserer Atmosphäre zurechtgebogen, die auch erwähnt werden. Nichtsdestotrotz ist die beschriebene Technik äußerst real. Alle (Maß-)Angaben und Preise, die dazu im Buch gemacht werden, stammen entweder von bereits in Serie gegangenen Drohnen, realen Militärdrohnen in der Testphase, Prototypen von Waffen oder sind davon proportional hochgerechnete Werte – das Buch spielt schließlich in 2086.

Auch die Ausmaße einer möglichen Hungersnot inklusive genannter Inflationsrate sind nicht aus der Luft gegriffen. Sie beziehen sich auf bereits Dagewesenes in Afrika (das ja im Buch sozusagen fast nicht mehr existiert und deshalb keine entscheidende Rolle spielt).

Die Botschaft, die hinter Band 2 steckt, ist etwas à la: Der größte Feind des Menschen ist nicht die Natur, nicht die Technik, nicht die Macht oder die Magie ;-), es ist der Mensch. Wir haben es in der Hand, was wir aus der Zukunft machen; haben die fortschrittlichsten Technologien, die klügsten Köpfe und doch scheint es immer wieder am falsch gewählten Pfad Einzelner zu liegen, dass ganze Nationen scheitern. Eine Tatsache, die auch dieses Buch nicht ändern wird. Stattdessen soll es zeigen, dass es sich lohnt, für das Richtige zu kämpfen – für Chancengleichheit sowie Gleichberechtigung aller Geschlechter und Abstammungen, für Gerechtigkeit, Werte, Transparenz und Demokratie – selbst wenn es im Kleinen ist, aussichtslos erscheint und man dabei das Gefühl hat, zu scheitern. Wenn keiner kämpft, sind alle verloren. Wenn wenigstens einer kämpft, nun:

One spark can start a fire!

Kommen wir zu den Menschen, die den zweiten Band dieser Geschichte zu der heutigen Fassung gebracht haben: Danken möchte ich wie immer meinen Testlesern. Simon, danke dafür, dass du erneut eine unendliche Geduld mit mir hattest. Und ein extradickes Danke dafür, dass wir einige Szenen und Entwicklungen gemeinsam geplottet haben! Das Buch ist dadurch um einiges vielschichtiger geworden. Olaf, danke, dass du den Plot von Anfang an spannend fandest, das hat mich sehr motiviert. Rike, danke dafür, dass du dieses Mal die Details mit unglaublicher Sorgfalt im Blick behalten hast. Das Buch wäre nicht das gleiche ohne dich! Sonja, danke für all unsere Sprachnachrichten und den regen Austausch. Deine Kommentare haben mich motiviert, oft zum Schmunzeln gebracht und mich an die Hand genommen, um zusammen mit Josi den richtigen Weg zu finden. Danke, dass ihr alle auch Band 2 mit so viel Engagement begleitet habt und für mich da wart.

Dazu auch ein Danke (noch mal) an Simon und an Florian für die Ideen zur Bewaffnung der beiden Kaiserreiche – und Flo, danke für den Luftschiffgedanken. Ich hoffe, die aufgepeppte Version gefällt dir.

Des Weiteren: Bettina, danke, dass du auf die Jagd nach fehlenden Buchstaben etc. gegangen bist – jeder, den du einfangen konntest, ist Gold wert!

Und Danke an Philipp, dass du die Stellung in 2019/ 2020 gehalten hast, während ich in 2086 unterwegs war. ;-)

Außerdem möchte ich wieder Alex danken, der einmal mehr ein fantastisches Cover kreiert hat, um dem Finale dieser Dilogie ein würdiges Kleid zu geben! Was gefällt euch besser – das Cover von Band 1 oder Band 2?

Ein riesiges Danke geht erneut an Magali, die die Karte vorne in Band 1 sowie Band 2 von der noch existenten Welt in 2086 designt hat!

Ein ebenso großes Danke geht an Anna Jane für die Illustrationen hier in Band 2, die eure Lieblinge Sama und Neves in weiterentwickelter Form zeigen. Sind sie nicht toll?

Ich danke auch meiner Klappentext-und-Coverline-Mafia, dieses Mal: Simon, Olaf, Rike, Sonja, Bettina, Rebecca, Emily und Fabiola. Thank you, guys and girls! We made it again!

Zudem gibt es ein paar besondere Personen, denen ich danken möchte, weil sie mit mir meine Bücherwelten leben: Tanja, von der die Subline dieser Danksagung stammt. Tizia, weil du mich so oft mit deinen großartigen Bildern verzaubert hast, genau wie mit deiner Zusammenfassung von Band 1, die nun in die in diesem Buch eingeflossen ist. An dieser Stelle auch ein Danke an Jacqueline, deren Worte zu Band 1 ebenfalls so toll waren, dass sie ihren Weg in die Zusammenfassung hier fanden. Laura, die seit »Sisu – Älter als die Erde« an meiner Seite steht. Sahra, die einfach wundervoll ist. Lisa, wegen der ich glitzernde Partyhüte für den Release dieses Buches gekauft habe. Sandra, deren Nachrichten mich immer freuen. Meine Josi und meine Samentha, die stets die coolsten Bildideen haben. Svenja und

Sabine, deren Unterstützung mich sehr motiviert. Chelly und Ami – ihr seid sowieso die Coolsten!

Und DANKE von Herzen an meine Community! An all euch großartigen Menschen, die ihr meine Bücher lest! Ihr zaubert mir jedes Mal ein Lächeln ins Gesicht, wenn ich eines eurer liebevoll arrangierten Fotos sehe, wenn ihr eine begeisterte Rezi schreibt, wenn ihr mich um eine Signatur oder ein gemeinsames Foto bittet und mich verlinkt. ♡

Hinter einem Buch steckt sehr, sehr viel Arbeit. Stunden um Stunden – um einen Traum zu leben. Eure Honoration, eure Unterstützung, eure glänzenden Augen sind zusammen mit der Freude, die ich verspüre, wenn ich die leeren Seiten mit Worten fülle, wenn ich gemeinsam mit meinen Protagonisten Abenteuer erlebe, das Größte für mich. Zögert also nicht, mich auf Lesungen, Messen und Events oder auf Social Media anzusprechen. Ich freue mich immer darüber. Und natürlich auch, wenn ihr über eines meiner Bücher auf die anderen aufmerksam werdet.

Von Herzen
Eure Isabel
2020

Isabel Kritzer

Sisu – Älter als die Erde

ISBN: 978-3-95991-911-1, kartoniert, EUR 14,90

Drei Galaxien. Fünf Welten. Sechs Völker. Ein letzter Kampf!

Wenn ich dir erzähle, dass astrale Wesen über die Erde wachen, dass da draußen, im All, der Teufel lauert, dass Gott eine Tochter hat und es das Schicksal wirklich gibt. Würdest du mir glauben?

Ich bin Iva und das ist meine Geschichte.

Alles begann vor 494 Tagen in New York, als mein Alltag plötzlich zu einer Suche wurde. Während ich den Spuren zweier Vermisster folgte, begann nicht nur mein Herz verrückt zu spielen. Mein Weg erwies sich als Vorsehung eines uralten Volkes, deren Erfüllung über Leben und Tod entscheiden sollte …

ISABEL
KRITZER
EIN SOLDAT.
ZWEI NAMEN.
ZWEI LÄNDER.
EIN KRIEG.
CAPTUM
BORN. TWICE.
DRACHENMOND VERLAG

Anne-Marie Jungwirth

Superior – Das dunkle Licht der Gaben (Band 1)

ISBN: 978-3-95991-211-2, kartoniert, EUR 14,90

Ein privilegiertes Leben und schier unbegrenzte Möglichkeiten –
das bietet die Superior Human Society ihren Mitgliedern.
Zumindest denen, die es wert sind …
»Du bist eine Superia, aber deine Gaben sind minderwertig.«
Unzählige Male hat die 20-jährige Amelia diesen Satz schon gehört.
Und jedes Mal war sie froh darüber.
Sie wollte nicht dazugehören.
Sie wollte nicht die Pflichten.
Sie wollte nicht, dass man ihr vorschrieb, mit wem sie sich paaren sollte.
Doch was Amelia will, ist für eine Andere bestimmt.
Und was man von ihr will, ist schlimmer als eine Zwangsheirat.

Sandra Bäumer

ICE – Wenn die Welt gefriert

ISBN: 978-3-95991-526-7, kartoniert, EUR 12,90

Die Reward Huntress Cyra Stern und ihr Gefangener Adam stürzen auf einem fremden Planeten ab und können das Raumschiff gerade noch verlassen, bevor es in den Tiefen eines Ozeans versinkt. Kurz vor dem Absturz kann Cyra eine menschliche Station lokalisieren. Der Weg dorthin führt durch einen Dschungel voll unbekannter Gefahren, doch am bedrohlichsten ist Adam, ein gesuchter Mörder, der so tödlich wie anziehend ist.

Als sie endlich die Station erreichen, kommt alles anders als gedacht, denn Cyra wird zur Gefangenen und Adam kann fliehen.

Doch wieso wird sie des Hochverrats beschuldigt und was hat ihre im Koma liegende Schwester Medea mit alldem zu tun?

DRACHENMOND VERLAG